Aniquilar

Michel Houellebecq

Aniquilar

TRADUÇÃO
Ari Roitman

Copyright © 2022 by Michel Houellebecq e Flammarion, Paris

Grafia atualizada segundo o Acordo Ortográfico da Língua Portuguesa de 1990, que entrou em vigor no Brasil em 2009.

Esta tradução contou com a colaboração de Janine Houard

Título original
Anéantir

Capa e imagem
Alceu Chiesorin Nunes

Preparação
Natalie Lima

Revisão
Huendel Viana
Marise Leal

Os personagens e as situações desta obra são reais apenas no universo da ficção; não se referem a pessoas e fatos concretos, e não emitem opinião sobre eles.

Dados Internacionais de Catalogação na Publicação (CIP)
(Câmara Brasileira do Livro, SP, Brasil)

    Houellebecq, Michel
        Aniquilar / Michel Houellebecq ; tradução Ari Roitman. — 1ª ed. — Rio de Janeiro : Alfaguara, 2022.

        Título original : Anéantir.
        ISBN 978-85-5652-156-9

        1. Ficção francesa I. Título.

22-124822   CDD-843

Índice para catálogo sistemático:
1. Ficção : Literatura francesa   843
Cibele Maria Dias – Bibliotecária – CRB-8/9427

[2022]
Todos os direitos desta edição reservados à
EDITORA SCHWARCZ S.A.
Praça Floriano, 19, sala 3001 — Cinelândia
20031-050 — Rio de Janeiro — RJ
Telefone: (21) 3993-7510
www.companhiadasletras.com.br
www.blogdacompanhia.com.br
facebook.com/editora.alfaguara
instagram.com/editora_alfaguara
twitter.com/alfaguara_br

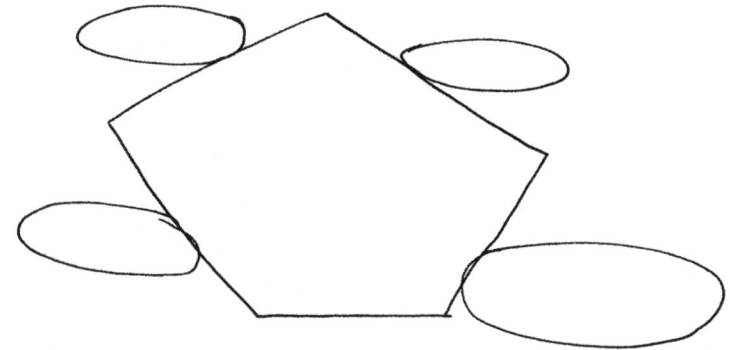

UM

1

Em algumas segundas-feiras de final de novembro ou início de dezembro, especialmente sendo solteiro, você tem a sensação de estar no corredor da morte. As férias de verão já acabaram há muito tempo, o Ano-Novo ainda está longe; a proximidade do nada é enorme.

Na segunda-feira, dia 23 de novembro, Bastien Doutremont decidiu ir trabalhar de metrô. Ao desembarcar na estação Porte de Clichy, viu-se diante de uma inscrição da qual vários de seus colegas lhe haviam falado nos dias anteriores. Era um pouco depois das dez da manhã; a plataforma estava deserta.

Desde a adolescência ele se interessa pelos grafites do metrô de Paris. Muitas vezes tirava fotos deles com seu iPhone desatualizado — devíamos estar na geração 23, ele tinha parado na 11. Classificava as imagens por estações e por linhas, e em seu computador havia muitos arquivos dedicados a elas. Era um hobby, digamos assim, mas ele preferia a expressão a princípio mais suave, porém no fundo mais brutal, "passatempo". Além disso, um dos seus grafites preferidos era uma inscrição em letras inclinadas e precisas que descobrira no meio de um longo corredor branco da estação Place d'Italie e que proclamava com energia: "O tempo não passará!".

Os cartazes da operação "Poesia RATP", que inundaram durante um tempo todas as estações parisienses com sua exibição de bobagens vazias, a ponto de se espalhar por capilaridade até o interior de alguns vagões, tinham despertado múltiplas reações enlouquecidas de raiva entre os usuários. Por exemplo, ele pôde identificar, na estação Victor Hugo: "Eu reivindico o título honorário de Rei de Israel. Não posso fazer de outra forma". Na estação Voltaire, o grafite era mais brutal e angustiado: "Mensagem final para todos os telepatas, todos os Stéphanes que quiseram perturbar minha vida: é NÃO!".

* * *

A inscrição da estação Porte de Clichy não era realmente um grafite: em letras grossas e enormes, de dois metros de altura, pintadas com tinta preta, ela se estendia por todo o comprimento da plataforma na direção de Gabriel Péri-Asnières-Gennevilliers. Mesmo andando pela plataforma do lado oposto, era impossível visualizá-la por inteiro, mas ele conseguiu descobrir qual era o texto na íntegra: "Sobrevivências de monopólios/ No coração da metrópole". Não tinha nada de muito perturbador, nem mesmo de muito explícito; no entanto, era o tipo de coisa que poderia despertar o interesse da Direção Geral de Segurança Interna, a DGSI, como todas as comunicações misteriosas e obscuramente ameaçadoras que invadiam o espaço público havia alguns anos e que não poderiam ser atribuídas a nenhum grupinho político claramente definido. Essas mensagens pela internet, que atualmente ele era o responsável por esclarecer, eram o exemplo mais espetacular e alarmante do fenômeno.

Encontrou na sua mesa o relatório do laboratório de lexicologia; tinha chegado na primeira leva da manhã. O exame que o laboratório fez das mensagens que se revelaram autênticas isolou cinquenta e três letras — caracteres alfabéticos, não ideogramas; o espaçamento entre elas permitiu dividir essas letras em palavras. Depois tentou-se estabelecer uma correspondência biunívoca com um alfabeto existente e a primeira tentativa foi em francês. Surpreendentemente, parecia coincidir: acrescentando às vinte e seis letras básicas os caracteres acentuados e aqueles com ligadura ou cedilha, chegava-se a quarenta e dois signos. Tradicionalmente, também havia onze sinais de pontuação, num total de cinquenta e três signos. Estavam, portanto, diante de um problema clássico de decodificação, que consistia em estabelecer uma correspondência um a um entre os caracteres das mensagens e os do alfabeto francês em sentido amplo. Infelizmente, após duas semanas de esforço, viram-se num impasse total: não tinham conseguido estabelecer qualquer correspondência, por nenhum dos sistemas de criptografia conhecidos; era a primeira vez que isso acontecia desde que o laboratório foi criado. Divulgar mensagens na internet que ninguém conseguia ler era obviamente uma iniciativa absurda, e necessariamente havia destinatários; mas quem?

Então se levantou, preparou um café expresso e foi até a janela com a xícara na mão. Uma luminosidade ofuscante reverberou nas paredes do Supremo Tribunal. Ele nunca tinha visto qualquer valor estético particular nessa justaposição desestruturada de paralelepípedos gigantescos de vidro e aço que dominavam uma paisagem lamacenta e sombria. De todo modo, o objetivo dos arquitetos não é a beleza, nem mesmo um verdadeiro bem-estar, mas sim a possibilidade de ostentar um certo saber técnico — como se quisessem, acima de tudo, impressionar eventuais extraterrestres. Bastien não chegara a conhecer os prédios históricos que havia no número 36 do Quai des Orfèvres e, portanto, não sentia nostalgia por eles, ao contrário dos seus colegas mais velhos; mas era preciso reconhecer que este bairro do "novo Clichy" avançava cada vez mais na direção de um puro e simples desastre urbano; o centro comercial, os cafés, os restaurantes previstos na planta original nunca chegaram a existir e, nas novas instalações, a possibilidade de relaxar durante o dia fora do ambiente de trabalho se tornara quase impossível; por outro lado, não havia a menor dificuldade para estacionar.

Uns cinquenta metros abaixo, um Aston Martin DB11 entrava no estacionamento de visitantes; Fred tinha chegado, então. Essa fidelidade aos encantos antiquados do motor a explosão era uma característica estranha num geek como Fred, que por lógica deveria ter comprado um Tesla — ele às vezes ficava um bom tempo sonhando acordado, embalado pelo ronronar do seu v12. Saiu enfim do carro, batendo a porta atrás de si. Com os procedimentos de segurança da recepção, chegaria em uns dez minutos. Ele esperava que Fred trouxesse alguma novidade; na verdade, aquela era sua última esperança de poder relatar algum progresso na próxima reunião.

Quando, sete anos antes, os dois foram contratados pela DGSI — com um salário mais do que confortável para jovens sem nenhum diploma nem qualquer experiência profissional — a entrevista de emprego se resumiu a uma demonstração da sua capacidade de invadir vários sites da internet. Diante de quinze agentes da brigada de fraudes e outros departamentos técnicos do Ministério do Interior reunidos para a ocasião, explicaram como, depois de entrar no cadastro nacional de pessoas físicas, podiam, com um simples clique, desativar ou reativar um cartão do Seguro Saúde; como conseguiam entrar no site da Receita Federal e modificar ali, de forma muito simples, o valor da renda declarada. Tinham até mostrado — esse procedimento era mais complicado, porque os códigos eram alterados periodicamente — como podiam, depois de entrar no arquivo nacional automatizado de DNA, modificar ou destruir um perfil de DNA, mesmo no caso de um indivíduo já condenado. A única coisa que acharam melhor deixar de lado foi sua incursão no site da usina nuclear Chooz. Durante quarenta e oito horas tinham assumido o controle do sistema e poderiam ter acionado um procedimento de emergência para desligar o reator — privando assim várias regiões da França de eletricidade. Contudo, não poderiam ter causado um grande incidente nuclear: para penetrar no núcleo do reator, faltava uma chave de criptografia de 4096 bits que eles ainda não haviam quebrado. Fred dispunha de um novo programa de cracking e se sentiu tentado a usá-lo; mas nesse dia decidiram, de comum acordo, que talvez tivessem ido longe demais; então saíram, apagaram todos os vestígios da invasão e nunca mais tocaram no assunto — com ninguém, nem mesmo entre si. Naquela noite, Bastien teve um pesadelo em que foi perseguido por quimeras monstruosas feitas de recém-nascidos em estado de decomposição; no final do sonho aparecia o núcleo do reator. Ele e Fred passaram vários dias sem se ver, nem sequer se telefonaram, e certamente foi a partir daquele momento que começaram a pensar, pela primeira vez, em trabalhar para o Estado. Para eles, cujos heróis da juventude eram Julian Assange e Edward Snowden, colaborar com as autoridades não era uma opção evidente, mas o contexto de meados da década de 2010 era peculiar: a população francesa, após vários atentados islâmicos mortíferos, começou a demonstrar apoio, e até um certo apreço, à sua polícia e ao seu exército.

Mas Fred não renovou seu contrato com a DGSI após o primeiro ano; saiu logo depois para criar a Distorted Visions, uma empresa especializada em efeitos especiais digitais e computação gráfica. Fred, no fundo, ao contrário dele, nunca foi realmente um hacker; nunca sentiu de fato aquele prazer, semelhante ao que se sente num slalom especial, que Bastien tinha quando superava uma sucessão de firewalls, nem a embriaguez megalomaníaca que o invadia quando lançava um ataque baseado na força bruta, mobilizando milhares de computadores zumbis para decifrar uma chave particularmente complicada. Fred, como seu mestre Julian Assange, era antes de mais nada um programador nato, capaz de dominar em questão de dias as linguagens mais sofisticadas que apareciam continuamente no mercado — e usou essa habilidade para escrever algoritmos que inovaram totalmente a geração de formas e texturas. Fala-se muito da excelência francesa nos terrenos da aeronáutica e do espaço, mas é raro se pensar também na área de efeitos especiais digitais. A empresa de Fred contava com os maiores blockbusters hollywoodianos como clientes regulares; cinco anos após sua criação, já tinha chegado à terceira posição no ranking mundial.

Quando Fred entrou no seu escritório, antes mesmo que desabasse no sofá, Doutremont já sabia que as notícias eram ruins.
— Na verdade, Bastien, não tenho nada muito entusiasmante para te contar — confirmou Fred pouco depois. — Bem, vou voltar a falar da primeira mensagem. Sei que não é o que mais te interessa; mas, de todo modo, o vídeo é curioso.
A primeira janela que apareceu passou despercebida pela DGSI; tinha parasitado principalmente sites de passagens aéreas e reservas de hotéis. Tal como as duas seguintes, consistia numa justaposição de pentágonos, círculos e linhas de texto indecifráveis. Após o clique em qualquer lugar dentro da janela, a sequência se iniciava. A imagem foi captada de algum ponto elevado, talvez um balão pairando no ar; era um plano fixo de uns dez minutos. Uma vasta pradaria com grama alta se estendia até o horizonte, o céu tinha uma limpidez perfeita — aquela paisagem lembrava alguns estados do Oeste dos Estados Unidos. Sob o efeito do vento, enormes linhas retas se formaram na superfície gramada; depois se cruzaram, desenhando triângulos e polígonos. A seguir tudo se acalmou, a superfície ficou lisa outra vez, até onde a vista chegava; então o vento soprou de novo, os polígonos se reajustaram, esquadrinhando lentamente a planície, até o infinito. Era

muito bonito, mas não causava qualquer preocupação em particular; o som do vento não tinha sido gravado, a geometria do conjunto se desenvolvia em silêncio total.

— Ultimamente temos feito muitas cenas de tempestade no mar para filmes de guerra — disse Fred. — Uma superfície de grama deste tamanho é modelada mais ou menos como uma placa de água de dimensões equivalentes; não um oceano, mas um grande lago. E o que posso dizer, com toda certeza, é que as figuras geométricas que se formam neste vídeo são impossíveis. Seria preciso supor que o vento sopra em três direções diferentes ao mesmo tempo; às vezes, quatro. Portanto, não tenho a menor dúvida: isto é uma imagem virtual. Mas o grande problema é que você pode ampliar a imagem o quanto quiser e as folhas de grama sintéticas continuam parecendo folhas de grama reais; e isso, normalmente, não é possível. Não existem duas folhas de grama idênticas na natureza; todas têm irregularidades, pequenas falhas, uma assinatura genética específica. Ampliamos mil delas, escolhidas aleatoriamente na imagem: são todas diferentes. Estou disposto a apostar que os milhões de folhas de grama que aparecem no vídeo são todas diferentes umas das outras; isso é alucinante, é um trabalho enlouquecedor; talvez se possa fazer algo assim na Distorted, mas para uma sequência dessas dimensões levaríamos meses de computação.

2

No segundo vídeo, Bruno Juge, o ministro de Economia e Finanças — que, desde o início de seu período quinquenal, também era ministro do Orçamento —, estava em pé, com as mãos amarradas nas costas, no meio de um jardim de tamanho considerável localizado provavelmente na parte de trás de um pavilhão. A paisagem ao redor, montanhosa, lembrava a Suíça e devia ser exuberante na primavera, mas as árvores estavam nuas, provavelmente era final de outono ou início de inverno. O ministro usava uma calça social escura e uma camisa branca de mangas curtas, sem gravata, leve demais para a estação — e estava todo arrepiado.

Na sequência seguinte vestia uma longa túnica preta, arrematada com um capirote também preto, que o fazia parecer um penitente da Semana Santa em Sevilha; esse tipo de acessório também era usado na cabeça pelos condenados à morte durante a Inquisição, como sinal de humilhação pública. Dois homens vestidos de forma parecida — exceto pelo fato de que seus capirotes tinham buracos na altura dos olhos — o agarraram por baixo do braço e o arrastaram dali.

Chegando ao fundo do jardim, tiraram brutalmente o capirote da cabeça do ministro, que piscou várias vezes para se acostumar à luz. Estavam ao pé de uma pequena colina gramada, no topo da qual havia uma guilhotina. Ao descobrir o instrumento, a fisionomia de Bruno Juge não demonstrou medo, apenas uma leve surpresa.

Enquanto um dos dois homens fazia o ministro se ajoelhar, posicionava sua cabeça na luneta e acionava o mecanismo de fechamento, o segundo instalava o cutelo no martelo, uma pesada massa de ferro fundido destinada a estabilizar a queda da lâmina. Usando uma corda que passava por uma roldana, os dois içaram juntos o dispositivo composto pelo martelo e o cutelo até o capitel. Pouco a pouco, Bruno

Juge parecia estar sendo invadido por uma grande tristeza, mas era antes uma tristeza de ordem geral.

Após alguns segundos, durante os quais se via o ministro fechando os olhos rapidamente e em seguida reabrindo-os, um dos homens acionou o mecanismo. A lâmina desceu em dois ou três segundos, a cabeça foi cortada com um golpe só, um fluxo de sangue jorrou na bacia enquanto a cabeça rolava pela encosta gramada até parar bem diante da câmera, a poucos centímetros da lente. Os olhos do ministro, bem abertos, refletiam agora uma surpresa imensa.

A janela pop-up e o vídeo que ela trazia invadiram alguns sites de informações administrativas como www.impots.gouv.fr e www.servicepublic.fr. Bruno Juge falara primeiro sobre o assunto com o seu colega do Interior, e foi ele quem alertou a DGSI. O primeiro-ministro foi então informado e o assunto encaminhado para o presidente. Não houve qualquer declaração oficial à imprensa. Até o momento, todas as tentativas de remover o vídeo tinham fracassado — a janela reaparecia algumas horas, às vezes minutos depois, sempre postada a partir de um IP diferente.

— Posso dizer — continuou Fred — que vimos este vídeo durante horas, ampliando ao máximo, especialmente a sequência do tronco decapitado, no momento em que o sangue jorra da carótida. Normalmente, quando se amplia o suficiente, começam a aparecer padrões geométricos, microfiguras artificiais; na maioria das vezes dá até para adivinhar a equação que o cara usou. Aqui, nada: você pode ampliar o quanto quiser e tudo continua caótico, irregular, exatamente como um corte de verdade. Fiquei tão intrigado que contei o caso a Bustamante, o dono da Digital Commando.

— São seus concorrentes, não são?

— Sim, somos concorrentes, digamos assim, mas nos damos bem, já trabalhamos juntos em alguns filmes. Não temos exatamente as mesmas áreas de excelência: nós somos melhores que eles em arquiteturas imaginárias, geração de multidões virtuais etc. Mas quando se trata de efeitos especiais sangrentos, monstros orgânicos, mutilações e decapitações, eles são mais fortes. Bem, Bustamante ficou tão impressionado quanto eu: não tem absolutamente a menor ideia de como podem ter feito isso. Se tivéssemos que prestar testemunho

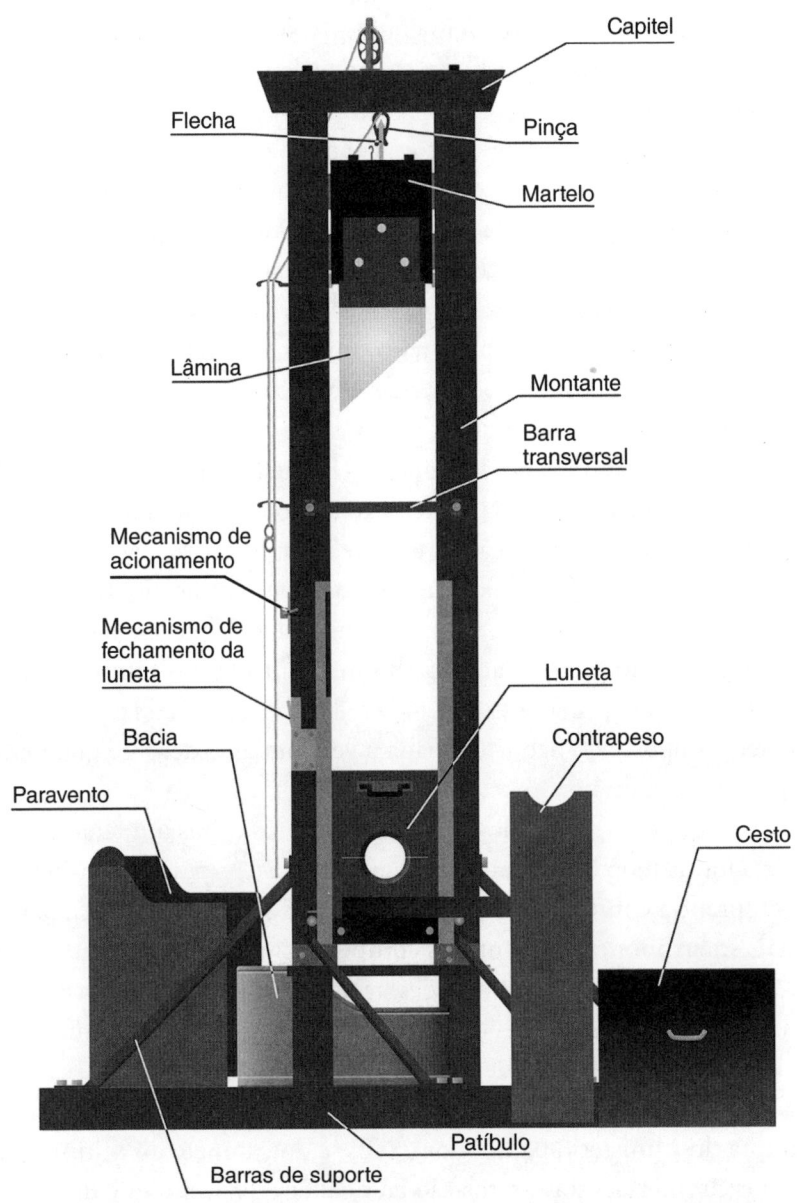

sob juramento num tribunal — e, claro, se não fosse o ministro, mas outra pessoa —, acho que juraríamos que foi uma decapitação real...

Seguiu-se um silêncio ruidoso. Bastien dirigiu o olhar para a vidraça, deixando-o flutuar outra vez pelos enormes cubículos de vidro e aço. De fato, aquele edifício era impressionante, e até assustador num dia claro; mas um tribunal superior deve mesmo inspirar medo na população.

— O terceiro vídeo, bem, você viu tanto quanto eu — continuou Fred. — É um plano longo, de câmera de mão, em túneis ferroviários. Bastante assustador, com aquele amarelo dominante. A trilha sonora é heavy metal industrial clássico. É uma imagem virtual, claro, não existem ferrovias com dez metros de largura nem locomotivas com cinquenta de altura. Foi bem-feito, muito bem-feito mesmo, uma computação gráfica muito boa, mas é menos impressionante que os outros vídeos; nós poderíamos ter conseguido isso na Distorted em duas semanas de trabalho, imagino. — Bastien ergueu os olhos. — O mais preocupante na terceira mensagem não é o conteúdo, é a transmissão. Dessa vez não atacaram um site administrativo, agora os alvos foram o Google e o Facebook; um pessoal que, a princípio, tem meios para se defender. E o mais surpreendente é a violência e a rapidez do ataque. Na minha opinião, esse botnet controla, no mínimo, cem milhões de máquinas zumbis. — Fred teve um sobressalto; aquilo parecia impossível, não tinha nada a ver com as ordens de grandeza que eles conheciam.

— Eu sei — continuou Bastien —, mas as coisas mudaram, e de certa forma tudo ficou mais fácil para os piratas. As pessoas continuam comprando computadores por hábito, mas só acessam a rede pelos seus smartphones enquanto os computadores ficam ligados. Neste momento há centenas de milhões, talvez bilhões de máquinas adormecidas no mundo, esperando para serem controladas por um bot.

— Lamento não poder ajudar, Bastien.

— Você me ajudou. Tenho uma reunião às 19h com Paul Raison, o cara do Ministério da Economia. Ele é do gabinete do ministro, e é o meu interlocutor em relação ao dossiê; agora sei o que devo lhe dizer. Um: estamos lidando com um ataque desferido por desconhecidos. Dois: eles conseguem fazer efeitos especiais digitais considerados impossíveis pelos melhores especialistas na área. Três: o poder de computação que podem mobilizar é inaudito, supera qualquer coisa que conhecemos até agora. Quatro: sua motivação é desconhecida.

Um novo silêncio recaiu entre os dois.

— Como é esse Raison? — perguntou Fred por fim.

— É bom. Sério, nada divertido, na verdade até severo, mas é uma pessoa razoável. Acontece que o pessoal da DGSI o conhece — ou melhor, se lembra do pai dele, Edouard Raison, que fez toda a carreira na instituição, começando na antiga Inteligência Geral há quase quarenta anos. Era respeitado; trabalhou em casos muito importantes, do nível mais alto, que afetavam diretamente a segurança do Estado. Enfim, o filho já é um pouco de casa. Apesar de ser formado na Escola Nacional de Administração, de ser auditor financeiro, enfim, o percurso normal, ele conhece a natureza particular do nosso trabalho e não é hostil a priori.

3

O céu está baixo, cinza, compacto. A luz não parece vir do alto, mas da camada de neve que cobre o solo; e está cada vez mais fraca, inexoravelmente; com certeza a noite está caindo. Placas de geada se cristalizam, os galhos das árvores estão quebradiços. Flocos de neve rodopiam entre as pessoas que se cruzam sem se olhar, com os rostos duros e enrugados, e pontinhos loucos de luz dançando nos olhos. Alguns vão para casa, mas antes de chegarem percebem que as pessoas que amam vão morrer ou provavelmente já estão mortas. Paul toma consciência de que o planeta está morrendo de frio aos poucos; a princípio isso é apenas uma hipótese, mas aos poucos se transforma em certeza. O governo não existe mais, fugiu ou simplesmente se desvaneceu, é difícil dizer. Depois Paul está em um trem; tinha decidido passar pela Polônia, mas a morte se instala nos compartimentos apesar das paredes forradas com um material espesso. Então entende que não há ninguém dirigindo o trem e este avança a toda velocidade por uma planície deserta. A temperatura continua caindo: $-40°$, $-50°$, $-60°$...

Foi o frio que tirou Paul do sonho; era meia-noite e vinte e sete. Toda noite desligavam o aquecimento dos escritórios do ministério às nove, já era bastante tarde, na maioria das repartições as pessoas saem do trabalho muito mais cedo. Devia ter cochilado no sofá do escritório logo depois que o cara da DGSI saiu. Parecia estar preocupado, pessoalmente preocupado, com o próprio futuro — como se Paul fosse reclamar com os superiores, pedir que fosse excluído da investigação ou algo assim; mas ele não tinha a menor intenção de fazer isso. De todo modo, a partir do terceiro vídeo o caso tinha tomado uma dimensão mundial. Dessa vez, o alvo direto era o Google, principal empresa do planeta, que estava trabalhando lado a lado com a National Security Agency. A DGSI provavelmente seria informada dos primeiros resultados, por cortesia e porque o caso, de forma inexplicável, envolvia um ministro francês; mas os americanos tinham meios de investigação incomparáveis com os de seus pares franceses, e logo assumiriam o controle total do assunto. Determinar uma punição a esse sujeito da DGSI não seria apenas injusto, mas estúpido: não estávamos mais na época do seu pai, quando os perigos eram exclusivamente locais; agora eles assumiam, quase de imediato, um alcance global.

Agora Paul estava com fome. Ia voltar para casa, era a única coisa a fazer, disse para si mesmo antes de lembrar que não havia nada para comer em casa, que a prateleira da geladeira reservada para ele estaria desesperadamente vazia, e que a própria expressão "em casa" continha um otimismo pouco razoável.

O compartilhamento da geladeira era o que melhor simbolizava a deterioração do seu casamento. Quando Paul, jovem funcionário do Departamento de Orçamento, conheceu Prudence, jovem funcionária do Departamento do Tesouro, sem dúvida aconteceu alguma coisa entre eles desde os primeiros minutos; talvez não desde os primeiros segundos, a expressão "amor à primeira vista" seria exagerada para o caso, mas foi em alguns minutos, com certeza menos de cinco, na verdade mais ou menos o tempo que dura uma canção. O pai de Prudence tinha sido fã de John Lennon na juventude, daí o seu nome, como ela iria lhe revelar algumas semanas depois. "Dear Prudence" certamente não era a melhor canção dos Beatles, aliás Paul nunca considerou o álbum branco como o melhor da carreira deles, mas o fato é que nunca conseguiu chamar Prudence pelo nome: no máximo, em momentos de ternura, a chamava de "querida", ou às vezes de "meu amor".

Ela nunca cozinhou, em momento algum da vida que tiveram em comum; não achava que fosse condizente com seu status. Afinal, tinha um diploma da Escola Nacional de Administração como Paul, era auditora financeira como Paul e, realmente, uma auditora financeira no fogão era uma coisa meio fora de lugar. A princípio os dois tinham total concordância em relação à tributação dos ganhos de capital, e eram tão incapazes de sorrir de maneira cativante, de falar com leveza sobre assuntos variados, isto é, de seduzir, que provavelmente foi essa combinação que permitiu que o idílio se materializasse durante as intermináveis reuniões promovidas pela Direção de Legislação Fiscal, até altas horas, geralmente na sala B87. A vida sexual dos dois foi boa desde o começo, embora raramente chegassem ao êxtase — mas o fato é que a maioria dos casais não aspira a tanto: para um casal constituído, manter algum tipo de atividade sexual já é um verdadeiro sucesso, uma exceção muito mais que a regra; a maioria das pessoas bem informadas (jornalistas das principais revistas femininas, autores de romances realistas) são testemunhas desse fato, que aliás só dizia respeito às pessoas relativamente mais velhas, como Paul e Prudence, que já estavam perto dos cinquenta; para os seus contemporâneos mais jovens, a própria ideia de uma relação sexual entre dois indivíduos autônomos, mesmo que só durasse alguns minutos, parecia uma fantasia datada e lamentável.

Entretanto, a divergência alimentar entre Prudence e Paul se manifestou logo. Prudence, nos primeiros anos, movida pelo amor ou por um sentimento semelhante, proporcionava ao companheiro uma alimentação compatível com seus gostos, que ela considerava marcados por um conservadorismo desgastante. Embora não cozinhasse, ela mesma fazia as compras e tinha um orgulho especial em encontrar os melhores bifes, os melhores queijos, os melhores frios para Paul. Na época, esses produtos de origem animal se misturavam nas prateleiras da geladeira comum, em uma amorosa bagunça, com as frutas, cereais e leguminosas orgânicas que compunham a sua alimentação cotidiana.

A mutação vegana de Prudence, que ocorreu em 2015, no momento exato em que essa palavra apareceu no dicionário Petit Robert, iria deflagrar uma guerra alimentar total, cujas sequelas, onze anos depois, ainda não estavam curadas e à qual o relacionamento entre os dois tinha poucas chances de sobreviver.

O primeiro ataque de Prudence foi brutal, absoluto, decisivo. Ao voltar de Marrakech, onde tinha participado de um congresso da União Africana junto com o ministro da época, Paul se surpreendeu ao ver na sua geladeira, além das frutas e vegetais de sempre, uma infinidade de alimentos estranhos, feitos de algas marinhas e soja germinada, convivendo com muitos pratos prontos da marca Biozone que combinavam tofu, bulgur, quinoa, espelta e macarrão japonês. Nenhuma dessas coisas lhe parecia nem um pouco comestível, e ele exprimiu essa opinião com uma certa acrimônia ("só tem merda para comer", foram suas palavras exatas). Seguiu-se uma breve mas intensa negociação, ao final da qual Paul conseguiu uma prateleira na geladeira para guardar sua "comida de gente tosca", nas palavras de Prudence — comida que agora ele tinha que ir comprar, com seus próprios recursos (os dois sempre mantiveram contas bancárias separadas, detalhe que tem sua importância).

Nas primeiras semanas, Paul ousou criar caso aqui e ali, e sua atitude foi vigorosamente repelida. Qualquer pedaço de queijo saint--nectaire ou de patê que ele guardasse no meio do tofu e da quinoa de Prudence era devolvido em poucas horas à prateleira original, quando não simplesmente jogado no lixo.

Dez anos depois, tudo parecia mais calmo. No que diz respeito à alimentação, Paul estava satisfeito com a sua pequena prateleira, que enchia rapidamente, tendo desistido aos poucos de consumir produtos de gastronomia artesanal para se contentar com a alternativa, sintética do ponto de vista nutricional e com a garantia de uma distribuição confiável, de comprar pratos prontos para descongelar no micro-ondas. "A gente tem que comer alguma coisa", repetia para si mesmo, com sabedoria, diante do seu tajine de frango Monoprix Gourmet, aderindo assim a uma forma de epicurismo sombrio. As aves eram provenientes "de diversos países da União Europeia"; podia ser pior, pensou: frango brasileiro, não, obrigado. Agora se deparava de noite, cada vez com mais frequência, com pequenos seres que se moviam depressa; sua pele era escura e seus braços, numerosos.

Desde o início da crise, os dois dormiam em quartos separados. Dormir sozinho é difícil quando você perdeu o hábito, está com frio e com medo; mas eles já tinham ultrapassado esse estágio doloroso; tinham alcançado uma espécie de desespero padronizado.

O declínio da relação começou logo depois que compraram, os dois contraindo dívidas por mais de vinte anos, um apartamento na rue Lheureux, em frente ao Parc de Bercy — um esplêndido duplex com dois quartos e uma magnífica área de estar, com vidraças panorâmicas que davam para o parque. A coincidência não foi fortuita, muitas vezes uma melhoria nas condições de vida se dá em paralelo com a deterioração das razões para viver, sobretudo para viver juntos. O bairro era "pra lá de incrível", disse a babaca da Indy, sua cunhada, quando os visitou na primavera de 2017 em companhia do infortunado irmão. Essa visita felizmente foi a única: a tentação de estrangular Indy foi muito forte, ele não tinha certeza se conseguiria resistir pela segunda vez.

O bairro era ótimo, sim, ela não estava errada. O quarto do casal, na época em que tinham um quarto comum, dava para o Musée des Arts Forains, na avenida des Terroirs-de-France. A uns cinquenta metros, a rue de la Cour Saint-Émilion, que atravessa o quadrilátero urbano conhecido como Bercy Village, ostentava uma nuvem de balões multicoloridos, tanto no inverno como no verão, cobrindo os restaurantes regionais e bistrôs alternativos que sucediam uns aos outros nas calçadas. O espírito da infância podia ser reinventado à vontade. O próprio parque era um testemunho do mesmo desejo de desordem lúdica: decidiram dar um espaço para os vegetais, e um pavilhão administrado pela Prefeitura de Paris oferecia oficinas de jardinagem aos moradores do bairro ("Plantar em Paris é permitido!", era o slogan que adornava a fachada).

Ficava — e esse argumento continuava em vigência, concreto e sólido — a quinze minutos a pé do ministério. Já era meia-noite e quarenta e dois — aquela reflexão, embora abrangesse a maior parte da sua vida adulta, tinha durado apenas quinze minutos. Se fosse embora agora, à uma da manhã poderia estar em casa. Pelo menos, no endereço onde morava.

4

Virando à direita logo depois da sua sala, na direção do conjunto de elevadores norte, Paul viu, no final de um longo corredor mal iluminado que levava aos aposentos do ministro, uma figura andando devagar, com um pijama cinza de prisioneiro. Alguns passos mais, e o reconheceu: era o próprio ministro. Dois meses antes, Bruno Juge tinha pedido para utilizar seu apartamento funcional, que estava sempre desocupado praticamente desde a construção do prédio do ministério. Portanto, embora sem formular explicitamente, havia decidido abandonar o lar conjugal, encerrando assim um casamento de 25 anos. Paul não conhecia a natureza exata dos problemas de Bruno com a esposa — mas ainda assim imaginava, por pura empatia entre homens ocidentais de idade e formação equivalentes, que deviam ser bastante semelhantes aos seus. Circularam murmúrios nos corredores do ministério (como podem ser murmuradas coisas desse tipo nos corredores? Isso era um mistério para Paul; mas são murmuradas, sem dúvida nenhuma) segundo os quais o fundo da história era um problema mais sórdido, criado por repetidas infidelidades conjugais — infidelidades da esposa. Algumas testemunhas pareciam ter surpreendido gestos inequívocos de Évangéline, a mulher do ministro, em recepções ocorridas no ministério anos antes. A esposa de Paul, pelo menos, não se envolvia nesse tipo de escândalo. Prudence não tinha vida sexual, até onde ele sabia; as alegrias mais austeras da ioga e da meditação transcendental pareciam ser suficientes para ela se realizar, ou provavelmente não eram, mas nada podia ser suficiente para ela se realizar, muito menos o sexo; Prudence não era uma *mulher para sexo*; pelo menos era disso que Paul estava tentando se convencer, sem nenhum resultado prático porque, no fundo, sabia muito bem que Prudence foi feita para o sexo tanto quanto a maioria das mulheres, e talvez mais; que ela, no fundo do seu ser, sempre precisaria de sexo, no caso, sexo heterossexual e, para falar com toda a precisão, de penetração por uma pica. Mas as mímicas de posicionamento social dentro de um grupo, por mais ridículas e até desprezíveis que sejam, têm um papel a desempenhar, e Prudence foi, tanto em relação ao sexo quanto à comida vegana, uma espécie de precursora; os assexuais estavam se multiplicando, todas as pesquisas testemunhavam isso, de um mês para o outro a porcentagem de assexuais na população parecia ter um crescimento, não constante, mas acelerado; os jornalistas, com o seu apreço habitual pela aproximação e pelo termo científico impróprio, não tiveram dúvidas em qualificar esse crescimento de exponencial, mas na realidade não era, não se tratava do ritmo, extremo, do verdadeiro exponencial — mas não deixava de ser muito veloz.

Ao contrário de Prudence e da maioria dos seus contemporâneos, Évangéline tinha assumido plenamente, e talvez ainda assumisse, que era uma *gostosa* de verdade, o que naturalmente não podia convir a um homem como Bruno, cujo entusiasmo era mais voltado para um lar quente e aconchegante, capaz de distraí-lo das lutas pelo poder que, necessariamente, são inerentes ao *jogo político*. Seus problemas conjugais, na realidade, pouco tinham a ver.

— Ah, Paul, você estava aqui? — Bruno não parecia estar completamente acordado; seu tom de voz era incerto, um pouco desorientado, mas feliz. — Ainda trabalhando?

— Na verdade, não. Ao contrário. Tinha adormecido no sofá.

— Sim, os sofás... — pronunciou a palavra com deleite, como se fosse uma invenção maravilhosa, cuja existência tivesse acabado de redescobrir. — Como não estava conseguindo dormir — continuou em um tom totalmente diferente —, fiquei pensando no dossiê. Quer vir beber alguma coisa no meu apartamento? Não podemos deixar que os chineses fiquem com o monopólio das terras raras — prosseguiu quase imediatamente, enquanto Paul já o seguia. — Para isso, estou concluindo um acordo com a Lynas, a empresa australiana; esses australianos são duros nas negociações, você nem imagina; isso vai resolver a questão do ítrio, do gadolínio e do lantânio; mas ainda há muitos problemas, especialmente com o samário e o praseodímio; estou em contato com o Burundi e a Rússia.

— Deve dar certo com o Burundi — respondeu Paul, despreocupado. Burundi era um país africano; até aí, mais ou menos, chegavam os seus conhecimentos sobre o assunto; mas imaginou que ficava próximo ao Congo, por causa do sintagma "Congo Burundi" que flutuava num canto da sua memória, embora não pudesse atribuir-lhe qualquer conteúdo semântico estável.

— Nos últimos tempos, o Burundi adquiriu uma liderança verdadeiramente notável — insistiu Bruno, dessa vez sem esperar por uma resposta.

— Estou com um pouco de fome — disse Paul —, na verdade eu nem tinha lembrado de comer esta noite, bem, ontem à noite.

— É?... Acho que ainda tenho um sanduíche, bem, uma espécie de sanduíche, que tinha pensado em comer esta tarde. Não deve estar muito bom, sabe, mas é melhor que nada.

Quando entraram no apartamento oficial, Bruno se virou para ele.

— Esqueci, eu tinha saído para pegar uma pasta no gabinete. Você pode me esperar um instante?

Seu gabinete ministerial, onde recebia políticos, sindicatos e grandes empresários, ficava em outra ala, o trajeto de ida e volta levaria cerca de vinte minutos. Bruno tinha montado um escritório anexo num pequeno cômodo dos seus aposentos: um tampo simples, revestido de fórmica imitando freixo, sobre o qual pôs seu laptop e algumas pastas, completando com uma impressora. Havia fechado as cortinas, ocultando a vista do Sena.

A cozinha era nova, cintilante e parecia nunca ter sido usada: não havia pratos espalhados pela pia, e a enorme geladeira americana estava vazia. A suíte de casal com vista para o rio também estava desocupada, a cama não tinha sido desfeita. Bruno devia estar dormindo no que parecia ser um quarto de criança, se imaginarmos uma criança pouco exigente. Era um cômodo pequeno e sem janelas, com paredes e carpete cinza, mobiliado apenas com uma cama de solteiro e uma mesinha de cabeceira.

Paul voltou para a sala de estar, que dava para o Sena. Através das grandes vidraças salientes que circundavam a sala por três lados, a vista era esplêndida: as arcadas do metrô elevado estavam iluminadas e o tráfego continuava pesado no Quai d'Austerlitz; as águas do rio, tingidas de amarelo dourado pela iluminação urbana, batiam nos pilares da Pont de Bercy. A magnificência da iluminação que banhava a sala lembrava algo mundano e suntuoso, como algum ambiente parisiense ligado ao mundo da noite, da elegância, até das artes plásticas. Aquilo não lhe evocava nada, nada conhecido — e a Bruno, sem dúvida, ainda menos. Sobre a mesa para oito pessoas, coberta com uma toalha branca, havia um sanduíche Daunat de peito de frango com queijo emmental, ainda na embalagem, e uma cerveja sem álcool Tourtel. Era a refeição de Bruno; sua austeridade a serviço do Estado impunha respeito, pensou Paul. Deve haver uma brasserie aberta perto da Gare de Lyon, geralmente há brasseries abertas até tarde da noite nas redondezas das principais estações ferroviárias que oferecem pratos tradicionais para viajantes solitários, sem nunca conseguir convencê-los realmente de que ainda têm seu lugar em um mundo acessível, humano, caracterizado pela cozinha familiar e os pratos tradicionais. Era nessas heroicas brasseries, cujos garçons, testemunhas de tanta aflição, geralmente morrem jovens, que estavam as últimas esperanças culinárias de Paul para aquela noite.

Quando Bruno voltou, trazendo uma pasta volumosa nas mãos, ele estava na salinha contígua, examinando a escultura de um animal apoiada no peitoril da janela. O animal, cuja musculatura tinha sido minuciosamente reproduzida, estava com a cabeça virada para trás. Parecia preocupado, talvez tivesse ouvido algo atrás de si, adivinhado a presença de um predador. Podia ser uma cabra, ou talvez um cervo ou uma corça, ele não entendia muito de animais.

— O que é isso? — perguntou.

— Uma corça, acho.

— Sim, tem razão, deve ser mesmo uma corça. E de onde veio?

— Não sei, estava aí.

Aparentemente era a primeira vez que Bruno notava a existência da escultura. Quando ele voltou à sua cantilena sobre as terras raras chinesas e não chinesas, Paul se perguntou se deveria atualizá-lo sobre a DGSI naquele momento. O vídeo o deixara, ele sabia, profundamente abalado, tinha até considerado a possibilidade de se retirar da vida política. Na vida política real, enfim, no núcleo do reator, ele sabia que era quase um outsider. Sua nomeação para Bercy, quase cinco anos antes, não havia despertado grande entusiasmo nos serviços de informação, é o mínimo que se pode dizer — e até se poderia falar em *bronca*, se o termo fosse adequado para auditores financeiros envergando ternos cor de grafite. Ele não era auditor financeiro, nem tinha cursado a ENA, em todos os aspectos era um autêntico "politécnico" — um diplomado na École Polytechnique — que fez sua carreira na indústria. E foi muito bem-sucedido, primeiro à frente da Dassault Aviation, depois da Orano e por fim da Arianespace, onde em poucos anos conseguiu erradicar as tentativas de concorrência americana e chinesa, solidificando a posição francesa na liderança mundial em lançadores de satélites. Indústrias de armas, nuclear, espacial: setores de alta tecnologia, que eram lugares para o desenvolvimento natural de um "politécnico" e ao mesmo tempo lhe proporcionaram a trajetória ideal para cumprir as promessas de campanha do presidente recém-reeleito. Este havia abandonado as fantasias da *startup nation* que garantiram sua primeira eleição, mas que na prática só conseguiram criar poucos empregos, precários e mal pagos, no limite da escravidão, em multinacionais incontroláveis. Redescobrindo os encantos da economia conduzida à francesa, não hesitou em proclamar, de braços abertos com um ímpeto quase cristão (isso ele sempre soube fazer, e agora fazia melhor do que nunca, seus braços se abriam num ângulo aparentemente impossível, deve ter treinado com um professor de ioga, do contrário não seria possível), no imenso comício que encerrou sua campanha em Paris: "Esta noite vim com uma mensagem de esperança para silenciar os profetas da desgraça: na França, hoje, recomeçam os Trinta Anos Gloriosos!". Bruno Juge, mais que qualquer outro, era talhado para enfrentar esse desafio industrial. Quase cinco anos tinham se passado, e ele cumpriu a sua promessa com folga. Seu êxito mais impressionante, o que mais repercutiu na mídia, e também o que mais profundamente marcou as mentes, foi a espetacular recuperação do grupo PSA. Fartamente recapitalizado pelo Estado, que na prática mais ou menos assumiu o controle, o grupo partiu para reconquistar o topo de linha com uma de suas marcas: a Citroën. Atualmente só havia dois mercados no setor automobilístico, o *low cost* e o top de linha, pelo menos era essa a convicção de Bruno, assim como só existiam, mas isso ele se abstinha de mencionar — e aliás não entrava diretamente no seu campo de competência —, duas classes sociais, os ricos e os pobres, a classe média já tinha evaporado, e o automóvel médio não demoraria muito a desaparecer também. A França mostrara sua competência e sua garra no campo do *low cost* — a aquisição da Dacia pela Renault foi a base de uma *success story* impressionante, certamente a mais impressionante na história recente da indústria automotiva. Com sua reputação de elegância e sua liderança na indústria do luxo, a França poderia enfrentar o desafio dos modelos top de linha e se tornar um sério concorrente dos fabricantes alemães, pensou Bruno. O top do top de linha continuava sendo inacessível — isso era monopólio dos fabricantes ingleses, por motivos difíceis de compreender, que provavelmente só deixariam de existir com a extinção da monarquia britânica; mas o top de linha, dominado pelos fabricantes alemães, estava ao seu alcance.

Ele finalmente aceitou esse desafio, o mais importante da sua carreira ministerial, que o manteve acordado durante meses no seu gabinete em Bercy, enquanto sua esposa se entregava a abraços improváveis. No ano anterior, a Citroën estava par a par com a Mercedes em quase todos os mercados mundiais. No estratégico mercado indiano, aliás, tinha chegado à primeira posição, à frente de suas três rivais alemãs — a própria Audi, a Audi soberana, foi relegada à segunda posição, e o jornalista econômico François Lenglet, sempre avesso a manifestações emocionais, chorou ao anunciar a notícia no popularíssimo programa de David Pujadas na LCI.

Recuperando (graças à inventividade de seus designers, escolhidos pessoalmente por Bruno, que não hesitou em impor sua concepção artística e nesse ponto saiu da sua função puramente técnica) a ousadia dos criadores do Traction e do DS, a Citroën — e, de maneira mais geral, a França — conseguiu voltar a ser o país emblemático do top de linha, a ser invejada e admirada em todo o mundo — e o gatilho disso, contrariando todas as expectativas, não era o setor da moda, mas o automobilístico, o mais simbólico de todos, fruto da união da inteligência tecnológica com a beleza.

Embora esse êxito tenha sido o mais divulgado pela mídia, estava longe de ser o único: a França voltara a ser a quinta potência econômica do mundo, nos calcanhares da Alemanha, que era o quarto; seu déficit agora era inferior a 1% do PIB e o país estava reduzindo gradualmente sua dívida; tudo isso sem contestações, sem greves, em um clima de aceitação surpreendente; o ministério de Bruno era um sucesso total.

A próxima eleição presidencial ocorreria em menos de seis meses, e o presidente, que poderia se reeleger sem dificuldade, não tinha condições de se candidatar outra vez: desde a imprudente reforma constitucional de 2008, ninguém podia exercer mais de dois mandatos presidenciais consecutivos.

Já se sabia bastante sobre essa eleição: o candidato do Rassemblement National iria para o segundo turno — ainda não se sabia seu nome, mas havia cinco ou seis pretendentes com viabilidade — e seria derrotado. Restava uma pergunta, simples mas crucial: quem seria o candidato da maioria ligada ao presidente?

Em muitos aspectos, Bruno era quem estava em melhor posição. Já tinha a confiança do presidente — o que era fundamental, porque este pretendia voltar cinco anos depois e exercer mais dois mandatos consecutivos. De uma forma ou de outra, o presidente parecia estar convencido de que Bruno iria manter sua palavra e aceitar entregar o governo após cumprir os cinco anos do seu mandato, sem sucumbir à embriaguez do poder. Bruno era um técnico, um técnico excepcional, mas não era um homem do poder; pelo menos era nisso que o presidente acreditava na maior parte do tempo; de todo modo, havia um lado de pacto faustiano em toda essa história, e era impossível chegar a alguma certeza.

Outro problema, muito mais imediato, era o das pesquisas. Para 88% dos franceses, Bruno era uma pessoa "competente"; 89% o julgavam "trabalhador", e 82%, "íntegro". Um resultado excepcional, que nunca havia sido alcançado por qualquer político desde que começaram a fazer pesquisas de opinião, nem mesmo Antoine Pinay e Pierre Mendès France chegaram perto desse resultado. Mas só 18% o consideravam "caloroso", 16%, "simpático", e apenas 11% "próximo das pessoas" — números catastróficos, os piores da classe política, considerando todos os partidos. Em suma, as pessoas o valorizavam, mas não gostavam dele. Ele sabia disso e sofria, e foi por esse motivo que o tal vídeo sangrento o afetou tão profundamente: não era só que as pessoas não gostassem dele, mas algumas o odiavam a ponto de encenar sua morte. A escolha da decapitação, com suas conotações revolucionárias, serviu para reforçar sua imagem de tecnocrata distante, tão afastado do povo quanto os aristocratas do Ancien Régime.

Aquilo era injusto porque Bruno era um bom sujeito, Paul sabia. Mas como convencer os eleitores? Sem jeito com a mídia, recusando-se obstinadamente a tratar de assuntos pessoais, Bruno também não gostava de falar em público. Como poderia enfrentar uma campanha eleitoral? Sua candidatura, na verdade, não era nada evidente.

A amizade entre os dois era uma coisa relativamente recente. Enquanto trabalhava na Diretoria de Legislação Tributária, Paul estivera várias vezes com Bruno, mas sempre de maneira breve. As reduções maciças de impostos que ele implementou no seu primeiro ano de mandato só deviam ser aplicadas a investimentos diretamente destinados a financiar a indústria francesa — era uma condição não negociável, ele não abria mão disso. Um dirigismo tão claramente assumido não estava entre os hábitos da casa, e Paul teve de lutar, quase sozinho, contra todos os funcionários do seu próprio departamento, redigindo sem esmorecer diretivas e relatórios que ratificavam as propostas do ministro. Finalmente venceram, depois de mais de um ano de guerra interna que deixou suas marcas.

Essa luta comum atraiu a atenção de Bruno, mas a relação entre os dois só assumiu um aspecto mais pessoal durante outro congresso da União Africana, dessa vez em Adis Abeba; mais exatamente, na primeira noite do congresso, no bar do hotel Hilton. A conversa foi um pouco difícil no começo, bastante limitada, e só ficou mais solta quando a garçonete voltou. "As coisas com minha mulher não estão indo muito bem…", disse Bruno depois que ela deixou à sua frente uma taça de champanhe. Paul fez um movimento de surpresa, quase derramou o seu coquetel — uma merda tropical infame e doce demais, não seria uma grande perda. Nesse exato momento, em perfeito sincronismo, duas prostitutas africanas ocuparam uma mesa a poucos metros deles. Bruno nunca havia abordado, nem ligeiramente, algum assunto da esfera privada com ele; Paul nem sabia que era casado. Mas, afinal, por que não, é, isso ainda existe, às vezes as pessoas ainda se casam, os homens e as mulheres, é uma coisa até comum. E um "politécnico", mesmo tendo sido o primeiro da turma, mesmo tendo passado pelo Corps des Mines, também era um homem; isso abria uma nova dimensão, que ele teria que levar em conta.

Bruno não disse mais nada, num primeiro momento; depois gaguejou, com uma voz constrangida: "Não fazemos amor há seis meses...". Ele disse *fazer amor*, Paul notou imediatamente, e a escolha dessa expressão com conotações sentimentais — em vez de *trepar* (que provavelmente ele próprio teria empregado) ou *ter uma vida sexual* (que teria sido escolhida por muita gente preocupada em reduzir o impacto afetivo da revelação usando um termo neutro) — já dizia muito. Embora "politécnico", Bruno *fazia amor*, ou pelo menos já tinha feito; embora "politécnico", Bruno (e nesse momento viu toda a sua personalidade, incluindo o rigor orçamentário, sob uma nova luz) era um romântico. O romantismo nasceu na Alemanha, às vezes nos esquecemos disso, mais exatamente no norte da Alemanha, num ambiente pietista que também desempenhou um papel significativo nos primeiros desenvolvimentos do capitalismo industrial. Isso era um doloroso mistério histórico, sobre o qual Paul tinha refletido várias vezes na juventude, no tempo em que as coisas do espírito ainda conseguiam prender sua atenção.

Teve que se reprimir para não responder, brutal e cinicamente: "Seis meses? Mas eu, já faz dez anos, cara!...". Era pura verdade, havia dez anos que ele não trepava — e muito menos *fazia amor* — com Prudence, nem com qualquer outra mulher, aliás. Mas viu bem a tempo que, naquela altura do relacionamento entre os dois, esse comentário não seria bem recebido. Bruno na certa ainda imaginava que era possível uma melhora, quem sabe uma *retomada* total; e, de fato, depois de seis meses, segundo a maioria dos testemunhos, isso ainda era possível.

A noite estava caindo em Adis Abeba, um som de rumba congolesa invadia suavemente o bar. As duas garotas da mesa ao lado eram prostitutas, mas prostitutas de alto nível, como se via por suas roupas de grife, sua maquiagem discreta, sua elegância geral. Deviam ser garotas instruídas, quem sabe engenheiras ou alunas de doutorado. E ainda por cima muito bonitas, com suas saias curtas e justas, e seus corpetes apertados pareciam promessas de prazeres consideráveis. Provavelmente eram etíopes, tinham o porte altaneiro das mulheres do país. A essa altura, tudo poderia ter sido muito simples: bastaria convidá-las para a sua mesa. Elas tinham vindo para isso, e não eram as únicas, quase todo mundo naquele congresso desgraçado tinha vindo para isso, desde o final do primeiro dia já era evidente que não era lá que seriam tomadas decisões para o desenvolvimento da África. Bruno talvez conseguisse, aqui e ali, vender algumas usinas nucleares, era uma espécie de mania que tinha, vender usinas nucleares em congressos internacionais; na verdade, os contratos não seriam assinados imediatamente, seriam apenas acordados e a assinatura se daria depois, discretamente, com certeza em Paris.

Num futuro mais imediato, uma vez que as duas garotas fossem convidadas para a mesa deles a negociação seria cortês e breve, o preço era mais ou menos conhecido por todos — com as usinas nucleares não seria tão fácil, mas isso não era mais da sua alçada. Restava a questão da escolha das garotas, mas sobre esse assunto Paul se sentia tranquilo: gostara das duas, elas tinham uma beleza equivalente e pareciam amáveis e meigas, ambas igualmente ansiosas para servir a uma pica ocidental. Paul, nesse aspecto, estava disposto a deixar que Bruno escolhesse primeiro. E, caso a escolha se revelasse impossível, talvez um quarteto fosse uma opção.

No mesmo instante em que esse pensamento se formava em sua mente, percebeu que toda aquela situação era um beco sem saída. Seu relacionamento com Bruno certamente tinha assumido uma nova dimensão poucos minutos antes; mas não haviam chegado, e provavelmente nunca chegariam, ao ponto de poderem ir para a cama juntos com duas garotas, a amizade entre eles jamais poderia se estabelecer nessas bases, nenhum dos dois era, nem nunca seria, um *garanhão*; aliás, estava fora de cogitação que ele assistisse à cena de Bruno contratando os serviços de uma prostituta — e isso sem levar em conta que era um político de notoriedade nacional, e que provavelmente, naquele exato minuto, jornalistas disfarçados de congressistas deviam estar rondando a recepção e controlando o acesso aos elevadores, e que ele já tinha assumido uma espécie de missão de proteção a Bruno. A ausência dessa cumplicidade masculina básica impediria Bruno de responder, na sua presença, aos chamados das duas jovens, mas criava ao mesmo tempo um vínculo mais forte entre os dois, baseado em reações de pudor que estabeleciam uma proximidade sem precedentes entre eles, na medida em que os afastava da comunidade elementar dos machos.

Tirando imediatamente as conclusões desse insight, Paul se levantou, alegou um vago cansaço, talvez tenha mencionado o fuso horário (o que era bastante idiota, porque quase não havia diferença entre Paris e Adis Abeba) e deu boa-noite a Bruno. As jovens reagiram com movimentos breves e um pequeno debate; a configuração da situação realmente havia mudado. O que Bruno iria fazer? Podia escolher qualquer uma das duas garotas; também podia levar as duas, o que provavelmente ele faria em seu lugar. Mas também podia, como terceira e, infelizmente, mais provável hipótese, não fazer nada. Bruno era um homem que buscava soluções de longo prazo, e indiscutivelmente isso era tão verdadeiro no gerenciamento da sua vida sexual quanto no da política industrial do país. Ele não tinha chegado, e talvez nunca chegasse, ao estado de espírito sombrio — que cada vez mais Paul sentia como próprio — que consiste em admitir que não há solução de longo prazo; que a própria vida não tem solução de longo prazo.

Quando essa lembrança voltou, quatro anos depois — a lembrança daquele momento em que decidiu, levantando-se e subindo para o seu quarto, deixar Bruno sozinho para enfrentar seu possível destino sexual da noite —, Paul entendeu que não iria lhe contar sobre seu encontro com o cara da DGSI; não agora, não imediatamente.

Na manhã seguinte, quando perguntou por Bruno na recepção, depois de pagar a conta do frigobar, Paul se surpreendeu ao saber que ele já tinha saído do hotel, de manhã bem cedo, levando sua bagagem. Essa partida solitária e matinal obviamente não evocava uma intriga amorosa; o celular de Bruno estava na secretária eletrônica e a situação exigia uma decisão rápida: será que devia alertar logo os serviços diplomáticos? Ele não podia abandonar seu ministro em nenhum caso, mas decidiu lhe dar algum tempo e pediu um táxi para o aeroporto.

A minivan Mercedes que o levou ao aeroporto de Adis Abeba poderia transportar uma grande família, pensou Paul. Livre das temperaturas excessivas do Djibouti ou do Sudão em função da sua altitude, Adis Abeba aspirava a ser uma metrópole africana indispensável, pivô da economia de todo o continente. Após sua breve estada, Paul tendia a ver essa meta como realista; do ponto de vista, por exemplo, da prestação de serviços especiais, as prostitutas da noite passada eram de um nível mais do que honesto, poderiam tranquilamente satisfazer qualquer homem de negócios ocidental, assim como qualquer empresário chinês.

O saguão principal do aeroporto estava cheio de turistas, alguns dos quais, como ele ficou sabendo por suas conversas, tinham vindo para fotografar ocapis. Haviam sido muito mal assessorados pelo operador turístico: os ocapis vivem exclusivamente numa pequena região do nordeste da República Democrática do Congo, a floresta de Ituri, onde há uma reserva dedicada a eles; além do mais, seus hábitos discretos os tornam muito difíceis de fotografar. No café do aeroporto foi abordado por um esloveno jovial e atarracado, delegado da União Europeia. O homem não tinha nada de muito significativo a dizer, como todos os delegados da União Europeia. No entanto, Paul ouviu-o com paciência, pois essa é a atitude certa a adotar com os delegados da União Europeia. De repente, foi assaltado pela violenta combinação de cores que emanava de uma jovem de calça branca e camiseta vermelha, com cabelo comprido muito preto e pele bronzeada, que tinha acabado de emergir da multidão de turistas. Logo depois aquela comoção desapareceu; a própria jovem parecia ter sumido, evaporando-se na atmosfera às vezes superaquecida, às vezes fria do terminal aéreo; mas esse desaparecimento, Paul sabia, era quase certamente impossível.

Pouco antes da última chamada dos alto-falantes no salão de embarque, Bruno apareceu com sua mala na mão. Não disse o que tinha feito durante esse tempo, para justificar sua chegada tardia, e Paul não se atreveu a perguntar, nem na hora nem depois.

* * *

    Uma semana após seu retorno, Bruno convidou-o para trabalhar no seu gabinete. Não foi uma decisão incomum, Paul estava mais ou menos naquele ponto da odisseia administrativa em que uma passagem pelo gabinete ministerial é uma etapa normal. O que realmente o surpreendeu foi saber que, como logo entendeu, não teria qualquer tarefa específica. Gerenciar a agenda do ministro não era um fardo muito pesado, Bruno era muito menos ocupado do que ele havia imaginado. Preferia trabalhar com dossiês e fazia pouquíssimas reuniões; Bernard Arnault, por exemplo, mesmo sendo o homem mais rico da França, tentava em vão conhecê-lo desde o início do seu mandato de cinco anos; o ministro simplesmente não se interessava pelo setor de luxo — que, de todo modo, não precisava de ajuda do governo.
    O papel essencial de Paul, como aos poucos foi percebendo, seria apenas o de confidente de Bruno em caso de necessidade. Ele não considerava isso anormal, nem humilhante; Bruno provavelmente era o maior ministro da Economia desde Colbert, e a continuidade do seu trabalho pelo país implicaria, talvez por muitos anos, que assumisse um destino singular, em que os momentos de questionamento e de dúvida seriam inevitáveis. Ele não precisava de conselheiros: tinha um domínio excepcional dos dossiês, era quase como se possuísse um segundo cérebro, um cérebro de computador enxertado no seu cérebro humano. Mas um confidente, alguém em quem ele de fato pudesse confiar, sem dúvida se tornara algo indispensável nesse momento da sua vida.
    Naquela noite, dois anos depois, fazia algum tempo que Paul já não escutava realmente Bruno. Deixando as terras raras de lado, agora ele estava fazendo uma violenta diatribe contra os painéis solares chineses, contra as incríveis transferências de tecnologia que a China tinha arrancado da França durante o mandato anterior, que agora lhe permitiam inundar a França com seus produtos a preços artificiais. Estava quase considerando uma verdadeira guerra comercial contra a China para proteger os interesses dos fabricantes franceses de painéis solares. Talvez fosse uma boa ideia, disse Paul, interrompendo-o pela

primeira vez; ele tinha muitos débitos com os eleitores ecologistas, sobretudo pelo seu apoio inabalável à indústria nuclear francesa.

— Acho que já vou embora, Bruno — acrescentou. — São duas da manhã.

— Sim. Sim, claro — e olhou para a pasta que ainda estava na sua mão. — Talvez eu continue mais um pouco.

5

Pensando racionalmente, Paul sabe que está nas instalações do ministério, porque acabou de sair do gabinete de Bruno; no entanto, não reconhece as paredes do elevador. São de um metal opaco e gasto e começam a vibrar ligeiramente quando ele pressiona a tecla 0. O piso é de concreto, imundo, coberto de detritos variados. Existem cabines de elevador com piso de concreto? Ele devia ter entrado por engano em um elevador de carga. O espaço é frio, rígido, como se fosse sustentado por barras de metal invisíveis sem as quais desabaria como um balão estourado e já flácido.

Dando um longo gemido metálico, a cabine para no térreo, mas as portas se recusam a abrir. Paul pressiona de novo a tecla 0, várias vezes, mas as portas não se mexem; aquilo começa a ficar preocupante. Após hesitar um pouco, aperta o botão de emergência; deve estar ligado ao plantão de socorro, que opera 24 horas por dia — pelo menos é o que acontece nos elevadores normais, também deve ser o caso dos elevadores de carga. Logo depois a cabine volta a descer, dessa vez num ritmo muito acelerado, os números rolam no painel a uma velocidade vertiginosa. Então para abruptamente, com um choque violento que quase fez Paul perder o equilíbrio: estamos no andar –62. Ele não tinha a menor ideia de que havia 62 andares no subsolo do ministério, mas afinal de contas não é impossível, ele nunca tinha pensado no assunto.

Dessa vez as portas se abrem rápido, com suavidade: um corredor de concreto cinza-claro, mal iluminado, quase branco, se estende infinitamente à sua frente. Seu primeiro impulso é sair, mas muda de ideia. Ficar nesse elevador não é muito reconfortante, visivelmente o aparelho não está funcionando bem. Mas descer no andar –62? Quem desce no andar –62? O corredor à sua frente está vazio, deserto, e dá a impressão de estar assim desde a eternidade. E se o elevador voltar a subir sem ele? E se ficar prisioneiro no andar –62 até morrer de fome e sede? Aperta o botão do térreo. Nesse momento percebe que o andar –62, tanto quanto todos os andares intermediários, não figura no quadro de botões; não há nada abaixo de –4.

De repente o elevador dá um pulo e começa a subir, dessa vez numa velocidade vertiginosa, os números se misturam no painel, rolando sem lhe dar tempo de distingui-los; só tem a sensação, em determinado momento, de que o sinal de menos havia desaparecido. Em seguida o elevador para, dando uma pancada forte que o joga contra a parede do fundo; as vibrações da cabine levam cerca de trinta segundos para cessar; apesar da brevidade, a viagem lhe pareceu interminável.

Estamos no 64º andar. Dessa vez é impossível, completamente impossível, os edifícios do Ministério da Economia nunca tiveram mais que seis andares, disso ele tem absoluta certeza. As portas se abrem novamente mostrando um corredor acarpetado de branco, com grandes claraboias laterais; a luminosidade é muito intensa, quase ofuscante; à distância se ouve um som de órgão elétrico, às vezes alegre, às vezes melancólico.

Dessa vez Paul não se mexe, fica absolutamente imóvel por quase um minuto. Depois desse tempo, o elevador volta a funcionar, como se quisesse premiar sua docilidade: as portas se fecham com suavidade e o aparelho começa a descer num ritmo normal. Embora os andares que aparecem no painel (40º, 30º, 20º etc.) não estejam representados de forma alguma no quadro de botões, que só tem até o sexto andar, eles vão se sucedendo com uma regularidade tranquilizadora.

Então o elevador para no térreo, as portas se abrem. Paul está a salvo, pelo menos é o que acha, mas quando sai da cabine vê que não está na sede do ministério, e sim num lugar desconhecido. É um salão enorme, com um pé-direito de pelo menos cinquenta metros. Isto aqui é um shopping center, pensa Paul intuitivamente, embora não haja lojas visíveis. Provavelmente estamos numa capital latino--americana, aos poucos recupera sua audição, ouve uma música que confirma a hipótese do shopping, e além disso o burburinho de vozes à sua volta parece ser composto de palavras em espanhol; a hipótese de uma capital latino-americana ganha consistência. No entanto, os consumidores que cruzam esse saguão, bastante numerosos, não parecem em absoluto latino-americanos, nem mesmo humanos. Seus rostos, de uma palidez doentia, são anormalmente achatados e quase não têm nariz. De repente Paul tem a convicção de que as línguas deles são longas, cilíndricas e bífidas, como as das cobras.

Foi então que começou a ouvir uma campainha intermitente, breve mas desagradável, que se repetia a cada quinze segundos. Não era uma campainha, era um bip de aviso, e de repente acordou e viu que era seu celular, anunciando que recebera uma mensagem.

A mensagem era de Madeleine, a companheira do seu pai. Tinha ligado às nove da manhã, naquele momento eram onze e pouco. A mensagem às vezes era incompreensível, intercalada de soluços e com um barulho horrível de trânsito ao fundo. Mas Paul conseguiu entender que o pai estava em coma e que tinha sido levado para o hospital Saint-Luc, em Lyon. Ligou imediatamente para ela. Madeleine atendeu no primeiro toque. Estava um pouco mais calma e conseguiu explicar que seu pai tivera um infarto cerebral logo depois de se levantar. Ela tinha preferido ficar mais alguns minutos na cama e ouviu um baque surdo vindo da cozinha. Depois reclamou do tempo que a ambulância demorou para chegar, quase meia hora. Isso não era surpreendente, seu pai morava no campo, num vilarejo de difícil acesso em Beaujolais, cerca de cinquenta quilômetros ao norte de Lyon. Não era surpreendente, mas as consequências poderiam ser muito graves, ele tinha ficado sem oxigenação por alguns minutos, partes do cérebro podiam ter sido afetadas. Madeleine às vezes se interrompia, tomada por outra crise de choro, e enquanto falava com ela Paul fez uma busca na internet, o próximo trem para Perrache saía às 12h59, poderia pegá-lo com facilidade, teria tempo até de passar no ministério e falar com Bruno, ficava no caminho. A seguir reservou um quarto no Sofitel de Lyon, não parecia ficar longe do hospital Saint-Luc, e quando desligou arrumou algumas coisas para passar a noite.

Esperou alguns segundos na entrada do gabinete de Bruno.

— Estou em reunião com o CEO da Renault… — disse Bruno, passando metade do corpo pela porta entreaberta. — Alguma coisa grave?

— É meu pai. Está em coma. Vou para Lyon.
— Minha reunião está quase acabando.

Enquanto esperava, Paul pesquisou em sites de informações médicas na internet. O infarto cerebral é uma forma de AVC — de longe a mais comum, representa oitenta por cento dos casos. O tempo da privação de oxigênio do cérebro é um fator crítico na determinação do prognóstico vital.

— Eles vão te explicar que não sabem muito, que não podem fazer um prognóstico... — veio lhe dizer Bruno dois minutos depois. — Infelizmente é verdade. Ele pode acordar em poucos dias, mas também pode permanecer nesse estado por muito mais tempo. Meu pai teve um AVC no ano passado e ficou seis meses em coma.

— E depois?
— Depois morreu.

A Gare de Lyon estava deserta, algo que não costumava acontecer com frequência, e Paul teve tempo de comprar uns paninis e uns wraps, que foi mastigando lentamente enquanto o trem viajava a trezentos quilômetros por hora pela Borgonha coberta por um céu cinza e impenetrável. Seu pai tinha setenta e sete anos, era muito, mas não chegava a chamar a atenção, atualmente muita gente passava dessa idade — o que podia ser um argumento a favor da sua sobrevivência, mas era praticamente o único. Fumante regular, amante da charcutaria e dos vinhos encorpados, pouco chegado a atividade física, ele tinha tudo para desenvolver uma sólida aterosclerose.

Paul pegou um táxi, mas o centro hospitalar Saint-Luc ficava a cinco minutos da estação de Perrache. O trânsito na avenida Claude Bernard, que bordeia o Ródano, estava insuportavelmente pesado, teria sido melhor ir a pé. Os retângulos de vidro colorido na fachada do Saint-Luc com certeza tinham o objetivo de melhorar o ânimo das famílias, sugerindo a ideia de um hospital de faz-de-conta, um hospital de Lego, um hospital de brinquedo. Mas esse efeito só era alcançado muito parcialmente, porque o vidro estava opaco e sujo em alguns lugares, e a impressão de alegria parecia questionável; de todo modo, quando se entrava nos corredores e nos quartos a presença de monitores e aparelhos respiradores trazia de volta a realidade. Ninguém estava aqui para se divertir; geralmente as pessoas vinham para morrer.

— Sim, sr. Raison, seu papai foi hospitalizado esta manhã — disse a recepcionista. Sua voz era suave, um pouco tranquilizante, em suma, perfeita. — Claro que pode vê-lo; mas antes a médica-chefe gostaria de conversar um pouco com o senhor. Vou avisá-la que já chegou.

A médica-chefe era uma mulher brusca e elegante, de uns cinquenta anos, obviamente uma burguesa — via-se que estava acostumada a comandar e a frequentar *jantares chiques*, usava uns brincos de burguesa, e Paul tinha certeza de que havia um discreto colar de pérolas escondido sob a sua bata hospitalar impecavelmente abotoada. Na verdade, ele achou que lembrava um pouco Prudence, ou melhor, o que Prudence poderia ter se tornado, aquilo a que originalmente estava destinada a ser; independentemente de como se interprete a informação, não era uma boa notícia. Ela encontrou o arquivo em menos de um minuto — pelo menos sua mesa estava arrumada.

— Seu papai foi hospitalizado às 8h17 desta manhã — ela também disse "papai", era assustador, fazia parte dos procedimentos oficiais começar infantilizando os parentes? Paul estava com quase cinquenta anos, fazia muito tempo que não chamava seu pai de "papai", será que a médica chamava o seu próprio pai de "papai"?; isso o teria surpreendido. O problema é que ele tampouco conseguia dizer "Edouard", como faria com um irmão ou um amigo da mesma geração, na verdade não sabia mais como se referir a ele.

— Pedimos imediatamente uma ressonância magnética — continuou ela —, para localizar a artéria cerebral afetada; depois fizemos uma trombólise, seguida de uma trombectomia, para retirar o coágulo que a estava bloqueando. A operação correu bem; infelizmente, uma hemorragia secundária complicou a situação.

— Existe possibilidade de recuperação?

— É normal que o senhor faça esta pergunta — a médica balançou a cabeça com satisfação; estava claro que gostava de pacientes normais, famílias normais e perguntas normais. — Mas infelizmente tenho que lhe dizer que não sabemos; a ressonância magnética permite determinar as áreas que podem ter sido lesadas — no caso, o lobo fronto-parietal —, mas não a gravidade das lesões. Não há qualquer outro procedimento médico que se possa tentar; só podemos acompanhar a situação, controlando a pressão arterial e o açúcar no sangue. Seu papai pode recuperar algum nível de consciência alterado, em certos casos até normal, mas também pode evoluir para a morte cerebral, nesta fase tudo é possível. Temos que ser razoáveis... — concluiu, sem a menor necessidade real de dizer aquilo.

— Há alguém aqui sendo pouco razoável? — não pôde deixar de perguntar; ela estava começando a irritá-lo um pouco.

— Bem, tenho que lhe dizer que a companheira do seu pai... As manifestações emocionais, compreensíveis, claro... Enfim, desde a chegada da sua irmã ela se acalmou um pouco.

Então Cécile estava lá; como havia conseguido, tendo que vir de Arras? Ao contrário dele, sua irmã se levantava muito cedo, e Madeleine deve ter ligado primeiro para ela, desde o início se deu bem com Cécile, e sempre teve um pouco de medo dele — talvez porque fosse o filho mais velho, talvez porque tivesse um pouco de medo de todo mundo.

— Mais uma coisa... — a médica se levantou para acompanhá-lo até a porta. — Seu papai teve que ser colocado em ventilação mecânica, foi necessário para que pudesse respirar, e sei que às vezes o espetáculo de uma traqueostomia pode ser um pouco penoso para as famílias. Mas não é doloroso para ele, posso garantir que não está sofrendo nada.

Na verdade, quando ele viu seu "papai" — com um tubo enfiado na garganta e ligado a um grande aparelho montado sobre rodízios cuja vibração permanente preenchia o aposento, uma perfusão na altura do cotovelo, eletrodos fixados no crânio e no peito — achou-o terrivelmente velho e fraco; era difícil apostar em sua sobrevivência, ele tinha todo o aspecto de um moribundo. As duas mulheres estavam sentadas lado a lado em um canto do quarto, parecendo que não se mexiam havia horas. Madeleine o viu primeiro, lançou-lhe um olhar ao mesmo tempo amedrontado e aliviado, mas não ousou se levantar da cadeira. Foi Cécile quem veio até ele e o abraçou. Há quanto tempo não a via?, perguntou-se mentalmente. Sete anos, talvez oito. E isso porque Arras não era longe, menos de uma hora no TGV. Ela tinha envelhecido um pouco: notavam-se alguns fios brancos, ainda pouco visíveis, na massa ainda densa do seu cabelo louro-claro. Seu rosto também estava um pouco mais volumoso, mas os traços continuavam finos. Sua irmãzinha tinha sido uma das garotas mais bonitas do colégio, ele se lembrava muito bem, sempre havia um monte de caras rondando. No entanto, com toda certeza ela permaneceu virgem até o casamento, porque não seria capaz de esconder um caso amoroso. Já nessa época era muito piedosa, ia à missa todos os domingos, participava das atividades católicas da paróquia. Uma vez a surpreendeu rezando, ajoelhada no seu quarto, quando entrou na porta errada depois de se levantar no meio da noite para fazer xixi. Tinha ficado envergonhado, lembrava bem, tão constrangido como se a tivesse surpreendido com um homem. Ela também, por seu lado, também parecia meio envergonhada, devia ter uns dezesseis anos na época, e não levou muito tempo para que, depois desse episódio, quando ele ficava preocupado com seus exames — e não era raro que se preocupasse, e com toda razão, com os exames — lhe dissesse: "Vou pedir à Virgem Maria por você", num tom bastante natural, como se dissesse que ia buscar uma blusa na lavanderia. Ele não tinha ideia de onde vinha essa tendência mística, era o único caso na família. Afinal a irmã se casou com um sujeito parecido com ela, aparentemente mais equilibrado — a princípio um tabelião provinciano é um cara equilibrado, era isso que enganava nele, porque na realidade depois de dois ou três minutos de conversa logo se sentia que tinha algo *intenso*, dava a impressão de que daria a vida por Cristo, ou por uma causa semelhante, sem hesitar um segundo. Gostava deles, achava que formavam um lindo casal — muito melhor que o seu próprio casamento, em todo caso, isso sem falar no irmão e na safada da cunhada.

— Como estão as coisas? Muito difíceis? — perguntou afinal, saindo do abraço.

— Pois é, tudo muito complicado. Mas sei que papai vai ficar bem. Pedi a Deus.

6

Poucos minutos depois, uma enfermeira entrou no quarto, verificou a perfusão, o posicionamento do tubo respiratório, anotou uns números que apareciam nos painéis de monitoramento.

— Vamos fazer a higiene dele... — disse por fim. — Vocês podem ficar se quiserem, mas não é necessário.

— Eu preciso de um cigarro — disse Paul. Na maior parte do tempo, ele conseguia se controlar durante o tempo exigido socialmente pelas normas de proibição; mas ali era um caso de força maior. Assim que saiu do prédio, foi atacado por um frio intenso na calçada. Havia umas trinta pessoas contando os passos em frente à porta do hospital enquanto carburavam seus cigarros; nenhuma delas falava com as outras nem parecia vê-las, cada uma trancada em seu pequeno inferno individual. Na verdade, se existe um lugar que provoca situações angustiantes, se existe um lugar onde a vontade de fumar fica logo insuportável, é um hospital. Pensemos, por exemplo, em um marido, um pai ou um filho: de manhã ele morava com você, e poucas horas, às vezes poucos minutos depois, partiu para sempre; o que poderia estar à altura dessa situação além de um cigarro? Jesus Cristo, responderia provavelmente Cécile. Sim, Jesus Cristo; provavelmente. A última vez que Paul tinha visto o pai foi no início do verão, havia menos de seis meses. Parecia estar em boa forma, envolvido nos preparativos de uma viagem a Portugal que ia fazer com Madeleine — viajariam na semana seguinte e ele estava terminando de fazer as reservas em hotéis, pousadas ou estabelecimentos desse tipo, havia muitos lugares que queria ver novamente, ele sempre amou o país. Também estava interessado na atualidade política, comentou longamente e com sagacidade a volta dos black blocs à atividade. Resumindo, o encontro foi totalmente tranquilizador e satisfatório; seu pai era um idoso ativo e alerta, que estava aproveitando ao máximo sua aposentadoria, e no terreno conjugal Paul talvez até o invejasse — era exatamente o tipo de idoso, pensou, que aparecia nas publicidades de planos de auxílio-funeral.

Era a hora de saída dos escritórios, o trânsito na avenida Claude Bernard estava cada vez mais pesado, na verdade quase totalmente parado. Um sinal, bem em frente ao hospital, voltou a ficar vermelho; ouviu-se uma primeira buzina, como um zurro isolado, depois se desencadeou uma enorme onda de buzinadas, inundando de som a atmosfera fedorenta da rua. Todas aquelas pessoas certamente tinham preocupações das mais variadas, de ordem pessoal ou profissional; pareciam longe de pensar que a morte estava aqui, na avenida, à sua espera. No hospital, os *próximos* se preparavam para partir, e eles também, evidentemente, tinham uma vida pessoal e profissional. Se tivessem ficado por mais alguns minutos, teriam visto a morte. Ela estava perto da entrada, pronta para subir aos diversos andares; era uma vagabunda, mas uma vagabunda mais para burguesa, sexy e de classe. Ainda assim, atendia a todos os óbitos: os agonizantes das classes populares podiam chamá-la tanto quanto os ricos; como todas as putas, não escolhia seus clientes. Os hospitais não deveriam ficar nas cidades, pensou Paul, o ambiente é agitado demais, saturado de planos e desejos em excesso, as cidades definitivamente não são um bom lugar para morrer. Acendeu um terceiro cigarro; não estava com muita vontade de voltar para aquele quarto e ver o corpo entubado do pai; mas ainda assim se forçou e subiu. Agora Cécile estava sozinha, ajoelhada ao pé da cama, rezando "sem pudor", pensou ele inopinadamente.

— Você estava pedindo... a Deus? — perguntou sem pensar. Decididamente, estava com dificuldade para se adaptar à situação; será que conseguiria, algum dia, fazer perguntas que não fossem tão bobas?

— Não — disse ela, levantando-se —, era uma oração comum, achei melhor falar com a Santíssima Virgem.

— Certo, entendo.

— Não, você não entende nada, mas isso não tem a menor importância!... — e quase caiu na gargalhada, seu sorriso era luminoso e um pouco zombeteiro, de repente ele a viu novamente no verão dos seus dezenove anos, pouco antes de conhecer Hervé; era exatamente o mesmo sorriso.

Não tinha muitas preocupações naquela época, a sua irmãzinha, a vida dela era de uma limpidez impressionante. Já ele, ao contrário, estava no meio de uma história complicada, na verdade mais no fim que no meio: Véronique tinha acabado de abortar, não pensou em momento algum em consultar sua opinião, ele ficou sabendo no dia seguinte à intervenção, o que já era um mau sinal, e de fato acabaria se separando dele algumas semanas depois, foi ela quem disse a frase fatídica, qualquer coisa como: "Acho melhor a gente terminar", ou talvez: "Acho melhor a gente dar um tempo para pensar", não se lembrava mais, e de qualquer maneira não faz diferença, é só começar a lembrar que o pensamento vai sempre pelo mesmo caminho, e isso não só no terreno sentimental: a reflexão e a vida são simplesmente incompatíveis. Aliás, o que ele perdeu naquele momento não foi uma possibilidade de vida muito notável, Véronique não só era uma mulher medíocre como era responsável por toda a mediocridade do mundo e quase podia simbolizar essa mediocridade. Ele não sabia nada da sua vida, nem queria saber, mas com certeza o marido dela, se é que tinha um marido, não era feliz, nem ela tampouco: não estava ao seu alcance fazer feliz outro ser humano, nem a si mesma; simplesmente não era capaz de amar.

Em relação aos estudos ele também tinha preocupações, que eram, olhando em retrospectiva, de uma mediocridade desoladora. Não sabia se ia conseguir concluir a École Nationale d'Administration, a ENA, com notas que lhe permitissem escolher a área de auditoria financeira, eram mais ou menos essas as suas preocupações na época. Cécile tampouco tinha problemas desse tipo, simplesmente substituía os estudos que não tinha feito por vagos contratos de trabalho provisórios na área social ou paramédica, nessa época já devia estar mais ou menos decidida a ser dona de casa, ou que só trabalharia em caso de extrema emergência; a vida profissional não a atraía em nada, e os estudos também não significavam grande coisa para ela. "Não sou uma intelectual", dizia às vezes. Na verdade, ele tampouco, não era exatamente do tipo que adormece lendo Wittgenstein, mas era ambicioso. Ambicioso? Paul tinha dificuldade para reconstruir agora a natureza da sua ambição. Certamente não era uma ambição política, isso não, nunca lhe havia passado pela cabeça. Sua ambição devia ser morar em um vasto duplex com uma vista magnífica em suas vidraças voltadas para o Parc de Bercy, poder passear toda manhã em um jardim público amigo da biodiversidade, com ginkgo biloba e horta comunitária, e se casar com alguém como Prudence.

— Eu disse a Madeleine que fosse dormir em casa — contou Cécile, interrompendo suas reminiscências. Está muito difícil para ela desde esta manhã. — Paul tinha se esquecido completamente de Madeleine e, de repente, pensando na situação dela, teve uma sensação horrível. Dez anos atrás seu pai tinha se aposentado e, poucos dias depois, sua mãe morreu. Nessa época Paul temeu seriamente pela saúde e até pela vida do pai. Tinha ficado sem seu trabalho, sem sua mulher, e simplesmente não sabia mais como viver. Ficava horas e horas folheando seus arquivos antigos. Tomar banho e comer eram coisas que não passavam mais pela sua cabeça; mas, por outro lado, continuava bebendo, e infelizmente cada vez mais. Uma temporada no hospital psiquiátrico de Mâcon-Bellevue foi uma solução parcial, em forma de psicotrópicos variados que ele tomava com uma boa vontade notável — era um paciente totalmente *complacente*, para usar a terminologia do médico-chefe. Depois voltou para Saint Joseph, para a casa que tanto amava, que fazia parte da sua vida, mas que era apenas uma parte da sua vida. Ele tivera seu trabalho na DGSI, que havia acabado; seu casamento, também acabado; agora sua existência estava simplificada em um grau considerável; a casa continuava, claro, mas não devia ser suficiente.

Paul nunca soube se Madeleine era paga pelo conselho municipal ou pelo conselho regional. Ela era empregada doméstica, capaz de realizar as tarefas clássicas (limpar, fazer as compras, cozinhar, lavar, passar) para as quais seu pai era radicalmente inepto, como todos os homens da sua geração — não que os homens da geração seguinte tivessem melhorado em competência, mas as mulheres pioraram e por isso se instalou uma espécie de igualdade forçada, fazendo os ricos e os semirricos *terceirizarem* as tarefas (como se diz nas empresas, que em geral contratam prestadores de serviços externos para a limpeza e a vigilância) e todos os outros padecerem de um aumento geral de mau humor, parasitas e, de maneira mais ampla, de sujeira. De qualquer maneira, no caso do seu pai uma empregada era indispensável, e normalmente as coisas deveriam ter ficado por aí. Será que ele se apaixonou? É possível se apaixonar aos sessenta e cinco anos? Talvez sim, acontecem tantas coisas neste mundo. O certo, em todo caso, é que Madeleine se apaixonou por ele, e essa evidência deixava Paul sem graça, a vida amorosa do seu pai não era um assunto com o qual desejasse se confrontar. Isso era compreensível, o pai era um homem impressionante à sua maneira, que aliás sempre lhe inspirou um pouco de medo, mas sem exagero, porque também era um homem bom, isso era visível, acima de tudo era um homem bom, um pouco desgastado e endurecido pelo seu trabalho no serviço secreto. Nada a ver com o ambiente que Madeleine conhecia, ela não passava de uma mulher pobre, de poucas palavras, sua vida até aquele momento tinha sido completamente fodida, um casamento breve com um alcoólatra e acabou-se, não dá para imaginar como é vazia em geral a vida das pessoas, muito menos quando você mesmo faz parte dessas "pessoas", o que é sempre o caso, mais ou menos. Ela tinha exatamente cinquenta anos — quinze a menos que o seu pai — e nunca conhecera a felicidade nem nada parecido. Mas ainda era bonita, e devia ter sido muito bonita — o que certamente tinha contribuído muito para suas mazelas, não que pudesse ter sido mais feliz se fosse mais feia, pelo contrário, mas seu infortúnio teria sido mais uniforme, mais monótono e mais curto, e provavelmente teria morrido mais cedo. Agora, por causa de um coágulo que se formou em uma artéria cerebral, corria o risco de perder a felicidade que tinha conhecido há pouco tempo. Como poderia reagir com calma? Ela era como um cachorro que perdeu o dono. Quando acontece isso, o cachorro fica muito agitado, e uiva.

— Você está num hotel? — perguntou finalmente a Cécile, emergindo dos seus pensamentos solitários.
— No Ibis, perto da estação. É bom, quer dizer, é prático.
O hotel Ibis, certo. Provavelmente um traço de humildade cristã. Ele se sentiu um pouco irritado, para falar a verdade, com essa humil-

dade cristã, afinal Hervé era tabelião, porra, não era um morador de rua. Madeleine, em sua simplicidade proletária, aceitou de bom grado abrir mão de qualquer humildade, cristã ou não; tinha se alegrado quase infantilmente, lembrou ele, com a ideia de dormir com seu pai em luxuosas pousadas portuguesas.

— Eu estou no Sofitel… Podemos jantar juntos esta noite no restaurante do hotel, por minha conta — e abriu as mãos, como tinha visto jogadores de pôquer on-line fazendo na internet. — Fica bem perto daqui, na margem do Ródano, mas do outro lado; é praticamente em frente.

— Está bem, mostra aqui no mapa — e tirou da bolsa um mapa de Lyon. Na verdade o hotel ficava muito perto; era só cruzar a ponte.

— Vou ficar aqui até o final do horário, às sete e meia. Você pode me comprar na volta um salsichão de Lyon? Um salsichão para cozinhar, prometi levar para o Hervé. Pode comprar na Montaland, fica no seu caminho, na metade da rue Franklin.

— Tudo bem, um salsichão para cozinhar.

— Pensando bem, traz dois, um de trufas e um de pistache. Aliás, você também deveria levar um para casa, esses salsichões que eles fazem são excepcionais, é uma das melhores charcutarias da França.

— Cozinhar, sabe, não é muito a minha praia.

— Isso não é cozinhar… — ela balançou a cabeça indulgentemente, revelando também um pouco de impaciência. — Basta mergulhar na água fervendo e esperar meia hora, só isso. Enfim, como você quiser.

7

O Ródano era um rio impressionante, de uma largura surpreendente, já fazia pelo menos cinco minutos que ele tinha entrado na ponte da Universidade; um rio *majestoso*, e esse termo não era excessivo — o Sena, em comparação, não passava de um riacho desprezível. No escritório ele tinha vista para o Sena, isso era uma das vantagens de que gozavam os funcionários do gabinete, mas quase nunca olhava para lá durante o dia — e, diante do Ródano, entendia por quê. Quando era criança, os rios franceses recebiam um qualificativo nos manuais de geografia das escolas primárias. O Loire era *caprichoso*, o Garonne, *impetuoso*, o Sena, já não lembrava mais. *Pacífico*? Sim, podia ser isso. E o Ródano? Sem dúvida *majestoso*, realmente.

No seu quarto, foi ver as mensagens. Só havia uma, de Bruno: "Por favor, me mantenha informado". Telefonou quase imediatamente para ele e tentou resumir a situação da melhor maneira possível — mas, objetivamente, na verdade não sabia quase nada. Depois disse que devia estar de volta na manhã seguinte.

O restaurante Les Trois Dômes não o surpreendeu, ostentava o desfile habitual de menus grandiloquentes mais ou menos humorísticos, do tipo "O adágio dos *terroirs*" ou "Sua majestade, a lagosta". Rápido, sem pensar, escolheu um filé de skrei norueguês semissalgado enquanto sua irmã continuava passeando um olhar sonhador pelo cardápio; ela não devia frequentar restaurantes com estrelas na porta. Compensou com o vinho, optando sem hesitar por uma das garrafas mais caras da carta, um Corton-Charlemagne. Era um vinho caracterizado por "tonalidades amanteigadas e aromas de cítricos, abacaxi, tília, maçã assada, *fougère*, canela, sílex, zimbro e mel". E realmente era uma coisa.

O trânsito estava começando a diminuir um pouco nas margens do Ródano; à noite, podiam-se distinguir no horizonte dois gigantescos edifícios modernos, brilhantemente iluminados, um em forma de lápis e o outro em forma de borracha. Seria ali o bairro conhecido como Lyon Part-Dieu? De qualquer maneira, o espetáculo era um pouco perturbador. Dava a impressão de que havia fantasmas luminosos flutuando entre os prédios — um pouco parecidos com auroras boreais, mas em tonalidades deletérias, arroxeadas e verdejantes — e que se retorciam como mortalhas, como divindades malignas que tinham vindo buscar a alma do seu pai, pensou Paul. Ele se sentia cada vez mais angustiado e se desligou por alguns segundos, via as palavras se formando nos lábios de Cécile, mas não escutava o que dizia. Depois voltou, ela estava falando sobre a gastronomia de Lyon, ela sempre adorou cozinhar. O garçom chegou com os *mises en bouche*.

— Vou embora amanhã — disse ele. — Acho que ficar aqui não vai adiantar nada.

— Realmente, você não pode ser muito útil.

Paul teve um sobressalto de indignação. O que ela quis dizer com isso? Será que pensava, por acaso, que sua presença era mais útil que a dele? Já estava preparando uma réplica corrosiva quando de repente entendeu o seu ponto de vista. Sim, ela achava mesmo que sua própria presença era mais útil. Porque ela iria rezar, iria continuar rezando sem descanso para que seu pai saísse do coma; e, por algum motivo, pensava que suas orações seriam mais eficazes se as fizesse ao lado da cabeceira do doente; na verdade, o pensamento mágico, ou o pensamento religioso, se existir alguma diferença, tem a sua própria lógica. De repente Paul se lembrou do Bardo Thödol, que lera na juventude sob a influência de uma namorada budista que sabia contrair a xoxota, era a primeira vez que uma garota fazia isso com ele, na religião dela xoxota se dizia *yoni*, que ele achava um nome encantador; além disso, a *yoni* dela tinha um sabor doce, incomum. Seu quarto era muito alegre, decorado com mandalas coloridas; também havia uma grande pintura que o impressionou muito, ainda se lembrava. No centro estava o Buda Shakyamuni, sentado de pernas cruzadas debaixo da árvore da iluminação, isolado no meio de uma clareira. À sua volta, na orla da floresta, se aglomeravam em todas as direções os animais da selva: tigres, veados, chimpanzés, cobras, elefantes, búfalos... Todos com os olhos fixos no Buda, esperando angustiados o resultado da sua meditação, vagamente cientes de que o que estava acontecendo ali, no centro daquela clareira, tinha uma importância cósmica universal. Se o Buda Shakyamuni atingisse o despertar espiritual, todos sabiam: não era só ele, não era só a humanidade que seria libertada do samsara, era o conjunto de todos os seres vivos que, seguindo-o, poderiam deixar para trás o reino das aparências para alcançar a iluminação.

Ao mesmo tempo que ele era bem-sucedido no concurso de admissão na ENA, Catherine passava no vestibular para veterinária; conseguiu entrar na primeira tentativa, mas sua classificação não foi suficiente para escolher a faculdade de Maisons-Alfort e teve que continuar seus estudos em Toulouse. Essa separação partiu seu coração, de verdade; era a primeira vez que ele sentia uma tristeza real com o fim de um relacionamento com uma garota. Claro que ela poderia ir a Paris, ele poderia viajar para Toulouse de vez em quando, foi o que ambos disseram, mas na verdade nenhum dos dois era ingênuo, e claro que ela logo arranjou outro cara. Catherine era bonita, descontraída e alegre, e adorava foder; não podia ter sido diferente. Pouco depois, ele foi para a cama com outra budista, uma garota de ciências políticas, mas já era um budismo mais cabeça, mais para o zen, e a relação terminou abruptamente quando ela lhe contou que tinha passado uma "noite para lá de apavorante": ao tentar entrar em estado de meditação, mais exatamente quando estava começando a entoar o "Sutra do Lótus da Lei Maravilhosa", tinha sido interrompida por um barulho forte vindo do corredor. Chegando à porta da frente, viu pelo olho mágico um homem curvado, tremendo muito e se esvaindo em sangue. Ela não fez nada, nem sequer chamou a polícia, simplesmente se sentou no carpete de pernas cruzadas, "para não interromper a meditação". Aquele minirrelato foi tão pesado que criou imediatamente uma barreira mental invisível entre os dois, da qual a garota não parecia ter consciência; pelo visto não passava pela sua cabeça que ele poderia ficar horrorizado com aquilo. Logo depois Paul foi embora da casa dela, alegando algum pretexto, e nunca mais atendeu seus telefonemas. A relação carnal entre os dois se limitou, portanto, a um único coito, aliás nada inesquecível, a garota com certeza era gostosa mas não sabia contrair a xoxota e as felações eram na melhor das hipóteses aproximativas, ao passo que Catherine as praticava com dedicação e entusiasmo; o budismo tibetano parecia superior ao zen de todos os pontos de vista. A propósito, para os budistas tibetanos o momento de morrer era a última chance de se libertar do ciclo de renascimentos e mortes, da existência samsárica. Agora a noite havia caído completamente sobre Lyon. Todos os cânticos dos lamas começavam, ele ainda se lembrava, com o chamado: "Nobre filho, escuta sem distração" dirigido aos moribundos, e até aos mortos; eles acreditavam que a alma do falecido continuava acessível por algumas semanas após a morte.

— Papai não está morrendo — interveio sua irmã com obstinação. Tinham se passado cinco minutos desde que ele se calara, perdido em suas recordações, mas Cécile parecia ter seguido o desenrolar dos seus pensamentos.

— Sim, eu sei, você contou, já me disse que pediu a Deus... — respondeu um pouco levianamente, mas não queria magoá-la de forma alguma. — Vai fazer a extrema-unção? — perguntou, esperando se redimir.

— Desde o Vaticano II que o nome disso é unção dos enfermos — disse Cécile, paciente. — E o enfermo deve estar consciente, tem que fazer o pedido expressamente, não pode ser imposto.

Bem, ele tinha perdido mais uma oportunidade de ficar calado. De todo modo, precisaria se aprofundar nessas coisas do catolicismo se quisesse voltar a se aproximar de Cécile. Havia uma igreja perto da sua casa, lembrou, Notre-Dame de la Nativité de Bercy ou algo assim. Eles deviam ter algum material sobre o catolicismo, claro.

— Não precisa ter medo de me ofender... — disse baixinho —, nós, católicos, estamos começando a nos acostumar com isso.

Será que ela estava realmente adivinhando cada pensamento seu?

— Eu também vou embora amanhã — continuou Cécile. — Mas primeiro quero levar Madeleine para Saint-Joseph, acho melhor que ela não volte para casa sozinha. E também preciso verificar umas coisas aqui, porque vou vir com o Hervé na semana que vem.

— Hervé? Mas como é possível, o Hervé? Ele não tem trabalho?

— Não... — e abaixou a cabeça envergonhada. — Eu não te contei, mas também quase não nos vemos. — Não havia um tom de censura nisso, era uma constatação pura e direta. — Hervé está desempregado há um ano.

Desempregado? Como um tabelião pode ficar desempregado? De repente lembrou que Hervé podia ser tabelião, mas não era de uma família abastada, muito pelo contrário. Ele vinha de Valenciennes ou de Denain, enfim, de uma daquelas cidades do norte onde as pessoas estão desempregadas há três gerações; no dia em que os dois se conheceram, quando Cécile lhe perguntou o que faziam seus pais, ele respondeu "desempregados", como quem diz uma obviedade.

— Ele era tabelião assalariado nível 4 quando a empresa faliu — continuou Cécile. — Encontrar um novo emprego na região não é fácil, a crise imobiliária está terrível, as vendas estão paralisadas. E as transações imobiliárias são a base do trabalho dos tabeliões.

— Mas... está tudo bem? Vocês conseguem se virar?

— Enquanto ele está recebendo a indenização, sim; mas não vai durar muito. Depois vou ter que encontrar alguma coisa. Mas eu não me formei, você sabe; não cheguei sequer a trabalhar de verdade. Além de cozinhar e limpar, não sei fazer nada.

Foi a partir dessa altura da noite que Paul começou a se sentir constrangido pensando nos seus oito mil euros mensais — um salário que não tinha nada de anormal, em vista da sua formação acadêmica e profissional, mas mesmo assim começou a ficar desconfortável. Ele tinha escolhido um trabalho e uma mulher que o deixavam infeliz — aliás, tinha mesmo escolhido? A mulher, sim, claro, um pouco, e o trabalho também, um pouco, com certeza — mas pelo menos não tinha problemas de dinheiro. Em suma, ele e Cécile embarcaram em caminhos diametralmente opostos, e os destinos de ambos, com o penoso determinismo que costuma caracterizar o destino, também foram diametralmente opostos.

Profissionalmente, é verdade, as coisas não iam tão mal desde que conheceu Bruno. Bruno foi uma feliz coincidência, a única coincidência feliz da sua vida; todo o resto ele conseguiu com competição e luta. Tinha lutado para conquistar Prudence? Talvez sim, quase não conseguia lembrar; tudo aquilo parecia tão esquisito alguns anos depois.

— E as suas filhas? Não estão com dificuldades para pagar os estudos delas? — Por razões obscuras, o tema das suas sobrinhas parecia mais fácil, menos carregado de conotações dramáticas, na certa só porque eram mais jovens.

Deborah não tinha continuado a estudar, contou Cécile. Era um pouco parecida com a mãe, nada intelectual, como costumava dizer; fazia uns biscates, geralmente como garçonete, naquele momento estava trabalhando numa pizzaria. Sempre com contratos provisórios, mas tudo bem, ela era dinâmica e sorridente, apreciada pelos clientes e empregadores, sempre achava outro emprego com facilidade.

Anne-Lise era diferente, estava começando um doutorado na Sorbonne com foco em autores franceses decadentes, sobretudo Élémir Bourges e Hugues Rebell. Cécile contava isso com um estranho orgulho, embora obviamente não conhecesse nada desses autores, é uma coisa estranha esse orgulho que os pais sentem pelos estudos dos filhos, mesmo e principalmente quando não entendem nada do assunto, é um belo sentimento humano, pensou Paul. Além do mais, Anne-Lise estava na Paris IV — Sorbonne, a mais prestigiada de todas as faculdades de Letras, Cécile sabia disso. Anne-Lise não pedia nada aos pais, recusou qualquer ajuda financeira deles, os aluguéis eram caros em Paris, mas ela tinha arranjado um emprego numa editora e era independente do ponto de vista econômico.

A sobrinha estava em Paris havia seis anos e, Paul de repente se deu conta, não tinham se visto nem uma vez. Era culpa dele, culpa totalmente sua, obviamente cabia a ele entrar em contato com a sobrinha. Ao mesmo tempo, onde poderiam ter se encontrado? Na sua casa, dado o estado do seu relacionamento com Prudence, não era fácil; essa é a desvantagem dos casais que se separam, ficamos com vergonha de exibir o espetáculo lamentável e banal da nossa desunião, aos poucos vai ficando impossível receber alguém e todas as relações sociais acabam desaparecendo. Cada um tinha seu próprio quarto e seu banheiro. O *espaço comum*, com sua vidraça panorâmica com vista para o parque, aos poucos tinha se tornado uma *no man's land*, um terreno neutro e deserto. O único cômodo que ainda compartilhavam era a cozinha; sua última peça de mobília comum, a geladeira; como explicar tudo isso a Anne-Lise?

Seu filé de skrei norueguês semissalgado ainda não tinha sido retirado da mesa quando o garçom trouxe as sobremesas; nesse momento foi cometido um pequeno erro no serviço que até então era perfeito. Paul não tentou minimizá-lo; aceitou o pedido de desculpas do garçom com o sorriso indulgente de homem rico — um homem rico que perdoa, mas só *desta vez*.

Como Paul esperava, a referência às filhas de Cécile desanuviara significativamente o ambiente, afinal os jovens nunca têm problemas de verdade, problemas graves, as pessoas sempre imaginam que as coisas vão dar certo para os jovens. Mas um homem de cinquenta anos que está desempregado, em contrapartida, ninguém acredita realmente nas suas chances de encontrar trabalho. Mas todo mundo finge que acredita, os conselheiros do Centro de Empregos encenam notáveis imitações de otimismo, afinal eles são pagos para isso, com certeza fazem cursos de teatro, ou até oficinas de circo; melhorou muito, nos últimos anos, o atendimento psicológico aos desempregados. A taxa de desemprego, por outro lado, não caiu, e esse era um dos únicos fracassos reais de Bruno como ministro; só tinha conseguido estabilizá-la. A economia francesa tornou-se poderosa e voltou a exportar, mas o nível de produtividade do trabalho aumentou em proporções alucinantes, os empregos não qualificados tinham desaparecido quase por completo.

— Quer vir comigo a Saint-Joseph amanhã? — perguntou Cécile, interrompendo suas meditações um tanto vagas; de qualquer maneira ele não podia fazer nada contra o desemprego na França, nem pelo futuro da sua vida conjugal, muito menos em relação ao coma do pai. "O que eu posso fazer?": não foi Kant quem fez essa pergunta em algum lugar? Talvez fosse "o que devo fazer?", não lembrava mais. Era uma pergunta diferente, ou talvez não. Saint-Joseph-en-Beaujolais foi a verdadeira casa da sua infância, seu pai ia para lá todos os fins de semana, e era onde também passavam todas as férias. "Ir para lá sem o papai, acho que ainda é um pouco cedo para mim", respondeu, agora ele também estava dizendo *papai*, sem dúvida é agradável, no fundo, voltar à infância. Talvez seja o que todo mundo realmente quer. Cécile balançou a cabeça, disse que entendia. Na verdade, não entendia muito bem, mas a questão é que naquele momento ele não estava aguentando mais a presença de Madeleine, ela emitia uma onda de sofrimento candente, insuportável, seria preciso no mínimo um Deus para acolher um sofrimento como aquele. Ele nem sequer sabia se Madeleine acreditava em Deus no sentido católico do termo, devia acreditar numa potência organizadora capaz de guiar ou destruir a vida dos homens — algo não muito reconfortante, no fundo mais próximo da tragédia grega que da mensagem do Evangelho. Ela acreditava em Cécile, em todo caso devia ver em Cécile uma espécie de iniciada que, com suas orações, poderia influenciar a divindade. E ele, o que era mais surpreendente, também estava começando a ver a irmã da mesma maneira.

E seu pai, deitado na cama de hospital, a algumas centenas de metros dali, do outro lado do rio, em que poderia estar pensando agora? Pacientes em estado de coma perdem a alternância sono-vigília, mas será que ainda têm sonhos? Ninguém sabia, e os médicos só iriam confirmar: estávamos lidando com um continente mental inacessível.

Cécile interrompeu de novo a sequência das suas reflexões, que estavam ficando cada vez mais erráticas:

— Amanhã vou pegar o trem das 17h12. Assim tenho quarenta e cinco minutos para chegar à Gare du Nord. Quer ir comigo?

Havia uma pergunta no ar. Aliás, duas. Sim, entre a Gare de Lyon e a Gare du Nord quarenta e cinco minutos pareciam ser suficientes. Sim, iria com ela. Podia passear por Lyon enquanto esperava. Tinha uma vaga lembrança de que se podia passear em Lyon, pelas margens do Saône ou em algum outro lugar.

8

Contrariando todas as expectativas, o passeio em Lyon acabou sendo quase agradável. As avenidas que margeiam o Saône são muito mais silenciosas que as do Ródano, quase não havia trânsito. Na margem oposta se estendiam algumas colinas cheias de bosques intercalados com conjuntos de construções antigas, provavelmente do início do século xx, e também havia casas grandes, até algumas mansões. Era tudo muito harmonioso e, mais que isso, incrivelmente apaziguador. Infelizmente, não se pode deixar de constatar que uma paisagem agradável, hoje em dia, é quase sempre aquela que foi preservada da intervenção humana pelo menos durante um século. Devia haver consequências políticas a extrair disso — mas, dada a sua posição no núcleo do aparelho do Estado, com certeza era preferível que ele se abstivesse de opinar.

Na certa seria melhor que se abstivesse de pensar, de maneira geral. A morte da mãe, oito anos antes, havia sido um momento violento, estranho em sua vida. Suzanne caíra do andaime enquanto estava restaurando um grupo de anjos que decoravam uma torre da Catedral de Amiens. Tinha se esquecido de afivelar o cinto de segurança; faltavam seis meses para se aposentar. A brutalidade do acontecimento e seu caráter imprevisível o deixaram anestesiado, Paul não se lembrava sequer de ter vivido um sofrimento real na época, era mais uma perplexidade profunda. Com o pai, agora, a coisa era muito diferente: enquanto caminhava pelas margens do Saône, cobertas por uma névoa discreta, sentia um desespero calmo e sem limites crescendo dentro de si, acompanhado pela ideia de que dessa vez realmente estava entrando na última parte da sua vida, a fase derradeira, e que o próximo seria ele, ou talvez Cécile, mas o mais provável era que fosse a sua vez.

Nesse momento tomou consciência de que não tinham falado de Aurélien, o nome dele nem sequer fora mencionado na noite anterior. Pelo menos havia sido avisado? Provavelmente não, Madeleine nunca teve um relacionamento de verdade com ele. Quem iria avisar? Cécile, claro; quando havia alguma tarefa dolorosa do ponto de vista humano, automaticamente era destinada a Cécile. "Como católica...", pensou ele vagamente, enquanto se sentava em um banco, e esse foi seu último pensamento estruturado por um longo tempo. A névoa subia do rio, estava cada vez mais densa, envolvia tudo ao redor, só se conseguia ver a alguns metros de distância.

Um ônibus luxuoso e confortável avançava em alta velocidade por uma rodovia, atravessando uma paisagem desértica de rochas brancas e planas onde se viam alguma vegetação esparsa de cactos e suculentas; sem dúvida estávamos em um estado do Oeste americano, talvez Arizona ou Nevada, e o ônibus quase certamente um Greyhound. No meio do veículo vinha sentado um homem alto, moreno e forte, com um rosto satânico. Estava ao lado de outro passageiro, que talvez conhecesse, mas provavelmente não; de qualquer maneira esse outro passageiro não tinha condições de intervir, porque o homem moreno simbolizava o Mal e todos os viajantes sabiam (e Paul tanto quanto eles) que o homem poderia se levantar a qualquer momento e decidir matar outro passageiro; e também sabiam que nenhum deles teria a oportunidade, e nem sequer a ideia, de oferecer qualquer resistência.

O homem moreno se levantou e foi até onde estava um velho, sentado na frente do ônibus, não muito longe do motorista. Ele tremia, seu terror era visível, mas nem lhe passava pela cabeça a ideia de resistir. O homem moreno se levantou, arrastou o velho até a porta, ativou o mecanismo de abertura e empurrou-o para fora. Depois se inclinou por um instante para observar as modalidades de esmagamento e despedaçamento do corpo do velho, as figuras formadas pela projeção do sangue no solo árido. Então se sentou de novo e a viagem prosseguiu. Paul entendeu que iria continuar dessa forma até o fim, com novas intervenções, espaçadas e irregulares, do homem moreno.

Também entendeu logo a seguir, pouco antes de acordar sentado no banco, que o homem moreno também simbolizava Deus e que, como tal, suas decisões eram justas e não davam espaço para apelação.

Agora estava fazendo um pouco de frio, já anoitecia, provavelmente foi isso que o acordou; foi uma sorte, porque já eram quatro e meia, hora de ir para a estação. Cécile aceitou sem muitos rodeios que ele pagasse seu upgrade para a primeira classe e, em relação a Aurélien, tocou no assunto por iniciativa própria. Em nenhum momento Aurélien teve proximidade com o pai; com a mãe sim, e até um pouco demais: a exemplo dela seguiu a carreira de restaurador de obras de arte, e também a exemplo dela obteve o diploma de "restaurador--conservador de bens culturais" pela Escola de Condé. Ainda por cima, os dois escolheram o mesmo período histórico para trabalhar — fim da Idade Média, início do Renascimento —, com a única diferença de que sua mãe tinha se especializado em escultura, ele em tapeçaria. Ao seguir os passos da mãe, escolhendo uma carreira artística quase idêntica à sua, Aurélien assumiu uma rejeição surda, implícita — e nem sempre implícita — ao trabalho do pai, baseada nos serviços prestados ao Estado e na adesão incondicional, militar, aos interesses variáveis e às vezes obscuros do sistema francês de inteligência.

No fundo, seu pai nunca quis ter um terceiro filho, e aquele terceiro filho, nascido vários anos depois dos outros, de alguma forma lhe foi imposto, nunca fez parte dos seus planos — e ele era um homem que, de modo geral, preferia se ater aos próprios planos. Um casal costuma se constituir em torno de um projeto, a não ser no caso dos casais fusionais, cujo único projeto é ficar olhando eternamente um para a cara do outro e entregar-se a mil ternuras até o fim dos seus dias, e gente assim existe, Paul tinha ouvido falar deles, mas seus pais não faziam parte dessa turma, de maneira que deviam compartilhar algum projeto em comum, ter dois filhos era um projeto clássico, aliás o arquétipo do projeto clássico, se Prudence e ele tivessem filhos não estariam hoje nesta situação, na verdade ainda estariam, sem dúvida, e até provavelmente já teriam se separado, os filhos hoje em dia não bastam para salvar um casamento, aliás contribuem para destruí-lo, enfim, as coisas começaram a degringolar entre eles antes mesmo de pensarem no assunto. No caso dos seus pais, também houve outro projeto, a casa de Saint-Joseph. Seu pai conhecia bem a região, quando era criança passara férias idílicas lá, na casa de um tio, produtor de vinho. Em 1976, poucas semanas depois do casamento, ele comprou aquele pequeno grupo de casas abandonadas perto de Saint-Joseph--en-Beaujolais, um povoado pertencente à comuna de Villié-Morgon.

Eram três casas de dimensões desiguais, que tinham pertencido a três irmãos, mais um estábulo e um grande celeiro. Conseguiu comprar o conjunto por um preço irrisório; as paredes e o telhado estavam em bom estado, mas todo o resto teve que ser refeito. Nos dez anos seguintes dedicou a isso todos os fins de semana e todas as férias, desenhando sozinho as plantas, embora não tivesse qualquer formação como arquiteto, e fazendo grande parte do trabalho de marcenaria e carpintaria com as próprias mãos. Foi ele quem imaginou o jardim de inverno, a galeria de vidro que ligava a casa principal à casinha das crianças. Sua mãe também se apaixonou pelo projeto, por causa de seu ofício ela tinha contato com os melhores artesãos de todas as áreas, e a casa foi ganhando uma importância cada vez maior nas suas vidas, era a manifestação mais importante, tangível, e provavelmente a mais duradoura da existência do casal. O resultado era magnífico: foi lá que ele viveu, junto com Cécile, alguns anos da irreal e brutal felicidade da infância. A janela do seu quarto dava para o noroeste, dali se via uma paisagem montanhosa de prados, florestas e vinhedos que no outono se iluminava de vermelho e dourado, até as encostas verdejantes e íngremes das serras de Avenas.

Esse tempo havia acabado para ele, nunca mais seria feliz assim outra vez, essa possibilidade não existia. Mas Cécile tinha vivido, talvez ainda vivesse, tais momentos de felicidade, teve filhos, e ela própria voltou a ser criança, pondo sua alma nas mãos do Pai, como dizem na sua fé... Ele precisava, tinha necessidade absoluta de imaginar Cécile feliz.

Observou-a, calma e imóvel, contemplando a paisagem que passava pela janela sob as últimas luzes do dia. Um painel eletrônico indicava que estavam viajando naquele momento a uma velocidade de 313 km/h e mostrava também sua localização atual, e ele teve um choque ao perceber que, no momento exato em que tudo isso lhe voltava à memória, estavam passando um pouco ao sul de Mâcon, a poucos quilômetros da casa de Saint-Joseph.

Muito, muito tempo depois, ela voltou a olhar em sua direção — o trem agora estava se aproximando de Laroche-Migennes e avançava a 327 km/h.

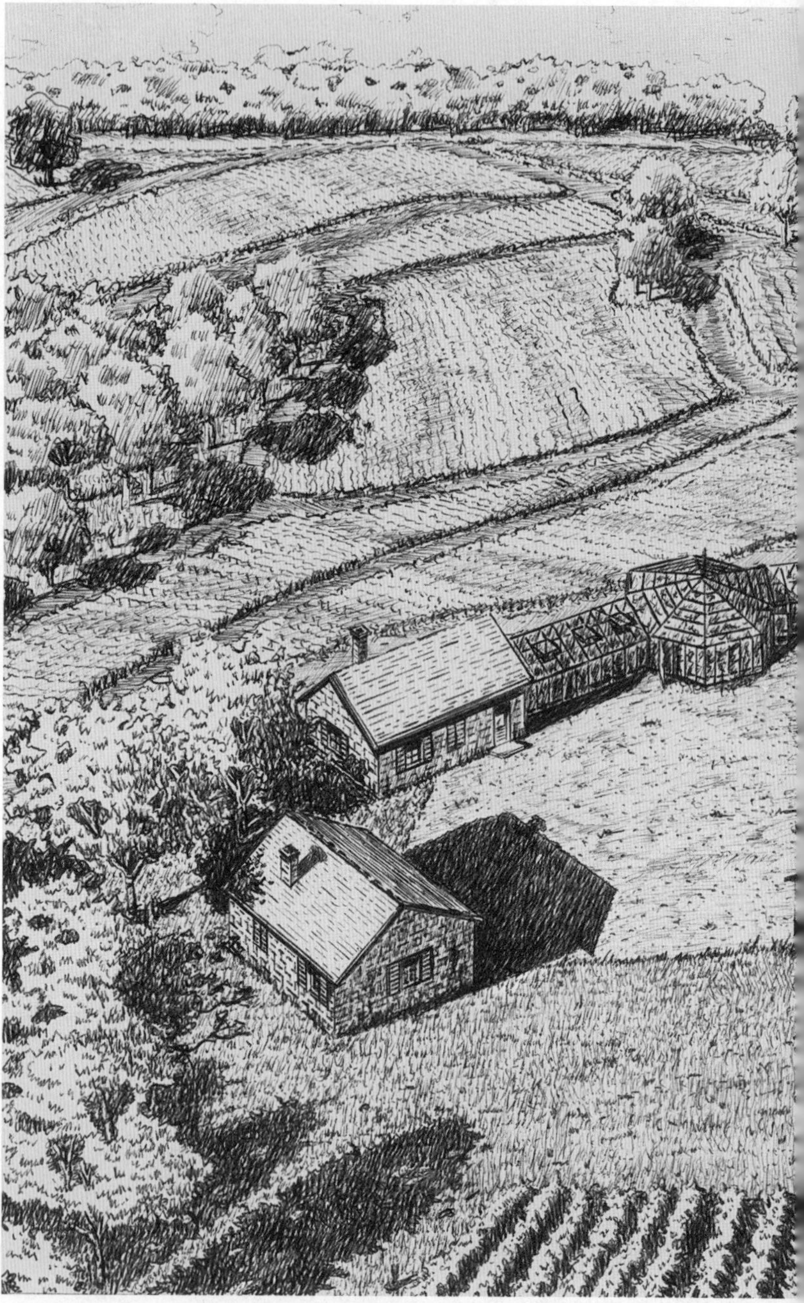

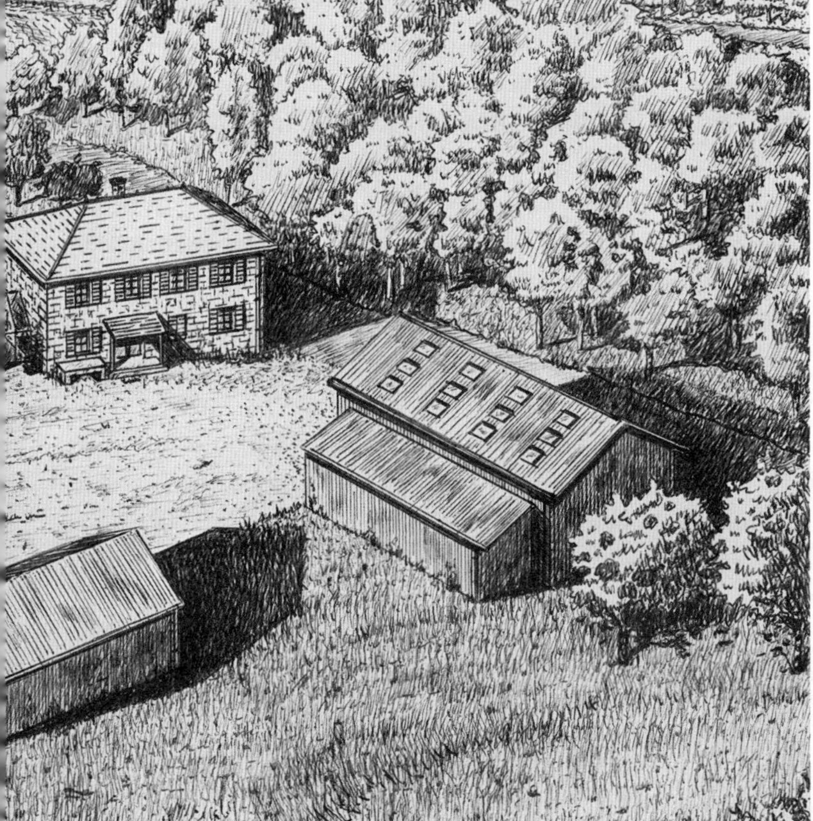

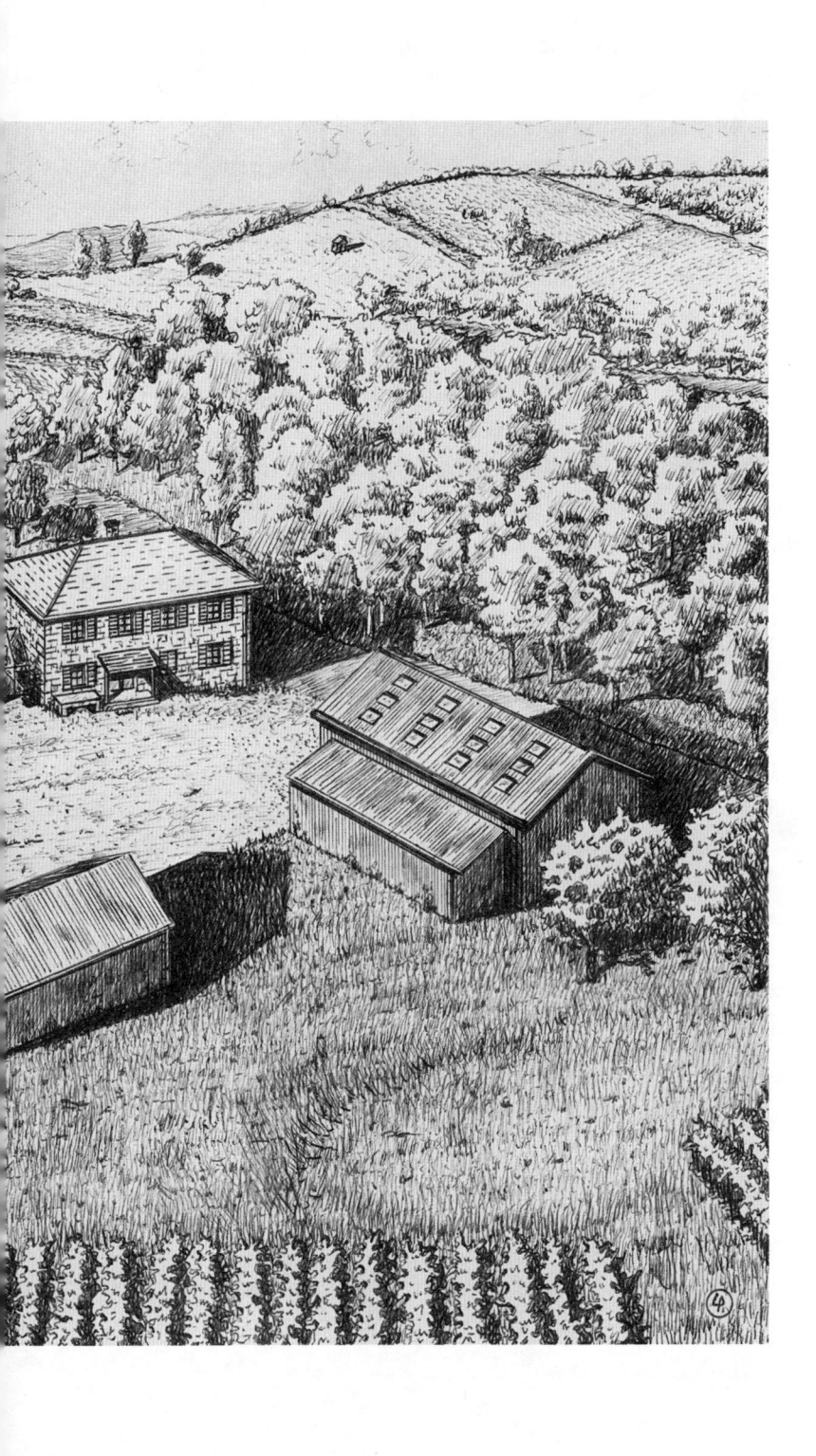

— Não perguntei como você e Prudence estão... — disse com cautela.

— Melhor assim. Você fez bem em não perguntar.

— Eu mais ou menos desconfiava. É uma pena, Paul. Você merece ser feliz.

Como ela podia saber de tudo isso, como conhecia a vida, ela que só teve um homem e escolheu de primeira, com uma antevisão milagrosa, um monstro de integridade, lealdade e virtude? Talvez a vida, na verdade, seja muito simples, disse Paul para si mesmo, não há muito o que saber sobre ela, basta deixar-se guiar.

Quase não falaram mais até chegarem a Paris. Agora o rumo das coisas estava determinado. Em uma semana, no máximo, Cécile voltaria com Hervé e eles se mudariam para a casa de Saint-Joseph. A primeira tarefa deles seria acalmar Madeleine, tentar dar sentido aos seus dias, evitar que ficasse o tempo todo nas garras das auxiliares de enfermagem do hospital Saint-Luc. E depois não haveria mais nada a fazer além de esperar; esperar e rezar. Será que a oração pode ser uma atividade em dupla? Ou é necessariamente um contato individual e pessoal com Deus?

Os dois se abraçaram brevemente, mas com força, antes de Cécile pegar o metrô — tinha que fazer uma baldeação na estação Bastilha, depois seguir direto para a Gare du Nord.

9

Ao empurrar a porta do seu apartamento, foi surpreendido por um canto de baleias vindo da sala de estar e entendeu que Prudence tinha voltado, que naquele exato momento devia estar na casa, eram os seus horários habituais. Mas não os dele, de forma alguma; desde que começou a trabalhar no gabinete tinha adquirido o hábito de acordar tarde; costumava ir para o ministério por volta de meio-dia, dando um passeio pelo Parc de Bercy — quase acabou gostando do parque, com suas estúpidas hortas — e depois pelo jardim Yitzhak Rabin. Quando chegava a Bercy, comia um prato de peixe defumado — o gabinete do ministro tinha uma cozinha separada do resto do ministério e o chef era excelente, mas ao meio-dia Paul preferia se contentar com um peixe defumado. Era nesse horário que conversava com Bruno pela primeira vez no dia.

Bruno chegava ao gabinete bem cedo, às sete — e, desde que começou a usar o apartamento oficial, às vezes passava parte da noite lá —, mas nunca marcava compromissos na parte da manhã, que dedicava ao trabalho pesado. Provavelmente devia esfregar as mãos de entusiasmo, como fazia o seu longínquo antecessor Colbert, ao ver as tarefas do dia, a pilha de pastas empilhadas na sua mesa. Normalmente almoçava com Paul — ele, pessoalmente, era um grande fã de pizza — e os dois passavam em revista as reuniões da tarde e da noite, os prováveis problemas que surgiriam.

Na maioria das vezes, Paul voltava tarde para casa, entre uma e três da madrugada, e a essa altura Prudence já estava no quarto havia muito tempo. Às vezes terminava o dia vendo documentários sobre animais; tinha parado completamente de se masturbar. Na verdade, havia meses — quase um ano, pensou aterrorizado — que não encontrava com sua esposa, e mesmo nos anos anteriores, quando ainda se viam, não era com frequência, nem os contatos eram muito prolongados. Como representantes da elite, não queriam sair dos padrões e davam grande importância a que o naufrágio do seu casamento ocorresse nas melhores condições de civilidade. Quando ouviu o canto das baleias, porém, pensou em fugir dali, sair do apartamento e procurar um hotel onde passar a noite. Mas o cansaço prevaleceu e por fim empurrou a porta da sala.

Prudence teve um sobressalto quando o viu, ela tampouco devia ficar à vontade naquelas circunstâncias. Paul precisava agir rápido, esclarecer a situação imediatamente, e explicou: seu pai tivera um derrame, estava em coma no hospital de Lyon, era isso que justificava aquele horário pouco usual, mas no dia seguinte as coisas voltariam à normalidade, aquilo não ia acontecer mais. Ela não teve qualquer reação ao ouvir a promessa; curiosamente, pelo contrário, parecia estar com pena, seu rosto se contraiu com algo que parecia tristeza, ou pelo menos preocupação. Isso, claro, se desvaneceu em questão de segundos; mas tinha acontecido, sem dúvida. Depois lhe disse algo mais mundano, que Paul devia se organizar da maneira que lhe conviesse, sem se preocupar com ela etc. Prudence também não estava longe dos cinquenta; como estariam as coisas, exatamente, com os pais dela? Os velhos eram uns clássicos burgueses de esquerda, que passaram a vida exercendo atividades protegidas como o ensino superior ou a magistratura, na certa eram adeptos de jogging, deviam estar em plena forma. Ele nunca tinha gostado muito dos pais de Prudence, quer dizer, o pai ainda passava, mas a mãe era francamente insuportável. A sabedoria popular tem um velho ditado mais ou menos assim: "Antes de casar com uma moça, olha para a mãe"; a questão é que ele, na época, tinha se recusado corajosamente a ouvir esse conselho. Prudence, por seu lado — e isso foi uma surpresa para ele — parecia preocupada com a sorte de Edouard, ao passo que recebera a morte de Suzanne, oito anos antes, com indiferença. "No fundo, você se parece com seu pai…", disse ela um dia. Será que as duas coisas tinham alguma relação? Essa empatia inesperada com a situação do seu pai significava que, de alguma forma, ainda sentia algo por ele?

Era uma ideia muito vertiginosa; mas desde que saíra de Lyon, na noite anterior, sentia ter entrado em uma zona de muitas incertezas. Mas era só desde a noite anterior? Tinha a impressão de que isso vinha de muito mais tempo, e que era mais grave, e que essa zona de incertezas não era uma parte circunscrita de sua vida: tudo tinha se tornado incerto, a começar por ele mesmo; era como se estivesse sendo substituído por um sósia incompreensível que o acompanhava em segredo havia anos, talvez desde sempre.

De qualquer forma, achou preferível não se estender muito com Prudence e disse que iria para o quarto, alegando um estado de cansaço facilmente explicável pela viagem e as emoções. Prudence sorriu, reagiu à despedida com a calma e o bom humor adequados, mas seu desconcerto se manifestou em pequenos gestos circulares que fazia com a mão, como se quisesse estabelecer turbilhões cartesianos no éter para criar uma força de atração entre eles, talvez análoga às forças gravitacionais. No entanto, a inexistência do éter e dos turbilhões de Descartes estava demonstrada havia muito tempo, na comunidade científica não restavam mais dúvidas quanto a isso apesar da última tentativa de Fontenelle, que publicou em 1752 uma *Teoria dos turbilhões cartesianos com reflexões sobre a atração*, uma obra que não teve qualquer repercussão.

Teria sido melhor se ela lhe oferecesse o corpo, mostrasse os seios, é um erro pensar que a dignidade do luto é abalada por uma iniciativa diretamente sexual, muitas vezes ocorre o contrário, o organismo físico devastado pela perda, aterrorizado com a perspectiva de ficar definitivamente incapaz para as funções biológicas mais simples, reage e busca reconectar-se com alguma forma de vida, a mais elementar possível. Mas isso provavelmente não estava ao alcance de Prudence, sua educação não foi orientada nessa direção, o que era lamentável, porque não haveria muitas outras oportunidades para os dois.

10

Assim que chegou ao gabinete, na manhã seguinte, Bruno foi direto ao ponto e perguntou quais eram as chances de sobrevivência do seu pai; Paul explicou a situação da melhor maneira que pôde. Depois Bruno perguntou se o seu pai estava sozinho, e Paul lhe falou então de Madeleine, o que o deixou pensativo, seu olhar ficou mais turvo e se perdeu num espaço indefinido. Paul estava começando a se acostumar com esses momentos em que Bruno se deixava invadir por reflexões de ordem geral, quando a sua forma habitual de raciocínio, pragmática e precisa, cedia lugar a considerações mais teóricas.

— Seu pai nasceu em 1952, não foi o que você disse? — perguntou, por fim. Paul confirmou. — Um típico baby boomer, então... Realmente, parece — continuou — que as pessoas dessa geração não só eram mais enérgicas, mais ativas, mais criativas e, de modo geral, mais talentosas que nós, em todos os sentidos, mas também de que se saíam melhor em todos os terrenos, inclusive no casamento. Até quando se divorciavam — eles já se divorciavam, significativamente menos, mas de todo modo se divorciavam —, e mesmo quando já eram mais idosos no momento do divórcio, conseguiam encontrar alguém. Para nós acho que não vai ser tão fácil. E para a próxima geração, menos ainda. Eu olho para os meus dois filhos, um deles é homossexual — bem, homossexual na teoria, porque na prática acho que não tem casos, nem regulares nem eventuais, com ninguém, é mais para assexuado com tendência homo. O outro eu não sei, acho que não é nada, que nunca foi nada, às vezes eu me esqueço que existe. Nós, pelo menos, tentávamos viver como casais; acabamos fracassando com muita frequência, mas pelo menos tentamos.

Convocado mais ou menos explicitamente para reviver na França os Trinta Anos Gloriosos, era normal que Bruno fosse fascinado pela psicologia dos boomers, tão diferente, por seu otimismo e sua audácia, da psicologia contemporânea que parecia quase incrível que apenas uma geração as separasse. Seu próprio pai, pelo que Paul sabia, era um funcionário público de médio para alto escalão e, neste sentido, um boomer atípico. Dos boomers originais, os boomers antológicos, os criadores e capitães da indústria, aqueles cujo renascimento ele pretendia promover na França, nunca tinha conhecido nenhum e, além do mais, estavam quase todos mortos; também estavam mortas as lendárias fodedoras dos anos 1970, com suas bocetas peludas, que de alguma forma os acompanharam até o túmulo. Pelo menos no terreno matrimonial, Paul não podia fazer qualquer objeção a essa constatação desiludida; serviu-se um pouco mais de enguia defumada, e o resto da tarde foi mais ou menos tranquilo. O principal assunto do dia seguinte seria o almoço com os sindicalistas. Tinha sido dele a ideia desses almoços mensais que reuniam em Bercy os principais dirigentes sindicais franceses; não havia um tema específico, eram almoços "informais", para "medir a temperatura do país". A ideia de comprar a benevolência dos sindicalistas com uma lebre *à la royale*, um prato de pombos confit e os grands crus apropriados podia parecer simplista, e até mesmo idiota; mas o fato é que o mandato de cinco anos transcorreu em um clima de paz social sem precedentes, o número de dias de greve nunca tinha sido tão baixo desde o início da Quinta República, embora o plantel de funcionários públicos houvesse diminuído, lenta mas inexoravelmente, a ponto de algumas áreas rurais, em termos de serviços públicos e de cobertura médica, terem caído mais ou menos ao nível de um país africano.

A notícia chegou pouco depois das 18h, Paul foi avisado às 18h25 por um e-mail da assessora de imprensa do ministro. Uma nova mensagem tinha acabado de aparecer na web; começou, como sempre, com uma montagem de pentágonos e círculos desenhados grosseiramente; mas a cada vez essa montagem era diferente, o número de círculos, em particular, variava. Em seguida vinha um texto, composto com os caracteres usuais; mas dessa vez era significativamente mais longo: as mensagens anteriores tinham quatro ou cinco linhas; esta, cerca de vinte.

Um clique em qualquer ponto da tela iniciava o vídeo. O mar estava cinza, agitado. A câmera se aproximou lentamente de um navio, um gigantesco cargueiro porta-contêineres que em alta velocidade cortava as ondas com facilidade. O convés estava vazio, não se via nenhum membro da tripulação. De repente, sem qualquer impacto visível, o enorme navio se ergueu acima da superfície do oceano e caiu, cortado ao meio. As duas metades, separadas, afundaram em menos de um minuto.

O efeito especial é perfeito, como sempre, pensou Paul, aquela cena era totalmente verossímil. Um ou dois minutos depois, telefonou para Doutremont. Ele estava de olho, claro, e por enquanto não podia dizer nada; prometeu ligar de volta assim que soubesse de alguma coisa, mesmo que fosse tarde da noite.

Telefonou às oito da manhã, e Paul ouviu a mensagem quando acordou. Preferia não dizer nada pelo telefone e propunha uma reunião no ministério à tarde; gostaria de estar acompanhado por um dos seus superiores da DGSI.

Chegou às duas em ponto, acompanhado pelo comissário Martin-Renaud, um homem na casa dos cinquenta anos, com o cabelo grisalho cortado bem rente, porte militar — na realidade, Paul achou que lembrava bastante o seu próprio pai.

— O senhor é o chefe da equipe de Informática?

— Não exatamente; sou o diretor da DGSI. Acontece que tive oportunidade de trabalhar com seu pai um bocado de anos atrás. Soube o que houve com ele, e lamento profundamente, isso é um dos motivos da minha presença; mas primeiro vamos falar sobre o assunto do dia — e se virou para Doutremont.

— A mensagem — disse este — tem certas características originais em comparação com as anteriores. Primeiro na distribuição: desta vez parasitou uma centena de servidores, aqui e ali em todo o mundo, inclusive na China, o que nunca havia acontecido antes. Mas, antes de mais nada, os vídeos anteriores eram efeitos especiais — muito bem realizados, mas efeitos especiais. Desta vez, temos sérias dúvidas.

— Está querendo dizer que um navio realmente foi afundado?

— A matrícula está bem legível na imagem, não tivemos dificuldade para identificá-lo. É um porta-contêineres de última geração, construído por um estaleiro de Xangai. Trata-se de uma embarcação com algo mais de quatrocentos metros de comprimento, que pode transportar até vinte e três mil contêineres tamanho padrão, ou seja, cerca de duzentos e vinte mil toneladas de carga. Fazia a ligação Xangai-Rotterdam e foi fretado pela CGA-CGM, quarta maior armadora do mundo no setor de transporte de carga. É uma operadora francesa. Naturalmente, perguntamos a eles se houve algum acidente com um de seus navios. Eles têm obrigação de nos responder, mas ainda não fizeram nada. O que imaginamos é que preferem evitar que o caso seja divulgado e gostariam de contar com a nossa colaboração.

— Não podemos nos comprometer a atender a esse pedido — disse Martin-Renaud. — Eles devem achar que nós podemos controlar a mídia em qualquer circunstância, decidir o que vai sair e o que não vai; isso está longe de ser verdade. Há dezenas de possibilidades de vazamento, e não temos o menor controle, especialmente porque há um ponto curioso nesse vídeo: não se vê ninguém, nenhum membro da tripulação — é como se houvessem sido avisados do ataque a tempo de sair do navio. Se aconteceu isso, eles vão ter que aparecer, mais cedo ou mais tarde — e não vamos poder impedir que falem.

— Imagino que uma embarcação desse tamanho não seja fácil de afundar. Deve exigir meios militares, certo?

— Em alguma medida. Um lançador de torpedos é um equipamento difícil de encontrar no mercado, mas pode ser montado em um barco normal. O método usado aqui é o do deslocamento: não há um contato direto entre o navio e o torpedo, o artefato explode alguns metros abaixo. O que corta o navio ao meio é a coluna ascendente de água que se projeta na bolha de gás gerada pela explosão; não é preciso necessariamente usar um torpedo muito poderoso. De maneira que não, não é essencial ter recursos enormes; por outro lado, a direção e o timing da explosão devem ser muito precisos, e isso requer uma habilidade balística real.

— Quem pode ter feito isso? — a pergunta saiu espontânea, quase involuntariamente; dessa vez Martin-Renaud sorriu francamente.

— É o que nós gostaríamos de saber, evidentemente... — e trocou um olhar com Doutremont. — Ninguém que seja conhecido pelos nossos serviços, em todo caso. Na realidade, estamos tateando no escuro desde as primeiras mensagens. E desta vez as consequências podem ser muito graves. É claro que o governo chinês tem meios para proteger o transporte das mercadorias produzidas por suas empresas; mas mandar um contratorpedeiro escoltar cada porta-contêiner aumentaria seriamente os custos. Sem falar no seguro marítimo, que ficaria consideravelmente mais caro.

— Isso vai prejudicar o comércio mundial? — perguntou Doutremont; para Paul a resposta era óbvia, e o chefe da DGSI formulou-a com simplicidade:

— Se alguém quisesse prejudicar o comércio mundial, não faria de outra maneira. Isso, obviamente, poderia atrair a atenção para certos tipos de ativistas, principalmente os de ultraesquerda, mas os ativistas de ultraesquerda, apesar da aptidão que demonstram para arruinar qualquer manifestação, nunca revelaram a menor competência no terreno militar, e além do mais carecem de meios financeiros. Um lançador de torpedos é e sempre foi um equipamento caro, qualquer que seja a forma de adquiri-lo.

Martin-Renaud hesitou alguns segundos antes de prosseguir:

— Queria falar com você sobre um outro assunto... — disse por fim. — Seu pai ainda está com alguns dossiês.

Paul se surpreendeu:

— Dossiês? Mas ele não estava aposentado?

— Sim, com certeza, mas quando a pessoa desempenha funções como as dele nunca se aposenta totalmente — disse Martin-Renaud. — E os tais dossiês não eram realmente dossiês, enfim, uma coisa difícil de explicar. Você pode ler tudo — continuou —, mas não vai entender grande coisa. Sim, pode sim, não são documentos confidenciais... — acrescentou. — Foi por isso que não tomamos nenhuma precaução para evitar que fossem roubados: não achamos que se possa extrair alguma informação deles.

Eram, basicamente, mais que dossiês: coleções de fatos ou informações esquisitas que o pai de Paul tinha reunido porque era a única pessoa que via alguma relação entre eles; não havia nada com solidez suficiente para justificar uma investigação ou uma operação de vigilância. Essas coleções eram mais como uma espécie de quebra-cabeça, que às vezes o ocupavam durante anos, nos quais pressentia ameaças à segurança do Estado cuja natureza não era capaz de especificar.

— Há umas pastas de papelão que ele guardava no seu escritório em Saint-Joseph-en-Beaujolais, fui lá uma vez — explicou Martin-Renaud. — Por isso nós gostaríamos, se ocorrer uma infelicidade, enfim, caso as coisas acabem mal, que essas pastas nos fossem devolvidas. — Paul a princípio pensou que ele tinha evitado usar a palavra "morte" para não magoá-lo, mas olhando para o outro percebeu que estava realmente perturbado, inquieto. — Eu gostava muito do seu pai — confirmou. — Não vou dizer que foi o meu mentor, porque também trabalhou com muitos outros jovens agentes da minha geração; mas aprendi muito com ele.

Paul nunca havia entendido muito bem as atividades profissionais do pai; só lembrava que de vez em quando ele recebia umas ligações no seu telefone de segurança Teorem — às vezes na hora das refeições — e imediatamente se isolava para atender. Nunca contava à família o que era dito nesses telefonemas, mas depois deles parecia ficar preocupado, geralmente pelo resto do dia. Preocupado e taciturno. Sim, era um homem cujas atividades profissionais se caracterizavam pela *preocupação*, era só isso que Paul podia dizer a respeito.

Naturalmente, concordou.

— Eu também tenho um pedido a fazer... — disse.

Os responsáveis pelos ataques cibernéticos, e agora por aquele atentado, tinham claramente muitos recursos; mas esses recursos não deviam ser ilimitados. Ele sabia que houve tentativas, no passado, de apagar as mensagens — mas logo depois reapareciam em outros servidores, e às vezes no mesmo. Agora que eles tinham que lidar com mais mensagens, talvez prestassem menos atenção nas primeiras. O vídeo mostrando a decapitação, ele sabia, tinha chocado profundamente o ministro. E continuava a afetá-lo muito; não seria possível pensar em erradicar definitivamente esse material?

Martin-Renaud concordou imediatamente.

— Seu raciocínio me parece válido... Sim, vamos cuidar disso assim que voltarmos.

Quando a reunião terminou, a tarde já estava avançada; essa luz de fim do dia no início de dezembro é sinistra, pensou Paul; realmente a hora perfeita para morrer.

11

No dia seguinte, a tripulação do navio reapareceu. Ele tinha sido afundado ao largo de La Coruña, no limite das águas territoriais espanholas; Paul ficou surpreso quando soube que esses navios gigantescos operavam com uma tripulação de cerca de dez pessoas. O interrogatório não revelou muita coisa às autoridades: foram contatados pelo rádio, seus interlocutores obviamente não se identificaram. Dispararam um primeiro torpedo, que roçou na popa, para mostrar que não estavam brincando, depois deram dez minutos para que o navio fosse abandonado.

A cobertura da mídia, a princípio, foi enorme — era a primeira vez que acontecia um atentado desse tipo —, mas depois, na ausência de qualquer outra informação, se extinguiu depressa. Paul contou resumidamente a Bruno a visita de Martin-Renaud e ficou surpreso com a calma que ele demonstrou diante dos fatos. Aliás, sua relativa indiferença aos primeiros ataques cibernéticos, com exceção daquele que o afetava diretamente, já o tinha surpreendido, apesar das suas consideráveis consequências sobre as transações financeiras: uma desconfiança generalizada em relação à segurança da internet se espalhou nas salas de negociação, que voltaram aos dias do telefone e do fax — um salto de cerca de quarenta anos para trás; mas Bruno sempre teve um certo desprezo pelo capital financeiro. Não dá para inventar dinheiro, pensava, mais cedo ou mais tarde a diferença acaba aparecendo, mais cedo ou mais tarde se torna imprescindível uma referência à produção de bens, e de fato o funcionamento do sistema produtivo, mesmo com a grande desaceleração das transações financeiras, permaneceu praticamente inalterado. Dessa vez, porém, a economia real tinha sido afetada; mas na verdade, embora esse argumento não pudesse ser exposto publicamente, as travas impostas ao comércio exterior chinês não eram necessariamente uma notícia ruim para a França. Desde o início, Bruno não entrou de verdade no jogo; ele estava jogando sua própria versão do jogo.

Paul também sentia que Bruno estava começando a ser dominado por preocupações de natureza diferente, mais claramente políticas. Na verdade, a situação não estava nada clara: não apenas ele não tinha anunciado sua candidatura como se recusava a manifestar-se a respeito, repetindo sempre que a hora "não havia chegado". Ele não tinha nenhum rival sério no partido do presidente: às vezes era mencionada na mídia a hipótese da candidatura do primeiro-ministro, mas só para que fosse rejeitada de cara; este, nomeado logo no início do mandato de cinco anos, nunca passou de um fantoche nas mãos do chefe de Estado. Do começo ao fim do mandato, Bruno foi seu único interlocutor real, o único com força suficiente para influenciar a política do país.

Outro concorrente inesperado havia aparecido recentemente. Benjamin Sarfati, às vezes chamado de "Ben", ou ainda "Big Ben", vinha dos níveis mais baixos do entretenimento televisivo. Fez toda a sua carreira na TF1, onde apresentava primeiro um programa voltado para adolescentes, claramente inspirado em *Jackass*, só que os desafios propostos apostavam muito mais na humilhação que no perigo: tirar as calças, vomitar e soltar peidos eram a matéria-prima desse programa que iria permitir à TF1, pela primeira vez na história, liderar a audiência no segmento de adolescentes e jovens adultos. A partir de então, sua carreira foi marcada pela fidelidade total ao canal, bem como pela *druckerização*, o equivalente televisivo da gentrificação dos bairros urbanos, que culminaria com o convite para participar do programa de despedida de Michel Drucker no dia do seu octogésimo aniversário — um dos grandes momentos da televisão na década de 2020. No talk show semanal de Sarfati, que depois passou a ser diário, se apresentavam políticos do primeiro time e também grandes pensadores — o mais difícil de convencer foi Stéphane Bern, que temia uma reação fria por parte do seu público da quarta idade; mas afinal ele também compareceu, e foi uma das maiores alegrias da carreira de

Sarfati, que quase ao mesmo tempo se beneficiou com a *escorregada* do famoso apresentador Cyril Hanouna.

Paul não se lembrava exatamente se Hanouna foi acusado de exibicionismo, assédio sexual ou diretamente de estupro, mas o fato é que tinha *explodido em pleno voo*; ele pensava ter apoios sólidos no meio, mas afinal não tinha, e desapareceu das telas e das consciências ainda mais rápido do que havia aparecido, ninguém se lembrava mais de tê-lo contratado, ou sequer visto algum dia. "Bouygues se vingou de Bolloré", foi o sóbrio comentário de Bruno.

Sem nunca favorecer de forma ostensiva o partido do presidente — o que seria contrário à sua ética de apresentador —, Benjamin Sarfati revelava implicitamente suas posições políticas, ainda que fosse apenas pela escolha dos adversários mais medíocres — e era o que não faltava — quando organizava algum debate com um membro importante do governo; assim começou a se aproximar dos círculos mais íntimos do poder. Ainda tinha alguns passos a dar antes de considerar uma candidatura à presidência, mas estava se esforçando, e agora ninguém mais o questionava. Um momento decisivo, sem dúvida, foi seu encontro com Solène Signal, presidente da consultoria Confluences, que a partir de então foi a responsável por sua comunicação.

Ao contrário da maioria dos seus concorrentes, Solène não acreditava muito na necessidade de ocupar o território da internet. Ela gostava de dizer que a internet só tinha duas utilidades: baixar pornografia e xingar os outros sem correr riscos; na verdade, só uma minoria de pessoas, particularmente virulentas e vulgares, se manifestava de fato na rede. Contudo, do ponto de vista ficcional a internet era uma espécie de passagem obrigatória, uma parte necessária da *story*; mas ela achava suficiente, e até preferível, aparentar uma grande popularidade sem que isso correspondesse à realidade dos fatos. Podiam-se divulgar, sem qualquer temor, números na casa de centenas de milhares, ou até de milhões de visualizações; não havia como fazer nenhuma verificação.

A verdadeira inovação de Solène foi uma segunda etapa, logo depois da internet, que pouco a pouco foi se tornando, sob sua influência, indispensável em qualquer consultoria para estabelecer uma *story* moderna: a utilização de celebridades intermediárias (atrizes promissoras, cantores de futuro). Sua função, nos meios de comunicação a que tinham acesso — muitas vezes hypes, mas ocasionalmente tradicionais — era transmitir o tempo todo a mesma mensagem sobre o candidato: humanidade, abertura, empatia — mas também patriotismo, seriedade, apego aos valores da República. Essa etapa, a mais importante segundo ela, também era a mais extensa e, de longe, a mais cara, tanto em termos de tempo quanto de investimento pessoal; porque era necessário encontrar essas celebridades intermediárias, conversar com elas, criar laços com seus egos tão desproporcionais quanto patéticos. Benjamin, neste aspecto, era particularmente favorecido: o espaço que tinha na televisão e a incrível audiência do seu programa faziam dele um interlocutor indispensável para esse tipo de gente. No máximo, podiam admitir pequenas divergências com Benjamin; mas ter um atrito com ele não era uma boa opção para uma celebridade intermediária.

Na terceira etapa, o terceiro estágio do foguete, Solène não trouxe nenhuma inovação, seus contatos eram exatamente os mesmos dos concorrentes. Ela conhecia os mesmos senadores, os mesmos chefes de gabinete, os mesmos jornalistas dos *grandes meios de comunicação*; era no segundo estágio, sobretudo, que ela pretendia aumentar a vantagem (e Benjamin Sarfati claramente tinha passado para o terceiro, já havia algum tempo); ela era cara, sem dúvida, mas sua agência ainda era nova e não podia se dar ao luxo de cobrar preços muito acima do mercado.

Embora aparecesse cada vez mais como candidato plausível, Sarfati tampouco tinha assumido a candidatura; o período após as férias seria decisivo.

Depois daquele encontro fortuito, Paul e Prudence adquiriram o hábito de se rever uma vez por semana — geralmente nas tardes de domingo. A comunicação ainda era difícil entre eles, sobretudo a comunicação verbal, porque nunca passavam de um beijinho — mas já fazia uma diferença enorme poderem conversar, pensava Paul, os dois tinham estado mesmo muito afastados. Prudence falava quase exclusivamente do trabalho — ela continuava no Departamento do Tesouro. Sobre suas amizades e atividades, depois de um mês Paul continuava sem saber grande coisa. Algo novo parecia ter se instalado nela — uma espécie de resignação, tristeza, agora estava falando mais devagar, quase como se fosse uma velhinha; fisicamente, porém, quase não tinha mudado.

Ela também pedia, em cada encontro, notícias do seu pai — afinal, era isso que os tinha reaproximado. Ele tentava lhe contar alguma coisa — não tinha voltado a Lyon, mas sempre telefonava para Cécile, que havia se mudado para a casa de Saint-Joseph. Mas por enquanto seu pai ainda estava em coma, a situação era estável. Cécile, contudo, não parecia desanimada — demonstrava uma confiança ilimitada nos poderes da oração.

Num sábado, no meio de dezembro, Paul foi à igreja de Notre-Dame de la Nativité de Bercy que fica na Place Lachambeaudie, a cinco minutos da sua casa a pé. Era uma igreja muito pequena, provavelmente construída no século XIX, um pouco deslocada naquele bairro moderno e até pós-moderno. A poucos metros dali passavam os trilhos da rede ferroviária Sudeste, por onde circulava o TGV para Mâcon e Lyon, com certeza ele já tinha passado muitas vezes por aquela igreja sem suspeitar da sua existência. Um folheto informativo explicava mais: construída em 1677 com o nome de Notre-Dame de Bon Secours, havia sido destruída em 1821, ficando quase em ruínas, sendo reconstruída a partir de 1823. Durante a Comuna foi novamente destruída e um pouco mais tarde reconstruída de maneira que ficasse idêntica. Depois sofreu os efeitos das enchentes do Sena de 1910, foi atingida em abril de 1944 pelos bombardeios à ferrovia e então parcialmente destruída por um incêndio em 1982. Em suma, era uma igreja que havia sofrido e que ainda hoje parecia distante dos seus melhores dias. Nessa tarde de sábado, estava absolutamente deserta e dava a impressão de ficar assim quase sempre. Se alguém quisesse uma imagem das tribulações do cristianismo na Europa ocidental, não poderia encontrar nada melhor que a igreja de Notre-Dame de la Nativité de Bercy.

12

Como 25 de dezembro era uma sexta-feira, Paul ia poder ficar três dias inteiros em Saint-Joseph. Prudence tinha viajado no sábado anterior, mas ele não sabia para onde; provavelmente estava na Bretanha, na casa de férias dos pais, que aliás não era mais casa de férias, ele tinha uma vaga lembrança de que tinham se mudado para lá alguns anos atrás, depois que seu pai se aposentou.

Atravessando a sala de estar, que agora era utilizada para as suas conversas de domingo à tarde, voltando em certa medida a fazer jus ao nome, reparou numa folha de papel colorido em cima do aparador — uma compra de Prudence, lembrou, ela tinha ficado mesmo entusiasmada com aquele aparador Luís XVI, que lhe pareceu "dado" — a mulher que fora capaz de se entusiasmar, em determinados momentos, por determinados assuntos. Era um convite para a celebração do sabbat de Yule, que ia ocorrer no dia 21 de dezembro em Gretz-Armainvilliers. Tinha uma foto de umas mocinhas com vestidos brancos que iam até os pés e grinaldas floridas ao redor da testa, refesteladas num prado ensolarado com movimentos pré-rafaelitas. Lembrava um pouco a pornografia soft dos anos 70; que história era aquela? No que Prudence tinha se metido?

Mais abaixo, uma série de siglas esotéricas parecia atestar a seriedade do evento. Uma breve nota explicativa, mas que parecia destinada a seguidores desatentos, lembrava que o sabbat de Yule era associado à esperança, ao renascimento após a morte do passado. Isso correspondia bastante bem, digamos, à situação do seu casamento. De todo modo, não dava a impressão de ser uma seita muito radical, parecia mais uma coisa de mulheres, baseada em óleos essenciais. Tranquilizado, deixou o papel em cima do aparador e foi pegar o seu trem.

Passara uma noite ruim, e adormeceu poucos segundos depois de se instalar na poltrona de primeira classe — tinha um apoio para a cabeça, o que era agradável, e o vagão estava praticamente deserto. Ele estava em pé no meio de um prado esverdeado — a relva parecia talhada com cinzel, de um verde deslumbrante ao sol, sob um céu azul perfeito com algumas nuvens, nuvens nada preocupantes, nuvens decorativas, que em momento algum da sua existência de nuvens poderiam trazer chuva. Intuitivamente, sabia que estava no sul da Baviera, não muito longe da fronteira austríaca — as montanhas no horizonte eram sem dúvida os Alpes. À sua volta havia cerca de dez homens idosos, que transmitiam uma impressão profunda de sabedoria. Estavam vestidos com ternos clássicos, roupa de funcionários de escritório, mas seus empregos de escritório, como percebeu no mesmo instante, não passavam de disfarces, na realidade eles eram verdadeiros iniciados. Todos concordavam num ponto: Paul Raison estava pronto para o voo, sua preparação tinha sido suficiente. Então ele corria pela encosta, mantendo o olhar fixo nas cadeias de montanhas que delimitavam o horizonte ao sul, mas isso durava apenas alguns segundos, ou algumas dezenas de segundos, em todo caso menos de um minuto, e de repente, sem ter premeditado, sem nem mesmo ter antecipado de fato, viu-se elevado na atmosfera, a cerca de vinte metros acima do solo. Então agitou as mãos de leve, para se equilibrar, e se imobilizou no ar. Os falsos funcionários de escritório, que na verdade tinham sido seus mestres e iniciadores na arte de voar, estavam reunidos abaixo dele para comentar sua primeira ascensão, que aprovaram em todos os sentidos. Mais tranquilo, Paul tentou então um primeiro deslocamento — tratava-se simplesmente de fazer movimentos natatórios, mudando de direção segundo as braçadas; era exatamente como nadar de peito, só que em um ambiente naturalmente mais fluido. Após alguns minutos de treinamento, já era capaz de dar uns saltinhos e até mesmo discretos loopings, antes de subir um pouco, atingindo sem esforço uma altitude de cem metros. Movendo-se com braçadas suaves, Paul avançou em direção às cadeias de montanhas; nunca tinha se sentido tão feliz.

Quando acordou, o trem estava passando pela estação de Chalon-sur-Saône; avançava a uma velocidade de 321 km/h. Seu celular emitia um som fanhoso e fraco, porém insistente; ele tinha dezenove chamadas perdidas. Tentou ouvir as mensagens, mas não havia sinal. Cartazes recomendavam que ele fizesse suas ligações na área de circulação "por motivos de cortesia". Foi até lá, mas tampouco havia sinal. Passando por dois vagões também desertos, chegou à área do restaurante Inouï; ele havia tomado a precaução de trazer seu bilhete, não tinha cartão de desconto; o funcionário do restaurante se chamava Jordan e lhe serviu um hambúrguer criado por Paul Constant, uma salada de quinoa e trigo vermelho, e uma garrafa de 175 ml de Côtes-du-Rhône Tradition. Havia um desfibrilador disponível caso houvesse necessidade, mas o trem continuava sem sinal; ia chegar à estação Mâcon-Loché TGV em vinte e três minutos.

Ele era responsável por esse mundo? Até certo ponto, sim, porque pertencia ao aparelho do Estado; mas não gostava desse mundo. E Bruno, ele sabia, também se sentiria incomodado com esses hambúrgueres de marca, esses espaços zen onde se pode fazer uma massagem no pescoço durante a viagem ouvindo o canto de pássaros, essa estranha rotulagem da sua bagagem "por motivo de segurança"... enfim, com o aspecto geral que as coisas vinham tomando, essa atmosfera pseudolúdica, mas na realidade de uma normatividade quase fascista, que foi infectando pouco a pouco todos os recantos da vida cotidiana. No entanto, Bruno era responsável pelo rumo que o mundo tomava, bem mais que ele próprio. A frase de Raymond Aron segundo a qual os homens "não sabem a história que estão fazendo" sempre lhe parecera uma frase engenhosa mas sem consistência — se Aron tinha apenas isso a dizer era melhor calar a boca. Havia algo muito mais sombrio nisso: a distorção cada vez mais óbvia entre as intenções dos políticos e as consequências reais dos seus atos lhe parecia doentia e até perversa, a sociedade não poderia continuar funcionando nessas bases de jeito nenhum, pensou Paul.

Pouco antes de chegar a Mâcon, a névoa se dissipou e o sol iluminou, esplendoroso, a paisagem de prados, florestas e vinhedos já caiados de branco pelo inverno. Assim que desceu do trem viu Cécile, ela correu para cruzar os poucos metros que os separavam e se jogou em seus braços, estava em prantos. Há muitos motivos na vida para chorar, e ela levou quase um minuto para conseguir articular: "Papai acordou! Papai saiu do coma esta manhã!...", antes de cair no choro outra vez.

DOIS

1

Hervé os esperava perto do carro, fumando um cigarro. Apertou a mão de Paul por um bom tempo, parecia feliz em vê-lo. As pessoas me amam, pensou Paul com certa surpresa; bem, para ser mais exato, gostam de mim, não vamos exagerar. Como Hervé amava sua irmã, ele fez o possível para gostar e, de certa forma, amar o cunhado que o destino lhe dera; e tinha conseguido, pensou Paul, havia descoberto nele elementos estimáveis e até amáveis. Isso não correspondia a nenhuma realidade objetiva, pensou também Paul, era consequência apenas do olhar do observador — e, mais precisamente, da bondade de Hervé, que o fazia ver em torno de si uma conjunção de seres dignos e achar que as pessoas são, na maior parte do tempo, *boa gente*.

Ele tinha envelhecido desde a última vez: mais barriga, menos cabelo, enfim, o envelhecimento clássico; mas na sua fisionomia não se viam marcas do desemprego, pensou estupidamente Paul. O que ele esperava? Que criasse chifres? Em todo caso, não dava a impressão de passar as noites angustiado, remoendo tentativas frustradas de arranjar trabalho; para ele, o desemprego era um estado generalizado, natural, instalado havia gerações e de certa forma aceito como um destino. Seus esforços para estudar lhe permitiram escapar por um tempo; depois o destino o havia alcançado.

Mas, antes de mais nada, era casado. "Vamos, *mô*?", perguntou Cécile, abrindo a porta direita da frente. *Mô?...* Será verdade que não mudamos, nem mesmo fisicamente, aos olhos dos amantes, que os olhos dos amantes são capazes de aniquilar as condições normais da percepção? Será verdade que a primeira imagem que deixamos nos olhos da pessoa amada se sobrepõe sempre, eternamente, àquilo que nos tornamos?

Enquanto o carro avançava pela rodovia A6, Paul se lembrou de ter ido à cerimônia de juramento de Hervé, vinte anos antes. Eram cerca de quinze aspirantes a tabelião, usando um curioso traje datado do século XVIII, com culote preto, meia branca, uma espécie de sobrecasaca e chapéu bicorne. Foi no antigo Palácio da Justiça de Paris, um cenário muito adequado. O juiz falou em cumprir lealmente os seus deveres, "com exatidão e probidade", algo assim. Lembrou do cunhado repetindo, solene, "Juro" quando chamaram o seu nome, ficou impressionado. Hervé recebeu então um selo pessoal, que lhe permitiria certificar a autenticidade dos atos; era realmente um motivo de orgulho para um filho de operário.

De qualquer maneira ele teria que encontrar um emprego, pensou Paul, mais cedo ou mais tarde um dos dois teria que arranjar trabalho, ele ou Cécile. Provavelmente não tinham feito gastos excessivos — seu Dacia Duster estava em bom estado, mas era apenas um Dacia Duster. O sol de inverno estava cada vez mais forte, raios de luz invadiam o interior do carro; depois de uma curva fácil, enveredaram por uma longa encosta, suavemente inclinada, e Paul teve a sensação de entrar debaixo de uma claraboia luminosa. Ele ia sentado ao lado de Madeleine, no banco traseiro. Antes tinham trocado dois beijos, era o procedimento estabelecido entre os dois, já sabiam como agir. Então, por cerca de dez quilômetros — mais ou menos até a altura de Saint-Symphorien-d'Ancelles —, ficou se pergundado o que iria inventar para dizer, antes de chegar à conclusão de que provavelmente era melhor ficar em silêncio, que Madeleine preferia o silêncio, que naquele momento ela estava muito feliz e que qualquer palavra diminuiria a plenitude da sua alegria. Então entendeu um pouco melhor, mas fugazmente, o que tinha sido a relação entre Madeleine e seu pai, o que tinha sido a presença pacífica, quase animal de Madeleine ao lado dele — e, no mesmo segundo, pensou que ainda não conseguia pensar no pai senão no passado.

Como se tivesse captado instantaneamente esse pensamento negativo, no mesmo momento Cécile começou a falar, a contar como foi seu dia, que tinha sido intenso. Ela estava atravessando Paris, entre a viagem que a trouxera de Arras e a que ia fazer para Lyon, quando recebeu o telefonema do hospital — estava, exatamente, na estação de metrô Jacques-Bonsergent. Seu pai tinha saído do coma, foi a única informação que conseguiu captar. Tentou ligar para o hospital durante a manhã toda, mas não teve sorte com o sinal do telefone, as comunicações foram breves e decepcionantes, quase inaudíveis; só quando chegou a Lyon pôde ter uma ideia exata da situação. Sair do coma é um evento imprevisível e repentino, que pode assumir diferentes formas. Às vezes a pessoa simplesmente morre. Pode também ocorrer que volte totalmente à vida, recupere todas as suas capacidades, às vezes podendo até sair do hospital no dia seguinte. Nos casos intermediários, como o do pai de Paul, certas funções são recuperadas, mas não muitas. Ele tinha aberto os olhos, o que é o principal critério de saída do coma; também conseguia respirar normalmente; mas estava completamente paralisado, incapaz de falar e controlar suas funções naturais. Estava em um estado que os médicos antes descreviam como "vegetativo", mas agora a maioria deles rejeitava o termo, temendo que lembrasse a metáfora usual que equipara os pacientes a vegetais, que fosse um ardil semântico destinado a justificar com antecedência a eutanásia; prefeririam falar de um "despertar sem responder", descrição aliás mais precisa: o paciente tinha recuperado a capacidade de perceber o mundo, mas não a de interagir com ele.

Quando o carro chegou aos arredores de Lyon, os engarrafamentos prometiam ser intermináveis. Hervé dirigia com calma, nada parecia ser capaz de irritá-lo esta manhã. Não havia mais uma única nuvem no céu, até a névoa tinha se dissipado.

No estacionamento do hospital, Madeleine se virou para ele. "Acho melhor deixar você ir vê-lo sozinho", disse. Isso era importante para ela, o filho mais velho; e não estava brincando, provavelmente nunca conseguiria se livrar de um respeito temeroso em relação a ele.

— Vem comigo, Cécile!... — gritou Paul para a irmã num tom de voz desesperado, quase implorando, sem ter premeditado. Só então percebeu que estava com medo.

2

Seu pai havia mudado de quarto, e até de andar, foi a primeira observação que Paul fez depois de passar pela recepção do centro hospitalar.

— É normal, ele não está mais na UTI... — disse Cécile. — Falei com a médica-chefe esta manhã. Ela não está mais aqui, teve que sair mais cedo, mas vai poder conversar conosco na segunda-feira, porque não tira férias entre o Natal e o Ano-Novo. Você pode estar aqui na segunda?

Ele não sabia, vamos ver mais tarde, respondeu, isso não era o mais importante no momento. Provavelmente sim, pensou logo em seguida: o período que vai da segunda-feira dia 28 à quinta-feira dia 31 seria uma nova semana de quatro dias, a trégua generalizada por excelência. Bruno certamente estaria no seu gabinete, não se lembrava de ter visto Bruno tirar férias, mas não teria reuniões, não ia precisar dele, ficaria sozinho com seus dossiês, estaria feliz... O trabalho diverte, pensou Paul. A enfermeira avançava à sua frente pelo corredor com rapidez, em menos de um minuto ele estaria novamente na presença do pai, seu coração batia cada vez mais rápido, uma onda de terror cresceu dentro dele, quase tropeçou ao chegar à porta do quarto.

A mudança era radical: apoiado em dois travesseiros, Edouard estava quase sentado na cama. Não tinha mais nenhum tubo na garganta e o dispositivo barulhento desaparecera. Também não estava mais com perfusões nas veias, nem eletrodos fixados no crânio. Era o seu pai de novo, com seu rosto sério, até austero, e o mais importante é que estava de olhos bem abertos, olhando para a frente sem se mexer, sem piscar.

— A ventilação natural foi recuperada, ele não precisa mais de respirador. As famílias ficam bastante impressionadas com o respirador — comentou a enfermeira. Paralisado, Paul não conseguia tirar os olhos do pai.

— Ele vê? — perguntou finalmente. — Vê e escuta?

— Sim, não pode se mover nem falar, está totalmente paralisado, mas suas capacidades visuais e auditivas estão restauradas. Por outro lado, não podemos saber se consegue interpretar suas percepções, relacioná-las com coisas conhecidas, ideias ou lembranças.

— Claro que ele se lembra de nós! — interrompeu Cécile, sem hesitar.

— De modo geral, os pacientes em estado vegetativo reagem mais às vozes familiares que aos rostos — continuou a enfermeira sem se alterar. — Por isso, é preciso falar com ele, não hesitem em falar com ele.

— Bom dia, papai — disse Paul enquanto Cécile, muito à vontade, começava a acariciar sua mão. Paul pensou por um minuto antes de perguntar:

— Ele vai ficar assim por muito tempo?

— Bem, isso não sabemos — respondeu a enfermeira com satisfação, ela estava esperando essa pergunta havia bastante tempo, geralmente as famílias a fazem logo de cara, desde o início da manhã estava incomodada com o fato de Cécile não ter tocado no assunto em momento algum. — Fizemos todos os exames possíveis: tomografia, ressonância magnética, PET-scan e, claro, eletroencefalograma; vamos continuar, mas atualmente não existe nenhum exame que possa prever com certeza a evolução de um paciente em estado vegetativo. Ele pode recuperar a consciência normal em alguns dias; mas também pode ficar assim pelo resto da vida.

— Claro que vai recuperar, mas isso pode levar mais do que alguns dias… — interveio Cécile. Sua segurança era incrível, ela falava como se tivesse recebido essas informações diretamente de um poder sobrenatural; as manifestações místicas da irmã tinham assumido definitivamente novas proporções, pensou Paul. Olhou de soslaio para a enfermeira, mas esta nem sequer parecia zangada, estava apenas surpresa.

Seu pai, em todo caso, parecia estar além de todas essas preocupações. Aquele olhar que fixava um ponto indeterminado no espaço, aqueles olhos que viam mas não podiam expressar mais nada eram infinitamente perturbadores, como se seu pai houvesse entrado em um estado de percepção pura, como se estivesse desconectado do labirinto emocional, mas Paul pensou que certamente isso estava errado, seu pai deve ter mantido toda a capacidade de sentir emoções mesmo não sendo mais capaz de expressá-las, se bem que era uma coisa estranha imaginar uma dor ou uma alegria que não pudessem ser traduzidos em mímicas, gemidos, sorrisos ou queixumes. A enfermeira parecia cheia de boa vontade e ansiosa para compartilhar todas as informações médicas ao seu alcance. Lembrou várias vezes que, por prudência, eles deviam confirmar tudo com a médica-chefe, mas parecia ter domínio total do assunto. Seu pai tinha um funcionamento mental, sim, definitivamente — disse ela a Paul. O eletroencefalograma permitiu detectar ondas delta, típicas do sono sem sonhos ou da meditação profunda, e também ondas teta, mais associadas à sonolência, e até ondas alfa em duas ocasiões, o que era muito animador. Ele apresentava alternância entre a vigília e o sono, embora fosse muito mais rápida que em um homem saudável e não seguisse o ritmo nictemeral habitual; não se sabia se tinha sonhos.

Nesse exato momento seu pai fechou os olhos.

— Pronto... — disse a enfermeira com satisfação, como se ele tivesse desempenhado perfeitamente seu papel de paciente. — Acabou de adormecer, vai dormir por alguns minutos, talvez até uma hora. Deve ter sido a sua visita, ver o senhor de novo, isso o deixou cansado.

— Você acha que ele me reconheceu, então?

— Mas claro que te reconheceu, já falamos disso! — interveio Cécile com impaciência. — É verdade, vamos deixá-lo descansar por hoje. Aliás, tenho mesmo que ir para casa preparar a comida.

— Já?

— Hoje é noite de Natal. Esqueceu?

3

Sim, tinha esquecido completamente que era Natal. Os termos técnicos da enfermeira, o olhar do pai, que associou imediatamente com o que imaginava ser o olhar de um espectro, um olhar que abarcava a vida e a morte ao mesmo tempo, muito distante e muito próximo da humanidade, e a incapacidade real de saber alguma coisa sobre seu estado mental, tudo isso o deixou em um estado de perplexidade generalizada e lhe deu a sensação de estar em uma série de televisão sobre fenômenos paranormais. A noite já tinha caído quando chegaram a Villié-Morgon, iluminada para as festas, antes de pegar a estrada D18 em direção ao Col du Fût-d'Avenas.

Hervé estacionou em frente à casa principal. Sob a luz das estrelas, parecia ainda mais maciça, mais imponente do que Paul lembrava.

— Esqueci de te contar... — disse Cécile enquanto saía do Dacia — enfim, se você for ficar até a próxima semana. Vamos receber a visita de Aurélien, deve chegar no dia 31.

— Ele vem com a esposa?

— Sim, Indy também vem. E com o filho — ela hesitou ao pronunciar a palavra, decididamente não conseguia se acostumar com a ideia.

— Vamos alojá-lo no antigo quarto de Aurélien — continuou. — De maneira que sobrou para você um quarto de hóspedes, o azul; eu estou no quarto verde. A menos que você prefira dormir na casinha.

— Sim, prefiro.

— Eu já imaginava. Na verdade, até preparei o quarto para você, liguei a calefação.

Era curioso que ela tivesse pensado nisso, porque ele mesmo não havia previsto. Havia visitado o pai várias vezes nos últimos anos, mas sempre preferia dormir em um quarto de hóspedes, nunca mais pusera os pés no quarto que tinha sido o seu quando era criança, e depois adolescente; fazia vinte e cinco anos que não entrava lá. Provavelmente era um mau sinal querer voltar desse jeito aos anos da juventude, provavelmente é isso que acontece com aqueles que começam a perceber que fracassaram na vida.

— Quer se instalar de uma vez? — perguntou Cécile. — Vou preparar a ceia agora, antes de ir à missa, e na volta comemos juntos. Você tem umas boas duas horas para descansar, se quiser.

— Não, prefiro ficar na sala.

Na verdade, estava precisando de uma bebida, até várias. O lugar do bar não tinha mudado, e lá dentro encontrou Glenmorangie, Talisker e Lagavulin; portanto, a qualidade também não tinha caído. Depois do terceiro Talisker, Paul percebeu que ia estar um pouco bêbado na Missa do Galo; não era necessariamente uma notícia ruim. Cécile não saía da cozinha havia uma hora, aromas diversos começaram a inundar a sala; ele reconheceu o cheiro de folha de louro e de chalota.

Talvez devesse acender um fogo, achou que era uma ideia adequada para a noite de Natal, havia lenha e gravetos perto da lareira. Enquanto estava contemplando com perplexidade aquele dispositivo, tentando recuperar a lembrança de fogos que ele vira acender no passado, Hervé entrou na sala; chegava na hora certa. Aceitou uma taça de Glenmorangie e, como Paul esperava, resolveu o problema do fogo com rapidez e competência, e poucos minutos depois já havia chamas altas e vivas dançando na lareira.

— Ah, vocês acenderam o fogo, que bom — disse Cécile entrando na sala. — Já temos que ir.

— Já?

— Sim, errei o horário, este ano adiantaram a missa meia hora, vai ser às dez.

Enquanto vestia o casaco, Paul se perguntou fugazmente onde devia estar Prudence agora; será que já havia terminado a celebração do sabbat de Yule? Cécile não lhe fez nenhuma pergunta sobre seu casamento, Hervé também não; Bruno era, definitivamente, a única pessoa que abordava esse assunto com ele. Em geral os casais que estão bem não gostam de olhar para o destino dos casais que estão mal, parece que sentem uma espécie de temor, como se as desavenças conjugais fossem uma doença contagiosa, como se estivessem paralisados pela ideia de que todo casamento, hoje em dia, é quase necessariamente um casamento em processo de divórcio. Esse recuo instintivo, animal, uma tentativa comovente de conjurar o destino comum da separação e da morte solitária, se une a uma sensação avassaladora de incompetência; é um pouco como as pessoas que não têm câncer: elas sempre acham difícil falar com as que têm, encontrar o tom certo.

Seu pai estava bem integrado na vida do vilarejo, Paul percebeu isso logo que entraram na igreja, quando se sentiu rodeado por uma atmosfera confusa mas benevolente; pelo menos uns vinte fiéis fizeram acenos discretos na sua direção. De repente se lembrou de que a casa do pai devia ter sido "neutralizada" pela DGSI, que pagava todas as contas e os impostos locais para evitar que ele fosse localizado. Essa proteção continuava após a aposentadoria, na verdade até a morte. Seu pai havia lhe explicado isso, na sua única tentativa de conversar com o filho sobre seu futuro profissional, alguns meses antes que terminasse o ensino médio, na esperança frustrada de dirigi-lo para o mesmo caminho que ele. Essa proteção lhe pareceu, na igreja de Villié-Morgon onde o padre já estava em cena para a cerimônia — essa expressão lhe veio à mente sem mais nem menos, depois se arrependeu, mas não pôde evitar —, lhe pareceu vagamente absurda porque, de qualquer maneira, todos os habitantes do lugar o conheciam e deviam saber que ele tinha trabalhado "no serviço secreto", isso dava um pouco de fantasia às suas vidas, certamente ninguém sabia nada além disso, mas ele mesmo nunca soube nada além disso e de qualquer jeito uma simples investigação local seria suficiente para localizá-lo. Ao mesmo tempo, talvez não fosse uma coisa tão absurda: fazer uma investigação sai caro, é preciso mandar agentes até o lugar, com certeza custa mais que contratar um hacker de nível médio para invadir alguns arquivos mal protegidos, como contas de luz ou impostos locais.

O presépio estava bem-feito, as crianças do vilarejo tinham trabalhado com entusiasmo e a cerimônia em si correu bem, tanto quanto ele podia julgar. Um salvador tinha nascido no mundo, ele conhecia o princípio, e o efeito do Talisker até permitiu que em determinados momentos, sobretudo quando cantavam, ele considerasse aquilo uma boa notícia. Sabia da importância que Cécile dava ao fato de seu pai ter saído do coma justo no dia de Natal, percebeu que via isso com ironia, mas no fundo não queria ser irônico. Será que o sabbat de Yule comemorado por Prudence tinha mais significado? Provavelmente tinha menos. Devia ser um negócio meio pagão, ou até panteísta ou politeísta, ele confundia as duas coisas, enfim, um negócio vagamente nojento, tipo Espinosa. Um deus já lhe parecia algo difícil de conciliar com sua experiência pessoal; mas muitos, aí já virava piada, e a ideia de divinizar a natureza lhe dava ânsia de vômito. Madeleine, por sua vez, estava totalmente do lado de Cécile; ela queria recuperar o seu homem e voltar para a vida de sempre, sua ambição não ia além disso; o deus de Cécile parecia poderoso, tinha obtido um primeiro resultado, ela estava decididamente do lado do deus de Cécile, e comungou com fervor.

Ele próprio se absteve de participar da comunhão, que considerava o momento orgástico de uma missa bem concebida, se é que havia entendido algo sobre o culto, e se é que ainda se lembrava do que era ter um orgasmo. Essa abstenção se devia ao respeito que tinha pela fé de Cécile, pelo menos foi disso que tentou se convencer.

Assistiu à cerimônia até o fim, como se diz, com um olho no padre e outro na missa — e depois era hora de cada um voltar para sua casa e se alegrar no seio da família, na medida das possibilidades.

Saindo da igreja, entendeu ainda melhor como seu pai tinha sido importante (não pôde deixar de formular em sua mente "tinha sido", enquanto deveria pensar "era"; de fato não tinha muita vocação para a esperança), como seu pai era popular no vilarejo. Quase todos os fiéis que assistiram à missa se aproximaram deles, falando principalmente com Madeleine, mas também com Cécile, pareciam conhecê-la bem, devia ter visitado o pai com muito mais frequência que ele. Todos sabiam do derrame, do estado de coma; Cécile lhes contou que tinha acordado naquela manhã. Era uma notícia boa, e para muitos deles a noite de Natal seria melhor, Paul percebeu na hora. Nunca é bom que os homens morram, pensou estupidamente, era evidente que estava com dificuldade para sair do estado de estupor que o dominava desde a sua visita ao hospital.

— São legais, as pessoas daqui... — disse Hervé, voltando para o carro.

— Sim, verdade, é uma boa região — respondeu Cécile, pensativa. — Nós também, lá no Norte, a princípio somos bastante hospitaleiros, mas o fato é que com tanta pobreza acabam surgindo tensões.

A conversa ia derivar para a política, inevitavelmente, durante a ceia, Paul se preparava para isso com resignação, nem pensava em tentar evitar, as discussões políticas são um fato incontornável nos jantares familiares desde que a política existe e desde que a família existe — ou seja, há muito tempo. Ele próprio, na verdade, não teve que aguentar isso na infância, as funções do pai na DGSI pareciam anestesiar as conversas sobre o assunto, era como se o obrigassem a manter uma fidelidade sem fissuras ao poder estabelecido. Mas não, ele podia votar "como qualquer cidadão", lembrava às vezes com bom humor. Paul também se lembrava de ouvi-lo fazer críticas particularmente ácidas a Giscard, Mitterrand e Chirac — ou seja, a mais de trinta anos de vida política. Essas críticas eram tão violentas, pensando bem, que não era possível imaginar que também tivesse, algum dia, votado neles. Em quem seu pai poderia ter votado? Mais uma coisa sobre ele que permanecia misteriosa.

Cécile e o marido votavam em Marine Le Pen, evidentemente, e isso havia muito tempo, desde que ela substituiu o pai à frente do movimento. Dadas as suas funções, Cécile presumia que Paul votava no presidente — e essa suposição, aliás, era correta, tinha votado no partido do presidente, ou no próprio presidente, em todas as eleições e achava que ele era "a única opção razoável", como se costuma dizer. Assim, para evitar aborrecimentos, Cécile ia impedir que a discussão fosse longe demais, ela provavelmente já tivera uma conversinha com Hervé — que na juventude, ele sabia, havia participado de movimentos mais duros, tipo Bloc Identitaire. Na verdade, ele próprio não os condenava de forma alguma — se morasse em Arras, provavelmente votaria em Marine Le Pen. Fora de Paris, só conhecia Beaujolais, uma região próspera, os viticultores eram sem dúvida os únicos agricultores franceses, com exceção de alguns produtores de cereais, que conseguiam não estar sempre à beira da falência, e até ter algum lucro. Ao longo do vale do Saône também havia muitas empresas de mecânica de precisão e outras, terceirizadas pela indústria automobilística, que iam bem, enfrentavam com êxito a concorrência alemã — sobretudo desde que Bruno assumiu o Ministério da Economia. Bruno nunca hesitou em deixar de lado, quando lhe convinha, os regulamentos europeus de livre concorrência, fosse em relação à distribuição de contratos públicos, fosse em relação à introdução de tarifas aduaneiras sobre os produtos que julgasse necessário; no que dizia respeito a isso, como a tudo o mais, ele se comportou desde o início como um puro pragmático, cabendo ao presidente o cuidado de desarmar as bombas, reafirmar seu apego à Europa sempre que possível e oferecer seus lábios a todas as bochechas das chanceleres alemãs que o destino lhe desse para beijar. Afinal, entre a França e a Alemanha a coisa era sexual, a coisa era estranhamente sexual, e isso já fazia bastante tempo.

Cécile fez medalhões de lagosta, um guisado de javali e torta de maçã. Estava tudo delicioso, ela de fato era mesmo talentosa, a torta particularmente era de cair para trás — a finura da massa, crocante e depois macia, a dosagem exata dos sabores de manteiga derretida e maçã, como tinha aprendido a fazer aquilo? Era desolador pensar que, em breve, ela teria que se dedicar a outras tarefas, era um desperdício das suas habilidades, um drama em todos os níveis — cultural, econômico, pessoal. Hervé parecia concordar com esse diagnóstico e começou a balançar a cabeça sombriamente logo depois da torta de maçã — claro, ele seria a primeira vítima. Mas também aceitou um Grand Marnier, que Madeleine lhe serviu com alegria — onde estava Cécile? Tinha desaparecido no meio da torta de maçã. O Grand Marnier é uma bebida excepcional, e quase sempre ignorada; Paul ficou surpreso com essa escolha, na sua memória Hervé era chegado a sensações mais fortes, aquelas oferecidas pelo armagnac, o calvados e outros licores regionais violentos e obscuros. Parece que Hervé foi se feminizando à medida que envelhecia, o que Paul achou bom.

Cécile reapareceu logo depois, trazendo na mão um pequeno embrulho amarrado com um lacinho que pôs à frente dele, com um sorriso tímido, dizendo: "Seu presente de Natal…".

Um presente de Natal, claro, as pessoas se dão presentes no Natal, como podia ter esquecido? Ele decididamente era péssimo em relações familiares, péssimo em relações humanas de modo geral — e com os animais também não se dava muito bem. Desfez o laço e viu um estojo de metal muito bonito, com um discreto brilho prateado; lá dentro, uma caneta-tinteiro da marca Montblanc — uma Meisterstück 149 — que parecia decorada com um material especial, provavelmente o que se chama de ouro vermelho.

— Não precisava... realmente é demais.

— Nós compramos junto com a Madeleine, dividimos, você tem que agradecer a ela também.

Ele as beijou, dominado por uma emoção estranha; era um belo presente, um presente incompreensível.

— Eu lembrei — disse Cécile — que você copiava frases em um caderno, frases de escritores, as que achava mais bonitas, e de vez em quando as lia para mim.

De repente ele lembrou; sim, é verdade, fazia mesmo isso. Começou aos treze anos e continuou até o final do ensino médio; caligrafava as frases com cuidado, passava horas fazendo isso, treinava várias vezes, em folhas soltas, antes de copiá-las no caderno. Revia o próprio caderno, com sua capa dura reproduzindo um mosaico árabe. Onde andaria agora? Provavelmente ainda estava lá, no seu quarto de adolescente; mas não se lembrava de nada que tivesse copiado naquela época. De repente algo voltou à sua mente, mas não era uma frase, era a estrofe de um poema, que ressurgiu, isolada, do fundo de sua memória:

> *O que resta hoje*
> *Para este delfim tão gentil*
> *De todo o seu belo reino?*
> *Orléans, Beaugency,*
> *Notre-Dame de Cléry,*
> *Vendôme,*
> *Vendôme.*

Logo depois se lembrou da canção de David Crosby que repetia essa mesma letra — aliás, não era de fato uma canção, era uma daquelas estranhas combinações de harmonias vocais, sem melodia real e às vezes sem letra, que Crosby compunha no final da sua carreira.

Deram boa-noite logo após o final da ceia; Paul pensou que tinha se esquecido de ligar para Bruno. Telefonaria logo no dia seguinte; não sabia o que Bruno ia fazer no Natal. Provavelmente nada, o dia de Natal devia chateá-lo mais que qualquer outra coisa. Ou talvez fizesse algo, quem sabe, talvez fosse ver seus filhos, ou fazer uma última tentativa de reconciliação com a esposa, era melhor esperar até o dia 26. De toda forma, ia lhe dizer que queria ficar em Saint-Joseph a semana toda.

Agradavelmente bêbado, cruzou sem pensar o corredor envidraçado que levava ao seu quarto. A primeira coisa que o impressionou quando entrou foi o pôster de Keanu Reeves. A imagem era tirada de *Matrix Revolutions*, representava Neo cego, com o rosto atravessado por uma venda ensanguentada, vagando por uma paisagem apocalíptica. Provavelmente era sintomático que ele tivesse escolhido aquela imagem em vez de uma das muitas que retratavam o personagem realizando alguma proeza de artes marciais. Depois desabou na pequena cama, terrivelmente estreita, o que não havia lhe impedido de dormir ali com garotas, enfim, com duas.

Matrix foi lançado alguns dias antes de Paul fazer dezoito anos; ele ficou fascinado assim que assistiu ao filme. O mesmo aconteceria com Cécile, dois anos depois, com a primeira parte de *O Senhor dos Anéis*. Mais tarde, muitos consideraram que essa primeira parte da trilogia *Matrix* era a única realmente interessante, pelas inovações visuais que trazia, e que as outras pareciam sequências requentadas da primeira. Paul não concordava com esse ponto de vista, que para ele não valorizava suficientemente a construção do roteiro. Na maioria das trilogias, como *Matrix* ou *O Senhor dos Anéis*, há uma queda de interesse na segunda parte e, para compensar, um aumento de intensidade dramática na terceira, ou até uma apoteose, como acontece em *O retorno do rei*; quanto a *Matrix Revolutions*, o caso de amor entre Trinity e Neo, a princípio um pouco fora de propósito num filme de nerds, acaba se tornando genuinamente comovente, em boa medida graças à interpretação dos atores, pelo menos foi o que ele pensou na época, e ainda pensava quando acordou no dia seguinte, naquela manhã de 25 de dezembro, quase vinte e cinco anos depois. O dia já ia amanhecendo nos prados cobertos de geada quando ele entrou na cozinha para preparar um café. Estava um pouco tonto, mas não sentia dor de cabeça, o que era surpreendente considerando a quantidade de álcool que tinha bebido na noite anterior. Cécile pretendia voltar a ver o pai no início da tarde; era o único programa do dia. Quando bebeu seu primeiro gole de café, lembrando-se novamente de *Matrix*, foi atingido por uma evidência estarrecedora, que o paralisou e o deixou sem fôlego: Prudence se parecia muito com Carrie-Anne Moss, a atriz que interpretava o papel de Trinity. Correu para o quarto, onde encontrou com facilidade o fichário onde guardava as fotos do filme: era óbvio, flagrante, como não tinha feito essa ligação antes? Ficou atônito, nunca pensou que fosse uma pessoa assim, sempre se considerou alguém bastante frio, racional. O aposento estava cada vez mais claro, agora ele podia distinguir bem todos os elementos do seu quarto juvenil, a começar pelo enorme pôster do Nirvana, que era ainda mais antigo que o de *Matrix*, devia ser do início da sua adolescência. Ele provavelmente gostaria de rever *Matrix*; já em relação ao Nirvana, tinha suas dúvidas, ele quase não ouvia música atualmente, às vezes uns cantos gregorianos depois de um dia pesado, coisas do tipo *Christus Factus Est* ou *Alma Redemptoris Mater*, agora estava distante de Kurt Cobain, nós mudamos em alguns pontos e em outros nem tanto, foi esta a pobre conclusão a que se sentiu capaz de chegar naquela manhã de Natal. De Carrie-Anne Moss, em compensação, ainda gostava tanto quanto antes, ou ainda mais; revendo as fotos do filme, reencontrou intactas todas as suas emoções de jovem, e não conseguia decidir se isso era bom ou ruim. Tomou um segundo café e lhe ocorreu procurar o caderno que Cécile tinha mencionado na véspera, aquele em que escrevia suas frases favoritas. Após quinze minutos de esforços inúteis, lembrou que o tinha jogado fora pouco depois de decidir fazer o concurso para entrar na ENA, ao final de uma noite de crise cuja lembrança não conseguia recuperar, mas quase podia ver a lata de lixo na rua Saint-Guillaume onde tinha se livrado do objeto. Era uma pena, pensou, poderia ter aprendido mais sobre si mesmo, certamente havia ali alguns primeiros sinais de alerta, avisos do destino, talvez, que ele poderia ter decifrado nas entrelinhas da sua escolha de certas frases; as únicas de que conseguia se lembrar não eram muito encorajadoras, falavam de um rei infeliz, um rei derrotado, humilhado pelos ingleses, que tinha perdido o seu reino quase inteiro. E o destino de Neo também não era muito invejável; para não mencionar o de Kurt Cobain.

O dia já havia amanhecido por completo agora, ia ser mais um lindo dia de inverno, claro e radiante. As ondas do passado que se erguiam lentamente em sua mente enquanto redescobria os objetos daquele quarto acabaram lhe dando um pouco de enjoo, e saiu de lá. A casa estava esplêndida sob aquela luz, com as paredes de pedra calcária dourada iluminadas pelo grande sol de inverno, mas ainda fazia muito frio. Não queria voltar para o seu quarto, não imediatamente, e se dirigiu para o de Cécile — lá o ambiente seria mais leve. Sabia que ela não ia reclamar, ela nunca teve muito a esconder, não era da sua natureza.

Não era mais o Nirvana, e sim Radiohead; e não era mais *Matrix*, mas *O Senhor dos Anéis*. Só havia dois anos de diferença entre eles, mas podia ser o suficiente para explicar a mudança, as coisas ainda estavam indo relativamente rápido nessa época, muito menos, claro, que na década de 1960, ou mesmo na de 1970; a desaceleração e a imobilização do Ocidente, prelúdios de sua aniquilação, foram graduais. Ele nunca mais voltou a ouvir Nirvana, mas desconfiava que Cécile ainda escutava, de vez em quando, velhas canções do Radiohead, e de repente se lembrou de Hervé aos vinte anos, quando conheceu Cécile. Ele também era fã de *O Senhor dos Anéis*, era até um *fã absoluto*, sabia certas passagens de cor, sobretudo aquela em que a Porta Negra se abre, pouco antes do confronto final. Nesse momento reviu Hervé bem à sua frente, repetindo de cabeça a fala de Aragorn, filho de Arathorn. Primeiro o momento em que, diante da porta, junto com Gandalf, Legolas e Gimli, seus primeiros companheiros, Aragorn enunciava em voz alta o pedido final, generoso e cavalheiresco:

Que saia o Senhor da Terra Negra,
A justiça lhe será feita.

Os portões de fato se abriram, e os exércitos das potências malignas se espalharam pela planície — imensos, em grande vantagem numérica, os exércitos de Gondor foram tomados de pavor. Aragorn se retirou com os companheiros antes de fazer seu discurso às suas tropas, e essa exortação de Aragorn era certamente um dos momentos mais bonitos do filme:

Filhos de Gondor e Rohan, meus irmãos,
Posso ler em seus olhos o mesmo medo que poderia me atingir.
Um dia, talvez, os homens perderão a coragem,
Abandonarão seus amigos e quebrarão todos os laços de fidelidade.
Mas esse dia ainda não chegou.

Nesse momento Hervé dizia a frase em inglês, e de fato era a única maneira de transmitir a entonação de Viggo Mortensen, sua consciência de que a luta era quase impossível mas ainda assim indispensável, sua obstinação desesperada, sua coragem: BUT IT IS NOT THIS DAY!

Por que Paul se lembrava tão bem desse episódio, que não dizia respeito diretamente a ele? Provavelmente porque foi nesse exato momento que percebeu que sua irmãzinha estava se apaixonando por Hervé. Ele mesmo nunca tinha se apaixonado, havia dormido com meia dúzia de garotas, que achou simpáticas e nada mais que isso, mas naquele momento viu se manifestar nos olhares que sua irmã lançava em direção a Hervé uma força evidente, e poderosa, que ele desconhecia.

Será a hora dos lobos e dos escudos quebrados,
Quando a era dos homens sucumbir,
Mas esse dia ainda não chegou — BUT IT IS NOT THIS DAY!
Nós vamos lutar.
Por tudo o que vos é caro nesta terra,

Hervé mais uma vez acrescentava aqui a versão original, a tradução não era ruim, mas o fato é que o texto em inglês, *By all that you hold dear on this good earth*, era outra coisa. Então vinha a última frase, o chamado ao combate:

Levantem-se, homens do Ocidente!

Nessa época Hervé certamente era membro do Bloc Identitaire e devia pensar que os poderes de Mordor representavam os muçulmanos de maneira adequada: a *Reconquista* ainda não começara na Europa mas já tinha seu filme, era assim que ele via as coisas, com certeza. Será que havia participado de alguma ação francamente ilegal ou violenta? Paul achava que não, enfim, não tinha muita certeza, Cécile provavelmente sabia, mas ele não ia lhe perguntar nada a respeito. De qualquer forma, seus estudos para o tabelionato deviam tê-lo acalmado. Bem, talvez não totalmente, havia nele algo de estranhamente rebelde, de não totalmente domesticado, difícil de definir. Seu pai sempre tinha gostado dele, não estava *decepcionado com o genro*, e o casamento foi suntuoso, com carruagens atravessando as serras de Beaujolais, coisas assim, totalmente desproporcionais ao seu salário. Seu pai sempre preferiu Cécile, é verdade, desde o início Cécile foi a queridinha dele, e no fundo Paul não se queixava disso porque ela *era mesmo* preferível, era um ser humano de mais qualidade que ele.*

As coisas tinham mudado radicalmente, agora seu pai é que estava no papel de criança, e até de bebê; mas Cécile iria enfrentar a situação, estava em plena força da idade e não iria deixar isso acontecer, Paul tinha certeza, seu pai nunca ia ficar na situação daquelas velhinhas mergulhadas durante horas em sua urina e sua merda à espera de que uma enfermeira, ou mais provavelmente uma cuidadora mais disposta que as outras, viesse trocar sua fralda. Pensando no que poderia ter acontecido com seu pai, qual poderia ter sido o destino dele se Cécile e Madeleine não estivessem por perto, Paul se sentiu um pouco

---

* Quando se trata de examinar esse tipo de questão (e sempre acabamos, mais cedo ou mais tarde, examinando esse tipo de questão), é preciso levar em conta o fato de que sempre nos colocamos exatamente no centro do mundo moral, sempre nos consideramos seres moralmente neutros, nem bons nem maus (entenda-se: no fundo do coração, na dobra mais secreta do ser, porque oficialmente sempre nos descrevemos como "uma boa pessoa", mas lá no fundo não somos ingênuos, lá no fundo temos sempre essa escala secreta que nos coloca exatamente no centro do mundo moral). Assim, cria-se um viés metodológico na observação e, a cada vez, uma operação de tradução se faz necessária.

oprimido e decidiu dar uma volta no vinhedo. Nessa época do ano as videiras não pareciam nenhuma maravilha: eram entidades medíocres, todas retorcidas e escuras, bastante feias, tentando preservar sua essência durante a passagem do inverno — quem iria imaginar que mais tarde aquelas coisinhas nojentas pudessem dar origem ao vinho; esse mundo é mesmo muito estranho, dizia Paul em voz baixa enquanto caminhava por entre as videiras. Se Deus existisse mesmo, como pensava Cécile, poderia ter dado mais indicações sobre seus pontos de vista, Deus era um péssimo comunicador, esse grau de amadorismo jamais seria aceito em um ambiente profissional.

4

O hospital estava cheio nesse dia de Natal, o que não era de se estranhar, para a maioria dos visitantes era o seu momento anual de generosidade, que terminaria o mais tardar no dia seguinte, ou mais provavelmente naquela mesma noite. Era a mesma enfermeira da véspera (estaria de plantão durante todo o período das festas?), parecia cansada, mas continuava tão atenciosa e competente como antes. A porta do quarto estava fechada.

— Estão fazendo a higiene dele — explicou. — Vai levar uns quinze minutos.

Madeleine trouxera um presente, uma caixa de charutos Medalha de Ouro nº 1. Paul lembrou-se daqueles Panatela, compridos e bastante finos, que seu pai tinha dificuldade para encontrar, fabricados por uma pequena manufatura pouco conhecida, La Gloria Cubana, e que ele considerava os melhores charutos do mundo, muito superiores aos Cohiba ou Partagas.

— Só vou mostrar e deixar que ele sinta o cheiro, claro — disse Madeleine —, não vão ficar aqui. — Ela claramente não confiava muito na equipe do hospital.

Esse presente um pouco surpreendente não era injustificado, a princípio as capacidades sensoriais de seu pai estavam totalmente restauradas, incluindo o olfato. Com certeza ele podia ver, a enfermeira não deixara dúvidas a respeito, e reconhecer o que estava vendo. Também podia entender as palavras que ouvia, Cécile pelo menos estava convencida disso, e começou a lhe contar sobre a noite de Natal, todo mundo no vilarejo tinha pedido notícias dele, e falou do cardápio da ceia, do presente que elas tinham dado para Paul; também falou de Hervé, sem mencionar o fato de que estava desempregado. Paul estava escutando as palavras da irmã, cada vez mais distraído, e de repente se decidiu:

— Você pode nos deixar um pouco a sós? — perguntou a ela. — Pode nos dar um minuto?

Cécile respondeu que sim, claro, e imediatamente saiu com Madeleine. Ele respirou fundo, olhou direto nos olhos do pai antes de começar a falar. Não tinha planejado nada, nada em especial, e se sentiu como se estivesse escorregando ladeira abaixo, com os olhos sempre fixos nos olhos do pai. Primeiro falou de Bruno, era importante para ele. E falou longamente, lembrou as próximas eleições presidenciais, mencionou as mensagens estranhas que estavam perturbando os sites do mundo inteiro, achou que isso poderia interessá-lo, como ex-DGSI. Também falou de Prudence, isso era o mais difícil, seu pai nunca tinha gostado muito de Prudence, e Paul sabia, embora ele não dissesse nada. Só uma vez, uma única vez, bem tarde da noite (o que estariam fazendo os dois juntos às três da manhã?, era impossível lembrar), deixou escapar:

— Não sei se ela é a mulher para você. — Mas logo a seguir acrescentou: — Tampouco sei se a ENA é a escola para você. Nesse momento não entendo muito bem que direção você está dando à sua vida. Mas a vida é sua, claro.

Por fim, Paul também lhe disse que lamentava não ter tido filhos, e foi um verdadeiro choque ouvir aquelas palavras saírem de sua boca, porque era uma coisa que nunca tinha dito a si mesmo, e além do mais totalmente inesperada, porque sempre teve certeza do contrário. Nunca falara tão intimamente com o pai quando ele estava em posse de todas as suas faculdades, e sentiu falta disso muitas vezes na vida. Tinha tentado, mas simplesmente não conseguiu. Com o seu rosto hieraticamente congelado, os olhos fixos num ponto indeterminado do espaço, seu pai já não pertencia de todo à humanidade, definitivamente havia nele algo de espectro, mas também algo de oráculo.

Continuou falando por um longo tempo e saiu do quarto num estado de confusão mental. Cécile e Madeleine não estavam mais no corredor, a primeira pessoa que encontrou foi a enfermeira. Ela pareceu preocupada quando o viu.

— O senhor não parece bem... — disse. — Será que... Foi um momento difícil? — Obviamente, pensou Paul, ela deve estar acostumada a ver as famílias desesperadas depois de visitar os pais, irmãos ou filhos em coma, esse tipo de coisa era o seu dia a dia. — Quer descansar um pouco num quarto vazio?

Ele disse que não, que ia se recuperar logo. Mas não tinha muita certeza, na verdade.

— Seu pai não vai ficar muito tempo aqui conosco, sabe... — disse ela, mais compreensiva do que nunca. — Vocês vão conversar com a médica-chefe na segunda-feira, não vão? — Paul confirmou. — Ele está no estágio 2 do coma, quase no estágio 1; com certeza vão tentar encontrar um lugar para ele como EVC-EPR.

— O que é EVC-EPR?

— EVC é o estado vegetativo crônico, a condição do seu pai neste momento: sem reações, sem interação com o mundo. O EPR é o estado paucirrelacional, quando o paciente começa a reagir um pouco, apresentar movimentos voluntários, isso normalmente começa pelos olhos. Trabalhei num departamento EVC-EPR durante vários anos; eu gostava de lá, em geral esses departamentos são dirigidos por gente boa, que dá atenção a cada paciente. Aqui isso é impossível, estamos sempre às voltas com emergências, depois com reanimações, os pacientes não ficam muito tempo, não dá para conhecê-los. Tenho certeza de que seu pai é uma pessoa interessante.

Disse "é" e não "era", isso não lhe passou despercebido; mas, por outro lado, o que ela podia saber?

— Ele tem um rosto interessante, na minha opinião, um belo rosto. Aliás, vocês dois se parecem muito.

O que ela queria dizer com isso? Estava dando em cima dele? Era uma jovem bonita, devia estar na casa dos vinte e cinco ou trinta anos, tinha um cabelo louro-arruivado, crespo e mal penteado, e um corpão, isso se via claramente por baixo da blusa, mas por outro lado não parecia estar bem, seus gestos nervosos denunciavam vontade de fumar, ela devia estar com alguma preocupação naquele momento, o cigarro era um sinal que nunca enganava, ele próprio estava fumando muito mais depois do AVC do pai, principalmente quando tinha que ir ao hospital. Será que ela andava enfrentando problemas com algum sujeito pouco confiável? Estaria atrás de um quarentão acolhedor e bem situado na vida, na verdade um pouco como ele? Nada disso fazia o menor sentido, ele ia procurar Cécile.

— Sua irmã desceu para a cafeteria, acho, com a companheira do seu pai... — disse a jovem, como se estivesse seguindo o curso dos seus pensamentos. Paul se despediu dela pensando que seu pai era vinte ou vinte e cinco anos mais velho que Madeleine, e que certamente não teria hesitado; desceu a escada que levava à cafeteria com a sensação crescente de ser um babaca.

Madeleine e Cécile estavam sentadas com porções de *clafoutis* de maçã e refrigerantes sobre a mesa. Hervé tinha se juntado a elas, pedira um cachorro-quente e uma cerveja. Cécile parecia estar esperando pelo irmão, reparou quando ele entrou no salão e seguiu-o com os olhos enquanto caminhava até a mesa.

— Você tinha muita coisa para dizer ao papai... — comentou quando ele se sentou.

— Ah, é?

— Ficou mais de duas horas com ele... — aquilo não era uma reprovação, estava apenas perplexa. — Bem, tenho certeza de que foi bom para você, devia estar precisando disso, e certamente para ele ainda mais. Agora vamos nos despedir e voltar para casa. Marcamos uma reunião com a médica-chefe na segunda-feira às nove da manhã.

5

O tempo piorou na manhã de sábado, mas Paul amava essas paisagens, mesmo quando invadidas pela névoa, e resolveu fazer uma longa caminhada pelas encostas e vinhedos. Na volta, telefonou para Bruno e explicou a situação; como já esperava, não havia nenhum problema em tirar a semana de folga. Nada de importante iria acontecer agora, as coisas certamente iam deslanchar a partir do início de janeiro, não dava para esperar mais; o presidente talvez aludisse à sua sucessão na saudação de Ano-Novo, não era impossível. Além disso, o vídeo da decapitação de Bruno desaparecera completamente, não podia mais ser encontrado em lugar nenhum da internet; Martin-Renaud cumprira a sua promessa.

Para dar o telefonema, Paul tinha se instalado no jardim de inverno, um pequeno espaço octogonal repleto de seringueiras, begônias, hibiscos e outras plantas mais ou menos tropicais cujo nome ele desconhecia. Havia uma mesinha em marchetaria para tomar café. O cômodo, totalmente envidraçado, oferecia uma vista magnífica da paisagem circundante. Bruno "não tinha feito grande coisa" no Natal. Então ele estava enganado: Bruno não tinha visto seus filhos, nem tentado se reconciliar com a esposa. Provavelmente nunca ia fazer isso, e não falaria mais sobre o assunto; é raro que as pessoas anunciem seu divórcio. Seria melhor que se divorciasse logo, antes de a campanha eleitoral ter início de fato, mas provavelmente já era tarde demais; Paul preferiu não tocar no assunto. Após desligar, de repente se sentiu muito sozinho. Até pensou em ligar para Prudence, com certeza ela já tinha regressado do seu fim de semana sabático, era assim que se falava? Mas algo o deteve no último momento.

Madeleine e Cécile voltaram quase ao meio-dia. O sol apareceu depois do almoço, dissipando pouco a pouco a névoa. Madeleine anunciou que ia andar de bicicleta, ela costumava fazer isso tanto no verão quanto no inverno, na região havia vários desfiladeiros, bem, desfiladeiros pequenos, não muito complicados de atravessar, mas mesmo assim apresentavam alguma dificuldade.

— Seu pai vinha comigo com bastante frequência — contou a Paul —, ele ainda andava bem para um homem da sua idade.

Ele olhou para ela sem entender, antes de se dar conta de que os ciclistas amadores costumam dizer "andar" em vez de "pedalar"; era uma tribo pequena, unida por valores comuns e fortes rituais. Paul desconhecia completamente que o pai pudesse ter esse tipo de lazer e sentia uma admiração cada vez maior por sua integração social. O fim da vida podia não ser totalmente infeliz em alguns casos, disse para si mesmo; aquilo era surpreendente. Madeleine estava começando a falar com ele, a mostrar-se menos intimidada. Quando a viu voltar, vestida com a roupa de ciclismo que modelava suas curvas, Paul teve certeza de que ela e o pai ainda faziam sexo, pelo menos antes do AVC.

Por que não tinha trepado com outras mulheres nos últimos dez anos? Porque a vida profissional não estimula esse tipo de coisa, pensou inicialmente. Poucos segundos depois percebeu que aquilo não passava de um pretexto — alguns dos seus colegas, uma pequena minoria, mas mesmo assim alguns, ainda tinham vida sexual ativa. Do ato em si ele ainda se lembrava, isso não se esquece, é como andar de bicicleta, pensou um pouco incoerentemente enquanto Madeleine saía da sala; eram os procedimentos propiciatórios que lhe pareciam extremamente distantes e fantasmagóricos, eles podiam fazer parte de um relato mitológico ou de uma vida anterior.

No final da tarde encontrou Hervé, que lhe propôs um drinque antes do jantar. Ele aceitou de imediato, estava sempre disposto para um drinque, até um pouco disposto demais, aquilo estava começando a tomar proporções exageradas, o cigarro e o álcool provavelmente o matariam rápido, de modo que o problema do fim da vida simplesmente não existiria. Hervé também tinha passeado de manhã, no caminho conversou com várias pessoas que se lembravam dele, enfim, gostava muito da região, cogitava vir se instalar nela com Cécile. Tinha nascido em Denain, seus pais tinham nascido em Denain, ele nunca saíra de Nord-Pas-de-Calais, mas tinha que admitir que Nord-

-Pas-de-Calais já era, não havia a menor chance de conseguir alguma coisa em Nord-Pas-de-Calais, enquanto ali talvez sim. E, depois, suas filhas cresceram, já tinham a própria vida, disse ele com um pouco de tristeza. Paul se perguntou como elas estariam, aquelas sobrinhas que ele não via há uns seis ou sete anos, se tinham "namorado", talvez ainda se diga assim, depois pensou que provavelmente o pai não devia saber de nada. Cécile, de qualquer maneira, tinha uma perspectiva de trabalho, continuou Hervé, um serviço de cozinheira em domicílio, ela pesquisou na internet, havia muitas ofertas em Lyon, e com certeza seria aceita, sempre teve dotes para a cozinha, sem a menor dúvida. Paul nem sabia que esse tipo de trabalho existia; e Hervé também não, aliás só foi saber nessa ocasião. Burgueses, pessoas ricas que queriam convidar amigos para jantar mas que não sabiam cozinhar podiam contratar os serviços de uma cozinheira para a noitada. E havia gente rica em Lyon — não era como em Valenciennes, nem como em Denain.

Tudo aquilo era um pouco deprimente, e Paul foi para a cama logo depois do jantar. Ele estava no andar térreo de um prédio enorme e antiquado em companhia de uma mulher de meia-idade, com o rosto redondo e membros fortes, que pertencia às classes populares. Aliás, no sonho ele também pertencia ao proletariado mais miserável e falava com a mulher sobre a impossibilidade de chegar aos andares superiores, reservados às camadas mais altas da sociedade. Então aparecia um homem jovem e ousado, com cabelo muito escuro, que talvez fosse um corsário ou, mais provavelmente, já tivesse sido em uma vida anterior. Na verdade, os andares superiores eram muito pouco vigiados, explicou ele, e além do mais um encontro com os guardas não representava um perigo real. Dizia isso com segurança, como se fizesse aquele percurso todos os dias. Começaram então a subir, mas em cada um dos andares precisavam pular sobre pilhas de malas jogadas a esmo, com enormes buracos entre elas, o perigo era real e o jovem tinha desaparecido, agora Paul era obrigado a assumir o papel de guia.

Finalmente atingiram o último andar, o mais perigoso, e dessa vez havia um grande espaço vazio para cruzar. Paul conseguia pular com sucesso, depois se virava para ajudar sua companheira, mas agora não era mais a mulher das camadas populares, ela havia sido substituída por uma jovem dinâmica e moderna, que tinha a pele bem cuidada e trabalhava em uma diretoria comercial. A mulher estava acompanhada por dois filhos pequenos. Arriscando a própria segurança, Paul lhe oferecia a mão por cima do vazio, mas estava se sentindo logrado por aquela substituição. Ela pulava com sucesso, era a vez da criança mais velha, mas o espaço vazio havia diminuído, assim como o perigo do salto. Por fim chegava a vez do menino mais novo, mas Paul percebia com desgosto que o espaço vazio tinha desaparecido, havia só um piso ligeiramente inclinado que a criança podia facilmente atravessar engatinhando. A pedido da mãe, porém, teve que dar parabéns à criança, que nesse momento tinha a forma de um cachorro, um lindo cãozinho todo branco e muito limpo.

O último patamar levava na realidade a um reduto de férias, uma praia imensa, a perder de vista, infelizmente ocupada por uma atlética multidão de turistas, muito barulhentos e muito vulgares. Eles pareciam estar se divertindo enormemente, soltando gritos animalescos sem parar, embora o céu estivesse escurecido com grandes nuvens sombrias, o mar agitado e o tempo frio. Caminhando quilômetros, enfim conseguiu escapar da multidão de veranistas e chegou a um desfiladeiro onde um riacho quase seco desaguava no oceano. As paredes do desfiladeiro eram feitas de grandes superfícies de concreto áspero com um declive bastante íngreme. Jogando-se no vazio, parou a poucos centímetros da superfície e começou a girar no sentido anti-horário, ainda flutuando um pouco acima da parede; o exercício lhe deu imenso alívio. Parado em uma ponte que atravessava o riacho seco, um jovem com uma expressão tensa, visivelmente em busca de uma revelação, o observava com uma cara de respeitosa admiração. Paul então se levantava, explicava da melhor maneira possível o mecanismo da rotação sem peso, mas teve que deixá-lo para trás logo em seguida e se dirigir a uma casa de vidro, onde estava concentrada a maior parte da futilidade das férias. Tratava-se de um pavilhão situado no centro de um jardim à francesa, muito bem cuidado, que tinha uma curiosa propriedade: lá dentro só havia turistas atléticos, barulhentos e vulgares; mas assim que saíam de lá eles se transformavam em cachorrinhos brancos e felizes. No momento em que Paul percebeu a identidade dessas duas formas, também entendeu que o pavilhão de vidro era apenas outra forma do enorme edifício antiquado do qual ele havia escapado antes. Foi tomado novamente por um forte desânimo, mas logo depois se viu em um grande chalé na montanha, dessa vez acompanhado por uma professora austríaca que ele sabia que nas próximas horas, no máximo antes do anoitecer, se tornaria sua amante. Eles tinham entrado no chalé ilegalmente e estavam comendo para recuperar as forças. O tempo não havia mudado, o céu continuava coberto de nuvens escuras, via-se que iria escurecer ainda mais, a atmosfera estava carregada de neve; os dois estavam contrariados, porque o plano inicial era ir para o sol. O pai de Paul também estava lá, mas, ao contrário deles, via-se que sempre estivera lá e tinha se resignado a isso, que até gostava. Aquela casa enorme, aquela mobília de madeira escura, aquela montanha triste, aqueles dias curtos e gelados: dava para sentir que ele ficaria lá pelo resto da vida, nunca mais pensaria em morar em outro lugar. A ilegalidade da presença deles no chalé era um detalhe irrelevante, pois os proprietários tinham viajado e não voltariam mais. Agora a professora austríaca tinha desaparecido e Paul entendia que nunca seria sua amante, e que ele também ia ficar nessa casa, com seu pai, até o fim dos seus dias.

Uma névoa muito densa cobria o campo naquela manhã. Quando ele entrou na cozinha onde o café estava sendo servido, Cécile lhe perguntou se queria ir à missa com eles. Não, acho que não, duas missas na mesma semana era demais para um descrente, bem, para um agnóstico, argumentou ele. Mas acrescentou que a missa de Natal tinha lhe "agradado muito", o que não significava grande coisa, ele sabia. Em troca, decidiu dar um passeio. Lá fora começou a andar em meio a uma massa branca leitosa, quase palpável, só se via a poucos metros, dois ou três no máximo, de distância, era uma sensação irreal mas bastante agradável, andou por mais de quinze minutos antes de perceber que, se continuasse, corria o risco de se perder. Então voltou até a casa, que encontrou meio por acaso. Pegou uma chave na prateleira e foi até o escritório do pai, que não via há vinte anos ou mais, aliás, onde na verdade só tinha entrado uma vez na vida, a única vez que seu pai lhe deu algum esclarecimento sobre a sua profissão. Fazia exatamente trinta anos, quase na mesma data — o pai tinha escolhido o dia 1º de janeiro para dar essa explicação. Mas ele se lembrava perfeitamente daquele momento, e descobriu que praticamente nada havia mudado no mobiliário do escritório — havia um computador e uma impressora a mais, só isso. Enfileirados nas estantes, viu alguns livros de referência — diretórios profissionais, atlas temáticos sobre os recursos minerais ou hidrográficos do planeta. Também havia, separados na prateleira de cima, alguns dossiês — certamente aqueles sobre os quais Martin-Renaud lhe falara. Cinco pastas de papelão, de aspecto inofensivo. Então era aqui que se escondiam os elementos misteriosos que tinham ocupado as especulações do seu pai até o fim. Não teve vontade de abri-las; sabia que não ia entender nada. Então fechou a porta com cuidado, voltou para a casa principal, pôs a chave de volta na prateleira e pegou outra.

O velho celeiro, que servira de ateliê para a sua mãe, era diferente, ele tinha entrado lá muitas vezes, sem verdadeiro prazer, quando era necessário chamá-la para as refeições — no final ela tinha deixado completamente de cuidar dos afazeres domésticos, quem se encarregava de tudo era Cécile. Depois de ter passado a maior parte da vida profissional restaurando gárgulas e quimeras em boa parte das igrejas, abadias, basílicas e catedrais da França, ela resolveu partir para a própria criação, quase aos quarenta e cinco anos de idade, e se desinteressou pela casa. A parede à esquerda da porta do celeiro tinha sido esculpida por outra artista, amiga da sua mãe, Paul se lembrava dela, era uma mulher alta e magra, muito feia, que quase não falava, mas que havia desenvolvido uma paixão pelas pedras da região, o calcário dourado tão típico de Beaujolais. Tinha usado as pedras que compunham as paredes do celeiro — pedras grandes, com uns vinte centímetros de lado. Em cada uma esculpiu um rosto humano diferente — com expressões às vezes aterrorizadoras, às vezes odiosas, às vezes à beira da agonia, mais raramente debochadas ou sarcásticas. Era um trabalho impressionante, muito expressivo, a dor que essa parede exalava dava um nó na garganta. Já as esculturas da sua mãe, muitas das quais ainda estavam guardadas no celeiro, Paul não gostava delas, nunca tinha gostado. As figuras góticas que ela passou a maior

parte de sua carreira restaurando certamente a influenciaram; eram criaturas essencialmente quiméricas, combinações monstruosas de animais e humanos, com uma carga pesada de obscenidade, vulvas e pênis desmesurados, como de fato algumas gárgulas apresentavam, mas havia algo de arbitrário, artificial no tratamento, que fazia pensar menos em esculturas medievais que em mangás, no fundo talvez fosse ele que não entendia nada de arte, nunca tinha se interessado por esses quadrinhos japoneses, que muita gente tinha em alta conta; em todo caso, as obras da sua mãe alcançaram certa repercussão, não chegaram a fazer um sucesso enorme mas algumas foram compradas por fundos de apoio às artes ou conselhos regionais, às vezes para decorar rotundas, e saíram em revistas especializadas, foi até graças a um desses artigos — e esta é a maior crítica, basicamente, que se poderia fazer às esculturas da mãe — que seu irmão Aurélien conheceria a esposa. Na época, Indy era uma jornalista relativamente jovem — na medida em que uma jornalista pode ser jovem — e seu artigo foi elogioso, até laudatório; a obra da sua mãe era apresentada como o exemplo mais emblemático de uma nova escultura feminista — mas se tratava, no caso, de um feminismo sexual diferencialista, selvagem, comparável ao movimento das *bruxas*. Essa corrente artística não existia, ela tinha inventado para as necessidades do artigo, que por outro lado podia ser lido sem desagrado, aquela vadia era ágil no teclado, como se diz, e em pouco tempo, aliás, iria trocar essa revista de arte secundária pela editoria de sociedade de um importante semanário de centro-
-esquerda. Mas ela tinha uma verdadeira admiração por sua mãe, e sem dúvida era esse o único elemento sincero no seu comportamento — Paul nunca acreditara no amor daquela mulher por Aurélien, nem por um segundo, de forma alguma era uma mulher que pudesse amar Aurélien, aquela mulher odiava os fracos, Aurélien era fraco e sempre tinha sido, derretido de admiração por sua mãe, incapaz de fazer algo para afirmar sua própria existência ou mesmo simplesmente para existir, Indy com toda certeza não teria dificuldade para dominá-lo, mas mesmo assim, pode-se questionar, isso não é motivo suficiente para se casar com um homem. Talvez tenha pensado que a cotação da mãe de Aurélien iria disparar, chegar a níveis estratosféricos e que no futuro ela se beneficiaria de uma herança considerável, sim, devia

ser isso mesmo, com certeza, ela era estúpida o suficiente para ter formulado essa hipótese. No entanto a hipótese não se confirmou, a cotação da sua mãe permaneceu em níveis razoáveis e respeitáveis, mas não deu motivos para que se saísse pulando de alegria. Indy, por seu lado, estava começando a demonstrar alguma decepção, o que resultava em uma atitude de desprezo cada vez maior pelo marido.

Paul nunca gostou realmente de Aurélien, mas também nunca o odiou, no fundo não o conhecia bem e nunca sentiu nada por ele, exceto talvez um vago desprezo. Aurélien havia nascido muito tempo depois dele e de Cécile, cresceu com a internet e as redes sociais, era de outra geração. Quando nasceu exatamente? Paul ficou constrangido ao ver que tinha esquecido o ano de nascimento do irmão; de qualquer modo havia uma diferença grande entre os dois. Cécile às vezes tentava superar essa lacuna; ele, não. Quando saiu de casa, Aurélien ainda era criança, algo que ele distinguia pouco de um animal doméstico; de fato nunca teve a sensação de ter um irmão.

Eles iam chegar na tarde do dia 31 com aquele merdinha de filho que tinham, era só um momento ruim a enfrentar, um momento bastante longo, na verdade, porque é impensável ir dormir antes de meia-noite no dia 31, mas isso ainda era administrável, provavelmente poderia ficar bêbado logo no meio da tarde, o álcool permite suportar quase tudo, aliás esse é um dos principais problemas do álcool.

Pouco depois saiu do celeiro, e enquanto trancava o cadeado se deu conta de algo que não havia percebido antes: não havia ali nenhuma das obras da sua mãe. Eram três da tarde e tinha esquecido de almoçar, como Cécile comentou quando o viu entrar na sala. Era verdade, tinha esquecido, e aceitou duas fatias de patê *en croûte* acompanhadas de picles e meia garrafa de Saint-Amour. Cécile e Hervé estavam sentados assistindo ao programa dominical de Michel Drucker; aquilo era um rito do casal, compartilhado por milhões de outros casais, de idade igual ou maior, em toda a França. Nessa tarde, pelo visto, era Michel Drucker ou nada; para ele dava praticamente no mesmo. Deixou os dois, de mãos dadas, em frente ao popular apresentador.

6

— Tenho boas notícias para vocês — disse a médica-chefe; depois ficou em silêncio, como se tivesse esquecido o resto da frase. Ela dava a impressão de não estar bem, francamente não parecia nada bem, talvez tivesse passado um péssimo Natal, ou enfrentado conflitos familiares insondáveis na noite de 24 de dezembro que se agravaram ainda mais durante os dias de folga que se seguiram. Dito isto, sua presunção burguesa continuava presente, e ia voltar a predominar, pelo menos era o que Paul esperava, naquela segunda-feira, 28 de dezembro, quando o hospital Saint-Luc estava muito tranquilo e os próprios pacientes, se ainda estivessem morrendo, pareciam fazê-lo em câmera lenta.

— A presença do seu pai na nossa unidade não se justifica mais — continuou ela, recuperando aos poucos o controle de si à medida que voltava para a sua área de competência —, e isso é uma primeira boa notícia, não se cogita mais a questão da reanimação, o prognóstico vital não está comprometido.

Ela tinha dito "pai" e não "papai", pensou Paul, talvez tivesse mesmo enfrentado problemas de família no Natal, aquela burguesa de merda estava quase começando a lhe parecer simpática.

— O lugar para o seu pai agora é numa unidade dedicada.

— Sim, uma EVC-EPR... — continuou Paul involuntariamente. O rosto da médica-chefe se fechou.

— O que você sabe — perguntou friamente —, o que você sabe sobre EVCs e EPRs?

— Ah, nada, devo ter lido alguma coisa na internet... — respondeu ele precipitadamente, fingindo estupidez e incompetência. O rosto da médica-chefe se acalmou, mas ficou ainda mais sombrio, ela estava muito bonita. "Sim, internet, Doctissimo, eu sei, tudo isso nos prejudica muito..." Paul balançou a cabeça com uma mistura de contrição e entusiasmo, estava adorando fazer o papel de idiota moderno viciado no site Doctissimo, em teorias conspiratórias e em fake news; sentia-se disposto a muita coisa para apaziguar a médica-chefe. Esta, contudo, ainda patinou por um bom tempo, sem sair do lugar, antes de voltar ao que queria dizer.

— A grande notícia — disse finalmente — é que temos uma vaga numa EVC-EPR para o seu papai. — De novo "papai", talvez fosse um bom sinal, pensou Paul, enfim, era um sinal. — Acaba de aparecer uma vaga no centro hospitalar de Belleville-en-Beaujolais — continuou ela. Acho que fica à mão para vocês, Belleville-en-Beaujolais, não é longe da sua casa, certo? — Ela não tivera tempo de reler o dossiê, é claro, Belleville fica a dez quilômetros de Saint-Joseph, eles não esperavam por isso, e a conversa foi interrompida por um longo uivo de Madeleine, mas era um uivo de alegria, a médica-chefe entendeu e ficou em silêncio, simplesmente esperando que terminasse. Tinham hesitado em levar Madeleine mas Cécile tomou a decisão, "afinal ela é a principal interessada", lembrou, e claro que tinha razão, mas de fato havia um gap, uma distância cultural entre a médica-chefe e Madeleine, e Paul ficou grato a Cécile quando ela falou novamente, resumindo todas as emoções ali presentes:

— Sim, estamos muito contentes, não poderíamos esperar nada melhor. Quando pode ser feita a transferência?

A médica-chefe fez uma cara de satisfação, mas ainda não tinha terminado e queria concluir sua exposição. — É uma pequena unidade, com cerca de quarenta leitos, criada a partir da circular de Kouchner de 3 de maio de 2002... — começou com delicadeza, e ninguém ali podia saber disso, mas essa circular foi a última assinada pessoalmente por Bernard Kouchner, pouco antes de ter que deixar o cargo devido à eleição presidencial, cujo segundo turno ocorreu dois dias depois, em 5 de maio, e para ela isso foi muito perturbador porque tinha sido apaixonada por Bernard Kouchner durante toda a adolescência, *extremamente* apaixonada, e aquilo pesou muito na sua decisão de estudar medicina, tinha até uma vaga lembrança, um tanto envergonhada, de que na noite da sua matrícula na faculdade tinha se masturbado diante de um pôster de Bernard Kouchner em um comício que decorava o seu quarto — e no entanto era apenas uma reunião do Partido Socialista, ele não estava carregando o famoso saco de arroz. — Como muitas outras unidades EVC-EPR, esta é ligada a um asilo do Estado, um EHPAD — continuou enquanto se recompunha com certa dificuldade, sentindo algo turvo e úmido invadir sua virilha, a evocação de Bernard Kouchner que ela tinha real interesse em evitar. Após trinta segundos de respiração cadenciada, prosseguiu: — Sim, eu sei — disse, voltando-se para Cécile —, os EHPADS têm má reputação, e isso está longe de ser injustificado, é verdade que normalmente são depósitos abjetos usados para esperar a morte, eu não deveria dizer isso, mas na minha opinião os EHPADS são uma das maiores vergonhas do sistema médico francês. Mas, neste caso, a unidade EVC-EPR é gerida de forma autônoma, pelo menos do ponto de vista terapêutico. Acontece que conheço o médico que a dirige, o dr. Leroux, e ele é uma boa pessoa. Seu pai vai ser muito bem tratado, tenho certeza. Ele não precisa de traqueostomia para respirar, o que já é muito importante. O ponto negativo, por outro lado, é que não tem nenhum movimento ocular; são os movimentos oculares que restauram a comunicação, e geralmente isso é a primeira coisa que se recupera.

Ela não quis acrescentar que muitas vezes também é a última, na verdade guardava uma lembrança bastante angustiante da sua visita ao hospital de Belleville-en-Beaujolais: um momento em que se viu na sala comunitária, no meio de vinte homens sentados em suas cadeiras de rodas, totalmente imóveis exceto por seus olhos que se fixavam nela e a seguiam enquanto atravessava a sala.

— Eles fazem várias sessões semanais de fisioterapia e fonoaudiologia com os pacientes — continuou, afastando da mente aquela lembrança — e Leroux trabalha com bons profissionais, os mesmos há muitos anos, eu fiquei impressionada quando fui. Eles tomam banho regularmente e fazem passeios em cadeiras de rodas. Dentro do estabelecimento há um parque, enfim, uma espécie de pequeno parque, mas muitas vezes eles vão mais longe, até as margens do Saône. Quanto à data da transferência — continuou, agora as coisas estavam indo como ela queria, essa entrevista com a *família*, tudo estava sob seu controle —, bem, hoje é segunda-feira. Leroux me ligou esta manhã para avisar; o quarto já está livre, só falta limpar, acho totalmente possível dar as boas-vindas ao seu pai na quarta-feira. Vocês estariam disponíveis na quarta para se encontrar com a equipe?

Madeleine e Cécile confirmaram com entusiasmo, estava tudo decidido e a reunião podia terminar. Paul sorriu com educação ao se despedir da médica-chefe, embora não pudesse evitar que certos pensamentos desagradáveis cruzassem sua mente. Assim, na quarta--feira dia 30 de dezembro desse ano, Edouard Raison iniciaria uma nova fase de sua existência — e tudo indicava que seria a última. Se havia um lugar disponível nessa unidade de Belleville-en-Beaujolais, se um quarto tinha sido esvaziado, e ia ser limpo, era óbvio que outro residente havia *saído* — ou, para ser mais claro, estava morto.

Sentado ao lado de Hervé no carro que os levava de volta a Saint--Joseph, não quis falar sobre o assunto — Hervé tinha sido informado da conversa, do seu feliz desfecho, e como de costume dirigia com calma. Cécile e Madeleine, atrás, demonstravam um alívio quase extático — a certa altura, Cécile até começou a cantarolar alguma coisa, talvez Radiohead, ele teve a impressão de reconhecer a melodia.

7

Haviam passado quase trinta anos desde a última vez que Paul pôs os pés em Belleville-en-Beaujolais, que na época se chamava Belleville-sur-Saône — o município, ele sabia por intermédio do seu pai, tinha lutado no Conselho do Departamento para ser rebatizado de Belleville-en-Beaujolais, nome que parecia mais promissor para atrair turistas indianos e chineses. De qualquer forma, mesmo na adolescência, mesmo quando circulava à vontade daqui para lá em busca de possibilidades de vida e, principalmente, de sexo, nunca se interessou muito por Belleville-sur-Saône. Tinha uma vaga lembrança de um bar noturno chamado Cuba Night, isso era bastante plausível, mas um bar noturno chamado Cuba Night podia estar em qualquer lugar, também poderia perfeitamente se situar em Adis Abeba. Ele tinha certeza, em todo caso, de que nesse lugar nunca tivera algum encontro significativo, ou seja, sexual, porque se lembrava de cada um dos seus encontros sexuais, mesmo os mais breves, até de um boquete no banheiro de uma boate ele se lembrava, tinha acontecido uma vez na sua vida, no Macumba, e o nome da garota era Sandrine — seu rosto, sua boca, a forma como se ajoelhou, voltou a ver perfeitamente tudo isso, fechando os olhos até recordava os movimentos da língua. Mas, pelo contrário, não conseguia se lembrar de ninguém que pudesse chamar de amigo na juventude, muito menos dos seus professores, não se lembrava absolutamente de ninguém, de nenhuma imagem, nada. No entanto, a sexualidade não tinha desempenhado um grande papel em sua vida, bem, talvez sim, eventualmente em um nível inconsciente, pelo menos pode-se supor, e de qualquer maneira não havia trepado tanto, nunca foi o que se chama um *garanhão,* mas provavelmente tenha demonstrado interesse por questões filosóficas e políticas, havia cursado ciências políticas sem nunca ter sido um ativista e com certeza tivera discussões com os colegas sobre assuntos genéricos, mas disso também não se lembrava, de modo geral sua vida intelectual não parecia ter sido muito intensa. Então se podia concluir que ele não passava de um hipócrita, escondendo seu interesse exclusivo por sexo por trás de outras preocupações mais confessáveis? Ele achava que não. A verdade era que, ao contrário de um Casanova ou um Don Juan (ou, para ser mais claro, um *garanhão*), para quem a sexualidade faz parte do cotidiano da vida e, de certa forma, do ar que respira, cada uma das experiências sexuais que ele tivera na vida foi uma incongruência, uma quebra na ordem normal das coisas, e por isso agora vasculhava a memória, começando aliás por aquele boquete no banheiro do Macumba, em Montpellier, ele não tinha a menor ideia do que podia estar fazendo em Montpellier, estava conversando com Sandrine havia alguns minutos e foi ela quem o arrastou para o banheiro, até hoje se perguntava por que tinha feito isso, na certa tinha lido algo assim em um romance e se atreveu a fazer o mesmo, e além do mais provavelmente estava bêbada, ou então vivendo uma espécie de momento sartreano só que aplicado às picas, "uma pica feita de todas as outras e que equivale a todas e a qualquer outra pica", portanto bastava ser o homem presente na hora para aproveitar a sorte inesperada.

Naquela noite, porém, por mais que, como qualquer homem "feito de todos os outros e que equivale a todos eles", nunca lhe ocorreria recusar um boquete, pode-se dizer com certeza que estava procurando amor mais do que sexo, sua mãe nunca tinha sido muito carinhosa, sim, era isso, devia estar com uma necessidade não satisfeita de amor. Não a saciou em Belleville-sur-Saône, em todo caso, e ficou surpreso com a sensação que teve de que aquela pequena cidade havia mudado, quando na verdade mal se lembrava dela. Demorou para entender o motivo: havia árabes, muitos árabes nas ruas, e isso certamente era uma novidade em relação ao clima geral de Beaujolais, e da França como um todo, naquela época. O endereço do centro hospitalar era na rue Paulin-Bussières, mas na verdade a entrada ficava na rue Martinière, demoraram muito para encontrá-la, sem deixar de notar várias placas indicando a direção da mesquita Ennour, quer dizer, havia uma mesquita em Belleville-en-Beaujolais, aquilo era surpreendente. Não era uma mesquita salafista, pelo menos nenhuma informação desse tipo tinha aparecido na imprensa, como certamente aconteceria se fosse — os salafistas continuavam sendo um assunto de interesse apesar dos seus recentes reveses militares —, mas, enfim, era uma mesquita. O centro hospitalar de Belleville — e sobretudo um EHPAD, se ele havia entendido bem as explicações da médica-chefe — era um espaço fechado, um conjunto de edifícios modernos, de cores claras, erguido no centro da pequena cidade, claramente isolado do tecido urbano e sem ligação perceptível com ele. Cerca de trezentas pessoas estavam terminando suas vidas ali, na maioria franceses de raiz, como se costuma dizer, mas talvez também alguns magrebinos, provavelmente muito poucos, nessa população a solidariedade entre as gerações ainda era forte, os idosos geralmente morriam em casa, confiar os pais a uma instituição seria uma desonra para a maioria dos magrebinos, pelo menos foi o que ele tinha concluído lendo várias matérias de revistas. Chegaram ao meio-dia e quinze, o dr. Leroux já os esperava no consultório, estava tomando café com leite e comendo um sanduíche de salaminho, "não tive tempo de tomar café da manhã, aproveitei para almoçar agora…", explicou, "vocês aceitam um café?". Era um homem na casa dos cinquenta anos, com o cabelo surpreendentemente espesso e encaracolado, uma expressão infantil no rosto, tinha algo de menino, mas ao mesmo tempo aparentava ter sido uma criança meditativa, bastante triste e solitária. Seu jaleco branco de médico fora vestido às pressas sobre um jogging azul royal, e estava de tênis.

— Vocês chegaram quase na hora certa, mas seu pai está muito atrasado — continuou —, bem, quer dizer, a ambulância de Lyon está atrasada, eles vivem se atrasando, não sei por quê — e fez uma pausa, olhando atentamente para os quatro por quase um minuto sem dizer uma palavra. — Então vocês são os filhos. A família… e você… — voltou-se bruscamente para Madeleine — você é a esposa dele, não? — disse "esposa" e não "companheira", observou Paul. Madeleine confirmou sem dizer uma palavra, e Paul entendeu que a situação tinha acabado de mudar, agora ele se tornara uma figura insignificante aos olhos do médico, e a própria Cécile parecia um pouco fora do jogo, era com Madeleine, e quase exclusivamente com Madeleine, que ele ia tratar de tudo, o dr. Leroux já tinha entendido, como também tinha entendido antes que Madeleine era a mulher e eles os filhos, não tivera tempo de ler a ficha, e de qualquer maneira isso não estava registrado na ficha, tinha entendido e pronto, e foi a Madeleine que se dirigiu primeiro quando os convidou a acompanhá-lo, o quarto estava pronto, disse, estava pronto desde cedo, e foi Madeleine que ele pegou pelo ombro para conduzir pelos corredores. Paul, Cécile e Hervé os seguiram dois passos atrás, os corredores eram claros e limpos mas não estavam desertos, pelo contrário, havia bastante gente andando por ali, gente de todas as idades e de todas as classes sociais, provavelmente famílias, pensou Paul. Era naqueles prédios que seu pai iria viver seus últimos dias, pensou também, eles seriam o seu último horizonte, a sua última paisagem.

O quarto em si era bastante espaçoso, tinha mais ou menos uns seis metros por quatro, as paredes pintadas de amarelo-pintinho, enfim, um amarelo bastante claro e quente, na verdade Paul não se lembrava da última vez que tinha visto um pintinho, aliás não tinha certeza de já ter visto algum, não há muitas oportunidades de se ver esse tipo de coisa na vida real, de qualquer maneira era uma cor agradável, e um quarto agradável, as prateleiras fixadas na parede estavam esperando para ser preenchidas.

— Podem trazer o que quiserem, colar fotos ou desenhos nas paredes, arrumar o espaço ao seu gosto, aqui não é um hospital, é um lugar de vida, um lugar de vida para pessoas com deficiência, gente com deficiências gravíssimas, e aqui vocês estão em casa, as famílias são sempre bem-vindas entre nós, é o que queria lhes dizer. — Ele estava sendo sincero, Paul teve certeza disso na hora, a médica-chefe tinha razão, era um bom sujeito.

— Vou poder dormir no quarto dele? — perguntou Madeleine subitamente. Sim, respondeu o médico, não era uma coisa comum, mas a princípio não havia objeções, podiam até colocar uma cama de armar. Ela só precisava saber que os quartos não tinham pia nem vaso sanitário, no seu estado os pacientes não iriam utilizá-los, mas ela poderia usar as instalações coletivas da equipe, no final do corredor. E também teria que cuidar das próprias refeições, o pessoal da unidade comia junto com o da casa de repouso, ela não teria acesso ao refeitório. Madeleine assentiu, decidida.

— Tem certeza de que prefere assim, Madeleine? — perguntou Cécile. — Não parece muito confortável. Nós podemos trazer você todas as manhãs, se quiser, é muito perto. — Madeleine tinha certeza, estava convicta, iria a Saint-Joseph uma vez por semana para tomar banho e trocar de roupa, estava tudo bem.

— Bem, agora só temos que esperar a estrela entrar em cena... — concluiu Leroux. — Vocês me dão licença por um instante? Tenho compromissos esta tarde, de qualquer maneira serei avisado assim que ele chegar.

Nesse momento o celular de Cécile tocou, ela foi atender no corredor, a conversa durou um ou dois minutos; parecia preocupada quando voltou.

— Era Aurélien — disse —, eles vão chegar ainda hoje, mais cedo que o previsto, estarão na estação de Loché em duas horas. Eu prefiro não ir buscá-los, quero estar presente quando o papai chegar...

Fez-se um momento de silêncio, depois do qual Hervé disse com esforço:

— Eu posso ir, se você quiser. — Sua esposa lhe dirigiu um olhar hesitante; na maior parte do tempo ela havia conseguido manter um relacionamento bastante aceitável com Indy, mas isso era coisa antiga, a última vez que se viram tinha sido cinco anos antes; e ela não confiava na capacidade de Hervé de exercer a mesma diplomacia.

— Eu posso ir — disse Paul — se você me emprestar o carro.

— Sim, vai sim, é o melhor — respondeu ela com alívio.

Dez minutos depois de Paul sair do estacionamento, Hervé estava terminando de fumar um cigarro quando a ambulância chegou. Imediatamente Leroux saiu do prédio para ir ao seu encontro; era óbvio que fazia questão de receber pessoalmente os doentes. Os dois maqueiros instalaram uma pequena rampa na parte traseira da ambulância e empurraram a maca pelo estacionamento. Edouard estava bem acordado, de olhos muito abertos — mas continuavam fixos. O médico foi até lá:

— Bom dia, sr. Raison — disse em voz suave, olhando-o diretamente nos olhos. — Eu sou o dr. Leroux, chefe da unidade médica onde o senhor vai morar. Seja bem-vindo.

As duas horas seguintes, com Edouard já instalado em seu quarto, foram dedicadas a explicar-lhe os tratamentos que marcariam o ritmo da sua semana — pelo sim, pelo não, Leroux preferia agir como se os pacientes entendessem tudo o que se dizia, descrevendo o objetivo de cada um dos cuidados que iriam receber. Primeiro, a fisioterapia — duas sessões semanais — para evitar as contrações musculares, fenômenos de retração das extremidades. Depois, também muito importante, duas sessões por semana de fonoaudiologia, para trabalhar a língua e os lábios.

— Isso ajuda a reaprender a falar? — perguntou Cécile.

— Sim... Bem, esta é a versão muito otimista. A fala é uma função sofisticada, mobiliza muitas áreas diferentes do cérebro, ao contrário do que se pensava durante muito tempo. Mas a área de Broca ainda é importante, mesmo não sendo a única, e nas imagens da ressonância magnética do seu pai vi que ela foi afetada, então, honestamente, não acredito muito nessa hipótese. Mas, além da fala, a fonoaudiologia também serve para reeducar a deglutição, o que pode permitir que ele deixe a gastrostomia e volte para uma dieta normal.

— Normal, como? — Cécile parecia surpresa.

— Completamente normal. Todos os alimentos são permitidos, desde que sejam batidos, transformados em purê; assim ele vai poder sentir todos os sabores que conhece.

Vendo que Cécile parecia estar encantada, que aquilo parecia lhe abrir novos horizontes, o médico achou por bem relativizar:

— Calma, a coisa não é tão fácil, eu não disse que íamos conseguir; mas prometo que vamos tentar. Além disso — continuou —, há uma estimulação sensorial geral. Toda semana temos uma sessão de musicoterapia para quem quiser. E também, o mais recente, é uma associação que cuida disso, fazemos oficinas com animais domésticos. A cada quinze dias trazem gatos e cachorros pequenos e deixam no colo dos nossos pacientes. Eles não conseguem acariciar, só temos um residente que consegue realmente mexer os dedos, mas é incrível como faz bem a algumas pessoas o simples fato de pousar a mão no pelo de um animal. Depois, é claro que não os deixamos deitados o dia todo, para mim isso é o mais importante porque evita o surgimento de escaras, há cinco anos não tenho nenhuma escara na minha unidade. Todas as manhãs os levantamos da cama e colocamos em uma cadeira de rodas — a cadeira de rodas é muito importante, vocês precisam mandar fazer uma com as medidas do seu pai —, e eles ficam sentados até a noite, e podem ser movidos de um lugar para outro, dependendo da disponibilidade dos cuidadores, claro. Também temos um parque, enfim, dizer parque é um pouco de exagero, temos algumas árvores, agora não estamos na estação, claro, mas no verão a maioria dos pacientes prefere ficar lá, ao ar livre, a permanecer nos prédios. E tentamos proporcionar passeios mais longos, fazemos isso diariamente, às vezes pela cidade, às vezes nas margens do Saône. É importante que eles possam ver outras coisas, ouvir sons diferentes, sentir outros cheiros; mas isso obviamente sai mais caro em termos de pessoal, é necessário um cuidador para empurrar cada cadeira, então fazemos um rodízio, organizamos as coisas para que todos possam fazer esse passeio pelo menos uma vez por semana.

— Ah, nosso paciente adormeceu… — comentou, fazendo uma pausa. — Na verdade, os olhos de Edouard estavam fechados, sua respiração parecia lenta e estável. — É normal, isso acontece muito depois da transferência, é a mudança de ambiente, algo cansativo para eles; vai acordar logo, em uma ou duas horas, acredito. Eu vou embora, mas vocês podem ficar e esperar que acorde, enfim, fiquem o tempo que quiserem, vocês estão em casa, de verdade — repetiu antes de deixá-los no quarto.

8

Enquanto isso, Paul travava uma luta inglória com a máquina distribuidora de doces da estação Mâcon-Loché TGV, totalmente deserta àquela hora. Poucos minutos depois desistiu, deixando seus dois euros na máquina recalcitrante; tinham acabado de anunciar o trem que vinha de Paris. Quando chegou à plataforma, de repente lhe veio uma dúvida: será que ia reconhecer o irmão e a cunhada? O último encontro entre eles havia sido muitos anos atrás, tinha uma lembrança desse encontro tão materialmente nebulosa quanto emocionalmente desagradável, mas mesmo assim seria constrangedor deixar de reconhecer o próprio irmão. Na noite anterior tivera um sonho perturbador. Havia marcado um encontro com sua amante russa na estação de Bourges, ele nunca teve uma amante russa, mas no sonho tinha; e nem mesmo sequer havia estado em Bourges. Os dois se comunicaram pelo celular tentando se encontrar em um ponto específico da estação, em frente à Relay do hall de entrada, tinham chegado ao mesmo tempo, confirmaram pelo telefone que estavam lá, e mesmo assim não se viam. Depois tentavam outro ponto de encontro, na posição G da plataforma 3, mas lá tampouco conseguiram se encontrar, embora o local estivesse perfeitamente definido, a comunicação telefônica excelente e os dois tivessem confirmado várias vezes sua presença, e isso era ainda mais impressionante porque a plataforma 3 estava deserta, ao telefone ambos se diziam surpresos. Àquela hora da noite, Paul censurou violentamente o criador do sonho: essa história de planos paralelos de realidade talvez fosse interessante na teoria, disse ele, mas na realidade, enfim, na realidade do sonho, lastimava dolorosamente a perda da sua amante russa; o criador do sonho parecia lamentar tudo aquilo, mas não pediu desculpas de verdade.

Nada parecido aconteceu na estação Mâcon-Loché: seu irmão,

sua cunhada e o filho eram os únicos viajantes a desembarcar do trem de Paris. Mas de qualquer maneira Paul reconheceria Aurélien sem a menor dificuldade, não tinha mudado nada; havia algo de hesitante, indeciso em seu rosto fino e bastante harmonioso que dava uma impressão de fragilidade; e ele continuava tentando, sem muito sucesso, torná-lo mais viril deixando crescer uma barba permanentemente rala. Indy era dez anos mais velha que ele, e isso estava começando a ficar muito evidente, Paul não pôde deixar de notar: tinha envelhecido um bocado, e isso não devia torná-la mais simpática. O filho era alto para a sua idade — nove anos?, não lembrava exatamente. Esse filho era a pior parte da história, Paul não suportava aquele menino, Cécile também não. Não se tratava de um caso de racismo, ele nunca sentiu repulsa nem atração particular por pessoas de pele negra; mas nesse caso, sem dúvida, havia algo errado. Que Indy tivesse decidido apelar para a reprodução assistida porque seu marido era estéril, claro que ele podia entender; que além disso tivesse escolhido recorrer a uma barriga de aluguel já era uma coisa mais questionável, pelo menos a seu ver, mas talvez ele estivesse sendo vítima de concepções morais ultrapassadas, a mercantilização da gravidez talvez fosse uma coisa legítima atualmente, na verdade não acreditava nisso, mas evitava pensar muito sobre esses assuntos. Que ela fosse à Califórnia fazer todas essas operações, perfeito, era a melhor opção do ponto de vista tecnológico, e também a mais cara — mas Indy parecia ter meios, aliás ele se perguntava de onde poderia vir seu dinheiro, certamente não foi o salário de "cronista social" que lhe permitiu fazer essa extravagância, e mesmo que fosse uma "jornalista top", como se diz, aquilo estaria fora do seu alcance. Provavelmente foram os pais que pagaram tudo, ela própria era um tanto sovina, do tipo que viaja para a Bélgica ou para a Ucrânia. Até aí tudo bem, pode-se admitir, mas o que será que deu nela, no meio do imenso catálogo de homens que a empresa de biotecnologia californiana deve ter colocado à sua disposição, para escolher um progenitor de raça negra? Na certa o desejo de afirmar sua independência de espírito, seu anticonformismo, e ao mesmo tempo seu antirracismo. Tinha usado o filho como uma espécie de cartaz publicitário, como uma forma de exibir a imagem que queria passar de si mesma — calorosa, aberta, cidadã do mundo —, enquanto ele a conhecia como bastante egoísta, avarenta e, acima de tudo, conformista em grau máximo.

Ou então — e essa hipótese era ainda pior — ela queria humilhar Aurélien com essa escolha, deixar que todos soubessem desde o primeiro segundo que ele não era, nem poderia ser de forma alguma, o verdadeiro pai da criança. Se sua intenção havia sido esta, conseguiu atingir totalmente. A paternidade biológica é irrelevante, o importante é o amor, pelo menos é o que se costuma dizer; mas amor, é preciso que isso exista, e Paul nunca teve a impressão de que havia alguma forma de amor entre Aurélien e seu filho, nunca surpreendeu gestos carinhosos, nem mesmo simples atitudes protetoras, do irmão dirigidos a ele, e francamente não se lembrava sequer de ter visto Aurélien e Godefroy falarem um com o outro — além do mais, ela tinha insistido em dar ao menino esse nome medieval ridículo, incongruente com seu físico infantil. Paul tinha a impressão nauseante de que aquele nome não passava de um toque de humor, uma manifestação de *segundo grau*. No entanto, conseguiu dar beijos suficientes no casal e até roçar brevemente os lábios na bochecha da criança. O garoto havia crescido muito, ia ser um cara grande e corpulento, fisicamente o oposto do seu *papai*, e parecia que sua pele estava ainda mais escura que na última vez.

Com um suspiro de alívio, Aurélien se sentou ao lado de Paul na frente do carro. Assim que saíram do estacionamento, Godefroy ligou seu iPhone para jogar alguma coisa que parecia ser um video game.

— Que jogo é esse? — perguntou Paul numa tentativa, que sentiu como a última do fim de semana, de se interessar por ele.

— Ragnarök Online.

— É um jogo escandinavo?

— Não, coreano.

— E como é?

— Ah, é bem clássico, tenho que matar uns monstros para acumular pontos de experiência, isso me permite avançar para outros níveis e mudar de categoria. Mas é um bom jogo, bem desenhado, muito dinâmico.

— E então, você está em qual categoria?

— Paladino — respondeu modestamente o menino. — Mas não me falta muito para virar Rune Knight, bem, é o que espero.

Na verdade, não se pode dizer que o designer coreano que criou o jogo tivesse revolucionado o gênero, e esse foi o fim do diálogo, mas Paul sentiu que dessa vez tinham tido uma *boa conversa*, ele e o sobrinho. Uma vez na estrada, Aurélien quis saber como seu pai estava clinicamente; ele explicou a situação da melhor maneira que pôde, sem esconder que as chances de recuperação eram mínimas.

— Pois é, vai virar um vegetal, ora... — disse Indy no banco de trás, com uma voz cansada. A palavra "vegetal" fez seu filho rir estupidamente. Paul olhou furioso pelo retrovisor, mas não respondeu. Na medida do possível ficar calmo, na medida do possível não dificultar as coisas, respirar devagar, regularmente, repetiu para si mesmo, e sem querer pisou fundo no acelerador, logo depois freou bruscamente para não bater em um caminhão. Quase lembrou àquela vadia que, por falar em vegetais, ela tinha gostado bastante da horta que a Prefeitura de Paris havia criado no Parc de Bercy; isso aconteceu no dia da primeira visita que fez ao apartamento deles, que Paul esperava mais do que nunca, aliás, que também fosse a última. Onde estará Prudence?, perguntou mentalmente, por associação de ideias, onde Prudence poderia estar agora? Decididamente, da próxima vez tentaria vir com ela.

Paul ainda estava bastante nervoso quando chegaram ao hospital e, depois de deixar o carro de Hervé no estacionamento da rue Paulin--Bussières, fez uma rápida hiperventilação antes de guiá-los pelos corredores. Não querendo participar daquele reencontro, deu alguns passos para trás quando chegou ao destino, deixando Aurélien e Indy entrarem no quarto onde Edouard tinha acabado de acordar, estava de olhos abertos. Madeleine e Cécile, ao lado da cama, debatiam acaloradamente como iriam decorar o quarto, enquanto Hervé cochilava um pouco. Godefroy ficou no carro, recusando-se a abrir mão do video game. Claro que ele não dava a mínima para o avô, e isso em certo sentido era normal, e o avô, por seu lado, também não dava a mínima para ele. Edouard tampouco era racista — Paul lembrava que ele, pelo contrário, tinha uma relação particularmente calorosa com um dos seus colegas das Antilhas, a quem convidou certa vez para jantar em casa; mas sentia, e não tentava ocultar isso de forma alguma, que sua nora, como de costume, tivera uma ideia absurda, que só podia causar "desgostos e distúrbios" — essa expressão lhe agradava, ele a usava frequentemente em relação aos grupinhos de esquerda que tinha passado a maior parte da sua vida profissional monitorando e vez por outra desmantelando, os "criadores de desgostos e distúrbios". De qualquer forma, Godefroy — Paul entendeu isso quando o menino recusou sua proposta de subir com eles — provavelmente tinha percebido a existência de um problema familiar espinhoso, do qual não queria participar de forma alguma. Este menino, intuiu Paul, apesar do seu físico de futuro rapper do Bronx, não era nada burro, e sua inteligência obviamente não vinha da mãe — Paul imaginou Indy folheando o catálogo de possíveis pais que lhe forneceram, poderia escolher um negro, talvez, mas claro que seria um negro diplomado em Harvard ou no MIT, ele via perfeitamente como Indy deve ter raciocinado.

Cécile se levantou um pouco hesitante, foi até eles e ainda conseguiu dar os beijos exigidos pela compostura familiar, mas não encontrou absolutamente nada para lhes dizer; só conseguiu emitir, após quase dois minutos, um "Fizeram boa viagem?", francamente minimalista. Hervé e Madeleine, sentados em silêncio nas cadeiras do hospital, não manifestaram qualquer intenção de ajudá-la.

Foi Aurélien quem se aproximou primeiro do pai e olhou-o nos olhos, os quais permaneceram obstinadamente imóveis. Pegou sua mão, apertou com força — queria beijá-lo na bochecha, mas não teve coragem. Então deu o contato por concluído e recuou dois passos, com os olhos ainda fixos nos olhos do pai, os lábios tremendo ligeiramente, mas não disse nada. A seguir Indy se aproximou da cama, parecendo resignada. No momento em que ela entrou, lenta mas inequivocamente, em seu campo de visão, Edouard girou o olhar para a esquerda — em direção a Madeleine, sentada ao seu lado. Cécile soltou uma espécie de grito, algo como um "Ah!" inarticulado. Madeleine permaneceu em silêncio, mas seu rosto estava paralisado de estupefação.

— Puxa, está vendo... — disse Paul, afastando-se da parede para chegar mais perto de Indy —, você fez bem em vir, já provocou um milagre... Ele desviou a vista para não te ver, é a primeira vez que mexe os olhos desde que saiu do coma. — Não sabia o que estava acontecendo, aquela leviandade nojenta não fazia parte dos seus hábitos, mas Indy estava vermelha, tinha cerrado os punhos e Paul pensou que ia lhe dar um tabefe, quem sabe um murro de direita, e se firmou no chão para antecipar o impacto enquanto fechava sua própria mão direita, preparando-se para atingi-la na altura da orelha. Indy ficou paralisada à sua frente por quase um minuto, tremendo de raiva, e depois girou nos calcanhares e saiu, batendo a porta com brusquidão atrás de si. Aurélien tinha acompanhado a cena consternado, mas não mexeu um dedo.

Foi Cécile quem quebrou o silêncio que se instalou no quarto:

— Você não devia ter falado isso, Paul... — disse, com tristeza na voz. Ele não respondeu nada, mas no fundo discordou. Não apenas era factualmente correto o que tinha dito como aquele aumento do nível de violência lhe fizera bem, agora estava respirando com mais facilidade. No momento em que a cunhada o olhava fixamente, cerrando os punhos com fúria, quase lhe soltou uma frase irônica, tipo "o vegetal se rebela", mas não teve tempo. Nesse momento Aurélien fez um som abafado com a garganta, que tinha mais ou menos o mesmo significado que a reprovação de Cécile, e Paul então foi dominado pelo remorso. Definitivamente não suportava Indy, mas sentia pena de Aurélien, era ele quem ia pagar o preço, provavelmente a partir daquela noite, no quarto do casal; na certa passaria uma noite muito ruim. No fundo, sim, teria sido melhor ficar de boca calada.

Nesse momento Edouard fechou os olhos outra vez.

— Ele está cansado — interpretou Cécile imediatamente. — Isso tudo o cansa muito, é melhor deixá-lo tranquilo. — Todos murmuraram que sim, que na verdade, do ponto de vista de *reunião familiar*, já era suficiente por hoje. Depois saíram do quarto, deixando o paciente sozinho com Madeleine, que havia segurado a mão dele e observava o progresso da sua respiração, cada vez mais lenta e pacífica.

— Temos que organizar o transporte — disse Hervé quando chegaram ao estacionamento. Na verdade, não cabiam todos no carro, seria necessário fazer duas viagens.

9

Encontraram um café aberto na rue du Moulin, onde Aurélien e sua família poderiam esperar o retorno de Paul, que se encarregaria de buscá-los. Ele não se incomodava com isso, tinha certeza de que poderia controlar Indy, sentia-se capaz de lidar com ela. Sabia que a cunhada tinha um pouco de medo dele, sobretudo desde que estava em um gabinete ministerial, era um lugar de poder e ela respeitava muito o poder, quase tanto quanto o dinheiro.

Vinte minutos depois estava de volta em Belleville-en-Beaujolais, a viagem era mesmo muito rápida e, como ele esperava, Indy estava toda sorridente, parecia ter esquecido o incidente, pelo menos fingia bem. No carro ela se sentou ao seu lado, na frente, e puxou conversa sobre a eleição presidencial. Ah, é isso, disse ele para si mesmo, achando graça, já devia ter desconfiado, provavelmente era esse o motivo que a fizera vir com Aurélien visitar o pai: ia tentar arrancar-lhe informações sobre as intenções de Bruno. Na verdade nada tinha vazado pela imprensa, havia um mês ou dois que ele se recusava a dar entrevistas, isso devia estar começando a incomodar muita gente nos círculos que aquela vaca frequentava. De repente, lembrou que ela tinha mudado de emprego pela segunda vez no espaço de alguns meses, e essas mudanças não eram insignificantes, tinha passado do *Nouvel Observateur* para o *Figaro*, depois do *Figaro* para a *Marianne*, quem havia lhe contado? Provavelmente a assessora de imprensa de Bruno, que conhecia seus laços familiares. Enfim, era o ponto de vista de uma assessora de imprensa, acostumada a fazer distinções bizantinas entre órgãos de imprensa quase indistinguíveis.

— Achei surpreendente que você tenha ido trabalhar no *Figaro*, ainda mais quando soube que logo depois passou para a *Marianne*... — disse ele, mas sem muita convicção.

— Ah, é? Por quê? — ela reagiu rápido, sem pensar duas vezes, mas estava desestabilizada, dava para sentir, e ia tentar se justificar, era só ficar de boca fechada e esperar. — Realmente tive problemas com os editoriais de Zemmour — continuou ela, como se ao dizer isso estivesse realizando um ato louvável de coragem cívica.

— Zemmour é um bastardo — protestou Godefroy antes de regressar ao seu Ragnarök Online.

Essa observação, embora também fosse bastante banal, permitiu que a mãe se recompusesse e acrescentasse, dessa vez num tom claramente mais convencido, e quase comovido no sentido amplo da palavra:

— Mas acho importante que ele fale, defenda o seu ponto de vista. Afinal, a liberdade de expressão é o que temos de mais fundamental.

— Ele é um bastardo da sua raça — acrescentou Godefroy, esclarecendo o próprio pensamento. Paul balançou gravemente a cabeça para mostrar que estava interessado nessa troca de pontos de vista, tinham acabado de passar por Villié-Morgon, iam chegar ao destino em menos de dois minutos, sua tática tinha funcionado maravilhosamente, de fato o tema Zemmour sempre funciona, basta pronunciar seu nome e a conversa começa a avançar de forma delimitada e suavemente previsível, um pouco como acontecia com Georges Marchais em sua época, cada qual encontra suas referências sociais, seu posicionamento natural, e, com isso, obtém suas tranquilas satisfações. O que o surpreendia agora era como podia ter pensado por um momento que Indy estava exercendo sua profissão jornalística por convicção, ou mesmo que alguma convicção pudesse ter passado por sua mente em algum momento; nada do que sabia sobre ela confirmava essa hipótese. No *Observateur*, Indy lidava sobretudo com trans, com ativistas de ocupações alternativas, e até com ativistas trans, era esse o seu papel como jornalista, mas na verdade poderia muito bem ter dedicado suas matérias a neocatólicos identitários ou a petainistas veganos, para ela não faria a menor diferença. Finalmente ela ficava em silêncio por um instante, o que já era alguma coisa. Desviou o olhar da estrada enevoada e viu o rosto de Aurélien no retrovisor. Parecia perdido na contemplação da paisagem de vinhedos enegrecidos pelo inverno, mas de repente se virou para ele, seus olhos se encontraram por alguns segundos, a princípio a expressão de Aurélien lhe pareceu difícil de decifrar, depois entendeu tudo de repente: era, pura e simplesmente, uma expressão de *tédio*. Aurélien estava entediado, estava entediado com a esposa, estava entediado com o filho, e com certeza vinha se entediando implacavelmente durante anos com aquilo que para ele fazia as vezes de família. Devia ter tido uma infância muito triste, pensou Paul, o pai nunca foi muito carinhoso, muito hábil, claro que a família era importante para ele, mas seu trabalho a serviço do Estado estava acima de tudo, isso era evidente desde o início, não era uma coisa negociável. Quanto à mãe, ela pura e simplesmente se desinteressou dos filhos assim que descobriu sua vocação de escultora. Cécile deve ter cuidado um pouco dele, mas quando ela foi embora para viver com Hervé no Norte ele ainda era muito novo, não tinha nem dez anos. Sim, deve ter ficado muito sozinho. E agora continuava da mesma maneira, entre uma mulher que não o amava e um filho que o tolerava, que provavelmente o desprezava um pouco e que de qualquer maneira não era dele. Paul, constrangido, desviou a vista de Aurélien, que continuou a encará-lo pelo retrovisor. Chegaram ao destino pouco depois.

Ficou impressionado assim que entrou na sala de jantar, aquecida por um magnífico fogo de lareira: Madeleine, Cécile e Hervé se sentiam bem juntos, tinham adquirido hábitos comuns e, ao entrar, teve a impressão de que ele e Aurélien eram intrusos. De fato, eles voltariam às suas respectivas atividades parisienses dentro de dois dias, os outros é que ficariam lá, estariam em contato com a equipe médica e cuidariam das coisas. Por enquanto, na verdade, tudo ia bem, o dr. Leroux havia causado uma boa impressão a todos, e Cécile, que se deslocava constantemente entre a cozinha e a sala de jantar, estava com um bom humor exuberante, que não se perturbou com a chegada de Indy — Paul até se questionou se realmente a tinha visto. Godefroy sumiu logo na direção do seu quarto, com o iPhone ainda na mão, depois de pegar duas latas de Coca e uma fatia de pizza na geladeira. "Quer que eu esquente para você?", perguntou Cécile. Tinha notado a chegada deles, portanto. Mas não obteve resposta, a educação do menino definitivamente deixava a desejar.

Durante a refeição, Indy tentou voltar ao assunto da eleição presidencial; ele não se incomodava, já tinha se acostumado a ficar em silêncio, estava na profissão há vários anos. Ela acabou se irritando e soltou: "Certo, eu sei que você não está autorizado a falar, afinal…". Nisso estava certa, aliás era a primeira coisa certa que ela dizia desde o início da noite: mesmo que ele soubesse de alguma coisa, teria que ficar calado. Mas não sabia nada sobre as intenções de Bruno e, para dizer a verdade, desconfiava que Bruno ainda não tinha se decidido. Tentou imaginá-lo no meio de uma campanha eleitoral, respondendo a perguntas de repórteres, a gente como Indy: sim, a coisa não era nada óbvia, sua decisão ia ser difícil de tomar.

Sem surpresa, ela então passou a falar do perigo recorrente, mas cada vez mais próximo, do Rassemblement National. Hervé se manteve em um silêncio prudente, mastigando pacificamente o pernil de cordeiro e se servindo de vinho um pouco mais vezes que de costume, era a única coisa que poderia revelar um ligeiro aborrecimento, com certeza fora advertido por Cécile com certa firmeza; e Aurélien, por seu lado, nunca teve nada a dizer sobre esses assuntos; talvez estivesse pensando nas suas tapeçarias da Idade Média, que reencontraria em breve, ou nas belas damas nobres à espera de que seu senhor retornasse das Cruzadas, enfim, em coisas infantis e inconsequentes. Em suma, basicamente Indy era a única a falar, mas isso não parecia incomodá-la em absoluto, ela nem devia perceber. Por fim se dispersaram com alívio, assim que a refeição acabou.

10

Paul é uma estrela mundialmente famosa, mas não sabe em que área. Com sua esposa e seu agente, está andando por uma rua lamacenta no Quinto Arrondissement de Paris (sua esposa não é Prudence, é uma jovem negra que se parece com as duas etíopes de Adis Abeba; mas, ao contrário delas, sua suposta esposa não tem pudor, pelo contrário, quer exibir seu sexo em todas as circunstâncias, parece sentir um estranho orgulho nisso); chove sem parar, todos os sinais de trânsito estão piscando no amarelo; a camada de lama escorregadia, mais densa nas calçadas, torna difícil e até perigoso caminhar.

Paul se surpreende ao ver que seu agente não vira à direita, em direção à sua casa; na realidade ele está querendo tomar alguma coisa em um lugar próximo, chamado Café Parisien. Então Paul entende que estão no fim da rue Monge, mas isso não tem a menor importância. Entram no estabelecimento. A suposta esposa de Paul desapareceu. Depois de algum tempo, como ninguém vem atendê-los, o agente vai até o balcão do fundo. Então um pseudogarçom se senta à sua mesa e se comporta com uma familiaridade chocante, balança tanto as pernas que obriga Paul a deslocar as suas para o lado.

O agente está demorando, os pedidos levam uma eternidade para chegar. Para sua surpresa, o pseudogarçom pede que ele lhe dê um abraço e, unindo as palavras a gestos, se gruda nele com a expectativa de um contato mais íntimo. Paul tenta se afastar, mas os braços do pseudogarçom parecem ter um poder adesivo, cada vez fica mais difícil rechaçar os abraços. Virando de repente a cabeça para um lado, Paul nota a presença de uma equipe de filmagem do canal TF1. São dois cinegrafistas, um técnico de som, um diretor — Paul o identifica como diretor porque tem na mão um texto datilografado, que deve ser o roteiro da sequência e cujo título se pode ler: "Ternura".

O agente o olha do balcão, as bebidas finalmente parecem estar saindo. No mesmo instante, nota a existência de um segundo texto datilografado, intitulado "Agressão". Felizmente seu agente volta para a mesa, com os dois copos na mão. "François-Marie...", diz Paul angustiado (é o nome do agente), "François-Marie, acho que é hora de você intervir seriamente."

O agente avalia a situação de relance e em seguida abre os braços no ar. A gravação é interrompida imediatamente. Em seguida ele vai até o fundo do bar, seguido por toda a equipe de filmagem — estão constrangidos, humildes, entendem que a situação acabou de mudar radicalmente.

O balcão havia desaparecido. O agente de Paul se ajeita em uma poltrona relax, mais parecida com uma espreguiçadeira, que ocupa o lugar do balcão — também surgiram umas plantas verdes, e a iluminação, modificada, lembra a piscina de um resort tropical. Com muita calma, o agente explica, em um longo e detalhado discurso, a história do direito à imagem. Aos poucos, a equipe de filmagem começa a demonstrar sua desolação. "Estamos fodidos... Não sabíamos! Vamos acabar na merda...", são as exclamações que vêm à boca de todos. O agente confirma, a situação deles é realmente aflitiva; não tenta esconder o tamanho gigantesco das indenizações que vai exigir — e obter, a jurisprudência é consistente — da estação invasora. E também não esconde o golpe fatal que aquilo vai representar para a carreira dos técnicos envolvidos.

Paul acordou sobressaltado às quatro da manhã, a luz da lua cheia tinha invadido o quarto, podia-se ver quase como em pleno dia. Cambaleou até a janela para fechar as venezianas antes de voltar para a cama, depois caiu no sono quase de imediato. Acordou de novo, mais suavemente, um pouco antes das sete da manhã; tinha sonhado outra vez. Só lhe restava uma vaga lembrança, mas o sonho tinha a ver com Prudence e com o sabbat celebrado em Gretz-Armainvilliers. No final, aparecia o nome do grupo religioso que organizou o evento; era algo como iúca. Ligou o laptop e tentou uma busca rápida: não, nada disso, a iúca é uma planta ornamental. Fez mais duas tentativas antes de acertar: era o wicca, ou melhor, a wicca, uma nova religião que estava se espalhando depressa, sobretudo nos países anglo-saxões. O resto não era nem muito interessante nem muito claro: aparentemente, os seguidores da wicca adoram um deus e uma deusa, enfim, um princípio masculino e um princípio feminino, que consideram necessários para o equilíbrio do mundo; a ideia não era totalmente original. Será que Prudence participava de orgias rituais? Isso o surpreenderia muito. Um pouco mais tarde adormeceu novamente. Ele bem que gostaria de ter, de vez em quando, sonhos eróticos, jovens deusas, em clareiras ensolaradas, rolando na grama com vestidos transparentes e celebrando o deus, por que não, mas ele não tinha controle sobre sua vida onírica, a coisa não funcionava desse jeito.

Acordou por volta das onze. Sob um azul-celeste absoluto, os bosques, prados e vinhedos eram iluminados por um sol generoso, aquele 31 de dezembro seria um dia lindo. Acordar tarde era uma coisa boa, ele não estava com muita vontade de encontrar os outros; no entanto, tinha decidido falar com Aurélien, achava necessário que Aurélien e ele conversassem, mas não sabia sobre o quê, e nem mesmo se queria conversar realmente, e afinal foi um alívio chegar em casa e não encontrar Aurélien, e sim Madeleine, que estava enchendo o porta-malas do carro de Hervé.

— Vamos decorar o quarto do hospital — disse ela. Entre os vasos de plantas e as pilhas de fotografias que atulhavam a mala do carro, Paul viu os cinco dossiês do escritório do pai, aqueles que guardou até o fim.

— Vão levar os dossiês de trabalho? — perguntou, surpreso.

— Sim, a ideia foi minha — respondeu Madeleine. — O trabalho, você sabe, era tudo na vida dele.

Nisso estava sendo muito modesta, disse Paul para si mesmo, ela também ocupava um lugar importante em sua vida, um lugar provavelmente mais importante, até, que aquele que sua mãe ocupara. Nesse momento pensou que a viagem a Portugal que os dois fizeram no verão passado tinha sido sua última viagem juntos; eles planejavam ir para a Escócia no próximo verão, era um dos outros países que seu pai queria visitar de novo, um dos que mais tinha gostado. Essa viagem não iria mais acontecer e, vendo Madeleine guardar os objetos no porta-malas, pensando na vida despedaçada de Madeleine, foi tomado por uma torrente de compaixão tão violenta que teve de se virar para evitar o choro. Felizmente Cécile chegou nesse momento, ela também parecia estar alegre e de bom humor, as mulheres são tão corajosas, pensou, as mulheres têm uma coragem quase inacreditável. Mais tarde as encontraria no hospital, anunciou, ele iria com o Lada.

Nunca tinha entendido muito bem o que levou seu pai a comprar o carro econômico russo 4×4, que no final dos anos 1970 se tornara um ícone paradoxal em voga. Esse tipo de dandismo, ainda mais acentuado pelo fato de ter escolhido uma série especial, "St. Tropez", não estava entre seus hábitos, de modo geral ele detestava se destacar, e escolhia sistematicamente os modelos mais comuns.

Tomou um café e depois se dirigiu para a garagem, instalada no que antes tinha sido um estábulo. O motor arrancou imediatamente, na primeira virada de chave. Lembrou então que o pai o tinha comprado em 1977, mesmo ano em que ele nasceu, sempre lhe recordava isso, como se quisesse traçar um paralelo implícito; de repente a longevidade do carro se tornava um pouco preocupante. No fundo, provavelmente não havia nenhum dandismo nessa compra, ele simplesmente tinha escolhido um Lada Niva porque lhe parecia um bom carro, robusto e confiável.

Como queria rever alguns lugares, passou por Chiroubles, depois por Fleurie, antes de enveredar pelos desfiladeiros de Durbize e de Fût-d'Avenas, depois desceu para Beaujeu. Parou no meio do caminho, em uma área com vista panorâmica da qual ainda se lembrava. Estava a poucos quilômetros de Villié-Morgon, mas os vinhedos haviam desaparecido. A paisagem de florestas e prados, absolutamente deserta, parecia mergulhada em um silêncio religioso. Se Deus estivesse presente em sua criação, se tivesse uma mensagem para comunicar aos homens, certamente seria aqui, e não nas hortas do Parc de Bercy, que escolheria fazê-lo. Saiu do carro. "Qual é a mensagem?", perguntou-se, e por um triz não gritou aquela pergunta, afinal se conteve no último momento, de qualquer forma Deus ficaria em silêncio, era esse o seu modo usual de comunicação, mas provavelmente aquela paisagem deserta e esplêndida, banhada em silêncio total, já era muito; contrastava com a vida em Paris, com o *jogo político* que ele voltaria a encontrar poucos dias depois. A mensagem parecia cristalina, em certo sentido, mas era difícil relacioná-la com a existência terrena de Jesus Cristo, marcada por muitos relacionamentos humanos, muitos dramas também, cegos que veem, paralíticos que voltam a andar, ele até se interessava às vezes pelos miseráveis, era quase político em certos momentos. Aquela paisagem pacífica de Haut-Beaujolais tampouco evocava as divindades masculinas e femininas que aparentemente Prudence celebrava, ali não se vislumbrava nada de macho ou de fêmea, e sim algo mais geral, mais cósmico. Tinha menos semelhança ainda com o Deus do Velho Testamento, briguento e vingativo, sempre em rixa com seu povo escolhido. Era mais como uma divindade única, vegetal, a verdadeira divindade da terra, antes que os animais aparecessem e começassem a correr daqui para lá. A divindade agora estava em repouso, na calma desse lindo dia de inverno, não havia um sopro de vento; mas em poucas semanas a grama e as folhas começariam a reviver, a se nutrir de água e de sol e a se agitar com a brisa. Mas existia, pelo menos ele tinha alguma lembrança disso, um tipo de reprodução vegetal com flores macho e flores fêmea, parece que o vento e os insetos tinham um papel nessa história, e por outro lado as plantas às vezes se reproduzem por simples divisão, ou então projetando novas raízes no solo — para dizer a verdade o que lembrava da biologia vegetal era muito pouco, mas, de todo modo, dava ensejo a uma dramaturgia menos tensa que as lutas de cervos ou os concursos de camiseta molhada.

Voltou para o volante, num estado de completa incerteza intelectual, e continuou a descer rumo a Beaujeu, "capital histórica de Beaujolais", ainda sem cruzar com ninguém. Beaujeu, a cidade onde tinha beijado uma garota pela primeira vez na vida, no verão dos seus quinze anos, e isso estava tão longe, tão desesperadamente longe, a umidade quente desse beijo lhe parecia agora quase irreal, a garota se chamava Magalie, isso mesmo, Magalie, ele tinha ficado de pau duro na mesma hora e estavam tão grudados um no outro que ela certamente sentiu, mas não fez nada para ir além, ele tampouco, aliás, não sabia como fazer, na época não existia pornografia na internet, só foi fazer amor pela primeira vez dois anos depois, em Paris, e a garota se chamava Sirielle, parece que a moda dos nomes estranhos já tinha começado a se espalhar, pelo menos nas áreas urbanas, mas ainda não havia internet, as relações humanas eram mais simples. *Love was such an easy game to play*, como dizia o outro Paul, e de repente ele se perguntou se não devia o seu primeiro nome, tal como Prudence, aos Beatles. Parecia pouco verossímil, seu pai nunca revelou alguma devoção particular à música deles, nem a qualquer outra música, diga-se de passagem, mas ao mesmo tempo era uma pessoa com muitos segredos, como se a obrigação profissional de sigilo que assumiu tivesse se estendido a todos os aspectos da sua vida. Havia descoberto com surpresa, durante sua última visita, que um dos autores prediletos do pai era Joseph de Maistre, muito embora ele nunca tivesse manifestado a menor convicção monarquista em sua presença — pelo contrário, sempre se apresentou como fiel servidor da República, independentemente das suas falhas.

Foi dirigindo devagar, bem devagar, por estradas secundárias sempre desertas, chegou a parar brevemente algumas vezes, sentiu que havia uma indecisão crescendo dentro dele como uma doença sorrateira, e assim levou quase meia hora para chegar a Belleville.

A pequena cidade estava tão deserta quanto o campo em volta, era como se estivesse concentrada em si mesma, juntando todas as suas forças para pular para o ano 2027, que saudava com uma curiosa faixa pendurada na entrada da rue du Maréchal Foch: "Belleville-en--Beaujolais dá boas-vindas a 2027".

Quando estacionou em frente ao hospital, a noite já havia quase caído; o primeiro corredor em que entrou era bastante mal iluminado, as lâmpadas do teto deviam estar queimadas. Virando na primeira saída à direita, viu-se cara a cara com uma velha que vinha em sua direção empurrando um andador. Tinha pelo menos uns oitenta anos de idade, a cabeleira grisalha, toda desgrenhada, caía sobre os ombros, e estava completamente nua, exceto por uma fralda suja; havia merda escorrendo por sua perna direita. Quando ele parou, sem saber o que fazer, foi ultrapassado por uma enfermeira que vinha empurrando apressada um carrinho de remédios. Não teve tempo sequer de lhe fazer um sinal, de qualquer maneira ela obviamente tinha visto a mulher, mas mesmo assim passou sem diminuir a velocidade. A velha continuava avançando em sua direção, inexoravelmente, Paul não conseguia tirar os olhos dos seios flácidos, já estava a três metros quando conseguiu vencer a imobilidade, deu meia-volta e saiu quase correndo pelo mesmo corredor por onde viera. A entrada agora estava bloqueada por uma maca. Nesse momento, entendeu: deveria ter virado à esquerda desde o início para entrar na unidade EVC-EPR, quando virou à direita estava se dirigindo ao EHPAD. Aproximou-se da maca: era um homem muito velho, de rosto emaciado, as mãos cruzadas sobre o peito, respirando com dificuldade, parecia quase morto, mas Paul pensou ter ouvido um leve gemido. Perto da entrada principal, um enfermeiro ou maqueiro, ele não sabia distinguir, estava refestelado em uma poltrona, de olhos fixos na tela do celular.

— Sabe, ali tem uma pessoa... — disse, sentindo-se completamente idiota. O outro não respondeu, continuou batucando na tela, que de vez em quando fazia um leve *plop*, devia ser um video game.

— Não é o caso de fazer alguma coisa? — insistiu Paul.

— Estou esperando o meu colega — respondeu o outro com irritação, encerrando a conversa.

No final de um corredor de vidro, Paul entrou na sala comunitária da unidade EVC-EPR; agora a reconhecia, e chegou sem dificuldade ao quarto do pai. Cécile e Madeleine tinham trabalhado bem: havia vasos de plantas enfeitando o peitoril da janela e a parte de cima de uma estante baixa, seu pai sempre tinha gostado de plantas, era um traço curioso nele, que nunca teve um animal doméstico, esse carinho pelas plantas: ele mesmo cuidava delas, regava, trocava de lugar com regularidade para que sempre tivessem a quantidade de luz necessária. Na estante distinguiu os dossiês, que logo reconheceu, e uns livros dos quais não se lembrava, uma mistura de clássicos, especialmente Balzac, e romances policiais contemporâneos. Esses livros deviam ter vindo do seu quarto, ele lia principalmente à noite antes de dormir, e Paul nunca entrava no quarto dos pais. A parede oposta à cama tinha se transformado num verdadeiro mosaico de fotos. Ele ficou surpreso com uma fotografia dos seus pais se abraçando numa varanda à beira-

-mar, parecia ser Biarritz; mostrava o pai e a mãe como ele nunca os conhecera, muito jovens, certamente não tinham muito mais que vinte anos, nessa época ele não existia, nem sequer como projeto. Em muitas fotos, depois, a vedete era Cécile, e o orgulho ingênuo com que seu pai a segurava nos braços, ainda bebê, com seis meses no máximo, não deixava dúvida sobre sua preferência e seu amor. De todo modo, ele estava presente em uma fotografia, ao lado do pai; havia sido tirada na varanda da frente na casa de Saint-Joseph, os dois tinham acabado de desmontar das bicicletas e sorriam para a lente, ele devia ter uns treze anos. Lembrou-se da sua bicicleta, modelo "semicorrida", com um guidão de corrida mas que também tinha para-lamas e porta-bagagens, um tipo de bicicleta intermediária que parecia ter desaparecido, já não se via mais nas lojas. Outras imagens mostravam seu pai participando das obras da casa, perto de um muro de pedra semiconstruído, ou com ferramentas na mão, ocupado em trabalhos de carpintaria. Parecia feliz, evidentemente a casa havia significado muito para ele. Na maioria das imagens, porém, ele estava no trabalho, em companhia de colegas, às vezes num ambiente de escritório, às vezes em locais mais difíceis de situar, muitas vezes lugares de trânsito — aeroportos, estações ferroviárias. Numa fotografia surpreendente, ele estava no meio de um grupo de homens com uns uniformes acolchoados pretos, todos com fuzis de assalto, estavam em posição de descanso, com os canos das armas apontados para o chão, e sorriam para a lente, só ele permanecia sério. Isso fez Paul lembrar uma pergunta que o perseguiu durante muito tempo: será que seu pai tinha dirigido ou, mais provavelmente, ordenado *operações de campo*? Será que tomou a iniciativa de realizar *eliminações físicas*?

— Está gostando? — Cécile perguntou bem baixinho, e quando ele voltou lentamente à realidade do momento viu que tinha passado muito tempo, meia hora, talvez uma, em frente à parede de fotos. Desviou o olhar para o pai, indecifrável, acomodado em uma posição quase sentada em sua cama hospitalar.

— Sim — respondeu —, e acho que ele vai gostar muito, que vai passar dias olhando. — Nesse momento se deu conta de que Madeleine não aparecia nas fotografias, tinha trabalhado de forma completamente desinteressada. Devia ser normal, disse para si mesmo, o pai deve ter atingido uma idade em que você não quer mais tirar fotos, quer dizer, fotos de si mesmo, e captar testemunhos da passagem do tempo, mas ainda tem vontade de viver, talvez mais do que nunca. Madeleine de qualquer maneira estava aqui, sempre estaria, até o último segundo, seu pai não precisava ter fotos de Madeleine.

Alguém bateu à porta, Cécile mandou entrar. Uma jovem negra entrou no quarto, era enfermeira ou auxiliar de enfermagem, Paul tinha a impressão de que usavam o mesmo uniforme, no hospital de Lyon era diferente, aqui não conseguia distinguir. Ela devia ter uns vinte e cinco anos e era absolutamente encantadora, seu cabelo longo, brilhante, liso, perfeitamente alisado, valorizava a pureza de suas feições, ele nunca tinha entendido como conseguiam fazer isso, mas o resultado era impressionante.

— Meu nome é Maryse — disse ela —, sou eu quem vai cuidar do seu pai na maior parte do tempo, quer dizer, junto com minha colega Aglaé, nós trabalhamos em turnos. E com Madeleine também, claro, já que ela vai ficar conosco. Agora, vamos pôr o seu pai em uma cadeira de rodas e levá-lo para a sala comunitária, é a nossa comemoração de 31 de dezembro, com os residentes e os funcionários. Vocês também podem ir, se quiserem. Depois teremos um concerto de música clássica, para quem tiver vontade.

Só então Paul notou a presença da cadeira de rodas num canto do quarto. E no entanto ela era enorme, toda acolchoada; obviamente tinha sido feita por encomenda e parecia um assento de avião da classe executiva.

— A cadeira é reclinável — disse Maryse —, vai de uma posição sentada até quase deitada. E o motor é potente, tem quatro horas de autonomia, o que permite dar grandes passeios — e empurrou-a até ficar ao lado da cama, apertou um botão para levantar a cama uns vinte centímetros. — Pega por baixo dos joelhos — pediu a Madeleine, e depois passou os braços em volta dos ombros do paciente.

Vendo-as trabalhar parecia muito simples, em menos de trinta segundos o sentaram na cadeira de rodas. Apesar do seu tamanho, o aparelho parecia manobrável e eles puderam circular facilmente pelos corredores. Cerca de vinte pacientes já estavam reunidos na sala comunitária, com as cadeiras dispostas mais ou menos em círculo. Seu pai foi colocado no círculo, os dois vizinhos eram jovens, observou Paul com surpresa, o da direita tinha trinta anos ou menos e o da esquerda era um adolescente. O dr. Leroux ia de cadeira em cadeira, dizia uma palavra a cada um, ele parecia acreditar, dizia Paul para si mesmo, parecia pensar que todas as suas palavras eram compreendidas, por mais que os pacientes não estivessem em condições de responder, e afinal de contas ele devia estar certo, ele é que era o médico, mas ainda assim não deve ser fácil falar sem nunca ter uma resposta. Paul se aproximou de uma mesa sobre cavaletes que tinham preparado na parte de trás, cheia de garrafas de espumante e travessas de biscoitos doces e salgados, ali estavam principalmente cuidadoras, mas também algumas pessoas comuns, deviam ser parentes dos internados, ou seja, pessoas na mesma situação que eles, e no entanto não sabia bem como estabelecer um contato; bebeu três taças de espumante em rápida sucessão, na esperança de encontrar algum assunto para conversar. Felizmente Cécile se aproximou nesse momento, e logo depois Hervé; ela ia salvar a situação, as relações humanas eram sua especialidade.

Depois de dizer algumas palavras a cada um dos pacientes, agora Leroux falava com as enfermeiras; finalmente voltou-se para as famílias e se dirigiu primeiro a Cécile, que estava bem ao seu lado.

— Vocês são os nossos últimos recém-chegados — disse. — Espero que gostem do lugar, que atenda às suas expectativas.

— Obrigada, doutor. Agradeço muito por tudo que o senhor faz.

— No meu caso é menos difícil que no de vocês. É o meu trabalho, só tento fazer o melhor que posso.

Amar, de fato, não é exatamente um ofício, disse Paul para si mesmo, mas o ofício também é necessário. Pensou que provavelmente era normal deixar-se levar por reflexões gerais um pouco confusas numa noite de 31 de dezembro. Nesse momento entraram uns músicos pela porta de trás, e só então ele notou que, num estrado montado no fundo da sala, havia um piano de meia cauda e ao lado um violoncelo, apoiado em seu suporte. Logo em seguida entraram dois violinistas com seus instrumentos e uma quinta musicista, também com uma espécie de violino, porém maior. Seria o que chamam de viola? Aquela formação era um *quarteto de cordas*? De quartetos de cordas ele entendia tanto quanto de animais de fazenda, só sabia que proporcionava um vasto repertório na história da música ocidental. Quando viu Hervé, a dois metros, imerso no estudo de uma folha mimeografada que obviamente era o programa da noitada musical, se aproximou dele para olhar também. Os músicos estavam afinando seus instrumentos, demorou um pouco, mas ninguém parecia ter pressa, Leroux continuava passando de família em família, trocando algumas palavras com cada um.

— Bem! — disse ele afinal, em voz alta o bastante para se sobrepor aos murmúrios do ambiente. — Já vou indo, estão me esperando em casa. Bom trabalho para aqueles que estão de plantão esta noite. Boa noite e feliz Ano-Novo para todos.

— Que horas são? Você sabe? — Cécile tinha se voltado para Hervé.

— Nove e quinze.

— Hervé, esquecemos! Esquecemos completamente os outros! Além disso, não comprei nada para comer, precisamos mesmo voltar para casa.

— Já ouvi falar muitas coisas boas sobre Bartók... — disse Hervé pensativo, virando o programa nas mãos.

— Não, escuta, querido, temos realmente que ir embora, um 31 de dezembro, isso não se faz. — Parecia estar arrasada, e ele a seguiu sem protestar mais, exceto por um vago resmungo:

— Os outros poderiam vir também...

Encontraram o dr. Leroux na saída, cruzaram as portas do hospital junto com ele. Lá fora pararam, dominados pelo frio. A noite estava clara, muito estrelada, de uma beleza abstrata.

— Eu queria lhe perguntar... — Paul se dirigiu a Leroux. — Tive a impressão de que muitos de seus pacientes são bastante jovens.

— É verdade. De fato, acho até que seu pai agora é o decano da unidade. Frequentemente os EVC-EPR são consequências de um traumatismo craniano, muitos daqui são resultado de acidentes de motocicleta ou de scooter. Isso... O que podemos fazer a respeito?

— Fez um movimento complexo com a mão direita, um misto de decolagens e recuos, que parecia significar ao mesmo tempo a necessidade de cuidado, a importância do uso de um capacete, a sabedoria das medidas de segurança no trânsito e a euforia que poderia advir de descer com a cabeça descoberta e a toda velocidade, num veículo de duas rodas, uma ladeira sinuosa. "Não vim para julgar, vim para curar", bem, não fazia o gênero dele dizer essas coisas, mas Paul teve a impressão de que a frase estava ali, suspensa na atmosfera, tão clara que quase dava para ouvir. Todos se desejaram feliz Ano-Novo outra vez, e então Leroux se dirigiu para o estacionamento.

Madeleine tinha decidido passar a noite no hospital; sua cama extra ainda não havia chegado, mas ela disse que se arranjaria com um travesseiro e cobertores; Madeleine já não estava mais totalmente com eles, começara a se instalar em sua nova vida. Chegou até eles um acorde de cordas, abafado pela distância, em meio a um allegro particularmente vivo. Ficaram imóveis por mais alguns instantes no pátio do hospital, sob a luz das estrelas, depois Cécile pôs a mão no ombro de Hervé. Este balançou a cabeça silenciosamente e pegou as chaves do carro.

11

Talvez devesse ter tentado falar com Aurélien como pretendia, pensou Paul ao chegar a Saint-Joseph. Chamaram, mas a casa estava vazia, deviam ter pegado um táxi para ir comer em algum lugar; era fácil encontrar táxis, descobriu isso com surpresa; Beaujolais tinha a condição, atualmente excepcional, de ser uma zona rural com vida, havia pequenos negócios, médicos, táxis, enfermeiras domiciliares, provavelmente o *mundo de antes* era assim. Nas últimas décadas a França tinha se transformado numa justaposição aleatória de conurbações e desertos rurais, e era assim em quase todo o mundo, só que nos países pobres as conurbações eram megalópoles e os subúrbios, favelas; de todo modo, Aurélien e sua esposa tinham saído. Paul trocou um olhar desolado com Cécile; esta encolheu os ombros com resignação e começou a cuidar da comida; encontrou algumas latas na despensa, e na geladeira o suficiente para preparar uma salada.

Quanto ao vinho, era um luxo. Em um canto da cozinha, alguns degraus levavam a uma adega escavada no porão. Paul nunca tinha descido, era sempre seu pai quem cuidava disso. Quando acendeu as luminárias sobre as prateleiras, ficou deslumbrado: havia centenas de garrafas, dispostas obliquamente; o cômodo estava fresco e seco, eram as condições ideais de armazenamento, não havia dúvida. Tentando se orientar, concluiu rapidamente que os vinhos estavam classificados por regiões. Havia garrafas de Borgonha que pareciam veneráveis, outras de Bordeaux que certamente não ficavam atrás. Mais um hobby do seu pai — e até uma paixão, o termo não era exagerado — sobre o qual ele nada sabia. Depois de alguns minutos hesitando entre Puligny-Montrachet e Château Smith Haut-Lafitte, perdeu a vontade e decidiu consultar Hervé; estava cansado de fazer o papel de homem da casa, desde a sua chegada tinha a curiosa impressão de que agora Cécile era a mais velha e ele, o irmão caçula. Ela viveu, teve filhos, enfim, as coisas que realmente contam na vida, ele só tinha escrito relatórios obscuros destinados a corrigir projetos de leis financeiras, claro que cabia a Hervé escolher o vinho. Ele também ficou sem palavras quando entrou no porão.

— Realmente, é uma coisa séria… — comentou. — Mas, você sabe, eu não entendo mais de vinhos que você. Como podemos escolher?

Paul encolheu os ombros:

— Sei lá… nesse caso vamos ter que levar vários. — Aquela adega somava mais um mistério à personalidade do seu pai, disse para si mesmo enquanto subia a escada; não parecia corresponder de forma alguma à renda de um membro aposentado da DGSI, que ele imaginava mais ou menos equivalente à de um policial. Ou talvez não, talvez ele fosse guardião de segredos de Estado que justificassem um valor adicional; havia verbas tipo *fundos especiais* cujo circuito no aparelho estatal continuava sendo um mistério, o próprio Bruno desistira de saber mais a respeito delas, não valia a pena discutir com os seus colegas dos ministérios do Interior e da Defesa, calculou, eram apenas "migalhas"; de modo geral, para ele menos de um bilhão de euros eram apenas migalhas.

No meio da refeição sentiu uma dor de cabeça e se espalhou um gosto ruim na sua boca, alguma coisa fétida, estava ansioso para que esse 31 de dezembro acabasse logo, mas ainda faltava o queijo, tentando morder um pedaço de parmesão sentiu uma dor aguda na altura dos molares, à esquerda. Apalpou o maxilar com cuidado, a dor persistia, devia estar com algum abcesso de novo, tinha sido vítima de abcessos durante uns dez anos, o velho dentista que na época o atendia, na rue de la Montagne-Sainte-Geneviève, possivelmente estava aposentado ou talvez morto, ia ter que arranjar um novo, com certeza seria um cara jovem que tentaria lhe vender implantes, os implantes tinham se tornado uma obsessão entre os dentistas, obviamente era assim que eles ganhavam a vida, mas de qualquer modo exageravam, ele não queria implante nenhum, se pudesse preferiria não ter mais dentes, para ele os dentes eram acima de tudo uma fonte de problemas, de maneira que implantes não, obrigado, mas ele sabia que iam lhe propor, e a perspectiva de ter que recusar o deixava esgotado por antecipação.

Estavam terminando a sobremesa, e Hervé tinha acabado de trazer uma garrafa de Bénédictine quando ouviu o som da porta da frente, seguido de passos na escada. Cécile ficou tensa na hora, seu rosto, muito corado; Hervé pôs a mão em seu ombro e acariciou delicadamente, sem conseguir acalmá-la.

Eram eles, de fato. Godefroy desapareceu quase de imediato na direção do quarto, rápido e ondulante como uma truta; conflitos familiares definitivamente não eram a sua praia. Indy, pelo contrário, se sentou pesadamente bem na frente de Paul, afastando os joelhos como uma velha, numa imagem de boa vontade e humilhação, mas seu olhar era agudo, quase inteligente, e sua capacidade de magoar, como ele logo entendeu, estava em plena atividade. Aurélien sentou-se ao seu lado, de frente para Cécile, e quando olhou brevemente para a irmã mais velha, ele parecia à beira das lágrimas. Hervé se encostou na cadeira e serviu-se muito devagar um copinho de Bénédictine, sem oferecer a ninguém.

— Atrasamos um pouco no hospital... — começou Cécile, encabulada.

— Deu para notar. Não tem problema, fomos comer sozinhos. — Indy deixou passar alguns segundos ameaçadores antes de continuar: — Mas existem certas questões que precisamos decidir — e fez um gesto com a cabeça para Aurélien; ele devia ter ensaiado o texto no carro e começou com bastante facilidade:

— Papai obviamente não está mais em condições de cuidar dos seus assuntos financeiros. Por isso nós achamos que seria adequada uma medida de tutela — disse isso e depois se calou.

Indy lançou-lhe um olhar encorajador, mas ele ficou em silêncio; obviamente tinha esquecido o resto. Três frases de texto, e não foi capaz de decorar; ela balançou a cabeça com desgosto.

Paul pegou a garrafa de Bénédictine, serviu-se um copo e girou lentamente o líquido diante dos olhos. Ele gostava daquela atmosfera, das vibrações de ódio que sentia se desenvolvendo, e além do mais o álcool anestesiava um pouco a sua dor de dente, mas o problema agora era que estava começando a suar. Deixou passar alguns segundos, para se recompor antes de perguntar, enfatizando bem as palavras:

— O que torna necessária essa tutela, na visão de vocês? Acham que haveria algum perigo de malversação?

Indy a princípio não respondeu, lançou um olhar imperioso em direção a Aurélien, sem o menor sucesso, ele não só tinha esquecido realmente o texto como agora parecia estar ausente da cena, com o olhar fixo em um ponto indeterminado do espaço que bem poderia ser o ponto ômega, ou a reencarnação de Vishnu.

— Vocês acham, por exemplo, que Madeleine poderia aproveitar a situação para nos despojar da nossa parte?

— De maneira nenhuma! Obviamente, não se trata de acusar ninguém! — ela reagiu com vigor, como se tivesse sido incitada por um estalo de chicote, havia recuperado uma das sequências que decorou, uma das sucessões de frases que pretendia enfileirar. — Mas é verdade que seu pai tem uma conta conjunta com Madeleine, o que é uma coisa um pouco fora do comum.

— É uma escolha do papai... — sua voz saiu um pouco abafada de emoção ao dizer *papai*, a palavra mais parecia um sussurro, e Indy se calou imediatamente, pouco a pouco estava perdendo o prumo enquanto ele começava a se divertir com a situação, e ao mesmo tempo não estava fingindo, ficava sinceramente comovido ao pensar na conta conjunta, ele próprio nunca havia chegado a esse estágio com Prudence, seu pai definitivamente tivera acesso a níveis de experiência humana que continuavam desconhecidos para ele. Depois se levantou, foi até a janela, a lua cheia iluminava os prados que cercavam a casa, mas o fato é que o luar nunca acalma de verdade, tende mais a exacerbar a neurose e a loucura. Voltou ao seu lugar, um pouco preocupado com a continuação da noite.

— A tutela muitas vezes é concedida em casos semelhantes. — Aurélien voltou a falar, para surpresa de todos. Disse as palavras mecanicamente, sem se dirigir a ninguém, tinha acabado de encontrar por acaso a frase seguinte do seu script e logo depois voltou ao silêncio.

— Exato. Em uma situação como essa, com frequência a tutela é pedida pelos filhos. Vi acontecer muitas vezes na minha vida profissional. — Hervé disse em voz alta e bem articulada; Indy, surpresa, voltou-se para aquele novo adversário. — A nomeação do tutor é de responsabilidade do juiz de primeira instância da região de moradia; neste caso, vai ser do tribunal de Mâcon. A responsabilidade do tutor é muito ampla; também cabe a ele decidir, eventualmente, se há excesso terapêutico. A doutrina para o caso é constante, assim como a jurisprudência, aliás: o juiz sempre procura designar o filho mais próximo, tanto no plano pessoal quanto no geográfico.

— Claro! — retrucou Indy com violência —, nós temos trabalho em Paris, não podemos... — e parou secamente. Não chegou a dizer "não podemos perder nosso tempo vagando desempregados pela região...", mas foi por pouco. Hervé deixou que as palavras implícitas se formassem lentamente no ar antes de responder, com uma voz amigável:

— Era isso que eu queria dizer. Vocês não têm condições de oferecer uma proximidade geográfica e emocional suficiente — e se serviu outra dose de Bénédictine.

Ela balançou os braços no ar sem muita energia, procurando recuperar o fôlego, e virou a cabeça na direção de Aurélien — inutilmente, ele continuava imóvel, olhando para o nada —, mas Indy conseguiu se recompor e voltar ao ataque; não se podia negar que tinha uma combatividade notável.

— Ainda acho que isso não resolve tudo. Veja o caso das esculturas de Suzanne, por exemplo, que ficam apodrecendo num celeiro, o público não tem acesso, acho que não era isso que ela queria. Aurélien é o único filho que entendeu os projetos artísticos da mãe, os dois tinham uma verdadeira cumplicidade em relação ao assunto, acho que que isso lhe dá, pelo menos, um certo direito moral.

Diante das palavras "direito moral", Hervé se recostou melhor na cadeira abrindo um largo sorriso. Esperou mais trinta segundos, como se quisesse deixar o espírito de tabelião baixar nele, antes de responder com desenvoltura, o copinho de Bénédictine sempre na mão:

— Os direitos morais podem ser divididos em direito ao arrependimento, direito à divulgação, direito ao respeito pela integridade da obra e direito de autoria. O direito ao arrependimento é especial, porque expira junto com o seu autor, exceto no caso de disposições testamentárias específicas; mas a eventual exibição dessas esculturas tem mais a ver com o direito de divulgação. No caso de sucessão ab intestato, o direito de divulgação se beneficia de regras de devolução anômalas, que derrogam o direito comum de sucessão. Os filhos são, solidariamente, os primeiros beneficiários, seguidos pelos pais do falecido, se houver, ficando o cônjuge em terceiro lugar. Para os outros dois aspectos, aplica-se a lei ordinária de sucessão.

Deixou passar algum tempo antes de continuar:

— No que diz respeito ao direito patrimonial — que é, a meu ver, a questão que realmente interessa a vocês —, também são as regras do direito comum de sucessão que devem ser aplicadas.

Seguiu-se um prolongado silêncio. Paul tinha abaixado a cabeça, não queria nem olhar para Indy, ouvia uma respiração rouca que vinha do seu lado, dessa vez parecia realmente aniquilada. Quase sentiu pena: ela não só era uma ave de rapina, mas era uma ave de rapina de inteligência inferior; todos sabiam mais ou menos, embora não com tantos detalhes como escutaram na explicação de Hervé, que uma herança é dividida igualmente entre os filhos; o que essa babaca podia estar querendo? De repente Aurélien se levantou com um movimento mecânico, deu meia-volta e saiu na direção do seu quarto. Indy virou-se para ele, boquiaberta, atordoada pela deserção, mas incapaz de reagir. Cécile estava torcendo um guardanapo entre as mãos, via-se que estava prestes a cair no choro. Era incrível que ela tivesse tanta dificuldade para enfrentar um conflito, pensou Paul; e isso apesar de ter duas filhas, duas adolescentes quase da mesma idade, certamente havia brigas em casa a respeito de roupas ou de sites da internet, como ainda podia ser tão frágil?

Indy parecia completamente aturdida, precisou de mais de um minuto para se recuperar da retirada de Aurélien e voltar ao ataque, como um velho búfalo doente:

— É incrível — tentou argumentar — que o marido ainda tenha algum direito sobre as obras de Suzanne, quando ele visivelmente já é... — nesse ponto buscou em vão uma perífrase para a palavra "vegetal", acabou explicando que ele estava incapacitado para qualquer expressão, qualquer comunicação humana, enfim, que de fato não era mais uma pessoa, "só uma pessoa jurídica, claro". O que queria dizer com isso? Provavelmente nada, estava atrapalhada com os termos.

Paul levantou a mão com calma antes de responder que ela talvez não tivesse entendido bem a explicação de Hervé: o direito de divulgação se distinguia, justamente, pela prioridade dada aos filhos, e mesmo aos eventuais progenitores, sobre o cônjuge. Além disso, essa noção de comunicação era muito relativa, frisou, com afabilidade. Godefroy, por exemplo, o filho dela, não estava em estado vegetativo; mas era possível dizer que existia comunicação com ele?

Indy se dobrou sobre si mesma dando um gemido, como se tivesse levado um soco no plexo solar, e foi nessa posição encurvada que se levantou alguns segundos depois, antes de sair da sala. O golpe visivelmente a tinha acertado em cheio, ela parecia ter dificuldade até para andar. Pronto, o réveillon da família tinha acabado. Paul olhou para o relógio: eram 23h55, ele realmente precisava ir para a cama, estava suando cada vez mais, o dente voltara a doer, estava começando a ver tudo fora de foco. Só ia conseguir resistir por mais alguns minutos.

Cécile deu um suspiro de cansaço e ele reagiu na hora, sem lhe dar tempo de falar:

— Espere, não diga nada. Hervé se saiu bem. Com ela você tem que ser firme, é a única solução; vai estar muito amável amanhã de manhã. De qualquer forma, ela precisa do nosso acordo se quiser vender as esculturas — quase disse "aquela merda", mas se conteve a tempo e se parabenizou pelo próprio comedimento.

Cécile balançou a cabeça, abrangendo a todos com o olhar.

— Você não entende... — disse por fim. — As pretensões dela são ridículas, claro, e alguém tinha que dizer isso; mas era mesmo necessário humilhá-la?

Nisso ela não devia estar errada, pensou Paul. 2027 nem havia começado, teriam que enfrentar problemas, tomar algumas decisões; pode não ter sido muito inteligente hostilizar Indy desde o início, ela ainda tinha poder para causar danos reais. Mesmo assim, manteve a convicção de que as motivações da cunhada eram puramente financeiras, de que sempre seria possível chegar a um acordo a partir de um interesse comum, o da venda das esculturas.

— Você está mesmo zangada comigo, amor? — Hervé passou o braço em volta dos seus ombros, agora parecia muito arrependido, encabulado.

— Não, não estou zangada de verdade, ela é mesmo insuportável, essa vaca... — disse, resignada. — E o seu número de cartório foi bastante engraçado. — Hervé preferiu não responder que não se tratava para ele de um número de cartório, mas de um lembrete do que diz a lei. — Mas é sempre a mesma coisa, temos que pensar em Aurélien, certamente a situação dele não é fácil...

De fato, pensou Paul, com certeza não é fácil, e não vai melhorar. Era meia-noite e dois minutos e agora a mudança de ano estava consumada. Abraçou Hervé com força, deu-lhe dois beijos enérgicos. Eles tinham se aproximado bastante naqueles poucos dias, algo se afiançara entre os dois, talvez uma aliança — e, sem poder explicitar por quê, Paul sentia que ia precisar de uma aliança, que aquele novo ano tinha algo de perigoso e sombrio. Logo em seguida foi para a cama, mas não conseguiu dormir, a dor de dente o perseguia de novo, apesar do álcool que tinha ingerido, e começou a pensar em 2027. Decididamente não gostava desse ano, achava que havia algo repugnante nessa combinação de números. 20 e 27 eram dois múltiplos óbvios, dois produtos elementares da tabuada, que na sua época ainda se aprendia na escola: quatro vezes cinco, vinte, três vezes nove, vinte e sete. Podia ser que 2027 fosse um número primo? Ligou o computador de novo e verificou: de fato, 2027 era número primo. Isso lhe parecia monstruoso, antinatural, mas de certa forma essa anormalidade era típica dos números primos. A distribuição dos números primos já tinha enlouquecido algumas pessoas ao longo da história ocidental.

TRÊS

1

Na manhã seguinte Indy estava de bom humor, pediu desculpas por ter se exaltado e até agradeceu a Hervé por sua notável exposição sobre direito sucessório — aí, convenhamos, ela já está exagerando, disse Paul para si mesmo.

— De qualquer forma, tenho a sensação de que todos concordamos com a venda das esculturas... — disse ela alegremente.

— Nós não sabemos o que o papai realmente pensaria sobre isso... — arriscou Cécile. — Nem Madeleine...

— Não, na realidade sabemos — respondeu calmamente Paul. Era verdade, e Cécile reconheceu na hora: de fato, sabiam. Depois de passar um cadeado na porta do celeiro, Edouard havia perdido completamente qualquer interesse pelo assunto. Quanto a Madeleine, talvez ela nunca tivesse posto os pés naquele lugar, Paul nem sequer tinha certeza de que sabia que as esculturas estavam guardadas lá. A atitude de Edouard em relação às ambições artísticas tardias da esposa sempre foi curiosa: nunca demonstrou desaprovação, mas tampouco qualquer interesse genuíno, apenas nunca falava sobre isso, o que levava a crer que também não pensava muito no assunto. Sua reserva, pensando bem, se estendia a grande parte das produções artísticas da humanidade como um todo, particularmente no campo das artes plásticas. Paul se lembrava de algumas visitas culturais que fez com a família, em especial uma, quando devia ter uns dez anos, à basílica de Vézelay. Assim que entravam num daqueles edifícios religiosos a que dedicou a sua vida profissional, sua mãe se transformava numa guia falante e entusiasta, comentando cada uma das ornamentações, das esculturas, eles podiam passar horas num batistério. O pai ficava em silêncio durante toda a visita, limitando-se a uma atitude de respeito e desconforto; ele se comportava exatamente como se estivesse diante de um dossiê importante, mas incompleto por falta de elementos. A arte cristã ocidental era uma coisa importante e respeitável, que tinha seu lugar na educação das crianças, não havia dúvida, mas era algo que sempre foi alheio a ele. Paul se perguntou muitas vezes, contudo, se aquelas visitas para ver arquitetura religiosa, bastante incomuns para crianças da sua idade, não tinham desempenhado um papel importante no desencadeamento das crises místicas de Cécile; mas no fundo não acreditava nisso. Sua irmãzinha nunca tinha sido uma esteta: ficava tão encantada com as imagens da Virgem da igreja de Saint-Sulpice que apareciam no catecismo quanto com as reproduções de obras-primas do Renascimento italiano. A influência no seu caso não foi essa, e sim um impulso humanitário, amor e compaixão dirigidos à humanidade em geral. Lembrou que ela tinha participado, junto com outros jovens católicos fervorosos, de uma associação, Despertadores da Alegria ou algo assim, e que eles passavam os fins de semana visitando idosos em asilos, que na época ainda não se chamavam EHPAD. Depois, promoveram uma operação de lava-pés para os sem-teto e começaram a percorrer as ruas de Paris com bacias, galões de água quente, produtos antissépticos, meias e sapatos novos; de fato os moradores de rua, na maioria das vezes, estavam com os pés em péssimo estado. Seu pai via essas atividades com um respeito um tanto perplexo, no fundo ele não podia estar totalmente tranquilo com aquele estranho desvio genético que parecia transformá-lo em pai de uma santa, e sentiu verdadeiro alívio quando Cécile deu sinais de interesse pela primeira vez por um homem em particular — no caso, Hervé.

O fato é que, vinte e cinco anos depois, era Cécile quem tinha interesse, mais que os outros, na venda das esculturas, era ela quem precisava do dinheiro, muito mais que eles, e ia acabar entendendo isso, ou pelo menos Hervé entenderia. Paul sempre tinha pensado que a cunhada exagerava no valor que as esculturas podiam ter, mas isso no fundo era mais porque ele não tinha um grande apreço pelas produções artísticas da mãe; os fatos, à primeira vista, provavam que Indy estava certa. Na última vez que houve uma venda, ele se lembrava que foi por um número relativamente alto, algo em torno de vinte ou trinta mil euros. Supondo que a cotação não tivesse mudado, daria cerca de dez mil para Cécile; havia umas trinta, talvez quarenta esculturas naquele celeiro. Para eles, era uma quantia significativa, certamente maior que o valor da sua casa em Arras, e até mesmo que todo o seu patrimônio. Seria necessário fazer uma lista exata, escrever uma ficha detalhada para cada uma das obras, entrar em contato com os marchands. Aurélien se ofereceu para cuidar disso, usaria os fins de semana, prometeu, seria um prazer para ele. Mais prazer ainda, pensou Paul, era ter uma desculpa para se afastar da esposa.

Uma densa névoa afogava o vale do Saône, eles quase se atrasaram para chegar à estação Mâcon-Loché TGV. Paul chegou a considerar a ideia de trocar a passagem pela internet para não ter que viajar no mesmo trem que Aurélien e Indy, mas acabou desistindo. Eles também estavam na primeira classe, mas não no mesmo vagão; era sexta-feira, dia 1º de janeiro, o fim de semana estava longe de acabar, e o trem ia partir praticamente vazio. Fez um gesto cortês com a cabeça na direção deles e foi para o seu lugar. Dois minutos depois, partiram. Atravessar a 300 km/h um oceano de névoa opaca, que se estendia até onde a vista alcançava e não permitia adivinhar nada nas paisagens em volta, já não era exatamente uma viagem; ele tinha uma sensação de entorpecimento, de uma queda imóvel em um espaço abstrato.

Estavam viajando havia cerca de uma hora e ele não tinha feito um único movimento, nem mesmo para guardar sua bolsa de viagem, quando viu Aurélien hesitando na entrada do vagão, com um pacote de balas e uma lata de Coca-Cola na mão. Depois se aproximou para lhe perguntar: "Quer um M&M?". Paul recusou fazendo um movimento incrédulo com a cabeça; ele tinha mesmo vindo até aqui para lhe oferecer um M&M?

— Posso sentar? — perguntou.

— Pode, claro.

— Sabe... — continuou algum tempo depois — nem sempre eu concordo com a Indy.

A princípio, continuou Aurélien, ele não queria botar as esculturas à venda, preferia que ficassem num museu. Mas criar um museu era complicado, seria necessário providenciar uma bilheteria, um sistema de vigilância. Além disso, pensou Paul, provavelmente esse museu não iria interessar a muita gente; mas preferiu não dizer nada. Se ele viesse tratar disso nos fins de semana, continuou Aurélien, quem sabe poderiam ter mais oportunidades de se encontrar.

— Nos últimos tempos — disse — me aproximei um pouco mais de papai. — Quando contou os detalhes, Paul percebeu com surpresa que, de fato, durante os últimos dois anos Aurélien fora a Saint-Joseph com mais frequência que ele; em geral, tinha ido sozinho. — Nem sempre era fácil com o papai, sabe... — acrescentou. Para dizer o mínimo, quase não existia nenhum vínculo entre eles durante seus primeiros vinte e cinco anos de vida, exceto uma hostilidade surda. — E depois tem a Cécile, eu conversei muito com ela... — Bem, claro, Cécile. Paul começou a perceber, com espanto, que o outro esperava que ele se comportasse como irmão mais velho, o que de fato era. Mas o que poderia lhe dizer? Não havia nada, absolutamente nada que pudesse dizer com franqueza sem magoá-lo. Evidentemente ele tinha que se divorciar, era a única coisa a ser feita, mas isso não era possível de imediato, Indy se agarraria a ele com ferocidade enquanto o dinheiro das esculturas não estivesse entre os bens adquiridos pelo casal, depois o deixaria ir embora, e Aurélien poderia pôr um ponto final na história, afinal ainda era jovem, bastante bem-apessoado, tinha um cargo respeitável numa administração cultural, todas as chances estavam do seu lado, só teria perdido dez anos da sua vida. Pensando bem, havia algumas coisas que poderia ter dito, mas por enquanto a intimidade entre os dois não chegava tão longe, e Aurélien se despediu manifestando a esperança de que em breve teriam a oportunidade de se falar novamente. Paul se encostou na poltrona. Aquela conversa o deixara um pouco tenso, com dor no pescoço. A névoa lá fora continuava impenetrável; onde estariam agora? Montbard, Sens, Laroche-Migennes? Ia se dissipar, provavelmente, assim que chegassem aos primeiros subúrbios.

2

De fato a névoa se dissipou parcialmente na altura de Corbeil-Essonnes, e a álgebra cansativa de prédios, chalés e torres tinha tudo para aniquilar qualquer veleidade de esperança. Mais do que nunca, os imponentes edifícios de Bercy se erguiam como uma cidadela totalitária enxertada no coração da cidade. Bruno provavelmente estava lá, talvez estivesse vagando agora mesmo pelos corredores desertos, entre o seu apartamento oficial e o gabinete; além dele, devia haver uns trinta funcionários em todo o ministério, para garantir a supervisão e a manutenção indispensáveis. Paul sentiu-se um pouco melhor ao entrar no jardim Yitzhak Rabin: entre as árvores flutuavam bancos de névoa que davam um aspecto impreciso àquele jardim quase vazio, exceto por alguns turistas chineses isolados, talvez estivessem procurando a cinemateca vizinha, ou então se perderam, tinham cometido a imprudência de se afastar do grupo em um momento de empolgação após o Réveillon. Não iam demorar a se arrepender: Paris era uma cidade com um controle social baixo, a taxa de criminalidade era elevada, com certeza eles tinham ouvido isso centenas de vezes antes de deixar Xangai. Contornando um pequeno bosque, de repente se viu frente a frente com duas mulheres chinesas que soltaram risadas de terror; ergueu a mão em um gesto de paz antes de continuar sua travessia do Parc de Bercy.

Quando entrou na sala do seu apartamento, um raio de sol se infiltrou pelas nuvens, iluminando a névoa espalhada pelo parque. De repente aquela sala parecia estranhamente acolhedora; Prudence não estava, mas teve a impressão, sem saber por quê, de que não devia estar longe, de que ia voltar a qualquer momento; e então viu a árvore.

Era uma pequena árvore de Natal, com cerca de cinquenta centímetros de altura, em um canto da sala, toda enfeitada com guirlandas, bolas prateadas e velas elétricas azuis, vermelhas e verdes que piscavam alternadamente. O que será que deu nela para ter comprado aquela árvore? Na certa a irmã viera visitá-la, essa irmã tinha uma filha, que ele havia conhecido há muito tempo. Lembrou com certo constrangimento a avidez de Prudence quando pegou o bebê, embalou-o nos braços, passeou pelo apartamento apertando-o contra o peito. Provavelmente existia uma falta, algo biológico que se desencadeava nas mulheres, que ele tinha esquecido de levar em conta. Não sabia muita coisa sobre os hormônios femininos, tanto quanto sobre música de câmara ou animais de fazenda; havia tanta coisa na vida que ele não sabia, disse para si mesmo enquanto desabava no sofá com um ataque de desânimo. Foi até o aparador onde, na sua memória, ficavam as bebidas. Sim, ainda havia alguma coisa, até uma garrafa fechada de Jack Daniels. Serviu-se um bom copo, cheio até a borda, voltou a examinar a sala de estar; pelo menos era alegre, aquela árvore; especialmente com um copo de Jack Daniels. Sobre a mesa baixa que havia em frente ao sofá em L, viu uma pilha com alguns números da *Sorcellerie Magazine*, uma revista que ele nunca tinha visto antes. Provavelmente tinha relação com as novas atividades de Prudence na iúca, ou melhor, na wicca, a edição no topo da pilha era um número especial de Ano-Novo, provavelmente o mais recente. A capa tinha um título envolvente: "2027, o ano de todas as mutações".

Folheando rapidamente a revista, viu um artigo dedicado às próximas eleições presidenciais. Desde 1962, destacava o autor, isto é, desde a evolução institucional decisiva que foi essa eleição do presidente da República por sufrágio universal, 2017 foi o primeiro ano eleitoral correspondente a um número primo; não por acaso, argumentava, desencadeou uma convulsão, uma reconfiguração total do campo político, varrendo todos os partidos tradicionais. Depois de 2022, um ano par, a eleição de 2027 cairia novamente em um número primo; podia-se esperar uma reviravolta semelhante? A próxima coincidência, em todo caso, não iria ocorrer até 2087. O artigo era assinado por um tal de Didier Le Pêcheur, que se apresentava como ex-aluno da École Polytechnique. Paul imaginou muito bem o tipo: um "politécnico" de segunda categoria, que fez toda a carreira em uma repartição pública de menor importância, tipo INSEE, e agora se dedicava tardiamente a especulações com numerologia. É um erro pensar que os cientistas são, por natureza, pessoas racionais, porque não são mais racionais que ninguém; os cientistas são, acima de tudo, pessoas fascinadas pelas regularidades do mundo — e pelas irregularidades ou peculiaridades, quando aparecem; ele mesmo, na noite de 31 de dezembro, tinha embarcado nesse tipo de fantasia aritmética. Resolveu perguntar a Prudence se podia recortar o artigo, Bruno ia achar graça.

A edição anterior da *Sorcellerie Magazine*, que saíra um pouco antes do Natal — pelo visto era uma publicação quinzenal —, continha basicamente um dossiê chamado "wicca especial", e Paul deu mais atenção a ela. Segundo o editorial, que citava extensamente um certo Scott Cunningham, "a wicca é uma religião alegre, que vem do nosso parentesco com a natureza. Ilustra uma união com a deusa e o deus, as energias universais que criaram tudo o que existe; é uma celebração entusiástica da vida". Era evidente que se tratava de um americano, mas continuou a leitura: embora fosse cada vez mais óbvio que os americanos perderam o jogo imprudentemente iniciado contra os chineses, talvez ainda tivessem alguma coisa a nos dizer, afinal haviam dominado o mundo por quase um século, devem ter adquirido alguma sabedoria, do contrário seria um caso desesperador.

Infelizmente, lamentava o autor, o que se impôs foi uma visão estritamente feminista da wicca, dedicada apenas a celebrar os rituais da deusa. Era uma reação normal, admitia, depois de séculos de opressão das mulheres pelas religiões patriarcais; no entanto, uma religião voltada inteiramente para o princípio feminino seria tão desequilibrada como uma que se baseasse apenas no princípio masculino; era necessário um equilíbrio entre os dois princípios, concluía. Isso era bastante reconfortante, sobretudo vindo de um americano, na certa politicamente correto até os ossos; essa celebração da masculinidade era tão bem-vinda quanto inesperada.

As dificuldades apareceram logo no primeiro artigo. Paul decididamente não conseguia se identificar com as ereções triunfantes do jovem deus Ares; também era difícil ligar Prudence aos seios inchados da jovem Afrodite. No entanto, havia acontecido em suas vidas algo que podia se assemelhar a isso, de repente se lembrou do primeiro verão na Córsega, naquela praia um pouco ao sul de Bastia, era Moriani? Sentiu um certo incômodo ao perceber que brotavam lágrimas dos seus olhos com essa lembrança. Desde então Prudence havia emagrecido, a vida de alguma forma a aplanou. Avançou algumas páginas da revista e encontrou uma matéria que era um resumo do ano wicca. Depois do sábado de Yule, que Prudence presenciou pouco antes do Natal, vinha o sábado de Imbolc, no dia 2 de fevereiro, o de Beltane, em 30 de abril e o de Lugnasad, em 1º de agosto. Um ciclo parecia se fechar com o sábado de Samhain, em 31 de outubro, que correspondia, destacava o artigo, ao Halloween — e também ao Dia de Todos os Santos, pensou Paul, decididamente eram muito anglo-saxões em suas referências. O Samhain era um momento de reflexão, o momento de olhar para o ano recém-terminado e aceitar a perspectiva da morte.

Scott Cunningham não era apenas um teórico; outra matéria abordava algumas de suas dicas práticas, adaptadas às diferentes circunstâncias da vida. "Quando você sentir medo", recomendava, "toque um violão de seis cordas ou escute música gravada de violão; assuma que você é corajoso e seguro de si. Invoque Deus com o seu aspecto chifrudo, protetor e ofensivo." Dificuldades financeiras? "Vista-se de verde, depois sente-se para tocar tambor, com tranquilidade, em ritmo lento; visualize-se com dinheiro no bolso, invocando a Deusa em seu aspecto de provedora da abundância."

Concentrado na leitura, não ouviu a porta se abrir e ficou surpreso quando deparou com Prudence na porta da sala. Ela se deteve, também surpresa, com o rosto imobilizado em um sorriso hesitante, mas parecia contente por vê-lo; e ele se deu conta, por seu lado, de que também estava feliz.

— Ah, você encontrou isso... — disse ela apontando para a revista. — Vai caçoar de mim...

— Não... — respondeu com delicadeza. Tinha se surpreendido, claro, não sabia o que dizer sobre o assunto, mas não queria fazer nenhum tipo de brincadeira boba.

— E o seu pai, tem novidades? — perguntou ela. Paul ficou grato por ter mudado de assunto porque de fato tinha novidades, e até boas notícias. Pegou o seu uísque, Prudence se serviu um suco de tomate para acompanhá-lo e ele contou detalhadamente a saída do coma, a transferência para Belleville-en-Beaujolais, o dr. Leroux; mas evitou falar de Aurélien e Indy. Ela ouviu tudo com atenção, balançando a cabeça.

— Realmente, vocês tiveram muita sorte... — disse, e Paul se perguntou de novo como ela estava com os próprios pais, não falava neles havia anos.

— Você viu sua irmã recentemente? — perguntou.

— Não — respondeu Prudence, surpresa com a pergunta, a irmã morava no Canadá, não se lembrava? Fazia quase cinco anos que não se viam.

— É por causa da árvore... — explicou — Pensei que...

— Ah, a árvore... — ela olhou divertida naquela direção. — Achei que assim ficaria mais festivo para a sua volta.

Ele ficou em silêncio por algum tempo, um pouco aturdido com o rumo dos acontecimentos. Prudence se levantou do sofá com suavidade.

— Vou ler um pouco antes de dormir... — disse. Olhando em volta, ficou surpreso ao descobrir que a noite tinha caído, e já fazia bastante tempo, os dois deviam ter passado várias horas juntos, com certeza ela tinha acendido as luzes da sala em algum momento, sem ele perceber. Paul também se levantou, beijou-a no rosto com delicadeza. Ela sorriu outra vez antes de sair. Depois ele ficou algum tempo, talvez uns dez minutos, parado no meio da sala, em seguida pegou a garrafa de Jack Daniels e subiu a escada rumo ao seu quarto.

3

Na manhã seguinte, Paul saiu cedo, as lojas da Cour Saint-Emilion estavam fechadas e até os cafés badalados, que tentavam imitar um clima nova-iorquino, pareciam estar funcionando em marcha lenta. Ele adorava esses momentos de suspensão, esses períodos do ano em que a vida parece ficar parada no alto de uma roda-gigante, antes de mergulhar de novo e começar um novo ciclo. Na volta das férias, em 15 de agosto, quase sempre; e no período entre o Natal e o Ano-Novo, muitas vezes, quando o calendário permite.

Era sábado, 2 de janeiro, e no dia seguinte o ambiente continuaria mais ou menos o mesmo, pelo menos até a hora do crepúsculo, já contaminada pela ansiedade da volta ao trabalho. Naquela manhã tudo estava perfeitamente calmo. Ainda não era o momento certo, ele sentia, de dar um passo à frente com Prudence. Melhor esperar um pouco mais, deixar uma corrente de esperança fluir entre eles — como o sangue voltando a circular em um órgão machucado. E então talvez pudesse acontecer algo bom, algo que acompanharia o fim das suas vidas, e eles viveriam anos doces de novo, talvez até muitos anos.

Essa perspectiva o deixou quase sem fôlego; tremendo, parou no meio de uma alameda, ao lado de um canteiro de hortênsias, para que sua respiração se acalmasse aos poucos. Depois se encaminhou para o leste, em direção à Notre-Dame de la Nativité de Bercy. A igreja, como de costume, estava deserta. Introduziu dois euros na caixa de esmolas, acendeu duas velas e as pôs em uma prateleira presa na parede. Não sabia exatamente a quem ou a que eram dirigidas, mas achou que duas velas eram uma coisa necessária. Depois se benzeu rapidamente, sem lembrar muito bem como se fazia — primeiro em cima, depois embaixo, mas a seguir era para a esquerda ou para a direita? —, até perceber que a estátua da Virgem estava do outro lado da igreja. Então pegou suas velas, repetiu a operação, sentou-se em um banco, fechou os olhos e adormeceu quase instantaneamente.

O jovem se apresentava como Erwin Callaghan e tinha aquele jeito dinâmico e animado que caracteriza um corretor de seguros nos filmes americanos da década de 1950, mas na realidade provavelmente era Louis de Raguenel, um jornalista francês que Paul viu em vários debates na TV — ele tinha entrevistado Bruno várias vezes.

Portador de um cartão com seu nome, o pseudo Erwin Callaghan estava visitando várias famílias nova-iorquinas de condição modesta para informar a elas que estavam completamente arruinadas e que a seguradora que ele representava, tirando proveito disso, iria enriquecer cinicamente. Foi mal recebido, naturalmente, com lágrimas e gemidos; e no entanto estava fazendo isso outra vez, com anos de intervalo, movido por uma necessidade maior.

Louis de Raguenel, vulgo Erwin Callaghan, era agora um homem muito velho, de terno e chapéu pretos, com um rosto cinzento esbranquiçado atravessado por rugas finas; parecia o professor Calys, o velho astrônomo personagem de *A estrela misteriosa*, de Tintim, mas também se parecia um pouco com William Burroughs. O velho se movia com muita dificuldade, seus membros estavam quase imobilizados pela artrite, mas mesmo assim decidiu usar pela última vez o nome de Erwin Callaghan, para dar a má notícia.

Quando chegou à antessala da casa, percebeu que dessa vez não era uma família pobre, e provavelmente tampouco era nova-iorquina. Foi recebido por uma jovem piedosa e exaltada que primeiro estava limpando com muito cuidado uma mesa, como se quisesse apagar impressões digitais, e depois começou a varrer o chão com duas vassouras ao mesmo tempo. Ela acabou lhe revelando que os moradores daquela casa eram autênticos demônios, mas eles não tinham nada a temer, porque Deus estava do seu lado. Então se entendia que Erwin Callaghan, com sua obstinação, representava uma forma de direito e de justiça.

Depois já se via em uma sala quase sem móveis na companhia de um homem de uns cinquenta e poucos anos, muito bronzeado, com uma musculatura harmoniosa, e uma mulher na casa dos trinta, com formas voluptuosas, nua sob um vestido leve. No chão estava deitado um cachorro muito comprido e magro, do tipo galgo, mas cujas feições revelavam uma crueldade que normalmente se associa às doninhas. O homem falava profusamente sem dizer nada e depois, com uma voz serena, dava uma série de ordens à mulher. Embora cada uma dessas ordens começasse com um "Você não gostaria de?", entendia-se que elas não admitiam contestação; pareciam incoerentes e sem propósito, mas a mulher respondia tirando lentamente o vestido, enquanto se dirigia ao cachorro com uma voz rouca, em linguagem semi-humana. O cachorro acordava aos poucos e parecia estar de mau humor. No final a mulher se levantava do sofá, completamente nua. O cachorro, agora totalmente acordado, se erguia esticando as patas. A mulher apertava então uma pequena turgidez carnuda, localizada abaixo da garganta do cachorro, e se entendia que o animal estava à beira de um ataque de fúria mortal.

Agora Callaghan, o homem e a mulher estavam perto da porta; a mulher segurava o vestido embaixo do braço. O homem, ele próprio nu da cintura para cima, falava com uma voz afetada, fingindo lamentar o destino do pseudo Erwin Callaghan, na realidade Louis de Raguenel, que seria despedaçado e depois devorado pelo cão raivoso; Callaghan, aparentemente resignado com seu destino, abanava a cabeça, triste. O homem então abria a porta e saía, em companhia da mulher. Nesse momento se percebia que a cena se passava a bordo de um iate, cruzando um mar aprazível.

Quando Paul saiu da igreja eram duas da tarde, um sol deslumbrante iluminava o Parc de Bercy. Como não estava com fome, continuou a andar sem rumo, contornando o Quai de la Rapée, depois cruzando a ponte de Austerlitz em direção ao Jardin des Plantes, agora os transeuntes eram um pouco mais numerosos. Perto do final da tarde, resolveu telefonar para Bruno. Ele atendeu após alguns toques, e imediatamente pediu notícias do seu pai. Paul resumiu tudo, mais brevemente do que fizera com Prudence. Bruno tinha novidades do seu lado, era complicado falar pelo telefone, marcaram uma conversa para o dia seguinte.

Chegou a Bercy por volta de uma hora e mostrou seu cartão ao funcionário da entrada. O elevador estava vazio, os corredores também; era realmente um pouco estranho isso de não sair nunca do ministério, nem sequer aos domingos, pensou. Bruno estava na sala de jantar, tinha aberto uma garrafa de Pomerol, servido um prato de torradas com foie gras, conhecendo seus hábitos aquilo era quase uma *fiesta*. E parecia estar de bom humor.

— Estou muito feliz com as notícias do seu pai, de verdade — disse à guisa de cumprimento —, ainda temos algumas coisas que funcionam bem na França... — Paul nunca o tinha visto tão animado. — Bem — continuou —, vou direto ao assunto: amanhã vou almoçar no Eliseu. Com o presidente e Benjamin Sarfati. O presidente me ligou na noite do dia 31, logo após o discurso de Ano-Novo.

— Você acha que já tomou uma decisão?

— Sim. Não sei qual é, mas tomou. Para ser franco, eu já estava começando a ficar farto dessa situação de incerteza.

Paul então entendeu, ou pelo menos achou que tinha entendido: Bruno não estava lhe contando tudo. O presidente havia optado pela candidatura de Sarfati, pelo menos foi o que Bruno supôs a partir dessa conversa, e ficou aliviado. Ele nunca quis entrar de verdade em uma campanha presidencial, nem se tornar presidente da República; o cargo de ministro da Economia correspondia aos seus desejos, às suas aspirações mais profundas.

— Você me mantém informado?

— Sim, claro. Proponho que nos encontremos aqui amanhã por volta das três, já devo estar de volta. Precisamos nos organizar, retomar a minha agenda das próximas semanas. Não me sinto nem um pouco apreensivo, na verdade estou em uma posição perfeita para me fazer ouvir: as projeções de crescimento são excelentes para 2027, o déficit está num nível mínimo, se trabalharmos direito podemos até terminar o ano com um ligeiro superávit.

— Aconteceu alguma coisa importante? Antes do Natal você estava otimista, mas não a este ponto.

— Não, não exatamente. Se bem que, sim, uma coisa importante aconteceu, mas com certeza não é isso que me deixa otimista: houve outro ataque a um navio porta-contêineres.

— Não se falou nada sobre isso.

— Não, dessa vez o alvo direto foi uma armadora chinesa, a China Ocean Shipping Company, terceira maior do mundo, e as autoridades conseguiram manter um bloqueio total da informação. Martin-Renaud me telefonou para informar, os próprios serviços secretos franceses não sabiam, foram avisados pela NSA.

— Pelos americanos? Isso é normal?

— Não, não é nada normal. Já é surpreendente que eles tenham conseguido penetrar nas comunicações internas do governo chinês; mas também é estranho que se comportem como se fôssemos aliados.

— Não somos aliados?

— Eu, pelo menos, não me considero aliado deles. A guerra comercial entre os Estados Unidos e a China nunca esteve tão violenta, já vem se arrastando há quase vinte anos, e dá a impressão de que vai continuar mais e mais, que nunca vai ter fim, a menos talvez que ocorra uma verdadeira catástrofe, um confronto militar. Comercialmente os chineses são nossos inimigos, é verdade, mas isso não significa que os americanos sejam nossos aliados; nessa guerra não temos aliados.

— Não saiu nada nem na internet?

— Não, e isso é o mais preocupante, na minha opinião. Os terroristas não postaram nada, nem mensagem, nem vídeo, como se esse tipo de operação já tivesse se tornado uma coisa normal. Além do mais, não atacaram aleatoriamente. Depois do primeiro episódio, os chineses mandaram um contratorpedeiro escoltar cada um dos cargueiros que saíam do seu território; custava muito caro, evidentemente, e depois de um mês resolveram parar. O primeiro transporte sem escolta que fizeram foi atacado; era da linha Xangai-Rotterdam, como na primeira vez, mas agora foi afundado na altura das ilhas Mascarenhas; tal como da primeira vez, a tripulação foi avisada com quinze minutos de antecedência, para permitir a evacuação do navio: torpedo operando por deslocamento, precisão de tiro perfeita. Decididamente, são muito habilidosos. E muito perigosos.

— Ainda não sabemos quem são?

— Não temos a menor ideia. O transporte marítimo mundial está encurralado, uma situação sem precedentes. Enfim, é este o quadro do que temos até o exato momento; ou seja, praticamente nada.

Seguiu-se um silêncio perceptível; Bruno se serviu de um copo de Pomerol. Então a configuração do mundo estava mudando, pensou Paul. Em geral a configuração do mundo é estável, as coisas giram nos seus eixos; mas às vezes, raramente, algo acontece. E ocorre o mesmo, pensou de forma mais geral e mais vaga, com a configuração das vidas humanas. A vida humana é composta de uma sucessão de dificuldades administrativas e técnicas, intercaladas com problemas médicos; quando chega a idade, os aspectos médicos começam a prevalecer. A vida então muda de natureza e começa a se assemelhar a uma corrida de obstáculos: exames cada vez mais variados e frequentes investigam o estado dos seus órgãos. Todos concluem que a situação é normal, ou pelo menos aceitável, até que um deles dá um veredicto diferente. Então a vida muda de natureza pela segunda vez, para se tornar um percurso mais ou menos longo e doloroso rumo à morte.

— Martin-Renaud me pediu notícias do seu pai — continuou Bruno. — Parecia preocupado de verdade, acho bom você mesmo telefonar para ele. Seu pai devia ser realmente importante para a organização, não sei bem como é que eles funcionam, esse pessoal do serviço secreto é meio estranho.

— Eu também não sei grande coisa; meu pai nunca falava muito sobre o assunto.

— Entendo. Sabe, é pura verdade isso que dizem, que o poder isola; quanto mais responsabilidades você tem, mais solitário fica. O que acabei de dizer a você, nunca teria contado à minha família... bem, se ainda tivesse uma.

— Nada mudou nesse campo?

Bruno balançou a cabeça devagar, negativamente, sem dizer uma palavra. Paul esperou em vão que ele falasse, tomando consciência aos poucos de que provavelmente ele ia ficar mesmo sozinho, realizaria seu trabalho até o fim, bem, o trabalho que tinha se proposto a fazer, mas ia ficar sozinho, talvez fosse uma coisa lamentável mas era assim, e não é bom que o homem esteja só, disse Deus, mas o homem está só e Deus não pode fazer grande coisa a respeito, ou pelo menos parece não se importar muito com o assunto, Paul sentiu que era hora de se despedir; pegou uma torradinha com foie gras, invadido pouco a pouco pela consciência avassaladora da sua inutilidade. A duras penas os homens mantêm relações sociais, e até relações de amizade, que não lhes servem para quase nada, esse é um aspecto muito tocante da sua natureza. O presidente não era assim, parecia ser isento dessas fraquezas, os outros homens pareciam ter pouca importância para ele. Paul só o encontrou uma vez, brevemente, após uma reunião restrita do gabinete; o presidente falou com ele durante um ou dois minutos sobre seus "bons anos" na Inspetoria de Finanças; falou disso sem qualquer necessidade real, como se estivesse evocando uma Arcádia imaginária onde ambos teriam se banhado nas mais extraordinárias delícias. Provavelmente o tinha confundido com outra pessoa.

4

Quando acordou, no dia seguinte, Paul viu que tinha dormido mais de doze horas, um sono profundo e sem sonhos — quer dizer, parece que as pessoas sonham sempre, mas na maioria das vezes não se lembram. Ao entrar no banheiro, teve a desagradável surpresa de descobrir que o aquecedor estava quebrado; tentou abrir um registro, ouviu um assobio prolongado, mas nada de água quente. Ir para o ministério sem tomar banho não era uma boa ideia, sentia que ia ser um dia longo. Decidiu usar o banheiro de Prudence, era a única solução.

Fazia pelo menos cinco anos que não entrava no quarto dela. Ficou chocado ao descobrir o pijama cuidadosamente dobrado em uma cadeira ao pé da cama: grosso, inteiriço, parecia mais um pijama de criança. Ela estava lendo Anita Brookner, observou; aquilo não devia ajudar muito a animá-la.

O banheiro era pior: duas toalhas finas, não especialmente macias, sem roupão de banho. Um sabonete de Marselha comum sobre a pia. Gel de banho e um xampu Monoprix na beira do chuveiro. Aparentemente não havia cosméticos, nem sequer um hidratante, ela parecia ter esquecido que tinha um corpo. Aquilo não era uma boa coisa, pensou, não mesmo.

Depois de tomar uma chuveirada rápida, sentou-se e escreveu um bilhete para ela, primeiro se desculpando por ter usado seu banheiro, depois perguntando se podia mandar consertar o aquecedor, tinha uma vaga lembrança de que ela conhecia um encanador honesto. Hesitou um pouco em relação à saudação inicial. "Prudence" era frio. "Cara Prudence" parecia um pouco melhor, mas ainda não era o ideal. Quase escreveu "Minha querida", mas se conteve com um tremor e afinal optou por "Minha cara Prudence" — assim estava bom, ia funcionar. Escrever "beijos" na despedida não era algo exagerado, afinal eles tinham se beijado na noite anterior. Saiu de casa quase satisfeito consigo mesmo, os cafés do pátio Saint-Emilion estavam abertos, pareciam funcionar a todo vapor; pensou em comer alguma coisa no Coney Island, aquele nome era ridículo, mas os bagels, aceitáveis. Reconheceu imediatamente o garçom, um babaca que ficava gritando o tempo todo "coisa quente passando!" e se dirigia sistematicamente aos clientes em inglês. Consternado, ouviu-o dizer "*Ok, man*" para um turista chinês que estava tentando pedir um café. Não podia ficar naquele lugar, e além do mais estava lotado, ia demorar horas para ser servido; decidiu se levantar, contentando-se com um café no balcão. No ministério com certeza haveria algo para comer, e, na pior das hipóteses, Bruno tinha um mordomo e um cozinheiro à disposição, não havia nenhum motivo para não pedir algo, pensou, absolutamente nenhum.

Chegou na hora marcada; o mordomo estava à sua espera em frente à porta do apartamento. "O ministro vai se atrasar um pouco", disse, "e me pediu para deixá-lo entrar." Ele já devia ter desconfiado: três da tarde, Bruno tinha sido muito otimista, aquilo era uma eleição presidencial, nada podia ser resolvido em meia dúzia de frases.

As torradas com foie gras e a garrafa de Pomerol ainda estavam na mesa da sala, nada havia mudado desde a véspera. A torrada agora estava velha, seca demais. Circulou pela cozinha: encontrou torradinhas Heudebert sem glúten, um queijo Caprice des Dieux já aberto na geladeira; aquilo podia servir, não estava com vontade de chamar o mordomo.

A pequena escultura de corça ainda estava lá, apoiada no parapeito da janela; sim, definitivamente aquilo era uma corça. Podia-se dizer que era uma "corça encurralada"? O que significa exatamente estar encurralada para uma corça? Parecia algo vagamente sexual, mas não, ela parecia apenas preocupada; ou talvez fosse tudo a mesma coisa, as corças não deviam dispor de muitas expressões, a existência delas não era muito variada.

E, para falar a verdade, a dos homens tampouco, pensou, olhando pela vidraça; o trânsito na ponte de Bercy já estava denso. Eram cinco da tarde, percebeu com surpresa, devia ter se desligado por algum tempo, isso estava lhe acontecendo com uma frequência cada vez maior, essas ausências, e decididamente Bruno estava atrasado.

Afinal chegou, menos de dez minutos depois:

— Pois é, desculpe... — disse, sentando-se no sofá à sua frente — demorou mais do que o previsto.

— Mas... tudo correu bem?

— Sim. Quer dizer, acho que sim. Sarfati vai mesmo ser candidato, e esta noite ele anuncia isso, será o entrevistado do noticiário das 20h no TF1. Ali é a casa dele, o TF1 é o canal dele, e devem ser bem condescendentes.

— O que você achou do sujeito?

— Com certeza não é nenhum babaca — Bruno hesitou, franzindo a testa em busca da formulação adequada. — Dito isto, também finge muito bem. Ele desenvolveu toda uma teoria, levou quase meia hora, segundo a qual a esfera midiática e a esfera política começaram a se unir de verdade no início dos anos 2010, quando ambas estavam perdendo todo o seu poder real. A esfera da mídia, por causa da concorrência da internet, já que ninguém mais pensava em comprar um jornal e nem sequer em ver televisão; a esfera política, por causa da governança europeia e da influência dos lobbies sociais. Enfim, eu não fiquei totalmente convencido, mas ele falava com desenvoltura, a coisa fluía bem.

— E o presidente, o que você acha que ele pensa?

— Claro que o presidente não gosta de ouvir que a esfera política perdeu todo o poder, você o conhece; aliás, não, não o conhece realmente, mas imagina como é. Além do mais, isso não é totalmente verdade; os lobbies sociais de fato têm uma influência incrível sobre certos ministérios; mas em relação à Europa é falso, e estou em boa posição para dizer isso porque durante cinco anos ignorei quase por completo as diretivas europeias, basta entender uma coisa: a França é um país importante demais para ser sancionado, a teoria do *too big to fail* é fundamentalmente correta. Afinal, o presidente se convenceu de que Sarfati seria fácil de manobrar porque não tem nenhuma ideia política, só quer ser presidente por causa do status, da diversão: morar no Eliseu, o avião presidencial, as viagens oficiais ao Quirguistão, com dançarinas e espadas, todas essas baboseiras. E depois ele se retira educadamente, daqui a cinco anos, ser ex-presidente da República não é pouca coisa, e sempre terá um motorista, um escritório, secretárias e seguranças à sua disposição, vai poder continuar se exibindo para a sua turminha da TV.

— Você acha que ele tem razão? Acha que Sarfati é só isso?

Dessa vez Bruno pensou um bom tempo, quase um minuto, antes de responder:

— Pelo menos é nisso que ele quer que acreditemos. Se é verdade ou não? Difícil dizer. Por um lado, dá para ver que o cara está impressionado com os faustos da República, todo o glamour da coisa. O presidente nos recebeu no gabinete dourado pouco antes do almoço, e ele ficou abalado, tenho certeza de que não era fingimento, estava quase babando. Por outro lado, sabe, também me deu a sensação de ser um mentiroso excepcional; completamente diferente do estilo Mitterrand, mas, como mentiroso, do mesmo nível. Portanto, ainda é de certa forma uma aposta. A propósito, você ouviu o discurso de Ano-Novo do presidente?

— Não, esqueci. Como foi? — Paul se lembrou da noite de 31 de dezembro, Indy e Aurélien na sala de jantar de Saint-Joseph, sua dificuldade para se conter e não xingar a cunhada. A dor de dente não havia ajudado muito, tinha mesmo que ir ao dentista.

— Foi muito bom — respondeu Bruno. — Excelente, mesmo. O que ele disse, "Tive a honra de ser o capitão do navio França, mas o capitão é só o marinheiro número um", foi um achado, realmente, e além do mais por seu físico não é difícil imaginá-lo com os trajes de um simples marujo. E depois, no final, "Vou sentir falta de vocês", com o olho direto na câmera, as pessoas ficaram comovidas, acredito.

— A propósito, e você? Qual é o seu papel nesse dispositivo?

— Eu? O mesmo, continuo sendo ministro da Economia. Quem sabe um pouco mais, talvez seja nomeado primeiro-ministro no início, mas não por muito tempo. A ideia do presidente, ele não tem certeza absoluta, mas sinto que está muito tentado, é alterar a Constituição, e isso muito rápido, no máximo nos três primeiros meses depois das eleições. Ele gostaria de anunciar isso já na campanha, para que seja um dos eixos do projeto. A ideia seria passarmos para um sistema presidencial autêntico: eliminar o cargo de primeiro-ministro, reduzir o número de parlamentares e fazer eleições de meio de mandato, como nos Estados Unidos.

— Eliminar o Senado também?

— Não, ele acha que enfrentar o Senado dá azar; e exemplos históricos provam que não está errado. Assim, mantemos as duas casas legislativas, mas o poder do parlamento ficará ainda mais reduzido. É uma espécie de pós-democracia, se você quiser, mas todo mundo está fazendo isso agora, é só o que funciona, a democracia está morta como sistema, é tudo muito lento, muito pesado. Enfim... — continuou Bruno depois de algum tempo, e pela primeira vez seu rosto revelava um leve cansaço — Eu ficaria em Bercy, mas o meu poder aumentaria, claro, já que não precisaria mais submeter minhas ações ao primeiro-ministro, só ao presidente; e Sarfati, em economia, não passa do nível de segundo grau. No momento, o problema é que eles querem que eu participe da campanha. Querem vender uma espécie de pacote, presidente e vice-presidente, isso também é bastante americano. Na verdade, Sarfati passou a maior parte do almoço me elogiando, como se quisesse pedir desculpas por ser candidato no meu lugar; ele ainda não se sente muito legítimo, é óbvio, e também é óbvio que o presidente conta com isso para controlá-lo. Mas também querem, acima de tudo, pôr em destaque o equilíbrio econômico, isso vai ser um dos eixos principais da campanha; por outro lado, não se preocupam muito com a presença na TV, Sarfati é bom de bico, a televisão é o mundo dele, não precisa de ajuda para nada, não tem receio de ninguém; mas nas coletivas de imprensa, e também nos comícios, eles estão contando com a minha presença; e isso, francamente, me enche um pouco o saco. Enfim, ainda não sabem muito bem o que estão querendo, nós conversamos bastante sobre isso, amanhã tenho uma reunião com uma mulher, uma espécie de coach...

— Solène Signal?

— Você a conhece?

— Pessoalmente não, mas sei que ela é diretora da Confluences, uma das principais consultorias políticas do mercado, e assessora de Sarfati desde o início.

— Bem, suponho que ela seja boa... enfim, é o que temos. Isso vai levar quatro ou cinco meses, no máximo. Agora precisamos tratar da minha agenda; ela vai ter que ser reduzida enormemente, temos trabalho a fazer. Nada de viagens até a eleição, só as de campanha;

reuniões profissionais, mantemos as que já estão marcadas, mas não agende outras, vamos ter que distribuir entre os assessores. Quer começar? Podemos ir ao meu escritório, se você não se importar. Aliás... — avaliou o Caprice des Dieux pela metade na mesinha de centro — conseguiu algo para comer, certo? Se quiser alguma outra coisa, podemos pedir para esta noite. Quer assistir à entrevista de Sarfati na televisão?

— Não, Sarfati eu passo, mas queria dizer uma coisa sobre a questão da comida, você realmente precisa mudar seus hábitos alimentares. Chega de pizza e sanduíches. Você tem que comer verduras.

— *Verduras*? — repetiu a palavra com assombro, como se fosse a primeira vez que a ouvia.

— Sim, verduras. E depois peixe, e um pouco de carne também. É bom diminuir um pouco os queijos e os frios. E ir devagar com as massas e doces, caso contrário você não vai aguentar. Uma campanha presidencial não é fácil, bem, eu nunca participei de nenhuma, mas é o que todo mundo diz. Fala com a garota, aquela Signal, tenho certeza de que ela vai dizer o mesmo.

Seguiram para o escritório de Bruno. O trajeto durava pelo menos dez minutos pelos corredores do ministério, mas não encontraram ninguém. "*Verduras...*", repetiu Bruno em voz baixa. Parecia estar consternado.

5

As datas das próximas eleições presidenciais foram anunciadas dois dias depois, ao final da reunião do ministério, e só faltava sua validação pelo Conselho Constitucional: seriam realizadas em dois domingos, dias 16 e 30 de maio. Era bastante tarde, quase não ia dar tempo para realizar as eleições legislativas antes das férias, mas nessa decisão não havia nada que contrariasse a Constituição. Seria, portanto, uma campanha relativamente longa. Na opinião da maior parte dos comentaristas, tinha sido uma escolha tática surpreendente. O candidato do Rassemblement National era quase desconhecido, sabia-se que tinha vinte e sete anos, um diploma da Escola de Altos Estudos Comerciais de Paris, era vereador em Orange e um sujeito bonitão; mais do que isso não se conhecia sobre ele. Naturalmente, Marine Le Pen estaria ao seu lado, iria apoiá-lo nos comícios, mas o fato é que o candidato tinha um verdadeiro déficit de notoriedade. O partido do presidente devia ter convocado eleições antecipadas, assim o sufocaria logo no início, sem lhe dar tempo de ganhar espaço no cenário político, pelo menos era o que a maioria dos observadores pensava. A única explicação para essa decisão — mesquinha, uma escolha que não estava à altura da situação, mas não se via outra — era que o presidente não tinha a menor vontade de deixar o cargo e iria esticar seu mandato de cinco anos até o último limite. Bruno havia reclamado um pouco, queria terminar aquilo o mais cedo possível. Sarfati, por seu lado, aceitou bem, é verdade que ele estava em uma trip lentidão-sabedoria, Solène Signal lhe arranjara uma xamã peruana, e toda manhã, ao acordar, ele trabalhava sua lentidão-sabedoria, passava duas horas nisso, fazia quase um mês que não dizia uma gracinha. De qualquer modo, foi a opinião do presidente que, como sempre, prevaleceu no final.

Paul estava presente no primeiro encontro entre Bruno e Solène Signal, que aconteceu no escritório de Bruno. Ela chegou ao meio-dia em ponto, em companhia de um rapaz de uns vinte e cinco anos que usava um terno cinza impecável, camisa branca, gravata bordô e uma bolsa de couro marrom bastante surrada na mão — poderia perfeitamente ser um funcionário de Bercy. Solène era uma mulher de uns quarenta anos, um pouco rechonchuda, maquiada às pressas, não muito impressionante a princípio. Nesse dia estava de jeans, suéter cinza e um casaco de pele.

— Bom dia — disse, enquanto se sentava no sofá. — Podemos tomar um café?

— Eu cuido disso — disse Bruno. — Dois expressos?

— Uma xícara grande de café preto, bem forte. E ovos cozidos.

— Não prefere croissants e pãezinhos? Suco de laranja, talvez?

— Ovos cozidos.

Bruno fez o pedido.

— Qual é o número que se disca para pedir? — perguntou Solène Signal. — Pergunto porque vamos ter que voltar várias vezes, imagino.

— Para a cozinha é 27, e se precisar do serviço de limpeza, 31. — O assistente anotou imediatamente os números em um bloco de notas que tirou da pasta. — Quem sabe na próxima vez nos reunimos no meu apartamento oficial, vamos ficar mais confortáveis lá.

— Ah, o senhor mora aqui? Que bom, isso é prático.

Depois balançou a cabeça com satisfação e dispôs quatro cigarros eletrônicos na mesinha baixa à sua frente. Esses cigarros, como explicaria mais tarde, tinham aromas diferentes: manga, maçã, mentol e tabaco escuro. E eram, segundo ela, "indispensáveis para o seu funcionamento"; e o seu funcionamento, disso pelo menos tinha certeza, era indispensável para o funcionamento do conjunto.

Depois de passar uns segundos com o olhar pousado em Paul, soltou com desenvoltura:

— Você, você é o assistente pessoal. O confidente... — ela abaixou um pouco a voz ao dizer a última palavra, e Paul sorriu para mostrar que o termo não o incomodava; ele era, de fato, o *confidente*.

— Bem, bem, muito bem, o nosso candidato... — Virou a cabeça lentamente em direção a Bruno e examinou-o devagar, dessa vez por mais de um minuto, antes de concluir, em voz muito baixa: — Eu esperava coisa pior... — e logo em seguida mordeu o lábio, tinha soltado aquilo sem querer. — Enfim, evidentemente — acrescentou de imediato — eu vi o senhor como ministro, mas agora precisamos forçar a marcha, não dispomos de um tempo infinito pela frente. Tem uma moça que está conosco há um ano, Raksaneh. Acho que vou trazê-la para trabalhar na sua campanha. — O assistente anotou imediatamente "Raksaneh".

— Se houver algum problema — continuou —, alguma dificuldade no relacionamento, não deixe me avisar imediatamente. Ela nunca participou de eleições presidenciais, claro, mas sim de importantes eleições anteriores... — e pensou por mais alguns segundos. — É, decididamente, acho que vai funcionar bem aqui. De qualquer forma, faremos reuniões de avaliação todos os dias no começo.

"Pensei um pouco sobre o assunto esta noite", continuou. Paul olhou-a e, de repente, entendeu o que havia chamado sua atenção, nela e no assistente, desde o início: seus rostos estavam cansados e suas expressões pareciam curiosamente lentas, às vezes fazendo movimentos nervosos; muito provavelmente nenhum dos dois havia dormido naquela noite.

"Não vamos fazer vocês dois participarem juntos da campanha, bem, não muito, pelo menos não desde o início. Essas entrevistas em que as pessoas ficam se elogiando mutuamente são sempre uma droga, enfim, não é assim que nós trabalhamos. Benjamin vai falar bem de você, é claro, não vai deixar de enaltecer as suas realizações. E você também vai falar bem dele, mas isso será depois, primeiro precisa se atualizar, esse é o trabalho de Raksaneh, não quero que você se envolva antes do início de fevereiro."

Bruno notou com um pequeno sobressalto que ela o estava tratando informalmente, na certa sem querer, e nesse momento entendeu que tinha se tornado uma coisa, um produto, e que agora estava mesmo comprometido, envolvido na campanha.

— Por enquanto Benjamin vai ficar na linha de frente. Preparamos umas fichas para ele... — Fez um gesto para o assistente com a cabeça e ele tirou uma apostila da pasta. Bruno folheou-a por alguns instantes, surpreso, antes de passá-la a Paul. Eram uns cinquenta pedaços de cartolina tamanho A4; os primeiros títulos que viu foram

"Indústria Automobilística", "Questão Nuclear", "Comércio Exterior", "Equilíbrio Orçamentário".

— Ainda tem que ser validado — disse ela, voltando-se para Paul. — Provavelmente você vai achar um pouco simplista, mas acho que não dissemos muita bobagem. O que eu lhe peço, antes de mais nada, é que confira os números, porque não são os mais recentes. Benjamin não vai recitar muitos números, não é esse o trabalho dele; mas se disser algum de vez em quando, melhor que seja correto, é muita besteira tropeçar por causa de um número. Quanto a você — continuou ela, dirigindo-se a Bruno —, vamos trazer um relatório completo sobre Benjamin, já estamos começando a preparar, mas não vai ser desse jeito, evidentemente, é mais provável que seja um vídeo, de umas duas horas de duração. Decidimos, claro, pular um pouco o início da carreira dele. Se bem que... Você sabe, nós verificamos tudo, desde o primeiro programa que fez, estamos trabalhando nisso há anos. As piadas realmente de baixo nível, chulas, nunca é ele quem diz, é sempre um colaborador durante alguma reportagem. Ele fica no estúdio, tranquilo, simpático, não diz um palavrão, é uma coisa inacreditável, parece ter planejado com antecedência... — Parou de falar por uns momentos, pensativa, agora com uma expressão involuntária de admiração. — Bem, ainda assim — continuou —, queremos enfatizar o que veio depois. Com relação a políticos, mulheres de véu, intelectuais do mainstream, claro que não há problema; mas, mesmo nos casos limites, você vai ver, ele é incrível: com Badiou é perfeito, com Greta Thunberg, impecável, e com Zemmour, francamente magnífico. E depois, claro, vamos fazer o melhor que pudermos em relação à questão humanitária, os imigrantes, Stéphane Bern...

O assistente ia anotando tudo depressa, fez um pequeno movimento de surpresa ao ouvir "Stéphane Bern".

— É isso mesmo, não cria caso... — e se virou para ele sem muita paciência. — Humanitário-patrimonial, enfim, você sabe. — O assistente, na verdade, não parecia saber do que se tratava, mas mesmo assim anotou.

O mordomo bateu na porta e entrou com uma bandeja na mão. Ela se serviu de uma caneca de café e engoliu dois ovos cozidos, um depois do outro, antes de continuar.

— Há outro ponto, Bruno, que é melhor abordar imediatamente. Seu estado civil...

Bruno ficou visivelmente tenso. Ela tinha previsto aquilo e continuou com delicadeza:

— Sim, eu sei, é constrangedor. Para mim também é constrangedor. Mas há duas perguntas que precisam ser feitas, e o meu dever é perguntar, portanto é melhor fazer isso logo, de uma vez por todas, e nunca mais falamos no assunto. Primeiro: há algum processo de divórcio em andamento?

— Não.

— E sua mulher pretende pedir o divórcio, ou fazer alguma outra coisa que possa vir a público, antes da eleição?

— Também não.

— Bem... Isso é excelente. E, desculpe, tenho mais uma pergunta, quer dizer, a resposta parece óbvia: existe ódio, ou algum ressentimento particular entre vocês? Ela não vai fazer declarações à imprensa?

— Não, acho que não. — Fez um movimento estranho com a cabeça, pensou no assunto por mais alguns segundos antes de completar: — Tenho certeza de que não.

— Bem bem bem bem, muito bem, tudo isso é excelente, magnífico. Não vou azucrinar mais perguntando dos seus relacionamentos, isso não é da minha conta, não é problema meu. — Paul sentiu que ela estava mentindo um pouco, com certeza tinha investigado, sabia que Bruno não estava tendo nenhum caso amoroso no momento, do contrário não deixaria de se interessar pelo assunto; mas era uma espécie de mentira gentil, civilizada e de alguma forma benevolente. Paul se levantou com o pretexto de se servir mais café, ele sempre soube ler palavras de cabeça para baixo, uma pequena habilidade que tinha sido bastante útil nos seus exames, e viu que o assistente havia escrito no seu bloco, sublinhando: "Está com a bunda limpa".

— Sinto que nós vamos trabalhar bem — prosseguiu Solène Signal —, sinto que esta eleição está ficando cada vez melhor. Não vamos mudar o estilo, ele já está próximo à rede de qualquer jeito, você fica no fundo da quadra, é assim que vamos jogar. Mas, ao mesmo tempo, temos que fazer você ganhar alguns pontos em termos de proximidade e empatia. Se eu não conseguir fazer você ganhar alguns pontos em proximidade e empatia, é que sou mesmo uma nulidade!... — e ergueu alegremente as mãos, como se quisesse sublinhar o absurdo da hipótese, talvez esperando que seu assistente caísse na gargalhada ao ouvir essa incongruência, mas ele se limitou a esperar, de caneta na mão. — E fora isso, você cozinha?

— Hmm... não... — Bruno pensou por alguns segundos. — Mas gosto muito de pizza — acrescentou, num impulso de boa vontade. O assistente escreveu "pizza" imediatamente em seu caderno, apesar da aparente falta de entusiasmo de Solène.

— E quanto à sua origem, de onde você é? Origem geográfica, quero dizer.

— Paris.

— Paris-Paris? Seus pais são de Paris?

— Minha mãe, sim; bem, meus pais estão mortos. Meu pai cresceu no Oise.

— Oise... Nada mal, Oise me soa bem. Onde, exatamente?

— Méricourt.

— E você ainda tem uma casa de família, alguma coisa por lá?

— Bem... não tinha pensado nisso, mas na verdade sim, meu pai tinha uma casa em Méricourt. Eu herdei essa casa, pensei em vender, mas nunca tive tempo de cuidar disso.

— E ainda está mobiliada? Você acha que poderíamos fazer uma gravação lá?

— Sim, provavelmente.

— Excelente, muito bom... Além do mais, se não me falha a memória, tenho a impressão de que isso fica em pleno território do Front National.

O assistente, teclando em seu celular com a mão esquerda enquanto continuava a anotar com a direita, confirmou alguns segundos depois:

— É sim. Em pleno território. Mas o engraçado é que eles têm um prefeito comunista.

— Prefeito comunista... — ela, sorriu encantada, a vida definitivamente é cheia de maravilhas, parecia estar pensando. — Bem, escuta... — e olhou para o assistente — você me organiza isso bem rápido? — O rapaz acenou com a cabeça, fez outra anotação.

— Bem, acho que fizemos um bom trabalho... — concluiu, levantando-se, visivelmente satisfeita. — Posso mandar Raksaneh vir aqui esta tarde?

— Você tem uma reunião com o CEO da Chrysler às três — interrompeu Paul.

Ela se virou em sua direção:

— CEO da Chrysler, bom... Quando você acha que vai acabar?

— Vai ser uma reunião um pouco complicada. Digamos às cinco.

— Raksaneh estará aqui às cinco. É só para se conhecerem, vão começar de verdade amanhã. Falando nisso... — dirigiu-se de novo a Paul — você cuida das fichas que fizemos para o Benjamin?

— Posso entregar em dois ou três dias.

— Preciso delas amanhã de manhã. — Solène falava sem brutalidade, mas com a certeza de ser obedecida. — Enfim, o mais cedo possível. Temos várias reuniões durante o dia.

— O problema é que de manhã costumo trabalhar em casa — disse Paul, pensando que "trabalhar" talvez não fosse o termo exato no momento.

— Não tem problema, mando um mensageiro buscar na sua casa. Às oito? — perguntou, estendendo-lhe a mão.

— Às oito — respondeu, resignado.

6

Na manhã seguinte o mensageiro chegou exatamente na hora marcada. Ele tivera tempo de corrigir umas quinze fichas.

— Agora você se levanta de madrugada? — Prudence se surpreendeu ao encontrá-lo na sala. Ele sentiu um aperto no peito ao vê-la, graciosa com seu pijama de criança, coelhinhos bordados no peito. Não era nada disso, disse para si mesmo, desesperado. De jeito nenhum. Felizmente ela não parecia estar pensando nessas coisas. Felizmente ou infelizmente, aliás.

— E então — perguntou ela —, você entrou mesmo no jogo político? — Paul foi dominado, a contragosto, por uma nova onda de compaixão dolorosa recordando o discurso de Nero em *Britannicus*:

Bela, sem adornos, com o encanto simples
De uma beleza que acaba de ser arrancada ao sono.

Pois bem, não, ele não estava no jogo político, era exatamente o contrário, seu trabalho era livrar Bruno de tudo o que não fosse diretamente política; faria várias reuniões com os assessores técnicos do gabinete, tentando repassar as instruções do ministro para os próximos meses; eles cuidariam de entrar em contato com as direções regionais.

— E depois — acrescentou —, vou ver com Bruno como andam as coisas, se ele precisa de mim.

— Vai precisar de você, tenho certeza. Tudo isso é novo para ele, todo o circo da mídia, ele vai ter momentos de dúvida, vai precisar de você mais do que nunca — e ficou em silêncio por alguns segundos antes de perguntar baixinho: — Você gosta muito dele, não é?

— Sim... — concordou após um momento de constrangimento. — Sim, muito.

— Isso é bom. Quer um café?

— Com prazer.

Foram para a cozinha, ela fez dois expressos na máquina nova; o dia estava raiando sobre o Parc de Bercy.

— Na verdade, não tenho muita certeza se ele vai ter momentos de dúvida — disse Paul. — Nunca o vi ter nenhum. Momentos de pura fadiga física, sim; mas dúvida, acho que ele nem sabe o que é isso. E você? Como anda o seu trabalho?

— Ah, eu... Um projeto de emenda à lei de finanças, enfim, esse tipo de coisa, nada mudou muito nessa área. Agora preciso ir me arrumar — disse quando terminou o café —, tenho um compromisso às nove.

— Também vou para Bercy, tenho que consultar umas estatísticas do ano passado. Podemos ir juntos, se quiser.

Atravessaram o Parc de Bercy, o céu estava baixo, cinzento, e o ar, frio e seco; era provável que continuasse assim o dia todo. Fazia anos, pensou Paul, que os dois não saíam assim, juntos, para o trabalho. Na altura do parque Yitzhak Rabin Prudence enfiou o braço sob o dele, e Paul teve um pequeno choque, como se uma ou duas batidas do seu coração tivessem falhado; depois se tranquilizou, apertou com força o braço de Prudence.

As duas semanas seguintes foram uma temporada estranha para ele. Voltou a ter contato com as engrenagens da administração, que de fato havia perdido um pouco de vista; pela primeira vez em pelo menos um ano saiu do andar do ministro para se reunir com os diretores. Na verdade, durante todo esse tempo ele vinha desempenhando o papel de chefe de gabinete, com controle total da agenda de Bruno e seus deslocamentos. Mas o verdadeiro chefe de gabinete, que voltara a ver a partir de meados de novembro, não se mostrou ofendido de forma alguma; ele não gostava dessas tarefas organizativas, que considerava uma espécie de secretariado melhorado, e, principalmente, aquela situação lhe permitia dedicar mais tempo à sua verdadeira paixão: a legislação fiscal.

Cada vez com mais frequência, agora ele e Prudence saíam juntos de manhã para o trabalho. Ela enfiava o braço sob o dele desde o início do percurso, trocavam beijinhos ao se despedir no saguão do ministério, mas não tentavam ir além disso. Prudence lhe contou que, ao contrário do que ele pensava, os encontros da wicca que frequentava não reuniam pessoas da vizinhança, e sim funcionários de Bercy — de quase todos os níveis, da secretária ao diretor do departamento. Ou seja, os governantes que pilotavam a economia do país tinham se deixado seduzir pela magia branca; era curioso.

De noite era diferente, ele raramente voltava para casa antes de meia-noite, agora trabalhava muito mais que ela, a quantidade de dossiês que Bruno conseguia acompanhar pessoalmente era impressionante, uma noite fez uma espécie de balanço e concluiu que seriam necessários três auditores financeiros em tempo integral para assumir aquelas tarefas até a época da eleição presidencial. Sua própria capacidade de trabalho estava praticamente inalterada desde a época distante em que concluiu os estudos. Constatava isso sem grande alegria, mas tampouco sem lamentar, para ele era indiferente trabalhar muito ou pouco. Era evidente que estava atravessando uma espécie de estagnação, em todos os setores da sua vida, e nesse sentido provavelmente era melhor trabalhar muito, isso afugentava com eficácia todos os pensamentos — sobre Prudence, sobre seu pai, sobre Cécile. Por volta das duas ou três da manhã, assistia a documentários do canal Mundo Animal. Prudence já estava dormindo havia muito tempo, provavelmente havia adormecido lendo um livro de Anita Brookner.

Na noite do seu primeiro encontro com o chefe de gabinete, um documentário sobre os NAES, novos animais de estimação, abordava especificamente o caso da tarântula, uma grande aranha de regiões quentes. Dotada de um veneno poderoso, a tarântula não suporta a companhia de nenhum outro animal, ataca sistematicamente qualquer ser vivo introduzido em sua gaiola, até outras tarântulas, e até seu dono, e mesmo quando este a alimenta durante anos continua a atacá-lo, alheia a qualquer sentimento de apego. Em suma, como concluía o comentarista do documentário, a tarântula "não gosta dos seres vivos".

7

Paul só voltou a ver Bruno duas semanas depois, no dia 20 de janeiro; tinha marcado uma reunião com ele ao meio-dia. Quando bateu na porta, teve a impressão de ouvir alguém cantando no apartamento oficial. Uma garota usando um body roxo de malha abriu a porta logo a seguir:

— Você é o Paul? Eu sou Raksaneh, é um nome iraniano. Sei que preciso deixá-lo com você esta tarde. — Ela devia ter uns vinte e cinco anos, seu rosto moreno era encimado por uma massa espessa de cabelo preto encaracolado, e exalava uma vitalidade fora do comum, dava a impressão de que a qualquer momento poderia começar a dar saltos-mortais e cambalhotas só para gastar seu excesso de energia física. Paul escutou com mais atenção: realmente havia alguém cantando na sala de jantar; era difícil acreditar, mas parecia a voz de Bruno.

Um belo dia, talvez uma noite
Perto de um lago, adormeci
E de repente, parecendo furar o céu,
Com um bater de asas uma águia negra surgiu.

Quando os viu entrar na sala, parou de cantar, foi apertar a mão de Paul. De camiseta, calça de jogging e tênis nos pés, ele também estava cheio de energia, Paul nunca o tinha visto assim. Havia uma esteira instalada em um canto da sala, uma mesa de maquiagem no outro.

— Não quero atrapalhar... — disse Paul.

— Está bem, está bem — interrompeu Raksaneh —, vocês dois têm coisas para conversar, eu sei, vou deixá-los sozinhos em cinco minutos. Ele é bom, não é? Claro, a intenção não é que se transforme em cantor, claro, só fazemos isso no início da sessão, para aquecer. O mais importante é a dicção.

— Dicção?
— Sim, eu gosto de usar principalmente Corneille. As imprecações de Camille? — pediu, fazendo um pequeno gesto com a cabeça em direção a Bruno, que imediatamente engrenou, em voz alta e bem articulada:

Roma, único objeto do meu ressentimento!
Roma, a quem teu braço acaba de imolar meu amante!
Roma, que te viu nascer e que o teu coração adora!
Roma, enfim, que odeio porque te honra!

— Isso é o que ela diz ao irmão depois que ele mata Curiácio, não é? — perguntou Paul.
— Exato, e logo antes de ser morta por ele. Depois, obviamente, substituímos pela política econômica da França; mas, na minha opinião, quem sabe fazer Corneille sabe fazer tudo. Um pouquinho mais? — pediu a Bruno, em um tom de voz provocador, quase terno. Ele obedeceu imediatamente, bem-humorado:

Possam os seus vizinhos todos conjurados
Minar seus alicerces ainda pouco firmes!
E se isso não bastasse de toda a Itália,
Que contra ela o Oriente se alie ao Ocidente;
Que dos confins do universo cem povos unidos
Venham destruí-la, e as montanhas e os mares!
Que derrube suas muralhas sobre si mesma,
E com as próprias mãos rasgue suas entranhas!
Que a cólera do Céu ateada por meus votos
Faça chover sobre ela um dilúvio de fogo!
Que com meus olhos eu possa ver o raio ali cair,
Ver suas casas em cinzas, e seus louros em pó,
Ver o último romano em seu último suspiro,
Sou a causa única disso, e morro de prazer!

— Ele tem uma memória incrível... — comentou Raksaneh —, lê o texto uma vez e decora tudo, nunca vi. Certo, eu disse que ia embora, vocês têm que trabalhar. — Mais baixa que ele uns vinte centímetros, ficou na ponta dos pés para beijar o rosto de Bruno; involuntariamente Paul olhou para suas pequenas nádegas redondas, bem moldadas na roupa de ginástica. A garota pegou sua bolsa e um casaco de pele — parecia ser uma espécie de uniforme das funcionárias femininas da Confluences — em cima de uma cadeira e se retirou.

— É... surpreendente — comentou Paul, sentando-se à mesa da sala —, mas parece estar funcionando bem com você.

— Sim, verdade, provavelmente isso não vai durar anos, mas por enquanto estou gostando. Podemos almoçar juntos, se quiser. E aí você me conta como estão indo as coisas do seu lado.

— Preparei um memorando — respondeu Paul, tirando da pasta umas dez páginas impressas. — Enfim, você vai ver, mas na minha opinião está indo tudo bem.

Bruno leu as páginas com rapidez, mas atentamente, Paul estava convencido de que ia decorando tudo à medida que lia, era ótimo trabalhar com um superdotado. Quando estava quase terminando, o mordomo entrou e dispôs os pratos na mesa.

— Bacalhau fresco e vagem — comentou Bruno —, ouvi o seu conselho. E então, temos que resolver alguma coisa com urgência?

— Só o diretor do STDR, está na última página.

— A unidade de regularização tributária? O que eles querem?

— Temos grandes devedores, em especial Mercoeur. Eles querem cobrar os impostos não pagos, mas não tenho certeza de que seja uma boa ideia.

— Mercoeur, aquele que criou uma rede de padarias francesas no Vietnã?

— Na Tailândia também, e principalmente na Índia. Tem uma grande cadeia na Índia, uns oitocentos pontos de venda, acho.

— Espera... Espera, não estou entendendo bem. Você tem um cara que cria mil padarias na Ásia, ele quer voltar a pagar seus impostos na França e nós exigimos o que não foi pago!... Será que não vão querer aplicar multas por atraso, ainda por cima? Vamos anistiar, claro, esta tarde telefono para eles. Não concorda? — e atacou com vontade sua posta de bacalhau fresco.

— Sim, sim, eu não disse nada, a decisão é sua. Mas nunca tinha visto você tão enérgico, tão dinâmico, essa campanha eleitoral está lhe fazendo bem, na verdade... — e Paul começou, mais lentamente, a comer seu prato. — Tenho a sensação de que o segundo quinquênio vai ser ainda mais ativo que o primeiro...

— Segundo é uma maneira de dizer, de certa forma vai ser o primeiro, porque com o presidente eu nunca tive as mãos totalmente livres, você sabe.

— Desse ponto de vista, Sarfati é como você pensava? Nenhuma surpresa desagradável?

— Olha, estamos nos encontrando duas vezes por semana para fazer um balanço. Nossa primeira entrevista coletiva conjunta será segunda-feira, um negócio grande, com toda a imprensa econômica mundial. Em termos de política acho que ele não tem muitas ideias, mas em relação à economia estou convencido de que não tem nenhuma. Um detalhe, nós nunca nos reunimos em Bercy, ele não tem interesse. Prefere o Eliseu, Matignon, cenários assim. Quanto a mim, se não puser os pés em Bercy durante todo o seu mandato de cinco anos, está perfeito. Mas você não o viu na televisão, não assistiu ao início da campanha?

— Não tive tempo, para dizer a verdade.

— É, realmente você tem trabalhado muito. — Pegou de novo o memorando de Paul. — Mas agora a situação vai se acalmar para o seu lado, acho que estamos indo bem. Também não teve tempo de ligar para Martin-Renaud?

— Eles têm novidades?

— Houve outro ataque.

— Onde? Acho que ninguém falou sobre isso.

— É verdade, quase não se falou; mas dessa vez a França não foi afetada, o alvo era uma empresa dinamarquesa, a Cryos. É uma grande empresa, líder mundial em venda de sêmen. Foi um incêndio criminoso, as instalações industriais ficaram completamente destruídas. Isso não tem nenhuma repercussão econômica para nós, eles não têm nenhum concorrente francês, a doação de sêmen é gratuita aqui. Enfim, claro que há clientes franceses que contornam a legislação, que compram pela internet.

— Sim, sei disso... — Ele não queria pensar de novo em Indy.

— Eles ainda não têm pistas, é o mesmo tipo de mensagem, os mesmos caracteres esquisitos. Mas desta vez não há vídeo, só uma imagem estática. De qualquer maneira, os terroristas têm um certo senso de contexto: desta vez hackearam sites pornô.

8

De volta para casa, Paul entrou no Xvideos, ficou na dúvida entre "Garotão esfomeado cai de boca" e "Os encantos de uma perereca molhada", ambos oferecidos na página inicial, depois foi para a página 2. "Montando firme num cara" não era muito mais claro, mas de qualquer modo o filme tinha começado apenas trinta segundos antes, e a atriz só tivera tempo de tirar o fio dental quando a mensagem se sobrepôs. Via-se a habitual justaposição de pentágonos e círculos, depois um texto escrito nos caracteres usuais, mas dessa vez bem mais longo, pelo menos umas cinquenta linhas, e terminava com dois números; portanto, aparentemente aquela linguagem não tinha caracteres específicos para números. Chegava-se então a um mapa, ou melhor, ao plano de uma cidade, provavelmente capturado no Google Maps. Os nomes das ruas pareciam escandinavos, de fato podiam perfeitamente ser dinamarqueses. A sede da Cryos International, a empresa visada pelo ataque, ficava entre a Vester Allé e a Nørre Allé, no meio de uma pequena rua chamada Vesterbro Torv.

Paul deixou uma mensagem no celular de Martin-Renaud e, após um momento de hesitação, telefonou para Doutremont. Ele estava no escritório e a telefonista lhe passou a ligação. Parecia arrasado, e sua voz ficou claramente mais lenta quando Paul disse a palavra "Dinamarca". Mas respondeu. Paul era um servidor do Estado, tal como ele, e exceto em caso de informações secretas, comprovadamente ligadas à defesa, os servidores do Estado têm obrigação de ajuda mútua, um pouco como os cônjuges em um casamento, pelo menos era assim a concepção que ele tinha do serviço do Estado.

— Não é confidencial demais o que estou perguntando? — perguntou Paul, preocupado.

— Poderia ser confidencial se tivéssemos alguma informação;

mas neste momento estamos em ponto morto, como nas vezes anteriores, aliás. Tudo o que se pode dizer é que os terroristas são muito profissionais: usaram uma mistura de napalm e fósforo branco, são recursos militares. Os vigias noturnos puderam escapar a tempo, só não houve vítimas por milagre.

— Mas desta vez a França não está envolvida, certo?

— Aparentemente não, mas de qualquer maneira há um detalhe estranho. Acho que você viu os dois números no final da postagem. O primeiro, 1039, corresponde ao número da ficha de uma cliente francesa; o segundo, 5261, ao número de um doador francês; e foi o esperma do 5261, por assim dizer, que usaram para fertilizar a 1039. Os colegas dinamarqueses nos deram os dados dos nossos compatriotas: um estudante de administração e uma lésbica comum, com um relacionamento de cinco anos. Os dois nunca se encontraram, não estão fichados, são desconhecidos pela polícia, enfim, nada parece fazer sentido. Mas nada parece fazer sentido nesse caso, desde o início. Depois dos ataques aos porta-contêineres chineses, ficamos tentados a suspeitar de algum grupo minúsculo de ultraesquerda, digamos que foi essa a ideia que surgiu primeiro; mas um banco de esperma, embora também seja uma empresa capitalista, não é um alvo tradicional da ultraesquerda; parece mais uma coisa de católicos fundamentalistas, eu diria. Temos fichas de alguns nos nossos arquivos; mas os católicos fundamentalistas nunca demonstraram ter algum conhecimento das ferramentas de pirataria da internet; não mais que a ultraesquerda, na verdade até muito menos.

Depois de agradecer um tanto maquinalmente o telefonema, Doutremont desligou; parecia estar mesmo desanimado. Era um trabalho curioso o que esses caras faziam, e que seu pai fazia antes deles, pensou Paul. Quase automaticamente, sem planejar antes, foi conferir: 1039 e 5261 eram de fato números primos. Pouco depois Martin-Renaud ligou de volta. Quase comentou sobre os números primos, mas se conteve no último minuto, em geral é melhor dizer às pessoas o que elas estão mais ou menos preparadas para ouvir; por isso limitou-se a tecer considerações gerais sobre a DGSI e a dificuldade do trabalho deles. Realmente, respondeu Martin-Renaud, seu subordinado não estava em uma posição fácil naquele momento. Ele próprio tivera uma situação parecida em sua carreira, um caso de bloqueio total, mas com Doutremont era a primeira vez.

— Isso marca a gente, sabe, não dá para esquecer — concluiu Martin-Renaud. — Seu pai também, isso também aconteceu com ele. O seu pai era uma pessoa excepcional, sabe.

O afeto e a admiração que sentia eram obviamente sinceros, mas ainda assim disse "era", notou Paul de repente. Martin-Renaud ficou feliz quando soube que Edouard tinha saído do coma, que fora transferido para uma unidade de tratamento mais adequada; os dois deviam se conhecer melhor do que ele tinha sugerido da última vez. Vários colegas do pai o visitavam em Saint-Joseph, mesmo depois de aposentado, e se trancavam com ele no escritório para falar de assuntos mais ou menos *ultrassecretos*, enfim, era o que ele imaginava na época. Não se lembrava de Martin-Renaud, mas o fato é que nos últimos anos não via muito o pai.

Antes de desligar, Paul lhe disse que se quisesse visitar Edouard seria bem-vindo em Beaujolais a qualquer momento. Seu pai certamente o reconheceria, ele reconhecia os visitantes, quanto a isso não havia dúvida. Nesse momento teve vontade de chamar Martin-Renaud pelo primeiro nome, mas tinha esquecido, ou então, mais provavelmente, nunca soube qual era, não seria Gilles? Ele tinha cara de se chamar Gilles.

Apesar de toda a sua afabilidade, Paul nunca se sentira muito à vontade com ele, e o canal Mundo Animal lhe proporcionou um relaxamento oportuno. Dessa vez era sobre ratos. Os ratos são animais sociais, vivem em colônias; cada colônia tem um líder que participa da partilha de alimentos, atua como árbitro nos conflitos, conduz a colônia para novos territórios. Podemos distinguir três espécies, cujas relações se dão da seguinte maneira: se um rato-preto (*rattus rattus*) entra no território de uma colônia de ratazanas (*rattus norvegicus*), é logo atacado e caçado. Inversamente, quando uma ratazana, de tamanho maior, entra no território de uma colônia de ratos-pretos, ela é ameaçada mas raramente atacada; por fim, nenhum tipo de rato demonstra hostilidade aos camundongos (*mus musculus*).

Acabou se cansando dos ratos, passou algum tempo vendo o canal Caça e Pesca, depois tirou o som e telefonou para Cécile, que atendeu quase imediatamente. Estava tudo bem, disse, e havia até uma grande notícia, o pai já conseguia piscar, e portanto podiam se comunicar com ele. Para isso usavam o código de comunicação mais simples, o mais usado com pacientes nesse estado: faziam perguntas que pudessem ser respondidas com um sim ou um não. Ele piscava para dizer sim, ficava imóvel para dizer não. Era incrível, comentou, como uma conversa podia chegar longe só com um sim e um não. A deglutição também estava progredindo, a fonoaudióloga se dizia contente, achava que ele poderia comer normalmente dentro de uma semana ou duas, Cécile estava ansiosa para lhe preparar uns pratos. Agora viam menos Madeleine, ela passava a semana inteira em Belleville, tinha se instalado mesmo lá, e se dava bem com as enfermeiras, principalmente com Maryse, você se lembra da Maryse, a garota negra? — sim, ele se lembrava. Aurélien ainda não tinha voltado, estava com certa dificuldade para se liberar, mas achava que viria logo, tinha conseguido uma transferência para uma obra de restauração na região, o que lhe permitiria ficar mais tempo na casa, não apenas nos fins de semana.

— E você — perguntou Cécile —, quando poderá vir? Bem, imagino que agora, com a eleição, seu tempo vai diminuir. — Até Cécile levava em conta a eleição presidencial, pensou ele um pouco surpreso, essa história era realmente um rolo compressor midiático.

— As coisas devem ficar mais calmas em breve — disse finalmente —, a parte pesada vai começar logo, eu não vou ter muito o que fazer. — Ao dizer esta frase percebeu que era verdade, a coletiva de imprensa conjunta com Sarfati, na próxima segunda-feira, ia marcar o verdadeiro início da campanha eleitoral de Bruno. É claro que ele também participaria, só que como apoio técnico, no fundo da quadra, como disse Solène Signal, mas de qualquer maneira seria uma campanha de verdade, com o cansaço e o estresse que as campanhas sempre provocam. Sarfati, por seu lado, começava a mostrar algumas tímidas convicções moderadamente progressistas, já estávamos começando a prever que seu mandato de cinco anos seria marcado por uma ou duas reformas sociais fáceis, tipo descriminalização das drogas leves. Bruno não tinha nenhuma objeção a isso, Paul se lembrava de ter lido um estudo sobre o assunto, o solo francês era muito propício para o cultivo de cannabis, muito melhor que a Holanda, especialmente no Périgord, onde a cannabis podia ser um excelente substituto para o tradicional cultivo de tabaco — que parecia estar condenado.

Bruno nunca foi conhecido por suas convicções políticas, sempre personificou ao extremo a figura de um técnico conhecedor de suas planilhas, e aliás foi justamente devido a essa imagem austera que o presidente não o escolheu para candidato; mesmo assim, dessa vez ele ia ter que aparecer, pelo menos de vez em quando, ficar "diante do povo francês", explicou a Cécile, e no momento exato em que dizia essas palavras Paul foi atravessado por uma dúvida imensa, quase sem limites, sobre a noção de *povo francês*, mas não podia falar disso com Cécile, nem com mais ninguém, era algo muito negativo, muito desanimador e ao mesmo tempo muito vago em sua mente. Limitou-se a mandar um beijo e disse novamente que iria a Saint-Joseph assim que pudesse.

Logo depois de desligar, sua dúvida se estendeu para toda a comunidade humana. Ele sempre tinha gostado da anedota de Frederico II da Prússia pedindo para ser enterrado ao lado dos seus cães para não ter que descansar entre os homens, essa "raça maligna". Para Paul, o mundo humano parecia composto de umas bolinhas de merda egoístas, não ligadas entre si, e às vezes essas bolas se agitavam e copulavam à sua maneira, cada qual em seu próprio registro, e passavam a existir novas bolas de merda, essas bem pequenas. Como lhe acontecia às vezes, foi tomado por um nojo repentino pela religião da irmã: como um deus podia ter escolhido renascer em forma de uma bola de merda? Para piorar as coisas, existiam cânticos que celebravam esse acontecimento. "Nasceu a criança divina", como isso poderia ser traduzido para o alemão? *"Es ist geboren, das göttliche Kind"*, voltou de repente à sua memória, foi bom ter estudado, pensou, assim se adquire um certo nível. Nos últimos anos, é verdade, as bolas de merda copulavam menos, pareciam ter aprendido a se rejeitar, sentiam o fedor mútuo e se afastavam umas das outras com nojo, a extinção da espécie humana parecia possível a médio prazo. Sobrariam outras porcarias, como baratas e ursos, mas não dá para consertar tudo de uma vez, pensou Paul. Basicamente, ele não se opunha em nada à destruição de um banco de esperma. Achava francamente asquerosa a ideia de comprar sêmen e, de forma mais geral, de embarcar num projeto reprodutivo que nem sequer tinha uma desculpa de desejo sexual, amor ou algum sentimento desse tipo.

Tampouco tinha a menor objeção, percebeu logo a seguir, à destruição de navios porta-contêineres chineses. Nem os industriais chineses nem as companhias de transporte marítimo despertavam nele a mais leve simpatia, todos colaboravam para mergulhar a maior parte dos habitantes do planeta na mais sórdida miséria e assim atingir seus objetivos vilmente mercantis, não havia nada ali que pudesse despertar uma grande admiração.

Ele não deveria alimentar esse tipo de ideia, pensou quase imediatamente, e voltou a ligar no Mundo Animal. O tempo havia passado, o assunto agora eram as antas, principalmente a anta do Brasil (*tapirus terrestris*) e a anta da montanha (*tapirus pinchaque*), com algumas menções também à única anta asiática que existe, a anta da Malásia ou tapir-malaio. Em todos os casos, são animais cautelosos e solitários, que vivem no coração das florestas, ativos principalmente à noite; sua vida social é zero e só formam casais para a reprodução. Resumindo, a vida das antas parecia incrivelmente chata, e então passou para um canal de esportes, mas a corrida de cento e dez metros com barreiras não conseguiu desviar o curso de seus pensamentos. Desde o início sentia-se inclinado a prestar sua homenagem a esses terroristas desconhecidos, pelo excepcional domínio que demonstraram nos campos da informática e da ação militar, e também pela habilidade com que conseguiram evitar, desde o início, qualquer perda humana — diga Doutremont o que disser, ele não via milagre algum na ausência de vítimas durante o ataque em solo dinamarquês: eles tinham procedido da mesma forma com os navios chineses, avisando a tripulação a tempo, para que pudesse escapar, e simultaneamente dando uma demonstração do quão grave era sua ameaça. Voltou à internet para saber mais sobre o atentado: de fato, tinha acontecido exatamente isso. A sala dos vigias noturnos recebeu um telefonema às três da manhã, avisando que eles deveriam evacuar o lugar, enquanto um primeiro grupo de escritórios, onde não havia ninguém àquela hora tardia, era devastado pelas chamas. E, embora a sede da Cryos International fosse localizada bem no centro de Aarhus, o incêndio ficou circunscrito exatamente ao perímetro da empresa; esses caras eram mesmo bons.

O pior da história — mas por que Prudence ainda não tinha voltado para casa?, perguntou-se de repente, eram quase nove da noite, estava precisando dela agora, precisava dela e das conversas diárias que tinham, mas agora isso não era possível, não podia esperá-la mais, tinha que se deitar e tentar dormir, talvez o salto de esqui adiantasse — o pior da história era que, se o objetivo dos terroristas era aniquilar o mundo tal como o conhecia, aniquilar o mundo moderno, ele não podia achar que estavam totalmente errados.

9

A coletiva de imprensa aconteceu ao meio-dia, nos salões do Hotel Intercontinental, na avenida Marceau. Havia muitos jornalistas, várias centenas, com certeza, Solène Signal tinha chegado antes e parecia tensa, passou a hora seguinte inalando alternadamente seus cigarros eletrônicos. Raksaneh, ao lado, estava mais tranquila, parecia ter total confiança no pupilo, e de fato Bruno estava se saindo bem, pelo menos era o que parecia a Paul, respondia com desenvoltura a todas as perguntas, passando sem esforço aparente das viagens aéreas ao Banco Central Europeu, do Banco Central Europeu aos combustíveis fósseis, conseguiu fazer a plateia rir em várias ocasiões, sobretudo o cara do *Wall Street Journal*, que quase chegava a se dobrar. Com Sarfati a coisa era menos evidente, ele nunca respondia de fato às perguntas, quase sempre tentava se safar com piadas, isso não funcionava todas as vezes, com o *Financial Times* especialmente tinha se atrapalhado um pouco, estimou Paul. Depois da conferência, Solène propôs que fossem "tomar uma loura"; e de fato o bar do Intercontinental oferecia cerveja, entre outras coisas.

Era a primeira vez que Paul via Bruno e Sarfati juntos; na verdade, era a primeira vez que via Sarfati.

— Estamos indo bem... — soltou Solène, desabando no banco e abrindo as pernas, parecia extremamente cansada. — Enfim, de modo geral estamos bem, neste momento continuamos na liderança, mas ainda faltam três meses. O problema é que nós estamos bem, mas os outros não estão mal.

— Está pensando no cara do Rassemblement National? — perguntou Sarfati.

— Sim, claro, os outros não contam. Ele é bom, esse menino, admito que me surpreende.

— Você sabe quem trabalha para ele?

Solène sorriu exausta, como se não houvesse necessidade de responder. "Bérengère de Villecraon", disse o assistente em seu lugar. Paul não o tinha visto durante a coletiva de imprensa, mas era o mesmo rapaz de terno cinza da outra vez, aquele que parecia um oficial de Bercy.

— Você conhece essa Bérengère? — Sarfati também não parecia estar muito a par do assunto.

Solène deu uma risada prolongada, um pouco bizarra, que começou com trinados de ópera-cômica e terminou com uns grasnidos de garça, antes de exclamar, enquanto atacava sua cerveja:

— Se eu a conheço? Conheço sim, aquela vagabunda!... Boa profissional, veja bem, não estou dizendo o contrário; nós só precisamos provar que somos melhores que ela. Por enquanto estamos bem, repito; se você consultar as projeções do segundo turno... — e parou de repente, olhando furiosa para o assistente.

— Eu não disse nada... — protestou timidamente o rapaz.

— Pois se deu mal, porque ouvi você pensar. Já sei o que vai me dizer: os números não significam nada com três meses de antecedência. Tem razão, mas mesmo assim precisamos estar de olho neles, não podemos fazer outra coisa. Então, agora estamos com 55%. É um número bom, prefiro 55 a 52, mas é muito apertado, temos que dar a impressão de que a diferença está aumentando, é uma coisa autorrealizável, quando você consegue dar a impressão de que a diferença está aumentando, ela aumenta mesmo, e a hora certa é agora. Portanto, para dizer a verdade não me agrada muito, mas vamos ter que apelar para a esquerda.

Dessa vez o pseudofuncionário de Bercy lhe espetou um olhar perplexo e acabou repetindo em voz baixa:

— A esquerda...

— Sim, a esquerda!... Você conhece esse termo, evoca alguma coisa na sua mente, será que ouviu falar disso alguma vez na faculdade de ciências políticas?

— Mas que esquerda?... — acabou murmurando o infeliz.

— Ora, a esquerda, a verdadeira esquerda, a velha esquerda!... Por exemplo, Laurent Joffrin vai publicar algo para mim no *Nouvel Observateur* da próxima semana.

— Ele não está morto, esse Laurent Joffrin?

— De jeito nenhum! O meu *Lolô* está em ótima forma, corre toda manhã na praia de Dieppe. Acabei de ler um texto dele, "Um fascismo bem-arrumado", é tudo lindo, tudo fofo, como ele sabe fazer. Obviamente não vai ser suficiente, precisamos de muitos assim, uns caras da velha guarda da esquerda "moral", e talvez dois ou três judeus, se conseguirmos algum, por dever de memória. Vamos ostentar tudo isso até a eleição, podemos ir com calma, a ideia é fazer os centristas humanistas se mexerem, sabe, os caras gordos da escola de Duhamel, e se os gordos resolverem levantar seus bundões da cadeira e disserem que é para ficar apavorado, então a brincadeira funcionou, deu tudo certo. Mas ao mesmo tempo... — e se virou para Bruno, a cerveja obviamente lhe fizera bem, ela estava a mil por hora de novo —, não seria nada mau demolir um pouco as propostas econômicas deles. Está disposto a fazer isso na quarta-feira, num programa do canal LCI?

— Vai ser um pouco difícil — respondeu Bruno, baixinho.

— E por quê, por favor?

— Porque são exatamente iguais às nossas. Eles aprovam tudo o que nós fizemos no campo econômico nos últimos cinco anos.

— Ah... eu não tinha percebido, falha minha — e pensou um pouco, gesticulando para que o garçom lhe servisse mais bebida. — Muito bem, veja — disse depois —, por um lado isso é ainda melhor, é excelente. Porque nesse caso você ataca com o seguinte argumento: "As suas propostas não são inovadoras, e se sua ideia é simplesmente continuar a nossa política, nós estamos em melhor posição para fazer isso", e aí desenvolve o raciocínio. Além do mais, será verdade!... — concluiu, chegando ao paroxismo de tanta satisfação.

Os destinos têm os seus caminhos, é muito raro que se cruzem, e suas bifurcações são ainda mais incomuns; entretanto, vez por outra essas bifurcações ocorrem. Nesse mesmo dia, à tarde, Aurélien tinha uma reunião na Direção Geral do Patrimônio, no Ministério da Cultura. Chegou na hora certa, esperou alguns minutos em um corredor bastante sujo. Não se podia dizer que eles aproveitavam suas funções para criar um ambiente de trabalho agradável: o mobiliário era de um verde opaco, impecavelmente administrativo, e os raros cartazes que decoravam as paredes poderiam muito bem estar, no século passado, em uma Casa da Cultura dos subúrbios comunistas.

Jean-Michel Drapier, o diretor geral do Patrimônio, correspondia perfeitamente ao ambiente, e recebeu Aurélien sem esconder sua tristeza:

— Tenho boas notícias — disse ele com uma voz morta. — Bem, acho que são boas notícias. Era você que queria um cargo na Borgonha por motivos familiares, não era? — Aurélien confirmou.

— Pois bem, tenho uma missão para você, enfim uma possibilidade de missão: a restauração das tapeçarias do castelo de Germolles; fica perto de Chalon-sur-Saône. — Pegou uma pasta fina em sua mesa, olhou-a com surpresa antes de continuar e, enquanto falava, visivelmente estava ao mesmo tempo redescobrindo-a.

— O castelo em si é interessante, quer dizer, falando do ponto de vista histórico: foi adquirido em 1380 por Philippe le Hardi, o primeiro duque da Borgonha. Depois pertenceu a Jean sans Peur, Philippe le Bon e Charles le Téméraire, antes de passar para a Coroa real. Do ponto de vista do patrimônio, há um conjunto bastante bonito de esculturas, de Claus Sluter, que foi restaurado no ano passado. E murais também, de Jean de Beaumetz e Arnoult Picornet, estes foram restaurados primeiro, como sempre fazemos, dez anos atrás. E, depois, as tapeçarias... — fez um gesto fatalista. — Não vou esconder, as tapeçarias sofreram, passaram por um incêndio, intempéries, enfim, você vai ver as fotos. Neste momento você está ocupado com a rainha Mathilde da Hungria, mas vai acabar logo, não vai?

— Vou terminar no final da semana.

— Bem, isso é muito bom. Importante, essa Mathilde da Hungria... — fez um gesto gracioso com a mão, umas espirais moderadas, que evocava bastante bem a importância histórica e patrimonial de Mathilde da Hungria. — Posso mandá-lo trabalhar no castelo de Germolles dois dias por semana — continuou ele. — Segundas e terças por exemplo, ou quinta e sexta, como preferir, se quiser passar o fim de semana com sua família.

— Três dias, não seria possível?

— Acho que vai ser difícil. — Pensou por um momento. — Sua outra restauração é no castelo de Chantilly, não é? — Aurélien fez que sim com a cabeça.

— Então, não — respondeu Drapier com tristeza —, não posso, Chantilly tem prioridade. Há mais turistas em Chantilly, enfim, você sabe como são definidas as prioridades... — concluiu, em tom de desculpa; parecia estar cada vez mais afundado em sua cadeira. — Há um ponto que precisamos deixar bem claro — disse ele, levantando-se subitamente preocupado. — Hospedagem e transporte são por sua conta, certo? Sem reembolso de despesas? — Aurélien assentiu. — Porque, evidentemente, nossa verba para o castelo de Germolles... Enfim, digamos que não é enorme, e além do mais dependemos bastante da boa vontade do conselho departamental. Mas você já deve estar acostumado, não é? Está conosco há uns dez anos?

De fato, tinham passado dez anos, quase exatamente. O que Aurélien podia fazer, senão confirmar mais uma vez? Foi o que fez. Drapier caiu de novo em um silêncio prostrado.

Quando saiu do Ministério da Cultura, Aurélien entrou no primeiro bar que apareceu, pediu uma garrafa de Muscadet. Pouco acostumado ao álcool, sentiu os efeitos logo; o álcool podia ser uma solução, pensou, uma solução parcial. Uma pesquisa rápida na internet lhe trouxe uma boa notícia: o castelo de Germolles ficava a noventa quilômetros de Villié-Morgon, quase tudo pela autoestrada A6, era uma viagem fácil. As fotos das tapeçarias, por outro lado, levariam ao desespero qualquer restaurador de arte; limitar os danos era o máximo que ele seria capaz de fazer.

Havia um problema imediato: não queria voltar para casa, queria estar em qualquer lugar, menos na sua casa, isso não era novidade mas piorava a cada semana, atualmente a cada dia. Não era normal, pensou, ter medo de encontrar a própria mulher, porque aquilo era simplesmente medo, não encontrava outra palavra. Ela com certeza iria berrar, descarregar nele, de uma forma ou de outra, as frustrações de um dia frustrante, de uma carreira jornalística que correspondia cada vez menos às suas expectativas; nunca era uma boa ideia casar com uma fracassada, aliás com um fracassado tampouco, mas ele não se considerava fracassado, gostava muito das tapeçarias da Idade Média, seu trabalho meticuloso e solitário lhe dava prazer, nunca tinha pensado em trocá-lo por outro.

Se chegasse tarde podia ser ainda pior, para Indy aquilo seria motivo para mais um chilique, ela saía quase toda noite na esperança de fazer contatos, e estes se revelavam cada vez mais problemáticos, queria que lhe *dessem um grande furo de reportagem*, essas coisas ainda existiam, só que agora não eram mais oferecidas a ela, seu tempo simplesmente tinha passado, era só isso, tinha passado sem chegar realmente a acontecer, e então saía, ia "jantar fora", e nessas noites fazia questão de que Godefroy ficasse com alguém, mas obviamente isso não acontecia, porque o seu filho, enfim, aquele que para Aurélien fazia as vezes de filho, o seu coinquilino masculino, ficava trancado no quarto, provavelmente mergulhado nas redes sociais, e não saía por motivo nenhum.

Serviu-se mais uma taça, pensando que ainda não tivera coragem de confessar à esposa, e isso certamente seria motivo para mais uma cena, que as esperanças financeiras que ela depositava na venda das esculturas da sua mãe eram extremamente exageradas, a cotação das obras de Suzanne Raison tinha literalmente despencado. Ele consultara três marchands cujas opiniões convergiam, cada escultura podia ser negociada agora por uns mil ou dois mil euros, não mais que isso, e provavelmente levaria tempo para encontrar compradores, talvez nunca aparecessem, e reduzir mais o preço não ia adiantar nada, simplesmente não havia mais demanda. Ele não tinha nada a ver com isso, claro, mas Indy iria acusá-lo mais uma vez de ser um fracassado, não ia perder a oportunidade.

Aurélien não percebeu logo, evidentemente, que tinha se casado com uma pessoa de merda, e ainda por cima venal, isso é uma coisa que não se vê de imediato, leva no mínimo alguns meses para você entender que vai viver num inferno, e que não é um inferno simples, os círculos são muitos, e ele foi afundando ao longo dos anos em sucessivas camadas, cada vez mais opressivas, cada vez mais sombrias e irrespiráveis, as palavras amargas que os dois trocavam todas as noites foram ficando cada vez mais carregadas de puro ódio. Provavelmente ela não o traía, ou talvez só às vezes, devia dar de vez em quando para algum estagiário que ainda acreditasse em sua aura de grande jornalista, que pensasse que ela tinha alguma importância no organograma, a ambição insatisfeita tinha devorado muitas coisas suas, mas não o seu desejo inesgotável de mostrar que era uma garota cool, moderna e legal, e que tinha muitos contatos. Nos últimos dois ou três anos Aurélien andava brincando com a ideia de matá-la, às vezes por envenenamento, mais frequentemente por estrangulamento, imaginava sua respiração cada vez mais rarefeita, o pescoço estalando. Eram devaneios absurdos, ele não sabia nada sobre violência, nunca tinha brigado, ou melhor, nunca tinha se defendido. Pelo contrário, foi humilhado e espancado regularmente, durante anos, por meninos mais velhos. Era tudo muito rápido, uma correria desesperada pelos corredores do colégio, alguns apelos em vão, e o levavam para o chefe deles, um negro alto e muito corpulento, pelo menos cem quilos de gordura e músculos, que todos chamavam de "monstro". Então o forçavam a se ajoelhar, podia ver o sorriso feliz, quase cordial, do monstro enquanto abria a braguilha para mijar no seu rosto, ele tentava se libertar mas os outros o seguravam com firmeza, ainda se lembrava do cheiro de mijo azedo. Aquilo durou dois anos, entre seus oito e dez anos, e foi seu primeiro contato real com a sociedade humana. Depois disso, nunca foi capaz de conviver com a violência física.

Ele sabia qual era a solução do seu problema com Indy, o álcool devia lhe dar coragem, e ia precisar de coragem para desatar as hostilidades do divórcio. Ela ia pedir a metade dos seus bens, sem dúvida, e conseguir; ia pedir uma pensão alimentícia, e conseguir também, só faltava determinar o valor. Em casos de divórcio, pelo pouco que Aurélien sabia, é indispensável ter um bom advogado. Ele conhecia tecelões, tanto de alto como de baixo liço, ferreiros, estampadores, ebanistas; mas não conhecia nenhum advogado, tinha escolhido um mais ou menos ao acaso. Indy certamente conhecia advogados formidáveis, para ele os advogados e os jornalistas eram mais ou menos a mesma coisa, enfim, pareciam todos pertencer ao mesmo mundo um tanto suspeito, sempre em linha direta com a mentira, sem contato imediato com a matéria, com a realidade, nem com uma forma qualquer de trabalho. Ele estava, não podia fingir que não, começando mal.

A garrafa de vinho estava quase acabando, descia rápido aquele troço; olhou em volta, o bar com metade das mesas vazias, e foi dominado pela certeza imediata e absoluta de que não havia ninguém naquele lugar, absolutamente ninguém, e provavelmente pouquíssimas pessoas no mundo, que pudessem ouvi-lo, simpatizar com ele, compartilhar suas tristezas. A noite estava caindo, Aurélien tinha acabado a garrafa, e agora estava, mais do que nunca, mais que em qualquer outro momento da sua vida, em uma situação de impasse absoluto.

Mais ou menos à mesma hora, no centro de Lyon, Cécile tocava a campainha do seu primeiro cliente. Tinha sido mandada pelo Marmilyon.org, era esse o nome do site. Com certeza se tratava de uma startup, pelo menos era a ideia que ela tinha disso, só havia um funcionário, que ela nunca viu, tudo foi tratado pelo telefone e principalmente pela internet. Eles empregavam quatro cozinheiros: um italiano, um marroquino, uma tailandesa — e a partir de agora Cécile, com a cozinha francesa, era a novidade mais recente, para clientes que desejassem "uma cozinha regional tradicional", como dizia o site.

Foi recebida por uma mulher loura, bastante bonita, na casa dos quarenta anos, que havia contratado o serviço três dias antes, estava organizando um jantar para doze pessoas naquela noite, o que dava três horas a Cécile para fazer a comida — era o que tinha previsto, não estava preocupada.

O apartamento era gigantesco, devia ser o que chamam de loft, mas geralmente os lofts são instalados em alguma oficina antiga, ali parecia ocupar uma fábrica inteira, ela teve a impressão de distinguir vários salões de recepção e salas de jogos quase infinitamente interligados.

A cozinha também era muito grande, com uma bancada central enorme, de pedra vulcânica.

— Fiz as compras segundo as suas instruções… — disse a mulher fazendo um pequeno gesto de aborrecimento, obviamente ela não tinha gostado de receber instruções de Cécile, mas não podia evitar, as compras não faziam parte dos serviços oferecidos pelo site. — Não preciso mostrar o equipamento da casa, são só as coisas clássicas… — continuou ela, com uma expressão impaciente, coisas clássicas, realmente, mas da melhor qualidade, em todo caso das mais caras, a coleção de facas, em particular, era impressionante, facas Haiku Itamae, e até um fogão La Cornue, e tudo dava a impressão de haver sido muito pouco usado, parecia ter saído direto de um catálogo.

Cécile começou a trabalhar e foi relaxando aos poucos, a culinária sempre produzia esse efeito nela, felizmente, porque estava começando a sentir que não ia gostar daquela mulher nem dos convidados. Duas opções eram oferecidas aos clientes: ou ela ia embora uma vez terminados os preparativos para o jantar ou ficava para fazer o serviço de mesa e, depois, lavar a louça e arrumar tudo. Infelizmente a cliente escolheu a segunda opção, provavelmente ela teria que ficar lá pelo menos até meia-noite. Hervé tinha voltado para Saint-Joseph, viria buscá-la mais tarde.

Depois de começar a fazer a *blanquette* de vitela concentrou-se na sobremesa, ia ser a parte mais difícil, o *fraisier* não é uma torta fácil, havia anos que ela não fazia, mas se sentia bem, à vontade, segura de si. As entradas não seriam nenhum problema, uma *remoulade* de aipo bem simplezinha e aspargos com molho holandês, iria fazer o molho no final.

A primeira impressão se confirmou quando serviu as entradas, depois a *blanquette*: decididamente, não gostava dessa gente. Não se lembrava mais do que a mulher fazia, na certa algo no ramo imobiliário, ou talvez na área de reformas de residências, faziam-se muitas reformas em Lyon nos últimos anos. O marido, por seu lado, era do setor financeiro, e parecia bem mais simpático que a esposa, com sua cara redonda, um pouco assustada, estranhamente tinha sido ele quem fez o primeiro contato com Cécile, pelo menos não tentou negociar o preço. Os outros convidados eram do mesmo ambiente, alguns deles pareciam trabalhar com cultura, a conversa era sobre arte contemporânea, falavam de diversas exposições, ela não tinha tempo para escutar e nem estava interessada. Sentia-se completamente transparente, ninguém parecia notar sua presença. Gostaria, pelo menos, que dissessem alguma coisa sobre a comida, mas ninguém pensou nisso, nenhum dos doze, e no entanto sua *blanquette* estava perfeita.

Quando voltou com o *fraisier*, a conversa, que aliás parecia pouco animada, girava em torno da próxima eleição presidencial, todos concordavam em apoiar a atual maioria, não havia "alternativa", segundo a expressão consagrada. Ao cortar as fatias da torta, teve vontade de falar algo inadequado e infantil do tipo: "Meu irmão mais velho conhece o ministro de perto!", mas se conteve, voltou para a cozinha e começou a cuidar da louça. Com mais de quarenta anos, tinha a impressão de acabar de descobrir a luta de classes; era uma sensação estranha, desagradável, um pouco suja, preferiria não ter sentido aquilo.

Com os pratos na máquina de lavar, os cafés servidos, os convidados se dirigiram para o salão — ou melhor, para um dos salões de estar. Ela terminou de arrumar a cozinha e finalmente podia ir embora.

— Não vou acompanhá-la até a porta, você sabe o caminho — disse a anfitriã. Hervé já estava lá, esperando por ela na esquina da avenida Lafayette, como combinado. Enquanto descia as escadas, Cécile sentiu uma necessidade súbita de chorar. O carro não estava longe, mas os cinquenta metros que percorreu no ar gelado foram suficientes para se recuperar e, já sentada na frente, ao lado de Hervé, quando ele perguntou como tinha sido, conseguiu responder com a mais perfeita naturalidade:

— Muito bom.

10

Na sexta-feira, 29 de janeiro, Aurélien terminou seu trabalho com a tapeçaria de Mathilde da Hungria; agora tinha que esperar até que o equipamento fosse transportado para o castelo de Germolles, certamente ia ser rápido, os serviços da Direção do Patrimônio eram bastante eficientes nessa área.

Toda manhã, a perspectiva da viagem o enchia de alegria antecipada; ele gostava dessa rota que o levava ao castelo de Chantilly, quer dizer, nem tanto nos primeiros trechos, nem Bondy nem Aulnay-sous-Bois tinham muito a ver com alegria, mas depois de passar pelo aeroporto de Roissy já se encontrava em pleno campo, e logo depois de La Chapelle-en-Serval, no meio da floresta, não havia mais nenhuma habitação humana até Chantilly. A volta, naturalmente, era menos alegre, e sua angústia aumentava quando se aproximava do chalé de Montreuil, de cujo minúsculo jardim Indy sempre se gabava para os conhecidos embora aquilo não tivesse nada a ver com um jardim, era simplesmente uma superfície inculta, cheia de mato, capim alto e cardos, onde se viam aqui e ali umas latas enferrujadas; de todo modo ela seria incapaz de cultivar um vegetal.

Nessa sexta-feira à noite ele se sentia quase animado quando empurrou a porta do chalé, e entendeu imediatamente que precisava esconder isso de Indy, era imperativo manter as conversas no tom habitual de hostilidade e sarcasmo; isso provavelmente não ia ser difícil, de qualquer maneira ela devia sair cedo, sempre saía às sextas-feiras.

Durante o sábado, que em geral era seu dia mais difícil, quase não a viu, e à noite telefonou para Cécile. As notícias de lá eram boas, ela estava exultante ao contar que, por três dias seguidos, seu pai tinha conseguido voltar a comer normalmente. Era preciso amassar a comida, claro, transformá-la em purê; mas tinha recuperado a capacidade de desfrutar dos sabores. "Até vinho?", perguntou Aurélien. Bem, sim, até vinho, o vinho era um líquido, não representava nenhum problema em particular. Aurélien não entendia muito de medicina, e não entendeu a que se referia Cécile quando mencionou o risco de "caminhos errados". Ela estava ansiosa para vê-lo de novo, podia vir quando quisesse. Daqui a uma semana, disse, no máximo duas. Acrescentou que iria sozinho; ela não fez nenhum comentário.

A última semana de janeiro foi pesada para Paul, Bruno tinha sido um pouco otimista demais, as dificuldades causadas por sua ausência demoraram mais que o previsto para se dissipar. Ele o via uma vez por semana e lhe expunha os poucos pontos litigiosos que havia para decidir — era mais uma questão de consciência, na verdade os dois estavam tão acostumados a trabalhar juntos que ele podia prever sua reação quase todas as vezes. Depois, a máquina Bercy funcionava; era uma boa máquina administrativa, potente, um pouco lenta para dar a partida, mas as coisas iam ficando mais fáceis a cada semana.

A estratégia de Solène Signal não tinha funcionado; os tenores da "esquerda moral" estavam definitivamente inaudíveis, muito mais do que ela pensava, e os humanistas gordos não se mexeram. Deve-se dizer também que, pela primeira vez, os judeus não se manifestaram; o fato de o candidato não ser mais um Le Pen certamente teve um papel nessa deserção. O velho estava se aproximando dos noventa e nove anos, mas não conseguia se decidir a morrer. Bem que podia ter soltado uma das suas piadas sobre os fornos crematórios para prejudicar seu partido na última hora; Solène ainda tinha essa esperança residual, mas já não acreditava muito nela: como o candidato não tinha mais o seu sobrenome, ele parecia considerar que já não estava sob sua autoridade. Ele mesmo "estava se preparando para se encontrar com seu salvador", isso era tudo o que se podia obter hoje em uma entrevista, e as projeções para o segundo turno permaneciam paradas em 55-45, sem alterações desde o início.

Para Paul era sempre agradável reencontrar Raksaneh. Ela era de um dinamismo constante, um bom humor inalterável, e tinha uma coleção impressionante de calças de ginástica — turquesa, menta, fúcsia, parecia gostar de todas as cores do arco-íris; além disso, todas ficavam mais ou menos igualmente apertadas. Era visível que se dava muito bem com Bruno, mas com certeza não estavam dormindo juntos, isso não era possível para ele, ainda não, não nesta fase, e além do mais poderia acarretar problemas éticos, se bem que, na verdade, a ética não parecia preocupar muito o pessoal da Confluences. Mas já estava fazendo muito bem a Bruno que ela o visse como um homem de verdade, ele mesmo, de certa forma, estava redescobrindo isso ao mesmo tempo. Raksaneh tinha uma visão dos seres naturalmente sexuada, e nem pensava em dissimular isso, era uma coisa incrivelmente relaxante. Com Prudence, as coisas não evoluíam, ou muito pouco. Agora saíam juntos todas as manhãs para trabalhar, voltavam para casa em horários parecidos. Toda noite conversavam um pouco na sala antes de irem dormir em seus respectivos quartos. Ainda não faziam as refeições juntos, mas uma noite Paul ficou comovido ao encontrar na geladeira duas fatias de patê *en croûte*, que Prudence tinha comprado para ele.

Na noite de 2 de fevereiro ela participou de um evento organizado por seu grupo para celebrar o sabbat de Imbolc. Segundo Scott Cunningham, essa festa marcava a recuperação da deusa após parir o deus. O calor fertilizava a terra (ou seja, a deusa), fazendo as sementes germinarem e brotarem; assim se manifestavam as primeiras palpitações da primavera. Era evidente que Prudence estava tentando, corajosamente estava tentando entrar em contato com as coisas, com a natureza, com sua própria natureza. Seria uma boa ideia, pensou Paul, convidá-la para ir a Saint-Joseph, assim que ele pudesse viajar; ela se importava de verdade com o estado de saúde do seu pai e sempre adorou aquela casa; quem sabe pudessem ter um novo impulso lá, um novo começo, dar início a uma nova vida; em todo caso, ele precisava ter essa expectativa.

Na segunda-feira, dia 15 de fevereiro, Drapier telefonou para Aurélien logo de manhã, quando tinha acabado de chegar a Chantilly. Estava tudo pronto no local, disse, poderia começar os trabalhos em Germolles na quinta-feira. Quando desligou, Aurélien se deu conta de que iria viajar na noite de quarta, dentro de dois dias, ele não tinha previsto que sua libertação estava tão próxima. Além disso, Indy não faria nenhuma objeção à sua viagem — muito pelo contrário, aliás, porque também ia tratar da venda das esculturas. Finalmente ele tinha chegado a um acordo com o dono de uma galeria, pelo valor unitário de mil e duzentos euros, mas ainda não tivera coragem de contar à mulher. Instalado em uma antiga fábrica em Romainville, o galerista tinha espaço de armazenamento suficiente — e estava disposto a se encarregar do transporte.

Ao meio-dia, convidou uma colega para almoçar, uma jovem recém-chegada ao departamento que trabalhava com ele na *Negação de São Pedro*. O restaurante ficava no próprio castelo, na antiga cozinha de François Vatel, intendente do príncipe de Condé — provavelmente um bom cozinheiro, mas que passou à posteridade principalmente por seu suicídio.

— Está comemorando alguma coisa? — perguntou Félicie, e sua surpresa era compreensível, ele costumava se contentar com um sanduíche de frango que comia em cinco minutos sem sair do seu posto de trabalho.

— Nada em especial. Enfim, acho que vou poder me divorciar em breve.

— Ah... — ela fez um louvável esforço de discrição, esperou a chegada do prato principal para fazer perguntas. E então ele falou do assunto sem nenhum constrangimento, quase com franqueza, mas suavizando um pouco as coisas. Respondeu que não quando Félicie lhe perguntou se tinham filhos.

— Ah, que bom — disse ela —, sem filhos há menos problemas...
— É o que a maioria das pessoas teria pensado, Félicie pensava exatamente como a maioria das pessoas, aquela garota era tranquilizadora em todos os sentidos.

Ele tinha feito as malas na véspera, para não ter que voltar a Montreuil, e saiu de Chantilly às quatro da tarde. A avenida de contorno estava muito congestionada, a rodovia também não estava muito melhor, e por volta das nove da noite percebeu que ia chegar tarde em Saint-Joseph e que já estava começando a ficar cansado, era melhor parar em Chalon. Encontrou facilmente um quarto no Ibis Styles, localizado perto da saída Chalon-sur-Saône Nord. O restaurante ainda estava aberto, mas só havia dois outros clientes, comendo sozinhos em suas mesas: um homem na casa dos quarenta anos que parecia um representante comercial, bem, um representante comercial como se vê nos filmes — ele nunca tinha conhecido nenhum representante comercial — e uma mulher um pouco mais jovem, que também lhe evocava uma vendedora, algo na maquiagem ou na roupa, não sabia dizer — Aurélien também não conhecia nenhuma vendedora, sua experiência do mundo era limitada. De repente se perguntou se essas pessoas que passavam a vida nas estradas em busca de um ideal improvável de fidelidade do cliente, que dormiam em quartos do Mercure ou do Ibis Styles, às vezes viviam encontros de uma noite só, trocavam abraços fogosos durante uma parada noturna. Provavelmente não, disse para si mesmo após pensar um pouco; esse tipo de coisa podia acontecer no tempo do seu pai, mas o costume tinha desaparecido, não combinava mais com o espírito do tempo. Tampouco achava que os dois, uma vez que voltassem para seus respectivos quartos, fossem entrar em algum site de encontros pela internet baseado em geolocalização; não ia acontecer nada.

Seu sono foi tranquilo e sem sonhos; no dia seguinte, às oito, estava na porta do castelo de Germolles, sabia que no interior se trabalha desde cedo. O vigia se parecia bastante com aqueles criados malignos, mais ou menos degenerados, que em certos filmes fantásticos de quinta categoria se envolvem em cerimônias de magia negra que incluem degolar galinhas e traçar sinais cabalísticos no chão do celeiro; ele tinha sido avisado da sua chegada. As tapeçarias estavam tão deterioradas como Aurélien temia; uma das mais bonitas, especificamente, que retratava Betsabé saindo do banho, tinha sido em parte devorada pelos ratos. Mas Aurélien não contava com o frio que encontrou, as salas do castelo estavam congeladas; isso era um problema, remendar é um trabalho manual delicado, difícil de fazer com os dedos enrijecidos. Resmungando um pouco, o vigia foi buscar um aquecedor elétrico, que se mostrou eficiente; ele não tinha muito o que fazer nos meses de inverno, fora dos horários de visita ao castelo, e parecia passar a maior parte do dia alimentando seus cães — uma dúzia, e muito pouco acolhedores, tipo rottweilers ou mastins. Ao meio-dia Aurélien deu uma volta pelo parque; as feras o olharam com desconfiança, mas sem se aproximar. Depois foi almoçar num bar-restaurante em Mellecey, a cidade do castelo; era muito tranquilo, ele se sentiu em um livro de Maigret.

Sabia que Cécile não ia lhe fazer perguntas sobre Indy, que esperaria que ele falasse espontaneamente; mas na primeira noite não teve coragem de tocar no assunto. No sábado iriam buscar Madeleine no hospital, disse-lhe a irmã, ela vinha dormir em Saint-Joseph todo sábado. E no domingo, quando a levassem de volta, poderiam passar mais algum tempo com o pai.

No dia seguinte, depois do jantar, Cécile voltou para a cozinha; ia preparar pratos para a semana inteira, que seriam embalados em potes herméticos e entregues a Madeleine no dia seguinte; tinha pelo menos duas ou três horas de trabalho pela frente. Quando Hervé foi para a cama, Aurélien ficou sozinho na sala; não estava pensando no que ia dizer, sua mente era como uma tela em branco. Então, sem ter exatamente premeditado, se levantou, foi até a cozinha, fechou a porta atrás de si e se sentou à mesa. Cécile terminou de mexer um molho que estava fervendo em um panelão, virou-se, enxugou as mãos e se sentou diante dele.

A venda das esculturas estava quase concluída, começou, o inventário não levaria mais que um fim de semana, o galerista viria retirá-las no fim de semana seguinte, já estava marcado para o sábado dia 27, iam chegar de manhã cedo. Sentiu que estava falando com uma voz inexpressiva, realmente não reconhecia a própria voz, era um pouco preocupante.

Falou um pouco mais das obras da mãe, do tempo que levaria até que fossem vendidas, da quantia que poderiam receber por elas. Cécile ouvia tudo aquilo, pacientemente, sem interromper. A certa altura se levantou para mexer o molho e voltou a sentar de novo à sua frente.

— Vou iniciar o processo de divórcio logo depois disso — continuou ele, exatamente no mesmo tom de voz. — Marquei uma reunião com o advogado no dia 1º de março.

— E o seu filho? Vocês vão ter guarda compartilhada, direito de visita nos fins de semana?

— Não pretendo voltar a ver meu filho.

Ela ficou visivelmente chocada, permaneceu em silêncio pelo menos por um minuto; depois se aproximou dele, segurou suas mãos antes de dizer que entendia, que dava para entender, afinal o menino não era exatamente seu filho, com certeza seria diferente se ele não tivesse a infelicidade de ser estéril.

— Eu não sou estéril — respondeu Aurélien calmamente.

Dessa vez ela o olhou com um assombro que pouco a pouco foi se transformando em horror quando assimilou o que tinha acabado de ouvir. Uma porta rangeu ao longe. Pararam de falar; provavelmente era Hervé que tinha se levantado. Pouco depois, voltou a imperar o silêncio. Aurélien evitava o olhar de Cécile, mas afinal conseguiu continuar, com a mesma voz desligada:

— Nunca fui estéril. Foi ela quem inventou isso. Nunca entendi por que queria outro doador.

Quando uma lágrima brotou dos olhos da irmã, ele também caiu no choro. Chorou calma, longamente, um fluxo que parecia inesgotável, enquanto Cécile o embalava em seus braços. Não sentia quase nada, pelo menos nenhum sofrimento, talvez uma espécie de piedade um pouco abstrata de si mesmo, e também, o que era mais preocupante, a sensação de estar se esvaziando. Talvez seja assim, pensou, ter uma hemorragia maciça. No entanto, quando suas lágrimas começaram a secar passou a sentir outra coisa, um relaxamento geral do corpo acompanhado de um forte cansaço. Foi para a cama logo depois.

Na manhã seguinte, assim que chegaram ao hospital cruzaram com Maryse no corredor que levava ao quarto do seu pai:

— Eles saíram — disse a jovem —, Madeleine o levou para dar um passeio no jardim. Você é o filho caçula, não é? — Aurélien fez que sim com a cabeça. — Ela o avisou, disse que você viria. O dr. Leroux também queria conhecê-lo, mas neste fim de semana ele não está aqui.

— Bonitinha, a enfermeira — disse Aurélien, dirigindo-se para o jardim.

— Ah, você percebeu... — respondeu Cécile sem mais comentários.

Sentada em um banco, ao lado de Edouard enrolado em cobertores, Madeleine os viu de longe, fez um gesto largo e se levantou para empurrar a cadeira na sua direção. No caminho, passou por duas enfermeiras que se afastaram alguns metros para não cumprimentá-la; Aurélien teve a impressão de que olharam para ela com hostilidade.

Foi até o pai, segurou a mão que saía por entre as cobertas:

— Eu voltei, papai — disse. — Vamos para o seu quarto, está bem? Está fazendo um pouco de frio aqui. — Edouard piscou, lentamente mas de forma bastante perceptível.

— Isso quer dizer que sim — disse Cécile —, lembra? Podemos deixar vocês dois à vontade — acrescentou, quando voltaram para o quarto —, se quiser conversar a sós com ele.

Cécile e Madeleine saíram; o olhar do pai continuou fixo no seu, imóvel. Ele não pode ter nenhuma expressão, repetia Aurélien para si mesmo, não tem como manifestar seus sentimentos; mas precisou de um ou dois minutos antes de começar.

— Vou poder voltar muitas vezes, pai — disse afinal —, estou fazendo um trabalho perto de Chalon-sur-Saône. E também vou vender as esculturas da mamãe, encontrei um galerista em Paris, vamos limpar o celeiro.

O pai piscou lentamente. Aurélien ficou congelado, incapaz de interpretar o movimento, incapaz também de continuar.

— Você estava certo, pai — conseguiu dizer por fim —, minha esposa é uma mulher má. Vou pedir o divórcio.

O pai piscou novamente, dessa vez com mais firmeza, de forma mais assertiva.

Na verdade ele não tinha muito mais o que dizer, mas se sentia incrivelmente bem quando saiu do hospital, apaziguado, alegre, e dominou a conversa durante o jantar, explicando que muito provavelmente as tapeçarias que estava restaurando tinham sido tecidas em Arras, que Arras era o principal centro de produção da Europa no final da Idade Média, e que a cidade deve muito da sua opulência a essa indústria.

— Essa opulência mudou muito... — comentou Hervé, servindo-se uma bebida.

No domingo começou a trabalhar de manhã, fotografando e medindo as esculturas, depois mandava tudo por e-mail para o galerista, era um trabalho fácil, mas o celeiro também era muito mal aquecido, e à noite se deu conta de que não teria coragem de voltar à estrada. Decidiu passar a noite em Saint-Joseph e avisar Félicie pelo telefone — a *Negação de São Pedro* teria que esperar um pouco.

Partiu no dia seguinte às sete. Apesar da hora, Cécile já havia levantado e lhe deu um abraço longo, muito longo, antes que ele entrasse no carro.

11

Na sexta-feira seguinte, Paul e Prudence pegaram o trem para Mâcon. Não iam dormir no mesmo quarto, tinham conversado sobre isso no último momento, pouco antes de sair, não era uma coisa fácil para nenhum dos dois, já fazia muito tempo; mas Prudence disse que tentaria ir para a cama dele no final da noite. "A cama lá é pequena, você sabe", disse Paul; ela imaginava, mas não se incomodou, muito pelo contrário. Ele próprio não entendia muito bem por que queria dormir no seu quarto de adolescente; mas concluiu que provavelmente não valia a pena tentar entender. Pensou que os pôsteres de Carrie-Anne Moss não deviam estar mais colados nas paredes; mas se estivessem sua primeira providência seria tirá-los; também não sabia bem por quê, mas achou que era melhor.

Desde o início Paul percebeu, pela maneira como Cécile abraçou Prudence efusivamente na plataforma da estação, que ia fazer todo o possível para que ela se sentisse bem naquele fim de semana, para que se sentisse acolhida de novo no seio de uma família. Mas a irmã não conseguiu reprimir um leve movimento de surpresa ao saber que Paul voltaria a dormir no antigo quarto; mas não disse nada.

De fato, nas paredes não se via nenhuma imagem de Carrie-Anne Moss, só um pôster inofensivo do Nirvana. Curiosamente, ele adormeceu sem dificuldade. Mas acordou na hora, no segundo exato em que ouviu um leve ruído da porta do quarto se abrindo, mas não se mexeu, não fez qualquer gesto para receber Prudence, ao contrário, se enrodilhou, encostado na parede. A noite estava muito escura, a temperatura não tinha caído anunciando o amanhecer, não devia ser mais que cinco horas da manhã.

Primeiro ela pôs a mão em sua cintura, depois subiu até o peito. Paul não se moveu um centímetro. Depois fez movimentos vagos, como uns pequenos sobressaltos, e de repente abraçou-o com toda a força, emitindo uns sons difíceis de entender; Paul teve a impressão de que estava chorando. Ela ainda estava com o pijama de criança, um pouco felpudo ao toque, notou involuntariamente. Depois afrouxou um pouco o abraço, sem deixar de apertá-lo com força, mas isso não era problema, ele estava bem.

Ficou assim por um longo tempo, sem se mexer, sentindo o seu calor — ela parecia estar queimando por dentro, e respirava com força, seu sistema cardiovascular devia estar operando a uma velocidade louca.

A luz do dia já havia tomado conta do aposento quando ele decidiu se mover, e quando se virou percebeu que estava com muito medo.

Não precisava ter medo. Suas bocas estavam a poucos centímetros de distância. Sem um segundo de hesitação, Prudence colou os lábios nos seus, enfiou a língua e moveu-a lentamente, entrelaçando as duas línguas. Paul sentiu que aquilo poderia durar muito tempo, poderia durar para sempre.

Mas parou, no mundo sublunar nada dura para sempre. Os dois afinal se afastaram, com os corpos agora a cerca de trinta centímetros de distância. "Vamos tomar café", disse Paul.

Cécile não conseguiu reprimir outro gesto de surpresa ao vê-los chegar à cozinha de mãos dadas, de pijama. Devia haver algo necessário naquilo, disse para si mesma, um ritual de reencontro. Não se pode falar nada sobre os problemas de relacionamento dos outros, não se pode fazer nada a respeito, é um lugar secreto, onde ninguém penetra. No máximo, pode-se esperar o momento em que eles decidam contar alguma coisa, sabendo que provavelmente isso não vai acontecer. O que se passa com um casal é algo particular, não transponível para outros casais, não passível de intervenções ou comentários, muito distante do resto da existência humana, diferente da vida em geral e também da vida social comum a muitos mamíferos, algo que não é compreensível sequer a partir da descendência que o casal eventualmente possa ter gerado, enfim, é uma experiência de outra ordem, na verdade nem sequer é uma experiência propriamente dita, é uma tentativa.

— Aurélien não vai conosco para o hospital — disse Cécile —, hoje ele tem que embalar as esculturas, vai levar o dia todo, aliás acho que a transportadora já chegou.

Demorou algum tempo para Paul descobrir do que ela estava falando. De fato, Aurélien também devia estar ali, tinha se esquecido completamente dele, não o vira na noite anterior, é verdade que tinham chegado muito tarde; e das esculturas da sua mãe, para dizer a verdade, também tinha se esquecido.

— Pois é, você sabe, as esculturas da mamãe... — disse para Prudence, que assentiu mecanicamente, sem entender do que se tratava.

— Vocês ainda têm que tomar banho? — perguntou Cécile, parecendo um pouco apressada.

— Não, não, vamos sair logo — respondeu Paul. Prudence concordou com entusiasmo, ela tivera a mesma ideia: continuar o dia todo assim, sem se lavar. Seus corpos não tinham se misturado de fato, isso viria depois, mas os dois se tocaram demoradamente e havia vestígios, odores; fazia parte do ritual de domar os corpos. O mesmo fenômeno se observava em outras espécies animais, em particular entre os gansos, ele tinha visto um documentário sobre isso há muito tempo.

Um caminhão de mudança estava estacionado em frente ao celeiro, com as duas portas traseiras abertas.

Ainda era algo muito impreciso, mas já era possível notar o início da primavera, havia uma suavidade no ar e a vegetação sentia isso, as folhas iam se despojando da proteção de inverno com um despudor sossegado, exibiam suas partes tenras e com isso se arriscavam, aquelas folhas jovens, porque uma geada repentina podia aniquilá-las a qualquer momento. Quando se sentou ao lado de Hervé no banco dianteiro do Dacia, Paul tomou consciência de que provavelmente nunca mais iria ver as esculturas da sua mãe — e, além do mais, estava começando a esquecer o rosto dela.

Chegando ao hospital, logo na entrada depararam com o dr. Leroux envolvido em um diálogo claramente tempestuoso com um sujeito vestido de executivo. Quando os viu, interrompeu o outro com um gesto de impaciência e foi até eles.

— Que bom, vocês vieram ver seu pai... Só que ele não os esperou, saiu com a namorada. Quase não os vemos mais por aqui, os dois saem para passear toda manhã, não sei para onde vão. Ela não esquece que a cadeira tem autonomia de quatro horas, então sempre volta na hora do almoço, para alimentá-lo e recarregar as baterias. Ele quase não tem mais necessidade de enfermeira, aliás pedi a Aglaé que cuide de outra pessoa. Só ficou Maryse, que ajuda Madeleine a levantá-lo de manhã e colocá-lo na cama à noite, mas, fora isso, Madeleine cuida de tudo, troca as fraldas, dá banho, dá comida.

— Isso não o incomoda? — perguntou Paul.

— Não, por que iria me incomodar? Ela faz o trabalho de cuidadora sem receber salário, e num hospital sempre está faltando pessoal, vocês sabem, para mim Madeleine é perfeita.

Visivelmente havia um problema sobre o qual ele não queria falar, Paul percebeu alguma coisa, mas não teve coragem de perguntar. Foram para o quarto de Edouard e lá, outra vez, ficou impressionado com a foto dos seus pais abraçados à beira-mar. Pareciam jovens, apaixonados, os dois exalavam desejo. Quem sabe deveriam ter ficado como estavam ali, pensou Paul, talvez não devessem ter tido filhos, sua mãe realmente não havia sido feita para a maternidade.

Cinco minutos depois, Cécile disse que ela e Hervé preferiam esperar no jardim; ele fez que sim com a cabeça. Prudence resolveu acompanhá-los, queria conhecer o lugar. Depois que saíram, Paul desabou de novo no sofá dos visitantes. Olhar aquelas fotos deixou-o rapidamente em um estado de nostalgia sombria, é sempre assim com as fotos, elas nos deixam felizes ou tristes, nunca se sabe de antemão. Passando os olhos pelo quarto, viu os dossiês do pai. Podia consultá-los, Martin-Renaud lhe dissera: não eram confidenciais, e de qualquer maneira não ia entender nada.

O primeiro que abriu era mesmo absolutamente enigmático: em mais de dez páginas, com sua caligrafia pequena e inclinada, seu pai tinha anotado coisas como: "AyB3n6 — 1282", havia centenas de linhas assim, sem a menor repetição ou regularidade que se pudesse identificar, nem qualquer comentário. Passou um bom tempo olhando aquilo, nenhum vislumbre de compreensão lhe passou pela cabeça, depois fechou a pasta.

Ao abrir o segundo dossiê teve um choque, e por alguns segundos não conseguiu acreditar. O que tinha diante dos seus olhos era a montagem de pentágonos, círculos e caracteres bizarros que antecedia os vídeos e anunciava os atentados na internet havia meses. Conseguiu até identificar aquela mensagem com precisão, era a segunda, a que acompanhava o vídeo da decapitação de Bruno. Havia aparecido na rede, lembrou, pouco antes de seu pai entrar em coma. Não era nada surpreendente que ele sempre acompanhasse os noticiários; mas que tivesse se interessado por aquela imagem, exatamente, era de fato muito estranho.

QUATRO

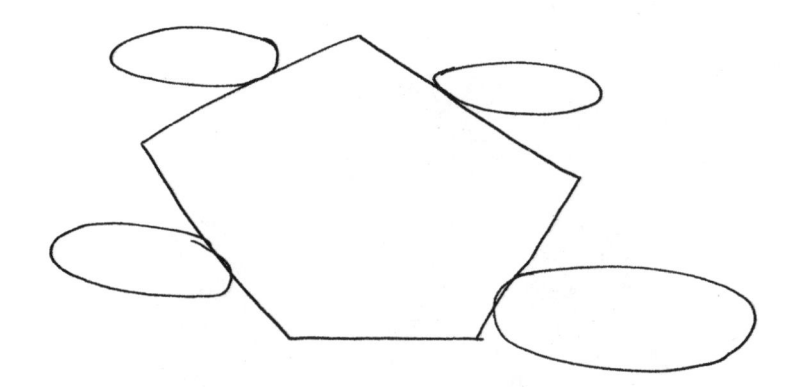

(oδvmes)Gandu ςt
Cod or qu a q poner am q vendum
No ah qa h q n q d um
z q c (ye pot q

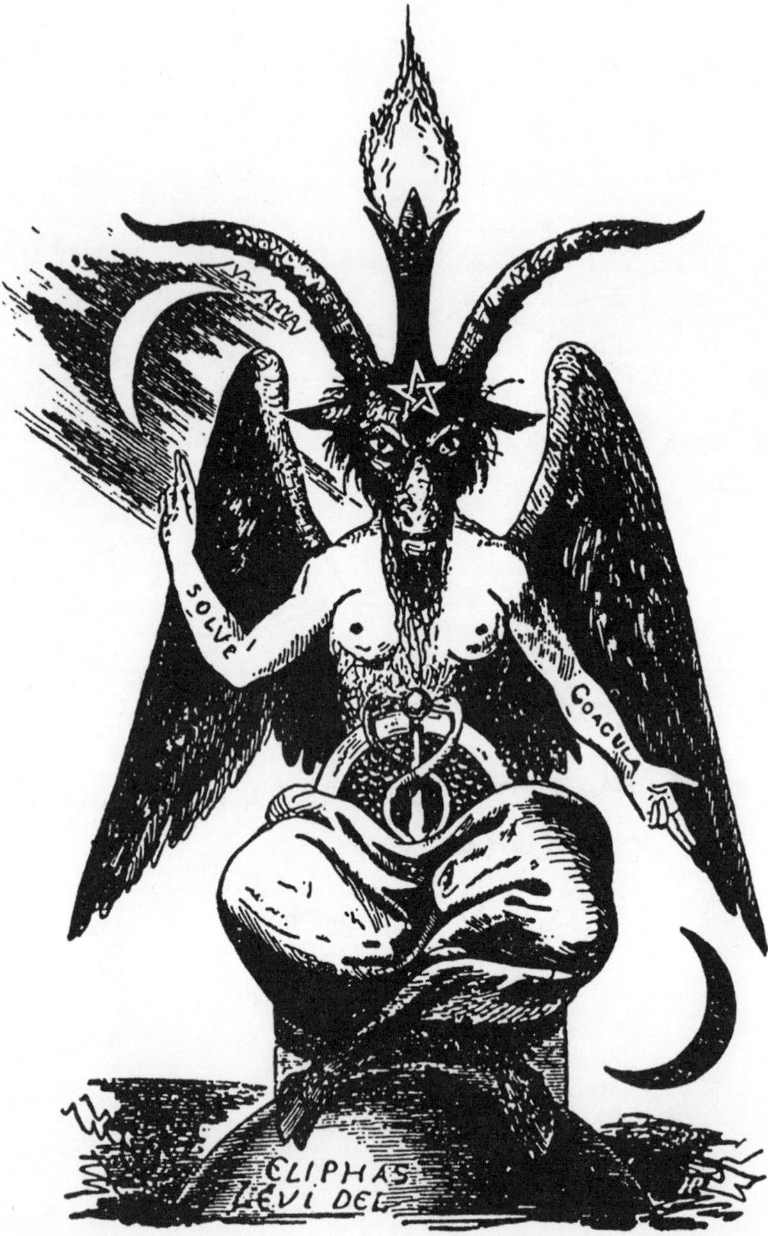
SOLVE
COAGULA
ELIPHAS
LEVI DEL

```
(t.bidState=e.bidState,e.bidState===i.b.rendered?
t.timing.renderTime=e.ts:e.bidState===i.b.set&amp;&amp;t.timing.setAtTimes.push(e.ts),t})})))
;case"UPDATE_BID_INFO_PROP":return void 0===t[e.slotID]||t[e.slotID].filter((function(t)
{return t.matchesBidCacheId(e.iid)})).length&lt;1?s(({},t),
{},u({},e.slotID,t[e.slotID].map((function(t){return t.matchesBidCacheId(e.iid)&amp;&amp;
(t[e.key]=e.value),t})))):case"UPDATE_SLOT_BIDS":return
s(s(({},t),e.bids.reduce((function(e,n){return Object(c.m)(e,n.slotID)?e[n.slotID]=
[].concat(d(e[n.slotID]),[n]):Object(c.m)(t,n.slotID)?e[n.slotID]=[].concat(d(t[n.slotID]),
[n]):e[n.slotID]=[n],e},{})),default:return s({},t)}}(t.slotBids,e),slotIdMap:function(t,e)
{switch(e.type){case"ADD_SLOT_ID":return-1===t.indexOf(e.slotID)?[].concat(d(t),
[e.slotID]):t;default:return t}}(t.slotIdMap,e),sync917:function(t,e){switch(e.type)
{case"SET_SYNC_917":return e.value;default:return t}}
(t.sync917,e),targetingKeys:function(t,e){switch(e.type){case"UPDATE_SLOT_BIDS":return
s(s(({},t),e.bids.reduce((function(e,n){return Object(c.m)(t,n.slotID)?e[n.slotID]=
[].concat(d(t[n.slotID]),d(n.bidConfig.targeting?
n.bidConfig.targeting:i.g).filter((function(e){return
l===t[n.slotID].indexOf(e)})))):e[n.slotID]=n.bidConfig.targeting?
n.bidConfig.targeting:i.g,e}),{})):default:return s({},t)}}(t.targetingKeys,e)}}var b=
{getState:function(){return r},dispatch:function(t){r=l(r,t)}};Object(o.d)
("redux")&amp;&amp;Object(c.i)()&amp;&amp;Object(c.m)
(window,"__REDUX_DEVTOOLS_EXTENSION__")&amp;&amp;
(b=window.__REDUX_DEVTOOLS_EXTENSION__(l)),b.dispatch({type:"NOOP"})},function(t,e,n){"use
strict";n.d(e,"g",(function(){return c})),n.d(e,"v",(function(){return o})),n.d(e,"b",
(function(){return r})),n.d(e,"f",(function(){return d})),n.d(e,"u",(function(){return
f})),n.d(e,"d",(function(){return l})),n.d(e,"e",(function(){return b})),n.d(e,"c",
(function(){return p})),n.d(e,"n",(function(){return m})),n.d(e,"l",(function(){return
g})),n.d(e,"m",(function(){return a})),n.d(e,"k",(function(){return u})),n.d(e,"t",
(function(){return v})),n.d(e,"h",(function(){return h})),n.d(e,"s",(function(){return
O})),n.d(e,"r",(function(){return S})),n.d(e,"j",(function(){return _})),n.d(e,"q",
(function(){return w})),n.d(e,"i",(function(){return E})),n.d(e,"a",(function(){return
D})),n.d(e,"p",(function(){return T})),n.d(e,"o",(function(){return I}));var r,i,c=
["amznbid","amzniid","amznsz","amznp"],o=
["amznbid","amzniid","amznp","r_amznbid","r_amzniid","r_amznp"];(i=r=r||
{}).new="NEW",i.exposed="EXPOSED",i.set="SET",i.rendered="RENDERED";var
a,s,u,d="apstagDebug",f=
["redux","fake_bids","verbose","console","console_v2","errors"],l="apstagDebugHeight",b="apst
agDEBUG",p="apstagCfg",m=0,g=0;(s=a=a||
{}).amznbid="testBid",s.amzniid="testImpression",s.amznp="testP",s.crid="testCrid",(u||(u=
{})).video="v";var h,y,O,j,v=["amznbid","amznp"];(y=h=h||
{}).__apsid="ck",y.__aps_id_p="ckp",y.aps_ext_917="st",(j=O=O||
{}).noRequest="0",j.bidInFlight="1",j.noBid="2";var
S="600",_="7.57.00",w="https://",E="function"==typeof XMLHttpRequest&amp;&amp;void 0!==(new
XMLHttpRequest).withCredentials,D="apstagLOADED",T=13,I=1e4},function(t,e,n){"use
strict";n.d(e,"d",(function(){return l})),n.d(e,"c",(function(){return O})),n.d(e,"b",
(function(){return v})),n.d(e,"a",(function(){return S})),n.d(e,"e",(function(){return
_})));var r=n(3),i=n(2),c=n(5),o=n(0),a=n(1),s=n(7),u=[],d=!1,f=[];function l(t){var e=new
Image;return e.src=t,f.push(e),e}!0===Object(c.c)("exposePixels")&amp;&amp;
(window.apstagPixelQueue=u,window.apstagPixelsSent=f);var b,p={"blockedBidders-fetchBids":
[],"blockedBidders-init":[],adServer:[],appended:[],bidRender:[],bidRenderState:[],bidType:
[],ccpa:[],creativeSize:[],deals:[],fetchBids:[],fifFlow:[],gdpr:[],idRemap:[],iframe:
[],renderFootprint:[],schain:[],simplerGpt:[],slots:[],slotType:[],targeting:[],unusedDeal:
[],useSafeFrames:[]},m=[],g=!;function h(){g&amp;&amp;(clearTimeout(b),g=!1),Object(o.c)
(m,5).forEach((function(t){v({_type:"featureUsage",p:t,u:Object(s.f)(window)})})),m=
[]}function y(){g||(g=!0,b=setTimeout(h,2e3))}function O(t,e)
{try{return!!i.a.getState().experiments.shouldSampleFeatures&amp;&amp;(void
0!==p[t]&amp;&amp;!Object(o.j)(p[t],e)&amp;&amp;
(p[t].push(e),m.push({cat:t,feat:e}),d&amp;&amp;y(),!0))}catch(t){return Object(a.b)
(t,"sendFeaturePixel"),!1}}function j(t){try{if(d){var e=function(){try{var
t=i.a.getState(),e=t.cfg.PIXEL_PATH,n=t.hosts.DEFAULT_AAX_PIXEL_HOST,o=Object(c.c)
("pixelHost",n);return"".concat(r.q).concat(o).concat(e)}catch(t){return Object(a.b)
(t,"buildPixelBaseUrl"),""}}();return void 0===t.bidId?
e+="p/PH/":e+="".concat(t.bidId,"/"),l(e+=function(t){try{t._tl="aps-tag";var
e=i.a.getState(),n=null,c="";Object(o.m)(e,"config")&amp;&amp;Object(o.m)
(e.config,"pubID")&amp;&amp;""!==e.config.pubID&amp;&amp;
(n=e.config.isSelfServePub,c=e.config.pubID,null!==n&amp;&amp;(n?
(t.src=r.r,t.pubid=c):t.src=c),t.lv=r.j;var s=JSON.stringify(t);return s=function(t)
{try{return t.replace(/\\.{1}/g,"")}catch(t){return Object(a.b)(t,"escapeJsonForAax"),""}}
(s),s=encodeURIComponent(s)}catch(t){return Object(a.b)(t,"objectToUrlPath"),""}}
(t.payload))}return u.push(t),!1}catch(t){return Object(a.b)(t,"sendPixel"),!1}}function v(t)
```

1

O segundo documento era algo um tanto assustador, porém mais clássico, parecia bastante com uma representação tradicional do diabo. O nome gravado no pedestal também lhe dizia alguma coisa, lembrou vagamente que Éliphas Lévi era um ocultista do século XIX, estranhamente amigo da ativista socialista Flora Tristan, que por sua vez era avó de Gauguin, enfim, tudo aquilo não parecia ter muito sentido. Quanto ao terceiro documento, não entendia coisa nenhuma. De alguma forma seu pai tinha pressentido haver uma relação entre aqueles três elementos, e durante uns dez minutos Paul os examinou com cuidado, colocando-os lado a lado, sem captar nada. Se essa relação estava oculta nos agora inacessíveis meandros do seu cérebro, aqueles papéis não estavam nem perto de revelar qual era; a única coisa a fazer era informar Martin-Renaud. Deixou uma mensagem para ele dizendo apenas que tinha descoberto "algo estranho" nos arquivos do pai. Martin-Renaud ligou dez minutos depois e Paul lhe explicou a situação.

— Quer que eu envie os documentos por e-mail? — propôs.
— De jeito nenhum. Você está perto de Mâcon, não é?
— Belleville-en-Beaujolais, exatamente.
— Vou buscar. Posso chegar aí no meio da tarde, imagino.

E desligou, deixando Paul atônito.

Madeleine chegou pouco depois do meio-dia, como Leroux tinha previsto, empurrando a cadeira de Edouard. Cécile lhe explicou que tinha trazido bœuf bourguignon, guisado de cordeiro, além de sopas, bastava esquentar no micro-ondas, e também algumas sobremesas. Assim que chegara lá, tinha guardado a comida na geladeira da sala comunitária, onde os pacientes faziam as refeições, pelo menos os que podiam se alimentar sem gastrostomia, eram cerca de dez na unidade. Paul estava impressionado com o estado do pai, ele parecia muito melhor, seu rosto estava descansado, quase bronzeado, parecia que até seu olhar estava mais desperto. Depois de beijá-lo nas duas bochechas, inclinou-se para lhe dizer ao ouvido:

— Nós precisamos conversar depois do almoço, pai, sobre um assunto que tem a ver com seu trabalho. Um dos seus ex-colegas vem visitá-lo esta tarde. — Edouard piscou os olhos claramente, e com bastante energia, lhe pareceu, mas talvez fosse sua imaginação. Depois do almoço os dois foram para o quarto, e Paul pegou a pasta.

— Lembra desses documentos, papai?

O pai piscou afirmativamente.

— Você os encontrou na casa de alguém?

Dessa vez ficou imóvel.

— Então imprimiu da internet? Os quatro?

Imóvel de novo.

— Mas você teve a impressão, a intuição de que havia alguma relação entre eles?

Edouard piscou rápido, duas vezes.

— Você acha que vai poder explicar essa intuição ao seu colega quando ele vier? — Paul teve a estranha impressão de que o pai estava em dúvida, suas pálpebras pareciam ligeiramente contraídas, mas afinal permaneceu imóvel.

Martin-Renaud chegou pouco depois das três da tarde, estava no banco traseiro de um DS dirigido por um soldado.

— É surpreendente que você tenha chegado tão rápido... — disse Paul.

— A base aérea de Ambérieu-en-Bugey não fica longe, e sempre há aeronaves disponíveis em Villacoublay.

— Quer dizer, eu acho surpreendente que você tenha vindo em pessoa, que tenha considerado isso uma emergência.

Ele sorriu:

— Nisso você não está errado, talvez seja mesmo um uso exagerado dos recursos do Estado... De fato não é uma emergência nacional, mas essa história está começando a deixar todo mundo exasperado, e não é só na França, diga-se de passagem. E depois tem outra coisa, muito mais difusa: é que eu sinto que isso está longe de acabar. Eles vêm nos provocando há seis meses, fazendo tudo exatamente como querem; na minha opinião, a história não vai parar aí.

Mesmo com muito menos informação, Paul pensava exatamente a mesma coisa. Os dois se acomodaram em duas poltronas na entrada da clínica, silenciosa e tranquila. Depois de ouvi-lo com atenção, Martin-Renaud balançou a cabeça em sinal de descrença:

— Satanistas, agora... Sinceramente, eu fico com pena de Doutremont. Ele vai ter que pedir licença médica, se continuar assim.

— Mas por enquanto não houve nada de realmente grave. Quer dizer, é muito estranho, mas não houve nenhuma catástrofe.

— Depende. Do ponto de vista da segurança de TI, provavelmente é a maior catástrofe que se conhece desde que surgiu o computador. Só não gerou pânico porque não houve vítimas.

Paul sentiu que quase acrescentava "por enquanto", porque ele também, novamente sem qualquer motivo, havia acabado de ter a mesma ideia. Refletiram sobre essa perspectiva por algum tempo.

— Eu vou visitar Edouard, não vou? — perguntou afinal Martin-Renaud.

— Você quer interrogá-lo? Bem, se é que se pode dizer assim.

— Não, não tenho a intenção de fazer nenhum interrogatório, só quero lhe dar um oi. De qualquer maneira, acho que você agiu muito bem; fez exatamente as perguntas corretas. Quem sabe também poderia trabalhar nos nossos serviços.

— Acho que ele gostaria disso.

— Ah... — Martin-Renaud sorriu de novo antes de se levantar da poltrona. — Seu pai entende tudo o que se diz a ele, mas não pode responder, é isso? — Paul confirmou com a cabeça. — Mas ele consegue piscar para dizer sim quando lhe fazem uma pergunta? — Paul balançou novamente a cabeça. Martin-Renaud saiu pelo corredor em direção ao quarto. Duas horas depois voltou para o carro e partiu rumo à base militar de Ambérieu.

— Este é o colega do papai, quer dizer, o ex-colega? — perguntou Cécile. Paul confirmou. — É exatamente assim que eu os imaginava — comentou ela.

— Pois é, parece que as séries de TV são bem-feitas, às vezes... — concluiu Hervé.

A refeição foi animada, a visita do serviço secreto havia deixado todo mundo agitado e expansivo. Talvez a vida profissional do seu pai tivesse sido emocionante, pensou Paul, nada parecida com uma vida enfadonha de funcionário público como a dele. Quer dizer, estava exagerando um pouco, sua vida tinha ficado mais interessante desde que Bruno entrou no jogo político, mas a economia era uma disciplina sinistra e o ministério, um lugar bastante chato.

Aurélien foi informado dos últimos acontecimentos. Com a empresa de transporte tudo havia corrido bem, contou ele por sua vez, as esculturas já estavam embaladas, iriam ser armazenadas no dia seguinte e colocadas à venda no início da outra semana.

Eles estavam juntos, pensou Paul, os irmãos e a irmã estavam juntos, pela primeira vez em quanto tempo? Afinal foram deitar muito tarde, todos um pouco bêbados, até Aurélien, aparentemente, era a primeira vez que o via beber; poucos minutos depois de ir para a cama, contudo, Paul foi dominado por uma angústia atroz, a certeza de que aquele encontro era uma ilusão, de que era a última vez que eles se encontravam, ou quase a última, de que em breve as coisas iriam voltar ao seu curso, tudo iria se degradar outra vez, se dissolver, e de repente sentiu uma necessidade terrível de Prudence, do calor do corpo de Prudence, a ponto de se levantar de pijama e enveredar pelo corredor de vidro que levava até a casa principal. Quando chegou ao jardim de inverno, parou de repente, sua respiração se acalmou um pouco. A lua estava cheia, ele podia ver perfeitamente os vinhedos e as colinas. Não, aquilo não era uma boa ideia, disse para si mesmo, tinha que deixar que ela viesse, ela é que teria que vir procurá-lo. Ao mesmo tempo, ficou na dúvida. Parece que na religião wicca o deus às vezes tem algo de conquistador, de viril; mas ele não sabia, realmente não sabia. Com Raksaneh não teria hesitado, pensou de repente; e da mulher etíope então nem se fala. Decididamente eles tinham errado, pensou, tinham errado coletivamente em algum ponto. De que adiantava ter 5G se ninguém conseguia mais entrar em contato com os outros e fazer os gestos essenciais, aqueles que permitem que a espécie humana se reproduza, aqueles que às vezes também permitem que as pessoas sejam felizes? Tinha recuperado a capacidade de pensar, seu pensamento estava até tomando um rumo quase filosófico, notou com certa repugnância. A menos que tudo isso dependesse da biologia, ou não dependesse de nada em absoluto, afinal ia voltar para a cama, era a coisa certa a fazer, seu pensamento estava condenado a girar no infinito, ele estava se sentindo como uma lata de cerveja esmagada pelos pés de um hooligan britânico, ou como um bife esquecido na gaveta de legumes de uma geladeira barata, enfim, não estava passando muito bem. Para piorar as coisas, a dor de dente tinha voltado; será que era tudo psicossomático?

Curiosamente, apesar da nebulosidade persistente em sua cabeça e da mandíbula latejando, adormeceu assim que pôs a cabeça no travesseiro. Da mesma forma, acordou instantaneamente quando ouviu um som ligeiro, muito leve, da porta do quarto se abrindo. Ela vinha mais cedo que na véspera, devia ser alta madrugada, Paul estava se sentindo como se tivesse cochilado dez minutos. Dessa vez não fingiu que estava dormindo, virou-se imediatamente e procurou sua boca, provavelmente era isso que um deus faria, porque ela reagiu bem, as línguas se misturaram outra vez. No entanto, quando pôs a mão na sua bunda, sentiu que ela ficou tensa; imediatamente interrompeu o gesto. É preciso ter paciência, repetia para si mesmo, tinham que dar tempo ao tempo, mas na verdade dar tempo ao tempo era uma coisa agradável e até vertiginosa, porque sem dúvida iam acabar caindo nos braços um do outro, suas vidas se transformariam por inteiro em uma prolongada queda em câmera lenta, interminável e deliciosa. Já era bom sentir o contato das nádegas na sua mão, menos magras, menos ossudas do que ele temia, sentiu que estava ficando de pau duro, enfim, de que alguma coisa estava acontecendo naquela região, mas também tinha esquecido um pouco como era aquilo, fazia quanto tempo exatamente? Oito, dez anos? Parecia uma barbaridade, mas devia ser isso mesmo, às vezes os anos passam muito rápido. Talvez fosse melhor fazer de outra maneira, transar primeiro com uma puta, só para recuperar a sensação e os reflexos, as putas foram feitas para isso, para trazer de volta à vida. Por ora, contentou-se com enfiar a mão sob a camisa do pijama e acariciar seus seios. Ela reagiu bem, sempre gostou que ele acariciasse seus seios. Mais embaixo, claro, a coisa se complicava.

* * *

Depois do almoço de domingo todos se aglomeraram, como um grupo de suplicantes, em torno do carro de Aurélien para se despedir, como se ele estivesse indo para o calvário, e de alguma forma estava mesmo. Na manhã seguinte ele tinha um compromisso em Romainville e, naturalmente, precisava voltar, e iria dormir na casa de Montreuil, era a melhor solução, a solução razoável. As pessoas geralmente se sujeitam ao seu destino, a própria Cécile sempre fez isso e no fundo não podia se arrepender. No entanto, disse para si mesma, provavelmente pela primeira vez na vida, uma atitude de revolta talvez fosse, em alguns casos, preferível; se estivesse no lugar de Aurélien, ela dormiria em qualquer lugar, em um Ibis de Bagnolet ou coisa assim, em vez de voltar para Montreuil. Quase lhe disse isso, ficou na dúvida, acabou desistindo; mas se arrependeu por muito tempo depois que o carro do irmão desapareceu na última curva em direção a Villié-Morgon.

Aurélien não tinha contado nada a Cécile, achava que já havia falado bastante sobre os seus problemas, mas pretendia anunciar a Indy naquela mesma noite sua intenção de pedir o divórcio; ia ter uma reunião com um advogado na manhã seguinte, logo depois do galerista, não dava para adiar mais. E ainda havia a questão do preço das obras, também precisava falar sobre isso, enfim, previa uma noite horrível sob todos os pontos de vista. Tinha contado mais ou menos com os engarrafamentos para pensar sobre o assunto, mas estranhamente a rodovia estava vazia, embora fosse final de um período de férias escolares, ou talvez não, nem lembrava mais. Godefroy, por exemplo, estava de férias? Não tinha a menor ideia.

Chegou a Montreuil pouco antes das oito e teve dificuldade para estacionar, acabou encontrando uma vaga a quinhentos metros da sua casa. Tinha a chave da porta e entrou. Indy estava sentada no sofá da sala, assistindo ao final do programa *C Politique*, e não se levantou para recebê-lo. Alguns meses antes ela ainda tentava, mais ou menos, fazer de conta; mas esse tempo tinha acabado. Aurélien não gostava de televisão, de maneira geral, e muito menos daqueles programas políticos a que ela assistia com assiduidade, na certa considerando que era parte do seu trabalho, mas o *C Politique* lhe provocava uma aversão particular e, invariavelmente, o levava ao desespero. Todas aquelas pessoas reunidas na tela, o apresentador malicioso, o historiador careca, a investigadora insinuante, lhe pareciam umas marionetes do mal, não conseguia se convencer de que aquela gente vivia como ele, respirava como ele, pertencia ao mesmo mundo, à mesma realidade que ele. Havia também uma espécie de entrevistadora naquela quadrilha sinistra, e provavelmente era com ela que Indy se identificava, quer dizer, tentava se identificar, na maioria das vezes submergia num mar de humilhação assistindo ao programa semanal daquela que não podia sequer considerar como rival, porque pairava nas alturas da mídia que lhe estavam vedadas para sempre e, também, porque lhe recordava o tempo todo que ela não passava de uma jornalista fracassada, e ainda por cima atuando na imprensa escrita. Era, talvez, a pior de todas, com seu ar preocupado, sua autossatisfação, sua consciência evidente de estar do lado do bem, sua disposição para se curvar diante de qualquer vip do mesmo time. Indy compartilhava todas essas características, menos a autossatisfação — obviamente.

Vasculhou a cozinha por algum tempo, tratando de fazer o máximo de barulho possível. Em vão: não havia nada para beber, e aliás nada para comer tampouco, não estava com fome mas uma garrafa de vinho, sim, disso realmente precisava. Voltou para a sala, a convidada do programa era uma espécie de escritora idiota cujo nome ele esqueceu, Indy tinha aumentado o volume a um nível quase insuportável. "Não tem nada para beber!", gritou. "Eu não sou sua empregada!", respondeu ela, também gritando. "Nem minha mulher…", acrescentou Aurélien um pouco mais baixo, ela virou um rosto interrogativo em sua direção, parecia inútil repetir, de qualquer maneira a conversa já havia acabado naquela noite, as explicações entre eles teriam que esperar até amanhã, achou que seria impossível sem álcool, e afinal talvez fosse melhor falar antes com o advogado.

Enquanto tirava a roupa, encontrou o número de celular de Maryse no bolso da calça jeans. Tinha lhe pedido o telefone naquela mesma manhã, pouco antes de sair do hospital. A garota concordou imediatamente, sem fazer perguntas, sem comentários; ninguém tinha percebido, pelo menos ele achava que não.

2

Ao examinar os documentos reunidos por Edouard, Doutremont reagiu melhor do que Martin-Renaud esperava. O último, dava para ver bastante bem o que era: provavelmente parte de um programa que permitia assumir o controle das máquinas zumbis; o programa inteiro devia consistir em dezenas de páginas de instruções semelhantes, mas certamente aquilo era um elemento importante. Doutremont não estava familiarizado com aquela linguagem de programação, mas não teria a menor dificuldade para descobrir, bastava dar um telefonema ou dois. Onde o pai de Paul havia conseguido aquela página de código? Seria interessante saber; mas, se tinha entendido bem o que Martin--Renaud lhe disse, seu estado de saúde tornava difícil interrogá-lo.

A gravura representando uma espécie de diabo, ao contrário, não significava nada para ele; o ataque ao banco de sêmen o havia desestabilizado, forçando-o a deixar de desconfiar da ultraesquerda clássica para suspeitar de uma ação católica fundamentalista, o que era muito mais improvável; a imagem de agora parecia apontar para uma ação na linha satanista; no ponto em que estavam, isso não o preocupava muito, era tudo quase a mesma coisa.

Depois do ataque na Dinamarca, tinha ligado para Sitbon--Nozières, responsável pelo serviço de monitoramento ideológico; agora se dava conta de que, desde então, não tinham se falado mais. Não sabia por quê, mas se sentia desconfortável com aquele sujeito da sua idade, sempre impecável com ternos azul-escuros, que o tratava com a mais perfeita cortesia; mas, justamente, havia nessa cortesia algo de ostensivo, de excessivo. No fundo, na presença dele sentia uma espécie de inferioridade de classe, cuja origem não conseguia entender; Sitbon-Nozières tinha fama de ser um tipo brilhante, ex--aluno da Escola Normal Superior, professor titular de história, autor de uma tese sobre os niilistas russos; mas não eram seus estudos que o impressionavam, ele não sentia o menor constrangimento na presença, por exemplo, de alguém formado na Escola de Administração, como Paul; diplomados na Normal Superior, na verdade não conhecia nenhum, mas a priori isso não era algo que chamasse particularmente sua atenção. Pensando bem, o que o impressionava em Sitbon-Nozières, finalmente teve de chegar a esta triste conclusão, eram seus ternos: sem ser um grande conhecedor do assunto, tinha certeza de que deviam custar muito dinheiro, provavelmente milhares de euros. Reflexo semelhante que provocou, em grande parte, a derrota do candidato da direita nas últimas eleições e permitiu a chegada do presidente ao poder. Por mais petulante que fosse, o presidente não era um aristocrata; dava para ver que sua ascensão meteórica se devia apenas às próprias qualidades; e, para os eleitores, era isso o que importava.

Dois anos antes, Martin-Renaud havia recrutado o professor de história para monitorar todas as publicações extremistas e quaisquer outros chamados à insurreição que pudessem estar hospedados em vários sites, nos recantos mais remotos da rede. Seu escritório era amplo, não ficava no mesmo andar que os outros escritórios do serviço e tinha a particularidade de estar conectado à rede — nenhum dos outros estava, após várias tentativas frustradas haviam concluído que aquela era a única maneira de proteger completamente os computadores, e faziam suas pesquisas em máquinas comuns instaladas em uma sala dedicada para isso. O computador de Sitbon-Nozières, ao contrário dos demais, não continha nenhum segredo; seu trabalho era acessar conteúdo acessível a todos, cujos autores desejavam a maior divulgação possível.

Ficou olhando por alguns segundos a gravura inspirada no demônio antes de concluir que não conseguia ver nada nela que os levasse a algum lugar. Não sabia nada sobre os satanistas, não tinha um único arquivo sobre eles. Pelo que entendia, esses caras eram uns individualistas totais, seria um absurdo para eles se meter em alguma ação terrorista ou militante, quase tão absurdo quanto dar declarações de voto.

Ele ainda não tinha certeza de nada, mas sua própria pesquisa o levava para uma direção diferente. Os adversários da globalização liberal e da reprodução artificial não costumavam participar das mesmas redes, mas havia um movimento que os unia: os anarcoprimitivistas. Tratava-se de uma corrente essencialmente americana, inspirada de longe nos luditas, só que muito mais extremista. Seu ideólogo mais conhecido era John Zerzan. Que também era o mais radical: não apenas queria destruir a indústria, o comércio e a tecnologia moderna, mas também erradicar a agricultura, as religiões, as artes e até mesmo a linguagem articulada; seu projeto, na realidade, era levar a humanidade de volta ao nível do Paleolítico Médio. Sitbon-Nozières tirou da prateleira um livrinho de Zerzan e leu um trecho:

"A agricultura permite uma divisão do trabalho muito maior, cria as bases materiais da hierarquia social e inicia a destruição do meio ambiente. Os padres, os reis, as obrigações, a desigualdade sexual e a guerra são algumas de suas consequências específicas mais imediatas."

— É tudo tão simplista e extremista, acho difícil acreditar que isso possa ter alguma influência... — objetou Doutremont.

— Em relação a isso, não concordo. Já existe gente mais extremista que ele. Alguns ideólogos da deep ecology defendem a extinção da humanidade, porque acham que a espécie humana é definitivamente irrecuperável e perigosa para a sobrevivência do planeta. É o caso de movimentos como Church of Euthanasia, Gaia Liberation Front e Voluntary Human Extinction Movement. Zerzan, por seu lado, não quer destruir a humanidade, quer reeducá-la. Quando fala dos homens, ele os descreve como primatas simpáticos, com boa formação, mas que desde o Neolítico estão na direção errada. Suas teses são muito semelhantes às do rousseaunismo clássico: o homem nasce bom, é a sociedade que o perverte etc. etc. E pessoas como Rousseau são capazes de ter uma influência enorme; podemos até dizer que Rousseau deu origem sozinho à Revolução Francesa. Os mitos do comunismo primitivo, da Idade de Ouro, sempre tiveram um poder de mobilização incrível, e atualmente isso é ainda mais verdadeiro, com todos os programas sobre a sabedoria das civilizações tradicionais, a caçada de renas pelos inuítes etc. Além do mais, o interessante, no caso de Zerzan, é que um dos seus seguidores partiu para a ação. Você se lembra do Unabomber?

— Não, não tenho ideia de quem seja.

— Já se passaram uns trinta anos, é verdade. Unabomber foi o nome que a mídia deu, na realidade ele se chamava Theodore Kaczynski. Era um matemático muito talentoso, acho que fez até uma descoberta em álgebra, uma nova demonstração do teorema de Wedderburn, se não me engano. Lecionava em Berkeley antes de se mudar para uma cabana isolada em algum lugar de Montana. O início de *Futuro primitivo*, o primeiro livro de Zerzan, é uma verdadeira ode ao Unabomber: "Ele sobrevivia como um urso-pardo ou um puma, escondido sob um espesso manto de neve. Na primavera saía da sua toca, vagava pela floresta, percorria as margens dos rios. Caçava, pescava, colhia, roubava. Sempre sozinho. Livre, mas sozinho". Você pode rir, mas esse tipo de lirismo funciona para algumas pessoas, pode acreditar. Zerzan realmente tem pontos em comum com Rousseau: inteligência mediana, mas uma musicalidade autêntica nas frases; essa mistura pode ser extremamente perigosa. Kaczynski é diferente: ele é muito mais rigoroso, tem um pensamento mais estruturado, mais próximo de um Marx, digamos assim.

Sitbon-Nozières pegou mais dois livros de Kaczynski na estante: *Manifesto: o futuro da sociedade industrial*, publicado pela Editions du Rocher, e *A sociedade industrial e o seu futuro*, publicado pela Encyclopédie des Nuisances.

— Veja, por exemplo, a passagem onde ele fala sobre a natureza...
— Folheou rapidamente um dos livros até encontrar o trecho: — É o fragmento 184. Tudo o que ele consegue dizer sobre a natureza é: "A maioria das pessoas concorda que a natureza é linda, e de fato ela exerce um grande poder de sedução". Como se vê, não é o mesmo estilo, de maneira alguma. Além disso, ele costuma ser bem crítico em relação a Zerzan. Por exemplo, Zerzan defende posições feministas, diz que o patriarcado só surgiu no Neolítico e que a igualdade entre os sexos reinou durante todo o Paleolítico; uma afirmação extremamente duvidosa. Também é vegetariano, e afirma que o que chama de "práticas da carne" apareceu bem tarde na história da humanidade; de novo os arqueólogos decididamente não têm a mesma opinião. Kaczynski aceita a desigualdade natural e a predação, aliás não demonstra nenhuma simpatia pela esquerda, muito pelo contrário; em certo sentido, é um ambientalista mais consistente. Mas o fato

é que começou a fazer bombas caseiras na sua cabana em Montana, e as enviou a várias pessoas que lhe pareciam ser representantes da tecnologia moderna, causando três mortes e cerca de vinte feridos antes de ser preso pelo FBI.

— O que aconteceu com ele?

— Pelas últimas notícias que tive, estava cumprindo prisão perpétua em uma penitenciária no Colorado. Mas pode estar morto agora, e se ainda vive deve ter mais de oitenta anos. Em 1996, a Church of Euthanasia, um dos movimentos mais provocativos da ecologia profunda — eles gostam de proclamar que os quatro pilares do seu movimento são o suicídio, o aborto, o canibalismo e a sodomia —, lançou uma campanha "Unabomber para presidente" nas eleições dos Estados Unidos; sem consultá-lo, é claro, mas isso revela que ele manteve uma certa aura por muito tempo, um pouco como Charles Manson. Também não é impossível que tenha angariado uma influência subterrânea na França. Seu texto teve duas traduções em francês, enquanto na maioria das outras línguas não teve nenhuma; e essas traduções não foram publicadas exatamente por editoras alternativas. Uma lenda insistente diz que uma jovem etnobióloga francesa foi se juntar a Kaczynski, pouco antes que ele fosse preso, na cabana em Montana. Procurei rastros dessa etnobióloga; ela é a autora de um trabalho de peso sobre as vocalises das vacas, mas não parece ter qualquer ligação com Kaczynski; ainda assim, o boato se espalhou em fanzines alternativos. São elementos isolados, nenhum deles tem grande importância por si só, mas desde o início estou convencido de que existe uma relação especial entre esses ataques e a França. Por que escolher o ministro da Economia francês para o vídeo da decapitação? É verdade que Bruno Juge encarna, melhor que qualquer outro, a retomada da economia pela via da indústria, a modernidade tecnológica e o progresso; mas essa ideia só poderia ter ocorrido a terroristas franceses.

— O teorema de Wedderburn é aquele que afirma que todo corpo finito é necessariamente comutativo?

— Sim, algo assim.

Doutremont saiu pensativo do escritório, mas não totalmente convencido. Não havia lugar para a representação demoníaca no raciocínio do historiador; isso não combinava com a intuição do ex--colega paralisado e, tivesse ou não razão, Martin-Renaud lhe atribuía uma grande importância, não queria rejeitar o ponto de vista dele sem maiores considerações. Sitbon-Nozières procurava gente que atua racionalmente, de acordo com certas convicções, visando a atingir um objetivo político específico; ele não podia raciocinar de outra forma, sua formação exigia isso, mas era possível que esses ataques estivessem ligados a algo muito menos racional, que houvesse alguma forma de demência envolvida na história, pelo menos era a impressão que tinha. Então se lembrou de alguém que tinha acabado de contratar, recomendado por um dos seus velhos conhecidos, um ex-hacker — esperava que fosse mesmo ex, na verdade não tinha muita certeza, não descartava a possibilidade de reencontrá-lo algum dia como delinquente, do outro lado do muro. Fazia duas semanas que o novato estava no departamento, mal tivera tempo de se familiarizar com os serviços, Doutremont não o via desde o primeiro dia, só lembrava que era um rapaz bem jovem, de uns vinte anos no máximo; ele podia ter uma opinião diferente sobre o assunto, valia a pena tentar.

A maioria dos jovens contratados pela DGSI por seu conhecimento específico de um setor marginal da sociedade faz um esforço mínimo para se adaptar aos códigos de vestuário do novo ambiente de trabalho; o próprio Doutremont fizera isso alguns anos antes. Não era o caso de Delano Durand, e Doutremont ficou chocado quando ele entrou em seu escritório. Com um agasalho de corrida encardido três números maior que seu tamanho, sua barriguinha de bebedor de cerveja e um cabelo comprido bastante sujo e oleoso, o rapaz oferecia ao mundo a imagem exata de um metaleiro típico, tal como persiste misteriosamente em nossas sociedades há cinquenta anos. Sem dizer uma palavra, pegou os documentos que o seu superior lhe passou. O primeiro, com as letras esquisitas, evidentemente ele já conhecia, e já tinha dito que não sabia mais a seu respeito que os outros do departamento. Como Doutremont esperava, dispensou rapidamente o último com o simples comentário: "Não entendo..."; mas ficou com o segundo documento na mão por muito tempo, tanto que seu chefe acabou perguntando:

— Isto te diz alguma coisa?

— Sim, claro, é o nosso velho amigo Baphomet.

— Baphomet?

— É, Baphomet.

— Pode explicar melhor?

— Às ordens, chefe. Dando uma de pedante, digamos que esse nome vem da Idade Média e provavelmente é uma deformação de Maomé. Foi visto pela primeira vez numa carta de Anselme de Ribemont, companheiro de Godefroy de Bouillon, datada de 1098, na qual relata o cerco a Antióquia. Para os cavaleiros cristãos da Idade Média, os muçulmanos nada mais eram que adoradores do diabo, e aliás pode-se perguntar se estavam tão errados assim... — Riu alto, viu que era o único que estava rindo, fez uma pausa, retomou sua exposição. — Bem, o fato é que mais tarde Baphomet foi adorado pelos Templários, e esse foi um dos principais motivos da destruição da Ordem do Templo. Depois foi recuperado pelos maçons de rito escocês e hoje é muito popular entre os grupos de heavy metal e death metal, principalmente os noruegueses; Baphomet é uma verdadeira estrela nesses círculos. O personagem é bastante ambíguo, tem cabeça de bode, barba, mas ao mesmo tempo também tem seios de mulher, é bem curioso.

— E a relação entre as duas imagens? Você vê alguma?

— Ah, sim, claro, é evidente: o número cinco. Nas mensagens você tem pentágonos, é isso que as caracteriza desde o início. Mais exatamente, pentágonos convexos regulares. Na testa de Baphomet, há um outro tipo de pentágono: um pentágono estrelado regular, ou seja, um pentagrama; e isso é importante, porque o pentagrama continua sendo amplamente usado na magia contemporânea.

Doutremont quase pulou quando ouviu as palavras "magia contemporânea", depois pensou por alguns instantes; talvez esse cara não seja tão ruim assim, talvez sua contratação tenha sido uma boa ideia.

— E aonde isso nos leva? — perguntou. — Quero dizer, na prática?

— Isso eu não sei, chefe, teria que me informar, falar com certas pessoas, bem, precisaria de algum tempo.

Havia uma ironia evidente no uso da palavra "chefe", mas Doutremont não reagiu, estava ficando velho, disse para si mesmo. Será que era assim atrevido quando tinha a idade dele? Não lembrava direito, mas achava que não. Nessa época certamente contava com a arrogância típica dos nerds em relação aos ignorantes em informática, mas isso era normal, esperado, fazia parte do personagem, o contrário seria quase decepcionante. Nos últimos tempos estava começando a entender um pouco melhor o que significava ser chefe, e se despediu de Delano Durand com toda a calma.

3

Paul sempre havia achado agradável quando o primeiro dia do mês caía numa segunda-feira, gostava que as coisas coincidissem, a vida deveria ser uma série de coincidências boas, pensou. Idealmente. Nessa segunda-feira, 1º de março, o bom tempo parecia ter se instalado de forma duradoura na região de Paris, e em toda a França. Por volta das cinco da tarde resolveu encerrar o dia, queria tomar um aperitivo na varanda de um bar; fazer, enfim, coisas que não fazia há muito tempo, que na verdade nunca tinha feito, para ser sincero. Prudence talvez estivesse livre, era improvável mas não impossível, poucas coisas lhe pareciam impossíveis desde aquele fim de semana que passaram juntos.

Ela só atendeu depois de uns dez toques, e assim que a ouviu dizer "Paul...", com alívio, em voz muito baixa, entendeu que tinha acontecido algo sério.

— Estou em casa. É melhor você vir o mais rápido possível. É sobre os meus pais.

— O que está acontecendo?

— Minha mãe morreu.

Estava à sua espera sentada no sofá, com as mãos nos joelhos, um pouco curvada sobre si mesma. Devia ter chorado, mas agora estava calma. Paul sentou ao seu lado e passou o braço por seus ombros. Ela se largou e apoiou a cabeça no peito de Paul; era incrivelmente leve.

— Como foi?

— Um acidente de carro. Ela tinha péssimos reflexos, devia ter parado de dirigir há muito tempo. Foi levada para o hospital Vannes, ainda fizeram uma cirurgia, mas não deu certo. Morreu na noite de sábado para domingo. Eles tentaram me encontrar durante todo o fim de semana, mas eu tinha desligado o celular, bem, você sabe...

Sim, sabia; ele também havia desligado o celular no último fim de semana; eles tinham o direito de viver.

— Enfim, a vizinha me ligou esta manhã.

— E seu pai?

— Em observação, no mesmo hospital. Não está nada bem, e se recusa a falar com qualquer pessoa. Não consigo nem imaginar seu estado neste momento... — voltou a chorar, baixinho, silenciosamente. — Era dez anos mais velho que minha mãe, sabe... Nunca imaginou sobreviver a ela.

Paul se lembrou do próprio pai prostrado na poltrona da sala, após a morte da sua mãe, e mais tarde no hospital psiquiátrico de Mâcon, aturdido com os psicotrópicos, e depois de novo em Saint-Joseph. Havia demorado meses para sair daquele estado, provavelmente nunca teria se recuperado sem Madeleine.

Era curioso, sua mãe não tinha sido uma esposa excepcional, nem especialmente terna ou carinhosa, e muito menos apegada ao lar — pensando bem, tinha muito em comum com a mãe de Prudence, só que vinha da pequena burguesia. Ele não sentia, nem num caso nem no outro, que o amor do casal houvesse realmente resistido ao tempo; e mesmo assim eles continuaram unidos, passaram suas vidas juntos, criaram os filhos, passaram o bastão, e após a morte da esposa o marido não sabia mais como viver, simplesmente não sabia como continuar. No caso do pai de Prudence era ainda pior, se lembrava bem ele tinha pouco mais de oitenta anos, sofria de Parkinson, enfim, para ele era mesmo game over.

— Você vai para lá, naturalmente.

— Sim, sigo para Auray amanhã, no TGV.

Ele só estivera lá uma vez, mas se lembrava muito bem da casa, em Larmor-Baden, da vista magnífica do golfo de Morbihan e da ilha aux Moines que se apreciava da varanda.

— Conseguiu entrar em contato com sua irmã?

— Sim, Priscilla deve me ligar de volta, ainda é cedo em Vancouver. Ela também vai, assim que puder. Ela ama muito o papai, sabe, sempre foi a filha predileta... — sorriu resignada, sem nenhuma tristeza real; isso ele também podia entender.

— E ela está bem no Canadá? — perguntou Paul, vendo a possibilidade de um assunto mais leve.

— Não, na verdade não, está se divorciando. O que não me surpreende nem um pouco, eu sempre soube que a coisa não ia funcionar entre os dois.

Nesse instante Paul reviu a cena do casamento, um grande evento em Boulogne, recordou o jardim onde ocorreu a recepção, tinha esquecido por completo a cara do marido, mas estranhamente se lembrava da profissão dele, era um canadense, um canadense de língua inglesa que trabalhava na indústria do petróleo. E Prudence, que "sempre soube que a coisa não ia funcionar", nunca disse nada a respeito. A comunicação entre irmãs, pensou, nem sempre é melhor que entre irmãos; frequentemente, mas nem sempre.

Foram juntos na manhã seguinte para a estação de Montparnasse, atravessaram o Parc de Bercy e, como estava um pouco abafado, ele abriu o casaco.

— Pois é, surpreendente, não? — comentou Prudence —, estou até levando maiô. Bem, na certa é uma ilusão... — O aquecimento global é uma verdadeira catástrofe, Paul não tinha dúvida a respeito, e estava completamente disposto a lamentar, e até a combater suas consequências se fosse o caso; mas, apesar disso, achava que deu um caráter imprevisível e caprichoso à vida, que antes não existia.

Como estavam bastante adiantados, foram tomar café num dos bares da estação:

— Priscilla chega depois de amanhã, bem a tempo para o enterro — disse Prudence. — Enfim, imagino que você não deve ter vontade de ir, nunca gostou muito da minha mãe, não é? — ele fez um gesto constrangido. — A culpa não é sua, ela sempre foi desagradável com você. Comigo também, aliás, sempre que se falava a seu respeito. Eu até sentia, às vezes, que ela estava com ciúmes.

Ciúmes? Era uma ideia estranha, ele nunca teria imaginado, mas talvez fosse isso mesmo. Na certa ela tinha razão; Paul tampouco sabia grande coisa sobre o relacionamento entre mães e filhas, e considerava isso um dos muitos assuntos que seria melhor ignorar.

— Enfim — continuou Prudence —, você me entende, não posso dizer que estou morrendo de tristeza. Sabe, isso me lembra aqueles livros antigos em que os homens falavam sobre as esposas que os enganavam o tempo todo: "É a mãe dos meus filhos", para mostrar que ainda tinham respeito por elas; entendo o que eles queriam dizer, isso nunca me pareceu falso, como sentimento. Pois bem, agora eu poderia dizer: "Era a esposa do meu pai, afinal de contas". O mais difícil, e aí espero que Priscilla possa me auxiliar um pouco, vai ser encontrar alguém para ajudar papai. Mesmo quando ele melhorar não vai poder ficar em casa sozinho, isso é uma coisa impensável. E, francamente, não me vejo mandando meu pai para um asilo.

— Ah, não! — Paul respondeu com uma violência que surpreendeu a ele mesmo, num lampejo tinha acabado de ver a casa, os pequenos quartos do sótão, o nascer do sol no golfo de Morbihan. Era um lugar muito diferente de Saint-Joseph, mas também era um lugar para se viver, um lugar para envelhecer e morrer; mas não era, e nunca poderia ser, um asilo de velhos.

A hora da partida do trem se aproximava, faltavam poucos minutos.

— Agora você vai poder ir para lá… — disse ela. — Seria bom. Você gostou da região, não foi? E depois, temos tantas coisas para recuperar.

Sim, tantas coisas, disse Paul para si mesmo. Prudence se levantou com rapidez, só tinha uma bolsa leve, pendurada no ombro:

— Bem, agora tenho que ir, meu trem já está aqui — de fato, o expresso para Quimper, com paradas em Vannes e Auray, estava anunciado na plataforma 7. — A culpa é minha, eu sei, enfim, grande parte da culpa é minha — disse depois. A culpa era dele também, quer dizer, a culpa era dos dois, e de qualquer jeito isso não importava mais, ele se perdia em explicações confusas, não podiam tirar os olhos um do outro, mas era preciso, ela tinha que pegar o trem. — Eu sei de tudo isso, querido — disse ela em voz baixa, depois lhe deu um beijo na boca, um beijo rápido, antes de se virar e desaparecer na multidão rumo à plataforma.

4

Características: 1. Vista e faça o seu parceiro amar você ainda mais. 2. Mostre o seu charme sexy e fascine os homens. 3. Revele sua cintura e suas pernas esbeltas. 4. O melhor presente para o seu parceiro. 5. É uma ferramenta para promover o relacionamento conjugal. 6. Material: 35% fibra de poliéster, 65% algodão. 7. Este body de lingerie vai tornar você mais feliz e mais bela.
(Apresentação de roupas da marca GDOFKH)

No famoso início de *A menina dos olhos de ouro*, quando Balzac retrata os humanos como seres movidos pela busca do prazer e do ouro, parece surpreendente que tenha omitido a ambição, essa terceira paixão, de natureza completamente diferente, à qual ele próprio era particularmente sujeito. Bruno, por exemplo, nunca demonstrou um grande apetite por prazeres, e por lucro muito menos; mas ambicioso ele era, isso sim. Tampouco está muito claro se a ambição era uma paixão generosa ou egoísta para Balzac; se correspondia ao desejo de deixar uma marca positiva na história da humanidade ou à simples vaidade de estar entre aqueles que deixaram tal marca. Em suma, Balzac tinha simplificado um pouco.

Prudence só lhe telefonou três dias depois, na noite de sexta-feira. Priscilla tinha chegado e isso foi um alívio, decididamente sua irmã era melhor em organizar as coisas. Houve o enterro, e por assim dizer tudo correu bem — o que significava, imaginou Paul, que um número suficiente de pessoas da aldeia tinha comparecido e que o padre conduzira adequadamente os ritos. O pai dela obviamente não estava, nem sequer foi avisado da cerimônia. Sua mente continuava vagando por territórios incertos, felizmente ele dormia muito, os remédios pelo menos lhe possibilitavam isso. O resto do tempo ficava calado, virando a cabeça com desgosto quando alguém entrava em seu quarto, fosse uma enfermeira ou uma das suas filhas — nem mesmo a chegada de Priscilla tinha despertado nele algum tipo de alegria. O psiquiatra estava muito reservado quanto a uma eventual alta; levaria semanas, talvez meses, antes que se estabilizasse; e, de qualquer maneira, uma ajuda domiciliar seria indispensável.

O resto era mais surpreendente: sua irmã pretendia deixar o Canadá para sempre, o marido lhe daria a custódia das duas filhas com facilidade, não manifestou sequer o desejo de vê-las novamente, na verdade não parecia ter o menor interesse por elas. Priscilla podia trabalhar em qualquer lugar, ela fazia quase tudo pela internet, então por que não em Larmor-Baden? Ela sempre amou aquela casa e tinha certeza de que suas filhas iriam adorar.

Qual era o trabalho de Priscilla, Paul nunca tinha entendido, e Prudence tampouco; mas parecia envolver logos, emojis e noções de diversas línguas asiáticas. Era um trabalho talvez difícil de definir para um leigo, mas que devia ser extremamente lucrativo: foi ela, por exemplo, quem desenhou o novo logotipo da Nike, uma troca difícil em função da notoriedade do anterior, e quem escolheu as letras e a tipografia para os slogans impressos nas camisetas da Apple. De vez em quando fazia viagens muito curtas ao exterior, nunca duravam mais que um dia; viagens por todo o mundo, especialmente para os Estados Unidos e o Japão. Mas na verdade essas viagens estavam se tornando cada vez mais raras, agora a videoconferência permitia quase tudo, Larmor-Baden servia tão bem quanto Vancouver.

Se ela se estabelecesse lá, a busca por uma ajudante doméstica obviamente se daria em melhores condições, e Prudence, depois de dois primeiros dias difíceis (não era fácil encontrar alguém, uma simples empregada não seria problema, mas como havia tarefas médicas, riscos de acidente, a coisa se complicava), estava se sentindo agora bastante otimista.

Além disso, o clima na Bretanha estava excepcional, nunca tinha se visto algo assim no início de março, até havia ido à praia naquela tarde, contou a Paul, quer dizer, não entrou na água, isso não, mas pôde vestir o maiô. "E constatei que tenho uma bunda bem bonita", acrescentou sem qualquer transição. Por que estava dizendo essas coisas? Ela nunca tinha feito isso antes. Deveria ter respondido: "É, querida, você tem uma bunda linda", ou, melhor ainda, "É, querida, sempre adorei a sua bunda", mas não conseguiu. Fazia muito tempo que não via a bunda de Prudence, mas tinha uma lembrança perfeita, e quando a apalpou, na outra noite em Saint-Joseph, sentiu muito bem que não tinha mudado tanto, suas mãos não podiam se enganar quanto a isso. Viu que estava ficando excitado, e outra vez deveria ter falado alguma coisa. Por exemplo, se estivesse em um thriller americano contemporâneo, poderia dizer: "Para de me deixar de pau duro!", dando uma risada idiota, mas cúmplice. Na prática, acabou se contentando com um risinho discreto antes de desligar; ele também precisava melhorar.

Havia outra paixão que Balzac tinha esquecido, o amor materno, pensou Paul logo depois de desligar. Ele, pelo contrário, estranhamente tinha lidado com o amor paterno, bem menos difundido, e não era o canadense que iria contradizê-lo. Seu pai com Cécile, ou o pai de Priscilla, eram alguns exemplos, mas de todo modo menos hardcore que o pai Goriot.

Passou o resto da noite lendo, mas não Balzac, procurou algo de filosofia na estante, pensou que seria mais apropriado. Infelizmente não tinha muita coisa de filosofia, uns quinze volumes no máximo, e todos pareciam obras de pensadores bastante neutros, do gênero conciliatório. Ele próprio sempre se sentiu mais ou menos isento das diversas paixões que tinha acabado de enumerar e que os filósofos do passado condenavam quase unanimemente. Sempre viu o mundo como um lugar onde não deveria estar, mas de onde não tinha pressa de sair, simplesmente porque não conhecia nenhum outro. Talvez devesse ser uma árvore ou, melhor ainda, uma tartaruga, algo menos inquieto que um homem, com uma existência menos sujeita a variações. Nenhum filósofo parecia propor uma solução desse tipo, todos pareciam, ao contrário, afirmar que se deve aceitar a condição humana "com suas limitações e sua grandeza", como tinha lido certa vez em uma publicação de linha humanista; alguns até manifestavam a ideia repugnante de que se pode encontrar nela uma certa forma de *dignidade*. Como diria um jovem, *rsrs*.

Quando finalmente conseguiu adormecer, mandando os decepcionantes filósofos de volta para o seu nada, o dia já estava clareando no Parc de Bercy. Em seu sonho, dois holandeses estavam pedindo carona à beira de uma estrada, na Córsega, que provavelmente levava ao Col de Bavella, um dos lugares que tinha visitado com Prudence nas suas férias na Córsega. Os dois holandeses, aliás, eram jovens, e embora não tivessem mais que vinte anos e fossem muito louros, e na verdade não se parecessem em nada com eles, pareciam representá-los, Prudence e ele. Teve a esperança de que a essa cena se seguiriam outras, eróticas, ou até de que os jovens assumiriam seus verdadeiros rostos — assim ele teria a impressão de reviver alguns momentos, aquelas férias na Córsega tinham sido maravilhosamente eróticas, sem dúvida o período mais erótico da sua vida. Mas não houve nada parecido, decididamente era impossível orientar o conteúdo dos seus sonhos, ele pelo menos não conseguia.

Em vez disso, um carro esporte vermelho parou à sua frente, ou melhor, à frente do jovem holandês que o representava, enquanto Prudence tinha ido buscar água em uma fonte próxima. A bordo, dois gêmeos italianos na casa dos quarenta anos, com um cabelo muito escuro, quase azulado, um sorriso hipnótico e falso, se viravam simetricamente para ele com um olhar ambíguo e convidativo. Paul não conseguiu resistir, subiu na parte de trás do carro (devia ser uma Ferrari, um modelo conversível, os bancos traseiros eram exíguos, com dimensões adequadas no máximo para crianças pequenas), e partiram imediatamente. Nesse momento a jovem que representava Prudence voltava da fonte com o cantil cheio na mão; fez grandes gestos de pânico em sua direção; os dois gêmeos explodiram em gargalhadas nervosas e desagradáveis.

Pouco depois, outro carro parava diante da jovem, que subia a bordo — dessa vez quase com certeza era um Bentley Mulsanne. Embora fosse pleno verão e o calor estivesse insuportável, o interior do carro estava frio, quase gelado, todo forrado com peles russas. Enquanto o motorista tinha um físico de guerrilheiro e parecia acostumado a manusear armas, o homem que a recebeu no banco de trás era quase um idoso, e sua aparência evocava um misto de esgotamento e de requinte quase decadente. A pseudo-Prudence então lhe relatava os acontecimentos; o velho decadente parecia estar preocupado e convencido da necessidade de agir:

— Eles são perigosos, não são? — perguntava ao motorista.
— Muito perigosos — confirmava o outro.

Alguns quilômetros depois, viram a Ferrari vermelha estacionada ao lado de um caminho que serpenteava montanha acima. O motorista imediatamente estacionou nas proximidades. Para surpresa da pseudo-Prudence, o velho saía da limusine com uma roupa de borracha preta bem justa e que parecia adequada para um combate corpo a corpo, provavelmente era um traje de mergulho; pendurado no seu cinto havia um punhal de sete centímetros com uma lâmina afiada.

No meio da subida, a pseudo-Prudence se espantava ao ver como o caminho era íngreme, difícil, enquanto a poucos metros de distância havia outra estrada, que obviamente levava ao mesmo lugar, com declives suaves e curvas fáceis; um grupo de escolares descia por ela cantando. "Quem procura dificuldades encontra", respondia o velho misteriosamente. Um pouco mais adiante, a subida ficava tão perigosa que a pseudo-Prudence quase caiu no precipício que se abria à esquerda, nesse ponto a encosta era praticamente vertical. Mostrando uma agilidade surpreendente para a sua idade, o homem a segurava no último momento, evitando que ela caísse de uma altura de cem metros.

Então chegavam ao fim da subida: um vasto platô com o piso gramado, cercado de pedregulhos, cercado por paredes intransponíveis por todos os lados. No centro, um refúgio construído com as mesmas pedras. Entraram lá, mas o lugar estava cheio de turistas indiferentes falando aos gritos em celebrações familiares e nativos de aparência muda e vagamente hostil andando em silêncio entre eles; não havia sinal dos gêmeos. Então o velho percebia que tinham chegado tarde, que não havia nada a fazer e que a jovem nunca mais veria seu namorado; em outras palavras, reconhecia sua derrota. A jovem, ou seja, a pseudo-Prudence, entendia por sua vez que o amor da sua vida estava definitivamente perdido.

Paul acordou por volta de meio-dia e, depois de preparar uma xícara de café, entrou em um site de garotas de programa, fez uma dezena de ligações, deixando mensagens nas secretárias eletrônicas das meninas, e se acomodou para esperar. Mais ou menos às três, sentindo que sua motivação começava a diminuir, teve a ideia de assistir a um pouco de pornografia na internet, mas o resultado foi decepcionante e até contraproducente. Deveria ter comprado Viagra ou algo assim, mas ia precisar de uma receita.

A primeira garota a responder — que devia ser a única, aliás — ligou por volta das nove da noite. Ela estava livre para as dez, sim. Perguntou sobre a sua idade e etnia — um branco de quarenta e tantos anos era perfeito, o tipo exato de clientela que ela procurava; aparentemente os critérios das escorts não se adequavam ao sistema de valores defendido pela mídia de centro-esquerda. Depois a jovem lembrou seus honorários: quatrocentos euros por hora. Ela não fazia sexo anal e, naturalmente, exigia camisinha — menos para felação. Atendia na rue Spontini, no 16º Arrondissement — pelo visto, muitas garotas exercem sua profissão nesse bairro rico, não tão rico como Saint-Germain-des-Prés, mas enfim, rico normal, o que afinal de contas era reconfortante. Ela encerrou a conversa com um "beijão" bastante surpreendente.

Paul voltou a ler, no táxi, a ficha que tinha imprimido do site. Mélodie era francesa, apresentava-se como estudante e tinha vinte e três anos; olhando suas fotografias — que não mostravam o rosto, mas davam amplas informações sobre seu corpo — pelo menos a idade parecia plausível. Também se declarava, "sem falsa modéstia, especialista em boquete", o que era extremamente alentador, em caso de dificuldades poderiam apelar para uma chupada, situação na qual sempre se consegue ter uma ereção, pelo menos era o que lembrava.

Quando chegou ao prédio nº 4 da rue Spontini, telefonou para ela conforme o combinado. Cinco minutos depois recebeu uma resposta em forma de sms: "rue Spontini nº 7, em frente". Foi até o endereço indicado, enviou outra mensagem. Quinze minutos depois, outra resposta breve: "5 min", o que o esfriou um pouco; será que estava com um cliente? Se esbarrasse em um cliente, não tinha certeza se conseguiria ficar de pau duro depois. Esperou dez minutos, em seguida lhe mandou uma nova mensagem de texto, que parecia ser a forma de comunicação preferida por ela. Primeiro escreveu: "Vamos nessa?", que lhe pareceu corresponder a um jeito jovem de falar, e após alguma reflexão acrescentou um "beijinhos" cada vez mais fora do contexto. Dessa vez ela respondeu imediatamente: "B1984. Porta C". Após seguir as instruções, viu-se diante de uma nova porta, com uma nova senha, parecia um conto de Kafka, só que mais moderno, os guardas do portão eram automatizados. Enviou então um "Estou aqui" — que, pensou em um breve momento de autopiedade, quase poderia ser descrito como comovente. Teve que esperar mais alguns minutos e então recebeu um "11B23.5º". Aquele era, ao que tudo indicava, o fim da comunicação.

No final do corredor do quinto andar, na parte de trás, havia uma porta entreaberta. O apartamento estava mergulhado em uma semipenumbra, com pequenas lâmpadas dispostas aqui e ali criando pontos isolados de luz. Quase não distinguiu o rosto da garota que o recebeu na entrada, mas viu que estava de minissaia preta, cinta-liga e meias arrastão, e com um top justo e transparente, também preto — seios lindos, notou mecanicamente. Aquela iluminação era destinada a criar uma atmosfera cativante e erótica — e na verdade funcionava bem, o efeito se intensificava com um forte cheiro de incenso, havia algumas varetas acesas em uma mesa de centro. Entregou os quatrocentos euros à garota, que rapidamente contou o dinheiro e fez as notas sumirem na bolsa.

— Quer beber alguma coisa? — perguntou, ele gostou da sua maneira de falar, ficou mais à vontade, agora se sentia de fato na posição de cliente, com certeza a própria entrega do dinheiro já havia esclarecido as coisas; mas recusou a oferta, porque teria que especificar o que queria tomar, além de não saber o que ela tinha para oferecer, enfim, era complicado, achou melhor não dizer nada.

— Então, vamos lá? — prosseguiu a garota.

— Seu nome é... Mélodie, certo?

— É, quer dizer... — balançou a mão para passar por cima daquele detalhe sem importância, evidentemente era um pseudônimo.

— Você escreveu... — ele hesitou de novo — que era "especialista em boquete", não foi?

— Ah, então alguém lê os anúncios, que bom!... — disse ela, sorrindo, até que parecia bem simpática, essa menina. Como Paul ficou parado, acrescentou: — Tudo bem, senta aí — ele foi sentar no sofá sem resistir, aquela voz lhe lembrava vagamente alguma coisa.

— Pode tirar a roupa — continuou ela um minuto depois, vendo que Paul não tinha se mexido. Ele obedeceu, finalmente tirou a calça, achou que era suficiente por ora.

— Você não está acostumado com isso, não é? — ele fez que sim com a cabeça. — Não se preocupe, vai ficar tudo bem — disse a garota; e se ajoelhou entre suas coxas.

Para sua surpresa, ficou muito excitado, com o pau muito duro, assim que ela o estreitou entre seus lábios. A garota fazia a coisa muito bem, acariciando os colhões com uma das mãos enquanto o masturbava em sua boca com a outra, às vezes lentamente e às vezes com rapidez. Volta e meia o olhava direto nos olhos, sobretudo quando enterrava o pênis bem fundo na boca; outras vezes, ao contrário, ficava de olhos fechados, totalmente concentrada nos movimentos da língua em volta da glande. Ele estava se sentindo cada vez melhor, e depois de dois ou três minutos ousou dizer:

— Está muito escuro aqui. Posso acender a luz?

Ela fez uma pausa:

— Ah, você gosta de olhar... — disse, dando um sorriso. Estava começando a tratá-lo com intimidade, mas isso não o incomodou em absoluto. Ela continuou a masturbá-lo com a mão esquerda, puxou a lâmpada com a direita. No momento em que o raio de luz bateu em seu rosto ele teve um choque violento, se encolheu todo de horror: Mélodie era Anne-Lise, filha de Cécile; era ela, não havia a menor dúvida. Tivera uma impressão passageira, no início, de que seu rosto lhe lembrava alguém, mas agora a reconhecia sem sombra de dúvida. Ela o olhou com perplexidade por um instante, e então também o reconheceu:

— Ah, merda... — disse. E ficou prostrada por mais alguns segundos antes de perguntar: — Você não vai dizer nada ao meu pai?

Por que ao pai?, Paul se perguntou, ele não era tão íntimo de Hervé, era só cunhado; mas com Cécile, sim, poderia haver problema.

— Minha mãe, acho que no fim das contas ela ia acabar entendendo — continuou Anne-Lise como se houvesse adivinhado o que ele estava pensando —, mas papai morreria de desgosto.

Estranhamente, achou que Cécile de fato poderia entender; ele não sabia explicar por quê, mas sentiu que a garota tinha razão. Confirmou que, naturalmente, não ia dizer nada a eles, era algo que nem lhe passava pela cabeça, e nesse momento teve um breve instante de pânico, porque ele tampouco queria que soubessem.

— Você também vai ficar de bico calado?

— Sim, não se preocupe, isso vai permanecer como um segredo entre nós, com certeza — depois pensou por um momento. — Não sei como te tratar — continuou ela —, costumava chamar você de "titio", mas na última vez em que nos vimos eu devia ter uns doze anos, acho que não dá mais. Bem, vamos beber alguma coisa — e se levantou. — Você vai querer algo forte, imagino? — ele fez que sim com a cabeça e, enquanto a garota estava na cozinha, aproveitou para se vestir.

Anne-Lise voltou com uma garrafa de Jack Daniels, encheu dois copos altos. Sim, ela fazia programas ocasionais havia alguns anos, na verdade praticamente desde o início da faculdade, o tal trabalho na editora sempre foi mentira, de qualquer jeito a área editorial era um ofício de merda, ela tinha a intenção de fazer carreira acadêmica, ser professora universitária é que dava status de verdade, assim que tivesse um emprego ia parar com aquilo. Sua casa não era ali, morava em um conjugado no Quinto Arrondissement, um lugar que alugava com mais duas meninas, duas russas meio bobas, mas fazer o quê. Com isso, estava economizando dez mil euros por mês, livres de impostos, trabalhando algumas horas por semana.

— Aliás, quer que eu devolva ou seus quatrocentos euros?

Ele recusou, realmente não valia a pena:

— E depois, gostei muito da sua chupada — continuou sem pensar, com uma franqueza imprevista que o deixou um pouco embaraçado mas fez Anne-Lise sorrir.

— Mamãe ganha a vida cozinhando para pessoas que detesta — continuou —, embora ela adore cozinhar, é a grande paixão da sua vida. Será que é melhor do que isso que eu faço?

Parecia uma tentativa de se justificar, mas além de não estar em posição de culpá-la de coisa nenhuma era uma pergunta difícil, de fato na cabeça de Cécile cozinhar para alguém normalmente era uma prova de afeto, enfim, algo íntimo, mas por outro lado existe a profissão de chef, que é considerada respeitável.

— Sua mãe está tendo problemas com os clientes? — limitou-se a perguntar, Cécile não lhe havia falado nada sobre isso.

— São horríveis. Gente chique de Lyon, ela não aguenta mais, vai acabar envenenando os pratos, não, não, é brincadeira... Quanto a mim, meus clientes são legais, enfim, também tem uns canalhas, mas esses dá para identificar com duas perguntas pelo telefone. Nem todos são burgueses, o que é uma loucura quando se considera o preço que isso custa, tem gente que realmente vem de um ambiente modesto, ficam impressionados quando chegam ao 16º Arrondissement, imaginam que é onde moram os milionários, enfim, de maneira geral são boa gente. Quer dizer, a penetração às vezes é meio desagradável, você sente muito o corpo do cara, o cheiro, tem que ficar pensando em outra coisa e esperar. Mas muitos já ficam satisfeitos com um boquete, então pagam uma hora mas quinze minutos depois, às vezes menos, a coisa já acabou, chega a ser constrangedor; então bato um papo até completar mais ou menos meia hora, e depois recebo muitos comentários no site, "garota legal e inteligente", "ótima conversa", "um tesouro, cuidem dela"; muitos dão a impressão de que é o primeiro momento de felicidade que têm em anos, são tão solitários que dá pena. E você, aliás, por que veio? — continuou, depois de um tempo. — Eu sei, quer dizer, mamãe me contou que as coisas não andam muito bem com sua mulher.

Paul tomou um longo gole de bourbon antes de responder. Os dois tiveram problemas, sim, problemas até grandes, mas tudo estava melhorando, havia algum tempo; e tinha sido justamente por isso que ele veio.

Ela balançou a cabeça, pensativa, um pouco surpresa, e também bebeu um gole de bourbon:

— Meus clientes conversam muito comigo — disse —, quase todos precisam se justificar. Nunca me disseram isso, não exatamente assim, mas acho que sei o que você quer dizer. É como se você precisasse de uma garota para ter certeza de que ainda funciona, uma espécie de intermediária antes de voltar ao sexo normal? — Paul confirmou. Ela balançou a cabeça de novo, tomou outro gole antes de concluir: — A vida às vezes é complicada.

5

Quase ao mesmo tempo, Aurélien estava adormecendo nos braços de Maryse. Havia ligado para ela na véspera, a jovem não estava trabalhando, nem tinha plantão no fim de semana. Aceitou imediatamente sair com ele no sábado, não tinha carro e desde que chegara, três meses antes, não teve oportunidade de conhecer a região.

Esperou que Hervé e Cécile saíssem para o hospital e, minutos depois, partiu para Belleville. Ela morava na periferia dessa cidade, em um bairro claramente islâmico. Aurélien tinha ouvido falar muito na mídia sobre esses bairros, mas nunca tinha visto um, bem, já havia notado coisas desse tipo em Montreuil, mas lá era menos nítido, havia umas zonas mais ou menos intermediárias, e além disso era algo mais esperável. Em Belleville-en-Beaujolais parecia mais surpreendente, pelo que ele sabia o islamismo era um problema mais ligado aos subúrbios, mas no fundo não sabia nada sobre isso, já podia ter se espalhado pelas cidades de médio ou pequeno porte do interior, ele não estava muito informado sobre a sociedade francesa. De qualquer modo, todas as mulheres com quem cruzou na rua usavam niqabs, algumas com uma rede na altura dos olhos, outras não, e a maioria dos homens estava com um look salafista característico. Mas não se viam meliantes, será que os salafistas tinham conseguido expulsar a malandragem das vizinhanças? Não dava para dizer, eram apenas dez da manhã e essa corja, como a maioria dos predadores, só costuma sair depois de escurecer.

Maryse estava à sua espera na porta do prédio onde morava, um bloco de concreto bastante feio de três andares:

— Não te convido para subir — disse ela —, minha casa não é grande coisa, enfim, quando fui transferida para cá peguei a primeira coisa que apareceu, pelo menos não sai caro. Se eu ficar por aqui, vou tentar me instalar um pouco melhor — estava com uma saia curta bastante justa e uma camiseta descolada, e ficou visivelmente aliviada com a chegada de Aurélien, não estava nada confortável com os olhares que vinha recebendo desde que saiu do prédio. Também tinha se maquiado e colocado uns brincos dourados de bom tamanho.

Ele havia escolhido a pedra de Solutré, é um clássico, sempre agrada e além do mais fazia muito tempo que não ia lá. E, de fato, assim que ela viu a silhueta da montanha de calcário perfilada no horizonte, com sua elevação em patamares e sua queda abrupta, foi dominada por um movimento espontâneo e sincero de admiração, e nesse momento ele entendeu que, o que quer que acontecesse depois, havia acertado propondo aquele passeio.

— É mesmo lindo... — disse ela. — Mas, espera, acho que vi este lugar na televisão. Não foi daqui que saiu aquele seu ex-presidente, o velho?

— Sim, François Mitterrand — Aurélien só se lembrava muito vagamente de François Mitterrand, um pouco mais que dos Cavaleiros do Zodíaco ou do ursinho Colargol. Na sua infância a indústria do entretenimento já tinha começado a reciclar o vintage em seus novos produtos, mas sem diferenciá-los claramente, de forma que pouco a pouco foi sendo perdida toda e qualquer ideia de sucessão e continuidade histórica. Mesmo assim, quase sempre ele conseguia situar François Mitterrand como posterior a Charles de Gaulle; mas às vezes tinha dúvidas a respeito.

A subida à pedra de Solutré estava bem preparada para os visitantes, com escadas e rampas nos trechos íngremes, era uma caminhada fácil de meia hora sob um céu azul cristalino, com algumas nuvenzinhas fofas aqui e ali. Na metade do caminho, Aurélien enlaçou o braço de Maryse; depois disso, a cada passo que davam era como se estivessem caindo um na direção do outro enquanto se aproximavam do cume. Será que o amor era isso? Se fosse, era uma coisa estranha e, paradoxalmente, fácil; de qualquer maneira, uma coisa que ele nunca havia conhecido.

Quando chegaram ao ponto mais alto do rochedo, contemplaram a paisagem de colinas, prados, florestas e vinhedos que se estendia a seus pés. "Então a França é isto aqui...", disse ela após olhar por algum tempo. "Sim...", respondeu Aurélien, "quer dizer, pelo menos parece muito com isto." A garota assentiu com a cabeça sem fazer nenhum comentário. Ela vinha do Benim, contou-lhe durante a viagem. Como ele não disse nada, explicou: "Era assim que os franceses chamavam o Daomé quando eram donos do país". Mas a palavra "Daomé" também não significava nada para ele. "É, você devia gostar mais de história que de geografia", concluiu Maryse. "História antiga, principalmente", especificou ele. "História antiga...", disse a garota suavemente, quebrando as sílabas, e lhe deu um olhar de verdadeira ternura, mais que de desejo, um olhar estranho, era como a antecipação de um olhar que poderia lhe dar muito mais tarde, quando os dois fossem bem velhos.

Haviam sido encontrados muitos ossos de cavalo no sopé do penhasco, contou Aurélien. Durante um longo tempo se pensou que era uma técnica de caça usada por homens pré-históricos: eles perseguiam os cavalos para forçá-los a pular do penhasco, depois bastava retalhar os cadáveres lá no fundo. "Que coisa cruel", disse Maryse, indignada; era uma reação clássica, um guia turístico lhe dissera que as mulheres sempre reagem assim, elas nunca gostam que matem cavalos. "Ao mesmo tempo, também era uma coisa inteligente", concordou um pouco mais tarde. Mas tudo aquilo era uma lenda, explicou Aurélien, na realidade os homens pré-históricos nunca pensaram nisso, a história foi inventada muito mais tarde, provavelmente no século XIX. Olharam novamente a paisagem, as encostas, os vinhedos, e Aurélien passou o braço em volta da cintura da garota. Ele se sentia como um homem, era algo perturbador e novo.

Para o resto do dia, tinha planejado visitar Notre-Dame d'Avenas, que era um destino turístico muito pequeno, tão pequeno que dificilmente merecia ser chamado de turístico, a igreja românica local recebia talvez dez visitantes por ano. Por isso não esperava a intensidade da reação de Maryse, que mergulhou os dedos na pia de água benta quando entrou e se benzeu antes de avançar. Nem sabia que ela era católica, aquilo era uma coisa que não tinha previsto.

A joia da igreja era o altar, uma escultura de Cristo em glória, rodeado pelos doze apóstolos, talhada em calcário branco. Aurélien não tinha nada a dizer sobre aquilo, e ficaram lá por alguns minutos, o tempo que ela achou necessário.

— Há outra lenda sobre esta igreja — disse ele quando saíram. — A princípio tinham decidido construí-la no mesmo local do antigo mosteiro de Pélage, que foi destruído pelos bárbaros. Mas quando a obra começou os trabalhadores notaram que toda manhã suas ferramentas apareciam espalhadas, e pensaram que aquilo devia ser uma intervenção do Maligno. O mestre de obras concluiu que Deus não queria aquele lugar. Decidiu então arremessar o seu martelo pelos ares para estabelecer a nova localização da igreja: caiu mil e duzentos metros adiante, ao lado de um arbusto de espinheiros.

— Mil e duzentos metros é muito — disse ela —, esse mestre de obras devia ser forte… — De fato, era um aspecto da questão que ele não tinha considerado. — Há muitas lendas na França… — continuou, sonhadora, com um pouco de malícia também, é verdade que a França havia sido um país de lendas, mas atualmente não era mais assim, exceto com Aurélien, devido à sua profissão, ele nem percebia que a estava seduzindo simplesmente por tratá-la como uma pessoa inteligente, acessível à cultura, e não como uma pobre cuidadora africana — coisa que ela também era, aliás. Maryse viera sozinha do Benim, não tinha família na França e estava começando a se sentir um pouco cansada. Tinha ido para a cama com alguns homens desde que chegara, mas nenhum deles a havia tratado assim, jamais, nenhum deles se parecia com Aurélien, na verdade ela tinha uma imagem bastante imprecisa da França, e desde que viera para Belleville morava em um bairro de árabes, a quem instintivamente odiava e temia.

Depois disso decidiram ir tomar alguma coisa em Beaujeu, onde havia muitos cafés abertos e que merecia, mais do que nunca, o título de "capital histórica do Beaujolais". Aurélien já havia esquecido como esse vilarejo era encantador, parecia que ele tinha preparado tudo para atrair a garota para os seus braços, mas não, ele era totalmente incapaz de fazer isso, e gaguejou e balbuciou bastante antes de convidá-la para ir a sua casa, em Saint-Joseph; ela concordou imediatamente, sem um segundo de hesitação.

— Você é bastante tímido, como homem... — comentou.

— Pois é... bom, realmente, mas tem também a minha irmã, ela talvez seja um pouco rígida, é muito católica, sabe?

— Sua irmã, aquela que eu vi?... — a garota parecia surpresa. — E o outro, que veio uma vez, o cara mais velho, é seu irmão?

— Paul? Sim, é meu irmão mais velho, quer dizer, ele é bem mais velho que eu, não o conheço muito.

— Ele sim me pareceu um pouco rígido.

— Paul?... — agora foi sua vez de ficar surpreso. — Não, Paul não é nada rígido. Mas é uma pessoa séria.

— Ele parece triste.

— Sim, verdade. Também é muito triste.

Os franceses de modo geral são tristes, ela havia entendido desde o início, desde o momento em que chegou, e ele também sabia disso, até um pouco melhor que ela, mas agora não era o momento de abordar o assunto. Chegaram a Saint-Joseph em torno das cinco e meia, os outros estariam de volta mais ou menos às oito ou talvez um pouco antes, o que lhes dava um pouco mais de duas horas.

— Duas horas é muito tempo — disse ela, decidida. — Afinal, eu também sou católica — acrescentou. De certa forma era verdade, isso resolvia a questão.

Duas horas realmente pode ser muito tempo, Aurélien entendeu isso de imediato, assim que se deitou ao seu lado na cama. Ele tivera muito poucas experiências sexuais antes de Indy; quando tinha treze anos, um homossexual idoso que morava no mesmo edifício se insinuou para o seu lado, ele decidiu lhe conceder uma modesta punheta, o pobre homem pareceu ficar felicíssimo e ao mesmo tempo apavorado com a ideia de que alguém ficasse sabendo, obrigou-o a prometer três vezes que não ia dizer nada a ninguém, e é claro que prometeu, mas suas experiências homossexuais terminaram ali. Em relação às garotas, não tinha ficado com nenhuma, claro que cruzava com elas no colégio, mas todas pareciam viver em um universo narcisista e barulhento, onde o status social no Facebook e as marcas de roupa ocupavam um lugar preponderante, enfim, um universo onde ele não tinha um lugar. Com Maryse a coisa ia ser completamente diferente, entendeu isso desde o primeiro segundo, assim que ela tirou a camiseta e a saia com uma visível impaciência, quase se poderia dizer que com alívio. Ele não se atrevia a tirar a roupa, contentava-se em olhar para ela, sua pele era de um marrom profundo e quente, quase dourado, sobre a qual a luz da cabeceira acendia reflexos magníficos.

— Você não é realmente negra — disse —, quer dizer, é negra mas não tão escura como as outras.

— Sim, verdade, minha avó pode ter pecado com um colonizador branco. Tira a roupa... — e ele obedeceu, envergonhado.

— Você ficou vermelho! — exclamou Maryse —, é a primeira vez que vejo um homem corar, é lindo, decididamente você é tímido. E, por outro lado, também é branco de verdade, seus ancestrais não devem ter pecado.

— Não tiveram chance... — respondeu Aurélien. Ele tinha feito pesquisas genealógicas sobre sua família, sem despertar o menor interesse em Paul ou em Cécile. Seus ancestrais eram camponeses, sobretudo de Rhône e Saône-et-Loire, e também havia uma linhagem originária do Nivernais; alguns poucos eram viticultores, mas a grande maioria criava gado, era gente muito enraizada no lugar, nada a ver com o tipo que embarca numa aventura colonial; pessoas que, provavelmente, nem sabiam que a França tinha colônias.

Depois de tirar a roupa foi se deitar ao seu lado, ela além de tudo cheirava maravilhosamente bem, e enfiou a cabeça entre seus seios. Depois de um ou dois minutos a garota decidiu tomar a iniciativa, beijou-o no peito e na barriga, depois o pôs na boca e as coisas se desenrolaram com uma facilidade desconcertante, ele não imaginava que a sexualidade pudesse acontecer com tanta simplicidade, tanta gentileza, não se parecia em absoluto com sua relação anterior com Indy, nem com os poucos filmes pornô que tinha visto na internet, talvez com algumas descrições que lera em livros, mas na verdade nem isso, era um outro mundo, onde ele mergulhou por completo, e já tinha se esquecido de muitas coisas, na realidade de quase tudo, quando ouviu uma batida na porta e a voz de Cécile dizendo que o jantar estava pronto. Imediatamente foi se vestir, seus temores voltaram, a voz de Cécile estava estranha, parecia mais distante, mais fria, seu incômodo talvez viesse também do fato de que nunca havia feito amor naquela casa, tinha a sensação de estar cometendo uma espécie de profanação, obviamente era um absurdo, pensou, aquela casa era muito velha, muita gente fez amor ali; mas, mesmo assim, a voz de Cécile parecia esquisita.

6

Desceram a escada e pararam na porta da cozinha. Em pé no meio do cômodo, Madeleine estava descabelada, com os olhos brilhando de raiva, mas assim que viu Maryse começou a chorar e se jogou em seus braços. Cécile permaneceu imóvel, em silêncio, quase não tinha notado a chegada deles. Como não se manifestava, Aurélien acabou se aproximando dela e perguntando o que havia acontecido.

— Mandaram Madeleine se retirar do hospital. Não querem mais que ela cuide do papai.

Um grupo de delegadas sindicais, com uma delas à frente, foi se queixar à administração de que Madeleine estava exercendo a função de auxiliar de enfermagem sem ter o diploma; exigiram que parasse de fazer isso. A diretoria deu razão a elas.

— A diretoria? Leroux?...

— Não. Leroux é o diretor médico da unidade, mas há um responsável administrativo que dirige também o EHPAD, onde há muito mais pacientes, e ainda um terceiro serviço, o hospital-dia, parece, e é ele quem supervisiona tudo. Uma pessoa que nunca vimos. Então, de repente não querem mais que Madeleine cuide do papai, que lhe dê banho, que o leve para passear, agora não tem mais direito nem de manobrar a cadeira de rodas sozinha. Também não querem que continue dormindo lá.

— Dizem que é contra as normas de higiene e de segurança — explicou Madeleine. Aurélien olhou-a espantado, principalmente porque era a primeira vez que a ouvia falar.

— Ela só está autorizada a continuar alimentando-o, foi a única coisa que conseguimos — concluiu Cécile.

Aurélien levou algum tempo para se recompor e perguntar a Maryse:

— O que você acha disso?

— Não me surpreende, já estava para explodir há muito tempo. Eu sei muito bem quem é essa sindicalista, não é uma garota do nosso serviço, ela trabalha no EHPAD. A grande questão é que nós somos quinze enfermeiras e auxiliares de enfermagem para quarenta pacientes. No asilo, elas são vinte e cinco para duzentos e dez internos. Então, pode parecer paradoxal que uma delegada sindical queira nos prejudicar; mas o fato é que elas estão na média nacional, nós é que temos sido privilegiadas. Não sei como Leroux conseguiu nos dar essas condições; no fundo, é o único mistério. Mas o novo diretor quer a cabeça de Leroux desde que foi nomeado, disso não há dúvida.

— E você conhece esse cara, o diretor? — perguntou Cécile. Aurélien notou que sua irmã tratava a garota com familiaridade e não parecia ter estranhado a sua presença, aparentemente nem tinha pensado no assunto.

— Já o vi uma vez, é um sujeito de trinta e poucos anos. Como todos os diretores de EHPAD, é formado na Escola de Saúde Pública de Rennes, uma escola de serviço público focada na área administrativa, tem mais a ver com a ENA que com estudos de medicina, digamos assim. Não dá a impressão de ser alguém especialmente malvado, mas sua única preocupação é que a estrutura seja lucrativa, se bem que agora é assim em qualquer lugar, ele só está seguindo as instruções que recebeu.

— E quando você diz que ele quer a cabeça de Leroux, acha que pode conseguir que seja demitido?

Maryse hesitou, pensou por algum tempo antes de responder:

— Isso está muito acima do meu nível, mas acho que não... De todo modo, pode pedir que seja transferido. Existem cento e cinquenta unidades EVC-EPR na França, o que proporciona muitas possibilidades de transferência; e uma reclamação do sindicato certamente tem influência nisso. Quando Leroux sair, vão nos redistribuir pelos outros serviços; não tenho certeza de poder continuar cuidando do seu pai. Não... — e olhou para baixo — não, não quero mentir para vocês, acho que a coisa está mal encaminhada.

Para Aurélien, no dia seguinte, foi ainda mais doloroso que de costume despedir-se de todos e voltar para Paris. Quando finalmente decidiu partir, já passava das oito da noite e chegou a Montreuil quase às três da madrugada. Indy estava na cama, e na manhã seguinte ele partiu para Chantilly sem vê-la. À noite, foi se sentar em um café perto da Gare de l'Est, incapaz de voltar para casa, e ligou para Maryse. A situação no hospital estava confusa, contou, todas as garotas só falavam sobre o assunto, mas ninguém sabia de nada; ela tinha visto Leroux à tarde, mas, como parecia estar de péssimo humor, não teve coragem de lhe perguntar nada.

Afinal resolveu ir para casa, pouco depois das onze da noite, e deu de cara com sua mulher, que naturalmente começou a acusá-lo de chegar tarde sem avisar, quase a fizera perder o seu compromisso. Então ela tinha saído de qualquer maneira, pensou Aurélien, e respondeu calmamente: "Vai se foder" antes de subir para o quarto. Indy ficou pasma, boquiaberta, menos por causa das palavras que pelo tom que ele havia usado; não estava acostumada com aquela calma, aquela frieza; não tinha mais medo dela, isso era uma coisa preocupante.

Maryse telefonou no dia seguinte, no final da tarde, quando ele já estava saindo de Chantilly. Aurélien percebeu na hora que as notícias eram ruins. Ela havia falado com uma garota que trabalhava na secretaria do diretor. Leroux tinha sido convocado de manhã para uma reunião e, obviamente, a conversa foi um fiasco, dava para ouvi-lo gritando através da divisória e, depois, sair batendo a porta com toda a força. No começo da tarde ela não se aguentou e foi bater na porta da sua sala. Leroux estava sentado sem fazer nada, olhando para uns papéis à sua frente; ao lado havia uma caixa aberta, mas ainda não tinha colocado nada dentro:

— Sim, minha pequena Maryse, fui despedido... — disse — quer dizer, transferido para outro lugar. Vou começar a trabalhar em Toulon na segunda-feira de manhã. Não sei como ele conseguiu isso tão rápido.

— Oficialmente ele não vai protestar, não pretende falar nada contra os chefes — continuou Maryse. — Vai até dizer que foi ele mesmo que pediu a transferência, para voltar à sua região natal; ele é mesmo de lá, La-Seyne-sur-Mer, acho; mas eu vi que estava muito indignado. Agora as coisas vão andar rápido, marcaram uma reunião com os executivos da saúde na quinta-feira para reorganizar os serviços. No máximo vão deixar na unidade cinco de nós, as outras serão mandadas para o EHPAD. E eu ficaria surpresa se fosse uma das cinco, eles sabem que eu era próxima da Madeleine, vão me punir por isso.

Não disse mais nada. Estava à beira das lágrimas, e ele não encontrou qualquer resposta animadora, ou mesmo aceitável, para lhe dar:

— Vou estar aí amanhã à noite — disse por fim —, chegarei um pouco tarde, mas vou para aí.

— Amanhã à noite tenho plantão, só podemos nos ver na quinta-feira. É meu dia de folga.

— Podemos visitar o lugar onde eu trabalho, sabe, as tapeçarias… — essa ideia tinha acabado de lhe ocorrer.

— Ah, sim, eu adoraria!… — disse isso com uma voz mais animada, e depois ainda trocaram umas palavras sem importância, como fazem os amantes, ou os pais com seus filhos pequenos, e foi num tom quase apaziguado que ela lhe disse, imediatamente antes de desligar: — Até quinta, meu amor.

7

Paul pensava que Prudence ia ficar na Bretanha até que seu pai recebesse alta do hospital ou, pelo menos, até que Priscilla a substituísse. Não havia nenhuma urgência profissional, todas as repartições da França estavam mais ou menos em compasso de espera, e o Ministério da Economia ainda mais, aguardando o *veredito das urnas*, como se diz. Bruno aparecia na televisão cada vez com mais frequência, Paul já o tinha visto em vários canais e achou-o excelente, era até surpreendente aquele talento para o debate que se manifestava tardiamente, Raksaneh tinha feito um ótimo trabalho. Sarfati também dava conta do recado, apagara bastante da sua dimensão lúdica e se apresentava como um velho sábio, enfim, um velho sábio um pouco jovem, trajetória normal para um humorista no fim da carreira, sobretudo quando ele não é mais engraçado. O problema é que o candidato do Rassemblement National também era muito bom, contundente e ao mesmo tempo imbatível quando se tratava de números, vencia os debates na reta final com o seu sorriso cativante, certamente tinha o sorriso mais cativante entre os políticos franceses de hoje, segundo Solène Signal seria preciso voltar a Ronald Reagan para encontrar um sorriso tão cativante na história política contemporânea. De repente, estava bem à frente nas pesquisas para o primeiro turno, e as projeções para o segundo pareciam consistentemente estabilizadas em 55%-45% — era satisfatório, mas nada demais. Solène Signal resmungava, mas Bruno não parecia dar a mínima: nas raras vezes em que Paul o viu durante esse período ele parecia estar muito distante dali — o que fazia Paul desconfiar que, provavelmente, afinal tinha pulado a cerca com Raksaneh.

Enquanto esperava o regresso de Prudence, Paul tentou se informar melhor sobre as crenças dos seguidores da wicca. Muitos wiccanos estavam "engajados na defesa da natureza", enfim, eram verdes. Encontrar ecologistas vagamente místicos não era nada muito novo, mas ainda assim havia uma inovação em relação à Nova Era, à mãe terra, ao córtex de Gaia e todas essas coisas, que era a importância dos dois princípios, macho e fêmea. Talvez por isso Prudence tenha se aproximado dessa religião, estava tentando despertar seu corpo, pensou Paul, comovido. Já o seu próprio corpo tinha se despertado com bastante facilidade, bastou a boca de Anne-Lise, de vez em quando ele se lembrava, e a cada vez era invadido por um ligeiro sentimento de vergonha, também por um pouco de preocupação. Como fariam? Como ele ia conseguir se comportar quando estivesse na presença de Cécile e sua filha? Mas logo em seguida se tranquilizava: Anne-Lise era uma garota inteligente e com muito sangue-frio, não ia ter dificuldade para lidar com a situação.

De maneira inesperada, os wiccanos pareciam acreditar em reencarnação. Será que Prudence também acreditava? Nesse caso, seria uma novidade. Enfim, existia uma espécie de lógica: a ecologia, o parentesco fundamental de todas as formas de vida, a reencarnação, tudo se encaixava.

Ficou agradavelmente surpreso quando Prudence telefonou no sábado para anunciar seu retorno no dia seguinte. A irmã havia se mudado com as duas filhas para a casa da família em Larmor-Baden, depois de organizar sua mudança do Canadá — e seu divórcio — com a eficiência costumeira. Paul quis ir esperá-la na estação, mas ela o dissuadiu, tinha uma surpresa, disse, era melhor se encontrarem em casa.

A surpresa era ela: estava bronzeada, em ótima forma, e, o melhor, tinha escolhido uma saia, uma saia pregueada branca, um pouco acima do joelho, que mostrava suas pernas queimadas de sol.

— Foi muito à praia? — perguntou ele.

— Todos os dias, desde que Priscilla chegou — respondeu; depois foi abraçá-lo. Quando suas línguas entraram em contato, ele pôs as mãos em suas nádegas, e dessa vez ela não ficou tensa, pelo contrário, se apertou mais contra Paul e também pôs as mãos nas dele.

Dez minutos depois estavam na cama, e quando ele a penetrou Prudence soltou algumas lágrimas, mas também gemeu, várias vezes, e no final quase gritou. Depois ficaram muito, muito tempo se olhando no fundo dos olhos.

8

Quando resolveram se levantar, a noite já havia quase caído. Foram para a sala. Paul se serviu um Jack Daniels, Prudence aceitou um martíni. Seria a mesma mulher que ele conheceu quando tinham vinte e cinco anos? Na essência, sim, tinha sido quase fácil voltar a ser uma só carne, como diria são Paulo. Tinham perdido dez anos, mas isso não importava muito; era inútil pensar no passado, e também era inútil perder tempo com o futuro; bastava viver. Puxou um assunto que lhe parecia mais leve, mas que o intrigava um pouco havia algumas semanas: ela acreditava mesmo na wicca? Era uma coisa para levar a sério?

Os sabbats e as cerimônias, disse Prudence, realmente não tinham muita importância, eram apenas uma forma de pontuar o ano e se encontrar com outros seguidores, como acontece, na verdade, em todas as religiões. O deus e a deusa, ao contrário, correspondiam a uma realidade fundamental, a polaridade macho-fêmea é um elemento decisivo na estruturação do mundo. Mas não eram a palavra final da doutrina: além do deus e da deusa havia o Um, o princípio último, a razão organizadora do universo, que às vezes era mencionado em certas celebrações especiais. O deus e a deusa estavam muito mais presentes na maioria das cerimônias, e a maior parte dos seguidores terminava sua busca espiritual ali.

Ela também acreditava, sem a menor sombra de dúvida, na reencarnação. Para Paul se tratava de uma coisa meio estranha, era um pouco como se a pessoa tivesse perdido todas as esperanças na encarnação atual e pedisse uma segunda chance, a oportunidade de começar de novo. Uma encarnação já lhe parecia mais que suficiente para formar uma opinião sobre a vida; mas o fato é que essa crença é muito difundida em todo o mundo, quase a metade da humanidade tinha construído suas civilizações sobre essa base. E, mesmo do ponto de vista ocidental, muita gente vive até o fim dos seus dias com a ilusão de que sua existência poderia se bifurcar, tomar um rumo radicalmente novo; considerada fora de qualquer dimensão religiosa, a reencarnação era apenas uma variante extrema dessa ideia. Mas o que ele achava mesmo estranho, até implausível, era que alguém pudesse reencarnar em um animal. Na verdade, isso era algo muito raro, disse Prudence, em quase todos os casos os homens reencarnavam em homens, e os animais em animais da mesma espécie. Só em certos destinos excepcionais ocorria uma subida ou uma queda na escala dos seres.

A primeira ideia que veio à mente de Paul foi que isso estava longe de ser uma coisa idiota. A segunda foi que essa visão tradicional hindu da reencarnação e da escala dos seres devia parecer para muita gente, hoje em dia, uma ideia *especista*. A terceira foi que um grande número de pessoas tinha ficado muito babaca atualmente; um fenômeno contemporâneo impressionante, e indiscutível.

— Está com fome, meu bem? — perguntou-lhe depois. Sim, ela estava com fome e, mais do que isso, queria ir a um restaurante, sair, comer alguma coisa gostosa, talvez ali mesmo no bairro. O Train Bleu, na Gare de Lyon, cairia bem, algo reconfortante e clássico, eles ainda estavam um pouco frágeis.

Excepcionalmente não havia quase ninguém no Train Bleu, e foram se sentar em uma mesa isolada; assim que fizeram o pedido, Prudence perguntou pelo seu pai. Ele não tinha notícias recentes, mas imaginava que estava bem.

Na verdade, Cécile não havia comunicado a evolução dos acontecimentos, tinha intuído, sem saber muito bem como, que o futuro do casamento do irmão estava em jogo e, como não era um bom momento para falar de outra coisa, guardou tudo para si mesma, mas na realidade as coisas estavam indo de mal a pior. Os fatos rapidamente deram razão aos pressentimentos sombrios de Maryse, que tinha sido transferida para o EHPAD depois de uma reunião na qual seus colegas do serviço lhe fizeram entender logo que suas condições excepcionais de trabalho tinham acabado.

Quando voltou, no final da semana seguinte, Aurélien ficou surpreso ao entrar no quarto e ver seu pai visivelmente mais abatido. Madeleine vivia em um estado permanente de prostração e só tinha vida durante essas visitas. Na hora da despedida viu que, quando Madeleine segurou a mão do seu pai, este contraiu os dedos com força para retê-la; então podia mover os dedos, ele nunca tinha notado; mas aparentemente só fazia isso com Madeleine.

Voltaram para Saint-Joseph muito abalados. Segundo Maryse, a situação ia ficar ainda pior nas semanas seguintes. Com a nova distribuição do pessoal, ia ser impossível levantá-lo da cama todos os dias, muito menos organizar passeios na cadeira de rodas. A frequência dos banhos também seria reduzida, e também da fisioterapia e da fonoaudiologia. Pedir uma reunião com o diretor seria inútil, explicou a Cécile; ele ia responder que só estava aplicando as normas nacionais, medidas de redução de custos comuns a todos os estabelecimentos franceses.

— Temos que tirá-lo de lá — disse Madeleine, quebrando subitamente o silêncio. — Temos que que tirá-lo de lá porque senão vão matá-lo. — Cécile ficou calada, sem poder contradizê-la, mas tampouco sem encontrar resposta.

Na manhã seguinte, Aurélien levou Maryse ao castelo de Germolles. Ela gostou muito das tapeçarias, e gostou especialmente de que ele lhe explicasse seu trabalho, a maneira de entrelaçar os fios de trama e os fios de urdidura. Era um parêntese leve e inesperado, um pouco mágico também; mas quando voltaram para Saint-Joseph a atmosfera estava ainda mais sombria, mais acabrunhada que na véspera.

Depois do jantar, ficaram na mesa por algum tempo. Hervé tomou um café com o seu conhaque — foi o único a beber. Depois de hesitar bastante, girando o copo entre os dedos, afinal disse a Cécile:

— Talvez eu tenha uma maneira de tirar seu pai de lá.

— Que maneira? — ela se virou no mesmo instante para olhá-lo.

— Um pessoal... gente que sabe resolver situações assim. — Como ela continuava olhando-o com perplexidade, continuou: — Bem, são uma espécie de ativistas... Não fica zangada, amor — acrescentou de imediato —, eu não fiz nada com eles, nada de ilegal. Nem sequer os conheço, só conheço umas pessoas que os conhecem. Você se lembra de Nicolas? — Sim, óbvio, ela se lembrava de Nicolas; continuava reservada, desconfiada. — Nicolas os conhece bem — continuou Hervé —, telefonei ontem para ele. Estão sediados na Bélgica, você sabe que nos últimos anos a eutanásia se desenvolveu demais na Bélgica, é lá principalmente que eles atuam, mas acho que também têm filiais na França, bem, afinal não me disse muita coisa, seria melhor eu voltar para Arras e ir conversar com eles, Nicolas pode me apresentar, eles confiam mais no contato direto. — Cécile fez que sim maquinalmente, ainda na defensiva. Na verdade, já estava desconfiando um pouco, havia alguns anos, que Hervé voltara a ter contato com gente duvidosa, no limite da legalidade; mas ficou calada, preferiu não tocar no assunto, porque sabia que os homens tradicionais — e Hervé era tradicional, no mais alto grau — às vezes precisam voltar a esse tipo de coisa; sabia que não é possível, e talvez nem desejável, domesticá--los completamente.

No dia seguinte Hervé partiu de carro com Aurélien. Por volta das nove da noite, pararam para jantar em um restaurante Courtepaille. Hervé visivelmente estava com vontade de falar. Ele achava que a sociedade tinha fodido a sua vida, às vezes lembrava com saudade os seus anos de militância, com Cécile e as meninas não teria sido possível aquilo. Pôs no prato um pedaço de camembert ressecado, ao lado de uma fatia gordurosa de gouda:

— É mesmo um nojo, esse prato de queijo daqui... — concluiu afinal. Era evidente que havia outro assunto que queria abordar, mas não disse nada. Aurélien ficou calado, olhando para ele com atenção.

— E você, você gosta dessa garota, a Maryse? — perguntou Hervé, finalmente.

— É... acho que sim. Aliás, tenho certeza, gosto sim.

O outro balançou a cabeça, era a resposta que esperava, e acrescentou com toda a calma:

— Então fica com ela. Acho que é uma garota muito legal.

9

Eram quase duas da manhã quando chegaram a Paris, o último trem para Arras já havia saído muito antes. Aurélien deixou Hervé num hotel Ibis perto da Gare du Nord, sentiu vontade de se hospedar lá também, depois pensou melhor, concluiu que sua mulher já devia estar deitada.

Na manhã seguinte, quando estava começando a restaurar uma tapeçaria que retratava uma cena de caça onde a excitação da matilha era admiravelmente representada, recebeu um telefonema de Jean-Michel Drapier. Queria vê-lo com urgência, no dia seguinte se possível; sua voz estava ainda mais sombria, mais abafada que o normal.

— Algum problema? — perguntou Aurélien, preocupado. Bem, sim, realmente de certa forma havia um problema, digamos assim, ele explicaria amanhã.

— Às duas?

— Duas da tarde, perfeito, respondeu.

Dessa vez o chefe recebeu Aurélien de imediato, e parecia estar arrasado. Quando o chamou para entrar em sua sala, Jean-Michel Drapier foi atravessado pela fugaz, mas dolorosa, certeza de que nunca deveria ter subido na hierarquia. Não gostava de RH, para ele a gestão de pessoas consistia basicamente em desagradar as pessoas, coisa que sempre lhe parecia muito incômoda. A ideia de carma passou depressa por sua mente, depois convidou Aurélien para se sentar.

— Sabe... — atacou direto —, é muito desagradável, mas não vou poder manter o seu trabalho no castelo de Germolles. Surgiu outra prioridade.

Aurélien reagiu pior do que ele esperava. Isso é uma catástrofe, disse, não seria mesmo possível encontrar outra solução? Ele estava enfrentando problemas naquele momento, problemas pessoais, chegou a contar que estava se divorciando. Aquilo ia muito além do tom que Drapier pretendia dar à reunião, a coisa estava ficando constrangedora, afinal balançou a cabeça em várias direções diferentes, como uma marionete quebrada, antes de conseguir responder:

— Não, é mesmo impossível, infelizmente... — disse afinal. — Seu novo serviço será em um castelo do Loire, não me lembro qual, aquele onde houve um incêndio... — Olhou vagamente para as pastas empilhadas em sua mesa. — Você sabe qual é o peso financeiro dos castelos do Loire? Sabe quantos turistas chineses visitam anualmente os castelos do Loire? — Aurélien foi atravessado por uma visão de horror quando pensou naquelas densas massas de turistas chineses correndo sob os portões dos castelos do Loire.

— Não, sr. Raison — concluiu tristemente o outro. — Eu gostaria de atender ao seu pedido, você é um dos nossos melhores restauradores, mas não vai ser possível, estamos diante de uma verdadeira prioridade.

— E eu preciso sair imediatamente de Germolles? — implorou Aurélien — Não vou ter algum tempo antes?

— Claro. — O outro se encostou na cadeira, aliviado; pronto, disse para si mesmo, chegamos ao ponto em que a vítima aceita o seu destino e se limita a pedir pequenos ajustes na sentença. — Sua nova tarefa só vai começar dentro de um mês. Nesse ínterim, pode voltar a Germolles, assim vai poder proteger o local com lonas, à espera de que o trabalho seja retomado; quer dizer, se alguém o retomar algum dia — concluiu com voz abatida, antes de se retrair dentro de si mesmo, em um acesso de desânimo total.

Mas logo a seguir se recuperou um pouco, discutindo com Aurélien os aspectos práticos da nova missão: o trabalho em Chantilly ia continuar até o final, e ele teria que encontrar um hotel para dormir, duas noites por semana, perto desse castelo do Loire cujo nome logo iria descobrir, só precisava procurar durante cinco minutos em seus arquivos, enfim, era um castelo do Loire. Dessa vez a hospedagem seria paga e ele poderia apresentar comprovantes para o reembolso das despesas com combustível, o ministério dava grande importância a essa restauração, tratava-se de um lugar estratégico em termos de turismo internacional, não era Chambord nem Azay-le-Rideau, mas algo num nível logo abaixo, também não era Chenonceaux... enfim, o nome tinha escapado da sua mente, mas ia voltar.

Eram quinze para as três, a reunião havia terminado. Quando saiu do ministério, Aurélien foi para o bar mais próximo, como da última vez, e pediu uma garrafa de Muscadet. Tanto quanto da última vez, nenhum ser humano naquele bar parecia capaz de entender, muito menos compartilhar, o seu destino — e, àquela hora do início da tarde, os convivas eram ainda menos. No final do terceiro copo, a situação começou a lhe aparecer sob uma luz um pouco menos catastrófica. Poderia ir a Saint-Joseph todos os fins de semana, não havia nenhuma dificuldade. Coisa curiosa, pensou, a vida, o amor, os seres humanos: dez dias antes ele nunca havia tocado em Maryse, o contato da sua pele estava totalmente fora do seu campo de experiências, e agora aquela mesma pele se tornara indispensável para ele; como explicar isso?

Do ponto de vista de suas relações com Indy, essa nova missão não mudaria muito as coisas: ele ia dormir em um hotel duas noites por semana, em algum lugar do vale do Loire, nem era necessário que ela soubesse onde. Nesse momento, viu que poderia até se mudar imediatamente, encontrar um conjugado em Paris. Essa ideia nunca lhe havia ocorrido antes, e foi dominado por um movimento de alegria intensa; o abandono do lar conjugal não era uma infração, ele achava que não o prejudicaria diante da juíza da vara de família, talvez fosse melhor conversar antes com o advogado, mas ele tinha quase certeza.

Uma busca inicial na internet diminuiu claramente seu entusiasmo: os preços dos imóveis em Paris haviam disparado em proporções assustadoras, ele nem sequer tinha certeza de que poderia pagar um conjugado, seu futuro imobiliário estava perto do nada. Em termos de pensão alimentícia, Indy havia pedido a metade do seu salário; era uma pretensão ridícula, assegurou o advogado, um pedido quase insano, não havia perigo de que a juíza o concedesse; mas de qualquer jeito era de se esperar que fosse uma quantia elevada, provavelmente da ordem de um terço. Tinha mesmo sido sacaneado por aquela vadia, pensou, foi sacaneado *de alto a baixo*. Quase não havia bens em comum, eles não tinham comprado nada juntos, nada importante; tudo se daria em torno da pensão alimentícia.

O álcool é paradoxal: às vezes permite que você supere suas ansiedades, veja todas as coisas com um halo falsamente otimista, mas às vezes tem o efeito oposto de aumentar a lucidez e, portanto, a ansiedade; além disso, os dois fenômenos podem se suceder em questão de poucos minutos. Quando terminou a primeira garrafa de Muscadet, Aurélien se deu conta de que ia lhe parecer muito pouco, já lhe parecia muito pouco, ver Maryse apenas uma vez por semana, e talvez ainda menos, por causa dos plantões no hospital, mas ao mesmo tempo não seria fácil organizar uma vida a dois. Normalmente seria um pouco cedo para considerar esse tipo de coisa, mas na realidade ele se sentia muito seguro em relação aos sentimentos, tanto os seus como os dela, e tudo parecia estranhamente claro; é verdade que as coisas estavam acontecendo muito rápido, mas às vezes, na vida, as coisas acontecem rápido. Dito isto, a situação não era nada fácil no aspecto material: um funcionário público de baixo escalão, com um terço do salário cortado, e uma auxiliar de enfermagem; morar em Paris, ou mesmo em seus subúrbios, era uma coisa praticamente impensável. Suas tarefas de restauração o levavam a quase qualquer lugar da França, no fundo não era necessário morar em Paris. Mas morar onde? A casa de Saint-Joseph seria o ideal, em certo sentido: lá havia espaço, os dois se sentiam bem e não custava nada. Mas Maryse odiava cada vez mais seu emprego em Belleville-en-Beaujolais, não ia conseguir suportar suas novas condições de trabalho, tinha conhecido uma situação muito melhor no mesmo hospital, seria impossível voltar atrás. Não podia pedir demissão? Ela não tinha obsessão por sua independência financeira, a questão não era essa. Mas será que iam conseguir viver só com o salário de Aurélien? Parecia difícil.

Para pensar com mais clareza, pediu uma segunda garrafa, dizendo para si mesmo que talvez devesse moderar um pouco o álcool, aquilo não poderia ter bons efeitos a longo prazo, com relação a isso todos os testemunhos eram unânimes.

10

Na quarta-feira à noite, Cécile recebeu um telefonema de Hervé. Ele estava na Bélgica, em Mons, disse, lá era tudo exatamente como em Arras: um passado opulento na Idade Média e na Renascença, depois vieram as indústrias têxteis e siderúrgicas, todas falidas nos últimos tempos; a cidade era um pouco mais miserável que Arras, mas nem tanto. Havia conversado com os conhecidos de Nicolas, teve uma boa impressão deles, pareciam um pouco desconfiados, mas sérios. Eles tinham um escritório em Lyon, fizeram o contato e já estava marcada uma reunião para o domingo seguinte, finalmente as coisas haviam avançado. A pessoa de Lyon pediu que Paul estivesse presente; para eles era importante verificar, antes de considerar uma operação, se todos os filhos estavam de acordo.

Na sexta à noite, Hervé chegou à Gare Mâcon-Loché no trem das 18h16; Cécile estava à sua espera na estação. Era a primeira vez em muitos anos que tinham se separado por mais de dois dias, ela teve dificuldade para dormir sozinha e estava irradiando uma alegria evidente ao recebê-lo na plataforma da estação; mas quanto ao objetivo da viagem continuava em dúvida, e o questionou assim que entraram no carro. Quem eram essas pessoas, exatamente? Tinham alguma ligação com a Civitas?

— Ah... — Hervé deu um amplo sorriso — eu sabia que você estava pensando nisso, claro que tem bronca da Civitas. Bem, não, neste caso não tem nada a ver. Foi um bilionário americano do Oregon que fundou o movimento.

— Um bilionário famoso?

— Não, não é um bilionário da mídia, tipo Bill Gates ou Mark Zuckerberg, estes ainda por cima são progressistas. Digamos que é um bilionário menor, fez fortuna na exploração de madeira, enfim, não está no ranking da Forbes, mas ainda assim tem uns dez bilhões de dólares; e é protestante, mais exatamente batista, como a maioria dos membros da organização, então é evidente que a coisa não tem mesmo nada a ver com os católicos. O Oregon foi o primeiro estado americano a legalizar a eutanásia, é um estado progressista, está muito na vanguarda em todas essas questões. Nicolas me arranjou um encontro em Mons com o coordenador da organização na Europa. Esse cara me explicou que o bilionário americano era de origem belga, ainda tinha família na Bélgica, e que ficara muito chocado com vários casos que ocorreram lá. Então fundaram o CLASH, Comitê de Luta contra o Assassinato em Hospitais, para tentar fazer lobby junto aos parlamentares ou interferir na mídia, mas a coisa não deu em nada. Decidiram se dissolver oficialmente, mas continuar agindo de forma mais direta. Mais tarde, criaram seções na França e também na Espanha, se não me engano. O cara que eu vi era americano, mas o tal que vamos encontrar em Lyon é francês, falei com ele pelo telefone e me impressionou bastante. São muito cuidadosos: nunca foram processados, nunca recorreram à violência, nunca danificaram prédios. Antes de mais nada, fazem questão de que todos os membros da família estejam de acordo com a ação — o marido ou a mulher, os filhos, os pais, se houver; isso pode mudar muitas coisas no terreno jurídico, ao que parece. É por isso que ele insistiu tanto que Paul também vá.

— Sim, não vai haver problema… — disse Cécile — ele chega amanhã com a mulher. — Estava um pouco mais tranquila, acomodou-se melhor no assento e então puderam falar de assuntos mais leves, as novidades de Arras, como estava Nicolas. Ela não tinha nada contra os identitários antigos, insistia, nem contra os de agora, só queria estar informada, que falasse com ela antes de embarcar em qualquer coisa ilegal.

— Eu não fiz nada ilegal, amor… — disse Hervé com suavidade. — Só tomei uma cerveja com um batista americano.

O sol estava caindo sobre as montanhas de Beaujolais; alguns quilômetros adiante, ela voltou a falar da Civitas. Realmente não os suportava, achava que eles eram uns verdadeiros extremistas, que desacreditavam todos os católicos, são uns "cristãos salafistas", acrescentou, se dermos ouvidos a eles vamos voltar para a Idade Média.

De um certo ponto de vista, a Idade Média não foi tão ruim assim, observou Hervé. O irmão dela, por exemplo, só gostava mesmo da Idade Média.

— Sim, veja só o Aurélien, desde pequeno ele é assim, nunca viveu no mundo real.

— Com certeza vai ter que aprender a viver um pouco mais na realidade — disse Hervé —, agora que tem uma mulher de verdade.

Cécile não respondeu; conseguira esquecer o problema de Maryse por pouco mais de uma hora, durante a semana ela tinha passado quase todas as noites na sua casa; as coisas não andavam nada bem para o seu lado, o EHPAD estava ainda pior do que havia imaginado. Quase todos os pacientes que não conseguiam se levantar da cama estavam com escaras terríveis. Ela só tinha dez minutos para lavar cada um deles, não era suficiente, e muitos não podiam ir ao banheiro sozinhos, telefonavam o tempo todo para o seu celular, sem falar dos pacientes que gritavam, no quarto, que alguém viesse ajudá-los, às vezes quando ela entrava via que o velhinho não conseguira se controlar, tinha se cagado, tinha sujado até o chão, ela precisava limpar tudo, a merda e os lençóis imundos eram uma coisa bastante desagradável, mas o pior de tudo era o olhar suplicante quando ela chegava aos quartos e a maneira que tinham de lhe dizer: "Você é muito atenciosa, mocinha". Na sua terra, na África, coisas assim jamais teriam acontecido; se aquilo era o progresso, então não valia a pena. Contou tudo isso a Cécile na véspera do retorno de Aurélien, mas com ele não tocou muito no assunto. Aurélien a via voltar para casa exausta toda noite, mas ela nem cogitava a possibilidade de lhe contar, preferia evitar que ele enfrentasse a realidade; os dois ainda não estavam casados, comentou Cécile, mas Maryse já o estava protegendo.

Hervé dobrou na saída para Villié-Morgon.

— É assim mesmo, amor — disse afinal, parando no pedágio —, todo mundo vem conversar com você. Você é o receptáculo de todos os infortúnios do mundo; é o seu destino.

Cécile se lembrou da confissão de Aurélien, da sua declaração de que não era estéril; com quem mais ele poderia ter falado? Certamente não com Paul. Sim, Hervé tinha razão: era o seu destino.

* * *

Maryse se sentia exausta, era assim todas as noites; ela e Aurélien foram se deitar logo depois do jantar. Hervé ficou na cozinha enquanto a esposa lavava a louça, e ela percebeu que tinha mais alguma coisa a dizer, mas como sempre custava muito a se decidir.

— Lembre-se — disse por fim —, o meu seguro-desemprego termina dentro de um mês. E dá para notar que você não gosta desse trabalho de cozinhar na casa dos outros, sempre volta nervosa, de mau humor.

Ela se virou, enxugou as mãos no avental e se sentou à sua frente; até então pensara que sua tentativa de disfarçar o que sentia tinha sido perfeita. Geralmente as mulheres passam a vida toda com a ilusão de que são intuitivas e hábeis para mentir, ao contrário dos homens. Isso às vezes é verdade, mas com menos frequência do que elas pensam. Hervé tinha conseguido esconder que estava encontrando de novo os ex-ativistas identitários — e, no caso, "ex-ativistas" era a hipótese mais favorável; mas ela não tinha conseguido esconder o desagrado que os riquinhos de Lyon lhe inspiravam.

— Bem, também contei isso ao Nicolas e acho que ele tem algo para mim — continuou Hervé. — É para ser corretor de seguros. Numa pequena corretora, o patrão quer se aposentar. Localização excelente, a menos de dez minutos a pé da nossa casa.

— Mas você nunca fez isso...

— Não, mas tenho conhecimentos de direito, posso ler um contrato e acompanhar um processo. Na verdade, acharam positivo que eu seja um ex-tabelião.

Disse "ex-tabelião", reparou Cécile quase sem querer. Portanto, tinha desistido da profissão que tanto o deixava orgulhoso, tinha *virado a página*, como dizem nos livros de desenvolvimento pessoal.

— Esse chefe que está se aposentando também militava no Bloco? — Ela já sabia a resposta, só queria ter certeza.

— Sim, claro — respondeu Hervé com calma. — É assim que funciona, você sabe, o relacionamento, as redes, é a única coisa que ainda funciona atualmente.

— Quer dizer então que vamos voltar para casa? Para Arras?

— Sim, mas quando você quiser, podemos esperar uma semana, ou mais, de qualquer maneira ele vai ter que ficar algum tempo comigo, para me explicar os procedimentos.

— Está bem... — disse ela baixinho, depois de pensar um pouco. — De certa forma, estou feliz por voltar para casa. Mas foi bom ficar aqui, não foi? Um parêntese para nós.

— Sim, isso mesmo. Um parêntese.

— Não tivemos muitos parênteses em nossa vida... — Ela pensou por mais alguns segundos antes de continuar. — O que precisamos fazer agora é tirar papai desse hospital. Vamos deixá-lo com Madeleine, vai ser melhor para os dois. Mas primeiro temos que tirá-lo de lá.

— Sim, claro, amor. É exatamente o que vamos fazer.

11

Paul e Prudence chegaram na tarde seguinte. Quando Cécile disse que tinha preparado seu quarto, ele fez um movimento constrangido, mas Prudence respondeu com tranquilidade:

— É muita gentileza sua, mas não precisava, Paul e eu voltamos a dormir juntos. — Cécile balançou a cabeça sem dizer uma palavra, ela já tinha mais ou menos desistido de entender o que se passava em sua família no terreno sentimental e sexual.

Tinham marcado de encontrar o ativista de Lyon no Buffalo Grill de Villefranche-sur-Saône para almoçar num domingo. Seria no dia da primavera, 21 de março, o que parecia ser um bom sinal, disse Cécile. Prudence poderia ter acrescentado que correspondia ao sabbat de Ostara: emergindo do seu sono, a deusa espalhava a fertilidade pela terra enquanto o deus percorria os campos verdes; enfim, era primavera.

Não haviam combinado nenhum sinal particular de reconhecimento, mas Hervé não teve problema para identificá-los. Havia cinco rapazes na casa dos vinte anos sentados em torno de uma mesa, dividindo costelas imensas e pratos texanos. Quatro deles, de gravata e terno azul-marinho, poderiam perfeitamente pertencer ao serviço de segurança do Rassemblement National: sempre preocupados em passar uma imagem de respeitabilidade e cortesia, mas bastante musculosos, isso se via claramente sob seus paletós impecáveis. O quinto era bem diferente, tinha o cabelo comprido e todo cacheado, usava uma calça jeans rasgada e uma camiseta do AC/DC com uma imagem de Angus Young sem camisa, com seus joelhos minúsculos, abraçando uma Gibson SG e atravessando um palco gigantesco com seu famoso *duckwalk*, um passo inventado por T-Bone Walker e popularizado por Chuck Berry, mas que Angus Young, segundo alguns, havia levado ao ponto de perfeição. A camiseta também trazia as inscrições *Let there be rock* e *Rio de la Plata*, a foto devia ter sido tirada durante o mítico show argentino.

Foi o cabeludo que se levantou e veio até sua mesa enquanto liam o cardápio:

— Você é o Hervé, não é mesmo, foi você quem me telefonou? — Hervé fez que sim, sem entender muito bem como o outro tinha adivinhado. — A família inteira reunida, muito bem... — continuou, olhando para os convidados. — E você, você é Madeleine, a protagonista do drama... — disse depois, virando-se para ela. Madeleine acenou com a cabeça, um pouco envergonhada. — Hervé me explicou a situação pelo telefone — continuou ele —, mas eu já estava mais ou menos informado, por acaso conheço Leroux. Bem, vou ser direto: vocês estão certos, têm mesmo que tirar seu pai desse lugar, e o mais rápido possível, senão o estado dele vai piorar rápido, e de lá ele não sai vivo. Já poderia estar morto, ele teve a sorte de ser transferido para Saint-Luc: um derrame seguido de um coma, nessa idade, em muitos casos já não se recupera mais. Resumindo, estamos prontos para ajudá-los. Só preciso antes verificar algumas coisas. Primeiro, seu pai não está sob curatela, está?

— Não — respondeu Paul.

O cabeludo dirigiu o olhar para ele:

— Você é Paul, o filho mais velho? Desculpem, eu nem me apresentei, meu nome é Brian. A propósito, vocês são a família inteira? Não há nenhum outro irmão escondido em algum lugar?

— Não — respondeu Paul novamente.

— Vejam bem, até agora nós não somos ilegais, nem queremos ser. Não existe atendimento compulsório na França. Se eu estou internado no hospital, mesmo a um passo da morte, e exijo sair, tenho que ser liberado. Mas se eu não estiver em condições de manifestar meu ponto de vista, aí começam os problemas. Na prática, o médico-chefe tem um poder absoluto, a não ser que o caso seja levado aos tribunais. Quando há uma curatela, o juiz decide sistematicamente a favor do curador. Caso contrário, tenta conhecer a opinião da família, e é por isso que estou fazendo todas estas perguntas. Em alguns casos, pode-se pensar em transferir a pessoa para o estrangeiro, temos alguns lugares adequados; mas neste caso me parece óbvio que não vai ser necessário. Se entendi bem, vocês dispõem de um lugar para acolhê-lo, uma casa que ele tem num vilarejo de Villié-Morgon, é isso?

— Exatamente.

— Aliás, sobre essa casa há uma coisa que nos intriga e que eu gostaria de comentar. Tentamos verificar, a casa não está registrada em lugar algum: nenhuma conta de luz, nenhum imposto local, nada.

— Vocês têm acesso a esse tipo de arquivo?

— Ah, não é nada, qualquer criança faz isso.

Qualquer criança talvez não, pensou Paul, mas algumas crianças, sim. Aquele cara o estava deixando cada vez mais intrigado, com aquela sua camiseta brega de hard rock. Mas respondeu:

— É normal, meu pai era da DGSI. Então, quando se aposentou, por uma questão de segurança assumiram toda a parte administrativa da casa, para reduzir o risco de que fosse localizado.

Brian balançou a cabeça, sorrindo abertamente, aquilo ele não tinha previsto.

— Quer dizer que vou ajudar na remoção de um antigo agente da DGSI… É engraçado, muito engraçado mesmo… — e dirigiu-se de novo a Paul: — Ele devia ser alguém importante na organização para receber esse tipo de tratamento…

— É, acho que sim. Na verdade, eu nunca soube direito.

Brian fez que sim com a cabeça, dessa vez não estava surpreso; aparentemente, era bem informado sobre a vida das pessoas que trabalham no serviço secreto. Depois perguntou a Paul, quase inocentemente, mas dessa vez já sabia a resposta:

— Você é da DGSI também?

— Não, escolhi outro caminho. E você, é fichado por eles?

— Ah, sim, devo ter meu pequeno prontuário lá. Mas os meus rapazes não, eles não são conhecidos pelos serviços… — Fez um movimento afetuoso com a cabeça em direção aos capangas, que estavam começando a deixar de lado os pratos texanos e as garrafas de Morgon: uns bovinos gordos, pacatos, a princípio meros racistas nacionais, mas totalmente dispostos a se comprometer com a causa da moralidade judaico-cristã, e mesmo da moralidade em geral, na verdade não viam a menor diferença entre ambas, e talvez tivessem razão, pensou Brian, enfim, ele não sabia muito bem.

— Posso lhe fazer uma pergunta também? — disse Paul.

— Claro, se eu puder responder.

— Ninguém melhor que você. Eu queria saber qual é sua motivação para abraçar esse tipo de ação, de onde vem seu comprometimento com isso? No caso do fundador do seu movimento, se entendi bem, são convicções religiosas; mas para você, não me parece que seja igual.

— Não, de fato não é — respondeu Brian calmamente. — Acho compreensível que pareça intrigante. E não tenho certeza se eu mesmo entendo... — acrescentou, após uma pausa.

Depois pareceu se fechar em si mesmo e caiu em um prolongado silêncio meditativo. Todos ficaram calados em torno da mesa, olhando-o com atenção. Isso durou dois ou três minutos, até que se decidiu a continuar.

— Vou ter que voltar um pouco atrás... A forma mais simples de explicar é que desde muito cedo eu soube que nossa sociedade tem problemas com a velhice; e que isso é um problema grave, que pode levar à nossa autodestruição. Deve ser porque fui criado pelos meus avós, é bem possível. Mas acho que você concorda que, coletivamente, temos um problema com os velhos... — Paul concordou.

— A verdadeira razão da eutanásia, na verdade, é que não aguentamos mais os velhos, não queremos saber que eles existem, e por isso os confinamos em lugares especializados, fora da vista dos outros humanos. Hoje em dia quase todas as pessoas consideram que o valor de um ser humano vai diminuindo à medida que aumenta a sua idade; que a vida de um jovem, e mais ainda a de uma criança, vale muito mais que a de uma pessoa muito velha; suponho que você concorda comigo quanto a isso também?

— Sim, totalmente.

— Pois bem, isso é uma reviravolta completa, uma mutação antropológica radical. Sem dúvida, é bastante inconveniente que a porcentagem de idosos na população continue aumentando. Mas há outra coisa, ainda mais grave... — Ele se calou outra vez, ficou pensando por mais um ou dois minutos.

— Em todas as civilizações anteriores — disse afinal —, o que determinava a estima e mesmo a admiração que se podia ter por um homem, o que permitia julgar o seu valor, era o modo como havia se comportado efetivamente ao longo da vida; mesmo a honra burguesa se baseava exclusivamente na confiança, era a título provisório; depois se fazia necessário merecê-la, com uma vida inteira de honestidade. Ao darmos mais valor à vida de uma criança — mesmo não tendo a menor ideia do que será dela, se vai ser inteligente ou burra, um gênio, um criminoso ou um santo — negamos qualquer valor às nossas ações reais. Os nossos atos heroicos ou generosos, tudo o que conseguimos fazer, as nossas realizações, nossas obras, nada disso tem mais valor aos olhos do mundo — e, logo a seguir, tampouco aos nossos olhos. Assim eliminamos qualquer motivação e qualquer significado da vida; é isso, exatamente, o que se chama niilismo. Desvalorizar o passado e o presente em benefício do porvir, desvalorizar o real e preferir uma virtualidade situada num futuro vago são sintomas muito mais decisivos do niilismo europeu que qualquer outro traço que Nietzsche tenha identificado — enfim, deveríamos falar agora de niilismo ocidental, ou mesmo de niilismo moderno, não tenho muita certeza de que os países asiáticos serão poupados a médio prazo. É verdade que Nietzsche não podia identificar o fenômeno, que só se manifestou de maneira mais ampla após sua morte. Então, não, realmente não sou cristão; tendo até a achar que foi com o cristianismo que isso começou, essa tendência a resignar-se ao mundo presente, por mais insuportável que seja, na expectativa de um salvador e de um futuro hipotético; o pecado original do cristianismo, a meu ver, é a esperança.

Voltou a se calar, o silêncio em torno da mesa era total.
— Bem, desculpem, eu me empolguei um pouco... — disse afinal, encabulado. — Voltemos à nossa operação. Os meus rapazes, então, são ficha limpa, e normalmente eu não tenho que fazer nada, exceto dirigir a van. Mas ainda falta ver o essencial. Ah, não, ainda temos uma coisinha antes: vocês vão precisar de alguns equipamentos em casa, pelo menos uma cama hospitalar e uma cadeira de rodas. Dá para conseguir bem rápido, eu conheço os fornecedores, bem, a cadeira é um pouco mais demorada, precisa ser fabricada sob medida.

— Não podemos levar a do hospital? — perguntou Hervé.

— Não. Pode parecer idiota, mas corremos o risco de ser processados só por isso, roubo de equipamentos da saúde pública. Vamos ter que deixá-la onde está. Somando a cama e a poltrona, isso nos dá um orçamento de uns dez mil euros. Vocês têm?

— Sim — respondeu Paul.

— Certo, tudo bem, senão poderíamos simplesmente emprestar o dinheiro a vocês, ou mesmo doar, fazemos assim em alguns casos, mas se têm o dinheiro é claro que preferimos. Então, vamos à operação em si. A priori parece bastante simples, a unidade de Belleville-en-Beaujolais praticamente não é protegida, deve ser possível até estacionar a van no pátio, disso eu não tenho certeza, há um portão na entrada, com um guarda. — Parou de falar, girou o olhar entre os presentes. — Você é Maryse, não é? — perguntou olhando-a direto nos olhos. — A moça que trabalha no hospital e vai atuar na hora?

— Isso mesmo.

— Você vai ter o papel principal na operação. Está mesmo decidida, tem certeza?

— Absoluta — respondeu Maryse calmamente.

— Muito bem. O plano é muito simples. Você empurra a cadeira de rodas pelos corredores, atravessa o pátio tranquilamente, chega até a porta traseira da van, e então nós o embarcamos. Se não conseguirmos entrar, estacionaremos por perto, sempre tem vaga, e eu vou buscá-la na entrada que dá para a rue Paulin-Bussières. Vamos usar uma van com a logo do hospital Edouard-Herriot, de Lyon. Meus rapazes vão estar com uniformes de enfermeiros do mesmo hospital. A princípio isso não terá nenhuma utilidade, mas é melhor estar prevenido para qualquer coisa. A ideia, se alguém nos parar, é dizer que o estamos levando para fazer uma ressonância magnética e um PET-Scan em Lyon.

— O que é um PET-Scan? Não sei o que é isso.

— Em francês deveríamos dizer TEP-Scan, porque significa "tomografia por emissão de pósitrons", é um exame novo, não sei bem para que serve. De qualquer maneira, o melhor é que você passe normalmente, empurrando a cadeira de rodas. Aliás, que dia você acha mais favorável para a operação?

— Domingo — respondeu Maryse sem hesitar. — É quando a maioria das famílias vai fazer suas visitas e tem menos gente trabalhando lá, não é raro ver pessoas passeando com um cadeirante pelo pátio. Além disso, não tem vigia, e deixam o portão aberto para que as famílias possam estacionar lá.

— Ah!... Eu não sabia disso, que ótimo. Então, sim, sem dúvida, vamos agir num domingo em que você estiver de plantão, você nos indica a melhor hora.

— Ainda assim — respondeu Maryse —, posso ser vista por alguma colega. Não creio que ela me impediria de sair, mas pode achar estranho, aquela não é mais a minha unidade e ele é um paciente do qual não deveria mais cuidar.

Brian olhou para ela preocupado:

— Nesse caso, não posso esconder que teríamos um problema. Se sua colega denunciar, você vai ser interrogada pela direção e provavelmente estará encrencada. A única solução seria dizer que sua colega se enganou, que confundiu o dia.

— Tem câmeras de segurança nos corredores.

Ele descartou a objeção fazendo um gesto com a mão:

— Isso não é problema. Podemos desativá-las tranquilamente pela internet, e uma hora depois recomeçamos a gravação. Digo uma hora mas é tempo demais, eu espero que a operação seja concluída em cinco minutos.

Ficou em silêncio outra vez.

— Não, a verdadeira dificuldade — continuou — é se você for questionada pela administração na presença da sua colega. Aí, vai ser palavra contra palavra. E então... — disse algum tempo depois — ainda está disposta?

— Sim.

— Bom... — Ele olhou novamente para todos antes de continuar. — Vou cuidar dos detalhes necessários, mantenho vocês informados por intermédio de Hervé. Não vai levar mais que duas semanas, acho; depois, é só esperar o dia em que você estiver de plantão, e agir. Não se preocupem... — acrescentou, antes de voltar à sua mesa para se juntar com seus asseclas — já fizemos coisas muito mais difíceis. Nós vamos tirá-lo de lá.

12

A operação durou, realmente, um total de quatro minutos e meio. Alguns segundos depois da chegada de Maryse, dois dos capangas de Brian ergueram Edouard e o colocaram em uma maca dentro da van; em seguida, tiraram os jalecos de enfermeiros, que não eram mais necessários, e foram embora em carros separados; não houve nenhuma outra participação, o que foi uma sorte, pensou Maryse, era possível sentir um potencial de violência neles que seria difícil conter. Ela já estava sentada na frente da van. Brian arrancou, entrou na rue Paulin-Bussières, depois pegou a rue de la République e, em cinco minutos, estavam fora de Belleville. Maryse ficou em silêncio.

— Foi tudo bem? — perguntou Brian, enquanto ela continuava calada.

— Não tão bem assim. Cruzei com uma colega; justamente Suzanne, a delegada sindical, a responsável pela expulsão de Madeleine. Ela não me disse nada, mas me lançou um olhar perplexo; tenho certeza de que vai falar.

— Droga!... — Deu um soco no volante. — Puta merda, era uma operação perfeita!... — Depois se acalmou aos poucos antes de continuar: — Você só cruzou com ela?

— Sim. Bem quando estava saindo para o pátio, ainda por cima, uma estupidez.

— A única coisa a fazer é permanecer na mesma linha, como combinamos: você não sabe do que ela está falando, deve estar enganada.

— Funcionou bem o apagamento do vídeo?

— Sim, claro, não se preocupe.

— Mas tem certeza de que não ficou nenhum vestígio? De que não se pode perceber, examinando a fita, que está faltando uma parte?

— Ah, boa pergunta... — E sorriu, olhando-a com uma nova consideração. — Bem, agora é um disco rígido, acho que isso ajuda um pouco as coisas, mas mesmo assim tenho que dar um telefonema rápido.

Parou no acostamento, pegou o celular e discou um número; atenderam imediatamente.

— Jeremy, é o Brian. Sim, pode reiniciar a gravação, como dissemos. Mas tem mais uma coisa. Você acha que pode baixar esse trecho do disco rígido e retocar um pouco, para que ninguém possa detectar sua intervenção?

Dessa vez, houve uma longa explicação do outro lado da linha. Brian ouviu com atenção, sem interromper o interlocutor, e antes de desligar concluiu:

— Tudo bem, faça isso.

Então se virou para Maryse:

— Está resolvido, não se preocupe, a gravação vai ficar perfeita. Acho até que você deve pedir ao diretor que a examine, para provar que não estava no corredor naquela hora.

Depois arrancou. Alguns quilômetros adiante, pouco antes de chegar a Villié-Morgon, Maryse se virou para Brian e disse:

— Você é muito confiante em si mesmo, não é?

— De jeito nenhum — sorriu abertamente outra vez. — Não confio em mim, é uma coisa até patética; mas tenho confiança no meu pessoal.

Madeleine era a única que os estava esperando quando a van estacionou no pátio, mas logo depois Paul e Hervé saíram da casa. Paul vinha empurrando uma cadeira de rodas barata que tinha comprado na véspera, para usar enquanto não chegava o modelo personalizado. Com a ajuda de Brian, não tiveram dificuldade para levantar o paciente da maca e sentá-lo na cadeira; Edouard estava bem acordado. Paul podia estar delirando, mas de qualquer maneira sentiu seu pai estremecer quando reconheceu a própria casa; em todo caso, seus olhos estavam alertas, iam da esquerda para a direita, explorando o lugar com atenção.

A cama hospitalar tinha sido instalada na sala; no dia seguinte um operário viria instalar uma cadeira elevatória, que ia permitir que Edouard dormisse no seu antigo quarto.

Era estranho, muito estranho, vê-lo novamente em casa, no meio deles. O que podia estar acontecendo em sua mente? Mais uma vez, Paul se deparava com essa pergunta sem resposta. Em todo caso, o olhar de Edouard tinha se acalmado, passava lentamente de um filho para o outro, parava em Maryse; devia se lembrar dela trabalhando no hospital, sua presença no meio da família devia ser surpreendente para ele.

Aurélien disse que precisava ir embora, tinha que estar em Chantilly no dia seguinte sem falta. Assim eles não iriam poder comemorar de verdade, lamentou Cécile. De qualquer modo era preciso marcar o momento, acrescentou, sacudindo as mãos. No fundo, ela ainda não conseguia acreditar que tudo tinha corrido tão bem, sem incidentes, sem problemas. Ansiosa, abriu uma garrafa de champanhe e insistiu que Brian aceitasse pelo menos uma taça:

— Nem sei como lhe agradecer... — disse, entregando-a — nunca vou me esquecer disso.

Brian balançou a cabeça, sem conseguir responder. No entanto, não era a primeira vez que vivia aquilo, lágrimas de alegria, família, mas ainda não tinha se acostumado.

Pouco depois se despediu, mas seus contratempos ainda não tinham acabado, Paul viu pela janela Madeleine correr em sua direção antes que ele chegasse à van, abraçá-lo com violência, apertar sua mão direita, ela chegou a se ajoelhar à sua frente em determinado momento; Brian levou pelo menos um minuto para conseguir se desvencilhar.

Afinal Aurélien só se decidiu a pegar a estrada por volta das cinco da tarde.

— Na verdade, nós também vamos trabalhar amanhã... — comentou Paul. Aurélien ofereceu uma carona aos dois.

— Vocês vão poder voltar — perguntou Cécile — para comemorar de verdade?

— Sim, com certeza — respondeu Prudence, e poderiam até ficar alguns dias.

Aurélien abraçou Maryse por um longo tempo antes de se sentar ao volante. Ia ficar preocupado, disse, preocupado de verdade. A garota fez um movimento evasivo com os ombros, não dava para saber, de qualquer maneira tinha certeza de que a colega não a havia seguido pelo pátio, elas só se cruzaram por alguns segundos; mas, depois disso, realmente não tinha ideia.

— Eu te ligo amanhã — concluiu antes de beijá-lo pela última vez.

Quando entraram na rodovia, começou a remoer tudo, com uma reiteração sombria, Maryse realmente corria o risco de ser demitida, e foi por eles que tinha feito aquilo, quer dizer, principalmente por ele, e recomeçou essa ladainha mais de dez vezes. Sentado ao seu lado, Paul não encontrava nada para lhe dizer.

— Será que você não pode intervir, em nível político? — perguntou de repente Prudence. — Enfim, não diretamente, mas pedir a Bruno.

— Essa é a pergunta que estou me fazendo há algum tempo...

Aurélien se calou de repente, essa ideia obviamente nunca lhe havia ocorrido.

— Não creio que Bruno seja a pessoa certa — disse Paul afinal. — Já estamos em plena campanha eleitoral, realmente não é o momento para ele assumir riscos. Bem, sei que se eu lhe pedisse ele com certeza ajudaria; mas é uma coisa muito distante da sua área, não tenho sequer muita certeza de que já conversou alguma vez com seu colega do Interior. Em compensação, há uma pessoa com quem posso falar com facilidade: Martin-Renaud.

Os dois o olharam com surpresa.

— É verdade, você não o conhece... — disse a Prudence. — Aliás, nem você, Aurélien, pensando bem não o viu, porque ele veio no dia em que você estava embalando as esculturas, só ficou algumas horas. Enfim, resumindo, é um ex-colega do papai, os dois trabalhavam no mesmo serviço e aparentemente eram próximos, ele já tinha ido visitá-lo no hospital. E tem um cargo importante no serviço secreto — um cargo até muito importante.

Não voltaram a falar sobre o assunto até chegarem a Paris, um pouco antes das dez. Aurélien mais ou menos tinha se acostumado, nas últimas semanas, a voltar para casa com a noite avançada o suficiente para encontrar sua mulher já dormindo. Dessa vez, não teve coragem de impor a eles um horário tão tardio, mas na hora de seguir viagem para Montreuil foi dominado por uma angústia tão evidente que Prudence lhe perguntou:

— Quer ficar para jantar conosco?

Ele aceitou na hora.

Por volta da uma da manhã, achou que já era hora de ir embora.

— Pode dormir aqui, se quiser... — ofereceu Prudence. — Pode até ficar por alguns dias, temos um quarto que não usamos mais para nada.

Ele balançou a cabeça com resignação. Provavelmente iria alugar um conjugado em breve, enfim, ia tentar encontrar alguma coisa, mas naquele momento tinha que falar com sua mulher, realmente precisavam chegar a um acordo sobre alguns pontos. Se só se comunicassem por intermédio dos advogados, o divórcio se arrastaria; e era isso que ele queria evitar acima de tudo.

— Você vai falar com o figurão do serviço secreto? — perguntou a Paul, já na porta.

— Vou telefonar para ele amanhã de manhã.

13

Às nove, Paul ligou para Martin-Renaud, explicou a situação e afinal marcaram um encontro às duas da tarde na rue du Bastion. A vista daquele escritório era realmente impressionante, pensou Paul, mas o bairro parecia insuportável; depois pensou que todo mundo devia achar a mesma coisa ao entrar, e que isso podia acontecer em relação a qualquer bairro recém-construído.

Martin-Renaud lhe ofereceu um café expresso e ele próprio tomou um:

— Depois da sua ligação me informei um pouco — disse a seguir —, e até o momento não foi apresentada nenhuma queixa por sequestro e privação da liberdade ao tribunal de primeira instância de Mâcon. Claro que ainda é cedo, isso aconteceu ontem. Nós não podemos intervir diretamente: o Judiciário é muito sensível em relação à sua independência, e só tentamos contornar algum obstáculo em casos excepcionais.

Fez uma pausa, vendo que Paul olhava para baixo, encabulado.

— Não estou acostumado com isso — disse Paul afinal, erguendo a cabeça. — Pode parecer surpreendente, mas eu nunca pedi favores nem tive pistolão.

— Sim, isso é mesmo incomum no mundo político.

— Eu sei. Talvez eu não pertença realmente ao mundo político; digamos que estou na fronteira. De qualquer maneira, a pessoa para quem trabalho não faz esse tipo de coisa. Na verdade, para ser honesto, nunca precisei lutar para defender os meus interesses; acho que tive o que se chama de existência privilegiada. Toda vez que me aproximava desse universo dos favores e pistolões, ficava um pouco envergonhado e preferia desviar a vista. Acho que tenho conseguido manter algumas ilusões sobre o mundo. Quer dizer, eu sei que são ilusões, mas não tenho cem por cento de certeza, entende?

Martin-Renaud não respondeu:

— Se fizerem uma queixa — continuou, sem emitir nenhum comentário —, o promotor vai determinar uma investigação, e essa investigação será confiada à polícia; ou melhor, neste caso, à gendarmaria. Lá, eu posso fazer com que essa diligência não seja realizada, desculpe o trocadilho, com muita diligência, justamente; posso até conseguir que fique estagnada em definitivo. Isso não me provoca nenhum problema de consciência: já fizemos coisas assim para proteger colegas ou ex--colegas. Além do mais, neste caso seu pai não cometeu nenhum delito; olhando de um certo ponto de vista, no fundo ele é a vítima. Então, o que eu sugiro é: por ora não fazemos nada, e se a máquina judicial entrar em ação, então eu tomo as providências necessárias para desacelerar a máquina policial; quer dizer, falando claramente, paralisá-la.

— Acho perfeito — respondeu Paul imediatamente; na verdade ele nem esperava tanto.

— É curioso... — disse Martin-Renaud —, quer dizer que você conheceu essas pessoas, esses ex-CLASH. O que achou deles?

— Tive uma boa impressão. São sérios, competentes, cuidadosos, em nenhum momento correram riscos desnecessários.

— Concordo. Esta manhã reli tudo o que nós temos sobre eles, não levou muito tempo porque não temos quase nada. Eles nunca cometem erros. Continuamos tentando obter informações de vez em quando — não se preocupe, não pretendo interrogá-lo —, mas é pura rotina, e além do mais são ativistas, de modo algum terroristas, nunca cometeram ações ilegais ou violentas. De qualquer maneira, são extremamente perturbadores para a ideologia oficial, pois a obrigam a olhar para si mesma, reexaminar os seus valores; e isso é o que ela mais odeia. O que parece curioso é que sempre têm um cúmplice no local, na maioria das vezes uma enfermeira ou uma cuidadora, e às vezes até algum médico; e parecem ter contatos em todos os hospitais da França; tenho a impressão de que a área de saúde está muito dividida nessa questão da eutanásia.

— E vocês, como estão se arranjando com as mensagens da internet? — interrompeu Paul, esperando não ter que falar das cumplicidades que tiveram no hospital. A tentativa de desviar a conversa lhe parecia um tanto desajeitada, mas funcionou, evidentemente Martin-

-Renaud estava bem mais preocupado com isso que com o CLASH. Pelo que ele sabia, respondeu, os papéis encontrados no arquivo do seu pai os levaram a uma nova trilha, mas que até agora não deu grandes resultados. Se quisesse saber mais, sugeriu que fosse conversar com Doutremont, era ele quem estava acompanhando o caso.

Quando Paul entrou em sua sala, Doutremont estava com Delano Durand e fez as apresentações.
— Você é o filho daquele que teve a ideia de juntar as duas imagens, certo? — perguntou Durand.
— Sim. Isso faz sentido, para você?
— Com certeza. O pentágono convexo, aquele que aparece nas mensagens, representa o iniciante, o profano. O pentágono estrelado, ou pentagrama, que está gravado na testa de Baphomet representa o iniciado, aquele que tem o conhecimento. Então, tudo isso é bastante claro; só que os metaleiros, a bem da verdade, estão longe de se assemelhar a iniciados. De modo geral são uns bufões simpáticos, motivados pelo visual e pela diversão, mais nada. Também existem alguns satanistas, mais versados em artes mágicas; mas são muito poucos, bem menos do que pensamos, e, sobretudo, não passam de metaleiros, não dá para imaginar que tenham relações com terroristas; não é o mesmo ambiente, de forma alguma. Também existem wiccanos que usam o pentágono estelar, mas isso não nos leva a lugar nenhum.
— Wiccanos?
— Por quê, você conhece algum?
— Sim.
— Não me surpreende, eles são cada vez mais numerosos. Enfim, realmente usam pentagramas e pentágonos em certas cerimônias, mas isso não é motivo para avisar a polícia, porque o pentagrama é um dos símbolos mágicos mais comuns desde o início dos tempos. E o principal: são tão inofensivos quanto os metaleiros e os satanistas — até mais, se isso é possível. Não dá para imaginar nenhuma dessas pessoas envolvida com terroristas, nem com hackers de alto nível. Então, aparentemente, isso não nos leva a lugar algum. Mas, mesmo assim, não consigo tirar da cabeça que há alguma coisa por aí...

Doutremont olhou para o jovem colega. O ofício estava começando a fazer efeito, pensou com uma satisfação sombria; ele não ia manter para sempre a negligência e a insolência de um novato.

— Por exemplo — prosseguiu Delano Durand, bem à vontade no assunto —, esses caracteres esquisitos que aparecem em todas as mensagens da internet fizeram um sucesso enorme no mundo do heavy metal, quase tanto quanto Baphomet. Uns metaleiros capturaram a imagem na internet, já vi esses mesmos caracteres reproduzidos em camisetas e folhetos; aparecem até na capa dos últimos vinis do Nyarlathotep e do Sepultura. Então — concluiu, voltando-se para Paul —, eu realmente gostaria muito de saber o que passou pela cabeça do seu pai.

14

Aurélien tinha passado uma noite horrível; quando chegou a sua casa, em Montreuil, Indy estava esperando de braços cruzados, apesar da hora avançada, e começou uma briga particularmente violenta, que durou até as quatro da manhã. Sem que ele soubesse como (fios de cabelo na roupa? um simples cheiro de perfume?), havia adivinhado a existência de outra mulher. Por que diabos ela tinha que se preocupar com isso?, pensou em desespero, tentando suportar seus gritos, eles não trepavam havia anos, não tinham a menor intenção de trepar de novo, estavam se divorciando; então por que diabos ela tinha que se preocupar com isso?

O filósofo René Girard é conhecido por sua teoria do desejo mimético, ou desejo triangular, segundo a qual se deseja aquilo que os outros desejam, por imitação. Divertida no papel, essa teoria no fundo está errada. As pessoas são bastante indiferentes aos desejos das outras, e se são unânimes em desejar as mesmas coisas e os mesmos seres, é apenas porque estes e estas são objetivamente desejáveis. De maneira análoga, o fato de outra mulher desejar Aurélien não fazia Indy desejá-lo também. Entretanto, estava furiosa, quase louca de raiva, com a ideia de que Aurélien desejava outra mulher e não a ela; os estímulos narcisistas baseados na competição e no ódio suplantaram, há muito tempo, e talvez suplantem desde sempre, os estímulos sexuais; e são, em princípio, ilimitados.

Ele passou o dia todo em Chantilly se sentindo enjoado, e sua primeira reação, quando o rosto de Maryse apareceu na tela do celular, por volta das seis da tarde, foi de preocupação; no estado em que estava, teria dificuldade em receber más notícias.

Não havia más notícias; não havia, na verdade, notícia alguma. O hospital tinha vivido um clima estranho o dia todo, disse Maryse. As pessoas nem mencionavam o desaparecimento do seu pai, ou talvez só falassem do assunto com meias palavras, de maneira alusiva — mas na certa era o medo que a fazia supor isso, provavelmente ninguém dizia nada. Ela tinha sido alvo, várias vezes, de olhares suspeitos; mas hoje em dia todo mundo parecia lançar olhares suspeitos a todo mundo. O diretor da unidade não havia reunido a equipe, nem mesmo convocado uma reunião com os chefes; não tinha feito absolutamente nada.

Aquilo poderia continuar assim? Maryse se mostrava inquieta. O diretor tinha fama de ser um sujeito prudente, até mesmo covarde, que evitava ao máximo os conflitos; mas, de todo modo, será que um paciente podia desaparecer desse jeito, sem deixar o menor vestígio?

Bem, na verdade, talvez sim; se ninguém perguntasse, se ninguém se importasse com sua ausência, parecia possível. Claro que havia um arquivo de fichas, um registro de entrada; mas quem ia se preocupar, se não houvesse uma queixa?

Isso a deixava tão intrigada que pediu a Hervé que telefonasse para Brian, era ele quem tinha o contato. Segundo o jovem, isso acontecia, e com bastante frequência. Se alguns anos depois surgisse algum problema, o diretor poderia alegar que o paciente tinha deixado o hospital a pedido da família — aderindo assim, sem saber, à verdade. Muitas vezes todos os envolvidos tinham interesse em ficar calados; era possível que ocorresse algo assim nesse caso.

Maryse desligou com relutância; sentia muita falta de Aurélien, no estado de perplexidade em que estava. Os dois viviam em infernos paralelos e aos fins de semana se encontravam em um mundo próprio, um minimundo que não tinha existência real porque por enquanto não tinha viabilidade econômica. Ela ainda estava indignada com as condições de trabalho no EHPAD, indignada e assombrada que tais coisas pudessem acontecer na França, que idosos pudessem ser submetidos, no final da vida, a tais humilhações.

Aurélien, por seu lado, vivera na ilusão moderna de que os divórcios acontecem sem problemas, de que são procedimentos simples e pacíficos, quase amistosos; agora estava descobrindo que era exatamente o contrário, que ódios requentados por longo tempo, ainda incandescentes, atingem proporções quase inauditas na hora da separação. Ele tinha pressa de acabar com aquela história; mas em uma negociação de divórcio, como seu advogado lhe recordava toda vez que conversavam, e aliás em qualquer negociação, quem está com pressa para concluir se coloca em posição de desvantagem. Então ele se resignava. E aceitava a situação.

Ambos aceitavam a situação, tentando extrair o máximo de alegria possível dos breves momentos que passavam em seu minimundo, alimentando sonhos que não sabiam a que distância estavam; ficavam parados, à espera de uma catástrofe, ou de um milagre.

CINCO

1

Duas semanas depois do regresso de Edouard à sua casa, Paul tirou uma semana de férias. A campanha eleitoral estava a todo vapor, dias antes tinha visto Bruno em um grande comício em Marselha, transmitido ao vivo pelos canais de notícias. Em uma imagem fugaz do momento em que ele saía, ainda suando por causa do esforço, para descansar nos bastidores, aparecia Raksaneh, e vendo como ela o olhava não teve mais dúvidas: estavam dormindo juntos.

Dessa vez decidiu ir de carro, sem saber muito bem por quê, talvez porque a viagem de carro lhe lembrasse mais suas férias. Chegaram a Saint-Joseph por volta das cinco da tarde. Deixou Prudence em companhia de Cécile e Madeleine, e se dirigiu para o corredor de vidro que levava ao jardim de inverno. Seu pai passava a maior parte do tempo ali, aquele sempre foi seu lugar favorito, mesmo quando ainda estava bem. Virou os olhos em sua direção quando ele entrou. Paul beijou-o no rosto e apertou sua mão; ele respondeu com uma pressão, leve mas muito clara. Madeleine havia explicado que mudava a cadeira de lugar várias vezes por dia, para que ele pudesse ver ângulos diferentes da paisagem; nesse momento estava diante de um bosque de faias. Paul sentou-se ao seu lado, na verdade não tinha nada a lhe dizer, sabia que Cécile o mantinha informado da evolução da situação de Aurélien, e da sua própria. Em poucos minutos ele também se perdeu na mesma contemplação dos galhos, das folhas agitadas pelo vento. No fundo, não pedia muito mais da vida; a situação era tão plenamente satisfatória que, quando Madeleine veio chamá-lo para jantar, duas horas depois, ele percebeu que durante todo esse tempo não tinha se movido um centímetro, tal como seu pai, nem pronunciado uma palavra.

Paul sabia que as filhas de Hervé e Cécile viriam visitá-los no fim de semana, mas não ficou preocupado com isso e, de fato, Anne-Lise se levantou com toda a naturalidade para lhe dar um beijo.

— Já faz muito tempo que você não as vê, elas cresceram... — comentou Cécile. Sim, de fato. Deborah era muito diferente da irmã, mais espontânea, mais brusca, e o que mais chamava atenção é que era um mulherão, magnificamente curvilínea, o cabelo de um dourado deslumbrante — na verdade parecia muito com a mãe na mesma idade. Mas não tinha um namorado oficial, mesmo sem compartilhar o compromisso religioso de Cécile; simplesmente achava a maioria dos garotos que conhecia "totalmente sem graça". Hervé a adorava, visivelmente, e essa era uma das razões que o deixavam muito feliz por voltar a Arras — sua partida estava prevista para o final do mês, e começaria imediatamente no novo emprego.

Na manhã seguinte, Paul acordou tarde e se viu sozinho com Anne-Lise na mesa do café da manhã:

— Parece que as coisas estão indo bem com sua mulher... — disse ela, quebrando o silêncio.

— Sim, acabou bem — confirmou Paul.

— Melhor assim... Fico contente se pude contribuir — disse ela com suavidade; foi a sua primeira e única alusão ao encontro que tiveram.

Quando as duas garotas se foram, o ambiente ficou muito calmo. Ele e Prudence faziam longas excursões de carro, ele a levava para conhecer a região — Solutré, Beaujeu, um dia foram até Cluny. No final da tarde, ia visitar o pai, ficavam juntos por uma ou duas horas, geralmente em silêncio, contemplavam o pôr do sol nos vinhedos; nesses momentos, Madeleine os deixava a sós.

Uma noite, notou um livro sobre a escrivaninha — um volume da *Comédia humana* publicado pela Pléiade — e perguntou a Madeleine. De fato, ela confirmou, Edouard estava lendo, com sua ajuda. Quando terminava uma página, olhava em sua direção e piscava; então ela virava a página para continuar na seguinte. Com a coleção da Pléiade não havia problema, mas com livros normais ficava mais difícil, era preciso quebrar a lombada para manter as páginas firmes no lugar. Em geral ele preferia ler clássicos, especialmente Balzac, mas de vez em quando também lia algum romance policial; apontou para um livro de bolso de Malcolm Mackay intitulado *Só resta a violência*. Era o terceiro volume da trilogia de Glasgow, esclareceu, Edouard já tinha lido os dois primeiros. Paul olhou-a, surpreso por ver que conhecia a palavra "trilogia".

— Sempre que possível, eu baixo o texto da internet, com as folhas soltas fica mais fácil — acrescentou Madeleine. Ele a olhava com um espanto crescente; decididamente não era uma idiota, com certeza nada idiota; simplesmente tinha escolhido não falar, ou falar o mínimo possível, devia considerar que na maioria das vezes falar era uma coisa inútil; e talvez estivesse certa.

O grau de comunicação que ela tinha com seu pai era muito alto, isso se via claramente, os dois ficavam muito tempo de mãos dadas, com os dedos entrelaçados e apertados em várias posições. Uma noite, depois de deixá-los, Paul subiu um instante para o seu quarto, antes do jantar, e se perguntou se os dois ainda faziam sexo. Julgava lembrar que tetraplégicos tinham ereções, enfim, não sabia direito, os movimentos voluntários não existiam mais, mas uma ereção não era exatamente um movimento voluntário. Era um pensamento que lhe dava vertigem. Se o seu pai podia ficar de pau duro, se podia ler e observar as folhas se mexendo ao vento, então, pensou Paul, então não faltava absolutamente nada na sua vida.

A semana passou rápido, tal como a felicidade. Paul telefonou uma vez para Martin-Renaud, mas não havia novidades, nenhuma queixa tinha sido registrada. Maryse, por seu lado, não foi incomodada, já se falava menos do desaparecimento de Edouard no hospital, as coisas pareciam se dirigir para um esquecimento pacífico. Foi no início da tarde de sexta-feira que Cécile recebeu o telefonema de Aurélien. A ligação estava muito ruim, quase não havia sinal, isso acontecia às vezes, e o seu irmão parecia estar em um estado de confusão mental, não entendeu quase nada do que ele dizia, exceto que estava a caminho, e que ia chegar logo.

Poucos minutos depois, o carro de Aurélien bateu com força no alpendre depois de derrapar no cascalho do pátio. Ele desceu imediatamente, com uma revista aberta na mão, parecia à beira de um

ataque, Cécile se perguntou por um instante se não ia ter também um AVC. Depois foi se acalmando aos poucos, conseguiu articular:
— Ela se vingou. Aquela piranha se vingou.
Paul pegou a revista das suas mãos. O artigo de Indy, intitulado: "Onde estão os fascistas?", ocupava seis páginas inteiras. Contava o rapto de Edouard por um "comando" que atacou o centro hospitalar de Belleville-sur-Saône, e depois seu "sequestro" em Villié-Morgon. Imediatamente entendeu que o artigo fora escrito com habilidade, usando palavras muito duras, mas que não devia conter nenhuma falsidade ou difamação.
A culpa era toda e exclusivamente dele, explicou Aurélien em desespero. Uma noite os dois tiveram uma discussão particularmente violenta, ela falou de novo do seu pai, chamou-o outra vez de "vegetal", ele então ficou enfurecido e se vangloriou de ter conseguido tirá-lo do hospital. Não sabia por que tinha feito isso, só queria mostrar que era mais forte, sair da conversa em posição de vantagem, devia ter suspeitado que Indy ia explorar essa informação; mas não tinha a menor ideia de como ela pode ter sabido de todo o resto.
O artigo começava com uma breve história do movimento antieutanásia, criado nos Estados Unidos "por fundamentalistas evangélicos, seguindo o modelo dos grupos antiaborto", depois descrevia sua propagação na Bélgica, a seguir na França. Isso não era totalmente falso, nem totalmente verdadeiro — às vezes havia uma certa semelhança em suas formas de ação, mas os contatos reais entre as organizações eram inexistentes. Depois passava a narrar a operação de Belleville-en-Beaujolais, liderada por um "comando de ativistas de Lyon" com a cumplicidade de uma "adorável cuidadora de origem antilhana".
— Ela não é das Antilhas... — observou Aurélien mecanicamente, mas até aquele momento essa era a única imprecisão do artigo, e o pior era que mencionava Maryse citando seu nome. Ele próprio era retratado como uma "pessoa marginalizada, com um psiquismo frágil, que se refugiava no universo das tapeçarias medievais"; mais uma vez era uma descrição possível. O procedimento do sequestro era perfeitamente exposto: a van estacionada no pátio, Edouard sendo transportado em sua cadeira de rodas...
— Como ela soube de tudo isso? — perguntou Cécile, surpresa.

Não era nenhum milagre, disse Paul. Observando a configuração do lugar, era a forma mais lógica de agir; ela deve ter ido até lá, com toda certeza; e para saber que Maryse estava com Aurélien, bastava perguntar às suas colegas.

— Preciso telefonar para ela — disse Aurélien. — Tenho que saber como está com isso tudo.

— Hoje o sinal está muito ruim — disse Cécile. — É melhor usar o fixo, está na entrada.

Um silêncio tenso se instalou quando Aurélien saiu da sala. Ao voltar, alguns minutos depois, seu rosto parecia estar decomposto. Imediatamente informou:

— Deu tudo errado. Ela foi chamada pelo diretor há duas horas e confessou tudo. Tinha planejado negar, mas quando viu o artigo perdeu a cabeça e ficou totalmente fora de si. Está arrasada, mandou pedir desculpas a todos; mas eu lhe disse que não tinha que se desculpar, que era tudo culpa minha e que a primeira vítima era ela mesma. A coisa é ainda mais idiota porque o corte do vídeo funcionou perfeitamente; mas Maryse não teve a presença de espírito para apelar para isso.

— O que vai acontecer com ela agora? — perguntou Cécile.

— Certamente vai ser suspensa daqui a um dia ou dois. Depois disso haverá uma investigação disciplinar, e ela corre o risco de ser demitida, com toda certeza sem aviso prévio nem indenização.

Depois se calou; o silêncio caiu novamente sobre a sala.

— E a culpa é minha, totalmente minha... — repetiu alguns segundos depois, com uma voz queixosa. Ninguém disse nada; não havia o que dizer. Não fazia sentido pressioná-lo ainda mais, pensou Paul, mas o fato é que devia ter ficado de boca fechada. Durante a sua ausência, tinha folheado o resto do artigo e entendeu que ia sobrar para ele, agora o objetivo da manobra parecia claro: prejudicar Bruno. Curiosamente, a imprensa, embora tivesse perdido quase todos os seus leitores, nos últimos tempos aumentara seu poder de causar danos, agora podia destruir vidas, e não se privava disso, ainda mais em um período eleitoral; a existência de um procedimento judicial tinha se tornado desnecessária, bastava uma simples suspeita para aniquilar alguém.

— Se ela perder o emprego — disse Aurélien com uma voz vacilante —, vai perder também o visto de residente no país. Eu não posso me casar com ela, não sou divorciado e estou totalmente nas mãos de Indy por causa do divórcio, ela é perfeitamente capaz de fazer o processo se arrastar durante anos só para me prejudicar. — Fez uma pausa, por um momento parecia prestes a ter um desmaio, depois desabou no sofá e começou a soluçar. Cécile e Hervé pareciam anestesiados, incapazes de qualquer reação, e a própria Cécile não fez nada para consolá-lo, sua fragilidade e sua fraqueza acabaram tendo consequências realmente desastrosas. — Não estou me sentindo bem, acho que vou subir e me deitar no quarto — disse ele um minuto depois, e desapareceu pela escada.

Transcorreram mais dois minutos, ainda em silêncio total, e Paul voltou à leitura do artigo. Cécile era descrita como uma "católica fanática, próxima à organização de ultradireita Civitas". Que coisa nojenta, disse ela com indignação, aquilo era pura e simplesmente uma mentira. Certo, respondeu Paul com calma, mas "próxima" era uma coisa vaga, não havia uma difamação caracterizada, ele achava difícil atacar nessas bases. Provavelmente não foi por acaso, prosseguia o artigo, que o paciente foi sequestrado em Villié-Morgon, uma cidade de Beaujolais que servia de refúgio aos Capuchinhos de Morgon, grupo católico fundamentalista que fornecia capelania à Civitas.

— Que história é essa? Você sabia disso? — perguntou à irmã.

— Nunca ouvi falar.

— E você, Madeleine? Você sabia que isso existia, esses Capuchinhos de Morgon?

— Também não.

— Vou telefonar para o padre de Villié-Morgon — disse Cécile. — Ele é um bom sujeito, deve saber o que está acontecendo em sua paróquia, pelo menos.

Quando voltou, pouco depois, parecia desorientada, perplexa. Realmente, disse, tratava-se da comunidade capuchinha tradicional, instalada no convento de Saint-François. O padre não tinha muito contato com eles, mas os conhecia e sabia que eram os capelães da

Civitas. No entanto, embora discordasse veementemente das opções políticas da Civitas, se recusava a julgar a comunidade capuchinha. Eles viviam na pobreza e a serviço do Senhor, a seu ver eram bons cristãos.

No resto do artigo, Indy se encarniçava com Paul, descrito como "o cérebro e financiador do negócio". Financiador, podia ser, foi ele quem pagou pelo equipamento médico. Já cérebro, era mais questionável, esse papel tinha sido mais de Brian, mas as investigações da cunhada aparentemente não tinham ido tão longe. Paul também era descrito como um "membro muito influente do gabinete do ministro", e obviamente era aí que ela queria chegar. Era uma coisa alarmante, escrevia, indignada, que os grupúsculos mais reacionários da extrema direita católica pudessem ter apoiadores no mais alto nível do aparelho de Estado. O título "Onde estão os fascistas?" assumia então todo o seu significado. Não está mal escrito este artigo, apesar de tudo, pensou Paul. Ele estava se sentindo estranhamente distante, em paz, como se tudo aquilo só lhe dissesse respeito de longe, mas de qualquer modo precisava conversar sobre o assunto com Bruno. E então também se dirigiu, por sua vez, até o telefone da entrada.

Bruno atendeu quase imediatamente:

— Que bom que você ligou — disse —, eu não queria telefonar primeiro. — Sua voz estava animada, quase alegre, não dava o menor sinal de pânico, Paul já o tinha visto muito mais tenso durante certas negociações comerciais.

— Bom, você viu esse negócio, imagino... — continuou Bruno.

— Sim. Acho que agora já foi reproduzido em tudo o que é lugar.

— Não faltou nenhum. A primeira coisa que quero perguntar é muito simples: os fatos relatados são reais?

— Sim. Tirando alguns detalhes, é tudo verdade.

— Bem. Sinceramente era mais ou menos o que eu estava esperando. Não vou esconder que neste momento há um certo pânico no QG da campanha. Solène Signal está pirando, o que a deixa mais perturbada é que ela vê claramente que o objetivo da manobra é me prejudicar, mas não tem a menor ideia de onde isso pode ter saído. Na verdade, só o candidato do Rassemblement National pode se beneficiar, os outros estão muito atrás nas pesquisas, mas ela não consegue vislumbrar qualquer conexão possível entre o Rassemblement

National e essa revista, e além do mais os movimentos antieutanásia estão mais na linha deles, correspondem mais ou menos às suas ideias, se é que têm ideias, enfim, ela não sabe o que pensar a respeito, queria ver você imediatamente. Eu expliquei que não era possível, que você estava com a sua família, consegui acalmá-la um pouco, mas mesmo assim seria bom se pudéssemos fazer uma pequena reunião de crise no domingo de manhã.

— Certo, domingo está ok, posso voltar de carro amanhã e estar aí à hora que você quiser no domingo.

— Tudo bem. Vou falar com ela e logo depois telefono. Para esse número?

Enquanto esperava a ligação de Bruno, Paul primeiro atravessou o corredor, depois abriu a porta principal e ficou um bom tempo observando o sol cair sobre os vinhedos. Pensou que tinha algumas respostas para as perguntas de Solène Signal. Na verdade não havia qualquer maquinação política, não valia a pena procurar nada nessa direção, somente no ego ferido, machucado, da sua cunhada, disposta a tudo para que falem dela, ainda mais se pudesse ao mesmo tempo prejudicá-los. Para ele tudo estava perfeitamente claro, mas não conseguia explicar isso a Bruno naquele momento, não daquele jeito, não por telefone. Então, quando ele ligou alguns minutos depois e perguntou: "Oito da manhã de domingo, no meu escritório, está bem para você?", Paul respondeu: "Prefiro te encontrar um pouco antes da reunião. Sete e meia?".

Depois de escalar com dificuldade uma encosta com a terra desmoronando sob as solas dos seus sapatos, Paul consegue chegar a uma elevação circular rodeada de arbustos esquálidos. No centro da elevação, um pouco enterrado, vê um grande caixão preto de madeira envernizada. Homens de macacão cinza erguem o caixão para transportá-lo para a cidade; isso é ruim, pois esses homens são os adversários políticos de Paul. Com suas casas de tijolo vermelho, a cidade se parece com Amiens. Aos poucos, Paul vai concluindo que de fato é Amiens. Então tenta subornar uma garota de dezesseis anos, aluna do ensino médio (provavelmente está no segundo ano, em uma seção de ciências), para que lhe diga o verdadeiro enunciado de um problema de matemática; se conseguir esse verdadeiro enunciado, ele sabe que será capaz de confundir seus adversários políticos. A garota está no meio de um grupo de estudantes, mas Paul se dirige a ela como se estivesse sozinha.

A jovem concorda em lhe dizer o enunciado; com isso, Paul tem o direito de ordenar a abertura do caixão no meio da cidade; lá dentro jaz um gigante pálido, com uma capa preta e uma cartola; assustados diante daquela visão, os homens de macacão cinza se dispersam, balançando os braços. Quando resolve o problema contido no enunciado verdadeiro, Paul tira a nota 16. A professora de matemática é uma jovem de minissaia plissada bem curta; ela se parece com uma professora de matemática que ele realmente teve no último ano, e cujas coxas às vezes contemplava por horas a fio; é surpreendente que não tenha envelhecido. Paul sabe que ela está entre seus aliados políticos, embora seja de extrema esquerda. Agora os dois estão em um teleférico com cabines muito pequenas, feitas para duas pessoas, que sobe por umas ruas íngremes num bairro que lembra Ménilmontant ou Montmartre. A inclinação aumenta cada vez mais, até ficar literalmente assustadora, quase vertical; no entanto, há passarinhos multicoloridos, que parecem canários, esvoaçando sem medo em volta da cabine, e acompanhando sua subida.

Então, de repente, ele se vê em um porão sinistro, iluminado por uma fraca luz amarelada; embaixo há algumas bacias de uma sujeira repugnante, que provavelmente são bacias de drenagem, onde se depositam pequenas poças de água estagnada. Logo em seguida um poderoso jato d'água desce inesperadamente pela encosta, enchendo de novo as bacias. A torrente empurra porquinhos minúsculos para uma abertura redonda e preta, que intuitivamente se adivinha que vai dar em um matadouro.

Em um estúdio de televisão, um velho baixo, careca e um pouco deformado tenta salvar um programa contando piadas, mas falha e resolve tirar as calças antes de atravessar o campo visual das câmeras (rapidamente se pode ver seu sexo, grande, mole e pálido). Depois o encontramos flutuando em uma das bacias de drenagem. Ele também, tal como os miniporquinhos, vai ser arrastado para o matadouro; o homem sabe disso, mas parece encarar essa perspectiva com serenidade, até mesmo com um júbilo secreto.

Subitamente Paul acordou. Reconheceu Cécile graças à luz que vinha do corredor, ela sacudia seu ombro enquanto o chamava em voz baixa:

— Vem! Vem logo!... — Prudence, ao seu lado, se mexeu ligeiramente sem acordar.

Ele se levantou e foi até o corredor, fechou a porta do quarto e imediatamente perguntou a Cécile:

— O que está acontecendo?

— Aurélien se suicidou.

2

Cécile só conseguiu continuar a falar quando se sentou na cozinha, depois de pegar uma garrafa de rum que estava guardada em um armário — era a primeira vez que ele a via tomar uma bebida forte. Tinha acordado no meio da noite, assaltada por uma angústia inexplicável, que ela só sabia estar ligada a Aurélien. Depois de bater inutilmente na porta do seu quarto, entrou e descobriu que estava vazio. Então vasculhou a casa inteira sem sucesso, olhou todos os quartos e, em seguida, o escritório do pai. Não encontrando ninguém, começou a entrar em pânico: Aurélien tinha ido andar pelo campo no meio da noite? Levou muito tempo, tempo demais, para pensar no velho celeiro, onde havia sido o ateliê da sua mãe. E quando entrou, assim que acendeu a luz, o viu, pendurado a cinco metros do chão. O pior é que seu corpo ainda estava balançando levemente na ponta da corda. Deve ter sido uma questão de pouquíssimo tempo, talvez bastasse um minuto, se ela tivesse chegado um minuto antes quem sabe poderia salvá-lo. Dizendo essas palavras, começou a soluçar.

— Você não tem por que se sentir culpada, não teve nada a ver com isso, a culpa não é sua... — repetia maquinalmente Paul, dando palmadinhas em seu ombro, sem conseguir tirar da cabeça a ideia de que ele teria pensado mais cedo no celeiro. Aurélien havia sido próximo da mãe, muitas vezes a visitava enquanto ela trabalhava em suas esculturas absurdas, já Cécile, no fundo, tinha mais ou menos apagado a mãe da memória, e por outro lado se dava muito bem com Madeleine; o relacionamento mãe-filha nunca é fácil, especialmente quando a filha é bonita. Enfim, claro que ele não ia tocar no assunto. Ela balançava a cabeça, visivelmente estava começando a ficar um pouco bêbada, era normal, não estava acostumada a beber, mas Paul entendeu que ia ter que cuidar de tudo, telefonar para a polícia etc.

Andaram até o celeiro sem dificuldade, dava para enxergar quase como se fosse de dia, atrás do portão aberto brilhava uma luz violenta, sua mãe costumava trabalhar à noite, tinha instalado um poderoso sistema de iluminação. Cécile parou na entrada, não tinha forças para rever aquela cena e por fim se sentou no chão, ou melhor, deixou-se cair como um peso morto antes de se encostar no portão.

Era a primeira vez que Paul via um homem enforcado, aliás era a primeira vez que via um suicida, e esperava que fosse ser pior. O rosto do irmão não estava congestionado nem azulado, na verdade a cor era quase normal. Estava um pouco convulsionado, formava uma espécie de careta, mas na realidade nem tanto, sua morte não parecia ter sido muito dolorosa. Menos dolorosa, certamente, do que havia sido sua vida — e quando esse pensamento passou por sua mente Paul foi invadido por uma onda de compaixão terrível e torturante, misturada com culpa, porque ele tampouco tinha feito nada para ajudá-lo, para apoiá-lo; quase desmaiou mas afinal recuperou as forças, tinha que telefonar, não podia se entregar agora. Aurélien tinha se apegado a algumas coisas: Maryse, por exemplo, deve ter lhe proporcionado momentos reais de alegria nos últimos tempos; e depois as tapeçarias, ele as amava de verdade, sua vida não foi vazia, não se podia dizer isso. Mas de toda maneira seu irmão caçula não teve muita sorte, o mundo não foi muito hospitaleiro com ele.

A polícia chegou rápido, menos de meia hora depois, trouxeram um médico-legista e uma equipe de bombeiros com uma escada telescópica. Uma vez despendurado o corpo de Aurélien, decidiram transportá-lo para o seu antigo quarto, para que o legista pudesse começar a trabalhar. Enquanto o levavam, Prudence apareceu de camisola ao pé da escada. A princípio ficou sem palavras, depois correu para os braços de Paul. Parecia chocada, mas não de todo perplexa, e Paul lembrou com amargura que ela o havia alertado, já lhe dissera várias vezes que tomassem cuidado com Aurélien, porque o sentia frágil, pouco equilibrado e provavelmente em perigo.

O legista voltou menos de dez minutos depois. Mais tarde iria fazer os exames completos, mas o suicídio por enforcamento não estava em dúvida.

O oficial da polícia virou-se para Paul e Cécile. Eles eram o irmão e a irmã, certo, os parentes mais próximos? Paul confirmou com a cabeça. Nesse caso, seria possível que comparecessem no dia seguinte à delegacia de Mâcon para prestar um depoimento? Seria um depoimento breve, o caso não tinha nenhum mistério. Paul precisava voltar a Paris no dia seguinte, mas de manhã, sim, era possível.

— Sabem o que o levou a fazer isso? — perguntou o oficial antes de se despedir, mais por uma questão de consciência, porque de modo geral os parentes próximos ficam pasmos, não conseguem entender, jamais teriam imaginado, parecem não saber nada de pessoal sobre a vítima, seria o caso de se perguntar o que significa realmente a palavra "próximo".

— Não, não sei mesmo, estou arrasada... — disse Cécile, fraca.

— Nada disso, nós sabemos sim — interrompeu Paul, demonstrando irritação —, sabemos muito bem por que ele fez isso. Não suportou a culpa que sentiu em relação a nós, e especialmente em relação a Maryse, a culpa por ter falado com Indy e se tornado a fonte daquela reportagem. Além do mais, a situação não tinha como melhorar, certamente Maryse ia perder o emprego e ele sabia disso, sentiu então que a vida dos dois estava fodida e a culpa era dele.

— Não devíamos falar com a polícia sobre isso... — protestou Cécile, quase sem forças.

— Mas claro que sim! Agora que saiu nessa revista de merda, todo mundo sabe onde papai está, se a polícia estivesse atrás dele não teria dificuldade para encontrá-lo. Nossa única chance agora é que não haja nenhum processo legal!...

Virando a cabeça para o lado, Paul captou o olhar perplexo do oficial, que passava de um para o outro sem entender nada:

— Bem, é uma história um pouco complicada... — concluiu com impaciência — amanhã de manhã eu explico tudo a vocês.

Quando os policiais se foram levando o corpo, um silêncio se instalou entre eles.

— Eu entendo, claro — disse Cécile, algum tempo depois —, mas ao mesmo tempo não entendo. Não dá para entender como se pode ter tanta falta de confiança na vida. Ela talvez seria demitida, é verdade, mas isso nem sequer era uma coisa certa. E depois, Aurélien ainda tinha o próprio salário, era funcionário público. Paris é muito cara, mas eles não tinham obrigação de viver lá, poderiam morar aqui, por exemplo, há espaço. Finalmente ele tinha a chance de recomeçar sua vida, estava prestes a se divorciar e essa garota o amava, isso é evidente. Você acha que ela iria culpá-lo por esse artigo? Talvez nem quisesse falar com ele sobre isso...

Sua voz estava ficando perigosamente aguda de novo, Paul teve medo de mais um ataque de nervos, mas não sabia o que responder, exceto que ela tinha razão em todos os sentidos. Depois se serviu um copo de rum, era nojento aquele troço, foi procurar outra coisa na sala. Enquanto revistava o aparador, sentiu vergonha de se comportar como uma espécie de gourmet quando seu irmão tinha se suicidado havia menos de uma hora, mas enfim, fazer o quê, voltou para a cozinha com uma garrafa de Armagnac na mão. Cécile parecia ter se acalmado um pouco, estava em silêncio, enrodilhada em si mesma.

Encheu um copo antes de voltar a falar:

— É difícil dizer por quê, mas algumas pessoas aguentam e outras não. Nós sempre soubemos que Aurélien fazia parte da segunda categoria. — Foi um comentário de merda, ele se censurou na mesma hora, se era para dizer aquilo era melhor ter ficado de bico calado. Cécile, aliás, nem respondeu, fingiu que não tinha ouvido nada. Um minuto depois, um pensamento súbito cruzou sua mente, uma expressão de terror invadiu seu rosto e ela exclamou:

— Daqui a pouco Maryse vem para cá. Neste momento ela está terminando o plantão da noite, vai dormir um pouco e estará aqui no final da manhã. O que vou dizer? O que vou poder dizer a ela?...

3

O depoimento na delegacia de Mâcon na verdade durou um pouco mais do que o esperado. Paul relatou todos os fatos, não omitiu nada exceto a identidade dos ativistas que os ajudaram, não queria falar disso antes de prestar seu depoimento sobre o caso. A bem da verdade, não estava nem um pouco preocupado, havia ligado para Bruno de madrugada e ele foi muito claro. O plano inicial de Martin-Renaud não podia mais ser usado depois daquela reportagem, e tentar influenciar a decisão do juiz continuava sendo uma péssima ideia, a mídia estava sempre atenta a esse tipo de coisa e tinha muitas cumplicidades no judiciário. Era mais eficiente atuar na raiz, evitando o registro de uma queixa. O princípio era simples: pela hierarquia, os diretores de hospital se reportam diretamente ao ministro da Saúde; o atual ministro queria manter seu cargo no próximo governo; então bastava falar com ele, pedir que indicasse ao seu subordinado que atitude devia tomar.

— Quando há um caminho direto para o objetivo, é melhor escolhê-lo — concluiu Bruno. Paul não conseguia lembrar se a frase era de Confúcio, provavelmente de algum personagem desse tipo. Assim que desligou, concluiu que deveria ter pensado antes em consultar Bruno. Sua relutância em se aproveitar da amizade de um ministro para usufruir de tratamento especial pode ser louvável como princípio, mas tinha custado a vida do seu irmão. De qualquer maneira, o perigo agora havia passado, e se sentiu muito à vontade durante o depoimento, no qual, aliás, foi tratado com grande cortesia, os policiais pareciam lisonjeados com a presença nas suas dependências de um membro de um gabinete ministerial, se eles tivessem biscoitinhos para acompanhar o café sem dúvida teriam oferecido.

O tempo estava muito agradável e Prudence havia saído do carro para esperá-lo, estava contemplando os movimentos da água, os redemoinhos que se formavam depressa e depois desapareciam com a mesma velocidade na superfície do Saône.

— É triste, não é? — disse ela. — Uma linda manhã de primavera, e ele não está mais aqui para aproveitar, nunca mais vai ver nenhuma linda manhã de primavera.

Realmente era triste, mas o que mais se podia dizer? Para os vermes e as larvas também era uma linda manhã de primavera, dentro de alguns dias poderiam se banquetear com a carne dele, e também comemorar a chegada dos dias bonitos, foi este o primeiro pensamento que lhe veio à mente. De repente lembrou que muitos anos antes Prudence tivera longas conversas com Aurélien, ela também gostava da Idade Média, conhecia muito bem a pintura da época, mas não as tapeçarias, e se interessou bastante pelo que Aurélien contava sobre elas. Sem encontrar nenhuma palavra de conforto para lhe dizer, pegou a mão de Prudence entre as suas, e isso provavelmente era a coisa certa a fazer, porque de repente ela parecia apaziguada.

O pior foi quando chegaram a Saint-Joseph e ele estacionou o carro no pátio dianteiro da casa. Maryse estava sentada em um pequeno banco de pedra, logo à direita do pórtico. Quer dizer, não estava sentada como qualquer ser humano se senta para descansar um pouco. Parecia mais ter sido largada ali, inerte, incapaz de fazer qualquer movimento, nem mesmo de imaginar o que esse movimento poderia ser. Paul também ficou paralisado, sem poder ir em frente, fingir que Maryse não existia, que não estava ali parada, ao lado da entrada, em uma imobilidade que parecia definitiva. Ficou surpreso quando viu Prudence se afastar dele, avançar rápido até a garota, sentar-se no banco ao seu lado, pôr a mão em seu ombro e acariciá-la com delicadeza. Como se as mulheres soubessem naturalmente a maneira de fazer isso, como se fossem destinadas, por um conhecimento especial da dor, a executar certos gestos. Passou por elas sem parar, sem sequer olhar de novo para Prudence. Não apenas era incapaz de fazer esse tipo de coisa como achava difícil assistir.

Falaram pouco na viagem de volta e, depois de jantar pão com queijo, foram cedo para a cama. Paul acordou no alvorecer do dia seguinte, às seis e meia já estava pronto, ele sabia que aquela conversa ia marcar uma virada decisiva. Pouco antes de sair, voltou para o quarto. Nesse momento Prudence acordou e olhou-o, embora ele não tivesse feito nenhum barulho:

— Já vai? — perguntou. Ele disse que sim. Prudence se ergueu um pouco na cama. Paul beijou suavemente suas bochechas, depois os lábios.

Quando entrou no escritório de Bruno, percebeu que estava feliz por revê-lo. Sentou-se e contou a história toda, desde a entrada do pai no hospital de Belleville-sur-Saône até sua libertação. Falou sobre o dr. Leroux, sua demissão e a reorganização dos serviços. Bruno ouviu tudo com atenção, sem interromper, só comentou de passagem: "Impressionante, essa Madeleine...". Depois Paul lhe contou o papel que Maryse desempenhou e afinal chegou ao artigo de Indy e o suicídio de Aurélien. Então pôde explicar a Bruno que, na sua opinião, não havia qualquer mão oculta por trás do artigo, nenhuma agenda secreta de alguma agremiação política rival, aquilo tudo era apenas o resultado do desejo de vingança de uma mulher ambiciosa e amargurada; e que essa mulher ficou sabendo da operação no hospital não graças a alguma fonte particular, mas exclusivamente à imprudência do seu infeliz irmão. Ele próprio tinha sua parcela de responsabilidade, acrescentou, nunca havia escondido de Indy a antipatia e o desprezo que ela lhe inspirava; sua vingança foi brutal.

A explicação levou seu tempo, e ainda não tinham pensado no que se podia fazer quando foi anunciada a chegada de Solène Signal. Veio em companhia do seu jovem assistente, impecável e pálido como sempre.

— O que me preocupa não é o primeiro turno — atacou ela imediatamente, sem desperdiçar tempo com cumprimentos —, vamos perder alguns pontos, mas não tem importância, estaremos no segundo, e aí começa uma nova eleição. O problema é que se o público se convencer de que, no plano social, nós defendemos as mesmas posições que o Rassemblement, teremos dificuldade para nos beneficiar com o reposicionamento dos ecologistas — e também da esquerda, enfim, o que resta da esquerda. E aí a coisa pode ficar muito, muito difícil. Principalmente porque o outro candidato é mesmo muito bom, nesse ponto tenho que reconhecer que a Bérengère fez um ótimo trabalho, essa velhota não está mesmo acabada, se a tivesse subestimado eu teria errado feio. Não sei se você o viu, outro dia, dizendo para aquela ecologista, sabe, a gordinha: "Mas eu também amo a natureza... O canto da cotovia, na primavera, de madrugada, nunca vi nada mais bonito", o homem foi simplesmente sublime, e aquela anta ficava de boca aberta, imagina, uma cotovia, ela não tem a menor ideia do que seja isso. Você sabe o que é uma cotovia? — Solène virou-se para interpelar o assistente, que balançou a cabeça negativamente, com certa tristeza.

— Tudo bem, mas você não se faz passar por conhecedor, nem é candidato ecologista. E depois, como ele se desvia para os inseticidas, o desaparecimento dos insetos, porque sem insetos não há cotovias, e assim a coisa vai. Enfim, dá para ver, não é só um efeito poético, tipo eu estudei os meus textos; não, o garoto é de fato muito bom. Em resumo, temos que fazer alguma coisa em relação a essa história, e rápido.

De repente se calou. O silêncio durou uns trinta segundos, até que Paul disse, muito calmamente:

— Vou pedir demissão.

Ela olhou-o com perplexidade, evidentemente não esperava uma proposta tão direta.

— Não — interrompeu Bruno com uma voz clara, de maneira enérgica, quase brutal. — Não, está fora de cogitação você se demitir por causa dessa história. Eu faria exatamente a mesma coisa se fosse o meu pai no lugar do seu. Portanto, não. Além do mais, temos outra solução.

— Estou ouvindo... — disse Solène Signal.

— Você vai pedir uma licença por motivos pessoais — continuou Bruno, ainda se dirigindo a Paul. — Normalmente o processo demora um pouco, mas se eu me mexer dá para acelerar, dá até para resolver tudo amanhã. A duração, a princípio, é de um ano.

— Eu não quero saber o que vai acontecer depois das eleições, você faz o que quiser... — disse Solène. — Mas explica melhor: podemos anunciar que ele deixou o cargo sem entrar em detalhes?

— Sim, o funcionário não precisa expor os seus motivos. Em condições normais, eu nem seria consultado sobre essa licença — respondeu Bruno.

— Bem, nesse caso acho que é possível. Então vamos recapitular. Primeiro, várias dezenas de colaboradores trabalham no seu gabinete, você não pode estar a par da vida de todos. Segundo, trata-se de um problema familiar doloroso, que não tem nada a ver com a vida profissional do seu colaborador, que aliás sempre cumpriu suas tarefas de maneira inteiramente satisfatória. Terceiro, nada está esclarecido até o momento, portanto temos que deixar a Justiça fazer o seu trabalho.

— Por enquanto a Justiça não se manifestou — informou Paul —, não houve nenhuma queixa oficial.

— O quê?... — exclamou ela com espanto. — Olha, então é ainda melhor, não se preocupe, deixe a Justiça fazer o seu não trabalho. Não havendo queixa registrada, não vejo motivo para ninguém se aporrinhar, eu tinha certeza de que havia.

— Não, e nem vai haver — afirmou Bruno com muita clareza.

— Bom, nesse caso, como não existem consequências judiciais, nós estamos cagando e andando para isso, é só um artiguinho um tanto venenoso que uma piranha de uma jornalista de segunda escreveu para se dar bem... Então vou organizar uma pequena coletiva de imprensa, hoje não vale a pena porque não viria ninguém, mas amanhã às dez está bem para você?

— Eu vou ter que participar? — perguntou Paul.

— De jeito nenhum. Deixa o Bruno cuidar do caso. Você é um funcionário público anônimo, vai continuar sendo, é muito melhor assim. No fim das contas nós fizemos bem em vir, agora vou passar um domingo melhor.

Quando eles saíram, a calma voltou ao escritório. O dia já ia alto, o sol iluminava a superfície tremeluzente do Sena e as calçadas ainda estavam desertas.

— Estou muito grato por você ter reagido assim — disse Paul.

— Não há de quê. — Bruno ergueu os ombros com indiferença. — Você ouviu a nossa especialista: é só um artigo de imprensa, não há motivo para entrar em pânico. Um caso judicial seria diferente.

"É realmente um absurdo o suicídio do seu irmão", continuou, depois de algum tempo. "Mesmo no caso da namorada dele, acho que teria sido possível evitar a demissão. Um afastamento de alguns meses, enquanto as coisas se acalmavam; depois ela voltaria tranquilamente."

Sim, era mesmo um absurdo, Paul ficou convencido disso no instante em que viu o corpo de Aurélien pendurado na viga do celeiro, sua morte fora tão absurda quanto sua vida; e ao mesmo tempo pensou que nunca ia poder compartilhar essa constatação com Cécile. Os cristãos costumam ter suas dificuldades com o absurdo, é algo que realmente não se encaixa em suas categorias. Na visão cristã do mundo, Deus controla os acontecimentos; às vezes o mundo parece temporariamente entregue ao poder de Satanás, mas as coisas sempre têm um significado forte; e o cristianismo foi concebido para seres fortes, com uma vontade bem definida, às vezes orientada para a virtude, outras vezes, infelizmente, para o pecado. Quando as criaturas de Deus caem nas garras do pecado, a misericórdia pode intervir. De repente se lembrou de um verso de Claudel, que o marcou quando tinha quinze anos: "Sei que onde abunda o pecado superabunda a tua misericórdia". O verbo superabundar era muito feio, só num poema de Claudel era possível encontrar palavras assim, felizmente ele se redimia com o verso seguinte: "É preciso rezar, pois é a hora do Príncipe do Mundo". Mas essas palavras deviam ser entendidas no sentido literal? A misericórdia devia ser vista como consequência do pecado? E o pecado era autorizado somente para permitir a elevação da graça e, portanto, da misericórdia?

Em todo caso, na tipologia cristã não havia lugar para seres como Aurélien, cuja adesão à vida era frágil, sempre incerta — no fundo seu irmão almejava mais fugir do mundo que participar dele. Talvez nem tivesse acreditado de verdade na existência de Maryse; viu-a passar como uma miragem feliz, como uma possibilidade de vida que lhe foi oferecida indevidamente e que em pouco tempo lhe seria retirada. Às vezes se recebem cartas de organismos da área tributária do governo com a mensagem: "Foi cometido um erro a seu favor"; provavelmente aconteceu algo assim, deve ter pensado Aurélien. Seu suicídio não tinha nada de surpreendente, parecia determinado pela natureza das coisas; mas de qualquer maneira Paul havia errado ao falar nesses termos com Cécile. O determinismo, tanto quanto o absurdo, não faz parte das categorias cristãs; aliás, as duas coisas estão ligadas, um mundo totalmente determinista sempre parece mais ou menos absurdo, não apenas para um cristão, mas para qualquer homem em geral.

Quando ele pensava sobre essas questões na juventude, Deus, tal como o imaginava, se alinhava perfeitamente com o determinismo, porque foi ele quem criou as leis, e na sua opinião foi alguém como Isaac Newton que mais se aproximou da natureza divina. Ou talvez David Hilbert, mas isso era menos seguro, a matemática podia viver perfeitamente sem a existência do mundo, será que David Hilbert devia ser considerado uma espécie de colega de Deus? Para falar a verdade, ele nunca tinha dedicado muito esforço intelectual a essas questões, mesmo durante a juventude, na realidade só tinha pensado nisso durante o último ano, o único da sua formação que previa uma "iniciação aos grandes textos filosóficos". Seu interesse pela filosofia tinha começado, portanto, aos dezessete anos e três meses de idade, e terminado aos dezoito.

O uivo da sirene de uma barcaça passando em frente ao escritório arrancou-o de seus pensamentos. Levantou a cabeça. Bruno ainda estava sentado à sua frente, ele havia respeitado o seu silêncio, já devia ter passado muito tempo, o trânsito estava um pouco mais denso lá embaixo.

— Tenho a impressão de que eu não conseguiria ficar o dia todo sem fazer nada, isso nunca me aconteceu — disse Bruno com calma. — Mas acho que você vai conseguir. — É verdade, pensou Paul, mas não sabia dizer se isso era uma sorte; hoje em dia, a maioria das pessoas provavelmente responderia que não era, mas ele vivia em uma época que dava uma importância excepcional ao trabalho e à realização no mundo do trabalho, na maioria das épocas anteriores era o oposto, considerava-se que o lazer era o único modo de vida adequado para um homem sábio. Pouco antes de chegar em casa, sentou-se em um banco do Parc de Bercy, deserto àquela hora. Estava de licença, repetiu para si mesmo; decididamente, gostava muito dessa palavra.

4

Oportunidade: presentes perfeitos para mulheres, namoradas, noivas e esposas, e para o Ano-Novo, o Dia dos Namorados, o Dia das Bruxas, o Dia de Ação de Graças, a Black Friday, o Natal, lingerie de Natal, noite de Natal, noite de núpcias, lua de mel ou qualquer noite romântica e apaixonada.
(Apresentação de roupas da marca GDOFKH)

Prudence recebeu a notícia com uma alegria total, e também com um alívio silencioso — então ela tinha pensado, pensou Paul, no pior cenário possível, a sua demissão; em nenhum momento, porém, lhe havia mencionado isso. Agora podiam tirar férias, disse ela, já fazia muito tempo que esperava por aquilo. Na verdade, não fazia muito tempo que os dois se comportavam novamente como marido e mulher, que podiam pensar de novo em tirar férias juntos; mas se ela achava possível, se realmente tinha conseguido tirar da memória os anos de separação, então era ótimo.

— Também tem uma desvantagem financeira — disse ele depois, porque tinha que lhe contar: — Não vou receber salário durante um ano.

— Você se esqueceu de uma coisa, meu querido... — e olhou para ele por alguns segundos, um pouco incrédula, antes de abrir um sorriso. — É incrível, você realmente esqueceu!... Pois eu penso nisso pelo menos uma vez por semana. No mês que vem nós terminamos de pagar o financiamento da casa; então seremos realmente os proprietários, de uma vez por todas. E esse financiamento significa hoje 35% dos nossos salários; 35% de cada um. Então, na verdade, a sua licença não muda muito as coisas...

* * *

    Os feriados não eram nada favoráveis naquele ano, os dias 1º e 8 de maio caíam em dois sábados, e Prudence tirou alguns dias extras por volta de 1º de maio para ir a Larmor-Baden.
    A irmã dela sabia velejar. Fizeram longos passeios de veleiro no golfo, passando pela ilha aux Moines para chegar à ilha de Arz, ou explorando a miríade de ilhotas que os separavam de Locmariaquer. Durante sua longa estada no Canadá, Priscilla tinha adotado uma postura bastante business, que contrastava com os costumes franceses, na realidade seu comportamento lembrava mais o que se costuma imaginar sobre os Estados Unidos, mas o fato é que ela tinha morado em Vancouver, portanto no oeste do Canadá, na prática não ficava longe de Seattle, enfim, daqueles lugares do mundo onde o futuro da humanidade está tomando forma, pelo menos o futuro tecnológico, se é que a humanidade tem algum outro futuro. Ela encarava o fracasso do seu casamento como o fracasso de um projeto empresarial, os objetivos não tinham sido atingidos, era hora de virar a página e recomeçar em novas bases, aquilo não era o fim do mundo, quase todo mundo fracassava, às vezes repetidamente, o próprio Donald Trump passara por muitos fracassos antes de ter sucesso.
    Na verdade, ela já não se entendia tanto com sua irmã, mas as duas conseguiam concordar em relação aos valores mais elementares, em que as diferenças culturais têm um espaço limitado, como por exemplo os meios adequados de valorizar o corpo feminino, e quando faziam compras juntas Priscilla não hesitava em manifestar opiniões decididas. "Quando se tem uma bunda como essa, é preciso mostrar", dizia ela sem margem para dúvidas. "Se eu tivesse uma bunda como a sua…", sonhava às vezes em voz alta, e então Prudence se perguntava se isso teria mesmo mudado o seu destino, mas provavelmente sim, esse tipo de coisa pode decidir um destino, hoje em dia mais do que nunca, era um pouco o equivalente contemporâneo do nariz de Cleópatra, e de fato estávamos lidando com um destino, uma particularidade genética injustificável, quase equivalente a um decreto dos deuses. Prudence tinha consciência de que não havia feito nada para merecer aquela bunda. Paul ficou surpreso, e francamente excitado, na primeira

vez em que ela apareceu com um shortinho apertado, levou-a para fazer sexo no quarto logo depois do jantar, com um entusiasmo que não demonstrava havia muito tempo. Ela não repetiu essa audácia em público, mas curiosamente considerava admissível a combinação camiseta-calcinha de biquíni, mesmo na presença das sobrinhas, as conveniências são uma coisa curiosa, e dois dias depois não teve dúvida em trocar a calcinha comum do biquíni por uma tanga. Para dormir tirava a tanga e vestia um fio dental de algodão, e uma das primeiras coisas que Paul fazia quando acordava era puxar a coberta, ela dormia de bruços, e olhar para suas nádegas era o suficiente para deixá-lo de pau duro. Agora faziam amor todas as manhãs, enfim, não imediatamente, ele precisava tomar algumas xícaras de café para pôr as ideias no lugar, mas logo depois voltava a ficar de pau duro. Não havia nada muito inventivo, do ponto de vista erótico, nessas relações, era apenas um ritual de reencontro matutino; mas proporcionavam a ambos uma felicidade imensa, Prudence visivelmente estava melhor, fisicamente melhor. Ele agora entendia a estranha noção de "dever conjugal", e não a achava totalmente ridícula.

O pai de Prudence passava os dias sentado em uma poltrona em frente à vidraça da janela, sua única atividade era observar o fluxo e o refluxo das ondas na costa, um movimento calmo nesse momento, às vezes um pouco mais agitado, mas nunca extremo, as tempestades no golfo eram bem menos severas que na costa oceânica. Seu estado nada tinha a ver com o do pai de Paul, o cérebro não fora afetado, ele poderia falar se quisesse, mas não tinha mais nada a dizer. A morte da esposa havia sido um fim absoluto para ele, considerava que sua existência não tinha mais motivos para se prolongar, mas as pessoas podem perfeitamente viver sem motivos, aliás é o caso mais comum, e ele se comprazia com as ondas, e também com aquela leve agitação à sua volta provocada pelos movimentos de suas filhas e netas — sua descendência era toda feminina, coisa curiosa. Ele parecia não ter se mexido desde a última visita, continuava sentado na mesma cadeira, a única diferença era que agora havia um livro ao seu lado, numa espécie de pedestal junto à sua mão direita. Era uma obra de Cesare

Beccaria, *Dos delitos e das penas*. Paul se perguntou fugazmente como alguém pode ler uma coisa dessas; na verdade ele não lia, o livro estava aberto na mesma página dia após dia, ficava ali por via das dúvidas, caso alguma curiosidade intelectual atravessasse sua mente. O pai de Prudence tinha sido juiz, inicialmente de primeira instância, depois criminal, encerrou sua carreira como primeiro presidente do tribunal de apelação de Versalhes, Paul ficou sabendo de tudo isso durante esse período, ou provavelmente já sabia mas tinha esquecido, nunca se interessara muito pelo sogro. A falta de interesse era mútua: o velho reconheceu Paul, fez um ligeiro gesto com a cabeça e voltou a contemplar a paisagem. Um pai juiz em Versalhes, uma residência principal em Ville-d'Avray, uma casa de veraneio na Bretanha, estudos em Sainte-Geneviève, depois na escola de Ciências Políticas e na ENA, no fundo não era nada surpreendente que Prudence tivesse se tornado assexual e vegana. Seu esforço atual para encontrar seu ser feminino é que era excepcional, e Paul estava comovido com seus shortinhos, poucas mulheres fariam isso aos quase cinquenta anos — mas também é verdade que poucas mulheres dessa idade podiam se permitir tal coisa.

Cuidar do pai era muito fácil, explicou Priscilla: ele era independente, podia se levantar sozinho, cuidar da própria higiene e comer sem ajuda. Na realidade seu asseio era muito sumário, ele não tinha tomado banho, nem de chuveiro nem de imersão, desde que voltou do hospital; e só comia iogurte e biscoitos. O otimismo e o dinamismo americanos de Priscilla afinal tiveram que admitir o óbvio: seu pai estava esperando a morte, a única coisa a fazer era acompanhá-lo com a maior delicadeza possível, e mais nada.

Na véspera do retorno a Paris, o tempo estava tão bonito que Prudence e Priscilla conseguiram tomar um banho de mar e Paul adormeceu ao sol. Seguindo um caminho que atravessava um bosque de pinheiros, chegava-se a um enorme lago. Ele sabia que era seu aniversário, portanto, maio ou junho, mas tinha esquecido a data exata. Isso acontecia em um país novo, provavelmente o Canadá, o ar ainda era um pouco frio, mas o céu estava absolutamente límpido. O lago parecia se estender até o infinito, suas águas eram de um azul surpreendente, quase turquesa, num tom mais típico de paisagens tropicais. Uma encosta suave descia até a beira do lago por um prado pontilhado de papoulas, margaridas e narcisos. Paul tirava os sapatos e a calça antes de entrar na água, que estava fria como ele esperava, mas era de uma pureza absoluta, via-se perfeitamente o fundo arenoso, ele avançava com facilidade, o declive era muito suave, a várias dezenas de metros da margem a água só chegava ao meio da sua panturrilha. Já estava andando havia cinco minutos e tinha percorrido uns duzentos ou trezentos metros quando parou, com água até o meio da coxa. Virando-se em direção à margem, viu que a paisagem tinha mudado completamente: os prados verdes haviam desaparecido, substituídos por uma superfície lamacenta e plana. Havia um quiosque em péssimo estado perto da margem, estava deserto, com as janelas quebradas, vários guarda-sóis desmantelados jogados na lama. O céu agora estava baixo e plúmbeo, no horizonte os bosques de pinheiros iam desaparecendo em manchas de névoa, a água do lago parecia opaca e marrom. Voltando para a margem, Paul deparou com veranistas das classes populares; eles ficavam circulando devagar sobre a lama fina e pegajosa que margeava o lago, com uma expressão de resignação total. Estavam tendo umas férias bastante ruins, veio lhe dizer um deles, mas era muito mais barato.

Quando Prudence o acordou, o sol estava caindo sobre o golfo de Morbihan. Tomar banho de mar em junho era uma coisa excepcional na Bretanha; Paul pensou que ela e a irmã falariam disso inúmeras vezes nos próximos anos. Não conseguia esquecer seu sonho e, nas semanas seguintes, sonhou várias vezes que as águas do golfo de Morbihan tinham baixado durante a noite e que a casa de Larmor--Baden ficava à beira de um oceano de lodo. No fundo, o mar sempre o assustara um pouco.

As montanhas de Beaujolais não lhe despertavam uma angústia equivalente, e no sábado seguinte foram para Saint-Joseph, novamente de carro. Dessa vez Prudence havia tirado três dias de folga, só pretendiam voltar a Paris na noite da quarta-feira seguinte, já estaria muito perto do primeiro turno da eleição presidencial. Hervé e Cécile tinham voltado para Arras uma semana antes, Madeleine agora estava sozinha com o pai, e os dois haviam adotado os hábitos que os acompanhariam até o fim. O pai passava a maior parte do tempo no jardim de inverno, contemplando a paisagem, e sem dúvida percebia mudanças sutis de um dia para o outro, que escapavam aos homens mais envolvidos com as atividades diárias. Ele lia às vezes, graças à ajuda de Madeleine, e isso lhe devolvia uma imagem deste mundo humano que em grande parte ele já havia abandonado. À noite, Madeleine empurrava a cadeira até a elevatória para que ele pudesse chegar ao seu quarto. Para levantá-lo e colocá-lo na cama hospitalar contava com uma enfermeira, que vinha duas vezes por dia, de manhã e à noite, para ajudá-la nessas operações. Em último caso ela podia fazer isso sozinha, daria um pouco de trabalho, mas a enfermeira morava em Villié-Morgon, só levava alguns minutos. À noite, a cama hospitalar ficava ao lado da sua, assim ela podia segurar a mão de Edouard, os movimentos dos seus dedos tinham adquirido mais variedade e precisão, agora eram quase uma linguagem — mas eram uma linguagem que não se traduzia em palavras, que expressava mais emoções que conceitos, que se aproximava mais da música que da linguagem articulada.

Paul sentia que seu pai estava feliz, em todo caso a estrutura material que eles montaram lhe permitia ter um fim de vida o mais agradável possível, e qualquer vida, pensou, é mais ou menos um fim de vida. Claro que Madeleine era a pessoa essencial, sem ela tudo iria por água abaixo desde o primeiro instante, mas Paul, por seu lado, não se furtou a oferecer o dinheiro para a compra dos equipamentos necessários; afinal tinha se revelado um bom filho, o que a princípio não era evidente.

Enquanto o pai de Prudence observava o movimento das ondas, seu pai observava o movimento dos galhos balançados pelo vento. Talvez fosse algo menos ancorado nas representações mentais mais arcaicas do ser humano, menos conectado com seus mitos essenciais; mas por outro lado era mais variado, mais sutil e mais doce. Decididamente, Paul preferia os movimentos tranquilos que animam uma paisagem campestre; decididamente, sentia-se mais próximo dos lagos e dos rios que do mar.

Madeleine continuava falando pouco e Edouard, sentado na sua cadeira de rodas em frente à mesa da sala, era em si mesmo uma fonte permanente de silêncio, de maneira que às vezes as refeições terminavam sem que fosse pronunciada quase nenhuma palavra, mas isso não era problema, estava tudo bem.

No dia seguinte à sua chegada, Prudence foi para a cozinha, tinha decidido fazer ovos *meurette*, de modo geral ela andava pensando em cozinhar mais, sem dúvida foi a companhia de Cécile que a levou nessa direção, Cécile era bastante carismática no que se refere à cozinha.

Era a sua primeira tentativa e foi um sucesso, os ovos estavam deliciosos e fáceis de comer, derretiam na boca. Paul teve mais problemas com o rosbife, seu molar direito decididamente estava se movendo, dava a impressão de que podia cair a qualquer momento, e outro dente do lado esquerdo, provavelmente um pré-molar, estava começando a dar sinais de fragilidade.

— Continua com dor de dente, querido? — De repente Prudence parou de comer, com o garfo a meio caminho da boca.

— Sim, esta noite não estou muito bem.

— Você tem que marcar uma consulta com o seu dentista, sério, isso está se arrastando há muito tempo. Ligue para ele quando voltarmos a Paris, você vai fazer isso? — Paul balançou cabeça resignado, teria que se decidir a procurar um novo dentista. Lembrou o dia em que seu dentista lhe disse que estava se aposentando. Na época ele ainda não conhecia Bruno, suas relações com Prudence eram inexistentes, sua solidão, quase absoluta. Quando aquele homem já idoso lhe disse que ia parar de trabalhar, Paul foi invadido por uma onda de tristeza desproporcional, horrorosa, quase caiu no choro com a ideia de que os dois iriam morrer sem nunca mais se reencontrar, muito embora nunca tivessem sido especialmente próximos, jamais ultrapassaram a relação de um profissional da saúde e seu paciente, na verdade nem se lembrava que tivessem tido alguma conversa de verdade, abordando assuntos não odontológicos. O que não suportava, percebeu com inquietação, era a própria impermanência; a ideia de que qualquer coisa, fosse o que fosse, acaba; o que não suportava era pura e simplesmente uma das condições essenciais da vida.

5

Bruno os convidou para irem no domingo à noite acompanhar o anúncio dos resultados das pesquisas do primeiro turno; o evento seria no QG da campanha, na avenida La Motte-Picquet. Talvez fosse melhor, sugeriu Paul, não aparecer ao seu lado. Isso não tinha mais importância, respondeu Bruno, aquele artigo já estava esquecido, mas de fato ia haver muitos jornalistas na sala, se quisessem eles podiam ir direto aos camarins.

Quando chegaram, pouco antes das oito, Solène Signal já estava lá, em companhia do seu assistente e de Raksaneh; de semblante fechado, ela estava digitando no celular e mal os notou, evidentemente as coisas iam mal. Sarfati e Bruno circulavam pela sala, dando palmadinhas no ombro aqui e ali, tentando amortecer o choque, qualquer que fosse ele.

Os resultados que chegaram às oito não eram bons: o candidato do Rassemblement National estava com 27%, Sarfati com 20% e a ecologista com 13% — os candidatos dos velhos partidos de direita e de esquerda dividiam os votos restantes em uma mixórdia pitoresca, tinham concorrido de forma dispersa e a maioria dos eleitores, como mostrava uma pesquisa recente, não era capaz de dizer seus nomes. Mesmo assim estavam conseguindo, e naquele contexto isso era quase um êxito, uma ligeira vantagem sobre os trotskistas e os animalistas; no entanto, nenhum deles atingiu o número mágico de 5% necessário para obter o reembolso dos gastos da campanha.

— As projeções para o segundo turno não vão mudar, acho — comentou Solène Signal —, há duas semanas estamos exatamente em 50-50, 51-49 na melhor das hipóteses, confesso que não é o que eu esperava, enfim, estou decepcionada. — Dizendo isso, pousou a vista direto nos olhos de Benjamin Sarfati, obviamente era a ele que dirigia suas acusações. Bruno havia sido eficiente do início ao fim, muitas vezes até excelente, fez sua parte do trabalho com competência, mas Sarfati mostrou falhas reais em alguns debates, às vezes parecia totalmente alheio, a estratégia de recuperação das estrelas de reality estava encontrando seus limites nessa noite.

Prudence e Raksaneh haviam ido ao bufê, onde quase não havia ninguém, podia-se ver nos gigantescos monitores de vídeo que cobriam uma das paredes da sala o público se dispersando aos poucos — o ambiente não era nada festivo, obviamente. Solène Signal saiu logo depois de convocar todos para uma reunião de trabalho na manhã seguinte, às nove. Sarfati apertou brevemente o ombro de Bruno antes de escapar também, um pouco constrangido. Depois Paul ficou sozinho com Bruno no camarim, e abriu uma garrafa de uísque. Como ele continuava em silêncio, perguntou-lhe enfim:

— Você está decepcionado?

Bruno encolheu os ombros antes de responder:

— Na verdade, não; mas eu acharia lamentável para a França que o Rassemblement National ganhasse as eleições.

Paul olhou-o com surpresa: estava tentando fugir da pergunta? Mas não era isso, na verdade, como percebeu logo, Bruno tinha acabado de expressar o seu ponto de vista: considerava lamentável, para a França, a vitória do Rassemblement National. De onde vinha essa convicção? De um raciocínio baseado em alguma forma de racionalidade econômica? De uma moral antirracista e humanista que ele adquirira? Ou, mais simplesmente, da sua origem burguesa? Aliás, todas essas explicações podiam coincidir, mas de qualquer modo era a sua convicção, e foi ela que o levou a se envolver na batalha eleitoral. Bruno não era cínico; mas tampouco tinha nada de bobo, e estava começando a questionar os motivos profundos do presidente. Será que, ao favorecer a candidatura de um medíocre como Sarfati, não quis facilitar a vitória do Rassemblement National? Ele pode ter previsto que o partido, quando chegasse ao poder, ia provocar desastres, haveria imediatamente um colapso econômico e social, e em pouco tempo o povo iria exigir o seu retorno, sua reeleição estaria garantida dentro de cinco anos, e além do mais também podiam ocorrer fatos graves, fora da legalidade republicana, e quem sabe ele não teria que esperar nem esses cinco anos. No caso oposto, com um governo moderado, que seguisse uma política mais ou menos análoga à anterior, enfim, um governo que não saísse do "círculo da razão", para usar os termos de vários ensaístas do século passado, havia o risco de que as pessoas fossem perturbadas por um rompante de alternância; nesse caso, seu retorno ao governo ficaria mais problemático.

Teria o presidente a mente distorcida a ponto de imaginar esse cenário? Bruno parecia pensar que sim, e afinal o conhecia melhor do que Paul, os dois conviviam havia anos, não parecia nada tranquilizador. Também tinha outra coisa que Bruno não lhe disse, porque ainda não ousava formular explicitamente, mas que podia ser lida nas entrelinhas. Durante a campanha ele tinha se revelado, desenvolveu talentos de orador, aos poucos começou a sentir prazer em falar para uma multidão, provocar movimentos de hilaridade, tristeza ou raiva. Uma vez, durante uma viagem a Estrasburgo, fez milhares de pessoas entoarem a Marselhesa em coro. Isso surpreendeu a todos, a começar por ele mesmo, o presidente era a única pessoa que devia ter previsto aquilo. O presidente era inteligente, nem seus críticos mais ferrenhos cogitavam negar sua inteligência, mas além disso ele também sabia como usar os homens, tinha a intuição de seus potenciais inexplorados, assim como de seus pontos fracos. Havia julgado Sarfati corretamente desde o início, vendo nele nada além de um bufão que ficaria satisfeito apenas com os ouropéis do poder; mas provavelmente também tinha antecipado a transformação de Bruno, prevendo que este poderia perfeitamente, por sua vez, adquirindo cada vez mais confiança, sonhar com a condição de *primeiro mandatário*; não eram as ambições de Sarfati que o presidente temia, eram sem a menor dúvida as suas. O presidente não podia conceber — era o único limite do seu raciocínio, seu ponto cego — que fosse possível chegar tão perto da função presidencial sem escapar do fascínio, da vertigem que leva alguém a cobiçá-la e fazer dela a meta última da sua existência. Ele próprio enfeitiçado, não imaginava que se pudesse escapar do feitiço, e no caso de Bruno, como no de quase todos os seres humanos, pelo menos dos seres humanos do sexo masculino — as mulheres historicamente têm sido diferentes, embora cada vez menos —, o presidente tinha razão, pensou Paul, resignado.

Prudence e Raksaneh voltaram do bufê, as duas pareciam se dar às mil maravilhas, era curioso como Prudence a tinha reconhecido imediatamente como uma mulher de nível equivalente, situada em uma posição simétrica à sua. Bruno nunca havia falado nada sobre seu relacionamento com ela, mas para Prudence isso era óbvio desde o início. É difícil saber como as mulheres chegam tão rápido a tais conclusões, sem dúvida era uma questão de feromônios transformados em moléculas olfativas que se difundem na atmosfera, provavelmente tudo passava pelas fossas nasais. Antes de se despedirem, Bruno fez Paul prometer que voltaria outro dia, as duas semanas seguintes iam ser decisivas, enfim, Sarfati é que estaria no olho do furacão, mas ele também ia ser muito solicitado, as visitas de Paul lhe faziam bem.

— Senti sua falta... — disse já na porta, e foi então que Paul se deu conta de que Bruno nunca tinha ido à sua casa, mesmo estando muito próximos nos últimos anos; por isso, convidou-o para jantar na semana seguinte. Ele já sabia que o apartamento o agradaria, foi por puro esnobismo que a esposa de Bruno tinha insistido em continuar morando no coração do faubourg Saint-Germain após sua nomeação como ministro. Ele nunca gostou do pequeno apartamento de dois quartos na rue des Saints-Pères, que eles alugavam por uma quantia ridiculamente alta, e foi com alívio que decidiu ocupar sua residência oficial no ministério assim que a separação ficou evidente. Ainda assim, morar no local de trabalho, abolir completamente tal distância era uma solução extrema, que costumava desagradar às mulheres; a opção de Paul e Prudence, a quinze minutos a pé do ministério, era uma excelente solução.

Bruno avisou que "iria acompanhado", era esse o seu limite no campo das confidências íntimas, e claro que eles não tiveram nenhuma surpresa ao vê-lo chegar com Raksaneh, que não estava nada desconcertada e mostrou um interesse imediato pelo apartamento, tão evidente que Prudence se propôs a mostrá-lo, enquanto Paul oferecia um drinque a Bruno. A excursão foi detalhada e técnica, durou mais de meia hora, e quando as duas mulheres voltaram para a sala, enquanto o sol se punha atrás do Parc de Bercy, Raksaneh só conseguia dizer em voz baixa:

— Muito bom... Muito bom mesmo...

Faltavam agora dez dias para o primeiro turno, era quase impossível se desviar do assunto, e Paul nem tentou, de qualquer maneira estava mesmo interessado, tinha gravado dez horas de debates no disco rígido da sua TV, mas ainda não tivera tempo de assisti-los. Enquanto Prudence cuidava da comida — ela estava começando a gostar muito de cozinhar — assistiram a um deles, de Sarfati com um sujeito da esquerda, Paul o conhecia mas realmente não conseguia localizá-lo, provavelmente era um *insubmisso*, na certa um *insubmisso* famoso. Bruno perdeu logo o interesse e se serviu de champanhe três vezes durante o resto do debate. Raksaneh, ao contrário, recuperou imediatamente seus reflexos profissionais: de controle remoto na mão, usando recursos de câmera lenta e imagens fixas, explicou com muita clareza a Paul o que fazia a linguagem corporal de Sarfati ser perfeita. Ele expressava a empatia, o escárnio ou a raiva sublinhando a mensagem com gestos, inclinação do tronco, posições de mão precisas, convincentes e adequadas, visivelmente aquilo era fruto de anos de trabalho:

— O problema com Ben não é a embalagem, é o conteúdo — resumiu brutalmente, antes de apertar o stop; a seguir foram para a mesa.

Não, continuou ela, respondendo à pergunta de Paul, a preocupação de Solène Signal com os resultados da eleição não era fingida. A vitória do Rassemblement National era inconcebível, mas o problema é que já era inconcebível havia cinquenta anos, e coisas inconcebíveis às vezes acontecem. O abismo entre as classes dominantes e a população tinha chegado a um nível inédito nas pequenas cidades do interior, e os movimentos sociais que eclodiram nos últimos anos eram apenas, em sua opinião, um começo tímido; além disso, o ódio racial estava atingindo níveis sem precedentes na Europa, e a situação não prometia melhorar tão cedo. Solène dava a impressão de ser uma típica parisiense pertencente aos ambientes esclarecidos, muito comprometida com os círculos da elite midiática; mas mantinha certos contatos com as camadas populares por intermédio da sua família, e a situação parecia realmente alarmante. Por outro lado, os entrevistados haviam descoberto recentemente uma nova maneira de mentir para os pesquisadores: declaravam-se indecisos, sem opinião; mas na verdade tinham uma opinião, e uma opinião bem determinada. No entanto, não achavam que estavam mentindo: quem não fica indeciso, pelo menos às vezes?

— Vocês não acham que o sabor do cravo acabou predominando no guisado? — perguntou Prudence. Paul lhe lançou um olhar incrédulo, a indiferença dela em relação a esses temas ainda o surpreendia; mas quando, falando a verdade, tinha ouvido Prudence manifestar alguma opinião política? Era preciso aceitar as evidências, ela estava se lixando para essas questões. Em relação ao cravo, Raksaneh entendia do assunto e tranquilizou-a: realmente é difícil usar cravo, mas nesse caso dava para sentir o sabor, que não era intenso demais, estava na medida certa em sua opinião. Bruno, por seu lado, felicitou-a com toda a sinceridade, mas em termos de gastronomia sua experiência dificilmente ia além da pizza de quatro queijos. Para ele, a maratona eleitoral estava quase acabando, agora Sarfati ia ficar sozinho na linha de frente até o final; haveria apenas um grande comício, três dias antes das eleições, o último ato da campanha, na verdade, com a presença de muitos ministros do governo. Sua intervenção seria a mais longa, junto com Sarfati, tinham planejado vinte e cinco minutos para cada um, mas, bom, ele estava começando a se acostumar.

— Então... Se tudo correr bem, vou poder voltar para as minhas coisas. — Bruno deu um sorrisinho estranho e tímido, seu olhar encontrou o de Raksaneh e os dois desviaram a vista meio sem jeito, tiveram pensamentos idênticos ao mesmo tempo, ele ia voltar para as suas coisas, claro, mas tinha aparecido algo novo em suas vidas. Independentemente da dimensão das suas diferenças culturais, os dois compartilhavam uma crença muito antiga e muito estranha, que havia sobrevivido ao colapso de todas as civilizações e de quase todas as crenças: quando alguém se beneficia de um acaso feliz, de um presente inesperado do destino, deve ficar calado e, acima de tudo, não manifestar orgulho, para que os deuses não se sintam desafiados e respondam com violência. Ficaram em silêncio por alguns momentos, de cabeça baixa, depois Raksaneh ergueu os olhos em direção a Bruno. Paul nunca tinha notado que seus olhos eram de um verde tão intenso, um verde-esmeralda absoluto, de uma intensidade quase assustadora. Lentamente, Bruno ergueu a cabeça e olhou direto nos olhos dela. Ninguém se moveu, Prudence perdeu o fôlego por alguns segundos, fez-se um silêncio total em torno da mesa.

6

Cécile e Hervé nunca vinham a Paris, e para sua visita Paul tinha planejado um típico programa turístico, desses que se organizam para a família do interior: passeio de barco, visita a museus, jantar em um restaurante na ilha Saint-Louis. Foi só na tarde de sexta-feira, poucas horas antes da chegada dos dois, que ele lembrou que Hervé tinha estudado em Paris, e também Cécile, aliás, foi aqui que os dois se conheceram, e se lembrou principalmente que Cécile, tal como ele, tinha passado a maior parte da infância em Paris, como podia ter se esquecido disso? Será que os outros sempre foram para ele uma presença fantasmática, restrita, que só entrava ocasionalmente em sua consciência? Isso provavelmente era verdade no caso de Aurélien; mas, em relação a Cécile, doeu um pouco. Verdade seja dita, não era apenas dos outros que ele tinha dificuldade de se lembrar; deve ter existido alguma escola que frequentou quando era criança, depois algum colégio; tinha esquecido completamente. Até do apartamento onde moraram em Paris só lhe ocorriam imagens meio borradas, tão inconsistentes quanto incertas, que poderiam ter saído de um filme preto e branco dos anos 1940. Suas memórias, suas verdadeiras lembranças de infância, tudo o levava de volta à casa de Saint-Joseph.

De fato, era fácil esquecer o passado parisiense de Cécile: ao conhecê-la, todos se convenciam imediatamente de que ela era provinciana, mais exatamente do Norte do país. O povo de lá era conhecido por seu caráter acolhedor e caloroso; mas, ainda assim, ela havia demonstrado uma capacidade de adaptação fora do comum.

Como toda a população do Norte e de Pas-de-Calais, Hervé e Cécile defendiam sua região com unhas e dentes, reforçando não só a conhecida hospitalidade dos seus habitantes mas também a beleza, os esplendores arquitetônicos que ficaram como testemunho de uma antiga prosperidade, ligada principalmente, no caso de Arras, à indústria de tecidos. A cidade tinha duas magníficas praças barrocas, uma delas dominada por um campanário considerado patrimônio mundial pela Unesco, e era a que tinha a maior densidade de monumentos históricos em toda a França — o que sempre surpreendia os visitantes. Ao mesmo tempo, eles nunca deixavam de mencionar a pobreza, o desemprego e até a precariedade da saúde pública que assolavam a região. Manifestavam, assim como a maioria dos habitantes, uma contradição tão violenta que às vezes parecia uma dissociação cognitiva; mas não podia ser chamada de esquizofrenia, porque seus dois lados continham uma parte igual da verdade. A realidade, no caso, é que era esquizofrênica.

Um pouco esquizofrênica também era a relação de Hervé e Cécile com a vida política de Paul. Eles não podiam ignorar suas relações com os círculos mais próximos do aparelho do Estado, do governo — quer dizer, do antigo governo, mas que muito provavelmente voltaria, um governo cuja orientação política desaprovavam totalmente; mas isso não tinha a menor importância para eles.

Hervé voltara a encontrar Nicolas algumas vezes, e seu gosto por armas de fogo às vezes o preocupava um pouco, mas o fato é que sem ele não teriam conhecido Brian, não poderiam ter atuado sozinhos e Edouard provavelmente já estaria morto. Mas não tinha intenção de voltar à militância, estava gostando do novo trabalho de corretor de seguros. O seguro muitas vezes é uma despesa obrigatória, segundo a lei, e para as pessoas pobres — e até muito pobres — que compunham sua clientela desfalcava uma parte considerável do orçamento. Gostava de guiar seus clientes pelos subterrâneos das garantias, ajudando-os a não ser demasiadamente fraudados pelas seguradoras, cujo cinismo e voracidade costumam ser ilimitados, enfim, dava o melhor de si no seu trabalho, como fazia quando era tabelião, a sua vida voltava a ter uma estrutura e um eixo — e isso também ele devia a Nicolas.

Sérios e trabalhadores, Bruno e Hervé amavam seu país, mas estavam em campos políticos opostos. Paul sabia que essas reflexões eram inúteis, já havia pensado nisso dezenas de vezes, sem chegar a nenhum resultado satisfatório. Entretanto, a situação não lhe parecia totalmente simétrica. Ele compartilhava do compromisso de Bruno, também ia votar em Sarfati nos dois turnos, mas estava ciente de que isso era uma não escolha, uma vulgar adesão à opinião geral. Essa opção, porém, não era absurda, às vezes a escolha majoritária é a melhor, da mesma forma que geralmente é preferível, sem que isso mereça controvérsias acaloradas, optar pelo prato do dia nos restaurantes de beira de estrada, e suas conversas políticas no fim de semana também não foram nada acaloradas. Mas ocorreram, no mínimo porque Hervé e Cécile presumiam que ele dispunha de informações inacessíveis ao cidadão comum e, claro, queriam saber. Paul achava que não, que não tinha acesso a nenhum segredo, mas na verdade tinha sim, descobriu com surpresa: o fato, por exemplo, de que o presidente pretendia se candidatar de novo dentro de cinco anos, de que Sarfati não passava de uma solução provisória, era uma coisa óbvia para ele; mas, na verdade, nunca havia sido anunciado publicamente.

Na manhã de domingo, eles foram visitar Anne-Lise; voltaram encantados. Ela estava morando num lindo estúdio perto do Jardin des Plantes, decorado com bom gosto. Ia defender sua tese em menos de um mês e esperava conseguir um cargo de assistente logo depois. Resumindo, estava bem, eles não tinham que se preocupar com ela. Na verdade, pensou Paul, a garota levava sua vida com uma inteligência e uma racionalidade notáveis. Ele não achava que a racionalidade fosse compatível, a longo prazo, com a felicidade; tinha uma certeza quase absoluta de que levava ao desespero completo, em todos os casos; mas Anne-Lise ainda estava longe da idade em que a vida a obrigaria a fazer uma escolha e, se ainda fosse capaz, dar adeus à razão.

Quando levou Hervé e Cécile à Gare du Nord, Paul pensou que sua relação com a irmã era basicamente a mesma que mantinha com o pai: indestrutível e sem saída. Nada poderia destruí-la, jamais; mas nada, tampouco, poderia fazê-la ir além de um certo grau de intimidade; neste sentido, era exatamente o oposto de um relacionamento conjugal. Família e conjugalidade, estes eram os dois polos residuais em torno dos quais se organiza a vida dos últimos ocidentais nesta primeira metade do século XXI. Outras fórmulas foram imaginadas, em vão, por pessoas que tiveram o mérito de pressentir o desgaste das tradicionais mas não conseguiram conceber novas fórmulas, e cujo papel histórico foi, portanto, totalmente negativo. A doxa liberal insistia em ignorar o problema, inflada com a sua crença ingênua de que a ganância iria substituir qualquer outra motivação humana e poderia fornecer por si mesma a energia mental necessária para manter uma organização social complexa. Isso obviamente estava errado, e para Paul era evidente que todo o sistema ia entrar em colapso, um colapso gigantesco, cuja data e cujas modalidades ninguém podia prever no momento — mas essa data podia ser em breve e as modalidades, violentas. Assim, ele se via na estranha situação de trabalhar com constância, e até com certo devotamento, para manter um sistema social que sabia estar irremediavelmente condenado, e provavelmente não a longo prazo. Esses pensamentos, porém, ao contrário de lhe tirarem o sono, costumavam mergulhá-lo em um estado de fadiga intelectual que o fazia adormecer rapidamente.

De forma surpreendente, no interior de uma igreja neogótica bastante feia como as que foram construídas no século XIX, e que talvez fosse a basílica de Sainte-Clotilde, no Sétimo Arrondissement, havia uma autêntica necrópole carolíngia oculta, guardada por cães ferozes. Paul foi chamado para cumprir uma missão ali, sabendo que os cães o devorariam se ele não fosse o escolhido de Deus. As pessoas que saíam da igreja manifestavam opiniões contraditórias sobre o assunto: o primeiro, vestido de arcipreste, insistia na severidade e na intransigência dos cães; para um segundo, vestido como um vagabundo, os cães não comiam quase ninguém. Entretanto, ambos, misteriosamente, expressavam o mesmo ponto de vista.

Entrando por fim na igreja que talvez fosse a basílica de Sainte-Clotilde, Paul descobriu facilmente a entrada da necrópole. Enormes e silenciosos, os cães observavam sua passagem, desconfiados mas sem esboçar qualquer movimento. Sua lanterna revelava, nas paredes, uma ornamentação geométrica que evocava a ficção científica dos anos 1970. Uma plataforma elevada continha nichos com múmias em mau estado de conservação. Paul entendia nesse momento que sua missão implicava escalar a parede até lá. No meio da subida sentiu-se ameaçado por um perigo, mas conseguiu se agarrar à ponta de uma escada de bombeiros; extremamente flexível, essa escada de imediato se alçava no ar, e de repente Paul se via em uma pequena plataforma, a uns quarenta metros acima do nível da rua, que se ligava a uma estrutura de andaimes. Um menino de sete anos o seguia depressa escada acima, com uma faca de açougueiro na mão; chegando à altura de Paul, enfiou-a em sua coxa. O sangue escorria em abundância, mas Paul conseguiu retirar a faca. Morrendo de medo da retaliação, o menino descia correndo os degraus, mas Paul jogava a faca na rua, quarenta metros abaixo; o menino então se sentava sobre os calcanhares, olhando-o com desprezo, até ser empurrado e ultrapassado por dois homens de chapéu-coco, ambos na casa dos trinta anos, que subiam a escada a toda velocidade. Chegando à altura de Paul, os dois se apresentavam como um diretor e seu ator. Pouco depois, chegavam pelos andaimes os seus sósias, e se reuniam todos na plataforma, que afinal era mais larga do que tinham pensado. Os quatro homens conversavam então com animação, parecendo esquecer a presença de Paul, cada um mostrando aos outros armas assustadoras, como navalhas dobráveis, com a mais ingênua fascinação.

Na rua lá embaixo, que na verdade era uma avenida larga, repleta de gente, circulava um grande carro em forma de castelo fortificado. Em cima do torreão, vários homens esticavam um longo fio metálico, rígido e cortante como uma navalha, por toda a largura da avenida. Sem a menor dificuldade, esse fio seccionava o tronco dos transeuntes que andavam pela avenida, deixando pilhas de cadáveres no rastro do carro. Um dos homens que estavam na plataforma ao lado de Paul evocava Sammy, o Açougueiro, com uma admiração ingênua, como se essa lembrança pudesse garantir sua segurança. Nisso estava errado, pois um fio metálico do mesmo tipo agora se estendia para o alto, a partir do carro-castelo, e os ameaçava perigosamente. Então a conversa tomava um rumo filosófico, e mesmo teológico: os ocupantes do carro-castelo não tinham absolutamente nada a ver com Sammy, o Açougueiro, que não passava de uma superstição popular desprovida de qualquer fundamento demonstrável: eram seguidores de um culto racional, baseado na dispersão dos elementos que compõem os seres vivos para permitir a criação de novas estruturas, cujo único sacramento era o assassinato. No meio da conversa uma sirene soava a intervalos regulares, devia ser uma chamada para o carro dos bombeiros, o que lhes permitiria escapar depressa do perigo que os ameaçava.

O celular finalmente o acordou, ele tinha abaixado o volume e só se ouvia um som fraco, há quanto tempo estaria tocando? Prudence, ao seu lado, dormia tranquila.

— Paul? — disse Bruno quando ele atendeu. — Sinto muito, eu sei que são cinco da manhã.

— É coisa séria, imagino.

— Sim. Acho que vai interromper a campanha presidencial.

Bruno esperou alguns segundos antes de continuar. Havia ocorrido um novo ataque, anunciado em uma nova mensagem na internet. A mensagem provavelmente tinha aparecido por volta das quatro da manhã, e dessa vez eles postaram em larga escala, o vídeo estava aparecendo em toda parte. Em meia hora, no máximo, estaria nos canais de notícias.

— Mas o que há de tão grave? — perguntou Paul. — Já é pelo menos o quarto ataque.

— O terceiro, se você só contar os que foram acompanhados por uma mensagem na internet.

— Certo, terceiro; mas, mesmo assim, a novidade está começando a se desgastar um pouco.

— É. Só que que desta vez há quinhentos mortos.

7

Severo consigo mesmo, o revolucionário também deve ser severo com os outros. Todos os sentimentos ternos e fragilizantes de parentesco, amizade, amor, gratidão e até mesmo honra devem ser sufocados dentro dele pela única e fria paixão revolucionária. Para ele só existe um prazer, um consolo, recompensa ou satisfação: o triunfo da revolução.
(Sergey Nechaiev — *Catecismo do revolucionário*)

Havia vários anos que os botes cheios de imigrantes africanos com destino à Europa tinham desistido de chegar à Sicília, onde os navios da marinha italiana os impediam de atracar. Os "coiotes" então se concentraram em torno de Oran, na área controlada pelos jihadistas argelinos, para tentar chegar à costa espanhola na região entre Almería e Cartagena. O governo espanhol, que voltou a ser socialista após várias alternâncias, os recebia bem, sobretudo porque eram quase todos francófonos e o seu objetivo era atravessar a fronteira da França o mais rápido possível — os Pireneus ofereciam múltiplas rotas de acesso, era impossível controlar; aquelas montanhas maciças e lúgubres podiam impedir qualquer invasão militar de grande envergadura, mas sempre estiveram abertas à infiltração clandestina. O único perigo que ameaçava os imigrantes não vinha das autoridades, mas de milícias locais armadas com tacos de beisebol e facas: não era incomum que um africano, aventurando-se a sair sozinho do seu acampamento, fosse degolado ou espancado até a morte, e a polícia não demonstrava muito empenho para encontrar os culpados, a própria mídia espanhola quase não cobria o acontecimento, aquilo já tinha se tornado uma espécie de costume.

O barco torpedeado tinha se desviado muito para o nordeste, e afinal afundou nas ilhas Baleares, mais exatamente trinta milhas náuticas a leste do estreito canal que separa Ibiza de Formentera. Acanhadas e velhas, as embarcações empregadas pelos transportadores não tinham nada a ver com um navio porta-contêineres moderno; um torpedo de baixa potência, lançado na superfície, era mais do que suficiente para destruí-las — até um lança-foguetes comum resolveria. Cortado ao meio pelo impacto, o barco afundou quase imediatamente, e a maioria dos passageiros — um total de quinhentos, mas era só uma estimativa — morreu nos primeiros minutos.

O vídeo postado na internet — provavelmente havia duas câmeras colocadas na frente do navio que lançou o torpedo, uma filmando em plano aberto, a outra buscando os detalhes — mostrava o afogamento da centena de sobreviventes que tinha escapado do primeiro impacto. A filmagem dava uma estranha impressão de neutralidade. Não se detinha muito na agonia de cada um desses homens e mulheres — as crianças tinham desaparecido quase instantaneamente —, mas tampouco tentava minimizá-la. Às vezes, um ou outro náufrago conseguia se aproximar do barco que os filmava. Não estavam realmente pedindo ajuda, nenhum apelo era ouvido, a única trilha sonora era o marulho repetitivo e sombrio das ondas batendo no casco, mas eles erguiam as mãos silenciosamente. E então era disparada uma rajada de metralhadora, mais no intuito de mantê-los à distância — porém às vezes uma bala atingia algum deles, definindo o seu destino.

Toda a sequência — que mostrava sucessivamente a agonia de cada um, o barco ia de um nadador para outro, até que o último submergia — durava pouco mais de quarenta minutos, mas provavelmente poucos internautas a assistiram até o fim, só aqueles que não se cansavam de assistir à morte de imigrantes africanos.

Paul entendeu na hora, o impacto global dessas imagens seria mesmo considerável, Bruno não tinha exagerado. Voltou para o quarto, Prudence parecia estar meio acordada, contou-lhe resumidamente o que tinha acontecido. Ela não esboçou qualquer reação, piscou de leve antes de se enrodilhar de novo sob a coberta e voltar a dormir; provavelmente nem tinha ouvido.

* * *

Quando chegou ao escritório, às seis da manhã, Martin-Renaud não tinha nada a fazer além de convocar os subordinados para virem o mais cedo possível e aturar as queixas do ministro pelo telefone. Por outro lado, não tinha o que lhe responder, seus agentes realmente não haviam conseguido nada, oito meses após o início da investigação não tinham nenhuma pista, nenhum indício válido; a única coisa que ele podia dizer em sua defesa era que os outros serviços secretos pelo mundo afora não haviam se saído melhor.

Doutremont estava sonolento, desgrenhado e com a barba por fazer, visivelmente se vestira às pressas e, sobretudo, dessa vez parecia completamente desestabilizado. O vídeo tinha se espalhado pela internet com uma violência e uma velocidade sem precedentes, chegou a paralisar o tráfego mundial durante um tempo, haviam usado meios absolutamente desconhecidos, era uma coisa inédita, ele não entendia mais nada.

Do ponto de vista ideológico a situação também parecia incompreensível para Martin-Renaud. Depois do ataque ao porta-contêineres, podia-se suspeitar de um grupo ultraesquerdista; era surpreendente que contassem com os meios técnicos, mas ainda assim era possível. O segundo ataque, contra o banco de sêmen, indicava mais a trilha dos católicos integristas; ou seja, do ponto de vista logístico não levava praticamente a lugar nenhum. Mas agora de quem se poderia suspeitar? As reações de indignação seriam universais. Supremacistas brancos? Meia dúzia de patetas que mal conseguem amarrar o próprio cadarço organizando um ataque com repercussão global e paralisando a internet por quase quinze minutos? Isso não fazia sentido.

Sitbon-Nozières também estava lá e, ao contrário, parecia estar em ótima forma, descansado e fresco, com um terno impecável como sempre; ele não compartilhava do pessimismo de seus colegas. Longos trechos dos escritos de Kaczynski, disse ele, foram reproduzidos em *2083*, o manifesto de Anders Behring Breivik, o assassino de extrema direita norueguês. Existia um movimento ecológico-fascista segundo o qual a espécie humana, assim como outras espécies sociais, era composta de tribos naturalmente hostis que lutam o tempo todo pelo controle de territórios. Esta concepção já havia sido formulada por Maximine Portaz, uma intelectual francesa de meados do século XX. Assim como Theodore Kaczynski, ela tinha uma sólida formação matemática, sua tese de doutorado era baseada nas obras de Gottlob Frege e Bertrand Russell. Convertida ao hinduísmo, Portaz se casou com um brâmane e adotou o nome Savitri Devi, que significa "deusa do sol". Admiradora fervorosa de Hitler, seus escritos, por outro lado, antecipavam as teses da ecologia profunda.

— Se nos concentrarmos em uma perspectiva ecofascista — continuou Sitbon-Nozières, com entusiasmo —, os dois últimos ataques tiveram objetivos perfeitamente complementares: a reprodução artificial e a imigração são os dois meios usados pelas sociedades contemporâneas para compensar o declínio de suas taxas de fertilidade. Países modernos como o Japão e a Coreia optam pela reprodução artificial, enquanto países tecnicamente menos avançados, como os da Europa Ocidental, recorrem à imigração. Em ambos os casos, foi atingida a meta visada pelo capitalismo: um aumento lento mas contínuo da população mundial, o que permite cumprir os objetivos de crescimento e garantir um retorno adequado dos investimentos. Só uma ideologia ecofascista como a de Savitri Devi, ou abertamente favorável ao decrescimento e primitivista como a de Kaczynski, ou mesmo uma eventual síntese das duas, representaria uma alternativa. Por outro lado, esses movimentos podiam ser considerados como próximos do niilismo, na medida em que seu principal objetivo é instaurar o caos, seguindo a convicção de que o mundo que resultaria daí necessariamente seria melhor; e para os niilistas era necessário, em dado momento, cometer atos verdadeiramente chocantes, que provocassem o repúdio unânime — como o assassinato de crianças, por exemplo —, para separar os autênticos militantes de meros simpatizantes.

— Sinceramente, tenho minhas dúvidas... — objetou Martin-Renaud, que também não parecia estar muito acordado. Sitbon-Nozières era especialista em niilistas, era normal que tendesse a vê-los em toda parte; Martin-Renaud estava começando a se questionar se tinha feito a coisa certa ao contratar um sujeito formado na Escola Normal Superior.

— Intelectualmente é coerente — admitiu —, mas em escala global quantas pessoas isso representa? Dez? Vinte?

— Hoje em dia não se precisa necessariamente de muita gente — respondeu Sitbon-Nozières —, com a internet um punhado de pessoas capazes e determinadas pode alcançar resultados significativos. Breyvik era um homem solitário, e o atentado de Utoya teve impacto mundial. Mais do que nunca, o poder reside atualmente na inteligência e no conhecimento; e essas ideologias ultraminoritárias são exatamente as com maior probabilidade de atrair inteligências superiores. Se você imaginar alguém como Kaczynski nos dias de hoje, trinta anos depois, tão bom em informática quanto Kaczynski era em matemática, essa pessoa poderia causar danos consideráveis sem a ajuda de ninguém. Para alguns atentados, realmente é necessário um financiamento; mas não é impossível conseguir. O ataque ao banco de sêmen dinamarquês, por exemplo, causou danos consideráveis a todas as empresas de biotecnologia que trabalham com reprodução humana; e, em um determinado mercado, apostar na baixa pode render tanto quanto, e às vezes mais, que apostar na alta, é uma estratégia financeira clássica. Aqueles que venderam a tempo suas ações da empresa dinamarquesa certamente ganharam um bom dinheiro; pode ser tentador para alguns.

Martin-Renaud, agora já bem acordado, olhou-o com um ar preocupado. A biotecnologia era uma coisa; mas devem ter sido enormes os ganhos dos que derrubaram o comércio exterior chinês; e ao longo de sua carreira ele tinha conhecido diversos financistas que não hesitariam em montar esse tipo de operação. Se o seu subordinado estava certo, os perigos vindouros eram muito piores que qualquer coisa que pudessem ter imaginado.

— Então, na minha opinião, é assim que a coisa pode ser articulada — continuou Sitbon-Nozières. — Uma aliança circunstancial entre pessoas que têm intenção de provocar o caos, e também o conhecimento técnico para fazê-lo, e outras que querem lucrar com isso e podem financiar a parte operacional. Além do mais, está cada vez mais fácil perturbar o funcionamento do sistema. O transporte em porta-contêineres, por exemplo, com certeza vai abandonar muito em breve o conceito de tripulação humana, exceto para a entrada nos portos. De qualquer maneira, uma tripulação humana não seria capaz de evitar uma colisão, porque a inércia dos navios é muito grande; um sistema de orientação por satélite é mais eficiente e muito mais econômico; e a partir do momento em que um sistema desse tipo é utilizado, existe a possibilidade de invadi-lo.

Parou de falar, os dois refletiram por um momento sobre essa perspectiva. Martin-Renaud, perdido em uma contemplação angustiada da paisagem futurística de metal e vidro que se estendia atrás da sua janela panorâmica, pensou que seu subordinado tinha razão: os meios de ataque avançavam muito mais rápido que os meios de defesa; seria cada vez mais difícil garantir a ordem e a segurança mundiais.

Quando Paul chegou ao escritório, às sete da manhã, Bruno já tinha falado pelo telefone com o ministro do Interior, o primeiro-ministro e o presidente; eles próprios tinham entrado em contato com seus colegas estrangeiros. Em linhas gerais, a ideia que estava se desenhando era um evento mundial, nas proximidades do local do naufrágio. "Pelo menos é em alto-mar, não vai ter a aporrinhação daquelas velinhas...", disse Bruno, irritado; o comentário surpreendeu Paul, que também tinha ficado nauseado, na época dos ataques islâmicos, com aquele circo de velas, balões, poemas, "vocês não terão o meu ódio" e coisas assim. Ele achava legítimo odiar os jihadistas, querer que eles fossem eliminados em massa e contribuir para isso, se necessário; enfim, achava que o desejo de vingança era uma reação perfeitamente apropriada. Nessa época não conhecia Bruno, ainda não era membro do governo, e depois nunca teve a oportunidade de conversar com ele sobre isso, não sabia que também tinha achado difícil aturar aquele festival de baboseiras lenitivas.

— Em suma — continuou Bruno —, estão pensando em jogar rosas, coroas enormes de rosas presas em boias, isso pode ser feito de helicóptero com certa facilidade, os serviços da Presidência já prepararam um orçamento. Isso vai acontecer na presença de chefes de Estado, eles acham que podem reunir uns cento e cinquenta, ou pelo menos cem; os mais importantes estarão presentes, Estados Unidos, China, Índia, Rússia, além do papa, evidentemente, ele está animado, respondeu à ligação em cinco minutos, mas para acomodar todo mundo vai ser preciso um porta-aviões, só um porta-aviões oferece uma superfície plana suficientemente grande, em mar aberto, para que as emissoras de TV possam filmar. E acontece que a França é o único país capaz de mandar com rapidez um porta-aviões para o lugar, temos um estacionado no porto de Toulon, o *Jacques-Chirac*, que pode estar lá amanhã mesmo. Resumindo, o presidente vai aumentar sua estatura internacional, e isso uma semana antes de deixar suas funções, foi certamente uma grande jogada, já falei com Solène Signal e ela vai chegar às dez, estava bastante admirada, um golpe publicitário enorme, em nível mundial, realmente.

"Depois que jogarem as rosas haverá apresentações de cantores, também na plataforma do porta-aviões, e não estão prevendo poucos, uma centena também, igual aos chefes de Estado, e de todos os gêneros: rap, clássico, hard rock, pop internacional; para a música solene pensaram na *Ode à alegria*, pode funcionar, *Alle Menschen werden Brüder*, bem, tudo no mesmo clima. Enfim, como você pode ver, já estão dando duro desde as seis da manhã."

— E a campanha eleitoral?

— Já isso… — Bruno sorriu com ironia. — Por enquanto só entendi que era indecente abordar o assunto. Foi a única coisa que Solène me disse ao telefone, antes de acrescentar: "Fica em silêncio, nada de entrevista, nada de declaração, bico calado que estou chegando".

Ela realmente chegou alguns minutos depois, bastante cedo, mas parecia estar a pleno vapor, e pela primeira vez Paul a viu sem o assistente. Mas ele também chegou, logo depois, e parecia bem, apenas com o nó da gravata um pouco frouxo. Aos vinte e cinco anos a gente se recupera melhor que aos cinquenta, não há dúvida. Não era hora de Solène Signal *passar o bastão?*, pensou fugazmente Paul. Para fazer o quê? Escrever suas memórias, ela que conhecia tantos segredos? Não, isso não era possível, as assessoras de comunicação nunca fazem isso, elas nunca falam, assim como as assessoras de imprensa, e é por isso, por essa aptidão para o segredo, que geralmente são mulheres.

— Bem, queridos… — Solène se jogou em uma das poltronas e de repente parecia realmente uma velha, assim largada, de pernas abertas — acabei de falar com Ben pelo telefone, ele entendeu bem as instruções, dor-pudor-silêncio, de qualquer maneira o presidente vai estar no comando, ele sabe lidar com isso, aquele sacana. Então a campanha acabou, estamos guardando o material, agora é só esperar o domingo. Os outros vão fazer a mesma coisa, vão parar com tudo, nada de comícios, união nacional, presidente na televisão, acho que vão organizar esse negócio no porta-aviões depois de amanhã, até Israel vai estar presente.

— Enfim, eu sei o que vocês vão me perguntar... — continuou, após um longo silêncio. — Aliás, nem precisam perguntar, vocês já sabem, só querem que eu confirme. Pois bem, sim, então confirmo: nós vamos nos beneficiar com essa história, é bem provável, até certo. Naturalmente, o rapazinho do Rassemblement National vai uivar feito um gambá, já começou esta manhã falando na RTL, proclamou sua indignação e sua repulsa, eu o ouvi e achei muito bom, realmente ele não merecia isso, mas não há nada que possa fazer, está pagando pelo passado do seu partido, os bundões humanistas vão acordar para atrapalhar sua vida, ele acabou de perder dez pontos. Então, sim, nós vamos ganhar — disse ela, balançando a cabeça com uma tristeza genuína, pensou Paul, era a primeira vez que tinha impressão de vê-la expressar algum sentimento real. — Sempre fico feliz por ganhar; é o meu trabalho, nasci para isso. Mas confesso que teria preferido ganhar de outra maneira.

8

A cerimônia de homenagem ocorreu na quarta-feira, dois dias depois; não faltou nenhum chefe de Estado e foi transmitida por todos os meios de comunicação. Sem surpresa, o orador decidiu centrar seu discurso na dignidade, a dignidade estava em alta havia alguns anos, mas dessa vez todos concordaram que o presidente se superou, seu nível de dignidade foi excepcional. Depois de alguns minutos, Paul desligou o som. Quando pessoas com opiniões claramente discordantes em todos os pontos se reúnem para celebrar determinadas palavras, e a palavra "dignidade" era um exemplo perfeito, é sinal de que essas palavras perderam todo o significado, disse Paul para si mesmo. Um sol deslumbrante fazia brilhar a superfície do *Jacques-Chirac*; a câmera traçava um lento travelling em curva para seguir a linha de frente dos chefes de Estado a uma distância constante — ele reconheceu o presidente dos Estados Unidos e seu colega chinês, lado a lado; o russo estava um pouco mais atrás. O presidente francês estava no ponto mais avançado da curva, em primeiro plano diante de todos os ângulos de câmera; do ponto de vista da comunicação, era de fato um sucesso total.

Nos canais de notícias, provavelmente, a quinta-feira também seria dedicada aos atentados, eram o assunto do momento, e esses canais só podem tratar de um assunto por vez durante um determinado período, essa é uma das limitações dos canais de notícias. Ainda poderiam falar um pouco de política na sexta-feira, dois dias antes do segundo turno, mas não ia durar muito, porque por lei tudo tinha que acabar no sábado. O resultado já estava definido, mas mesmo assim os grandes comentaristas marcariam presença na noite de domingo, iam ficar de um estúdio de TV para o outro, cumprindo o ritual. Os cientistas políticos fariam suas finas análises sobre a distribuição geográfica dos votos, o que iria relativizar, mas não invalidar, as já antigas análises de Christophe Guilluy. Para Paul, o som da democracia funcionando se assemelhava a um leve ronronar.

Prudence voltou pouco depois das cinco. "Vamos poder tirar férias", comentou quando soube dos últimos acontecimentos. Sua indiferença a qualquer fato político, e mesmo histórico, continuava a surpreendê-lo, talvez fosse resultado de tantos anos no departamento do Tesouro, pensou Paul; ele, ao contrário, primeiro com sua nomeação para o gabinete, depois com a imersão de Bruno na campanha presidencial, acabou se aproximando do mundo da mídia, do show, dos jogos da linguagem; poderia até ter conhecido grandes mentes, pessoas envolvidas com uma causa; pelo menos tinha lidado com gente que conhecia algumas.

— Podemos voltar à Bretanha ou ir para algum outro lugar, como você preferir. É a última chance que temos, quer dizer, por algum tempo — era verdade, o hiato eleitoral estava chegando ao fim, na segunda seguinte as coisas começariam a funcionar no ministério, em um ritmo cada vez mais puxado.

— Bretanha... — respondeu por fim Paul — eu queria voltar à Bretanha. — Ele queria ver novamente Prudence com seu shortinho, arrastá-la para o quarto, tirar o shortinho e transar com ela, talvez até sentisse necessidade disso, não, não era necessidade, era uma simples vontade, decididamente Epicuro estava certo nesse ponto, como em tantos outros, aliás: a sexualidade fazia parte dos bens "naturais e desnecessários", pelo menos do ponto de vista dos homens, em todo caso, com as mulheres talvez fosse algo mais parecido com uma necessidade, pelo menos era essa a impressão que ele tinha. Prudence, em todo caso, parecia visivelmente melhor desde que ele a comia todo dia, seus movimentos eram mais vivos, a pele parecia mais luminosa, mais fresca; aliás, Priscilla lhe dissera, na última vez que estiveram na Bretanha: "Você está dez anos mais nova".

A Bretanha também era um bom destino porque ele não queria descobrir lugares novos, paisagens novas; pelo contrário, sentia necessidade de refletir, fazer uma avaliação da sua vida, uma espécie de balanço da situação. Essa disponibilidade ia ser, ele sabia, um momento único na vida, dentro de pouco tempo não haveria mais motivos para estendê-la, o pequeno escândalo midiático desencadeado por sua cunhada já havia sido esquecido, Aurélien tinha mesmo morrido à toa. Tampouco tinha vivido por muita coisa, ele deixaria poucos testemunhos da sua passagem por este mundo; Paul soube com tristeza, num telefonema com Cécile, que Maryse havia decidido voltar para o Benim, sem esperar para saber se iam iniciar um processo disciplinar contra ela ou não. Estava farta da França, o que era compreensível; talvez fosse excessivo dizer que a França tinha partido seu coração, com certeza ainda havia reservas de amor, mas haviam sido necessariamente reduzidas.

— Quando podemos ir? — perguntou a Prudence, que o olhou com surpresa, era ele quem costumava decidir esse tipo de coisa. — Estou de licença... — lembrou-lhe gentilmente; cabia a Prudence decidir os horários, ele estava com os dias todos livres. Nesse momento entendeu, sem poder compartilhar, o que havia humilhado Hervé durante sua longa temporada de desemprego. Bruno foi um excelente ministro, tinha reerguido a economia francesa, seu PIB, sua balança comercial, mas talvez não tivesse prestado suficiente atenção à questão do desemprego, que quase lhes custou as eleições.

— Amanhã de manhã — disse Prudence —, poderíamos partir na quinta pela manhã e ficar até domingo à noite.

— Eu preciso votar, de qualquer maneira.

— Sim, sim. O horário é até as oito, dá tempo — respondeu ela, sorrindo com indulgência, como se aquilo fosse uma infantilidade insignificante.

Foi visitar Bruno na manhã seguinte, a mesa de maquiagem e a esteira haviam desaparecido do apartamento oficial, mas Raksaneh estava lá, saiu rápido do banheiro, com uma toalha em volta do corpo, e sorriu para ele antes de desaparecer no quarto. Bruno já estava pensando na composição do próximo governo, que seria nomeado logo após as eleições — é preciso sempre dar a impressão de que há uma operação de comando, todo mundo está no convés e cada minuto conta para reerguer a França, era um truque de comunicação que não tinha envelhecido. Sarfati não tinha quase nada a dizer, na verdade não conhecia quase ninguém no meio político, ficava cada vez mais evidente que Bruno seria o verdadeiro chefe, e Bruno ouviu, com sua concentração de sempre, o que Paul viera lhe dizer.

— O desemprego, então... — respondeu por fim, dando um longo suspiro. — Você acha mesmo que isso é importante? Acha que é isso que dá impulso ao Rassemblement National?

— A imigração também, claro. Mas o desemprego tem o seu papel, sim, e receio que grande.

— Acho que você tem razão; e isso é o pior problema a enfrentar. A produtividade vai continuar aumentando nos empregos industriais, não há outra saída, a corrida pela produtividade é um caminho sem volta. Só existe uma solução, é criar empregos pouco qualificados em massa, mas não os que já existem; faxineiras, professores particulares, não se pode contar com isso, sempre vai ficar na área da economia informal. É preciso criar empregos no setor terciário e dar vantagens fiscais maciças às empresas que os criam. Precisamos de entregadores, técnicos, artesãos, gente que ajude de verdade, que conserte coisas, que atenda o telefone; em paralelo, temos que frear a robotização e a uberização; é praticamente um outro modelo de sociedade. Tudo isso, se formos à luta, pode, sim, reduzir o desemprego, mas é preciso muito dinheiro. E também é preciso economizar, não há como escapar do rigor orçamentário, não preciso ensinar isso a você, que passou dez anos na diretoria do Orçamento. Algumas despesas terão que ser reduzidas drasticamente.

— Você já tem alguma pista?

— A educação, sem dúvida, é o maior orçamento, temos professores demais. Enfim, não é nada fácil...

Não, não era nada fácil, mas ele parecia feliz por voltar ao trabalho, retomar o curso normal da vida; também ia poder se divorciar, o que não era nada desprezível. Paul, por sua vez, a princípio estava feliz por ter um longo descanso, pelo menos era o que pensava até agora. Ficaram em silêncio por um momento, mas de repente ele sentiu uma tristeza profunda quando pensou em sair daquela sala dentro de poucos minutos, percorrer os corredores do ministério na direção contrária, atravessar o pátio principal rumo à saída. Não tinha sido tão feliz naquelas salas, pelo menos antes de conhecer Bruno, mas não é o fato de ter sido feliz em um lugar que torna dolorosa a perspectiva de deixá-lo, é simplesmente o fato de ir embora, de deixar para trás uma parte da vida, por mais enfadonha ou até desagradável que tenha sido, vê-la desmoronar no vazio; em outras palavras, o fato de envelhecer. Quando se despediram, teve a impressão absurda de que era um adeus definitivo, que de alguma forma nunca mais ia ver Bruno, um elemento imprevisto na configuração das coisas impediria um reencontro.

— A situação econômica é boa, isso vai dar uma margem de manobra, não é? — acrescentou sem nenhum motivo especial, mais para prolongar a conversa, sentindo-se oprimido por um cansaço imenso e inexprimível.

— Ah, sim, é excelente — respondeu Bruno, sem demonstrar uma alegria verdadeira —, aliás, nunca esteve melhor. Eu não deveria dizer isso, mas no fundo os ataques foram bastante benéficos para nós. Depois do primeiro, evidentemente as exportações dos países asiáticos caíram, nossa balança comercial se reequilibrou. O segundo não nos afetou, a França não participa do mercado de reprodução artificial. E o terceiro, é horrível dizer, mas a imigração vai dar uma parada, e do ponto de vista eleitoral isso é lucro certo para nós. Economicamente, não tenho certeza se é uma boa notícia, enfim, é um cálculo complicado, depende de muitos fatores, sobretudo demográficos e da taxa de desemprego; mas eleitoralmente é perfeito.

— Você acha mesmo que isso vai dissuadir os imigrantes?

— Com certeza. Eu sei o que muita gente diz: "Eles vivem em uma miséria tão grande, estão dispostos a correr todos os riscos" etc. Está errado. Em primeiro lugar, não são tão miseráveis, quem tenta vir para a Europa são principalmente os semirricos com diploma universitário, as classes médias de seus países de origem. Depois, eles não assumem todos os riscos, calculam bem os riscos que vão correr. Já entenderam perfeitamente o nosso funcionamento, a culpa, o cristianismo residual etc. Sabem que podem ser resgatados por um navio humanitário e que sempre haverá um país na Europa que permita seu desembarque. Correm grandes riscos, com certeza, muitas vezes há naufrágios, alguns dos barcos estão em péssimo estado; mas não assumem *todos os riscos*. E agora vão ter que introduzir um novo elemento em seu cálculo.

— A violência é eficaz, é o que você quer dizer?

— Sim, a violência é o motor da história, isso não é novidade, é tão verdade agora como na época de Hegel. Dito isto, eficaz para quê? Ainda não sabemos o que esse pessoal quer. Destruição pela destruição? Desencadear uma catástrofe? Você se lembra de um dos primeiros vídeos, aquele em que eu era guilhotinado?

— Lembro muito bem, claro. Foi quando começamos a nos interessar pelas mensagens.

— Havia algo de demente, de realmente assustador naquela cena. Ver tão declarada a loucura de alguém que não tem mais limites foi o que mais me chocou. Além do fato, claro, de não ficar muito feliz por me sentir tão odiado.

— Isso pelo menos está superado. Agora as pessoas gostam de você, imagino que já percebeu. O que antes era considerado frieza virou seriedade, a distância se tornou visão ampla, a indiferença agora é ponderação... Hoje você é mais popular do que Sarfati.

Bruno balançou a cabeça e não fez nenhum comentário, pois não há comentário razoável a se fazer sobre as oscilações da opinião pública. Ainda não tinha ganhado nada, ele sabia; a livre circulação de informações tende a introduzir uma entropia no funcionamento dos sistemas de gerenciamento hierárquico e, mais cedo ou mais tarde, destruí-los. Até então ele não havia cometido nenhum erro: acabou se opondo à ideia de fazer uma sessão de fotos usando a casa do seu pai em Oise, e nunca saiu no *Paris Match*; nada vazou sobre seu relacionamento com a esposa, nem sobre a existência de Raksaneh. O episódio do sequestro do pai de Paul, não envolvendo um desvio de dinheiro escandaloso nem um episódio sexual picante, portanto pobre em elementos espetaculares, com exceção de alguns católicos extremistas "que não deixam mais ninguém de pau duro", como disse Solène Signal, tinha murchado rapidamente.

No dia seguinte, o presidente iria dizer algumas palavras compassivas e humanistas, talvez até poéticas e tocantes, sobre o sonho europeu e a tristeza, sobre o Mediterrâneo onde os ventos do Sul sopram as cinzas do remorso e da vergonha; alguns dias depois, ocorreria o segundo turno. O presidente desapareceria, consciente de que havia preparado seu retorno da melhor maneira possível; a transferência de poder aconteceria em um ambiente descontraído e até amigável. Depois recomeçaria o verdadeiro trabalho; Paul tinha razão, disse Bruno para si mesmo, a variável desemprego precisava ser reintroduzida nos cálculos, ele tinha negligenciado demais esse problema. A equação já era complexa, e ia ficar ainda mais complicada; essa perspectiva estava longe de desagradá-lo.

9

Eram quase oito da noite, e Doutremont estava se preparando para sair do escritório quando recebeu um telefonema de Delano Durand. Havia uma coisa, anunciou o rapaz, que gostaria de mostrar a eles. Sim, podia esperar até o dia seguinte; ia precisar de uma sala com um retroprojetor.

Doutremont mandou uma mensagem para Martin-Renaud e no dia seguinte, às nove da manhã, os dois se encontraram em uma pequena sala de reuniões ao lado do seu escritório. Quando Durand chegou, cinco minutos atrasado, Doutremont quase engasgou ao ver que sua aparência não havia melhorado nada: o agasalho de corrida continuava encardido, seu cabelo tão comprido e sujo quanto antes:

— Este é Delano Durand, um de nossos novos colaboradores, acabei de contratá-lo... — disse a Martin-Renaud em tom de desculpa.

— Curioso, o seu primeiro nome, seus pais eram admiradores de Roosevelt? — Martin-Renaud não parecia surpreso com a aparência do funcionário.

— Sim, meu pai o considerava o maior político do século XX — respondeu Durand antes de pôr uma pasta fina na mesa, à sua frente. Tirou uma folha de papel e posicionou-a na base do retroprojetor antes de ligá-lo; era a representação de Baphomet que tinham encontrado no arquivo de Edouard Raison, na clínica de Belleville.

— O que temos na testa de Baphomet — começou imediatamente — é um pentágono estrelado, ou pentagrama. Como expliquei na última vez — disse, voltando-se brevemente para Doutremont —, a passagem do pentágono comum, o das mensagens da internet, para o pentágono estelar simboliza a passagem do estágio profano para o estágio de iniciado. — Tirou do projetor a representação de Baphomet e substituiu-a por um mapa da Europa onde havia três pontos marcados em vermelho. — O que temos aqui é a posição geográfica dos três atentados divulgados na rede: o porta-contêineres chinês ao largo de La Coruña, o banco de sêmen dinamarquês localizado em Aarhus e o barco de imigrantes entre Ibiza e Formentera. A primeira coisa interessante a notar é que esses três pontos podem ser ligados por um círculo — e projetou uma segunda folha, que tinha um círculo desenhado.

— Nem sempre é assim? — perguntou Martin-Renaud. Durand olhou para ele com espanto, atordoado diante de tamanha ignorância.

— Não, claro que não — respondeu por fim. — Sempre se pode fazer um círculo passar por dois pontos quaisquer; mas isso é quase impossível com conjuntos de três pontos: só uma pequena minoria desses conjuntos pode figurar no traçado de um mesmo círculo, que tenha um centro definido.

— Você não marcou o centro nesse seu esquema... — comentou Martin-Renaud.

— Não, de fato — e observou o mapa por um momento. — Neste caso fica na França, em Indre ou em Cher, enfim, mais ou menos no centro geográfico do país. Devo dizer que é bastante curioso... — Parecia um pouco inseguro, então se animou. — Bem, com certeza vamos falar do centro mais tarde, mas não é isso que eu queria abordar agora — e pegou outra folha. — Esses três pontos, correspondentes aos três atentados, podem ser conectados, naturalmente, por um triângulo; mas o importante é que não se trata de um triângulo qualquer, e sim de um triângulo sagrado, isto é, um triângulo isósceles cuja proporção lateral é igual ao número áureo; e o triângulo sagrado é a metade de um pentagrama.

Depois projetou uma nova folha:

— Para obter este pentagrama, fiz duas pontas novas, simétricas às anteriores. Mas não estamos lidando com um pentagrama reto, com a ponta para cima, como o que aparece na testa de Baphomet; ao contrário, trata-se de um pentagrama invertido, com a ponta para baixo. Para a maioria dos ocultistas, a mudança do pentagrama normal para o pentagrama invertido simboliza a vitória da matéria sobre o espírito, do caos sobre a ordem e, de forma mais ampla, das forças do mal sobre as forças do bem.

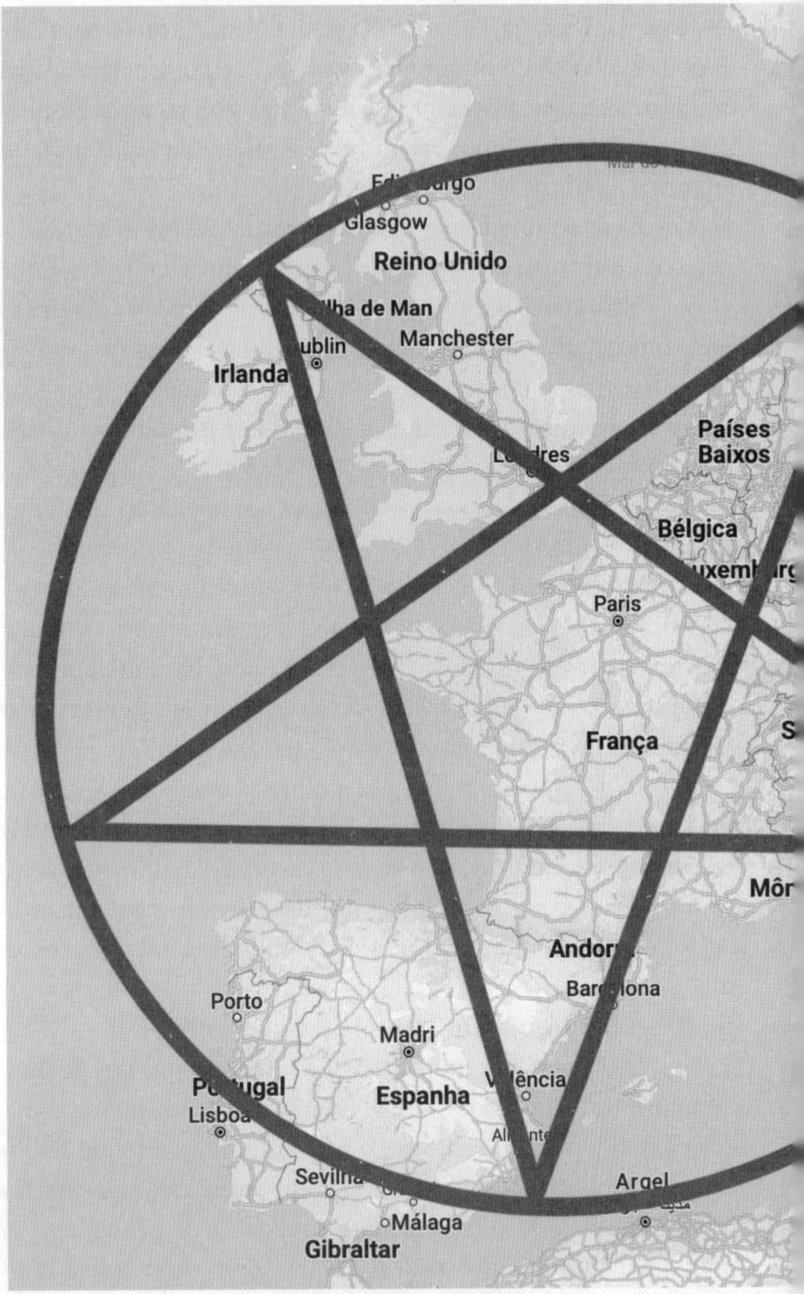
Glasgow
Reino Unido
Manchester
Irlanda
Países
Baixos
Bélgica
Paris
França
Porto
Madri
Espanha
Lisboa
Sevilha
Málaga
Gibraltar
Argel

Mar Báltico
Estônia
Riga
Letônia
Lituânia
Vilnius
Minsk
Мінск
Belarus
Berlim
Polônia
Varsóvia
Kiev
Київ
Praga
Ucrânia
Eslováquia
Budapeste
Áustria
Moldávia
Hungria
Chisinau
Romênia
Belgrado
Београд
Bucareste
Sérvia
Sarajevo
Sófia
София
Podgorica
Подгорица
Kosovo
Bulgária
Macedônia do Norte
Tirana
Albânia
Istambul
Bursa
Ancara
Grécia
Atenas
Αθήνα
Esmirna
Konya
Antália
Malta
Dados do mapa © 2022 Google

Com um gesto de mágico, pegou uma última folha:

— Se eu desenhar um círculo em volta do pentagrama, esse pentagrama se torna um pentáculo, que simboliza a passagem da teoria à prática, do conhecimento ao poder; concretamente, o pentáculo é o instrumento mágico mais poderoso já feito, não apenas na magia branca, mas também na magia negra.

De repente se calou. Fez-se um silêncio de pelo menos um minuto antes de Martin-Renaud voltar a falar.

— Se eu entendi bem... — disse, olhando direto nos olhos de Delano Durand — os dois novos pontos que você desenhou no mapa...

— O primeiro está localizado no noroeste da Irlanda, na província de Donegal, se bem me lembro. O segundo é na Croácia, em algum lugar entre Split e Dubrovnik.

— Esses dois pontos, a princípio, deveriam designar os locais dos dois próximos atentados.

— Sim, isso faz sentido.

Martin-Renaud deu um pulo:

— Eu vou precisar disto! — disse, tirando a folha do retroprojetor.

— Espera, espera, chefe... — Durand ergueu uma mão tranquilizadora — este aqui é só um diagrama aproximado, para vocês entenderem. Evidentemente, calculei as coordenadas geográficas precisas dos dois pontos; como eu já tinha as dos primeiros ataques, foi fácil. — Procurou um pouco na pasta, sob o olhar de Martin-Renaud fervendo de impaciência. — Aqui está! — disse finalmente, animado, pegando uma folha toda rabiscada com cálculos. — Eis as coordenadas. A primeira de fato está em Donegal, em algum ponto entre Gortahork e Dunfanaghy. A segunda, na verdade, fica um pouco ao largo da costa croata; talvez em uma ilha, há muitas ilhas por ali, acho.

— Nove horas — disse Martin-Renaud, agarrando a folha. — Espero você amanhã às nove no meu escritório. Vou ter que dar alguns telefonemas. Aliás, muitos telefonemas.

No dia seguinte, Doutremont chegou às nove em ponto. Martin-Renaud já estava lá, em companhia de Sitbon-Nozières, sempre impecável. Delano Durand chegou uns dez minutos atrasado, desmazelado como sempre, mas Martin-Renaud não fez comentários; pelo contrário, quando ele se jogou em uma poltrona diante da escrivaninha, olhou-o com uma espécie de espanto reverente.

— Temos algo novo — disse em seguida. — Dados importantes e significativos. Não foi fácil, nossos amigos da NSA demoraram a se convencer, mas eu tinha com que negociar, coisas que eles queriam muito saber. Graças a você, Durand — acrescentou. Este fez um ligeiro gesto com a cabeça.

— As primeiras coordenadas na Irlanda são, como acabei de saber, a sede de uma companhia chamada Neutrino, uma empresa de alta tecnologia, pioneira mundial em computação neural — olhou longamente para seus subordinados, que não se manifestaram, com exceção de Delano Durand, que voltou a mover a cabeça, para grande surpresa de Martin-Renaud. Será que ele também sabia alguma coisa sobre computação neural? De onde exatamente esse cara tinha saído?

— Não entendi muito bem — continuou — se eles integram neurônios humanos em circuitos eletrônicos ou microchips em cérebros humanos; acho que é um pouco das duas coisas, que o objetivo mais geral é criar seres híbridos entre o computador e o homem. É uma empresa que tem recursos bastante consideráveis, a Apple e o Google integram seu capital. Além disso, ela entra na classificação de "segredo de Estado", creio que suas atividades têm implicações militares, estão desenvolvendo um novo tipo de combatentes, que poderiam substituir com vantagem os soldados humanos porque seriam incapazes de empatia e de qualquer escrúpulo moral. Donegal, onde a empresa está localizada, é uma das áreas mais desertas da Irlanda; os funcionários residem em um conjunto habitacional afastado das aldeias vizinhas, de onde nunca saem, têm seu próprio aeroporto, enfim, é uma companhia realmente muito discreta.

"O mais interessante é que três dias atrás a sede da empresa foi completamente destruída por um incêndio criminoso. Protótipos, planos, dados computacionais, perderam tudo. O incêndio ocorreu no meio da noite e foi desencadeado por um bombardeio de napalm e fósforo branco, os mesmos combustíveis usados no banco de sêmen dinamarquês. Dispositivos militares, mais uma vez; a única diferença é que agora tomaram menos precauções e houve três mortes no turno da noite. A NSA conseguiu evitar que a notícia vazasse para a imprensa, mas quando eu lhes dei as coordenadas geográficas exatas eles ficaram chocados e, naturalmente, aceitaram cooperar.

"Sobre o segundo conjunto de coordenadas", continuou, após algum tempo, "foi ainda mais difícil arrancar alguma informação. Trata-se de uma ilha croata, ou melhor, uma ilhota, situada perto de Hvar. Propriedade de um americano, que a comprou há cerca de dez anos para fazer uma residência de verão. Acabaram me dizendo quem é o sujeito; acontece que ele é uma espécie de lenda no Vale do Silício. Não se trata exatamente de um técnico, bem, na verdade ele tem muito conhecimento técnico, mas é antes de mais nada um investidor. Só investe em empresas de alta tecnologia e é conhecido por ter um talento excepcional: todas as vezes que investiu em uma startup, ela multiplicou seu capital em alguns anos. Então, ele obviamente é muito rico; mas, acima de tudo, é uma espécie de guru das novas tecnologias, suas opiniões são temidas e muito respeitadas. Às vezes lhe atribuem ambições políticas; não sei se é verdade, mas de todo modo meus interlocutores da NSA pareciam bastante predispostos a poupá-lo, consultaram o secretário de Defesa, e creio que até o presidente, antes de compartilhar as informações. Todo verão ele organiza um seminário de uma semana em sua ilha e convida cerca de cinquenta líderes do mundo digital e de TI; gente de altíssimo nível, nunca abaixo de diretor ou diretor técnico. É uma coisa muito informal, sem conferências, sem uma programação determinada, é só uma oportunidade para as pessoas se encontrarem e conversarem, o que não têm muito tempo para fazer durante o resto do ano. Muitas decisões importantes foram tomadas nesses encontros, muitas empresas foram criadas — por exemplo, a Neutrino, que mencionei há pouco. O próximo vai ser no início de julho, dentro de pouco mais de um mês. É lógico pensar que há um atentado planejado contra esse seminário; foi a primeira ideia dos meus interlocutores na NSA."

— O que eles vão fazer agora? — perguntou Doutremont.

— Na certa vão tentar pegar essas pessoas quando estiverem preparando o ataque; mas não tenho certeza se conseguirão. Todo esse material vai ser transferido para a CIA; eles são bons em operações que exigem força bruta, mas muitas vezes carecem de sutileza; e o outro lado tem sido extremamente habilidoso até agora. Mas desta vez, pelo menos, foram impedidos de agir; levamos uma vantagem inicial sobre eles. Obviamente, os americanos quiseram saber como descobrimos tudo isso. Tentei explicar com o pentagrama, mas não sei se eles entenderam direito; aliás, não sei sequer se eu mesmo entendi bem. Em todo caso, devemos esse sucesso a você, Durand.

Virou-se para ele. Delano Durand fez um gesto com a cabeça, um pouco encabulado:

— Não esqueça o seu ex-colega, o que está no hospital... — contrabalançou. O mais difícil foi estabelecer a relação entre o pentágono comum e o pentágono estrelado; o resto foi quase uma consequência natural, mais ou menos.

— Os alvos correspondem bem ao que um grupo de ativistas antitecnologia escolheria... — comentou Sitbon-Nozières, após um momento de silêncio.

— É, de fato — disse Martin-Renaud —, isso confirma plenamente suas análises. É assustador pensar que alguns ativistas completamente desconhecidos embarcaram em uma operação dessa envergadura; mas temo que afinal teremos que chegar a essa conclusão. O mais surpreendente é esse desejo de se vincular a uma tradição mágica; isso pode levar a alguma coisa, em um contexto primitivista. De qualquer maneira — continuou, resignado —, já faz tempo que desisti de encontrar racionalidade no comportamento humano; não precisamos dela no nosso trabalho, só precisamos identificar estruturas, e aqui — virou-se outra vez para Delano Durand e olhou em seus olhos — não há dúvida de que você identificou uma estrutura. A consequência disso é que você salvou a vida dos mais importantes líderes industriais do planeta na área das novas tecnologias; eu não sei, no fundo, se fez bem; mas foi o que você fez.

10

Eram 19h15 quando Paul estacionou em um local proibido, bem perto da seção eleitoral. "Tem certeza? Não quer mesmo votar?", insistiu. Prudence encolheu os ombros com indiferença; ele deixou as chaves do carro com ela.

Pegou as duas cédulas na mesa da entrada; ainda havia bastante gente, era preciso formar fila diante das cabines; muitos parisienses deviam ter aproveitado o fim de semana. Quando chegou sua vez, quando fechou a cortina atrás de si, já estava com a cédula de Sarfati na mão direita; no momento em que ia colocá-la no envelope foi dominado por uma sensação estranha e paralisante que o fez suspender o movimento. Em segundos, percebeu que tinha entrado em uma zona imóvel, uma espécie de equivalente psicológico da estase, como lhe acontecia às vezes, felizmente não com muita frequência, desde o final da adolescência. Nos próximos minutos, talvez nas próximas horas, estaria impossibilitado de tomar qualquer decisão, de realizar qualquer ação que saísse minimamente da sua rotina cotidiana. Não podia esperar que aquilo passasse, havia gente aguardando atrás dele, alguns segundos de hesitação eram tolerados, mas nada além disso. Impulsivamente, tirou do bolso uma caneta hidrográfica, riscou o nome de Sarfati e introduziu a cédula no envelope.

Também havia filas diante das urnas. Paul entrou em uma delas antes de perceber que não fazia muita questão de participar daquela votação, de qualquer maneira não tinha o menor interesse em ser contado entre os votos anulados. Saiu da fila, amassou o envelope e jogou-o na lata de lixo antes de sair da seção eleitoral. "Tudo bem?", perguntou Prudence quando ele se sentou de novo ao volante. Paul fez que sim com a cabeça, preferia evitar o assunto. Era a primeira vez, desde que atingiu a maioridade, que não votava. Talvez fosse um sinal; mas sinal de quê?

Já eram sete e meia, ele tinha o tempo exato para chegar na hora à Place de la République. Como Benjamin Sarfati iria fazer um breve discurso na praça logo depois das oito, o partido havia alugado um grande salão no Boulevard du Temple para organizar uma recepção. Esse evento anunciado com tanta antecedência, essa ausência de qualquer dúvida sobre o resultado das urnas foram considerados um pouco arrogantes por alguns comentaristas.

Curiosamente, o estacionamento VIP ficava no Boulevard Magenta, do outro lado da praça, e Paul demorou muito para chegar lá: de repente a Place de la République lhe parecia desnecessariamente grande. Para que servem esses espaços tão amplos?, pensou; para que se pudesse ver de longe a estátua grandiloquente erguida em seu centro, era a única resposta possível; o kitsch republicano era decididamente o pior de todos. Às oito, à medida que aumentavam suas dúvidas sobre o conceito de República, ligou o rádio do carro: Sarfati estava com 54,2% e seu adversário, com 45,8%. Era uma vitória inequívoca, menos ampla do que se podia esperar, mas certamente inequívoca.

A Place de la République estava apinhada de gente, mas não era de modo algum o mesmo público das eleições anteriores: havia muitos jovens, com um look suburbano explícito. Paul então lembrou que Sarfati havia conseguido as maiores votações no que continuava se chamando pudicamente de *quartiers*. Em Clichy e Montfermeil chegou a ter 85%, até 90%. Evidentemente, a ralé tinha descido esta noite para Paris, em um número que só se via durante as copas do mundo. Começaram a circular baseados, latinhas de Bavaria e Amsterdamer. Enquanto andava por entre a multidão, Paul notou que Sarfati só era chamado de "Gordo Ben" e que sua eleição era considerada por todos como "uma coisa de louco". Por ora pareciam estar de bom humor, mas ainda assim se sentiu aliviado ao chegar ao Boulevard du Temple, quando entregou o convite ao porteiro. Lá dentro tudo era absolutamente VIP, em poucos minutos reconheceu grande parte dos atores e apresentadores da TV francesa. Pareceu-lhe mais inesperado ver Martin-Renaud, sozinho, com os cotovelos sobre uma das pontas do gigantesco bar, diante de um uísque. Foi cumprimentá-lo, estranhando sua presença. "É, eu sei, sou um *homem das sombras...*", respondeu ele com bom humor. E então lhe contou o êxito recente do seu serviço; poucas horas depois do ministro do Interior, o próprio presidente lhe telefonara para cumprimentá-lo e convidar para a festa.

— Você acha que os atentados acabaram, então?

— Certamente não — e Martin-Renaud balançou a cabeça. — Aliás, estou convicto do contrário; dois dias depois da minha teleconferência com os serviços americanos, surgiu uma nova mensagem. Uma mensagem discreta, dessa vez, só apareceu em uma dúzia de servidores, todos franceses. E curta também, só tinha três linhas; vinha acompanhada de uma fotografia aérea das nossas instalações na rue du Bastion. Era destinada a nós, uma espécie de desafio, uma forma de nos dizer que eles sabiam que nós sabíamos. Ficaram desestabilizados, acho; com certeza devem estar se perguntando sobre a extensão das nossas informações. — Fez uma pausa, tomou um gole do uísque. — Portanto, vão atacar de novo; só que operando de uma forma diferente e tomando ainda mais precauções. É um jogo que só está começando; e não sei se vou poder ver o final.

Uma enorme tela se iluminou no fundo da sala; estava lá, essencialmente, para exibir o discurso de Sarfati. Paul viu com surpresa que a maioria dos convidados não se mostrava interessada, muitos continuaram suas conversas sem dar a menor atenção ao discurso. Também notou que era impressionante a presença da polícia nos arredores da Place de la République. Com certeza não era uma coisa desnecessária, considerando o público; uma noite terminando com saques e carros incendiados seria um *mau sinal* para a burguesia de Neuilly-sur-Seine, cujos votos não faltaram ao novo presidente. Foi essa, aliás, uma das principais lições que os observadores tiraram logo no dia seguinte à eleição; havia algo de inovador nesse eixo Montfermeil-Neuilly.

A chegada de Bruno, ao contrário, foi um acontecimento, as conversas subitamente silenciaram, aos poucos foram sendo substituídas por um burburinho de sussurros, todos pareciam ter entendido que ele era o *homem forte* do próximo governo. Paul nunca tinha visto Raksaneh com um vestido de noite; ela estava deslumbrante, e o colar de prata que usava no pescoço tinha um esplendor quase bárbaro. Havia jornalistas e fotógrafos circulando pelo salão, mas claramente Bruno decidira *assumir*.

Poucos minutos depois chegaram Sarfati e o presidente, de braços dados. Pararam por um minuto na entrada, para receber os aplausos da multidão e aparecer juntos nas fotos, depois o presidente soltou o braço de Sarfati e desapareceu entre as pessoas, na direção de um personagem que Paul reconheceu, com certa dificuldade, como o ministro do Interior. Sarfati, absolutamente radiante, esperou os fotógrafos e os cinegrafistas terminarem seu trabalho antes de seguir para o bar. Foi então que Paul viu Solène Signal. Isolada em um canto da sala, ela estava observando fascinada os movimentos do presidente, que ia de um convidado a outro, pousando a mão no ombro de cada um para monopolizar sua atenção, dedicando-se exclusivamente a ele por um ou dois minutos, sempre dando a impressão de não estar interessado em mais ninguém, de estar aqui só por sua causa. Era mesmo um magnífico animal político, pensou ela, com um pesar genuíno. Nunca tinha usado os serviços de nenhum marqueteiro, nem mesmo de um *spin doctor*, tinha se virado sozinho desde o início da sua ascensão meteórica. Solène cumprimentou Paul rapidamente, sem perder de vista o presidente, que tinha acabado de avistar Martin-Renaud na sala. "Quem é esse, que eu não conheço?", perguntou-se Solène em voz alta. Dessa vez Paul sabia algo que ela ignorava, e lhe contou os acontecimentos recentes na DGSI. Isso era uma sorte inesperada para o presidente, concluiu ela de imediato; por mais que seu legado econômico fosse indiscutível, em matéria de segurança deixava bastante a desejar. Ele teria alguns dias para explorar a notícia: provavelmente ia sair na grande imprensa já no dia seguinte, e poderia mencioná-la em seu discurso de despedida na quarta-feira. A reeleição dentro de cinco anos parecia bem encaminhada — especialmente se Sarfati cometesse alguns erros, o que não ia deixar de acontecer, acrescentou, resignada. Não sentia nenhum arrependimento, tinha feito a sua parte no trabalho, e até mais — quando aceitou Benjamin Sarfati como cliente, dez anos antes, não era nada evidente que ele chegaria à presidência da República; das cinco pessoas que faziam parte da sua equipe na época, ela foi a única que acreditou nisso.

Foram para o bar. Solène Signal aceitou uma taça de vinho branco, Paul pediu mais uma de champanhe. Teve dificuldade, porque a turma de Sarfati estava concentrada em frente ao bar e monopolizava a maioria das garrafas. Berravam e riam às gargalhadas, a maioria já estava bastante alta, a erva e o pó já tinham começado a circular. Sarfati havia conseguido mantê-los afastados durante toda a campanha eleitoral, mas depois da vitória voltaram, era inevitável, todos pertenciam ao mundo da televisão, alguns estavam ao seu lado desde os primeiros programas. Eram eles que iriam invadir o palácio do Élysée, organizar festas e vomitar nos sofás do Mobilier National durante o mandato de cinco anos. Uma perspectiva nada agradável, especialmente para os funcionários do palácio presidencial, mas não chegava a ser algo realmente grave. O presidente tinha razão: Sarfati não representava perigo para ele. Parecia cada vez mais claro que a próxima eleição ia ser disputada entre ele e Bruno; a chave do próximo mandato seria uma luta secreta, a distância, entre os dois homens. Solène Signal fez que sim com a cabeça, ela já tinha previsto isso. Não ia oferecer seus serviços a Bruno imediatamente, isso viria na hora certa. E ele, e sua licença?, quis saber. Solène estava muito esquisita essa noite, parecia quase sonhadora, era a primeira vez, desde que Paul a conhecia, que parecia interessada em algo mais que os seus objetivos profissionais. Pois é, respondeu, ele até poderia ter voltado ao trabalho agora, no contexto atual teria passado despercebido; mas não ia servir para grande coisa, preferia então deixar passar as eleições legislativas, o período do verão, e voltar na segunda quinzena de agosto, quando as coisas recomeçavam a acontecer de fato. Bruno não ficara totalmente à vontade durante o mandato anterior, teve que lidar com alguns altos funcionários de Bercy que eram protegidos do presidente, ele próprio um auditor financeiro. Com Sarfati, não teria mais esse problema.

Solène Signal fez que sim com a cabeça, tinha ouvido com atenção. De fato, provavelmente iriam ocorrer alguns dramas de baixa intensidade, as próximas linhas de fratura começariam a ser traçadas, mas o presidente ainda ia levar uns dois ou três anos para começar a realmente se reposicionar, a mostrar sua diferença. Fazia muito tempo que as eleições legislativas estavam abaixo do nível de Solène; ela poderia se dar ao luxo de um descanso completo nas próximas semanas, e talvez aproveitar a oportunidade para reorganizar sua vida, pensar em ter algum tipo de vida pessoal; mas isso ela nunca mencionava, nem para os outros, nem para si mesma.

* * *

Paul saiu logo depois, sem conseguir se despedir de Bruno, que ficou rodeado de gente a noite toda. A turma de Sarfati estava ficando cada vez mais barulhenta, e suas gengivas começaram a doer de novo, um gosto ruim se espalhou por sua boca, realmente tinha que marcar uma consulta no dentista logo na manhã seguinte. Essa eleição era uma boa notícia para o país, não havia dúvida; de qualquer maneira era uma boa notícia para ele; no entanto, desde o que havia acontecido pouco antes, desde a sua estranha imobilização na hora de introduzir a cédula na urna, Paul se sentia hesitante e triste.

SEIS

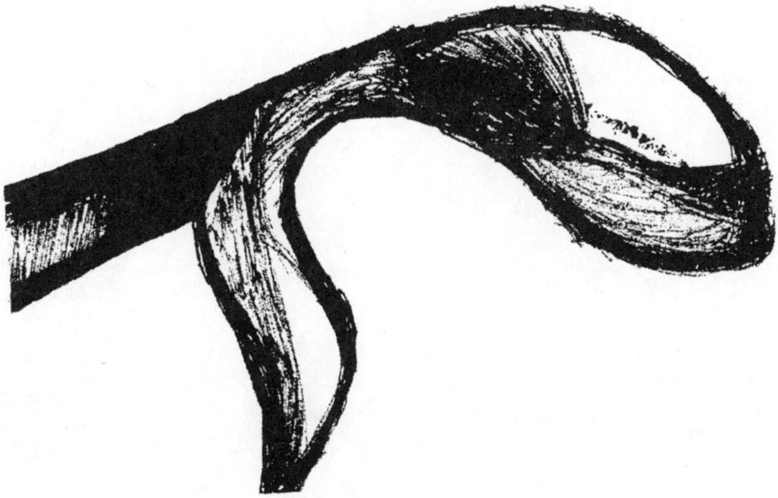

1

A primeira vez que você procura um dentista, médico ou, de modo mais amplo, qualquer prestador de serviço, é quase sempre por recomendação de alguém, um parente ou um amigo; mas acontece que Paul não conhecia ninguém que pudesse lhe recomendar um dentista em Paris. E se ele não conhecia ninguém que pudesse lhe recomendar um dentista em Paris era porque não conhecia muita gente em geral. Sua vida deveria ter sido um pouco mais animada, disse para si mesmo, em um ataque de autopiedade que imediatamente lhe deu repugnância. Tinha Prudence; com algumas exceções — Bruno, Cécile —, ele se via com Prudence como se estivessem em uma ilha deserta no meio do nada.

Pensando bem, esse vazio relacional sempre o acompanhou. Já estava lá quando era estudante, inclusive nos anos do ensino médio, teoricamente tão propício ao estabelecimento das relações humanas. Só o desejo sexual, às vezes, muito raramente, tinha sido forte o bastante para derrubar essa muralha. Sempre nos comunicamos, mais ou menos, dentro da mesma faixa etária; as pessoas de uma faixa etária diferente e que, além disso, não estão ligadas a nós por um vínculo familiar direto, os bilhões de seres humanos que compartilham este planeta conosco, não têm existência real aos nossos olhos. À medida que Paul envelhecia, os encontros sexuais se tornavam naturalmente mais raros, sua solidão ficava cada vez mais profunda.

Dito isto, ele estava com dor de dente, cada vez mais forte, principalmente no lado esquerdo, até os movimentos da língua tinham ficado difíceis, precisava fazer alguma coisa. O site Doctolib ajudou-o a descobrir facilmente os dentistas que atendem no 12º Arrondissement. Muitos deles, a julgar pela sonoridade dos seus nomes, eram judeus — mais um lugar-comum que se verificava na prática, observou. No entanto, escolheu um, Bashar Al Nazri, que provavelmente tinha origem árabe. E o escolheu sem nenhum motivo específico, só porque era prático ir da sua casa à rue de Charenton: bastava, depois de passar pela igreja de Notre-Dame de la Nativité de Bercy, entrar na rue Proudhon — uma rua que na realidade era mais um túnel, cavado debaixo dos trilhos que saem da Gare de Lyon, ele devia ter passado muitas vezes de trem, sem saber, por cima dessa rua; logo depois ela desemboca na rue de Charenton, a poucos passos da estação de metrô Dugommier. Ficou feliz com a oportunidade que lhe foi dada de rever a igreja de Notre-Dame de la Nativité de Bercy; tinha a impressão de que na sua vida havia algo inconcluso com essa igreja — e talvez com o cristianismo de modo geral.

— Abre... Abre bem — repetiu pacientemente Al Nazri quando Paul se acomodou na cadeira, quase deitado. Era um homem jovem, de cabelo escuro e curto, provavelmente com menos de trinta anos. Não parecia um magrebino, lembrava mais um iraquiano ou um sírio, em todo caso nada nele fazia pensar em um islamista, nem mesmo em um muçulmano, passava uma impressão de seriedade em todos os sentidos, de muito profissionalismo, parecia estar integrado a todos os procedimentos e costumes de uma abordagem médica racional. A imigração ainda tinha casos de sucesso na França, disse Paul para si mesmo, embora tivessem se tornado raros, e estava claro que Al Nazri era um deles. Quando o dentista inseriu uma sonda de metal em sua boca, pareceu ficar preocupado. No lado direito ainda dava para aguentar, mas no esquerdo Paul sentiu uma pontada terrível de dor assim que a haste de metal entrou em contato com seu molar, e não conseguiu reprimir um grito.

— É... — retirou a sonda imediatamente —, você deveria ter vindo meses antes, acho que já sabe disso a essa altura. Agora não podemos evitar a extração. Se serve de consolo, ter quatro dentes do siso ainda é uma coisa excepcional na sua idade, com dois vai ser um pouco como entrar na normalidade. Você me disse que também tem dificuldade para mover a língua e às vezes sente um gosto ruim na boca?

— Sim, um gosto podre, não dura muito mas é extremamente desagradável.

O dentista vestiu luvas de látex e passou os dedos delicadamente pelo queixo de Paul:

— Tem um caroço — disse afinal —, você não tinha percebido? Normalmente as pessoas notam o caroço. Ok, vou fazer uma radiografia enquanto você está aqui.

Feita a radiografia, ergueu a cadeira e depois examinou longamente as imagens em uma mesa de luz antes de concluir:

— Quanto às duas extrações, não há dúvida. Além disso, vou lhe recomendar um otorrino, em todo caso. Podemos fazer as extrações hoje?

— Sim, claro, não esperava que fosse tão rápido, mas prefiro assim.

— Você vai ver, não dói nada, vai se sentir muito melhor depois.

De fato, foi rápido, indolor, a anestesia funcionou perfeitamente e logo em seguida Paul ficou com uma sensação de leveza e conforto na boca, como não sentia havia anos.

— Sabe — disse Al Nazri —, foi um erro demorar tanto. Você fuma, ao que parece. — Paul confirmou. — Vai precisar voltar regularmente para fazer a limpeza do tártaro, pelo menos a cada seis meses. E não se esqueça de marcar uma consulta com Nakkache, o otorrino que lhe passei. A gente não presta atenção nos dentes, acha que é uma coisa secundária, mas às vezes podem causar um problema sério. — Paul concordou com a cabeça, tentando assumir o ar de gravidade adequado para o caso, com a esperança de demonstrar que levava seu aviso totalmente a sério, que não era daqueles que consideram o dentista um médico barato, mas ainda assim, quando se viu na rue de Charenton seu estado de espírito era de uma alegria despreocupada, e a primeira coisa que fez foi telefonar para Prudence e dizer que estava saindo do dentista e que tinha corrido tudo bem. O que esperava, nesse telefonema, era que ela lhe desse parabéns por finalmente estar cuidando dos dentes, faz parte do papel tradicional das mulheres estimular os homens a cuidarem de si mesmos, sobretudo da própria saúde e, de modo mais geral, ligá-los à vida, porque o amor dos homens pela vida sempre é algo, mesmo no melhor dos casos, bastante duvidoso.

* * *

Não voltava à igreja de Notre-Dame de la Nativité de Bercy desde os primeiros dias de janeiro. Havia sido um dia depois de encontrar a árvore de Natal decorada por Prudence, lembrou, e foi lá que vislumbrou pela primeira vez, sem chegar a dizer explicitamente para si mesmo, de forma semiconsciente, que algum dia talvez pudesse ressurgir alguma coisa entre eles. Foi provavelmente com essa esperança não formulada que tinha acendido as velas naquele momento — uma iniciativa bastante curiosa, já que era ateu, ou melhor, agnóstico, pois seu ateísmo de base era frágil por não poder se apoiar em uma ontologia consistente. O mundo era material? Era uma hipótese, mas por tudo o que ele sabia o mundo também podia ser composto de entidades espirituais, não sabia mais o que a ciência queria dizer exatamente com "matéria", e nem mesmo se ela ainda usava esse termo, tinha a impressão de que não, em sua memória rondavam matrizes de probabilidade, mas os seus estudos tinham ficado muito para trás, de qualquer maneira ele não tinha ido muito longe nesse campo, só um bacharelado em ciências, e obviamente não era na faculdade de Ciências Políticas que iria se informar sobre esse tipo de coisa. Veio à sua mente um trecho de Pascal, um trecho não muito cristão, aliás, no qual o autor lamenta que, quanto à questão da existência de um criador, a natureza não lhe ofereça nada "que provoque dúvida e inquietação".

Talvez Prudence estivesse naquele momento se entregando a encantamentos wiccanos, não era uma coisa impossível. Segundo o calendário deles, estavam muito perto do sabbat de Litha, que correspondia ao solstício de verão, um período "particularmente favorável para curas e para a magia do amor", conforme ele havia lido na véspera. Será que existiam outros tipos de magia? Fossem marabutos africanos, que às vezes deixavam folhetos de propaganda na caixa de correio, fossem wiccanos ou cristãos, todos pediam as mesmas coisas aos respectivos deuses: saúde e amor. Seriam os seres humanos mais altruístas do que costumamos pensar? Ou consideravam, com exceção dos países anglo-saxões, as questões financeiras vulgares demais para ficar sob incumbência de Deus? As velas que ele ofertou à Virgem naqueles primeiros dias de janeiro tiveram uma eficácia inesperada, e Paul deixou mais duas diante do altar.

Chegando em casa, foi ver que livros podia encontrar com mais informações sobre a existência de um criador. Constatou mais uma vez que sua biblioteca era pobre em filosofia, mas acabou encontrando uma obra volumosa, guardada junto com os livros científicos, intitulada *Filosofia e física contemporânea*, que parecia oferecer algum esclarecimento, ou pelo menos algumas perspectivas sobre o assunto, não que o autor realmente se pronunciasse sobre a existência de Deus, mas manifestava certas dúvidas sobre a existência do mundo, e de forma mais ampla trazia interrogações sobre o conceito de existência em geral. Afirmava, em uma frase um tanto misteriosa: "O mundo não se compõe do que é, mas do que acontece". No final do volume havia um glossário, onde figurava o verbo "acontecer". Significava, segundo o autor: "Ser atestado por um observador, de acordo com determinado protocolo de atestação". Paul ligou a televisão, interrompendo sua busca intelectual. O canal Senado Público transmitia a sessão do Congresso, que estava reunido para votar o projeto de reforma constitucional que abolia o cargo de primeiro-ministro e criava eleições legislativas de meio de mandato. A aprovação era garantida; a partir desta noite Bruno seria, na prática, o político mais poderoso da França. As coisas iriam ficar um pouco mais pesadas agora, já se prefigurava a batalha pela próxima eleição, ainda distante.

Apenas um tipo muito especial de homem chega a ser *primeiro mandatário*, Paul já sabia disso há muito tempo; só não tinha previsto que Bruno poderia fazer parte desse grupo. No entanto, não tinha esquecido uma conversa pouco comum que os dois tiveram, e que poderia ter chamado sua atenção. Quando o ministro foi convocado pelo presidente para uma reunião de trabalho no Palácio do Élysée, Paul decidiu esperá-lo em seu apartamento funcional porque sentia que essa reunião ia ser tensa e ele precisaria conversar quando voltasse. Era pleno inverno, a noite já havia caído na hora do rush, e, como lhe acontecia cada vez com mais frequência, se sentia oprimido pela torrente de veículos avançando lado a lado com o metrô elevado, aquela acumulação de destinos individuais tão idênticos quanto tediosos. Pediu uma garrafa de vinho ao mordomo, um Bordeaux, especificou, e alguns minutos depois ele trouxe um Saint-Julien e propôs deixá-lo respirar em um decanter, mas Paul recusou, estava precisando beber logo.

Realmente Bruno voltou desanimado. O presidente já tinha feito sua opção, contrariando o que ele defendia, e decidira fechar uma dezena de usinas nucleares, na esperança de ganhar alguns votos ambientalistas que de qualquer maneira já eram dele, pois nenhum ambientalista jamais votaria no Rassemblement National, era uma coisa ontologicamente impossível, no máximo o fechamento dessas usinas evitaria algumas abstenções. Bruno não era nada hostil aos ambientalistas; por exemplo, ele tinha aumentado, por iniciativa própria, as deduções fiscais para a economia de energia feita por cidadãos em suas residências, mas ainda os considerava, de um ponto de vista global, uns imbecis perigosos, e acima de tudo achava um absurdo privar-se da energia nuclear, era um ponto sobre o qual nunca tinha mudado de opinião. Existiria algum ponto sobre o qual as convicções do presidente nunca mudaram?

— No fundo — disse Bruno afinal —, o presidente tem uma convicção política, e só uma. Ela é exatamente igual à de todos os seus antecessores, e pode se resumir em uma frase: "Eu nasci para ser presidente da República". Com relação a tudo o mais, as decisões a tomar, os rumos da ação pública, ele está disposto a quase tudo, desde que pareça conveniente aos seus interesses políticos.

Será que Bruno também tinha sido conquistado por esse tipo de cinismo? Paul não acreditava nisso, mas havia alguns detalhes que podiam sugerir que sim. O ambiente geral nos últimos anos tendia para o protecionismo, e Bruno se mostrava cada vez mais abertamente protecionista — mas era uma coisa totalmente sincera, fazia muito tempo que ele achava o livre comércio uma opção suicida para a França. Por outro lado, pensava, o patriotismo econômico podia ser uma poderosa força unificadora. Uma guerra sempre foi o meio mais seguro para unir uma nação e melhorar a popularidade do chefe de Estado. Na falta de um conflito militar, que seria caro demais para um país de médio porte, uma guerra econômica poderia resolver perfeitamente, e Bruno não hesitava em empurrar as coisas nessa direção, multiplicava as provocações aos países emergentes ou recém-"emergidos". Segundo Bruno, não se deve ter medo de entrar em uma guerra econômica, as únicas guerras econômicas que podemos ter certeza de perder, uma vez ele lhe disse, são aquelas que não tivemos coragem de travar.

Mais tarde, nessa mesma noite, enquanto Paul estava esvaziando quase sozinho a garrafa de Saint-Julien, Bruno, claramente muito abalado com a reunião, começou a manifestar dúvidas sobre a capacidade da ação política em geral. Será que um político podia mesmo influenciar o curso das coisas? Era algo duvidoso. Os avanços tecnológicos podiam, sem dúvida; e talvez também, em certa medida, as relações de poder econômico — embora Bruno tendesse a considerar a economia um pouco como um subproduto da tecnologia. Também havia outra coisa, uma força sombria e secreta, cuja natureza podia ser psicológica, sociológica ou simplesmente biológica, ele não sabia o que era, mas se tratava de algo terrivelmente importante porque tudo o mais dependia disso, da demografia à fé religiosa e, em última instância, a vontade de viver dos homens e o futuro de suas civilizações. O conceito de decadência, embora difícil de definir, é uma realidade poderosa; e isso também, acima de tudo, os políticos são incapazes de mudar. Mesmo líderes autoritários e determinados, como o general De Gaulle, se mostraram impotentes para se contrapor ao sentido da história, e a Europa como um todo tinha se tornado uma província envelhecida, deprimida, um tanto ridícula e distante dos Estados Unidos da América. Será que o destino da França, apesar das bravatas pitorescas do general, tinha sido mesmo diferente do de outros países da Europa Ocidental?

Bruno estava falando cada vez mais baixo, como se falasse para si mesmo, e de fato aquelas eram coisas que ele nunca poderia manifestar em público. A hora do rush tinha passado e o trânsito já estava fluindo um pouco melhor no Quai de la Rapée quando ele começou a dizer, quase num sussurro, que a falta de convicções em um líder político não era necessariamente um sinal de cinismo, mas de maturidade. Por acaso os reis da França apresentaram algum programa político, um plano de reformas? Nunca. Entretanto, ficaram na história como grandes reis ou, ao contrário, como reis execráveis, dependendo da sua capacidade de cumprir uma lista de encargos implícitos, mas precisos.

Não reduzir o território do reino e, melhor, aumentá-lo se for possível, por meio de aquisições ou, mais frequentemente, de guerras, mas evitando incrementar as despesas com excesso de mercenários e, de modo geral, qualquer carga tributária exagerada. Impedir uma guerra civil dentro do reino, especialmente uma guerra religiosa — estas sempre foram as mais sanguinárias —, designando sem ambiguidades uma religião dominante; podiam ser concedidas amplas licenças de culto às religiões subalternas, desde que nunca se esquecessem de que eram, quando muito, toleradas no território do país, e que essa tolerância ficava a critério do soberano. Eventualmente, aumentar o prestígio do reino com a construção de monumentos e apoio às artes. A aplicação desse programa ideal garantiu durante séculos o prestígio da curiosa dupla Richelieu-Luís XIII, não era muito claro como funcionavam, mas o fato é que funcionavam. O balanço de Luís XIV foi mais contraditório, como ele próprio concordou em seu leito de morte, segundo o testemunho de Saint-Simon e outros. O "Rei Sol" lamentou menos suas construções suntuosas que o seu apetite excessivo por guerrear, com resultados em última análise medíocres, e a sua surdez para os sofrimentos do povo, que no entanto eram extremos, chegando a passar fome, como lhe apontaram Vauban, La Bruyère e, em geral, as melhores cabeças da sua época. Bruno achava que a tarefa dos presidentes da República, lembrou Paul, cada vez menos atento à transmissão do Senado, a tarefa dos presidentes da República, ao contrário do que poderia sugerir uma crença exagerada no progresso e, de maneira ampla, na importância das mutações históricas, era fundamentalmente da mesma natureza que a dos reis. Em certa medida, mas não totalmente, a rivalidade econômica substituiu a rivalidade militar, e hoje se trata menos de conquistar territórios que parcelas do mercado; mas a questão dos territórios não devia ser esquecida de maneira alguma. A tarefa dos presidentes da República, primeiros-ministros ou reis, enfim, dos *primeiros mandatários*, como se diz, era, como sempre foi, defender da melhor maneira possível os interesses do país pelo qual são responsáveis, fosse república ou reino, um pouco como a missão de um empresário é defender os interesses da sua empresa frente aos interesses sempre presentes dos concorrentes. A tarefa era difícil, mas a princípio era da mesma ordem, e não implicava qualquer escolha ideológica, nem alguma orientação política em particular.

A reunião do Congresso estava ocorrendo em Versalhes sem percalços. Um por um, os senadores se dirigiam à tribuna e introduziam seu voto na urna, era uma votação secreta; depois seriam seguidos pelos deputados; era repetitivo, bastante conceitual. Cerca de metade dos representantes eleitos já tinha votado quando Paul adormeceu no sofá. Em seu sonho, havia acabado de fazer amizade com um negro alto e magro que falava português, provavelmente brasileiro. Estavam em um bairro atrás da Gare du Nord e da Gare de l'Est, as ruas estavam escuras e quase desertas. A princípio se tratava de um bairro de imigrantes, onde viviam muitas comunidades; no entanto, Paul entendia rapidamente que essas histórias de imigração eram apenas um disfarce, e que por trás das fachadas desses edifícios ocorriam práticas pornográficas tão sórdidas quanto pavorosas. Seu amigo brasileiro apresentou-o a um dos seus próprios amigos, um jovem magrebino, e na mesma hora os dois o deixaram em uma pequena praça, que quase certamente era a Place Franz Liszt, com o pretexto de "ir buscar alguma coisa para comer". A praça estava escura. Circulavam por lá grupos de imigrantes de várias raças, olhando-o com desconfiança. Dominado pelo medo, Paul saía andando a esmo pelas ruas mal iluminadas. Alguns imigrantes o seguiam de longe, mas para sua surpresa nenhum ousou atacá-lo, como se ele gozasse de alguma proteção sobrenatural. Paul decidiu voltar para a praça que quase certamente era a Place Franz Liszt. Foi então que, para sua alegria, o brasileiro voltou e apertou o seu ombro com força. Logo atrás dele, seu amigo magrebino trazia umas caixas cheias de mariscos e camarões, que pretendiam acompanhar com vinho branco. Abraçado com o brasileiro e seu amigo, Paul subiu os degraus do hotel onde iam passar a noite. Ouvindo a conversa dos dois, porém, foi compreendendo aos poucos que esses pretensos amigos tinham a intenção de torturá-lo e esfolá-lo, filmando as etapas desse suplício; era essa a intenção da sua presença e da sua suposta amizade; só então festejariam a conclusão desse novo filme, saboreando o vinho branco e os camarões. A dona do hotel já os esperava; era uma mulher atarracada e robusta, de uns sessenta anos, com olhos diminutos e um pequeno coque grisalho na cabeça, um pouco parecida com Simone Veil, e um pouco também com a gorda mulher de areia do filme japonês. A mulher informou que estava tudo pronto para a filmagem. Paul então entendeu que ela iria participar, e que teria até mesmo um papel importante; na semana anterior, com uma câmera a postos no corredor, ela tinha conseguido filmar uma mão cortada à altura do pulso caindo no pátio.

Foi acordado por Prudence, que balançava seu ombro com suavidade; a reunião do Congresso tinha acabado, agora eram comentaristas políticos que se moviam na tela da televisão. "O projeto de revisão constitucional foi aprovado?", perguntou. Prudence fez que sim. Ele se levantou, ainda não totalmente desperto, foi com ela para o quarto e se despiu rápido; depois se aninhou em seus braços e adormeceu de novo logo em seguida.

2

Dormiu por muito tempo, profundamente, quando acordou já eram quase onze horas. Ficou surpreso ao ouvir sons vindo da cozinha, levou alguns segundos para entender que era sábado e Prudence não estava no trabalho. Não fazia muito tempo que ele estava de licença, mas já começava a esquecer a alternância entre o fim de semana e os dias úteis, é curioso como os reflexos de submissão desaparecem rápido.

— É muito difícil comprar um presente para você... — disse ela enquanto ele se acomodava na mesa da cozinha. — Seu aniversário vai ser em uma semana e não consigo pensar em nada.

— Não perca seu tempo, querida. Nunca gostei muito de comemorar meu aniversário.

— Vamos fazer alguma coisa, de qualquer jeito. Cinquenta anos não é pouca coisa. Se não quiser, não convidamos ninguém, mas pelo menos vou preparar um belo jantar, agora que você pode comer normalmente, é o mínimo.

A consulta com Amit Nakkache, o otorrino recomendado pelo dentista, foi no dia 29 de junho, data do seu aniversário. O consultório ficava na rue Ortolan, uma via de pequena extensão que liga a Place Monge à rue Mouffetard. Paul estava contente por ter oportunidade de voltar a esse bairro, era um bairro que adorava; pelo menos, quando alguém aludia a ele em alguma conversa, o que aliás era raro, dizia que o adorava, de certa forma era essa a sua *posição oficial* sobre o bairro. Na realidade, não tinha certeza de que seria capaz, hoje em dia, de *adorar* um bairro, esse verbo lhe parecia excessivo, não tinha esse sentimento, por exemplo, em relação à sua própria vizinhança, que no entanto era uma unanimidade entre as pessoas da sua formação e da sua origem, mas nas conversas esse assunto sempre aparecia, o que permitia à maioria das pessoas expressar sentimentos autênticos sem mobilizar paixões exageradas, enfim, era um bom assunto.

Subindo as escadas para o consultório, de repente tomou consciência de que tinha acabado de fazer cinquenta anos. Que curioso! Como a vida passa rápido!... E a segunda metade, ele pressentia, seria ainda mais rápida, passaria num piscar de olhos, como um sopro de vento, a vida realmente não era lá essas coisas. Falar de segunda metade era, sem dúvida, um bocado otimista; não podia ter certeza, mas hoje havia muitos centenários, viver até os cem anos estava se tornando a norma, exceto no caso daqueles que tiveram um trabalho desgastante fisicamente, o que obviamente não era seu caso.

O otorrino era um homem de uns quarenta anos, um pouco rechonchudo, de aspecto benevolente mas um pouco ansioso; mandou Paul sentar e lhe fez algumas perguntas básicas — nome, data de nascimento, endereço, profissão, estado civil — como uma forma aquecimento. Paul, por seu lado, tentava conciliar suas duas impressões iniciais sobre o médico, o que cada vez lhe agradava mais, um estado de benevolência ansiosa é de fato o que convém a um médico, aliás é praticamente a definição da sua atitude profissional. Depois de responder às primeiras perguntas lhe entregou a carta de Al Nazri. "Sim, o colega já me telefonou", disse ele, mas de qualquer modo leu-a rápido antes de dizer a Paul que faria alguns exames complementares e que, para isso, era preciso que se sentasse em uma grande cadeira acolchoada, reclinável e com apoios para os braços, exatamente como a do dentista. Paul ficou mais tranquilo com a ideia de que continuavam na mesma área, puramente odontológica, talvez com alguma pequena complicação. No início, de fato, tudo correu bem, o médico também pediu que abrisse bem a boca e apalpou a gengiva com muita delicadeza antes de inserir uma grande espátula de madeira clara, o instrumento não era metálico nem pontiagudo, totalmente inofensivo em comparação com os de um dentista. Depois apalpou seu pescoço por algum tempo, aumentando a pressão em diversos pontos, era esquisito, mas não doloroso. Por fim apanhou uma cânula de bom tamanho, fina, transparente e flexível, abaixou o encosto da cadeira, que ficou quase na horizontal, e levou o tubo de plástico com delicadeza às suas narinas. Nos primeiros instantes Paul teve medo, mas cinco segundos depois foi atravessado por uma dor lancinante, atroz, não se conteve e deu um berro, com a sensação de que aquele tubo de plástico estava cutucando o interior do seu cérebro. O médico retirou a cânula imediatamente e olhou-o com ar preocupado.

— Sinto muito — disse, um pouco hesitante —, as suas narinas parecem muito sensíveis.

— É, foi realmente horrível. — Muito constrangido, Paul se deu conta de que estava chorando sem conseguir se conter.

— O problema é que eu preciso olhar a outra narina.

— Ah, não, isso não! — a súplica escapou da sua boca.

— Escute, vou fazer isso da maneira mais delicada possível, não vou chegar tão fundo, mas é um exame necessário, infelizmente.

E de fato introduziu a cânula muito devagar em sua narina direita, era menos violento, mas em certo sentido ainda pior, a dor foi aumentando até que teve que gritar de novo. Quando Nakkache retirou a cânula, Paul foi outra vez sacudido vez por um choro convulsivo.

— Bem, já acabei.

— Acabou mesmo? Não vai fazer mais nada?

— Não, a princípio não tenho que repetir. Lamento que tenha doído, mas não foi à toa. Pelo menos sei que não há complicações nas vias nasais.

— Complicações de quê? — perguntou Paul automaticamente, ele continuava chorando e não conseguia parar. Nakkache hesitou, era o momento mais difícil.

— Você provavelmente notou... — começou a falar bem baixinho — que está com um caroço estranho na gengiva. Nessa fase, é claro — continuou logo —, ainda não sabemos a natureza dessa lesão, vai ser preciso fazer uma biópsia. — Pegou uma longa seringa com uma agulha na ponta. — Vou ter que espetar você mais um pouco — continuou, num tom de brincadeira amistosa, fingindo fazer uma ameaça para encobrir o fato de que estava desconversando. Paul não disse nada. "Caroço" e "lesão" geralmente soavam melhor que "tumor", mas as pessoas já começavam a se questionar nesse estágio, enquanto ele não, nem dava sinais, observou Nakkache com surpresa, Paul continuava chorando de alívio porque não iam mais mexer nas suas narinas e abriu a boca automaticamente, sem protestar, uma pequena incisão não era nada em comparação com aquilo. De fato o procedimento foi rápido, só sentiu uma leve picada. Nakkache guardou o conteúdo da seringa em um frasco com um líquido translúcido e começou a escrever as receitas enquanto continuava a falar. Além da biópsia, Paul teria que fazer uma ressonância magnética da mandíbula e um PET-Scan, aliás esta palavra lhe evocava alguma coisa, tinha a impressão de que já a tinha ouvido em relação ao pai. A seguir o médico marcou outra consulta, exatamente uma semana depois, no mesmo dia e horário. Pode ficar apertado, disse Paul, para fazer todos esses exames. Não se preocupe, respondeu Nakkache, já lhe passara os nomes dos médicos responsáveis, ia telefonar pessoalmente para eles, sempre se consegue uma brecha em caso de necessidade. Antes de sair do consultório, Paul se sentiu um pouco envergonhado, suas lágrimas enfim tinham secado, e se desculpou por ter feito um escândalo. Nakkache lhe disse que aquilo não tinha a menor importância, apertou amigavelmente seu ombro e se despediu com um reconfortante "Boa sorte". A consulta estava concluída.

Só depois de descer a escada, subir a rue Ortolan e sentar-se em um banco na Place Monge, à medida que a lembrança da dor se desvanecia, Paul começou a se perguntar sobre a natureza da sua doença. Uma lesão podia ser uma coisa grave, aliás era surpreendente que o médico tivesse se disposto a marcar os seus exames, e com tanta rapidez, ele tinha dito "em caso de necessidade", mas talvez fosse um eufemismo para "em caso de urgência", e o jeito compassivo de apertar seu ombro enquanto lhe desejava boa sorte era por si só preocupante. Ligou o celular e fez umas pesquisas na internet, que imediatamente confirmaram todas as suas suspeitas: tendo em vista os exames que pediu, muito provavelmente Nakkache suspeitava de um câncer na boca. Onze da manhã, era dia de feira na Place Monge, havia vendedores de queijo, salsicheiros, barracas de verduras frescas. Ele gostaria de poder fazer compras, saber escolher as verduras e as frutas, identificar algo interessante no peixeiro; agora era tarde, disse para si mesmo, tomando consciência de que ia morrer, de que aquele cinquentenário provavelmente seria o seu último aniversário, de que não estava mais na mesma realidade que aquelas mulheres de idades variadas que circulavam entre as barracas puxando seus carrinhos de compras com uma expressão astuta. Depois tudo mudou, sentiu que pertencia de novo ao mesmo mundo que elas, talvez não fosse morrer logo, isso ia depender do resultado dos exames; ainda bem que estava de licença, não ia contar nada a Prudence, se tudo corresse bem ela nunca saberia. Desceu pela escada rolante, sempre tinha gostado dessa imensa e vertiginosa escada rolante do metrô Monge, que rapidamente se aprofundava muito sob a terra e nunca enguiçava, ao contrário de todas as outras escadas rolantes do metrô de Paris, havia quase trinta anos que a conhecia e nunca a viu parada, mas dessa vez sentiu-se oprimido ao mergulhar na escuridão subterrânea, quando chegou ao patamar de baixo se virou e viu, muito acima dele, um pedaço de céu, galhos ensolarados de árvores. Voltou imediatamente para a escada rolante, dessa vez para cima, e enquanto subia se culpava por reagir dessa maneira, mas a necessidade de estar ao ar livre era mais forte. Decidiu ir para casa de táxi, o transporte público não ia funcionar naquele momento, a sensação de ter sido *deixado de lado* continuava latente e podia voltar a qualquer instante. Saiu do metrô bem na frente da loja de ferragens/cutelaria da rue Monge, também a conhecia havia quase trinta anos. Andou novamente pelos corredores da feira, olhou para as barracas de charcutaria italiana, de salaminhos locais. Ia mesmo ter que desistir de tudo isso? Era possível, evidentemente, na verdade é assim que as coisas acabam na maior parte das vezes, na hora do enterro as pessoas dizem "ele teve uma vida boa", e quase sempre isso é mais ou menos verdade, mas ao mesmo tempo é sempre falso, uma vida nunca é boa quando se considera o seu fim, como disse Pascal com sua brutalidade habitual. "O último ato é sangrento, por melhor que seja a comédia em todo o resto: no final se joga terra sobre a cabeça, e é isso para sempre." De repente o mundo lhe pareceu limitado e triste, de uma tristeza quase infinita.

    O táxi afinal não foi uma boa ideia, o caminho de volta passava pelo hospital Pitié-Salpêtrière e ele foi tomado pela súbita certeza de que iria acabar sua vida ali, com sofrimento, aquele hospital parecia gigantesco, uma cidadela monstruosa no coração de Paris inteiramente dedicada à dor, à doença e à morte. Essa impressão se desvaneceu assim que chegaram à altura do Parc de Bercy, ele pediu ao motorista que parasse e terminou o trajeto a pé, precisava muito acalmar suas oscilações mentais, ou pelo menos diminuir sua intensidade, antes de ver Prudence. Seu pai pelo menos tinha conseguido escapar do hospital, estava terminando a vida na própria casa, no ambiente que amava. Havia conseguido isso para o pai, mas será que conseguiria para si mesmo? Não tinha muita certeza, e se perguntou se Prudence seria capaz de defender esse ponto de vista. Ela tendia a obedecer às autoridades, confiar nas pessoas competentes — no caso, os médicos; bater de frente com as autoridades médicas para impor seus direitos de esposa lhe exigiria um esforço enorme. Ele próprio, de fato, não precisara fazer isso no caso do pai, contestou uma autoridade administrativa cuja estupidez geralmente era reconhecida, mas não a autoridade médica, que era representada por Leroux. Quando realmente é preciso enfrentar o poder médico, a única solução é ter no bolso um médico suficientemente reconhecido, no mínimo um ex-residente de algum hospital de boa reputação, mas um ex-chefe de clínica funcionava melhor, um título de professor sempre caía bem, o sistema de valores vigente no mundo médico era tão cheio de penduricalhos quanto a corte do rei Luís XIV; Prudence seria derrotada imediatamente. Ele, por seu lado, precisava se fortalecer, preparar-se para o confronto.

Já em casa, serviu-se um copo grande de Jack Daniels e se acalmou aos poucos, depois guardou as receitas em uma gaveta da escrivaninha do seu antigo quarto, que se tornara um quarto de hóspedes e eventual escritório, para o caso improvável de que precisasse de um escritório, dificilmente entrava lá e Prudence, nunca; não havia risco nenhum.

Ela chegou do trabalho pouco depois das seis da tarde e começou a cozinhar logo em seguida, tinha decidido preparar um risoto cremoso com vieiras arrematado por um molho de açafrão, o sucesso de um risoto nunca é garantido, enfim, requer uma certa concentração. Saboreando um copo de Sauternes enquanto ouvia os sons vindos da cozinha, Paul pensou que finalmente tinha conseguido alguma forma de felicidade e que era uma pena morrer agora; depois tentou, com uma determinação renovada, afastar esse pensamento. Como era de se esperar, Prudence não havia prestado muita atenção naquela consulta com o otorrino, parecia até ter esquecido, por enquanto não havia nada a temer. Durante o jantar ela falou sobre as férias, adoraria ir para a Sardenha, tinha vontade de conhecer a Sardenha havia muito tempo, explicou. Era a primeira vez que falava no assunto; ela imagina sinceramente que pensa nisso há muito tempo, pensou Paul com emoção, não se dá conta de que está tentando repetir o milagre das nossas férias na Córsega, há vinte anos. Infelizmente já era final de junho, tarde demais para reservar algo em agosto. Talvez pudessem ir em setembro, pelo menos um pouco, mas o conformismo era a regra no ministério em relação às férias de verão, provavelmente teriam que tirar pelo menos duas semanas em agosto e planejar alguma viagem, mas seria impossível conseguir algo mesmo que fosse para um lugar menos procurado que a Sardenha. Restavam Saint-Joseph e Larmor-Baden, o que ele preferia? Saint-Joseph, respondeu Paul sem hesitar. Escolher entre Saint-Joseph e Larmor-Baden era, de certa forma, escolher entre dois moribundos, e ele tinha a sensação de que a história do seu pai não estava terminada, ainda havia algo a esclarecer sobre ele, ao passo que Prudence parecia bastante tranquila em relação ao seu. "Então vamos esquecer os shortinhos...", respondeu com um sorriso fugaz no rosto. De jeito nenhum, disse Paul, ela poderia perfeitamente andar de bicicleta usando um shortinho, havia ótimos passeios na região. Na certa podia levá-la para um bosque e transar com ela, lembrou de ter lido em uma revista, provavelmente uma revista feminina, que fazer sexo no mato era uma fantasia de cem por cento das mulheres pesquisadas, devia haver algo na vegetação que estimula a produção hormonal, uma coisa curiosa. Sim, disse para si mesmo, aquelas podiam ser férias ótimas; mas a possibilidade mais verossímil, pensou logo depois, era que suas férias de verão fossem em La Pitié-Salpêtrière.

3

Como Nakkache lhe adiantara, conseguiu marcar com facilidade a tomografia computadorizada e o PET-Scan; agora se lembrava, foi a enfermeira de Lyon, aquela simpática e com um corpão, que lhe falara disso pela primeira vez, e Brian também mencionou o exame, em francês era chamado de "tomografia por emissão de pósitrons". O nome era impressionante, o dispositivo também, curvo e maciço, de um metal esbranquiçado, quase bege, que evocava imediatamente filmes espetaculares de ficção científica, dava a impressão de que aquele aparelho absorvia sozinho metade do orçamento do hospital.

Na terça-feira seguinte, às dez da manhã, voltou ao consultório do otorrino. Nakkache apertou sua mão por um longo tempo antes de fazê-lo sentar, depois pareceu cair em uma prolongada meditação. Paul se perguntou se o intuito dessa encenação era mergulhá-lo em um estado de ansiedade apropriado para a seriedade da conversa; em caso afirmativo, o objetivo tinha sido alcançado.

— Tenho notícias boas e ruins — disse por fim. — A má notícia é que a biópsia confirmou a natureza maligna do tumor que afeta o tecido gengival.

— Maligna quer dizer cancerosa?

O médico lhe deu um olhar de desaprovação: não, isso era justamente o que ele não queria dizer; mas enfim, sim, já que tinha que chegar lá, era mesmo câncer. A boa notícia, prosseguiu, era que esse câncer tinha uma extensão limitada. Os gânglios linfáticos do pescoço haviam sido afetados, certo, mas isso era quase sistemático, de qualquer maneira sempre se faz o esvaziamento dos linfonodos; às vezes, quando os gânglios são atingidos, pode-se temer um câncer de laringe associado ao câncer de boca; mas não era o caso.

— O mais importante — continuou — é que o PET não detectou

qualquer metástase. Definitivamente, seu câncer não está se espalhando, e isso é uma ótima notícia, sem dúvida. Então temos um tumor, um tumor sério, e vamos fazer o que for preciso para nos livrar dele. — O médico havia assumido um tom marcial, tipo Vietnã, devia ter uma grande prática em relações humanas, pensou Paul, ele próprio não seria capaz de fazer o mesmo. — Não havendo metástase, então — continuou —, a cirurgia deve ser o suficiente, com um pouco de quimioterapia e radiação, mas realmente muito pouco, a meu ver. Uma notícia menos boa é que o tumor tem uma certa extensão; é uma pena, se você tivesse vindo pelo menos uns dois ou três meses antes, poderia ter evitado isso; mas agora vamos ter que encarar uma intervenção cirúrgica séria.

— O que quer dizer?

— Prefiro deixar que o próprio cirurgião lhe fale sobre isso. Se entendi bem, você não está trabalhando no momento, seu tempo está bastante livre?

— Sim, pode-se dizer que sim.

— Tomei a liberdade de marcar uma consulta na sexta de manhã, para que você possa conhecê-lo. Naturalmente, vou também.

— Onde vai ser?

— No Pitié-Salpétrière.

Depois de um percurso que Paul achou interminável, com corredores verde-claros sucedendo indefinidamente outros corredores verde-claros, chegaram finalmente à sala B132. Nakkache bateu no vidro opaco que havia na parte de cima da porta. Entraram em uma pequena sala com paredes brancas, cuja única mobília era uma mesa, também branca. Ali sentados havia dois homens, com uns papéis à frente. Ambos eram quase totalmente carecas, estavam usando jalecos de hospital e tinham bigodes pretos — pareciam muito com o Dupont e o Dupond de *Tintim*, exceto que os bigodes eram menos espessos e a semelhança não tão completa, um dos dois era ligeiramente mais corpulento e parecia mais velho, mas tanto um como o outro conseguiam ter um aspecto ligeiramente carrancudo e ao mesmo tempo benevolente, como se os pacientes fossem seres de quem não se podia esperar nada de bom, mas que de todo modo precisavam socorrer, era seu trabalho. Isso parecia reconfortante, assim como o fato de já terem visto o seu prontuário — Paul reconheceu o cabeçalho de um dos laboratórios —, e se perguntou qual dos dois era o cirurgião.

— Eu sou o dr. Lesage — disse o mais velho. — Um dos responsáveis pela quimioterapia aqui no serviço.

— E eu o dr. Lebon, da radioterapia — disse o outro.

— O dr. Martial está um pouco atrasado — explicou Nakkache —, é ele que vai ser o seu cirurgião.

O cirurgião em questão chegou cinco minutos depois. Era muito diferente dos outros dois, boa pinta, uns trinta e poucos anos, cabelo comprido e cacheado, um perfeito cirurgião da coleção Harlequin ou de uma série americana. No entanto, ele se diferenciava de George Clooney por ter um estilo muito mais cool, com um tênis John B. King, em homenagem a um jovem jogador de basquete americano, o esportista mais bem pago do mundo, cujo salário acabava de ultrapassar o de um atacante do Real Madrid; a sola tinha pelo menos cinco centímetros de espessura, Paul nunca tinha visto um sapato com uma sola tão grossa, exceto uma vez, em um documentário sobre a Swinging London no qual uma garota usava uma minissaia tremendamente curta — era praticamente um cinto — e sapatos com umas solas tremendamente altas, cheias de água, dentro das quais nadavam peixinhos dourados. Nessas condições, os peixes morriam em poucos dias, e logo os sapatos foram proibidos pela intervenção de uma sociedade de proteção aos animais. Não sabia por que estava pensando nessas coisas, tinha dificuldade para prestar atenção no cirurgião, que agora se dirigia a ele, que o chamara de "sr. Raison", mas o resto da frase era incompreensível, estava falando sobre mandibulectomia, glossectomia, ressecção, nada disso fazia sentido para ele. Seu cérebro estava funcionando mais devagar desde o momento em que entrara na sala, era como se tivesse sido atingido por alguma coisa intermediária entre anestesia e bruxaria, mas finalmente conseguiu formular uma pergunta.

— Então, não é só a cirurgia... — disse, falando com Dupont e Dupond —, também vai haver radioterapia e químio.

Os dois se moveram com modéstia em seus assentos, como se fossem chimpanzés querendo mostrar seu melhor perfil numa entrevista de emprego no circo.

— É verdade — disse por fim o radioterapeuta, com certo cansaço —, infelizmente a cirurgia não pode resolver tudo. Dirigiu um olhar suave a Martial, que estremeceu ligeiramente, mas se absteve de responder. — O dr. Lesage vai intervir no pré-operatório — continuou — para reduzir o tumor, se possível, ou pelo menos estabilizá-lo; eu vou intervir no pós-operatório, para eliminar as células cancerosas remanescentes nas imediações do tumor.

— Mas pensei que não havia metástase...

Lesage olhou-o com gravidade, abriu e fechou a boca várias vezes antes de falar. O PET-Scan, de fato, não havia detectado nenhuma metástase; mas, justamente, isso era um resultado surpreendente. Esses cânceres de mandíbula costumam ser muito invasivos, especialmente quando afetam os gânglios linfáticos, as células cancerosas podem passar para a linfa, que irriga todas as áreas do organismo. Em suma, seria mais realista dizer que não havia metástase *por enquanto*. Além disso, não se podia esquecer o fato de que o PET-Scan não consegue detectar certas metástases, disse ele com tristeza; era mesmo para ficar triste, pensou Paul, se esse aparelho que parecia custar o preço de um Airbus era incapaz de cumprir sua função.

— E, no entanto, o PET-Scan é um progresso enorme — interveio novamente o mais jovem dos dois médicos, cujo nome Paul já tinha esquecido, decidiu chamá-lo de Dupond, havia algo de lunar em sua pessoa que correspondia bem ao D final, enquanto o mais velho, mais terreno, mais ancorado na realidade cotidiana, seria um Dupont perfeito. Quanto ao cirurgião, iria chamá-lo de King, para simplificar. Dirigiu sua atenção a ele e confessou não ter entendido nada da explicação que dera a respeito da operação. Realmente, concordou King, havia certos termos técnicos que ele poderia ter deixado mais claros. Ressecção era simplesmente a remoção do tumor. A mandibulectomia segmentar consistia na remoção de parte do maxilar inferior; no caso, todo o ramo horizontal da mandíbula esquerda, bem como a sínfise central — ou seja, o queixo —, teriam que ser retirados. Quanto à glossectomia, era a ablação da língua; infelizmente, neste caso, deveria afetar toda a parte móvel.

Fez-se um silêncio completo na sala. Paul não teve nenhuma reação, o que preocupou o cirurgião. Nesse momento, alguns pacientes entram em colapso, têm um acesso de desespero; outros ficam furiosos, recusam energicamente a perspectiva que lhes é oferecida, às vezes chegam a insultá-lo; outros ainda começam imediatamente a barganhar, como se pudessem, com sua astúcia, negociar uma cirurgia um pouco menos agressiva; mas ele nunca tinha conhecido ninguém que aceitasse imediatamente, de boa vontade, o procedimento; e tampouco ninguém que, como Paul, ficasse absolutamente inerte, como se não tivesse ouvido o diagnóstico. Era algo tão incomum que acabou lhe perguntando:

— Entendeu o que eu lhe disse, não é mesmo, sr. Raison? — Paul fez que sim, ainda em silêncio.

— Vou ter que ficar muito tempo no hospital? — perguntou por fim, quebrando um silêncio cada vez mais pesado. O cirurgião estremeceu ligeiramente; era uma pergunta que os pacientes sempre faziam em algum momento; mas quase nunca era a primeira.

— Se não houver complicações, prevemos um mínimo de três semanas de internação — respondeu. — É uma operação séria, você vai passar algum tempo na sala de cirurgia.

— Quanto tempo? — As coisas estavam melhorando, pensou o cirurgião, ele estava começando a fazer perguntas normais.

— Entre dez e doze horas. Pode haver uma ou duas intervenções adicionais, a decidir depois, mas muito mais curtas, uma ou duas horas, não mais que isso. O primeiro procedimento é o mais importante: vou fazer a ablação e logo em seguida a reconstrução, para que você não fique desfigurado. A solução clássica de reconstrução é usar o osso da escápula para reconstruir o maxilar e parte do músculo grande dorsal, com a pele adjacente, para a língua. Mas no seu caso pode ser possível usar uma mandíbula artificial de titânio, feita com uma impressora 3D, eu teria que consultar um colega; nesse caso a operação seria um pouco mais curta.

Era preciso saber também, continuou o cirurgião, que a língua enxertada não ia ser totalmente funcional, sua utilidade era sobretudo preencher a boca. Não teria músculos, enquanto uma língua humana normal dispõe de dezessete, nem papilas gustativas. Se ela tivesse movimentos, seria apenas graças aos músculos remanescentes da base, que não podiam ser removidos sem causar necrose de toda a área. Só depois de uma longa reabilitação, que levaria pelo menos três meses, conseguiria falar e comer mais ou menos normalmente. No princípio teria que ser alimentado por gastrostomia, e também precisaria de traqueotomia para respirar, pelo menos na primeira semana.

Nakkache olhou preocupado para Paul, que continuava sem reação, era como se não estivesse muito presente ali e aquilo não tivesse nada a ver com ele. Depois de outro longo silêncio, porém, perguntou se a operação era urgente. Infelizmente era, respondeu o cirurgião: quanto mais esperarmos, mais tempo o tumor terá para se desenvolver. Deviam marcar para o final do mês, no máximo início de agosto. E na verdade, pensando melhor, isso provavelmente eliminava a solução da mandíbula artificial de titânio; elas só eram feitas nos Estados Unidos, e o prazo de entrega era longo demais. Paul balançou a cabeça em silêncio; não tinha mais perguntas.

Ainda em companhia de Nakkache, percorreu no sentido contrário os intermináveis corredores verde-claros. Havia uns dez táxis parados em frente à entrada principal do hospital, mas decidiu voltar para casa a pé, era um trajeto de quinze ou vinte minutos no máximo. Antes de pegar um táxi, Nakkache virou-se para ele, hesitou, procurou as palavras.

— É um choque para você, essa cirurgia assim tão imediata, eu entendo... — acabou dizendo, com certa dificuldade. Paul lhe deu um olhar indiferente e respondeu com calma:

— Para mim está fora de questão fazer uma operação dessas. Radioterapia e quimioterapia, tudo bem; mas cirurgia, não.

— Não, espere, espere um minuto! — exclamou Nakkache, em pânico. — Não reaja dessa maneira! Você tem um câncer grave. Quando o osso é atingido, o prognóstico não é nada bom, comparando com outros cânceres similares: 25% de chance em cinco anos. Se você recusar a cirurgia, serão ainda menos.

— Então quer dizer — interrompeu Paul — que eu teria que remover meu maxilar e cortar minha língua para ter uma chance em quatro de sobreviver?

Nakkache se calou de repente; era exatamente isso, percebeu Paul. O otorrino ficou visivelmente constrangido, no mesmo momento se arrependeu, não tinha planejado dar aquela informação, mas era exatamente isso.

— Precisamos conversar melhor... — respondeu Nakkache apressado. — Estou sem a minha agenda aqui, mas me telefone amanhã, ou mesmo esta noite, que eu arranjo um horário. — Paul assentiu em silêncio, determinado a não fazer nada. Sua decisão estava tomada.

Parou no meio da ponte de Bercy. À sua esquerda, estava o Ministério da Economia e, mais adiante, podia ver o relógio da Gare de Lyon; à direita, estendia-se o Parc de Bercy. Decididamente, sua vida tinha transcorrido em um espaço restrito, pensou, e isso iria durar até o final, pois atrás dele se erguia o hospital Pitié-Salpêtrière, onde com toda certeza iria acabar. Como tudo era tão curioso! Infinitamente curioso. Menos de três semanas antes, ele era uma pessoa normal, sentia desejos carnais, podia fazer planos de férias, vislumbrar uma vida longa e talvez feliz, agora mais do que nunca, aliás, desde que voltou com Prudence, ele sempre a amou, e ela também sempre o amou, isso era uma coisa evidente. E então, no breve tempo de algumas consultas médicas, tudo havia mudado, a ratoeira tinha se fechado sobre ele, e não ia se abrir, pelo contrário, ele ia sentir sua mordida cada vez mais cruelmente, o tumor continuaria devorando sua carne, até aniquilá-la. Tinha sido jogado em uma espécie de tobogã incompreensível, cuja única saída era a morte. Quanto tempo ainda lhe restava? Um mês? Três meses? Um ano? Essa pergunta teria que ser feita aos médicos. Depois seria o nada, um nada radical e definitivo. Não veria mais nada, não ouviria mais nada, não tocaria em mais nada, não sentiria mais nada, jamais. Sua consciência teria desaparecido por completo, e tudo seria como se ele nunca tivesse existido, sua carne apodreceria na terra — a menos que optasse pela destruição mais radical da cremação. O mundo iria continuar, os seres humanos se acasalariam, sentiriam desejos, perseguiriam metas, alimentariam sonhos; mas tudo isso ia acontecer sem ele. Ele deixaria uma marca tênue na memória dos homens; mais tarde esse rastro também desapareceria. De repente, foi tomado por um verdadeiro movimento de ódio a Cécile e às suas crenças estúpidas. Pascal estava certo, como de costume: "No final se joga terra sobre a cabeça, e é isso para sempre".

Agora ele ia ter que falar com Prudence, não podia mais adiar. Felizmente era sexta-feira, não queria lhe dizer isso durante a semana, sabendo que no dia seguinte ela teria que voltar ao trabalho; também não conseguia se imaginar contando em um sábado, na verdade não conseguia se imaginar falando disso com ela, nunca; mas era necessário.

4

Na realidade, só conseguiu falar no final da manhã de domingo, depois de fazerem amor por mais tempo que o normal, depois de dar a ela, tinha certeza, mais prazer do que o normal, mas que obviamente não estava à altura da situação, seria preciso algo como um orgasmo absoluto, telúrico, um orgasmo que por si só pudesse justificar uma vida, enfim, seria preciso algo que não existia, exceto talvez nos romances de Hemingway, lembrou-se de uma passagem particularmente estúpida de *Por quem os sinos dobram*.

Falou com ela longamente, dando detalhes, por mais de dez minutos, sem lhe esconder nada, sem nem mesmo tentar mentir. Ela o ouviu, abraçando os joelhos na cama, encostada em dois travesseiros, sem dizer uma palavra. Não teve uma crise de choro, na verdade não teve quase reação alguma, de vez em quando fazia o gesto de dar um soco com a mão direita, batia a esmo no ar, de vez em quando também respirava com mais força. Quando Paul terminou, ela ficou em silêncio por um ou dois minutos, antes de virar-se e lhe dizer secamente, quase com hostilidade:

— Você precisa de uma segunda opinião. Ouvir outro médico.
— Que médico?
— Não sei. Telefone para o Bruno.
— Por que ele? Bruno não entende nada de medicina.
— Ele conversou com o ministro da Saúde sobre o seu pai; os dois se conhecem, têm boas relações. Ele deve saber quem é o melhor médico nessa área; enfim, imagino que um ministro da Saúde deve saber certas coisas sobre saúde.
— É, você deve ter razão.
— Telefona agora.
— Hoje é domingo.
— Eu sei que é domingo. Mas telefona agora.

* * *

Estava meio esquecido do ritmo de trabalho de Bruno, mas este retornou logo a seguir. Depois de ouvi-lo sem dizer uma palavra, concluiu:

— Vou dar uns telefonemas, depois tenho que esperar as respostas. Posso ligar de volta daqui a duas ou três horas?

Esperaram esse telefonema assistindo a reprises de *Dimanche Martin*. Jacques Martin, um dos *seigneurs* da televisão francesa durante a segunda metade do século XX, estava se tornando um patrimônio, como Michel Drucker certamente também seria, e ainda mais rápido, poucas semanas após sua morte.

Bruno voltou a ligar exatamente duas horas depois:

— Você tem uma consulta marcada amanhã às dez da manhã com o professor Bokobza; é o melhor especialista europeu em cirurgia de câncer de boca. Atende no Instituto Gustave Roussy, em Villejuif. Esta tarde o dr. Nakkache — é o otorrino que você consultou, não é? — vai lhe enviar o seu prontuário por e-mail.

Paul saiu da autopista A6 na altura da avenida Président Allende, depois virou na rue Marcel Grosménil para entrar na rue Edouard Vaillant, onde fica o instituto.

Filho de Hippolyte Grosménil e Julienne Fruit, depois de concluir o ensino fundamental Marcel Grosménil passou três anos como aprendiz em uma fábrica antes de prestar o serviço militar na cavalaria, em Provins. Operário metalúrgico, casou-se em 31 de outubro de 1925 com Marie Mathurine Cadoret e o casal teve um filho, Bernard. A família morava na rue de Gentilly, nº 10, em Villejuif, onde a mulher tinha um comércio. Torneiro mecânico na fábrica Hispano Suiza de Paris, no 19º Arrondissement, em 1935 Grosménil se transferiu para a Société des Moteurs Gnome et Rhône, e em maio do mesmo ano foi eleito vereador em Villejuif, na lista encabeçada por Paul Vaillant--Couturier. O conselho local cassou seu mandato em 29 de fevereiro de 1940, por pertencer ao Partido Comunista. Considerado "ausente" por seu empregador em 30 de junho de 1940, foi recontratado em

23 de abril de 1941. Capturado em Bordéus junto com seu amigo Raymond Pezart quando iam ingressar nas Forças Francesas Livres, na Argélia, foi internado em Compiègne e mais tarde deportado para a Alemanha, enviado ao campo de concentração de Oranienburg, onde morreu no mês de abril de 1945. Grosménil teve seu reconhecimento como "morto pela França" em 14 de dezembro de 1948.

Villejuif, governada sem interrupção por prefeitos comunistas de 1925 a 2014, foi por muito tempo uma comuna emblemática da "periferia vermelha", até que os movimentos populacionais mais recentes mudaram o curso das coisas. Para começar, não havia mais muitos judeus em Villejuif, apesar do nome; ao contrário, a comuna ficou conhecida por diversos atentados ou planos de atentados islâmicos. Em janeiro de 2015, Amedy Coulibaly, que mais tarde participaria da tomada de reféns no supermercado Hypercacher, em Porte de Vincennes, e do assassinato de quatro pessoas, explodiu um carro em Villejuif. Em abril do mesmo ano, o estudante argelino Sid Ahmed Ghlam foi detido enquanto planejava um ataque com armas de fogo durante a missa de domingo nas duas igrejas de Villejuif. Em 13 de novembro de 2015, o saguão da prefeitura foi incendiado como homenagem aos massacres que um pouco antes, naquela mesma noite, haviam deixado 129 mortos em Paris. Subindo a rue Edouard Vaillant rumo ao hospital, Paul seguiu ao longo do parque departamental de Hautes--Bruyères, onde em janeiro de 2020 um homem desequilibrado que tinha acabado de se converter ao islamismo atacou os transeuntes com uma faca, matando uma pessoa e deixando dois feridos graves. Estava começando a se perguntar se não seria melhor ter vindo de metrô; foi uma surpresa agradável descobrir que havia um estacionamento no pátio do hospital. A fachada, com toques de cores vivas, lembrava um pouco a do hospital Saint-Luc em Lyon. Depois do PET-Scan, da perspectiva de uma traqueostomia e de uma gastrostomia, aquela fachada... Realmente, pensou com uma mistura de sentimentos ambíguos, estava seguindo cada vez mais os passos do pai.

Usando um impecável terno cinza-claro de três peças por baixo do jaleco branco de hospital e uma gravata-borboleta bordô, o professor Bokobza era a imagem perfeita do *chefão da medicina*, como foi popularizada em vários filmes e séries, o que Paul achou muito reconfortante; afinal sempre é melhor que as coisas correspondam aos seus clichês. O rosto austero, os óculos de metal com armação fina, tudo nele era altamente reconfortante; o cirurgião do Pitié-Salpêtrière talvez tivesse um cabelo um pouco comprido demais, e ainda por cima um tênis com uma sola alta demais. Paul não sabia que era tão conformista, tão *velha guarda*, mas aparentemente estava ficando desse jeito desde que surgiram as questões de vida e morte, todo mundo devia ser mais ou menos assim, intuiu.

— Então você é amigo do nosso ministro... — disse Bokobza com um pequeno sorriso, quando se sentou à sua frente.

— Não exatamente — respondeu Paul —, sou amigo de um dos colegas dele.

— Eu sei que as pessoas falam mal de nepotismo, privilégios, pistolão... Evidentemente é uma coisa justificada, mas todo mundo usa os seus contatos, quando os tem, mesmo as pessoas de nível social baixo, e temos que admitir que isso às vezes ajuda a resolver situações que parecem insolúveis por causa do excesso de regulamentação; e também quero lhe dizer, falando do seu caso, que esse câncer é uma coisa muito séria e, claro, você tem direito ao melhor tratamento possível. Há algo que precisamos esclarecer desde já: não é nada excepcional, em uma situação como a sua, sentir necessidade de uma segunda opinião médica; mas, ainda assim, não é uma iniciativa comum. Ela foi motivada, de uma maneira ou de outra, pela falta de confiança em seu cirurgião atual?

— Não sei — disse Paul, depois de pensar por algum tempo. — A princípio, foi minha esposa quem quis que eu viesse. Por outro lado, devo lhe dizer que a ideia dessa operação não me agrada nem um pouco; mas não sei realmente se é o cirurgião que me desagrada ou é o procedimento em si; um pouco de ambos, acho.

— Vejo que você tem dúvidas — respondeu Bokobza no mesmo instante —, para mim isso é o suficiente. Se não tem confiança absoluta no cirurgião, mesmo que seja uma coisa irracional, mesmo que seja injustificável, não deve fazer a cirurgia com ele. Você leu *Le Lambeau*, de Philippe Lançon?

— Não, já ouvi falar dele, era um jornalista do *Charlie Hebdo*, certo? Uma das vítimas do atentado?

— Exatamente. Recebeu uma rajada de Kalashnikov no rosto, depois passou por um processo de reconstrução bastante semelhante ao que você terá que enfrentar quando a mandíbula for removida. Digo isso porque nesse livro se entende a importância da relação de confiança que ele tinha com a cirurgiã; além do mais, tudo transcorre no Pitié-Salpêtrière quase o tempo todo. Enfim, recomendo porque é um bom livro, mas tenho que admitir que não é necessariamente muito animador para os pacientes. O autor fez não lembro quantas cirurgias, dez ou quinze, perdi a conta; ao todo, passou dois anos no hospital. Mas é bom dizer que isso é uma situação excepcional, seu caso não vai ser igual. O livro saiu há pouco mais de dez anos, e desde então temos feito progressos; o transplante sempre é uma operação delicada, os casos de insucesso são muitos; mas a técnica de imagem em 3D e das mandíbulas artificiais realmente ajudou muito.

— O cirurgião do Pitié acha que essa técnica não é aplicável no meu caso; a cirurgia é urgente, a prótese tem que ser fabricada nos Estados Unidos, não vai dar tempo.

— Bem, nesse ponto preciso dizer que discordo do meu colega; o seu câncer é agressivo, mas pouco invasivo. Com uma boa quimioterapia podemos reduzir o tumor, ou em todo caso interromper seu crescimento por alguns meses, o tempo necessário para fazer a prótese; e Lesage é um excelente profissional, confio inteiramente nele. Se você fosse meu paciente, eu encomendaria a prótese agora e programaria a cirurgia para o final de outubro. É perfeitamente possível operar aqui e fazer a químio e a radioterapia no Pitié-Salpêtrière; aliás, é o que eu recomendo, os tratamentos são cansativos, é melhor minimizar seus deslocamentos. Enfim, não quero me impor como cirurgião, a decisão cabe a você, naturalmente; sugiro que pense com calma no assunto e converse de novo com Nakkache, ele é um bom médico, você está com sorte.

Na verdade, queria falar mesmo era com Prudence; afinal, quem seria atingido, realmente atingido com a sua morte, além dela? Em certa medida, ele mesmo; mas em menor grau, pensava, porque a nossa própria morte nos atinge pouco, Epicuro tinha razão como sempre. Mas não ia entrar nessas considerações, ainda não.

— Segundo Nakkache, minhas chances de sobrevivência são mais ou menos de uma em quatro — disse num tom de voz curiosamente indiferente, ele próprio não entendia de onde aquilo saía.

— Isso mesmo — respondeu calmamente Bokobza. — Quando o osso é afetado, os números são mais ou menos esses. De todo modo, como não há metástase e o câncer é de uma natureza pouco invasiva, no seu caso as chances podem chegar a uma em cada duas, eu diria.

— Uma chance em duas; parece que estamos em um filme, não é?

— Você tem direito de fazer piada — respondeu o cirurgião, um pouco contrariado. — Para mim isso seria inadequado, evidentemente; mas você tem direito de usar o humor em relação à sua própria sobrevivência; faz parte dos direitos humanos, de certa maneira.

— Tenho outra pergunta. Substituir o osso por uma mandíbula artificial de titânio não me preocupa tanto assim, pelo contrário, tive tantos problemas com meus dentes que seria quase um alívio. Mas parece que, enfim, pelo que me disse o outro cirurgião, não existe uma boa solução para a língua.

Bokobza abaixou a cabeça, e dessa vez suspirou com lassidão antes de responder:

— É isso mesmo. De fato não avançamos muito nessa área. A comida não vai ter o mesmo sabor e falar será difícil. A mobilidade da língua, em geral, ficará bem reduzida.

— Não podemos limitar a operação ao maxilar e não mexer na língua?

O cirurgião sorriu sem querer:

— Sabe o que você está fazendo? Está tentando iniciar uma barganha. Vou lhe dar outra dica de leitura: Elisabeth Kübler-Ross. É dela a teoria sobre as cinco fases do luto. Essa teoria se aplica à própria morte, à de um ente querido, mas de maneira geral se aplica a qualquer forma de luto, que tanto pode ser um divórcio como uma amputação. — Depois voltou a falar sério, balançou a cabeça com tristeza: — Voltando à sua pergunta, infelizmente a resposta é não. A remoção parcial do tumor seria inútil, pode até facilitar a disseminação do câncer.

— E se eu me recusar a fazer qualquer tipo de cirurgia? Se nos limitarmos à químio e radioterapia?

— Então suas chances de sobrevivência serão muito menores; de qualquer maneira, nunca se pode ter certeza, um prognóstico perfeito é impossível. A quimioterapia sozinha não cura; mas às vezes, sem ninguém saber por quê, a radioterapia provoca a estabilização e depois a diminuição do tumor, até sua reabsorção total. É raro, mas acontece.

— E se não fizermos nada, quanto tempo eu tenho?

— Cerca de um mês.

Paul deu uma gargalhada curta, mas se calou abruptamente. Bokobza abaixou a cabeça, sem graça, segundos depois levantou-a e ficou ainda mais sem graça quando viu as lágrimas escorrendo lenta e silenciosamente pelo rosto de Paul.

— Não tenho mais perguntas, doutor — disse afinal, com uma voz perfeitamente calma.

— Prefiro que você aceite a cirurgia, claro... — disse Bokobza enquanto o acompanhava até a porta. Antes que Paul se afastasse pelo corredor, agarrou-o pela manga, olhou diretamente nos seus olhos e acrescentou: — Uma última coisa. Se a radioterapia e a quimioterapia falharem, ainda existe a possibilidade de fazer uma nova cirurgia. É mais difícil, os tecidos estão enfraquecidos, o enxerto tem mais possibilidades de ser rejeitado; mas não é impossível. Eu já fiz essa operação — e deu certo.

5

Antes de voltar para casa, Paul passou na FNAC Bercy Village, na Cour Saint-Émilion, onde encontrou com facilidade o livro de Philippe Lançon. Na coleção Espiritualidades, da Livre de Poche, encontrou *Morte, porta da vida*, de Elisabeth Kübler-Ross; um título muito pouco convincente, à primeira vista o contrário parecia bem mais verdadeiro. Depois de pensar um pouco, pegou também *A morte é um novo sol*, um título bastante idiota também, mas que lhe evocava alguma coisa, ele não sabia o quê. Depois concluiu suas compras com um livrinho de um certo David Servan-Schreiber, que parecia um material de aconselhamento psicológico para pacientes com câncer. Não foi uma escolha muito boa, como percebeu logo: muito impregnado de pensamento positivo, o autor insistia na necessidade de ter momentos agradáveis, boas refeições com os amigos, regadas de vinhos regionais consumidos com moderação e pontuadas de boas risadas, chegava ao ponto de elogiar as piadas belgas; tudo aquilo lhe dava vontade de deitar e morrer, principalmente as risadas, na verdade já fazia muito tempo que detestava esses louvores aos vinhos regionais e às boas risadas, enfim, não era um livro para ele. Elisabeth Kübler-Ross era melhorzinha, não ficou nada convencido com sua teoria dos cinco estágios do luto. Os primeiros dois estágios, a negação e a raiva, simplesmente não pareciam ter acontecido no seu caso; o terceiro, a barganha, muito pouco; quanto ao último, aceitação, para ele era pura e simplesmente uma piada; afinal só restava o quarto estágio, o da depressão, que parecia real no seu caso; aquela teoria era uma cortina de fumaça, e logo em seguida desistiu de ler *Morte, porta da vida*. Ao abrir *A morte é um novo sol*, de repente se lembrou o que aquele título lhe trazia à mente: a comparação estúpida de La Rochefoucauld, que afirmava que não se podia olhar fixamente para um nem para o outro, o que era sabidamente errado no caso do sol, como se pode constatar todas as manhãs quando ele nasce, muitas vezes também quando se põe. Apesar do título bobo, o segundo livro era bem mais interessante que o primeiro: a médica suíça foi uma pioneira na descrição de experiências de morte iminente, *Near Death Experience*, e disso ele lembrava vagamente por causa de uma comédia romântica americana que havia esquecido quase por completo. Logo voltou à FNAC para comprar um livro do outro precursor, Raymond Moody, e achou-o apaixonante desde o início, muito melhor que o filme. Primeiro se dá a desencarnação, a saída do corpo físico e o momento de ficar flutuando a poucos metros deste, no quarto do hospital ou nas proximidades do carro acidentado. Depois, uma campainha estridente, como a que toca no colégio para o começo das aulas, e a sucção para dentro de um túnel escuro, que desce em uma velocidade vertiginosa. Depois o túnel desemboca em um lugar incerto, um espaço novo, desconhecido e quase abstrato. Algumas pessoas reveem sua vida inteira nesse momento, numa sucessão de algumas centenas de imagens muito breves. Então aparecem os seres de luz. Primeiro os parentes, já mortos, que estão reunidos ali por sua causa, para lhe ensinar os passos seguintes; você reconhece a todos, seus avós e seus amigos mais velhos, reconhece cada um deles. Por fim, na última etapa, avista a luz primordial, que temporariamente havia se encarnado em uma forma visível; então você entende que ela sempre estará lá, mas que por enquanto prefere deixar que seus entes queridos o guiem.

Os depoimentos eram lindos, convincentes, principalmente por virem de pessoas simples, de vocabulário limitado e que pareciam incapazes de inventar tais histórias. A experiência da desencarnação era sem dúvida a mais crucial; Paul achava impossível imaginar a vida fora do corpo físico, era uma coisa inconcebível para ele; no entanto, era exatamente disso que as pessoas se lembravam quando despertavam, e essa memória, ao contrário daquelas, cheias de harmonia e luz, que marcavam o resto do caminho, não tinha nada de particularmente agradável, nem desagradável, aliás, a maioria das pessoas sentia apenas uma relativa indiferença em relação ao corpo físico, às vezes até alguma vontade de recuperá-lo, simplesmente porque estavam acostumadas com ele, mas o que prevalecia era uma profunda incerteza, como se vê no depoimento de uma caixa do Walmart: "Pensei que devia estar morta, mas o que me preocupava não era tanto o fato de estar morta, mas não saber para eu onde devia ir. Ficava dizendo para mim mesma: 'O que vou fazer? Para onde eu tenho que ir?', e também: 'Meu Deus, estou morta! Não dá para acreditar!'. Afinal acabei decidindo esperar até aquela confusão passar e que levassem o meu corpo dali, depois sempre haveria tempo para ver aonde poderia ir". Sua espera pelas próximas instruções era uma coisa comovente, com certeza ela fora uma ótima caixa enquanto era viva, e não se poderia suspeitar em hipótese alguma de que aqueles relatos estivessem ligados a uma produção exagerada de endorfina, não tinham nada da ordem do êxtase, eram apenas de uma estranheza radical; mas esses momentos provocaram, em todos os que voltaram da experiência, uma mudança definitiva em sua concepção da vida. Com certeza, pensou Paul, se ele tivesse passado por isso não teria dificuldade em aceitar a morte. O simples fato de ser capaz de recordar a própria morte, o estado da morte em si mesma, seria um apaziguamento considerável para a humanidade, como se pode ver lendo os depoimentos dos sobreviventes de uma morte clínica. Por exemplo, o de um fazendeiro do Arizona: "Senti apenas um calor suave e um imenso bem-estar, como nunca tinha sentido antes. Lembro que pensei: 'Devo estar morto'". Ou o de um metalúrgico de Connecticut: "Não senti absolutamente nada, só paz, conforto, bem-estar, calma. Era como se todos os meus problemas tivessem acabado, e pensei: 'É doce, é sereno, não sinto mais nenhuma dor'". Simples e concretos na maioria das vezes, os depoimentos chegavam ao sublime quando tentavam descrever a luz primordial. Se tivesse tido a sorte de passar por uma experiência desse tipo, Paul sem dúvida enfrentaria a morte sem qualquer medo; mas não era o caso, sempre viu a morte como a destruição absoluta, um mergulho assustador no nada. Nenhuma descrição, por mais comovente que fosse, poderia substituir a experiência vivida. Mas continuou lendo a tarde toda, cativado, e de repente pensou que se Prudence encontrasse aquele livro ia concluir imediatamente que ele estava se preparando para morrer; teria que escondê-lo no seu escritório e ler na ausência dela. Afinal, só lhe faltava o Lançon; mas logo percebeu, folheando o volume, que a situação era bem diferente, porque naquela época a impressão em 3D ainda era um sonho futurista e principalmente porque, embora a mandíbula do jornalista tivesse sido esmigalhada, a língua não fora afetada; por isso, em última análise, seus casos tinham pouco em comum. Foi sem ajuda externa, então, que começou a criar uma versão aceitável para Prudence; ela ia lhe perguntar na hora, desde o minuto em que chegasse, ele não acreditava que tocaria no assunto antes, pelo telefone, era uma coisa importante demais, os dois tinham que estar juntos fisicamente; ainda dispunha de algum tempo para melhorar a sua história.

A mentira ideal consiste na justaposição de diferentes elementos da verdade com certas elipses entre eles; no fundo, é composta essencialmente de omissões, às vezes com alguns exageros bem dosados. O professor Bokobza lhe parecia um médico notável, confiava totalmente nele, bem mais do que no de Pitié-Salpêtrière; podia lhe dizer isso, era verdade, e Prudence acreditou sem dificuldade, tinha completa confiança nas recomendações de Bruno. Existiam duas possibilidades de tratamento, uma com cirurgia, outra com rádio e quimioterapia; isso também era verdade, só se absteve de especificar que esses dois caminhos não eram incompatíveis, que não tinham as mesmas chances de sucesso e que o professor Bokobza lhe havia recomendado claramente o primeiro. Tentou esquecer essa informação indesejável: uma boa mentira é uma mentira na qual a pessoa passa a acreditar de fato, e Paul sentiu, enquanto lhe dava sua explicação, que estava mentindo bem, que a desconfiança de Prudence ia se desvanecendo aos poucos e que ele próprio não ia demorar a esquecer a realidade, pelo menos por um tempo.

Uma história tranquilizadora demais não seria verossímil, afinal se tratava de um câncer, por isso era necessário introduzir elementos perturbadores e penosos; a radioterapia e a químio iam resolver o problema, mas viriam com a miríade de efeitos colaterais perfeitamente documentados: fadiga extrema, vômitos, perda de apetite, queda repentina dos glóbulos vermelhos, dos glóbulos brancos e das plaquetas sanguíneas, às vezes queda do cabelo. Esse câncer específico, da cavidade bucal, também tinha a dolorosa peculiaridade de ser fétido, Paul ficou sabendo que aos poucos sua boca ia começar a exalar um odor pestilento; a quimioterapia podia atenuar, mas não suprimi-lo completamente. A conversa durou um pouco mais de duas horas, e

Paul manteve a mesma atitude até o final, com uma dificuldade cada vez maior e alguns momentos de dúvida, mas não disse nenhuma mentira em sentido estrito, embora sofresse a tentação, cada vez maior, de lhe contar toda a verdade. Ele resistia e sabia que tinha razão, obviamente estava fodido e mais cedo ou mais tarde Prudence iria perceber isso, e provavelmente não ia demorar muito tempo, mas ela tinha que perceber por si mesma, no seu próprio ritmo. Ia ser difícil para ela, talvez devessem ter tido filhos, já seria alguma coisa, um amor substituto, apesar dos pesares. Essa ideia havia passado por sua cabeça, muitas vezes na vida, antes de considerá-la absurda. Vários artigos de revistas, na sua juventude, popularizaram as concepções dos sociobiólogos americanos sobre o "gene egoísta"; eles viam a procriação como uma espécie de uivo primitivo do gene, desesperado para garantir a própria sobrevivência, mesmo à custa dos interesses mais elementares dos indivíduos-suportes, com a ajuda de um audacioso embuste que consiste em mantê-los na ilusão de que, reproduzindo-se, poderiam vencer o jogo contra a morte, enquanto o inverso, naturalmente, é que é verdade, em todos os animais a reprodução é um passo decisivo para a morte, quando não a provoca diretamente, e de qualquer forma essa sobrevivência genética parcial seria apenas a paródia ridícula de uma sobrevivência de verdade. Nada nas lembranças que ele tinha do pai correspondia a esse esquema; tendo dedicado a vida à defesa da França, seu pai se via acima de tudo, ele sabia, como um dos guardiães da ordem e da segurança do país, e talvez até do mundo ocidental, de forma mais ampla; desiludido com sua atitude em relação à DGSI, ele ficou ainda mais decepcionado com a de Aurélien, que viu como uma rejeição aos princípios que tinham regido sua vida, por isso a maior parte do seu afeto foi depositado em Cécile, e mais tarde no seu marido, não havia nada de genético em tudo isso, era apenas transmissão cultural em estado puro.

De maneira curiosa, essa concepção estupidamente reducionista dos sociobiólogos americanos reforçava uma antiga concepção americana da infância, algo que o romance americano contemporâneo continuava a apresentar: enquanto as relações profissionais, de amizade e amorosas eram retratadas com o cinismo mais repugnante, as relações com as crianças apareciam como uma espécie de lugar encantado, uma ilha mágica em meio a um oceano de egoísmo; isso ainda podia ter sentido no caso dos bebês, que em poucos segundos nos fazem passar do paraíso, quando aninham sua carne tenra no nosso ombro, para o inferno dos acessos de fúria injustificada, já mostrando sua natureza tirânica e dominadora. O menino de oito anos, santificado como parceiro de beisebol e amigo travesso, ainda tem seu charme; mas as coisas degringolam muito rápido, como todo mundo sabe. O amor dos pais pelos filhos é uma coisa certa, uma espécie de fenômeno natural, principalmente no caso das mulheres; mas os filhos nunca respondem a esse amor e não são dignos dele, o amor dos filhos pelos pais é algo absolutamente antinatural. Se por azar Prudence e ele tivessem tido um filho, pensou Paul, nunca teriam a chance de se reaproximar. A primeira tarefa que o filho assume, assim que chega às portas da adolescência, é destruir o casal formado pelos pais, particularmente no plano sexual; as crianças não suportam a ideia de que seus pais tenham uma atividade sexual, principalmente entre si, consideram com toda lógica que essa atividade não tem mais razão de ser a partir do momento em que nasceram, não passa do vício repugnante de uns velhotes. Não foi exatamente isso que Freud ensinou; mas Freud, de qualquer maneira, não entendia grande coisa sobre o assunto. Depois de destruir os pais como casal, a criança começa a destruí-los como indivíduos, sua principal preocupação passa a ser esperar sua morte para receber a herança, como mostra claramente a literatura realista francesa do século xix. Isso no melhor dos casos, quando não tentam acelerar as coisas, como se vê em Maupassant, que não inventou nada, porque conhecia os camponeses normandos melhor do que ninguém. Enfim, é assim que acontece com os filhos, de modo geral.

Deveriam talvez ter adotado um cachorro, mas não fizeram isso, e agora só tinham um ao outro, e deveria ser o suficiente para eles até o fim. A entidade constituída por um casal, mais especificamente um casal heterossexual, continua sendo a principal possibilidade prática de manifestar amor, e Prudence perderia isso para sempre dentro de alguns meses, talvez semanas. Depois ela também teria que morrer, e ia fazer isso rápido, mas seus últimos momentos seriam difíceis, não por causa da sua própria morte, ela não ligava para isso, as mulheres se identificam facilmente com sua função e entendem facilmente que, terminada a função, sua própria vida também termina; os homens estão numa posição mais delicada, por diversas razões históricas puderam definir algumas vezes a sua função em relação ao seu ser, pelo menos foi o que pensaram, e depois disso, naturalmente, passam a dar uma importância especial ao ser em questão e ficam bastante surpresos quando ele também chega ao fim. Os últimos momentos de Prudence seriam difíceis simplesmente porque seriam solitários e absurdos: para quê? Com que objetivo?

Ela adormeceu nos seus braços, parecendo mais tranquila; quando alguém, especialmente uma mulher, deseja apaixonadamente alguma coisa, nunca é muito difícil convencê-la de que vai acontecer. Com Bruno não ia ser tão fácil: ele sabia que Bokobza era cirurgião, deviam até ter conversado; teria que lhe telefonar no dia seguinte.

No fundo, é bastante recente que os códigos de polidez vigentes no meio de Paul incluam a obrigação de ocultar sua própria agonia. Primeiro, a doença em geral se tornou obscena, um fenômeno que se difundiu no Ocidente nos anos 1950, a princípio nos países anglo-saxões; agora todas as doenças, em certo sentido, passaram a ser vergonhosas, e as doenças fatais, claro, são as mais vergonhosas de todas. Quanto à morte, indecência suprema, logo se optou por encobri-la o máximo possível. As cerimônias fúnebres ficaram mais curtas — a inovação técnica da cremação permitiu acelerar significativamente os procedimentos, e desde a década de 1980 as coisas estavam praticamente resolvidas. Bem mais recentemente, as camadas mais iluminadas e progressistas da sociedade também começaram a escamotear a agonia. Tornou-se inevitável, porque os moribundos desapontaram as esperanças depositadas neles, relutando muitas vezes em aceitar que sua morte podia servir como motivo para uma festa de arromba, e ocorreram alguns episódios desagradáveis. Nessas condições, as camadas mais esclarecidas e progressistas da sociedade decidiram esconder a hospitalização, e a missão dos cônjuges, ou, não havendo cônjuges, dos parentes mais próximos, era apresentá-la como um período de férias. Caso se prolongasse, a ficção de um ano sabático, já mais perigosa, foi usada por alguns, mas era pouco verossímil longe dos meios universitários e, de qualquer maneira, raramente era necessária, as hospitalizações prolongadas já constituíam uma exceção, de modo geral a eutanásia era uma decisão que se tomava em poucas semanas, ou até em alguns dias. As cinzas eram espalhadas anonimamente por um membro da família, quando havia algum, ou por um jovem escrivão do cartório. Essa morte solitária, a mais solitária que se conhece desde o início da história humana, havia sido celebrada pelos autores de vários livros de autoajuda, os mesmos que incensavam o Dalai Lama alguns anos antes e que, mais recentemente, deram a guinada da ecologia fundamentalista. Viam nela um bem-vindo retorno a alguma forma de sabedoria animal. Não são apenas os pássaros que se escondem para morrer, como diz o título francês do famoso best-seller de uma autora australiana, que também deu origem a uma série de televisão ainda mais famosa e mais lucrativa; a grande maioria dos animais, mesmo os de espécies altamente sociais, como os lobos ou elefantes, ao sentir que a morte se aproxima têm necessidade de se afastar do grupo; assim fala a voz da natureza em sua sabedoria imemorial, sublinhavam os autores de autoajuda.

Bruno, ele sabia, não tinha a menor simpatia por esses novos códigos civilizados vigentes entre a burguesia culta; era mais do tipo que encara os fatos sem rodeios, chamando as coisas pelo nome e sem fazer o menor esforço para dissimular a realidade. Aliás, foi ele quem ligou primeiro. Paul ainda não tivera tempo de arrematar a sua história, e no entanto se saiu muito bem, pelo menos foi a impressão que teve. Ele tinha recusado a cirurgia como primeira opção, o que, como admitiu francamente, diminuía suas chances de sobrevivência; mas poderia voltar a ela mais tarde, caso a radioterapia não tivesse sucesso. Só se absteve de explicar que a operação, nesse caso, teria muito menos probabilidade de ser bem-sucedida. Duas verdades, seguidas de uma omissão: a mesma tática de mentira que usara com Prudence, e parecia funcionar com Bruno também; ia pedir regularmente notícias suas, concluiu este antes de desligar.

No dia seguinte tinha consulta com Dupond e Dupont, dessa vez no consultório do quimioterapeuta, um espaço pequeno e aconchegante, com paredes forradas de veludo verde, era surpreendente encontrar aquilo em um hospital. Paul se acomodou em um pequeno sofá no lado direito da sala. Dupont estava sentado numa cadeira giratória atrás de sua mesa e Dupond em uma poltrona Voltaire à sua frente. Dupond virou-se e olhou para Paul por um longo tempo antes de dizer:

— Naturalmente, vamos fazer o melhor que pudermos — e seu tom resignado já parecia indicar que considerava o fracasso uma coisa provável.

— Bokobza lhe explicou bem a situação, imagino — continuou Dupont, definitivamente todos pareciam ter um imenso respeito por Bokobza, o próprio Bruno nunca tinha desfrutado de tamanha unanimidade entre seus pares e colegas, e Paul se arrependeu, ele que estivera por alguns minutos na presença de Bokobza, de não ter prestado mais atenção naquele homem, um especialista, uma eminência em sua área, uma daquelas pessoas — poucos milhares, ou algumas centenas, certamente não mais que isso — que são a base do edifício, que possibilitam o funcionamento da máquina social.

Dupont de modo algum podia garantir a sua sobrevivência, coisa que ninguém poderia fazer, exceto talvez Deus ou os arcontes de diferentes sociedades, localizadas decerto no futuro, das quais a Coreia do Sul talvez pudesse ser uma vaga aproximação; só podia lhe garantir que fariam o máximo dentro do quadro social vigente no país. A França estava em declínio, claro, mas ainda proporcionava melhores oportunidades técnicas do que a Venezuela ou a Nigéria.

Os médicos, então, entoaram um animado dueto cujas bases sem dúvida eram comuns a todos os pacientes, mas os detalhes improvisados para cada um, a fim de acostumá-los com a ideia de que não ia ser fácil, de que na verdade ia ser doloroso — muito especialmente no seu caso, pois renunciar à cirurgia exigia um ataque direto ao tumor, com doses maciças de irradiação. Fadiga, vômitos e náuseas seriam inevitáveis. Era previsível uma significativa perda de peso, uma vez que as células cancerosas consomem muita energia, muito mais que as células saudáveis. Sim, era irônico, concordou tristemente Dupont, irônico e cruel, que as células cancerosas fossem tão gulosas e conseguissem capturar a seu bel-prazer toda a energia que chegava ao organismo; o câncer era mesmo uma merda, sem dúvida alguma.

6

Na segunda-feira seguinte, ao final da manhã, Paul foi fazer as primeiras sessões no hospital. Era dia 19 de julho, a cidade já começava a ficar sem seus habitantes, o momento de maior calmaria seria dentro de duas semanas; era uma época em que ele gostava de estar em Paris, em tempos normais.

Teve alguma dificuldade para encontrar o local da primeira sessão: era um grande prédio pré-fabricado, de um só andar, isolado em um pátio interno — um lugar no hospital aonde ele nunca tinha ido. Havia cerca de dez pacientes esperando em um corredor envidraçado. Quando se sentou entre eles, depois de se apresentar à enfermeira, na recepção, todos levantaram a cabeça e lhe deram uma breve olhada antes de desviar a vista. Ninguém falava, ninguém lia; a solidão era total. De vez em quando eles olhavam uns para os outros "com dor e sem esperança", como disse Pascal, antes de mergulharem de novo em si mesmos. Sem dúvida, ali estava "a imagem da condição dos homens", como também disse Pascal, e ainda estávamos na melhor das situações, numa velha sociedade civilizada; havia muitos lugares no mundo onde os homens ocupariam esses dias de espera no corredor da morte entregando-se com entusiasmo à embriaguez do massacre; havia muitos lugares no mundo onde a partida de um semelhante, de um *colega*, para seu local de execução não seria recebida com indiferença, mas com uma explosão de alegria selvagem.

Paul tinha levado o livro de Philippe Lançon, mas descobriu com surpresa que não estava com vontade de abri-lo. Deveria ter comprado o livro algumas semanas antes, quando ficou preocupado com a ideia de entrar no rol dos doentes graves; mas agora era tarde demais. Philippe Lançon era um caso grave, e até definitivamente grave, sempre iria despertar a repulsa dos seus semelhantes, e em certo sentido nunca mais voltaria a ter semelhantes. Mas ele mesmo, desde que soube que estava com uma doença mortal, tinha passado da fase em que ainda se podem procurar semelhantes; estava no meio dos condenados, dos incuráveis, em uma comunidade que jamais seria uma comunidade, um grupo mudo de seres à sua volta que se dissolviam aos poucos, caminhando "no vale da sombra da morte", segundo a expressão que lhe veio à mente, pela primeira vez, com toda a força; estava descobrindo uma forma de vida estranha e residual, completamente à parte, com desafios absolutamente diferentes daqueles que atingem os vivos.

Não esperou muito até ser chamado para uma das salas do lado esquerdo do corredor. No centro havia um dispositivo enorme, feito com o mesmo metal branco cremoso do PET-Scan, e que, assim como este, parecia ter saído de *Star Wars*. Acompanhado por uma enfermeira, Dupond parecia ser uma espécie de atendente da máquina; ele próprio o instalou na maca, entre uns marcadores desenhados com caneta hidrográfica, e lhe mostrou uma máscara rígida de resina:

— Vou ter que colocar isso na sua cabeça — disse —, você precisa ficar completamente imóvel durante o tratamento, para evitar a irradiação em áreas sadias — e fixou a máscara na maca. Paul teve um sobressalto involuntário, mas seu rosto e seus ombros estavam bem presos. — Não se preocupe — disse o médico calmamente. — Eu sei que é desagradável ficar imobilizado assim, mas não vai demorar muito e não vai ser nada doloroso. — Paul fechou os olhos.

Depois da sessão, Dupond o ajudou a levantar, ele se sentiu meio tonto, aquilo era normal, disse, seria melhor descansar na cama ao lado antes de ir embora. Tinha uma sessão de quimioterapia marcada para as 13h, havia tempo para comer alguma coisa, se quisesse, a cafeteria do hospital era excelente na sua opinião, mas, enfim, ele não devia estar com muita fome. Assim que se deitou, Paul foi tomado por uma náusea violenta e correu para o banheiro, mas só vomitou um pouco de bile ácida.

A quimioterapia era feita em outra parte do hospital, que ele também não conhecia, aquele hospital era mesmo imenso. Entrou numa sala de teto alto, com fileiras de camas idênticas, separadas alguns metros umas das outras, e que parecia bastante antiga. Na verdade, confirmou Dupont, a sala era de 1910, nesse hospital estavam representadas quase todas as épocas do último século, ou dos dois últimos, obviamente os pacientes preferiam as enfermarias mais modernas, embora na verdade não fizesse diferença, o equipamento era o mesmo em todos os lugares, claro, mas aquele clima de asilo da Assistência Pública era de fato deprimente, ninguém podia gostar de dormir ali, por isso usavam o local apenas como hospital-dia. Quanto à quimioterapia em si, "eu lhe preparei um coquetelzinho", disse ele tentando fazer uma careta travessa, mas sem muito sucesso, seu rosto não era feito para caretas travessas.

— Deve diminuir os aspectos mais desagradáveis — continuou, agora sério.

— O cheiro? — perguntou Paul.

— Sim, especificamente o cheiro — o médico balançou a cabeça com tristeza —, seu tumor vai começar a cheirar mal de verdade. Eu sei que pode ser horrível ver os entes queridos se afastando, mas eles não podem evitar, sabe, às vezes é mesmo fedorento; mas, aqui, garanto que vamos evitar chegar a esse ponto.

O tratamento era administrado por perfusão intravenosa, logo depois uma enfermeira viria instalar a bolsa de perfusão, o tempo do procedimento era de mais ou menos seis horas, ele voltaria dentro de uma ou duas para se certificar de que estava tudo bem. Paul ficou sem palavras; seis horas de perfusão, não tinha previsto isso. Sim, concordou Dupont, era muito restritivo, mas também era o método mais eficaz; mais tarde, se tudo corresse bem, talvez pudessem considerar a administração por via oral; mas por enquanto era necessária a injeção intravenosa. A enfermeira já se aproximava, empurrando o suporte de perfusão.

— Sua esposa vem buscá-lo quando terminar, não é? — perguntou o médico. Ele confirmou. — É melhor — disse. Normalmente os efeitos colaterais só se manifestam mais tarde, no final do dia; mas, mesmo assim, era preferível.

Quando ele saiu, Paul olhou em volta. A sala estava quase vazia, só havia uns dez pacientes, muito distantes um do outro, como estrelas imperfeitas. Quase todos estavam deitados como ele, mas havia alguns sentados em poltronas ao lado da sua perfusão. Um raio de sol descia de uma janela elevada brincando através da poeira; o silêncio era total. Seis horas de perfusão por dia, cinco dias por semana, aquilo parecia demais para ele. Seriam necessários alguns livros para suportar; mas quais? Era a sua sobrevivência que estava em jogo, precisaria de obras à altura da situação. Talvez Pascal, simplesmente. Ou então algo bem diferente, romances de entretenimento ou de aventuras misteriosas, como Buchan ou Conan Doyle.

Dupont voltou pouco depois das sete, logo antes de liberá-lo; já tinha passado também às três, disse, mas Paul estava dormindo. Antes de sair, entregou-lhe um papel com uma lista de efeitos colaterais indesejados, que dava mais detalhes sobre o que já havia explicado. No final da semana fariam um exame de sangue, a diminuição das células sanguíneas às vezes levava algum tempo para se manifestar.

Prudence estava à sua espera na entrada principal do hospital; olhou para ele com preocupação, passou o braço por sua cintura antes de levá-lo para um táxi. Não estava se sentindo tão mal, argumentou; mas, na verdade, quis ir para a cama assim que chegou em casa, e mais tarde só conseguiu engolir alguns goles da sopa antes de ser dominado por uma vontade avassaladora de vomitar. Pobre Prudence, pensou, tinha batido os legumes e tudo o mais. Precisava comer mais um pouco, disse ela; o folheto de informações do hospital recomendava batata, massas, carboidratos. O começo era o mais difícil, respondeu Paul, tinham lhe prometido que as coisas iam melhorar em alguns dias. Ninguém lhe havia prometido nada, e ao dizer isso tomou consciência de que Prudence acreditava nele não só porque queria acreditar em qualquer notícia boa, mas porque, mais profundamente, ela era incapaz de mentir, e mesmo de conceber a mentira, isso não fazia parte da sua natureza.

Encontrou com facilidade na sua estante a edição completa das aventuras de Sherlock Holmes, publicada em dois volumes na coleção Bouquins, mas na tarde seguinte ficou surpreso ao ver como conseguia se desligar tão rapidamente da própria existência e se apaixonar pelas inferências do genial detetive e as tramas sombrias do professor

Moriarty; o que mais poderia produzir esse efeito além de um livro? Um filme, nunca, muito menos uma música, a música era feita para gente saudável. Nem sequer a filosofia serviria, muito menos a poesia, que tampouco foi feita para moribundos; era absolutamente indispensável uma obra de ficção, que contasse outras vidas que não a dele. E no fundo, pensou, essas outras vidas nem precisavam ser cativantes, não era necessário ter a imaginação excepcional de Arthur Conan Doyle e seu talento para contar histórias: as vidas contadas poderiam, sem nenhum problema, ser tão insípidas, tão desinteressantes quanto a sua; só precisavam ser *outras vidas*. E também tinham, por razões mais misteriosas, que ser inventadas; uma biografia ou uma autobiografia não serviriam. "Que romance é a minha vida!", exclamou Napoleão; mas ele estava errado. Sua autobiografia, o *Memorial de Santa Helena*, era tão entediante quanto as memórias de qualquer carteiro; a vida real decididamente não estava no mesmo nível que a ficção. Vidas como a de Napoleão foram interessantes vez ou outra — podia-se supor, por exemplo, que ele tenha *se divertido à beça* em Wagram ou em Austerlitz; mas daí a transformar esses lugares em estações de metrô era um exagero.

Vidas medíocres, de pouca amplitude, transfiguradas pelo talento ou pelo gênio, tanto faz a palavra, do autor, tinham a vantagem adicional de fazê-lo tomar consciência de que sua própria vida não fora tão nula assim. Suas férias na Córsega com Prudence tinham sido no nível de um filme pornográfico honesto, especialmente as sequências na praia de Moriani, era assim que aquela praia se chamava, lembrava agora; algumas das conversas que teve com Bruno poderiam figurar sem qualquer constrangimento em um thriller político. Em suma, tinha vivido.

Na tarde de sexta-feira, ele estava imerso em *O vale do medo*, mais exatamente na cena em que Mac Murdo enfrenta com notável bravura a cerimônia de iniciação nos Desbravadores, quando uma enfermeira veio lhe dizer que sua irmã queria vê-lo.

— Minha irmã? — repetiu estupidamente.

— Você não tem uma irmã? — A enfermeira ficou preocupada, ela não podia deixar entrar qualquer um, sua responsabilidade ficaria comprometida. Sim, tinha uma irmã, confirmou Paul em voz lenta, estava com uma enorme dificuldade para se desligar do livro.

Quando Cécile ainda estava a três metros da cama, ele já viu que a coisa ia ser difícil, a irmã não ia conseguir conter a raiva:

— A sua cirurgia!... — disse ela e imediatamente se calou, quase sufocada de indignação, sem conseguir continuar. — Não adianta me enrolar — prosseguiu, enfim —, eu fui conversar com o seu otorrino.

Surpreso, Paul resmungou algo sobre o sigilo profissional.

— Ele não traiu o sigilo médico em absoluto. Eu falei para ele que sabia que você tinha desistido de fazer a cirurgia; eu tinha certeza de que você ia fazer algo assim, li tudo sobre o seu câncer na internet, e conheço o meu irmão. Disse que tinha ido lá pedir que ele fizesse você mudar de ideia. Ele respondeu que gostaria de tentar, mas que você nem chegou a telefonar para marcar outra consulta, combinou tudo direto com o hospital.

— De qualquer maneira, agora é tarde... — disse Paul em voz baixa.

— Sim, eu sei, ele também me disse isso. A esta altura, é melhor continuar a radioterapia, vai durar sete semanas, depois vão reavaliar a situação.

— Por que sete semanas?

— Você nem perguntou isso! — exclamou ela, furiosa, parecia que estava novamente a ponto de explodir. — Fazendo cinco sessões por semana, são necessárias sete semanas para chegar a 70 Grays, que é a dose máxima de radiação que um ser humano pode suportar; uma radioterapia não é uma coisa trivial, tem efeitos colaterais, como me disse o seu médico. Mas você, aparentemente, enquanto puder evitar a cirurgia, não dá a mínima. Eu não entendo, Paul. Ele me disse que o melhor cirurgião da Europa se dispôs a operá-lo. Sei que os homens são covardes, mas a este ponto... Além do mais, tenho certeza absoluta de que você mentiu para a sua mulher.

— Não, na realidade não.

— É mesmo? Preferiu omitir certas coisas, então?

— Sim, seria mais algo por aí.

— Certo. Não teve sequer a coragem de dizer uma verdadeira mentira. Não se preocupe... — continuou após captar seu olhar preocupado — não vou dizer nada a ela, não vou interferir na sua vida conjugal. E, de qualquer maneira, agora é tarde para mudar o tratamento, é inútil que ela sofra à toa. Mas eu realmente gostaria de saber quanto tempo você ainda vai esperar antes de contar a verdade...

Paul ficou em silêncio; para ser sincero, ele estava se perguntando a mesma coisa. Cécile também ficou calada; aparentemente estava começando a se acalmar, sua raiva se transformando aos poucos em tristeza.

— Aurélien já morreu esse ano, está começando a ficar pesado — disse ela por fim. — Você acha que fico feliz em ver meus dois irmãos se suicidarem?

— Isso não tem nada a ver!... Eu não estou me suicidando, só escolhi um tratamento em vez de outro. Há casos de cura pela radioterapia, pode perguntar aos médicos, eles vão confirmar.

Cécile fez um beicinho de dúvida, quase desdenhoso; obviamente, Nakkache não tinha tecido muitas loas à radioterapia.

— É um caso difícil, mas posso me curar assim — insistiu Paul. — Aliás, você poderia rezar por mim, talvez.

— Pode parar! — Ela se levantou com um pulo, toda a sua raiva tinha voltado de repente. — Pare imediatamente! — O que tinha dito de errado? Não entendia mesmo nada da religião dela. — Não faz nenhum sentido rezar no seu caso — gritou Cécile —, seria quase uma blasfêmia, a oração não pode surtir efeito porque no fundo você não quer viver. A vida é um presente de Deus, e Deus vai ajudar se você se ajudar, mas se recusar o dom de Deus Ele não pode fazer nada, aliás, você nem tem o direito de recusar, você deve imaginar que a sua vida pertence a você mas está errado, sua vida pertence a quem o ama, você pertence a Prudence, em primeiro lugar, mas também pertence um pouco a mim, e talvez a outras pessoas que não conheço, você pertence aos outros, mesmo que não saiba.

Depois se sentou de novo, constrangida, e foi se acalmando aos poucos, sua respiração voltou ao normal, demorou algum tempo antes de continuar:

— Bem, sou mesmo uma nulidade, você aí com a sua perfusão e eu ainda venho dar uma bronca... Mas estou zangada de verdade. Foi um choque saber que você se recusou a fazer a cirurgia. Não quero que você morra, Paul.

Com uma voz fraca, quase inaudível, ele respondeu:

— Não quero que cortem a minha língua.

Ela suspirou longamente e se levantou:

— Desculpa. Tudo o que eu falei foi completamente estúpido, agora vou embora, preciso me recuperar, pensar um pouco. Mas tem uma coisa que você precisa saber. — Olhou nos seus olhos, o rosto dela estava amoroso outra vez, límpido, combinava melhor com ela, a indignação moral definitivamente não era o seu lugar. — Aconteça o que acontecer, você sempre pode me chamar, que eu deixo tudo o que estiver fazendo e venho para o seu lado, só demoro algumas horas para chegar. Pode me ligar mesmo que seja o último momento, mesmo que não tenha me ligado antes, que não tenha me contado nada. Eu estarei aqui.

Enquanto andava até a saída da enfermaria, ela se virou várias vezes para fazer pequenos acenos com a mão, sua silhueta se tornando cada vez mais embaçada sem nenhuma razão aparente; talvez ele estivesse com um problema na vista, além de todo o resto.

SETE

1

No momento em que ela cruzou a porta da enfermaria, Paul teve a nítida sensação, certeza mesmo, de que nunca mais veria Cécile — nem Hervé, e Anne-Lise muito menos. Nunca mais veria muitas pessoas nesta terra, e em todos os casos faria de tudo para não dar a impressão de um adeus, mantendo sempre uma atitude razoavelmente otimista e até humorística, ele ia agir como todo mundo, ia esconder a própria agonia. Não importa o quanto você despreze, e até odeie, a sua geração e a sua época, mas você pertence a elas, goste ou não goste, e age de acordo com seus pontos de vista; apenas uma força moral excepcional permitiria escapar disso, e ele nunca teve essa força. Provavelmente tinha falado ao telefone com Bruno pela última vez há poucos dias, e como sempre Bruno foi competente, dedicado, eficiente. Tinha visto Cécile, e Cécile foi afetuosa, zangada, emotiva, como de hábito. Iria ver de novo seu pai, não sabia exatamente quando, mas precisava desse último encontro, e aí seria ainda mais simples, porque o pai, dado o seu estado, ia estar impenetrável, enigmático e silencioso como sempre tinha sido. As relações entre os seres acabam mudando pouquíssimo ao longo da vida, obedecem a padrões estabelecidos desde os primeiros instantes do relacionamento, e talvez desde sempre.

Estaria sozinho com Prudence até o fim, mais sozinhos que nunca. Só a ela se sentia no direito de impor a dura prova que seria o desgaste do seu corpo, acompanhar seu enfraquecimento e seus sofrimentos, ela era responsável pelo seu corpo, era este, achava, o sentido do casamento, tinha deixado seu corpo nas mãos de Prudence e fizera bem, ela saberia cuidar dele até o final. Uma estranha despreocupação se apoderou dele, não era mais exatamente deste mundo, e mergulhou de coração leve nas aventuras de Mac Murdo, Scanlan e Mac Ginty. Continuou imerso nas investigações de Sherlock Holmes durante toda a semana, e graças a elas suportou com facilidade as seis horas de perfusão diária. Dupont o visitava todos os dias, no meio da tarde, examinava seu palato com a ajuda de um abaixador de língua, às vezes retirava uma amostra do tumor e parecia ficar satisfeito, não estava progredindo, talvez até houvesse uma ligeira regressão, mas não queria lhe dar falsas esperanças, podia recrudescer a qualquer momento, a situação continuava imprevisível.

Prudence, por seu lado, acabou descobrindo algumas coisas que ele era capaz de digerir, que conseguia comer sem ter ânsias de vômito na mesma hora: essencialmente eram batatas cozidas, massas sem molho e queijos insossos, tipo La Vache qui Rit; do ponto de vista gastronômico, não havia nada de muito notável no seu fim de vida.

A situação era menos clara no terreno sexual. Ele estava muito fraco, aos poucos seus movimentos no apartamento foram se limitando ao espaço entre a cama e a poltrona, como na canção de Jacques Brel, mas ainda não estava na última fase, "da cama para a cama". Podia se levantar, mas só conseguia andar alguns metros antes que suas pernas perdessem a força, e então tinha que se sentar; o simples fato de se virar na cama já lhe exigia um esforço enorme. Nessas condições, não parecia muito viável fazer amor. No entanto, tinha ereções, de forma quase normal, seu pau parecia não dar a menor atenção ao seu estado de saúde, reivindicava o que lhe era devido, e parecia levar uma vida totalmente independente do resto do corpo. Na verdade, o mesmo acontecia com o seu cérebro: não tinha dificuldade para ler, entendia facilmente as alusões e gracejos do autor, apreciava seus efeitos estilísticos; tudo isso estava curiosamente organizado.

O sabbat de Lugnasad caiu em 1º de agosto, era o momento em que, segundo Scott Cunningham, "o Deus vai perdendo sua força gradualmente à medida que as noites se alongam; a Deusa observa a situação com tristeza e alegria, percebendo que o Deus está em agonia e ainda assim continua a viver nela como seu filho". Nesse domingo, 1º de agosto, eram mais ou menos seis da tarde e Paul, sentado na cama do casal, apoiado em duas almofadas, tinha acabado de ler "O rosto lívido", esse admirável conto que termina com uma espécie de milagre médico, e pensava que começaria a ter cada vez menos relutância em implorar um milagre ao Senhor, aos deuses do paganismo ou a qualquer outra entidade quando Prudence se aproximou da cama, nua da cintura para baixo, só com uma camiseta curta, para lhe perguntar se queria um boquete. Ela havia hesitado muito naqueles últimos dias, porque lhe oferecer um boquete era de algum modo confirmar a ideia de que ele nunca mais seria capaz de foder, conseguir uma verdadeira penetração, mas no meio da tarde percebeu de maneira bem evidente que ele de fato estava muito cansado, que seriam necessárias adaptações se quisessem continuar a ter uma vida sexual, era preciso levar em conta a realidade, e além do mais ela sempre foi boa em boquetes, levava jeito para isso.

Foi uma chupada muito longa e sonhadora — começou um pouco depois das seis, terminou por volta das nove da noite — e lhe deu um prazer imenso, um dos maiores que já tinha sentido na vida. Durante uma das pausas que ela fazia para recuperar o fôlego, Paul começou a lambê-la; mesmo não sendo tão hábil quanto ela, não se saía mal no sexo oral, e ainda tentou brincar com as consequências, para o casal, de uma ablação da sua língua; mas o assunto, como logo percebeu, não se prestava muito para brincadeiras.

Começaram duas semanas de grande calmaria, primeira quinzena de agosto, Paris inteira lhe parecia um grande hospital, mas sem aquele caráter angustiante, talvez mais uma casa de repouso. No início da tarde de terça-feira, dia 3 de agosto, assim que a enfermeira lhe colocou a perfusão Paul começou a ler *O último adeus de Sherlock Holmes*, mais exatamente o conto de mesmo nome, o último da coletânea. Pouco antes do início da Primeira Guerra Mundial, Sherlock Holmes abandonou sua aposentadoria dedicada à apicultura para servir ao seu país e capturar o espião alemão Von Bork. Paul pensou longamente sobre a última página, que não pode ser considerada o testamento de Conan Doyle — ele escreveu muito depois disso —, mas talvez o de seu personagem mais ilustre.

— *Um vento leste se aproxima, Watson.*
— *Acho que não, Holmes. Está quente.*
— *Meu bom e velho Watson! Você é o único ponto fixo numa era em transformação. Mesmo assim, um vento leste se aproxima, um vento como*

nunca soprou na Inglaterra. Será frio e implacável, Watson, e muitos de nós poderemos perecer sob seu sopro. Apesar disso, é o vento do próprio Deus, e o sol iluminará uma terra mais limpa quando a tempestade tiver passado. Dê a partida, Watson, porque é hora de estarmos a caminho.

Paul não acreditava que a Inglaterra, não mais que qualquer outra nação europeia, tivesse saído fortalecida da Primeira Guerra Mundial; achava evidente, pelo contrário, que essa carnificina estúpida desencadeou a fase terminal do declínio da Europa; mas se Conan Doyle estava convencido de que a Inglaterra emergiria regenerada, tudo bem; depois de ler os dois volumes de Sherlock Holmes, ele se sentia tomado por uma gratidão afetuosa pelo escritor, que lhe havia permitido esquecer durante dez dias o soro, o câncer e tudo o mais. Os quinze volumes da obra completa de Agatha Christie que ele tinha acabado de comprar seriam mais que o suficiente para a radioterapia e a químio — faltavam pouco menos de seis semanas, pelo que Cécile lhe dissera.

Uma dificuldade surgiu logo de início: Agatha Christie era uma boa escritora, mas não estava à altura de Conan Doyle. Seus livros eram menos cativantes, seu efeito menos radical, e logo em seguida Paul começava a pensar na perfusão, naquela agulha enfiada em seu braço, e a sentir vontade de arrancá-la. O ideal seria cochilar, mas ele nunca dormia deitado de costas. Essa posição lhe recordava as estátuas funerárias, os reis da França congelados até o fim dos séculos em uma atitude hierática, com as mãos unidas em oração; não era a concepção que tinha de um descanso noturno. Dormir de bruços não era muito melhor, só se mostrava mesmo confortável depois de uma refeição pesada, na verdade evocava o sono estúpido de um animal saciado. A posição que ele realmente preferia, e sempre tinha preferido, era dormir de lado, a única forma de reencontrar, enrodilhado, a posição fetal que faz nascer em nós, até o fim dos nossos dias, uma nostalgia irreparável.

Ele não só preferia dormir de lado como também sempre preferiu fazer amor de lado, principalmente com Prudence. Para Paul havia pouca diferença entre a posição papai-mamãe e a de quatro, nos dois casos era o homem que controlava, com os movimentos da pelve, o ritmo e a brutalidade do ato. Nos dois casos, a mulher — seja abrindo as coxas, seja empinando a bunda — se coloca em uma posição de submissão, o que é um forte argumento a favor dessas posições, mas também constitui o seu limite, pelo que tinham de herança direta do mundo animal, principalmente na posição de quatro. Por outro lado, a posição em que a mulher fica em cima do homem lhe parecia solene demais, colocava a mulher na posição de uma divindade feminina fazendo uma espécie de cerimônia de homenagem ao falo; nem ele nem seu falo pareciam justificar tanta solenidade. A posição de lado, acima de tudo, era a única que lhe permitia, ao entrar em Prudence, abraçá-la, acariciá-la, sobretudo acariciar os seus seios, coisa que ela sempre adorou; de todas as posições sexuais, para Paul era a mais amorosa e sentimental, a mais humana.

Em muitas circunstâncias da vida ele se sentiu melhor de lado. Mesmo no caso de uma atividade menos essencial como a natação, sempre preferiu o nado lateral, também conhecido como nado indiano. É o único estilo em que o nadador mantém o nariz e a boca fora da água o tempo todo, podendo respirar em seu próprio ritmo, independentemente da velocidade; o único estilo, portanto, que fazia da natação uma atividade anódina, banal. O nado de costas, a bem da verdade, também poderia atender a esses critérios; mas contradiz, pela dificuldade de controlar a direção, o princípio essencial da natação — que, tal como a caminhada, é um meio de se locomover de um lugar para outro —, fazendo dela, portanto, um exercício artificial e inútil. Em suma, pode-se dizer que Paul, na maior parte do tempo, procurou viver de lado.

2

Na sexta-feira, 6 de agosto, Paul chegou a um estado de desgaste tão grande com a perfusão que os livros de Agatha Christie, com exceção de alguns Poirot, não estavam mais ajudando a superar; decidiu falar sobre o problema com Dupont, era o dia da sua visita semanal. Este o ouviu sem surpresa, até com certa resignação, antes de tirar um papel da sua pasta.

— Você aguentou três semanas sem reclamar — disse —, está praticamente na média. Quase ninguém consegue suportar as perfusões até o fim. Às vezes é uma pena, pois em certos casos elas podem oferecer uma esperança de cura, mas não no seu, que só podemos estabilizar.

Por outro lado, talvez houvesse uma nova possibilidade de tratamento para o seu caso, algo totalmente diferente, não havia nada de certo, ele precisaria retirar algumas células cancerosas e fazer uma análise molecular antes de dizer alguma coisa; podia extrair a amostra hoje. Paul acenou com a cabeça. Se não fosse incômodo demais, continuou Dupont, ainda iriam manter a perfusão por mais uma semana, depois decidiriam. Ele fez que sim com a cabeça de novo.

Dupont levou uma semana para voltar, na sexta-feira 13 de agosto, ao final da tarde, e Paul não estava pensando muito na perfusão, estava mergulhado no *Encontro com a morte*, um bom Poirot, o personagem da despótica Lady Boynton era um achado. A mulher era retratada como um verdadeiro monstro, seus filhos tremiam de medo na sua presença e passaram a ver sua morte como a única possibilidade de libertação. A análise molecular demorou um pouco, disse Dupont, e ele ainda tinha ficado fuçando bastante sobre o assunto, enfim, era preciso entender que se tratava de um tratamento experimental, nunca testado antes.

— No ponto em que estou — observou Paul —, acho que podemos fazer experiências...

O médico sorriu involuntariamente.

— Na verdade — disse — eu preferiria colocar as coisas de outra forma, mas você não está errado. — O que ele ia propor era uma mistura de quimioterapia leve, por via oral, e imunoterapia, que se baseia em um princípio totalmente diferente: não se trata de atacar diretamente o tumor, mas de treinar o sistema imunológico para reconhecer e destruir as células cancerosas. Na prática, também haveria perfusões, porém mais curtas, podiam ser feitas em casa, e sobretudo menos frequentes, uma injeção a cada duas semanas bastaria.

— Mas isso não é nada!... — exclamou Paul. — Não tem nada a ver com o tratamento anterior!

— Em certo sentido sim, mas você precisa saber que não existe um histórico da imunoterapia, com testes clínicos, enfim, o resultado não é nada garantido, pode até haver efeitos colaterais desconhecidos.

— E quando podemos começar? — perguntou Paul, que parecia não ter ouvido o aviso.

— Na segunda que vem.

Eram quase sete da noite quando Dupont saiu, Prudence viria buscá-lo dentro de alguns minutos, e Paul foi dominado por uma verdadeira explosão de alegria ao tomar consciência de que, pela primeira vez, não ia precisar mentir para ela. Podia até enfatizar a natureza inovadora do tratamento, sem insistir muito no que havia de incerto. Em todo caso, a partir da segunda-feira seguinte ia poder chegar em casa à uma da tarde, e além disso a radioterapia terminaria três semanas depois, no início de setembro ele não precisaria mais ir ao hospital, podiam pensar até em sair de Paris.

Esperou até chegarem em casa para lhe contar. Para ela foi impossível receber a notícia sem ser levada por uma torrente de entusiasmo e esperança, com a certeza de que dessa vez sim, o processo de cura tinha realmente começado, Paul não se lembrava de tê-la visto tão feliz e não teve coragem de relativizar seu otimismo; ele sabia, contudo, que a situação podia evoluir de uma maneira muito diferente. Ao contrário de Nakkache, os Dupond-Dupont nunca tentavam apresentar as coisas de maneira favorável, pelo contrário, procuravam alertá-lo contra as esperanças exageradas, a honestidade deles era até quase excessiva, a maioria dos médicos não se comportaria desse jeito. Por exemplo, não lhe esconderam o fato de que um tumor que numa ressonância magnética ou tomografia parecia completamente reabsorvido às vezes se tornava microscópico e indetectável e voltava a crescer um pouco mais tarde; também podia acontecer que uma quimioterapia a princípio eficaz de repente se mostrasse inútil, porque o tumor tinha conseguido se adaptar a ela. Paul registrava mentalmente todas essas informações, na maior parte do tempo pensava de maneira racional e dizia para si mesmo que, de fato, muito provavelmente estava fodido, mas também, na maior parte do tempo, não conseguia assimilar esse fato, no fundo era impossível encarar a própria morte.

Mas às vezes lhe ocorria um doloroso lampejo de consciência, sempre quando estava em meio a outras pessoas, nunca na solidão. Aos poucos passou a temer a multidão, e depois até os grupos pequenos, pois o primeiro sentimento que tinha, e o mais horrível, era uma lufada de pura inveja ao ver todas aquelas pessoas à sua volta, que amanhã, depois de amanhã, talvez durante décadas, continuariam vivas no meio das coisas e dos seres, sentindo a própria presença carnal, enquanto para ele não existiria mais nada, já se imaginava enterrado em uma lama gélida durante uma noite sem fim, o frio invadia seu ser e ficava tremendo por uma ou duas horas, às vezes levava o dia inteiro para se recuperar. Outras vezes, ao contrário, era invadido por um movimento de otimismo delirante: ia se curar, a imunoterapia era uma descoberta milagrosa e o dr. Dupont, um gênio; mas isso não durava muito, nunca mais do que alguns minutos.

Estavam sentados na sala de estar, o sol caía sobre o Parc de Bercy. Era evidente que Prudence tinha começado a acreditar na sua recuperação a partir do momento em que ele lhe falou da imunoterapia, e acreditar com todas as suas forças, afinal não era impossível, na medicina há progressos reais, às vezes acontece. De repente, ele próprio foi dominado por uma onda de otimismo e começou a beber bastante. Ainda estava um pouco tonto na manhã seguinte quando sentiu Prudence abocanhar seu pênis, ela costumava fazer isso antes que estivesse completamente acordado. O dia já parecia estar alto, mas com as cortinas fechadas não se via grande coisa e Paul teve a impressão de que ela fazia uns movimentos estranhos, tinha se erguido e o masturbava com a mão direita, de repente percebeu que Prudence também estava se masturbando com a mão esquerda, era uma coisa muito incomum, e de repente entendeu tudo, quando ela passou uma perna por cima do seu corpo para pegar seu pau e enfiá-lo dentro de si, estava muito molhada e o recebeu sem dificuldade. Então começou a se contrair ritmicamente, primeiro com suavidade, depois cada vez mais rápido, e quando chegou à raiz do seu membro começou a subir, os movimentos ficaram mais lentos e mais suaves ao chegar à glande, depois desceu de novo, bombeando cada vez com mais força, ela estava mesmo no controle da sua boceta, a onda de prazer era irresistível e Paul gozou dentro dela sem sequer considerar a possibilidade de se controlar. Então Prudence caiu sobre ele e passou um braço em volta de seu pescoço, recuperando o fôlego aos poucos.

— É estranho, nós nunca fizemos assim, não entendo por quê... — disse Paul, e lhe passou fugazmente pela cabeça a ideia de que era uma péssima hora para morrer.

— Eu também não entendo — respondeu Prudence, e após uma pausa continuou: — Talvez no fundo seja mais natural para mim ser passiva, quer dizer, eu nunca tinha pensado em mudar, sua doença pelo menos vai servir para isso. — Ela continuava projetando as coisas no futuro, estava claramente convencida de que ele iria viver, isso o perturbou durante algum tempo, mas tentou se convencer também, era uma espécie de treinamento, uma atitude a tomar, e conseguiu. Na maior parte do tempo. Mas dessa vez a ideia da morte voltou muito rápido, com a brutalidade de um soco no estômago, e perdeu o fôlego por alguns segundos. O problema era que agora Prudence se dava conta de tudo, reagia imediatamente, um calafrio de tristeza impotente cruzou o seu rosto. Ele sentiu que em breve, muito em breve, iria abandonar todos os resquícios de intimidade e pudor na presença dela; então estariam realmente juntos, mais do que nunca, estariam permanentemente juntos como estavam agora no sexo, atravessariam juntos o vale sombrio da morte. Haveria amor físico até o fim, ela ia dar um jeito. De alguma maneira, ia dar um jeito. E mesmo que seu tumor começasse a feder, ela piscaria ligeiramente os olhos, se concentraria em adormecer suas faculdades olfativas e conseguiria amá-lo, algumas mulheres muito amorosas conseguiam mesmo com o cheiro de merda que subia das entranhas destruídas e contaminava o hálito do marido, é verdade que ali seria ainda pior que cheiro de merda, seria um cheiro de cadáver, de carne em decomposição exalado pelo tumor, é assim que a natureza procede, a mãe natureza é assim, é o seu estilo, mas de qualquer maneira eles não iam chegar a isso, Dupont lhe havia prometido, o cheiro ia ser consideravelmente reduzido graças à quimioterapia, e Dupont não era piadista nem um impostor; se Dupont lhe fizera uma promessa, ia cumprir.

Estranhamente, agora o pensamento de Paul às vezes tomava um rumo político. Normalmente seria tarde demais para pensar nessas coisas, mas ele tinha passado anos de sua vida envolvido na política sem pensar, estritamente falando, em nada. Suas opiniões nunca tinham importado muito, e agora muito menos, a única coisa que lhe interessava era a luta incerta que se travava em sua carne entre as células cancerosas e as células do sistema imunológico, e era disso que dependia, a curto prazo, sua sobrevivência. No entanto, continuava capaz de formular certas ideias, embora em número reduzido, suas necessidades intelectuais sempre foram modestas; tudo isso flutuava, de vez em quando, nas bordas da sua consciência. Nesse aspecto ele era parecido com a maioria dos homens, não conseguia deixar de pensar nas questões de ordem geral, mesmo sabendo que não poderia resolver nenhuma delas.

Paul tinha conhecido homens que não podiam sequer imaginar voltar atrás em sua palavra, com eles não era necessário recorrer à formalidade do juramento. Parecia surpreendente que tais homens ainda existissem hoje, e que nem fossem tão raros. Bokobza provavelmente era desse tipo, mas ele conhecia melhor Dupont, e principalmente Bruno. No último século, mais ou menos, havia aparecido um outro tipo de homem, em número cada vez maior; risonhos e pegajosos, não tinham sequer a inocência relativa de um primata e eram movidos pela missão infernal de roer e corroer todo e qualquer vínculo, aniquilar tudo o que fosse necessário e humano. Infelizmente, acabaram atingindo o grande público, o público popular. O público culto já tinha sido conquistado pelo princípio da decadência havia muito tempo, sob a influência de pensadores que seria tedioso enumerar, mas de todo modo isso não tinha muita importância, o essencial era o grande público; atualmente, desde os Beatles, talvez desde de Elvis Presley, o grande público é a norma de qualquer validação, um papel que a classe culta, tendo fracassado nos planos ético e estético, e por outro lado estando seriamente comprometida no plano intelectual, não era mais capaz de assumir. O grande público adquiriu o status de órgão universal de validação, sua degradação programada era uma ação muito errada, pensou Paul, e só podia levar a um final violento e triste.

Durante a primeira semana Dupont veio visitá-lo todos os dias no período de descanso, logo após a sessão de radioterapia. Fazia um exame clínico, sempre com seu abaixador de língua, e colhia sangue; parecia absorto em reflexões obscuras. Paul, por sua vez, em frente ao espelho evitava olhar para o tumor, a coisa parecia bem nojenta, pelo menos não fedia muito. Não podia cogitar beijar de novo a boca de Prudence, mas o cheiro ainda era suportável.

Na sexta-feira, 20 de agosto, ao final da primeira semana, Dupont lhe disse que ele estava respondendo bem à imunoterapia, pelo menos não havia efeitos colaterais evidentes, a seu ver era possível continuar. Estava no final da explicação quando seu colega Dupond entrou no quarto e também se sentou ao lado da cama; o que ele tinha a dizer era menos animador, avisou logo: ele achava preferível encerrar a radioterapia uma semana antes da data marcada, para evitar necroses irreversíveis. Não havia nada de excepcional ou alarmante, a resistência dos pacientes à irradiação era variável e, no seu caso, 60 Grays pareciam mais adequados que 70. Paul quis saber então se o tratamento tinha surtido efeito e se os resultados eram satisfatórios. Mas isso, que de fato era a questão essencial, ele não estava em condições de responder; muitas vezes o tumor continuava a se reduzir após a irradiação ser interrompida. Teriam que esperar pelo menos um mês, ou seja, até o início de outubro, sem interromper, naturalmente, a químio e a imunoterapia, antes de refazer a bateria completa: tomografia computadorizada, ressonância magnética, PET-

-Scan, exame clínico detalhado. Ele achava que uma semana extra de radioterapia não ia alterar a situação, mas isso, ao mesmo tempo, não era totalmente impossível; por outro lado, tinha certeza de que seu organismo não ia suportar uma dose de 70 Grays sem sofrer danos irreversíveis; esse tipo de dilema surgia constantemente em oncologia. Talvez pudéssemos optar por um meio-termo, sugeriu Paul. Sim, podia ser uma possibilidade, respondeu Dupond. Voltou a examinar suas fichas, fez alguns cálculos rápidos. A dose de 65 Grays, que considerava realmente a máxima, seria atingida se o tratamento fosse interrompido em 31 de agosto.

3

Nesse dia 31 de agosto ele foi ao hospital Pitié-Salpêtrière para a última sessão com Dupond. Era talvez a última vez que via Dupond, e talvez a última vez, também, que via o Pitié-Salpêtrière; se morresse em um hospital, provavelmente seria em Villejuif; agora, toda vez que ele fazia alguma coisa parecia um adeus. Às vezes voltava de repente à sua memória a última frase de Sherlock Holmes: *"Dê a partida, Watson, porque é hora de estarmos a caminho"*, e precisava conter as lágrimas. Ele não queria deixar este mundo, não queria mesmo; mas tinha que ser assim, apesar de tudo.

Em seu livro, Philippe Lançon indica vários locais no entorno do Pitié-Salpêtrière que se destacam por sua beleza ou por seu caráter histórico; ele não fora visitar nenhum. É verdade que Lançon passou dois anos lá, teve tempo para passear; dado o estado de Paul, o turismo agora só era viável pela internet. Ele encontrou no site www.paris-promeneurs.com um artigo sobre a antiga prisão La Petite Force, situada dentro do terreno do hospital. O local, depois de ter acolhido "as cancerosas, sarnentas, escrobiculosas, micóticas e epilépticas", ou seja, as incuráveis da época, passou a alojar o serviço de psiquiatria, depois de ter servido também, no Ancien Régime, para encarcerar prostitutas enquanto estas aguardavam sua transferência para as novas colônias, que teriam que ajudar a povoar. Durante a Revolução, a prisão foi um dos teatros dos massacres de setembro. Lançon não fala disso em seu livro, provavelmente nem foi até o lugar; é bom dizer que nas fotos publicadas tudo ali parecia feio, e até mesmo sinistro — tão sinistro quanto os fatos que lá ocorreram; aqueles pequenos pátios escuros, rodeados de edifícios cinzentos, que o sol parecia ser incapaz de atingir, eram o lugar perfeito para um massacre.

A prisão de La Petite Force, como tantas outras, foi invadida em setembro de 1792 por uma multidão de sans-culottes que, agindo espontaneamente, segundo os historiadores, estavam atrás de aristocratas para exterminar. Como em outros cárceres, alguns presos foram libertados arbitrariamente enquanto outros foram degolados antes de serem literalmente cortados em pedaços. Avançando em suas leituras, Paul se deparou com uma carta do Marquês de Sade, que estava em Paris durante esses dias, relatando os acontecimentos da seguinte forma: "Dez mil prisioneiros morreram no dia 3 de setembro. A princesa de Lamballe foi uma das vítimas; sua cabeça, na ponta de uma lança, foi oferecida aos olhos do rei e da rainha, e seu infeliz corpo arrastado pelas ruas depois de ter sido profanado, dizem, por todas as infâmias da mais feroz devassidão". Gilbert Lély, seu biógrafo, achou por bem esclarecer, em um relato que deveria abalar as imaginações: "Cortaram seus seios e a vulva. Com esse delicioso órgão um carrasco fez um bigode, provocando grande hilaridade nos 'patriotas', e exclamou: 'Essa puta! Agora ninguém mais vai meter aqui!'".

Sem dúvida é normal que os idosos se interessem pela história, que relativiza a sua morte ao reconstituir os destinos de pessoas importantes, ilustres e às vezes até onipotentes, e que mesmo assim viraram pó. E Paul era uma pessoa muito idosa, considerando que a idade real não é medida pelos anos que você já viveu, mas pelos que ainda tem para viver. Provavelmente foi isso que o aproximou de Joseph de Maistre, de quem descobrira recentemente que seu pai era leitor assíduo. Comprou um volume com suas principais obras, para ler alternando com Agatha Christie, parecia um bom mix. Captou logo a tese central do autor saboiano: a Revolução Francesa teve inspiração satânica do início até o fim, os filósofos iluministas que lhe deram origem, alguns séculos depois de Lutero, tanto quanto este último, recebiam instruções diretamente do Príncipe das Trevas. Era preciso reconhecer que essa interpretação, encarada do ponto de vista necessariamente particular de um monarquista católico, não carecia de alguma coerência.

Paul não tinha percebido até que ponto a radioterapia o deixara esgotado, o cansaço havia se instalado muito gradualmente, mas se surpreendeu com a rapidez com que suas forças voltaram a partir de 1º de setembro. O efeito já era perceptível na primeira semana, e ficou bastante evidente depois de duas. Não só estava andando com mais facilidade, fazendo caminhadas razoavelmente longas pelo Parc de Bercy, como conseguia transar de lado com Prudence. O estilo papai-mamãe ou a posição de quatro já não eram opções, e provavelmente nunca mais seriam, mas voltar à posição lateral já era felicidade suficiente, depois de ejacular ele adormecia mas continuava estreitando-a nos braços, dormia talvez uma ou duas horas e ao acordar tinha outra ereção, penetrava nela imediatamente, os dois adormeciam de novo e o ciclo recomeçava uma ou duas horas depois, Prudence ficava molhada quase o tempo todo. Era um modo de vida ideal e perfeito, que exigia poucos recursos. Agora que tinham acabado de pagar o apartamento, um salário de meio-período de Prudence seria mais do que o suficiente.

No final da segunda semana, como ele começava a se sentir cada vez melhor, sugeriu que fossem passar uns dias em Saint-Joseph; ela concordou de imediato. Paul precisava rever o pai, ela sabia disso mas não entendia o porquê, se bem que muito menos, é claro, que ele próprio. Se saíssem no sábado seguinte e passassem três dias lá, poderiam estar de volta na noite do dia 21, que seria o primeiro dia de outono, data ideal para qualquer retorno. Paul sempre amou "Signo", o poema de Apollinaire, especialmente o primeiro verso, "Estou submisso ao Chefe do Signo do Outono", que fazia com que se sentisse entrando nos pórticos de um mistério suntuoso. A última linha, entretanto, "As pombas fazem seu último voo esta noite", sempre o incomodou. As pombas? Que pombas? *What's the fuck with the fucking doves?*

Embora estivesse melhor, não se sentia bem o suficiente para dirigir, e no sábado, dia 18, Prudence assumiu o volante no início da tarde. Assim que viram os primeiros bosques, percebeu que aquela viagem tinha sido uma ótima ideia e que durante aqueles dias os dois seriam muito felizes, talvez pela última vez; em todo caso, certamente era a sua última viagem. Prudence dirigia bem, estava calma e segura no volante. Falavam pouco, mas não era necessário; a paisagem, muito bonita desde que entraram na Borgonha, ficou esplendorosa logo depois de Mâcon, quando chegaram a Beaujolais propriamente falando. Os vinhedos estavam iluminados em escarlate e ouro, Paul teve a impressão de que mais do que nunca, mas talvez fosse só porque ia morrer, nunca mais veria aquela paisagem que amava desde a infância.

Prudence contara uma versão amenizada da situação a Madeleine: realmente ele estava mal, era mesmo câncer, mas o tratamento estava em andamento, tinham bastante esperança. A decência burguesa não estava no horizonte de possibilidades de Madeleine e, no momento em que viu Paul na porta — a luz sobre os vinhedos era arrebatadora, atroz de tão bela —, não pôde deixar de exclamar:

— Como você emagreceu!

É claro que tinha perdido peso, as células do seu tumor consumiam sozinhas a ração energética de dois adultos comuns, e ele ainda estava com grande dificuldade para se alimentar. Mas não era só a decência burguesa que fazia Prudence sustentar uma versão otimista, ela também estava começando a acreditar em sua própria história, Madeleine entendeu tudo em poucos segundos, e ao mesmo tempo percebeu que tinha acabado de cometer um erro, abaixou a cabeça sob o olhar brilhante de Prudence e só recuperou o equilíbrio voltando a se apegar aos seus antigos deveres servis:

— Seu quarto está pronto — disse —, pode ir descansar, você deve estar precisando — na verdade nem tanto, haviam sido quatro horas de uma estrada tranquila, mas ela tinha que dizer alguma coisa. Paul não ia jantar esta noite, disse Prudence, estava mesmo cansado, só ia ver o pai no dia seguinte; mas uma tigela de sopa de legumes cairia bem, talvez um pouco de purê.

Na prática ele adormeceu quase imediatamente, cerca de dez minutos depois de se deitar, sem entender bem o que tinha acontecido entre as duas mulheres, ainda era uma situação anormal, mas Madeleine precisaria se acostumar, a princípio os filhos não morrem antes dos pais, e já era o segundo, dessa vez era o filho mais velho. Prudence acordou Paul para que comesse a refeição leve que lhe trouxe, as náuseas haviam diminuído desde o fim da radioterapia, agora era como se ele fosse um filho pequeno, vítima de uma doença infantil, ou um velho pai parcialmente inválido, e ao mesmo tempo amava o seu pau mais do que nunca, mas nada disso a perturbava, ele tanto podia ser seu filho como seu pai ou seu amante, o simbolismo lhe era totalmente indiferente, o essencial era que estivesse aqui.

* * *

Na manhã seguinte Paul quis passar algumas horas no seu antigo quarto. Prudence balançou delicadamente a cabeça; como todas as mulheres apaixonadas, ficava comovida ao pensar naqueles poucos anos em que Paul, já quase adulto, ainda não a conhecia; aqueles poucos anos, ao mesmo tempo vazios e repletos de enormes potencialidades, em que cada um dos dois abandonou, de boa ou de má vontade, a adolescência, enquanto se acostumavam a carregar o fardo da existência humana.

De fato, Paul entendeu na mesma hora, assim que abriu a porta do quarto, que havia terminado definitivamente com Kurt Cobain. Em relação a Keanu Reeves, era menos óbvio. Com Carrie-Anne Moss certamente não tinha terminado, era justo o contrário, e entendeu logo que teria que destruir essas fotos, era agora ou nunca, na verdade melhor agora.

Depois do almoço, que correu bastante bem — ele conseguiu comer um pouco mais que de costume, mas voltou a sentir necessidade de se deitar no meio da refeição —, Madeleine lhe disse que seu pai estava no jardim de inverno; não disse que o esperava, mas a mensagem era essa. Ele ainda sentiu um pouco de dificuldade para se levantar, mas não ficou particularmente alarmado, ainda haveria incidentes desse tipo por muito tempo, o médico o havia avisado, não tinham qualquer significado especial. Prudence ajudou-o a descer a escada, depois foi buscar a velha cadeira de rodas do seu pai, o modelo comum.

No momento em que Prudence, empurrando a cadeira, entrou na galeria envidraçada, ele ficou chocado mais uma vez ao deparar com a paisagem de florestas e vinhedos; essa justaposição de verde, escarlate e ouro era uma das imagens que queria guardar até o fim, até os últimos segundos. Quando chegaram ao jardim de inverno, seu pai estava sentado atrás de uma pequena mesa redonda, com a cadeira reclinada. Prudence ergueu-o e levou Paul para o outro lado da mesa, bem à sua frente, para que os dois pudessem se ver.

— Quando quer que eu venha te buscar? — perguntou antes de sair.

— Um pouco antes do jantar, acho.
— Vai ficar tanto tempo? A tarde toda?
— O que tenho a dizer não é fácil.

Quando ela voltou, pouco depois das sete, Paul estava ao lado do pai, diante da grande vidraça. Os dois contemplavam a paisagem que agora, sob os raios do sol poente, era de uma beleza sobrenatural; ela parou, assombrada. Sua intenção original era dizer a Edouard que ia levar Paul, já estava quase na hora do jantar, e que Madeleine viria buscá-lo logo em seguida; e de fato ia fazer isso, claro, mas não agora, o jantar podia esperar um pouco, era impensável interromper a contemplação daquele pôr do sol. Claude Gellée, conhecido como "Le Lorrain", em certas pinturas fizera coisas assim, às vezes piores, instalando definitivamente no homem a tentação inebriante de partir para um mundo mais belo, onde nossas alegrias seriam completas. Isso geralmente acontecia ao pôr do sol, mas era apenas um símbolo, o momento real dessa partida era a morte. O pôr do sol não era uma despedida, a noite ia ser breve e desembocaria numa aurora absoluta, a primeira aurora absoluta da história do mundo, é o que se poderia imaginar, pensava Paul, contemplando as pinturas de Claude Gellée, conhecido como "Le Lorrain", e contemplando também o sol poente sobre as colinas de Beaujolais.

Não levou muito tempo, quinze minutos no máximo, para a escuridão se instalar por completo e Prudence decidir levá-lo para a sala. Como ele continuava em silêncio, ela acabou lhe perguntando, pouco antes de chegarem lá e encontrarem Madeleine:

— Como foi com o seu pai?
— Eu não disse nada a ele.
— Como assim, nada?
— Nada de especial, nada mais do que antes. Que eu estava doente, com câncer, mas que era bem cuidado, que tínhamos grandes esperanças.

Não era bem uma mentira, mas de todo modo não passava de uma versão muito simplificada.

— Achei que você queria falar mais com ele... — disse Prudence após algum tempo.

— Eu também achei; mas afinal, não.

4

No dia seguinte, no meio da manhã, foram fazer um longo passeio de carro. Paul queria seguir a sinuosa estradinha departamental que desce pelo desfiladeiro de Fût-d'Avenas em direção a Beaujeu, a mesma que tinha percorrido, então sozinho, quando foi ver o pai no hospital de Belleville-en-Beaujolais. Ele não sabia que Aurélien tinha feito esse mesmo percurso com Maryse, e que ali foi o início do seu amor, ou seja, a única alegria da sua pobre existência. Esse momento tinha acontecido, assim como poderia nunca ter existido. Os momentos acontecem ou não acontecem, a vida das pessoas é modificada por eles e às vezes destruída, e o que podemos dizer a respeito? O que podemos fazer a respeito? Obviamente, nada.

Antes de sair, Prudence guardou a cadeira de rodas dobrada no porta-malas do carro, com certeza ele ia querer parar em algum lugar. Passou por sua cabeça uma ideia, divertida, sobre os shortinhos, tinha trazido três, mas evidentemente não poderia usá-los, agora não.

De fato, Paul lhe pediu que parasse no meio do caminho para Beaujeu, exatamente onde havia parado alguns meses antes. Ela pegou a cadeira e sentou-o de frente para a paisagem; depois se sentou de pernas cruzadas ao seu lado. O bosque imenso que se estendia à sua frente não estava inerte, uma ligeira brisa agitava as folhas, e esse movimento muito leve era ainda mais tranquilizador que uma imobilidade perfeita, a floresta parecia animada por uma respiração calma, infinitamente mais calma que qualquer respiração animal, para além de qualquer agitação e também de qualquer sentimento, mas diferente do mineral puro, mais frágil e mais suave, um possível intermediário entre a matéria e o homem, era a vida em sua essência, a vida aprazível, que ignora as lutas e as dores. Não evocava a eternidade, não era essa a questão, mas quando alguém se perdia em sua contemplação a morte parecia muito menos importante.

Ficaram assim por um pouco mais de duas horas, deixando-se invadir por uma paz profunda, antes de voltarem para o carro.

— Vamos embora amanhã, como combinamos — disse Paul antes que Prudence ligasse o motor. — A menos que você queira ficar mais tempo.

— Podemos voltar depois — disse Prudence. Ele respondeu que sim, mas ela tinha ficado terrivelmente sensível às menores entonações de sua voz, e algo naquela resposta lhe apertou o coração, sentiu que ele não acreditava nem um pouco nesse retorno, que tinha a sensação de fazer tudo aquilo pela última vez, como uma espécie de cerimônia, e que já estava, de certa forma, muito, muito distante; mas também que precisava, mais do que nunca, da presença dela ao seu lado.

Pararam para tomar alguma coisa em Beaujeu e Paul, novamente sem saber, escolheu o mesmo bar que Aurélien havia escolhido alguns meses antes quando parou para tomar alguma coisa com Maryse, o Retinton.

Aquela visita havia sido breve, disse ele a Prudence, mas atendeu perfeitamente às suas expectativas. Tinha ficado muito impressionado, mais uma vez, com a solidez, o caráter aparentemente indestrutível da vontade de viver do seu pai, que contrastava tanto com a debilidade da sua, sem falar de seu desventurado irmão. Depois generalizou, esse é um pouco o pecado original dos homens, eles adoram generalizar; e também, em certo sentido, é sua grandeza, digamos, porque onde estaríamos sem generalizações, sem teorias de qualquer tipo? Quando o garçom trouxe as cervejas, lembrou-se de uma conversa que tivera com Bruno, uma das primeiras conversas longas entre os dois, logo depois de voltarem de Adis Abeba, enfim, praticamente foi só Bruno quem falou, a respeito de um assunto que era, como iria descobrir aos poucos, uma de suas principais obsessões. Os baby boomers eram um fenômeno muito surpreendente, observou ele na época, assim como o próprio baby-boom. Geralmente as guerras são seguidas por uma explosão de natalidade, acompanhada de um colapso psíquico; ao expor o absurdo da condição humana, têm um efeito poderosamente desmoralizante. Isso foi particularmente verdadeiro no caso da Primeira Guerra Mundial, que chegou a um nível sem precedentes de absurdo, e que também, pela comparação que não se podia deixar de fazer entre os sofrimentos dos soldados nas trincheiras e os lucros dos que se esconderam na retaguarda, foi de uma imoralidade especialmente gritante. Assim, como era de se esperar, propiciou o surgimento de uma geração medíocre, cínica, fraca — e, acima de tudo, uma geração pouco numerosa; a partir de 1935, na França, o número de nascimentos chegou a ser menor que o de óbitos. Ocorreu exatamente o contrário na década de 1950, e na verdade já na década de 1940, ainda no meio da guerra, e segundo Bruno isso só podia ser explicado, como Paul se lembrou, pelo caráter ideológico, político e moral da Segunda Guerra Mundial: por mais sangrenta que tenha sido, a luta contra o nazismo não se limitou ao domínio de territórios, não foi uma luta absurda, e a geração que venceu Hitler fez isso com a consciência clara de que estava lutando no campo do Bem. Portanto, a Segunda Guerra Mundial não foi apenas uma guerra externa comum, mas também, em certo sentido, uma guerra civil, em que não se luta por interesses patrióticos medíocres, mas em nome de uma determinada visão da lei moral. Podia ser comparada, assim, com as revoluções, particularmente com a mãe de todas, a Revolução Francesa, da qual as guerras napoleônicas foram apenas um prolongamento estúpido. O nazismo, à sua maneira, foi um movimento revolucionário, que pretendia substituir o sistema de valores existentes e atacou todos os outros países europeus não apenas para invadi-los, mas também para regenerar seu sistema de valores; e, assim como a Revolução Francesa segundo De Maistre, sua origem satânica estava fora de qualquer dúvida. Assim, a geração baby boomer, a da vitória sobre o nazismo, podia ser comparada, guardadas todas as proporções, à geração romântica, a da vitória sobre a Revolução, pensava Bruno, como Paul se lembrou. Também correspondeu àquele momento muito especial em que, pela primeira vez na história do mundo, a produção cultural popular se revelou esteticamente superior à produção cultural da elite. O romance de gênero, policial ou de ficção científica era muito superior, naquela época, ao romance mainstream; a história em quadrinhos superava de longe as criações dos representantes oficiais das artes plásticas; e, acima de tudo, a música popular tornava ridículas as tentativas subvencionadas de música "experimental". Ainda assim, era preciso admitir que o rock, principal fenômeno artístico dessa geração, não chegava a ter, de maneira alguma, a beleza da poesia romântica; mas tinha em comum com ela a criatividade, a energia, e também uma espécie de ingenuidade. Ao defender Deus e o rei das atrocidades revolucionárias, ao pedir uma restauração católica e monárquica, ao tentar reavivar o espírito da cavalaria e da Idade Média, os primeiros românticos tinham a certeza, tal como os adversários do nazismo, de que estavam do lado do Bem. Em lugar algum se podia ver isso com tanta clareza, disse Bruno, como em "Rolla", um longo poema narrativo que retrata o suicídio de um rapaz de dezenove anos depois de uma noite de luxúria em companhia de uma prostituta de quinze, que também era uma pessoa boa, quase santa, e por outro lado *muito gostosa,* Musset não era do tipo de passar por cima de uma coisa dessas, mas o desespero do rapaz era tão intenso que ela não conseguiu trazê-lo para a vida, o poema era realmente impressionante, afirmou Bruno, Dostoiévski, em cenas equivalentes, não fizera nada melhor, e esse desespero era causado, Musset fazia mais do que sugerir, pelo ateísmo destrutivo da geração anterior.

Em estado de total perplexidade, Paul então viu Bruno se levantar da sua mesa, já passava de meia-noite e o ministério estava deserto, para declamar "Rolla". Já tinha se surpreendido com o interesse de Bruno pela reflexão histórica, mas ao ver que ele sabia de cor poemas de Musset Paul ficou sem palavras; aquilo não fazia parte da formação dos "politécnicos", tampouco figurava nos currículos da ENA; alguns políticos vinham da rue d'Ulm, do seu departamento de Letras, o que poderia explicar aquela anomalia; mas não era o caso de Bruno.

Não creio, ó Cristo, em tua palavra santa,
Cheguei tarde demais a um mundo velho demais.
De um século sem esperança nasce um século sem medo,
Os cometas que são nossos despovoaram os céus.

Mais adiante, na última parte do poema, Musset ataca diretamente os responsáveis, e mesmo o principal responsável, aos seus olhos, por essa catástrofe da civilização. Como todo mundo, tinha uma certa indulgência com Rousseau, e quanto a isso Bruno não concordava, para ele Rousseau era o responsável pela Revolução, mais que todos os outros, para ele Rousseau era *o mais babaca de todos os babacas* e o *pior dos filhos da puta*, mas de todo modo Musset atacava o outro *filósofo iluminista* nestes versos que ficaram famosos:

> *Dormes contente, Voltaire, e teu sorriso hediondo*
> *Ainda paira sobre teus ossos descarnados?*
> *Teu século, dizem, era jovem demais para ler-te;*
> *O nosso deve agradar-te, e teus homens nasceram.*

Depois de declamar essa estrofe, Bruno ficou em silêncio, constrangido, percebendo que Paul não estava mais ouvindo; nos meses seguintes, se limitou a tratar de assuntos técnicos. Continuava a ler Taine, Renan, Toynbee, Spengler, mas pouco a pouco foi se resignando com a ideia de que, nessas questões, provavelmente nunca teria um interlocutor. Talvez tenha sido nesse momento, disse Paul, que Bruno começou, mesmo sem plena consciência, a ter ambições presidenciais. Com exceção de casos como o de um puro demagogo oportunista como Jacques Chirac, ou de outras celebridades locais de envergadura intelectual limitada que às vezes venciam certas eleições graças à sua popularidade entre os idiotas e de repente se viam alçados, por um destino lamentável, a um patamar muito acima do seu nível normal, tradicionalmente se espera na França que um presidente da República tenha um mínimo de visão histórica, que tenha refletido ao menos um pouco sobre a história, pelo menos sobre a história da França, e era o caso de Bruno, já havia nele alguma coisa que o impelia, disse Paul, a se tornar algo mais que um ministro. Prudence o escutava com uma atenção benevolente, aliviada por ele estar pensando em outra coisa que não na sua doença, em outra coisa e não naquele último encontro com seu pai que, ela sentia, o deixara um pouco desapontado, ao contrário do que gostaria de dizer. O crepúsculo invadia aos poucos a Place de la Liberté, os garçons do Retinton começavam a arrumar as mesas para o jantar. A gastronomia nesse estabelecimento, "de espírito beaujonômico", tinha como guias as estações e as ideias, e como referências os sabores e a qualidade; por isso, indicava o folheto, o local era adequado tanto para uma refeição entre colegas quanto para um banquete só de garotas ou uma noite romântica. Mas eles decidiram voltar direto para Saint-Joseph e fazer amor, novamente como Aurélien e Maryse haviam feito alguns meses antes. De maneira surpreendente, embora ainda se sentisse muito cansado pela manhã, Paul agora tinha movimentos quase fáceis. A lâmpada na mesinha de cabeceira desenhava um círculo de luz restrito e quente. Tudo foi lento, aos poucos, às vezes com longas carícias pornográficas e ternas.

— Foi bom ter feito isso aqui, sabe — disse Prudence pouco antes de descerem para o jantar.

No dia seguinte, por volta das nove da manhã, Paul já estava no carro quando disse que queria voltar e ver seu pai pela última vez; Prudence desligou o motor. Quando regressou, cerca de dez minutos depois, simplesmente se sentou no banco dianteiro e ficou em silêncio. Ela lhe deu um olhar intrigado, mas não disse nada e só perguntou mais adiante, pouco antes de entrar na rodovia. Ele respondeu que não, que não lhe dissera mais nada; só ficou olhando para ele em silêncio.

5

Todos os seus exames de imagem foram refeitos na última semana de setembro. Eram os mesmos laboratórios da última vez, no início do verão, mas agora, tanto na ressonância magnética como na tomografia ou no PET-Scan ele teve a impressão de que os médicos, os enfermeiros e até a recepcionista o tratavam com uma gravidade especial, e mesmo uma espécie de piedade, unção, como se estivessem conscientes o tempo todo de que o que estava em jogo dessa vez era a sua sobrevivência, como se ele já tivesse a morte estampada no rosto. Provavelmente aquilo era mais que uma impressão, disse Paul para si mesmo — exceto no caso da recepcionista, aí talvez estivesse exagerando um pouco. De todo modo, os exames de imagem ocorreram na ordem prevista. O processo terminaria em 1º de outubro, com uma consulta no instituto Gustave-Roussy, onde o professor Bokobza iria investigar, sob o efeito de anestesia geral, a eventual existência de algum outro tumor — e aproveitaria para fazer biópsias.

Acordou da anestesia pouco depois das cinco da tarde. Prudence iria buscá-lo às seis. O professor Bokobza recebeu-o por alguns minutos; Paul só queria saber o que ia acontecer a seguir.

Na verdade, muitas coisas; iam fazer um encontro multidisciplinar que reuniria, além do próprio Bokobza, os drs. Lebon e Lesage, que ele já conhecia — após uma breve hesitação, Paul fez a conversão Dupond-Dupont —, bem como o dr. Nakkache, na qualidade de seu médico pessoal, e outros especialistas: um anatomopatologista para decifrar as biópsias e um especialista em medicina nuclear para ajudar na leitura do PET-Scan. Várias reuniões interdisciplinares desse tipo seriam necessárias antes de definir uma proposta de tratamento. Em poucas palavras, a sociedade tecnológica ocidental mobilizava todos os seus recursos — que de forma alguma eram desprezíveis, eram os mais importantes no mundo não asiático — para garantir sua sobrevivência.

— Depois — concluiu Bokobza —, vamos marcar uma nova data para avaliar as perspectivas; isso poderia acontecer por volta de 15 de outubro. Por falar nisso, queria lhe perguntar: nas consultas médicas, desde o início, você tem vindo sozinho...

Paul assentiu.

— Desculpe a minha indiscrição, mas acho que você tem uma companheira, não é mesmo? Enfim, é ela que vem buscá-lo agora?

Paul assentiu de novo.

— Claro, não é da minha conta, mas não seria hora de deixá-la a par de tudo? Quero dizer, informá-la realmente da situação? Eu entendo o seu desejo de protegê-la; mas, de qualquer maneira, em algum momento será melhor ser completamente transparente, não acha?

— De fato, não seria muito fácil esconder dela a minha morte — debochou Paul, e logo a seguir, vendo o rosto de Bokobza se crispar de desgosto, lamentou ter dito essas palavras, pois Bokobza era um bom sujeito, além de ser o melhor cirurgião de câncer de mandíbula na Europa; ele estava fazendo o melhor que podia. Viria com Prudence, sim, respondeu afinal.

Na manhã de 15 de outubro estava chuviscando e havia pouco trânsito na rodovia A6 no sentido Villejuif. Ao chegar, encontraram com facilidade a sala de reuniões, no final de um corredor longo e claro. Nakkache lhe fez uma careta amigável, os Dupond-Dupont só balançaram a cabeça maquinalmente, estavam de rosto fechado, mas Nakkache, pelo contrário, parecia querer falar, era difícil interpretar sua disposição. Prudence se sentou ao lado do marido, lançou-lhe um olhar de pânico, ele tinha se esquecido de avisar que haveria tantos médicos; apertou com força a mão dela. Poucos segundos depois Bokobza entrou na sala com uma pasta volumosa debaixo do braço, e a largou bruscamente na mesa antes de se sentar — parecia estar de mau humor, como se estivesse ali a contragosto, convocado para uma reunião chata de rotina —, depois passou os olhos rapidamente pelos presentes antes de começar. Os resultados dos exames e análises eram surpreendentes, começou, devido às contradições. O resultado da radioterapia tinha sido excelente na mandíbula, o tumor parecia estar erradicado, a tal ponto que uma cirurgia agora era quase desnecessária. Infelizmente não havia acontecido o mesmo com a língua e, pelo contrário, o tumor tinha se espalhado para a base, a ponto de não se poder mais pensar em erradicá-lo sem ablação total. Paul entendeu tudo nesse momento e foi atravessado por um ligeiro tremor; os Dupond-Dupont também entenderam, e se encolheram de repente em um perfeito sincronismo. Além disso, continuou Bokobza, os exames revelaram uma invasão da área suprapalatina. Olhou novamente em volta da mesa; dessa vez ninguém parecia ter captado a importância da informação. Cabia a ele concluir, o seu papel era esse, de todo modo. Respirou devagar, várias vezes, antes de continuar:

— Nestas condições, não me parece possível sugerir um procedimento cirúrgico, cujas consequências seriam extremamente mutiladoras e só poderiam oferecer uma qualidade de vida degradada; também parece improvável que o paciente, dado seu estado geral de exaustão, seja capaz de suportar uma operação tão pesada — agora Prudence também entendeu, e começou a chorar silenciosamente, as lágrimas rolavam sem que ela pensasse em enxugá-las, era a primeira vez que desmoronava, pensou Paul, a primeira vez desde o início. Tentou pegar sua mão outra vez, mas ela se encolheu em um gesto de defesa. Seguiu-se um silêncio de mais de um minuto, todos olhando constrangidos para a mesa, sem saber como continuar, até que Prudence levantou a cabeça, tinha parado de chorar:

— Se eu entendi bem — disse virando-se para Dupond, que se sobressaltou como se tivesse levado um tapa na cara —, não se pode pensar em outra radioterapia. — Ele confirmou com uma expressão abatida antes de abaixar a cabeça novamente. Então se virou para Bokobza, que humildemente também ergueu a cabeça. — Também não parece possível fazer uma cirurgia — continuou ela. O médico hesitou, incapaz de sustentar o seu olhar, pareceu querer dizer alguma coisa, depois fez um esgar de confirmação antes de abaixar a cabeça também. — Então — Prudence virou-se devagar para Dupont —, então só sobra você. Ele se encolheu, sem palavras, por cerca de trinta segundos, antes de responder em voz baixa:

— É verdade, minha senhora. — E não era só isso, ele sabia muito bem, mas demorou mais uns trinta segundos antes de continuar: — A quimioterapia, como expliquei ao sr. Raison, pode ser capaz de aliviá-lo, mas de forma alguma vai curá-lo. Quanto à imunoterapia, para ser sincero, nós sabemos muito pouco, ou nada, sobre ela. Foram observadas remissões bastante surpreendentes em certos tipos de câncer, sobretudo de pulmão; mas nenhuma até agora, infelizmente, no caso de câncer na boca, como o do seu marido. — O olhar do médico permaneceu fixo em Prudence, desolado, honesto; ela começou a chorar de novo, ainda mais baixinho.

Era hora de encerrar, pensou Paul, e se levantou apressado, afinal de contas a reunião era sua, ele estava lá como uma espécie de *mestre de cerimônias*; Bokobza também se levantou e foi em sua direção, na intenção de falar com ele, mas não conseguiu e se contentou em apertar seu braço com força; é curioso, pensou Paul, ele deve ter feito isso dezenas de vezes e ainda não consegue. E, de forma ainda mais surpreendente, o cirurgião se voltou para Prudence e perguntou se ela tinha vindo de carro, se se sentia bem para dirigir de volta para casa, caso contrário podiam conseguir alguém que os levasse. Tipicamente masculino, pensou Paul; os homens precisam exercer uma competência técnica, assumir algum tipo de controle técnico sobre uma situação que os coloca em xeque. Mas Prudence, depois de pensar um pouco, respondeu que não, que se sentia capaz de dirigir, talvez até lhe fizesse bem.

Quando chegaram em casa, não tocaram no assunto e Paul se sentiu muito bem depois de duas taças de Grand Marnier, estava sem forças para se mover, mas foi bom ver Prudence indo para cá e para lá entre o quarto e o banheiro, usando uma camiseta curta e um shortinho, realmente ela parecia Trinity, pensou ele, mas Trinity de shortinho, Trinity em outro filme. Em todo caso, não havia se enganado, ela tinha coragem; Trinity também foi corajosa diante da agonia de Neo, mas fora uma agonia mais curta.

6

No dia seguinte, quando acordou, viu com prazer que ela tinha escolhido usar uma calcinha fio dental, agora estava deitada de bruços sobre o edredom. Tentou estender a mão e tocar sua bunda, mas mal conseguiu erguer o braço alguns centímetros, seus membros pareciam terrivelmente pesados, afinal caiu de novo na cama dando um suspiro. Ela acordou e pôs o braço sobre o seu peito.

— Não está se sentindo bem? Ficou mais cansado esta manhã? Não consegue se levantar?

— Vai ficar tudo bem, acho.

De fato, meia hora depois ele se levantou, andou sem dificuldade, chegou até a descer a escada sem ajuda, eram realmente desconcertantes essas variações bruscas. De qualquer maneira, seria melhor levar a cama para a sala de estar. Dois carregadores vieram naquela mesma noite e a puseram no andar de baixo, perto da vidraça panorâmica.

Era estranho dormir na sala, aquilo lembrava a juventude, o primeiro endereço dos dois, na rue des Feuillantines. Era o conjugado de Prudence, que dava para um grande jardim e era bem mais agradável que o seu. Ela sempre teve gosto melhor, foi ela quem encontrou o apartamento que compraram, esse onde ele ia morrer agora; a vista para o Parc de Bercy continuava bonita mesmo com a chegada do inverno. De vez em quando Paul se esforçava para sair da cama e ficar no sofá, ainda tinha um pouco de medo das escaras, mesmo sabendo que provavelmente não teria tempo de desenvolver alguma. Quase sempre ficava quieto, encostado em uma pilha de travesseiros. Às vezes Prudence ia até o andar de cima ou saía para fazer compras, mas geralmente ficava por perto, podia segui-la com a vista enquanto ela entrava e saía da cozinha ou do banheiro. Às vezes estava só de calcinha fio dental, ficava imensamente feliz em lhe mostrar os seios e a bunda até o final, imensamente orgulhosa de excitá-lo. Ele próprio ficava perplexo com suas ereções, era uma coisa imprevista e até absurda, insana, grotesca, em certo sentido quase indigna, não correspondia em absoluto à ideia que tinha da agonia, decididamente a espécie perseguia os seus próprios objetivos, totalmente independentes daqueles dos indivíduos; mas também possibilitava, e até encorajava, a ternura, de modo que o prazer sexual pudesse parecer, de outro ângulo, um simples prolongamento da ternura. Por outro lado, o que não tinha mais qualquer importância era falar; os dois passavam dias inteiros sem trocar uma palavra.

No início da semana seguinte, teve uma consulta final com Dupont. Não ia ao seu consultório desde o início do tratamento, quase três meses antes. Dessa vez sentou-se na poltrona Voltaire que ficava em frente à escrivaninha, o lugar era ainda mais charmoso do que ele lembrava, havia esquecido que a janela dava para um pequeno jardim. É verdade que devia ser difícil morrer na primavera, mas não seria o seu caso, não tinha certeza sequer de que ia aguentar até o inverno, era uma pergunta a fazer.

Momentos de fadiga intensa, então; Dupont parecia surpreso. Ele, contudo, não estava anêmico, que era um dos efeitos colaterais clássicos, mas dessa vez não, não havia anemia, o hemograma estava quase normal.

— Você se deu conta de que perdeu peso de novo? — perguntou afinal. O tumor estava consumindo muita energia e ia consumir quantidades cada vez maiores, ele precisava se esforçar para comer mais. Além disso, a náusea havia melhorado, certo? Paul confirmou. — Pois então — disse Dupont —, comendo melhor você deve ficar bem, não vai ter mais esses momentos de fadiga. — Mas ele já comia demais, objetou Paul, e ainda por cima alimentos muito calóricos: pratos inteiros de purê de batata regado com manteiga derretida, queijos gordurosos como brillat-savarin e mascarpone; no entanto, a balança confirmou, havia perdido mais dois quilos desde a última visita.

Dupont ligou para um número interno do hospital e pediu uma tomografia imediata. Ao voltar da sala de exame, Paul precisou esperar alguns minutos, o médico havia chamado outro paciente no intervalo; pouco depois Dupont o fez entrar e sentar-se, olhou para a tomografia, pousou-a na mesa. Tinha chegado a hora, disse afinal, de pedir à sua esposa que ficasse com ele o tempo todo. Também lhe daria o telefone de um serviço de enfermagem, alguém que pudesse chegar em dez minutos.

Voltou a olhar a ficha e deu um suspiro, parecia cansado e visivelmente fazia um esforço para se concentrar em algumas páginas antes de prosseguir, em tom confiante:

— Do ponto de vista do tratamento, não vou mudar nada em relação à imunoterapia e à químio; mas o tumor pode ficar mais doloroso nas próximas semanas; vou receitar morfina. Via oral, uma mistura de Sevredol e Skenan deve ser suficiente; não costumam ser dores muito violentas. Não acho necessário instalar uma bomba de morfina em sua casa; mas claro que se eu estiver errado, se isso não der certo, me ligue imediatamente. Além disso, sua esposa o ama — e se calou de repente, seu rosto congelou e ficou vermelho, era inquietante, quase perturbador, ver aquele homem careca e austero, na casa dos cinquenta anos, ficar ruborizado. — Sinto muito — balbuciou —, eu não queria dizer isso, evidentemente a sua vida privada não é da minha conta.

— Não, vá em frente — disse Paul baixinho —, pode falar, não faço muita questão de ter uma vida privada.

— Muito bem... — Dupont hesitou alguns segundos antes de continuar. — Infelizmente, tive a oportunidade de adquirir alguma experiência com essas coisas. As pessoas que tomam morfina, bem, as que se salvam, costumam ficar muito entusiasmadas. A morfina não só lhes permite vencer a dor, mas graças a ela entram em um mundo de harmonia, paz, felicidade. Geralmente, nos casos em que a radioterapia falhou, a cirurgia foi considerada inviável ou, pior, deu maus resultados, e portanto os pacientes estão numa situação de fato ruim, eles são mandados para o setor de cuidados paliativos, porque é simplesmente impossível mantê-los em casa. Fala-se muito em solidariedade e em entes queridos, mas você sabe que na maioria das vezes os velhos morrem sozinhos. São divorciados ou nunca se casaram; não tiveram filhos ou então perderam o contato com eles. Envelhecer sozinho já não é muito divertido; mas morrer sozinho é pior que qualquer outra coisa. Mas há uma exceção, são as pessoas ricas que podem pagar uma enfermeira em casa. A esta altura, não vejo sentido em submeter você a cuidados paliativos: eles prescreveriam a mesma coisa que eu, e todo mundo prefere morrer em casa, é um desejo universal. Nesse caso, continuo sendo o seu último interlocutor médico. Quero lhe dizer que já vi muita gente rica morrer e, pode acreditar, nessas horas ser rico não adianta grande coisa. Pessoalmente, nunca hesito em prescrever uma bomba de morfina; quando o paciente quer, basta apertar um botão para se injetar um bolus de morfina e voltar a ficar em paz com o mundo, envolto em um halo de doçura, é como uma dose de amor artificial que ele pode se autoaplicar à vontade.

"E por fim", continuou, depois de vacilar outra vez, "também há pessoas que são amadas até os últimos dias, aquelas que tiveram um casamento feliz, por exemplo. Isso está longe de ser a situação mais comum, pode acreditar. Nesses casos, acho desnecessária a bomba de morfina, porque o amor é o suficiente; aliás, se não me engano, você não gosta muito de perfusões."

Paul confirmou com a cabeça. Havia alguns porta-retratos na mesa de Dupont. Mesmo sem examiná-los, de repente teve a certeza de que eram fotos de família e que o próprio Dupont tinha uma vida familiar feliz.

Ainda tinha uma última pergunta, e foi sua vez de vacilar um pouco. De toda maneira, queria saber.

— Na sua opinião — perguntou finalmente —, quanto tempo ainda tenho?

— Ah... eu gostaria de responder que não sei, mas não seria bem a verdade, tenho uma ideia aproximada. Pode levar algumas semanas ou alguns meses; considerando as estatísticas, eu diria que entre um e dois meses.

— Então devo morrer no final do outono? Antes que os dias voltem a ficar mais longos?

— Provavelmente sim.

Voltou a lhe dizer que não estavam desistindo da imunoterapia, que ainda havia uma última esperança; Paul assentiu com indiferença, consciente de que acreditava nisso tanto quanto o próprio médico. Depois Dupont levou-o até a saída, seu rosto expressava um vago ressentimento; apertou sua mão antes de fechar a porta do consultório.

7

Paul sempre adorou a época do ano em que os dias ficam realmente mais curtos, a sensação de um cobertor subindo devagar sobre seu rosto para envolvê-lo na noite. Prudence estava esperando por ele na entrada do hospital; só disse a ela que iria tomar morfina. Ela se encolheu um pouco, mas não teve nenhuma outra reação. Sabia o que significava; já esperava por isso.

Compraram Sevredol e Skenan no caminho para casa. Paul começou a tomar na manhã seguinte e a dor imediatamente apresentou algum alívio. O mais surpreendente nas duas semanas seguintes foi a falta de mudanças. No entanto, a morte não ia demorar, agora não podia mais haver dúvida; mas Paul sentia que ainda não podia se aproximar dela, não além de um certo limite. Era como se andasse o tempo todo à beira de um precipício e de vez em quando perdesse o equilíbrio. Quando isso acontecia, sentia primeiro a queda, pavorosamente prolongada, o terror que o deixava sem fôlego enquanto o instante do impacto se aproxima. Depois tinha a sensação de vivenciar o choque, os órgãos internos explodindo, os ossos quebrados perfurando a pele, o crânio se transformando em uma poça de cérebro e sangue; mas nada disso ainda era a morte, era apenas uma antecipação dos sofrimentos que necessariamente, pensava ele, iriam precedê-la. A morte mesmo seria a etapa seguinte, quando os pássaros que passam vêm bicar e devorar a sua carne, a começar pelos olhos, até a medula dos ossos quebrados; mas ele nunca chegava tão longe, no último momento se recuperava e voltava a caminhar à beira do precipício.

Prudence reconhecia cada vez melhor essas fases, só precisava ouvir a alteração de sua respiração, ele não precisava dizer nada. Sua primeira iniciativa era abraçá-lo, mas o apaziguamento não chegava logo. Uma tarde, quando Paul parecia particularmente angustiado, desceu a boca pela sua barriga, desabotoando o pijama. Provavelmente não ia funcionar, disse-lhe Paul; ela fez um beicinho de dúvida, soltou o último botão. Para sua surpresa, ele teve uma ereção quase imediata e, em menos de cinco minutos, seus pensamentos sobre a morte evaporaram; era inverossímil, obsceno, absurdo, mas era assim mesmo. Continuaram fazendo amor, mas só com Prudence por cima, porque de lado já estava difícil demais. Às vezes ficava de frente, olhando-o bem nos olhos, e bombeando com amor, com desespero também; outras vezes se virava para lhe mostrar os movimentos da sua bunda; as duas posições proporcionavam igual prazer a ambos.

Dentro de uma semana seria 31 de outubro, o sabbat de Samhain, de acordo com o calendário wicca, mas Prudence parecia não estar pensando nisso. De qualquer modo, esse dia era destinado, na sua fé, a rememorar o ano anterior, quando não a vida inteira, e se preparar para a morte. Era um pouco decepcionante, pensou Paul, que sua religião não a ajudasse mais nessas coisas; normalmente uma religião é feita para isso. Quase sempre se inclui um palavrório de extensão variável sobre assuntos diversos, muitas vezes impondo limitações ou mandamentos ridículos, mas de modo geral o verdadeiro tema de qualquer religião é a morte, a própria e a alheia, realmente era lamentável, pensou Paul, que a wicca não ajudasse mais.

Mas estava ajudando, e muito mais do que ele imaginava, embora só tenha percebido isso no dia 31, data do Samhain, ou véspera de Todos os Santos segundo o calendário católico. Era domingo, e no final da manhã Prudence o convidou para darem um passeio num bosque. Almoçaram no Bistrot du Château, em Compiègne, e surpreendentemente puderam sentar-se na varanda, o clima estava bastante ameno para a estação; depois se dirigiram para a floresta próxima. Era imensa, tudo ali era imenso, a começar pelas árvores, carvalhos ou faias, não sabia direito, mas seus troncos espaçados e esplêndidos, com vários metros de espessura, se elevavam ao céu.

Alamedas largas e perfeitamente retas se cruzavam em ângulos retos e se estendiam ao infinito, cobertas por folhas escarlate e douradas, o que naturalmente evocava a morte, mas dessa vez uma morte pacífica, aquela que se associa a um sono prolongado. Para os cristãos, os eleitos iriam despertar sob a luz deslumbrante da nova Jerusalém, mas Paul no fundo não queria contemplar a glória do Eterno, o que queria era dormir, com alguns momentos talvez semiacordado, só alguns segundos, o tempo suficiente para pousar a mão no corpo da amada ali deitada ao seu lado. Poderiam tranquilamente ter se perdido nesse dia, porque a floresta estava deserta, o que era até surpreendente para uma tarde de domingo. Andaram muito, ele não sentiu o menor cansaço. As folhas de outono cobriam o solo com camadas cada vez mais densas e bonitas, e afinal pararam para descansar encostados em uma árvore. A estação da morte ainda não tinha chegado, pensou Paul, as cores à sua volta eram quentes demais, brilhantes demais, seria preciso esperar que as folhas ficassem mais escuras, mais tingidas com tons de lama, e também que o tempo esfriasse, que de manhã cedo começasse a se sentir no ar o início da longa temporada de inverno, mas tudo isso ia acontecer dentro de algumas semanas, ou alguns dias, e então seria realmente a hora do adeus. Seus pensamentos o tinham arrastado para muito além da realidade presente, e de repente perguntou a Prudence, sem ter pensado antes:

— Você está pronta, querida?

Ela se virou e, sem mostrar a menor surpresa, fez que sim com a cabeça e sorriu; era um sorriso estranho, e Paul teve uma espécie de vertigem quando ela lhe respondeu, com uma voz doce:

— Não se preocupe, meu amor; você não vai ter que esperar muito tempo por mim. — Por um momento pensou que ela estava delirando, mas de repente entendeu. Já fazia tempo que os dois não falavam sobre reencarnação, mas ela ainda devia acreditar, e agora mais do que nunca. Lembrava-se perfeitamente da ideia básica, como Prudence lhe havia resumido: no momento da morte, sua alma flutuaria por algum tempo em um espaço indefinido antes de se juntar a um novo corpo. Sua vida não foi marcada por méritos nem deméritos muito grandes, teve poucas oportunidades de fazer muito bem ou muito mal, de maneira que no plano espiritual sua posição havia mudado pouco; provavelmente ia renascer como um ser humano, e o feto certamente seria do sexo masculino. Algum tempo depois, aconteceria o mesmo com Prudence, só que ela ia renascer como mulher, as leis do carma costumam levar em conta a divisão do universo entre os dois princípios. Então os dois se reencontrariam; essa nova encarnação não seria apenas uma nova chance para o desenvolvimento espiritual de cada um, mas para o desenvolvimento espiritual também do seu amor. Os dois se reconheceriam profundamente e se amariam de novo, mesmo sem lembrarem suas vidas anteriores; só uma minoria de *sannyasins* conseguia recordar suas encarnações passadas, segundo alguns autores, e Prudence duvidava que isso fosse acontecer. No entanto, se a próxima encarnação os unisse outra vez, em um dia de outono, andando pelas alamedas da floresta de Compiègne, provavelmente eles seriam atravessados por aquela estranha emoção conhecida como déjà-vu.

Isso se repetiria durante todas as encarnações, talvez dezenas de encarnações sucessivas, antes que pudessem deixar o ciclo da existência samsárica e cruzar para a outra margem, a da iluminação, da fusão atemporal com a alma do mundo, do nirvana. Um caminho tão longo e tão árduo que era preferível percorrê-lo juntos. Prudence tinha encostado a cabeça na dele e parecia estar sonhando, sem pensar em mais nada; a noite não ia demorar a cair, já começava a fazer um pouco de frio. Ela se aconchegou em seu corpo, depois lhe perguntou ou lhe disse, Paul ficou na dúvida se era mesmo uma pergunta:

— Não fomos feitos para viver, não é? — Um pensamento realmente triste, ela parecia prestes a chorar. Talvez o mundo inteiro estivesse certo, pensou Paul, talvez não houvesse lugar para eles em uma realidade que tinham apenas atravessado com uma incompreensão temerosa. Mas tiveram sorte, muita sorte. Para a maioria das pessoas, a travessia era solitária do início ao final.

— Não acho que esteja em nosso poder mudar as coisas — disse Paul, por fim. Uma rajada de vento gelado soprou, ele a abraçou com mais força.

— Não, meu querido. — Ela o olhava nos olhos, esboçando um sorriso, mas em seu rosto brilhavam algumas lágrimas. — Para isso precisaríamos de mentiras maravilhosas.

Agradecimentos

Se certos fatos não estão corretos, isso não se deve apenas a possíveis erros de minha parte, mas sobretudo a distorções intencionais da realidade. Afinal, isto é um romance, a realidade é apenas o material inicial. Mas é preciso conhecê-la um pouco, e por isso tentei me documentar, sobretudo na área médica.

Em primeiro lugar, gostaria de agradecer ao professor Xavier Ducrocq, chefe do serviço de neurologia do CHR de Metz-Thionville. É desconcertante que o cérebro humano seja uma coisa tão difícil de entender, que nós sejamos tão estranhos a nós mesmos; em todo caso, se o meu conhecimento nesse campo melhorou um pouco, devo isso a ele.

Ducrocq também me apresentou às pessoas mais diretamente envolvidas com o atendimento a deficientes. Primeiro, ao dr. Bernard Jean-Blanc, que chefiava (suponho que esteja aposentado agora) uma unidade EVC-EPR perto de Estrasburgo; na minha história, o personagem equivalente seria o dr. Leroux.

Se eu escrever que Astrid Nielsen cuida do marido com coragem, ela não vai ficar feliz; não escreverei, então, mas aproveito a oportunidade para lhe dizer outra coisa, que não me atrevi a contar pessoalmente: foi voltando, à noite, para a estação de Thionville, depois do dia que passei em sua casa, que senti pela primeira vez que precisava terminar este livro, acontecesse o que acontecesse.

Mais adiante, no romance, recebi muitas informações do tabelião Julien Lauter; informações e palavras; certos termos usados por Hervé em seu "número de cartório" estão aqui, admito, também por diversão.

O final do livro envolve outra patologia, o que me levou a novos especialistas. Em primeiro lugar, quero agradecer à dra. Fanny Henry, dentista; o percurso médico descrito neste livro costuma começar no consultório de um dentista tão meticuloso quanto ela.

Entre os médicos que consulto regularmente, o dr. Alain Corré, otorrinolaringologista, foi com certeza quem herdou as responsabilidades mais pesadas; tendo em vista a vida que levei, eu não deveria ter escapado de um câncer de boca. Além de valiosas informações médicas, devo a ele a frase que o dr. Nakkache pronuncia em um tom "tipo Vietnã"; fico-lhe grato por tudo isso.

Com o agravamento do estado do meu personagem, foi ele quem afinal me encaminhou para o dr. Sylvain Benzakin, cirurgião otorrinolaringologista, encarregado das atividades de oncologia no hospital Fundação A. de Rothschild, em Paris. Ao reler nossa troca de e-mails, fico assombrado com a precisão de suas respostas, e especialmente com o tempo que ele deve ter perdido nisso, tendo muito mais o que fazer.

Na verdade, os escritores franceses não deveriam hesitar em buscar mais informações; muitas pessoas gostam da própria profissão e ficam felizes em explicá-la aos leigos. Felizmente cheguei a uma conclusão positiva; é hora de parar.

Créditos das ilustrações

p. 5: © Michel Houellebecq.
p. 17: Disponível em: <http://guillotine1889.free.fr/?p=536>.
pp. 64-5: © Louis Paillard.
p. 231: © Michel Houellebecq.
p. 232: © Ilustração de Stanislas de Guaita, *Le Serpent de la Genèse: Le Temple de Satan*, Paris, Librairie du Merveilleux, 1891.
p. 233: Coleção particular.
pp. 370-1: © Michel Houellebecq.
p. 385: © Michel Houellebecq.

ESTA OBRA FOI COMPOSTA PELA ABREU'S SYSTEM EM ADOBE GARAMOND E IMPRESSA EM OFSETE PELA GRÁFICA BARTIRA SOBRE PAPEL PÓLEN SOFT DA SUZANO S.A. PARA A EDITORA SCHWARCZ EM OUTUBRO DE 2022

A marca FSC® é a garantia de que a madeira utilizada na fabricação do papel deste livro provém de florestas que foram gerenciadas de maneira ambientalmente correta, socialmente justa e economicamente viável, além de outras fontes de origem controlada.